中国现代
都市文学读本

左怀建 吉素芬 编著

浙江大学出版社
ZHEJIANG UNIVERSITY PRESS

图书在版编目(CIP)数据

中国现代都市文学读本 / 左怀建,吉素芬编著. —
杭州:浙江大学出版社,2017.12
ISBN 978-7-308-17436-7

Ⅰ.①中… Ⅱ.①左…②吉… Ⅲ.①都市文学—文
学欣赏—中国—当代 Ⅳ.①I206.7

中国版本图书馆 CIP 数据核字(2017)第 239259 号

中国现代都市文学读本

左怀建　吉素芬　编著

责任编辑	叶　抒
责任校对	王荣鑫
封面设计	项梦怡
出版发行	浙江大学出版社
	(杭州市天目山路 148 号　邮政编码 310007)
	(网址:http://www.zjupress.com)
排　　版	浙江时代出版服务有限公司
印　　刷	浙江海虹彩色印务有限公司
开　　本	710mm×1000mm　1/16
印　　张	39.5
字　　数	747 千
版 印 次	2017 年 12 月第 1 版　2017 年 12 月第 1 次印刷
书　　号	ISBN 978-7-308-17436-7
定　　价	88.00 元

浙江大学出版社发行中心联系方式　(0571)88925591;http://zjdxcbs.tmall.com

目　　录

第一部分　小说

第二部分　诗歌

第三部分　散文

第四部分　戏剧

导　言
中国现代都市文学阅读:意义与方法

一、什么是中国现代都市文学?

像理解现代女性文学一样,对于现代都市文学,一般也存在三种理解:一种理解认为凡是写现代都市的都可成为现代都市文学。这是最宽泛也最笼统的概念。一种理解认为,仅仅写现代都市的不一定就可以称为现代都市文学,而首先应该具备现代都市意识。只有具备现代都市意识的现代都市题材文学才可以称为现代都市文学。这是最严谨最能得到人们普遍认可的现代都市文学概念。还有一种理解认为,现代都市文学不一定是现代都市题材的。无论写什么题材,只要具备现代都市意识就可以称为现代都市文学,如历史题材的、乡村题材的等等。考虑到中国现代都市文学的实际情况,我们会适当采取最后一种说法。因为如美国学者路易·沃斯所说,"作为一种生活方式的都会主义"①不一定非要在典型的现代都市里才能发生,在历史上的城市里、在城乡接合部也可能发生,更重要的是作家在创作时选择什么样的生活内容,全在他采取什么样的价值立场和审美态度,是这种价值立场和审美态度决定作品的性质,而这种价值立场和审美态度就是作家的审美意识,放在现代都市文学这里,就是现代都市审美意识(简称都市意识)。换言之,现代都市意识支配下的创作必然具有现代都市文学的质素,一定程度上就可以称为现代都市文学。

这里更深层的需要辨析的问题在于,什么是"现代"都市?因为中国古代也有非常发达的都市文明,也有以这些都市为书写对象的都市文学。那么,古代的都市文学与现代的都市文学之间有何异同?

按照不少学者的考证和分析,中国古代的都市主要指都城。"都",形声字,从邑,者声,指建有宗庙的城邑。《左传·庄公二十八年》:"凡邑有宗庙先君之主曰都,无曰邑。"后有"通邑大都"或"通都大邑"之称谓。"都"在"城"里面。《墨

---

① 汪民安、陈永国、马海良主编:《城市文化读本》,北京大学出版社 2008 年版,第 142 页。

子·七患》言："城，所以守也。"《管子·度地》曰："内之为城，外之为郭。"《吕氏春秋》解释："筑城以卫君，造廓以卫民。"也就是说，中国古代的都市，其主要功能在于政治军事需求。《易·系辞下》中已有"市"的说法，所谓："日中为市，致天下之民，聚天下之货，交易而退，各得其所。"到《汉书·王嘉传》，开始出现"都市"的名词，所谓："丞相幸得备位三公，奉职负国，当伏刑都市以示万众。丞相岂儿女子邪，何谓咀药而死！"如马克斯·韦伯认为中国古代的商业也不可谓不发达，但是中国没有产生资本主义(现代性)的条件①，中国没有独立的市民社会，更不是工业革命中心，而只是维护封建统治阶级政治军事需要的最高级社会组织和物理空间。与之相随，"商业和商人"的地位始终低下，消费文化自然也不发达。中国古代的都市文学也不乏朴素民主主义、人道主义乃至个人主义的精神内涵，如宋代柳永的一些歌咏下层妓女的诗词，明清一些以秦淮河畔青楼女子生活为内容的写作，明代都市诗人张岱的一些创作等，但是它们构不成对封建社会文化价值观念的根本性挑战和突破，就是《红楼梦》也没有走出儒释道的思想窠臼，都带有很强烈的封建士大夫的逸风。另外，明清以来，坊间充斥着大量色情淫秽小说，这些文学不能说没有一点价值，但是如茅盾在《中国文学内的性欲描写》中所言，终不是具有现代观念的"人的文学"；就是《金瓶梅》也逃不了诲淫诲盗的嫌疑。与之相适应，这些文学也无法提供具有现代思想价值观念和审美内涵的人物形象和全新的文学艺术风貌。

胡风曾经说，中国现代文学是世界进步文学一支流。这个说法，今天看来，带有西方冲击、中国回应的思想嫌疑，事实上，今天的研究更想强调现代文学之发生，不仅是外来冲击的反映，也是中华民族文学文化发展演变的自然结果。尽管如此，我们又不能从一个极端走向另一个极端，借此忽视甚至否定中国现代文学之全球化性质。中国现代文学确实、至少首先是在西方现代文明打击下被迫产生的，这一点恐怕至今也难以否认。也就是说，世界现代文明的冲击，使中国产生了一种全新的社会组织和社会结构——现代都市，同理，加上西方现代文学的影响，使中国产生了一种全新的文学类型——现代都市文学。

在西方，都市就是 big city，直接的称谓是 metropolis。张英进《中国现代文学和电影中的城市》解释：英文中"city"来自法语的 cité，后者又源自拉丁文 civitas，意为"城邦"，本来指"罗马公民(civis)的权利和特权，扩展而言，就指把一个社会组织起来，并让其具备某种'品质'的社会原则的总和"。而"城市"一词又进一步与"文明"(civilization)联系在一起，表明"city"不仅指物理的城市，还指西方市民社会的组织原则和市民精神。"'都市'(metropolis)一词来自 meter(母亲)和 polis(城市)，在 16 世纪本指主教的治所，现在则指国家、州或地区的大城

①（美）马克斯·韦伯：《儒教与道教》，洪天富译，江苏人民出版社 2010 年版，第 87 页。

市或首府。"①英国学者 M. L. 芬利在《古代城市：从普斯特尔·德·古郎日到马克斯·韦伯及其他人》一文中辨析："在古代，单词 polis 既指狭义的'城镇'，也指政治意义上的'城市国家'。当亚里士多德考察定位城镇的正确条件时，他提到了 polis，他在《政治学》中为了他的中心主题而几百次地使用这个词，这个词在这里的意思是城市国家，而不是城镇。"②我国学者马长山的《国家、市民社会与法制》也有相应的说法，言："polis 原意即为'公民之家'，希腊人的日常生活与其他公民是时时发生关系的，而没有现代人那种各自分离的家庭生活。他们的日常生活中心——市场就犹如一个大家庭。因此'对全希腊人来说，城邦就是一种共同生活'，'城邦的宪法是一种生活方式'而不是一种法律结构。"③言中之意，在西方，城市同时就是市民，城市发达成熟，市民社会也发达成熟，二者互为因果。所以，西方城市是以"市"为主的城市，到现代历史阶段，就发展成现代性（modernity）特强的大都市。

现代性的有无是衡量一个都市是否为现代都市的核心内容，现代性的强弱又是衡量一个都市是否是一个现代性大都市的核心内容。那么什么样的都市才可以称得上现代性强的大都市呢？

首先，人口规模巨大，且多是移民。1900 年，伦敦人口已达 600 多万，巴黎 200 多万，纽约 300 多万。1930 年代，作为"东方的巴黎，西方的纽约"的上海也已达 300 多万。这么多人口哪里来的呢？中外大量移民。移民之间没有血缘关系，只有合作关系，原子化、无机化，同时又携带多种语言、文化、风俗，为都市带来"新鲜、陌生而丰富"。这是导致人在都市倍感孤独、寂寞而又不乏人生"传奇"机遇的主要原因之一。

其次，现代工商业发达。这样的都市差不多都是现代高科技汇集地：1783 年左右瓦特蒸汽机正式发明出来，人类生产和生活的速度就开始加快。之后，规模大、速度快（节奏快）就越来越成为都市乃至整个人类生产和生活的特点——大机器工业生产：巨型工厂，先进机器；最先进交通运输：火车、汽车、巨轮、飞机等；最先进信息交流传播：电报、电话、收音机等。动作快（节奏快），效率高，产品丰富，能满足更多元的要求，给人类带来方便和幸福。但同时导致人类生存新的灾难和困境。一方面，人成为机器的奴隶：机械的巨型与劳动者的细致分工使每一个人感到自己的无奈、渺小；机械的高速运转使每一个肉身都成为失败者；整齐划一的机械操作面前，人人失去个性。另一方面，无限追求金钱和财富，一切

①（美）张英进：《中国现代文学与电影中的城市——空间、时间与性别构形》，秦立彦译，江苏人民出版社 2007 年版，第 6—7 页。
②孙逊、杨剑龙主编：《阅读城市：作为一种生活方式的都市生活》，上海三联书店 2007 年版，第 88 页。
③马长山：《国家、市民社会与法制》，商务印书馆 2005 年版，第 17 页。

价值均用金钱衡量,那么,人就成为金钱的奴隶,所以如马克思所说,资本主义即现代历史阶段,人类出现了拜物教,必然导致人性的异化!

再次,现代社会组织和社会结构。现代社会是自由、民主制度,法治社会,张扬政治自然权益上的平等主义和经济事实生存上的自由主义(不平等主义),这在现代都市里也最典型。法制社会,理性至上,保证每个人的自然权益和社会权益,同时对世俗化的道德和个性化的感情提出挑战,导致人的自由而孤立、孤独。

又次,世俗消费、享乐之风日盛。梁漱溟曾经说,西方是以欲望为本位的社会。这在现代都市里也最兴盛。欲望的内涵很宽泛,对于现代都市而言,最突出的有两种:物欲和性欲。物欲支配下,现代都市成为人类生存的第二自然空间,购物天堂代替自然天堂。如本雅明笔下巴黎著名的拱廊街。左拉说,在巴黎,只要俘获了女人的心,什么东西都可以销售出去。巴黎从18世纪末就开始成为世界的不夜城。时尚,最初的意义就是指巴黎女人的服饰。性欲支配下,英美清教伦理被突破,具有天主教传统的巴黎更加自由、开放,女人情色与艺术美结合成为全世界最迷人的风景。现在看看19世纪末巴黎埃菲尔铁塔和红磨坊结合起来做背景的情色女郎的广告,一份辉煌而又淫靡的现代风情扑面而来,仍然能给人以强劲的现代性刺激感受。关键是这种性欲的开放增加了现代自由的基础,具有了现代消费的内涵,其性质与传统的被迫卖淫有了很大区别。美国学者罗兹·墨菲《上海——现代中国的钥匙》里披露了一个记载:"1934年,(上海)一家当地中文报纸估计:就卖淫业作为一种特色而论,上海走在全世界城市的最前列;在伦敦960人中有一人当娼妓,即娼妓占总人口的九百六十分之一;在柏林,娼妓占总人口的五百八十分之一;在巴黎,占四百八十一分之一;在芝加哥,占四百三十分之一;在东京,占二百五十分之一;在上海,占一百三十分之一。"[①]这里,娼妓的形成仍然是以生存逼迫为主要原因,但是这样大规模、全覆盖的卖淫现象,就不是一般的道德评判所能解决的。

最后,必须指出,现代社会两种现代性的冲突在现代都市也最典型。所谓社会现代性,通俗地讲,可以称为法制现代性、科层现代性、科技现代性、理性现代性、商业现代性、金钱现代性等,属于工业建构、制度建构、资本建构。如美国学者卡林内斯库在《现代性的五副面孔》里概括:"作为文明史阶段的现代性是科学进步、工业革命和资本主义带来的全面经济社会变化的产物。"[②]社会现代性推动社会科学化、规范化、高效率发展,社会财富极大丰富的同时导致人性的压抑、扭曲、变态,人的美好情感的干枯和丧失。如美国学者丹尼尔·贝尔在《资本主

---

① (美)罗兹·墨菲:《上海——现代中国的钥匙》,上海社会科学院历史研究所编译,上海人民出版社1986年版,第8页。

② (美)卡林内斯库:《现代性的五副面孔》,顾爱彬、李瑞华译,商务印书馆2002年版,第41页。

义文化矛盾》里解释，在现代的初期，企业家和艺术家同是时代的新人，对于现代的开拓同样起先锋作用，但是在以后的发展中，企业家占了过多的生存空间，导致了人类精神的偏至，于是艺术家便与之分道扬镳，并对之所代表的人类精神的偏向进行积极的抵抗和颠覆①。这也就是审美现代性的发生。所谓审美现代性，就是对社会现代性反抗和颠覆在美学意识上的反映，一般情况下，都表现在具有鲜明现代主义倾向的文学艺术之中。而我们所谓现代都市文学，就其内在属性讲，又处于社会现代性与审美现代性交叉的地带。

所谓现代都市文学，就是具有现代都市意识（即都市审美意识）的文学。而要具备现代都市意识，就必须首先承认现代都市存在的合理性和合法性；而要承认现代都市的合理性和合法性，文学艺术对于现代都市就不仅仅是批判和否定的，还应有对现代都市的认可和肯定。

换言之，就是要承认现代都市是人类文明的高级形态，是人类聪明才智的创造物，是人类美好生活愿望和思想情感在高一级历史阶段寄托之所在，无论它有多少弊端和缺陷，都只能是在肯定的同时质疑、批判，而不是站在传统价值标准特别是传统道德标准上进行简单质疑、批判甚至否定。如西方现代主义文学艺术的先驱波德莱尔之所以也是现代都市文学的先驱，就因为他在对19世纪中期的巴黎进行质疑、批判时也在对它表示肯定和迷恋。他是第一个提出审美现代性概念的艺术家，但是他的审美现代性概念的内涵就既包含了对现代都市所代表的西方社会现代性弊端的质疑和批判，又包含了对现代都市所代表的西方社会现代性给现代审美所带来的新的转向的肯定和赞颂。他说，所谓审美现代性，"就是过渡、短暂、偶然，就是艺术的一半，另一半是永恒和不变"②。他特别强调现时、当下，实际上就是对现代都市快速变换人生给审美上带来的新鲜、刺激、创造性、即时性的肯定。他的《恶之花》对于巴黎另类女性的想象和描绘也有批判中沉醉的成分。考虑到女性就是巴黎的象征，那么他对女性的沉醉也是对现代都市——巴黎的沉醉。其他，如狄更斯、巴尔扎克、莫泊桑等人的创作差不多都具有同样的审美倾向。

现代主义文学与现代都市文学同中有异。同，在于确有一些现代主义文学与现代都市文学一样都是对于现代都市人生的审美反映；异，在于现代主义文学并非都是以现代都市人生为审美对象，它也可能以乡村、城镇生活为审美对象；更重要的区别在于现代都市文学一定有都市意识，而现代主义文学只要对世界、人生有现代主义感受和理解或有现代主义艺术表现和艺术风尚即可。如鲁迅的散文诗《野草》，戴望舒、冯至、穆旦的大部分诗歌，它们是现代主义的，但不一定

---

① （美）丹尼尔·贝尔：《资本主义文化矛盾》，严蓓雯译，江苏人民出版社2007年版，第16页。
② 郭宏安编译：《波德莱尔美学论文选》，人民文学出版社2008年版，第439—440页。

是现代都市题材,更不将自己的审美目的仅归结在现代都市上。它们有更高远的审美目标。

现代都市文学与现代通俗文学也同中有异。同,在于与现代商业文化语境都有千丝万缕的联系,不少现代都市文学与现代通俗文学一样都有明显的商业功利需求;异,在于更多的现代通俗文学中都市并不是独立的审美对象,甚至与现代都市毫无审美关系。如现代武侠小说,除了在现代都市商业语境中写作、发表、出版、广告传播外,其审美对象与现代都市文学有何关联呢?与现代都市有关联,但与现代都市文学几乎没有任何关系。

现代都市文学与现代市井文学(如部分鸳鸯蝴蝶派文学作品)也有区别。现代市井文学可以看作古代市井文学的延续,它的主要特征在于平民立场,道德劝诫,情感呼唤,文化守常。现代都市文学则以道德破解、人性释放、欲望张扬、追新逐异等为特色。归根结底,现代都市文学既是审美现代性的体现,也是对社会现代性的一种曲折呼应。

根据现代都市文化审美精神,现代都市文学也可以分为三个层次:现代通俗都市文学、现代先锋都市文学、现代先锋与通俗之间胶着的都市文学。就中国现代都市文学来言,第一种就是以 20 世纪初期朱瘦菊的《歇浦潮》、孙家振的《海上繁华梦》为代表的都市文学;第二种就是以郁达夫的《沉沦》、茅盾的《子夜》、巴金的《寒夜》和钱锺书的《围城》等为代表的都市文学;第三种就是以新感觉派小说和张爱玲、苏青的小说为代表的都市文学。第一种都市文学没有新的思想观念、价值系统笼罩,而旧的道德意识又失去了约束效应,所以写作的都市生活具有很大的自然主义倾向(这里,"自然主义"只是作为一种创作方法来运用)。它表示着现代都市文学的审美世俗化、通俗化。第二种有鲜明的新的思想观念、价值系统笼罩,这种思想观念、价值系统不一定是政治意识形态,也可能是人生的其他意识形态。这种都市文学往往因为背后有新的现代理论而表示出精英立场、先锋意识和深度模式。第三种介于以上二者之间,雅中有俗,俗中也有雅,其最高级形态就是大俗亦大雅的张爱玲小说。

二、为什么阅读中国现代都市文学?

了解了什么是中国现代都市文学,自然就应该能理解为何要阅读中国现代都市文学。

首先,研读中国现代都市文学是当下学术建设的需要,也是当下都市文化建设的需要。中国现代文学产生和发展的历史不算长,但是在这短暂的历史时段里,却产生了许多文学大家,包括现代都市文学大家,如郁达夫、茅盾、新感觉派作家、巴金、钱锺书、张爱玲、朱瘦菊、周天籁等。其他,成就稍稍低一些的作家也在 40 位以上。这些作家可以分为两类，一类是主要成就不在现代都市文学上，如鲁迅、郭沫若、张竞生、徐志摩、丁玲、孙大雨、陈梦家、张恨水、戴望舒、钱君匋、杜衡、姚蓬子、老舍、曹禺、艾青、楼适夷、辛笛、袁可嘉、穆旦、柯灵、师陀、杨绛、平江不肖生等，但是他们也写有相当高质量的现代都市文学作品；一类是主要创作现代都市文学，并且在现代文学史上都产生了程度不同的影响，如陶晶孙、滕固、叶灵凤、邵洵美、章克标、蒋光慈、张若谷、夏衍、袁牧之、徐訏、予且、苏青、汤雪华、施济美、令狐彗、东方蝃蝀、潘柳黛等。可以说，到目前为止，这其中，除了郁达夫、茅盾、新感觉派作家、张爱玲、苏青、钱锺书等人的现代都市文学创作受到了重视，得到了较广泛深入的研究外，其他多数作家的现代都市文学创作成就都还没有获得真正认可。毋须讳言，这样的研究状况对于整个现代文学研究的拓展、深入都是不利的。现代都市文学是现代都市文化的一部分，而且是现代都市文化中最深入精神、灵魂的一部分，所以，对于现代都市文学研读过少，对于现代都市文化的深层建设也是障碍。

　　第二，对于广大高校青年学生和社会上无数文学爱好者来讲，最重要的也许是，这部分文学除具备一般文学的认识功能、教育功能和审美功能外，还特别具有启发和培养青年人真正现代的人生观、价值观、审美观，真正现代的眼光、心理、情怀和能力的作用。

　　德国著名历史学家、哲学家斯宾格勒在《西方的没落》里说，人类"所有伟大的文化都是城镇的文化"①；城市是人类文明的高级形态，是认识人类文明的窗口。同理，现代都市为人类提供了最高级的文明形态和人生方式，但它也带来人类前所未有的种种人生困境。这一切均非传统农业文明下思想价值标准所能够解释和解决的。如狄更斯的《双城记》，它叙述一个英国银行职员带着任务去法国巴黎解救一个即将被法国大革命中民众所杀害的法国贵族青年。小说通过这个英国银行职员的眼光看到法国贵族的残暴，法国人民的愤怒，法国在大革命中的混乱。这个银行职员在克服种种困难后，在别人的帮助下营救了这个法国贵族青年，并且与这法国贵族青年一起回到英国。这个作品不免英国民族的优越感和偏见，但它确实揭示了法国大革命中巴黎生活的一面。英国伦敦作为金融之都、理性之都、宽容之都的特性昭然若揭，巴黎作为革命之都、感性之都、暴烈之都的特点也相应得到展示。理解这个作品，如果没有现代都市视角，那是无法透彻的，也无法解释作品的名字为何叫做"双城记"？莫泊桑的《项链》，以往中学课本里都有，老师们的讲解只是一般意义上告诉学生，小说批判女人的虚荣心，但是这种虚荣心是怎么造成的，它与现代都市是什么关系，这些就只有了解了现代都市文化、现代文学的都市审美取向才可能得出答案。戴望舒的《雨巷》，一般

①（德）斯宾格勒：《西方的没落》第二卷，吴琼译，上海三联书店 2014 年版，第 91 页。

的理解只是说表达了人生理想的可望而不可求,但是这种人生理想到底为什么不可求,没有现代意识也无法理解。事实上,诗篇安排显在的空间是具有古典色彩的江南雨巷,而隐在的空间则是现代都市。因为诗篇中间几节所描绘的戏剧性人生场面恰恰表达了只有在现代都市才最典型的困境。还有张恨水的长篇小说《偶像》,如果不具有现代都市意识,可能就会理解为一个嘲弄"男人难过美人关"的故事,但是如果从现代都市意识看,他表达了男人的脆弱和悲哀,因为男人爱美是天性,这本是人性之一端,只不过现代人生的缺陷导致并非每个人都可以完美实现自己的梦幻。张爱玲的《沉香屑——第二炉香》言:"沾着人就沾着脏。"小说的目的是质疑传统的女性贞洁癖。劳伦斯的《性与可爱》公开宣教,说一个少女是纯洁的,不是对她的赞美,而是显露人性的愚昧。——这样的思想和话语不放在现代都市文学语境里就无法正确得到评价。

王晓明在《文学经典与当代人生》"绪论"里专门设立一个小节,向大学生谈论"为什么要学文学?"他说:"学文学有什么用? 你们可能会觉得这样的问题很愚蠢,不应该对文学发生这样的疑问。"其实,王先生的提问用意深远。王先生接着谈:现代专业分工导致人才培养的偏至,而随着发展,专业更替越来越快,人要跟上时代,满足越来越细的专业需求,也越来越难了。如此,人的精神要么开始就没有机会"成形",要么精神不够强大,最终会被拖垮。如何使人精神不败?上大学和读文学经典。"为什么读大学? 现在实际上有好几种不同的求学的道路可以选择。……第一,大学的确可以教给你们一些将来谋生的知识,但是,如果真的要讲谋生,说老实话,大学里教的知识太少了,不够用,特别是现在的知识更替那么快。你要谋生,你要学一辈子,大学里教的很多东西都太旧,没有用。工科的学生大概对这一点感触特别多,考大学时你选一个专业,可能它当时很热门,可四年下来,你毕业出去的时候,它已经不再热门,甚至可能变成冷门,不需要这么多人了。所以,我就觉得,如果大学四年都用来学谋生的本领,太可惜了这个环境,也可惜了这么宝贵的四年时间。第二,越是社会变化快、更新周期短,我们就越需要把自己的脑子磨练好,要在精神上早一点成形。各位现在人是进入大学了,但精神上基本上是散的,没有成形。"①北大的陈平原在"文汇教育"公众号发表文章,标题就是"中文系是为你的一生打底子"。钱理群先生在北大清华讲座公众号上也发表文章强调,上大学就是要打好两个底子,一个是专业知识的底子,一个就是人文精神的底子,而这人文精神的底子非阅读中外文学经典不可。自然,这中外文学经典就包含中外都市文学经典,如狄更斯的《双城记》、巴尔扎克的《高老头》、莫泊桑的《项链》、左拉的《娜娜》、德莱赛的《美国的悲剧》、菲茨杰拉德的《了不起的盖茨比》、艾青的《巴黎》、巴金的《寒夜》、张爱玲的《金锁

---

① 王晓明、董丽敏、孙晓忠:《文学经典与当代人生》,复旦大学出版社 2008 年版,第 19 页。

记》、钱锺书的《围城》等等。

对于那些真正渴望实现"人的现代化"的青年读者来讲,阅读中国现代都市文学特别是中国现代都市文学经典作品实在是一种必要的补课。中国是一个历史悠久的农业国度,中国几千年的文学总的来看,是乡土文学,而不是都市文学,现代都市文学产生和发展的历史更短,各种因素控制,读者群体始终没有形成一套行之有效的解读现代都市文学的理论和方法。中外哲人均强调:"眼光的改变将改变一切。"而中国读者在这方面的眼光始终没有得到明显的改变。

大众狂欢时代,网络传播时代,文学阅读物非常之多,但是这些读物良莠不齐,缺乏高一级的文学评判标准制约,其中大量的是消闲娱乐品或纯粹色情展览,这与我们的青年学生十年寒窗苦读,上大学,实现人生理想的愿望实不相称。深层次地讲,是对我们的高等教育和每一个大学生漫长学习、磨练、提高过程的亵渎和嘲弄,而这实非青年学生艰苦奋斗之初衷。高等教育主要还是以培养精英人才为目的,特别是以培养适应全球化背景下中国现代化建设所需要的新型精英人才为目的,所以,为青年学生和社会上青年读者介绍文学经典包括现代都市文学经典实在是当务之急。

三、如何阅读中国现代都市文学?

这个问题与前面的问题紧密相连,这里谈几点认识仅供读者参考。

其一,积极培养现代都市意识,开拓自己的视野,调整自己的心态,建立新的对世界、人生、社会、历史包括自我的审美标准。可以说,没有相应的都市意识,就无法进入现代都市文学的殿堂。如究竟该如何看待现代都市文学中对于人的物欲、金钱欲、性欲的书写,如何看待现代都市文学的唯美—颓废倾向,等等。这些问题都不是以往的道德评判所能够解释和解决的。但是你将它们放在现代都市语境里寻找答案就比较容易了——既是人类生存越来越世俗化、实存化的表征,也是人类反抗现代物化人生、减缓生存压力、释放人生情感的方式和途径。现代都市语境里,精神进一步物质化,人性进一步自由化,价值取向进一步多元化,一切都是可能的,一切都有其存在和发展的理由,表征在文学上,必然有各种各样对于人类精神、心理、人性的捕捉和探索,甚至可能是畸形的,而且越来越趋向于无意识状态。至此,文学与传统道德的关系就日益松散。唯美—颓废文学本身就是有意识对抗传统道德的。现代都市文学的产生和发展昭示着,在现代都市环境里,再像以往那样抱持着传统道德观念和心态生活是远远不够的了,无法满足现代人生的需要了,但我们是否做好了准备——是沉沦?是沉醉?是警觉?是创造?是超越?

其二,进入作品具体层面,就是先直接阅读、反复阅读作品本身。这本不成问题,但在当前信息爆炸、人们的认知往往被媒体所左右的年代,作为一个问题提出来还是有它的意义。记得钱理群先生在北大课堂上,反复劝导学生们,一定不要仅仅听别人怎么说,一定要自己先读先看,先从作品原典获得第一阅读印象。人生中有许多"第一"都很重要,给人留下印象也最强烈,往往终生难忘,对现代都市文学作品的阅读印象往往也是这样。只有自己有了直接的原始的阅读印象和感受,你才有资格判断一部作品是好还是不好,是喜欢还是不喜欢,也才能判断别人分析解读的是妥当还是不妥当,才能形成自己的理解、感受与别人的理解、感受的"对话",从而将对作品的理解和感受深入下去。另外,好的文学作品总是有"说不尽的"的情况,如说不尽的郁达夫、说不尽的张爱玲、说不尽的《围城》等。面对这种情况,就需要反复阅读,甚至需要随着年龄增长反复阅读、不断阅读。按照读者阅读理论,文学作品的意义也是读者在不同语境下赋予的。如茅盾的长篇小说《子夜》,新中国成立后政治化语境里,人们看到的是其反帝反封建意义,新时期之后,由于人们对过去政治化评判的反感,认为它不过是一份高级社会文件,20 世纪 90 年代以后,人们又普遍看到其现代都市文学意义,并且被陈思和称为"左翼海派文学"的代表作。总括地说,这几个方面都是《子夜》所有,但是不同语境读者会看到不同方面。读书分泛读与精读,泛读解决面的问题,精读解决点的问题;泛读使人知识信息丰富,精读才使人有思想情感高度(或曰深度)。

其三,在别人的认知、研究成果引领下阅读。前面说,要重视自己的阅读感受,这是理解作品的基础,但是这不意味着青年读者可以不要前人的引导。正确的方法是先自己阅读,获得第一印象,产生不少疑问,然后带着这些疑问寻找参考资料,譬如"作家传","作家研究资料",对该作品直接分析解读的文章、著作等。为了保证其严肃性和正确度,最好是参考纸质出版的,网络上的去查知网、超星等正规网络途径中的。这样,对作品的理解就不会仅仅停留在主观感受上了,就会增加许多理性内容和文化含量,从而在更高层次上解决一些问题。如朱自清有一篇散文《女人》,叙述自己有一位朋友特别喜欢看女人,只要发现了自己喜欢的女人就在后面跟踪,直到看不到为止。但他说他喜欢女人,并非为了占有,正如欣赏鲜花,并非为了采摘,纯粹是一种审美的态度。这本是一个很高雅的境界,好像没有什么可置喙的,但是你若结合作家的具体人生境况、作家的人生情趣,把它放在都市文化背景下去理解,它就与现代都市意识相关,就具有一定都市文学倾向。自从 1992 年台湾诗人余光中在《名作欣赏》上发表文章说朱自清的散文中有"意恋"倾向后[1],人们对朱自清散文创作的审美蕴含的认识就有了大大的转折,人们由此看到一个具有强烈现代都市意识但又传统道德感极

---

[1] 余光中:《论朱自清的散文》,《名作欣赏》1992 年第 2 期。

强、因此在生活中极其自我压抑的充满矛盾的朱自清。这种研究揭示了朱自清精神世界的复杂性，预示着理解朱自清文学创作的一个新方向，从此纯粹从道德角度看待朱自清就明显不够了。这样新鲜的认识和理解，文学解读能力强、勤于思考的读者也可能会得到，但是对于多数读者来言，可能还是需要借助别人的研究成果才会如愿以偿。

其四，掌握一些必要的文学分析解读理论和方法。常言道："求人不如求己。"分析解读文学作品，最重要的是靠自己的能力，而不是仅仅依赖别人现有的成果。这样，自觉加强理论修养，掌握几种分析解读文学作品的思路、方法还是非常必要的。

一部好的文学作品，往往不可能只具有一个方面或一个层面的内涵和美学意义。如对茅盾的《子夜》，可以用"社会分析法"，因为它主要呼应20世纪30年代中国社会性质论战，按照中国共产党内对于当时中国社会各阶级的分析来给人物定性，并赋予人物相应的内涵，因此文学史家称之为"社会剖析小说"；可以用"文化分析法"，因为小说同时还写了当时迅速崛起的大上海都市生活，而且在书写这种物质文明高度发达、男女生活相当自由的都市生活时，不时流露出与其无产阶级立场相逆的认同、欣赏心理，从而使文本具有精神、神韵上的分裂症状；可以用"文学本体分析法"（偏于文学形式的分析），因为小说宏大而复杂的叙事结构及其意义功能早已得到文学史家们的公认。过去，人们对巴金长篇小说《寒夜》的解读主要强调其"社会学"含义，如说是揭露国民党反动派统治下社会的黑暗和普通底层人的不幸等等，其实如果要将解读深入下去，更好地接近文本，必须用"文化分析法"，因为小说的内涵绝不止于此，还有对中国家庭中常见的婆媳关系这个亚文化现象的文化透视。当然小说"更深刻的也许是无意识的内涵"在于表现五四理性精神在女性自然欲望面前的败北。这个方面，小说一点也没有否定女主人公的倾向，但就在没有否定女主人公的书写中，女主人公人性的丰富性和危机感也得到立体地呈现。无疑，这样的审美内涵属于现代都市。

有些作品特别适合精神分析法。如张爱玲的许多小说都可以用精神分析法解读。《金锁记》里，曹七巧对自己儿女、儿媳的折磨，《十八春》里顾曼璐对于妹妹顾曼桢的伤害，其性变态心理还是显的，而《沉香屑——第一炉香》中梁太太和《沉香屑——第二炉香》中蜜秋儿太太的性变态心理就是无意识的。梁太太不支持侄女葛薇龙上学，而让她成为妓女样的交际花，是对当年哥嫂得罪她的报复，更是对侄女青春美丽的嫉妒的反映。蜜秋儿太太自己守寡，就过分教唆两个女儿形成洁癖，于是两个女儿都是刚成婚，就逼死了丈夫，她们也成了寡妇，母亲心理才平衡了。这也是由表现为嫉妒的性变态心理所致。台湾小说家李昂的《杀夫》难以称为典型的都市小说，但是小说通过阿芒官形象的塑造对女性性变态的揭示还是具有了鲜明的都市文学审美倾向。

有些作品特别适合性别意识解读法。如丁玲的《梦珂》《莎菲女士的日记》就具有鲜明的女性主义倾向,表达了对现存男性世界的质疑、对抗和对完美男性的诉求。老舍的《骆驼祥子》从男性视角看,"虎妞"有贪欲的一面,但若从女性视角看,虎妞张扬了女性被压抑的欲望,是生命的自然反弹。

有些作品特别适合原型(母题)解读法。张爱玲最有名的小说都有《白雪公主》中皇后与白雪公主那样的原型结构,即老一辈女性对年轻一代女性的嫉妒和伤害;其它,俄狄浦斯王式故事原型在她的小说中也得到改写。另外,潘金莲、武则天、杨玉环等形象也成为后世都市文学创作的原型。

文学本体解读法起源于俄国形式主义批评、美国新批评和法国结构主义批评等。这种解读法强调文学文本的独立位置,忽略文学文本与作者创作意图之间的对应关系,而从文本内部寻找结构的裂缝(就是"症候")进行"细读",或从文本与多重语境之间的关系进行语义学分析,体现出新的文学解读观念,收到前所未有的解读效果。前者如余光中对于朱自清散文的精神分析;后者如西方学者对《白雪公主》的女性主义解读,我国学者对茅盾《子夜》都市文化内涵的解读等。接受美学更强调读者在文学解读中的审美个性和艺术爱好。

而所有的阅读理解都有一个当下性与历史性的复杂关系问题。一般而言,鉴赏性阅读主要用"美学标准",不太看重"历史标准",而批评、研究性阅读则同时看重"历史标准"。如怎样评价清末民初鸳鸯蝴蝶派作家的都市文学创作?与以鲁迅、郭沫若、郁达夫、茅盾等为代表的新文学作家的都市文学创作相比,他们的创作显得意识陈旧,但是放在中国从传统向现代转换的历史语境中去分析,他们的创作是否也有不可否定的价值?20世纪30年代,上海左翼都市文学书写上海工人阶级的生活,艺术上固然存在不少缺陷,但是在开辟现代都市文学的新领域,创作现代都市文学的新品种方面是否也具有不容抹杀的贡献?这里,解读时就要有历史眼光,考虑到它在历史上所起的作用,而不能仅仅从当下人们对文学的好恶审视。

第一部分

小说

海上花列传

韩邦庆

【阅读提示】

作者韩邦庆(1856—1894),字子云,号太仙,别署大一山人,松江府(今属上海)人。父官至刑部主事,他自幼随父在北京长大,后南归应科考试,秀才之后却屡试不中,一度在河南做幕僚。长期居住上海,熟悉"花界"人生,经常为《申报》撰稿,1892 年自己创办半月刊《海上奇书》(后改为月刊),以"花也怜侬"为笔名登载自己的《海上花列传》等,不久病逝,时 39 岁。作品除《海上花列传》外,还有文言小说集《太仙漫稿》等。《海上花列传》共 64 回,1894 年出石刻单行本,推荐阅读 1982 年人民文学出版社根据原石刻本重版的文本。

《海上花列传》是得到鲁迅、胡适、刘半农、张爱玲等著名作家和范伯群、袁进等著名文学史家特别看重的作品。鲁迅《中国小说史略》认为《海上花列传》是清末民初"狭邪小说"的压轴之作:"《红楼梦》方板行,续作及翻案者即奋起,各竭巧智,使之团圆,久之,乃渐兴尽,盖至道光末而始不甚作此等书。然其余波,则所被尚广远,惟常人之家,人数鲜少,事故无多,纵有波澜,亦不适于《红楼梦》笔意,故遂一变,即由叙男女杂沓之狭邪以发泄之。如上述三书(按指《品花宝鉴》《花月痕》《青楼梦》),虽意度有高下,文笔有妍媸,而皆摹绘柔情,敷陈艳迹,精神所在,实无不同,特以谈钗、黛而生厌,因改求佳人于倡优,知大观园者已多,则别辟情场于北里而已。然自《海上花列传》出,乃始实写妓家,暴其奸谲,谓'以过来人现身说法',欲使阅者'按迹寻踪,心通其意,见当前之媚于西子,即可知背后之泼于夜叉,见今日之密于糟糠,即可卜他年之毒于蛇蝎'(第一回)。则开宗明义,已异前人,而《红楼梦》在狭邪小说之泽,亦自此而斩也。"

小说专门为当时上海高等妓女(长三书寓,小说中称"先生""倌人")群体作传,可见当时上海"花界"之繁盛和当时上海生活之浮华。不过,小说不"溢美",也不"溢恶",采取"平淡而近自然"的写实手法,力求还原妓女形象的真实面貌。小说大量书写的不是这群神女与嫖客的肉体关系(高等妓女的主要功能在交际、娱乐),而是情感关系和利害关系,并在此过程中凸显她们的性格和意趣。如写沈小红的生活华奢,敢作敢为,泼辣任性。沈小红与很多妓女一样,原本好人家出身,为生计所迫、误落红尘后,被富家子弟王莲生所宠爱,应允王莲生不再接待其他客人,她的生活也一应由王莲生承担,但是她生活场面之大、花费之昂,令王莲生退避三舍。后来王莲生移情别恋于另一妓女张惠贞,沈小红知晓后,遂大闹明园，拳翻张惠贞，口啮王莲生，堪称"淫凶"；加上她又与戏子私通，再次失宠，从此，一代"名花""满面烟色"，令人伤感了。写卫霞仙的临危不乱，机警应对，言辞狠辣。卫霞仙此时为富商姚季莼所包养，姚的太太威风凛凛来妓院寻事，众人惊慌无措，卫霞仙却异常镇静，待姚太太奔至面前，则一番话将姚太太压服下来。她认为姚太太来妓院闹事是自取其辱，并且说：如果你在家做奶奶不耐烦了，愿意来堂子里寻开心，那么我就介绍客人将你"强奸"了可好？结果气得姚太太大放悲声而去。写李漱芳的心实和痴情。李漱芳与书香人家子弟陶玉甫感情深笃，陶玉甫要娶李漱芳为妻，但是陶家不得通过，李漱芳乃郁结在心，就此病逝。李与陶的故事是林黛玉与贾宝玉故事在近代的延续。小说写得最隐秘的是黄翠凤的内心周密，精于算计，与鸨母合谋欺诈官员罗子富。黄翠凤八岁失去父母，由妓院鸨母黄二姐抚养长大成人后成为一代"名花"，为官员罗子富所供养。罗子富愿为她赎身，她利用罗子富对她的迷恋索取五千元之巨作为调头用度，黄二姐也趁机索要赎身费一千元。黄翠凤对黄二姐感情复杂，一面嫌厌黄二姐，一面又怜悯她，办理赎身手续的当天，推心置腹给她一番周密的劝诫，指点她今后怎样做人和怎样做生意。后来，被黄二姐纠缠不过，也是为自己利益着想，又与黄二姐合谋（"撺文书借用连环计"）敲诈罗子富五千元。其他人物，如张惠贞的凡庸，周双玉的骄盈，杨媛媛的诡谲，陆秀宝的放荡，陈二宝的幼稚等，均给读者留下深刻印象。

小说写出古典的情与爱、古典的诗意人生的最后闪光。张爱玲就言，像陶玉甫与李漱芳那样的爱情今后的人很难有了。小说中，诗人方蓬壶感叹："故歇上海的诗，风气坏哉。"但他自己在别人眼里却是"呆头呆脑"，毫无趣味。妓女文君玉经常吟咏古典诗词，并且说，真正的客人（嫖客）还没有出现过，可是罗子富却疑问：像她这样的倌人"不知再有何等客人要去做她"。王德威说：小说"打破了读者及书中人物所共同憧憬的浪漫主义常规"。

小说开创了"乡下人进城"的叙述模式，对于后来的现代都市文学具有巨大的启发作用，茅盾的《子夜》、老舍的《骆驼祥子》甚至钱锺书的《围城》里都可看到这种书写模式的影子。小说以苏州乡下人赵朴斋到上海寻靠娘舅洪善卿为开端，又以洪善卿与一些商人、官僚和妓院的关系为线索，展开上海这群高等妓女与富商巨贾、官僚显贵的情感纠葛和利害关系。赵朴斋受上海酒气财色诱惑，自己"沉沦"不说，还将自己的妹妹陈二宝也带上妓女的道路（陈二宝影响下，她的同伴张秀英也走上这样的道路）。按照陈思和的说法，《海上花列传》揭示了上海"繁华与糜烂同体存在"的一面。

小说艺术上还有两个开创性贡献，一是小说叙述上的"穿插藏闪之法"，实为"从来说部所未有"（见小说《例言》），一是采取方言吴语写小说。作家曾说："曹雪芹撰《石头记》皆操京语，我书安见不可操吴语。"（海上漱石生《退醒庐笔迹》）

可见作家的抱负。另一面,小说人物语言采取纯粹的吴语,表明上海高等妓女、上海的妓女文化与明清吴语地带即以南京为中心的秦淮河高等妓女、妓女文化的历史性关联。

从现代都市文学的角度看,小说的不足之处在于所写场景、事物、人物及其文化审美内涵均不够现代。作家过于客观、近乎零度的叙述态度可以理解为作家对历史真实的慎重,对人物的尊重,也可以理解为作家对历史审美判断的迷茫,对人物审美褒贬的含混。1890年代,中国正处于混乱时期,作为现代大都市的上海还没有成型,作家更先进的审美意识形态也还没有养成,作家又无意于刻意媚俗,那么小说在现代审美价值序列中就缺乏依傍(也可理解为拒绝被任何意识形态收编),显得孤冷、寂寞,而终被普通读者所忽略,几为历史所遗忘了。这堪称一个不大不小的吊诡事件。

【延伸阅读作品与参考文献】

1. 张爱玲翻译:《国语海上花列传》(上、下),北京十月文艺出版社 2012年版。

2. 袁进:《略论〈海上花列传〉在小说城市化上的意义》,《明清小说研究》2005年第 4 期。

3. 程亚丽:《从"神女"到"凡女"——论 20 世纪妓女叙事的话语变迁》,《中国现代文学研究丛刊》2016 年第 3 期。

4. 邵江宁:《消费文化、文人趣味与文体选择——以〈海上花列传〉为例分析》,《学术月刊》2010 年第 2 期。

5. (美)贺萧:《危险的愉悦:20 世纪上海的娼妓问题与现代性》,韩敏中、盛宁译,江苏人民出版社 2010 年版。

6. (美)叶凯蒂:《上海·爱》,杨可译,生活·读书·新知三联书店 2012年版。

【思考与练习】

细读张爱玲翻译国语版《海上花列传》,试比较它与吴语原版《海上花列传》在审美效果上有何不同?

留东外史

不肖生

【阅读提示】

作者不肖生(1890—1957),原名向恺然,湖南平江人。现代通俗小说大家。1914 年开始撰写《留东外史》,1916 年 5 月至 1922 年 10 月由上海民权出版部出齐,共 10 集,署名"不肖生"。之后又有《江湖奇侠传》等。新时期以来,1988 年 7 月岳麓书社出版《留东外史》(上、下卷)较早,不过文字太小。推荐阅读 2013 年 2 月花山文艺出版社三卷本。

作者在小说中解释作品和笔名的由来:"不肖生自明治四十年即来此地……用着祖先遗物,说不读书,也曾进学堂,也曾毕过业,说是实心求学,一月有二十五日在花天酒地中,近年来,祖遗将罄,游兴亦阑,已渐渐有倦鸟思还故林之意,只是非鸦非凤的在日本住了几年,归得家去,一点儿成绩都没有,怎生对得住故乡父老呢? 想了几日,就想出著这部书作敷衍塞责的法子来。"小说洋洋近百万言,体式和写法与《海上花列传》相仿,叙述从民国三年起、到民国五年止中国在日本的部分留学生和亡命客的特殊生活。

作者在小说开头交代:"原来我国的人,现在日本的,虽有一万多,然除了公使馆各职员及各省经理员外,大约可分为四种。第一种是公费或自费在这里实心求学的;第二种是将着资本在这里经商的;第三种是使着国家公费,在这里也不经商,也不求学,专一讲嫖经、读食谱的;第四种是二次革命失败,亡命来的。第一种与第二种,每日有一定的功课、职业,不能自由行动。第三种既安心虚费着国家公款,饱食终日,无所用心,就不因不由的有种种风流趣话演了出来。第四种亡命客,就更有趣了。诸君须知,此次的亡命客与前清的亡命客大有分别。前清的亡命客,多是穷苦万状,仗着热心、毅力,拼着颈血头颅,以纠合同志,唤起国民。今日的亡命客则反其事了。凡来在这里的,多半有捐来的款项,人数较前清时又多了几倍。人数既多,就贤愚杂出,每日里丰衣足食。而除此来日本的,不解日语,又强欲出头领略各种新鲜滋味,或分赃起诉,或吃醋挥拳,丑事层见报端,恶声时来耳里。此虽由于少数害群之马,而为首领的有督率之责,亦在咎不容辞。"

小说承续清末民初狭邪小说传统,通过大批留日中国学生如周撰、郑绍敃、张思方、李锦鸡等人在东京的游冶生活揭开这部分中国留学生道德沦丧、品格低下、挥霍官费、追逐女色的嘴脸,也通过许多日本女学生、已婚女性、下女、妓女、艺妓等女性揭示当时日本作为"淫卖国"其女性道德松弛、性生活放荡的百态。

小说令人震撼之处在于叙写女性欲望的张扬是女性生命意义提升的重要凭借，日本著名女界代表下田歌子提倡女性通过卖淫为社会服务。"她说，我们妇人爱国，既不能当海陆军，又不能学高等的工业，做个高等机师，应做甚么才是最有效力之爱国？这些女子听了，有说入赤十字会当看护妇的，有说进女子家政学校学了理家的，有说学妇人科医学的，有说学产婆的。她说，都不对，只以当卖淫妇为女子第一要义，随说了许多当卖淫妇的好处出来。女子都拍手赞叹，一个个归咎自己，怎么这样容易的问题也想不到？"下田歌子的从妓观可以折射出 19 世纪末 20 世纪初日本军国主义的抬头，但女性欲望在此也彰显超出单纯的生理需求、经济需求和道德约束的意愿。更令人震惊的是来自中国的新女性、妙龄女郎胡蕴玉也赞同并身体力行女子的性自由，认为男性可以嫖女性，女性为何不能嫖男性？有人指责她生活放荡，但她毫不在乎。小说几乎涉及东京所有游冶场所，最著名的是浅草一带。"这浅草是东京名所，秦楼楚馆，画栋连云，赵女楚姬，清歌澈晓。虽说没有甚么天然的景致，人力上游观之适，也就到了极点。有名的吉原游廊(公娼)即在其内。去年吉原大火，将数十栋游廊烧个罄尽。重新起造，较前规模更加宏大。大铭酒屋亦惟此处最多。活动写真馆有一二十处，都是极大的西洋房。料理店、弹子房更不计其数。"小说也有对日本现代文明的肯定，如日本的警察都很遵守法律，不会随便威吓和欺负国民和侨民，包括中国人。小说还塑造了黄文汉、吴大銮等中国留学生形象和节子、梅子、园子等日本女性形象。黄文欢代表了中国人在日本的自尊强大、拓落情怀。他自述在日本十多年，东京各个区他都熟悉，他嫖过的日本女人在 200 人以上，但是他从不被这种生活所困拘，遇见日本人欺负中国人的时候往往出手相助，与日本人包括日本警察斗智斗勇，而且往往以胜利结束。吴大銮痛恨于袁世凯在日本的走狗蒋四立，单身去蒋公馆行刺，虽最终未能将蒋打死，但是为当时亡命日本的正直中国人伸张了正义，出了口恶气。节子、梅子都是为情而死的日本女性；园子是黄文欢的妻子，感情专一，行坐端正，代表日本女性贤贞的一面。

小说一方面涉及域外男女游冶生活，一方面涉及被袁世凯排挤和追杀的人士在域外的命运，值五四新文化运动爆发的前夜，在上海文坛还是引起广泛影响。以后又有《留东外史补》《留东新史》《留东艳史》等。

小说对于日本与中国的国民性有一定比较，对于东京的都市生活有一定揭示，对于袁世凯的复辟帝制表示愤怒，显示一定的民主主义倾向，但是由于缺乏更先进的审美意识和思想意识笼罩，篇幅过长，中国留学生的游冶生活叙写过多，且不脱俗套，艺术成就上就不免打了折扣。

【延伸阅读作品与参考文献】

1. 陈辟邪:《海外缤纷录》,安徽文艺出版社 1997 年版。

2.曾平原、何福林编:《平江不肖生研究专辑》,复旦大学出版社 2013 年版。

3.(日)藤本箕山、九鬼周造、阿部次郎:《日本意气》,王向远译,吉林出版社集团有限公司 2012 年版。

4.池雨花编著:《雪国之樱——图说日本女性》,团结出版社 2006 年版。

5.沈庆利:《现代中国异域小说研究》论《留东外史》部分,北京大学出版社 2009 年版。

【思考与练习】

《海外缤纷录》是 20 世纪 20 年代末陈辟邪出版的以中国在欧洲留学之青年的生活为题材的通俗都市小说,此外他还有《留欧艳情录》等。综合阅读《留东外史》《海外缤纷录》等作品,分析民国时期通俗都市小说中的异域都市想像及其艺术缺陷。

歇浦潮

朱瘦菊

【阅读提示】

作者朱瘦菊(1892－1966)，本名朱俊伯，笔名海上说梦人，江苏启东人，现代通俗海派小说的代表作家。《歇浦潮》是他最有名的作品，原载1916年至1920年的《新申报》，1924年6月上海世界书局出版完整本。新时期以来最早出现的版本是1991年5月上海古籍出版社出版的"上海滩与上海人"丛书之一种，上、中、下三卷，推荐阅读。

魏绍昌在上海古籍出版社出版的《歇浦潮》"前言"中说，《歇浦潮》是当时上海滩形形色色社会暴露小说中"最出色最畅销的一部"。小说开头便交代："春申江畔，自辛亥革命以来，便换了一番气象。表面上似乎进化，暗地里却更腐败。上自官绅、学界，下至贩夫、走卒，人人蒙着一副假面具，虚伪之习递演递进；更有一班淫娃荡妇、纨绔子弟，都借着那文明自由的名词，施展他卑鄙龌龊的伎俩。廉耻道丧，风化沉沦。"这段话相当于传统小说或戏曲的楔子，告诉读者小说的视点在于时代正面叙述之外，而专揭文明自由表象下社会人生的腐败、淫乱、卑鄙、龌龊，其深层本质在于揭示新旧转换时代中西文化、文明消极面(如物质化、商业化、欲望化、个人化等)结合后人性的更加虚伪和颓败。

小说艺术上一个成功的地方就在于非常生动、形象、细腻地描绘了当时(民国初年)上海各界一些渣滓式人物的形象，揭露了他们一切为名、利、权、钱所动的嘴脸，并借此折射了时代的一些真实面向。都督府谍报科应桂鑫科长是一个流氓、无赖和政府爪牙。他按照密报线索前去抓捕革命党——宗社党分子未果，顺便将所谓革命党窝藏点人家的华贵衣服和贵重物品强行带走。后来，又合谋暗杀民众领袖宋教仁。前清文人、旧学维持会会长汪晳子是一个虚伪、机诈、无耻、投机、自私自利、残忍霸道的学界代表。为了争得都督的垂青，极力鼓动旧学维持会会员大肆吹捧都督造福于民，"功高于周"。袁世凯企图称帝复辟，全国反对，二次革命起，他看是个表现的机会，也以刚成立的国民党第三支部的名义发出抗电。他参加一个自称司令的革命投机者宋使仁的军队，担任参谋长，帮助宋使仁向民众巧取豪夺，摊派军饷。女儿待嫁，而女婿病死，为了保住女婿家提前送来的五万元聘礼，他情愿让女儿抱着灵牌结婚，一面又大讲什么节烈廉耻，向社会征集赞美女儿的文章，既欺骗社会，又糊弄女儿。他有了钱，就施展阴谋，强占邻居家地皮，建造新房，可惜二次革命失败，他为了自保，伙同旧学维持会另一会员卫运同设计将革命军干部花名册偷出，并隐居城外。卫运同人格更加卑下。为了捞钱，他充当北方政府的侦探，诱捕革命军干部，而原来的革命军干部尤仪芙，为了报复革命军干部中不同意见者和捞取金钱，甘愿与卫运同合作，去诱捕革命军更重要的干部。后来，尤被一些革命军干部设计害死。钱如海是一个流氓、无赖、无耻商人。他开办医院兼药房。医院近于妓院，有病无病只要有钱就可住进去，有钱人乐得清静、自由，住进去男女鬼混；他的医生自制保健药丸，并大做广告，说他们炮制的"延年益寿粉有降龙伏虎之力"，还高额定价，居然能一时蒙人耳目。他结交官场，顺时而变，招募股份，成立富国水火人寿保险公司，然后指使自己的手下去投保，去烧号称价值四十二万元的假烟土，继而由保险公司承担经济损失，这样四十二万元赔偿费就轻而易举地转到他的银行账户上。可惜他乐极生悲，夜间睡觉，无意触电而死。他包养妓女，与朋友的姨太太私通；与自己的外甥陈裕光争夺亲戚家邻居寡妇邵氏，将邵氏娶为姨太太不久，又始乱终弃，终逼迫她削发为尼。小说带有一定的因果报应成分，写钱如海的太太、女儿最后也都走上被人包养、人尽可夫的邪路。其它，小说还写大量妓女、姨太太（如无双、贾少奶、媚月阁、王熙凤等）怎样搬弄聪明，争风吃醋，巧取男人青睐，骗色又骗钱，而男文明戏戏子漫游、裘天敏等又怎样利用男色骗取这些太太、姨太太们的青睐，日夜周旋于这些太太、姨太太们中间，同样骗色又骗钱。官员赵伯宣的伯父代表乡下人进城，跟着侄子到妓院里厮混，很快廉耻丧尽，一千多元钱也被妓女（王熙凤）溆浴了（被骗走了）。

小说还写出广告、报纸的传播作用。汪皙子本不学无术，但会到处演讲，报纸上频频亮相，结果他出名了，当上旧学维持会会长。钱如海在保险公司监守自盗后，竟在各大报纸上刊登保险公司怎样坚守信用，赔偿火灾损失的消息，掩人耳目。各小报为了商业效果，在报纸上举办花界总统选举，但实际上哪一个妓女私下送的钱多，这花界总统就是谁的。

小说也一定程度上显示租界的文明、规范。谈国魂、李美良等革命军干部被尤仪芙出卖，但是因为证据不足，租界不同意将犯罪嫌疑人移交中国政府，后来真相大白，知道这几个是被人陷害，租界马上放人。李美良等人向钱如海的手下杜鸣乾索取五千元钱不成，就派人将炸弹送进杜鸣乾家里，炸弹爆炸，杜鸣乾的脑袋被震碎的玻璃刺伤后，由巡捕房送进医院，在没有人付医疗费的条件下，也得到治疗。

《歇浦潮》在艺术上也带有新旧过渡期的特点。渐变中的章回体，断线缠绕式的草蛇灰线结构，《红楼梦》式的细腻的笔触，生动的描写。由于作家审美意识的局限，小说给读者提供的正面的人生内容很少，甚至过分细腻的男盗女娼的日常生活有讨好上海大众低俗审美趣味的嫌疑；尽管如此，由于作家生活基础深厚，写作态度认真，其细腻、准确、生动而带有自然主义倾向的艺术描写，使小说保存了更多的原汁原味的上海生活情状,所以海外著名学者夏志安对之大加称赞,曰读之"美不胜收",张爱玲也对之推崇有加,范伯群先生主编《中国近现代通俗文学史》称之为"蕴藏大都会地域特色的文化富矿"。

作家后来又写有《新歇浦潮》等。

【延伸阅读作品与参考文献】

1.孙家振:《海上繁华梦》上、中、下(小说),上海古籍出版社 1991 年版。

2.范伯群:《朱瘦菊论》,《填平雅俗鸿沟——范伯群学术论著自选集》,江苏教育出版社 2013 年版。

3.吴智斌:《都市风貌与海派气质——清末民初长篇都市小说上海叙事研究》,上海文化出版社 2012 年版。

4.李长莉:《晚清上海社会的变迁——生活与伦理的近代化》,天津人民出版社 2002 年版。

【思考与练习】

孙家振的《海上繁华梦》比朱瘦菊的《歇浦潮》早出版十年。试比较这两部小说在上海叙事上的异同。

沉　沦①

郁达夫

一

他近来觉得孤冷得可怜。

他的早熟的性情,竟把他挤到与世人绝不相容的境地去,世人与他的中间介在的那一道屏障,愈筑愈高了。

天气一天一天的清凉起来,他的学校开学之后,已经快半个月了。那一天正是九月的二十二日。

晴天一碧,万里无云,终古常新的皎日,依旧在她的轨道上,一程一程的在那里行走。从南方吹来的微风,同醒酒的琼浆一般,带著一种香气,一阵阵的拂上面来。在黄苍未熟的稻田中间,在弯曲同白线似的乡间的官道上面,他一个人手里捧了一本六寸长的 Wordsworth 的诗集,尽在那里缓缓的独步。在这大平原内,四面并无人影;不知从何处飞来的一声两声的远吠声,悠悠扬扬的传到他耳膜上来。他眼睛离开了书,同做梦似的向有犬吠声的地方看去,但看见了一丛杂树,几处人家,同鱼鳞似的屋瓦上,有一层薄薄的蜃气楼,同轻纱似的,在那里飘荡。

"Oh,you serene gossamer!　You beautiful gossamer!"

这样的叫了一声,他的眼睛里就涌出了两行清泪来,他自己也不知道是什么缘故。

呆呆的看了好久,他忽然觉得背上有一阵紫色的气息吹来,息索的一响,道旁的一枝小草,竟把他的梦境打破了,他回转头来一看,那枝小草还是颠摇不已,一阵带着紫罗兰气息的和风,温微微的哼到他那苍白的脸上来。在这清和的早秋的世界里,在这澄清透明的以太(Ether)中,他的身体觉得同陶醉似的酥软起来。他好像是睡在慈母怀里的样子。他好像是梦到了桃花源里的样子。他好像是在南欧的海岸,躺在情人膝上,在那里贪午睡的样子。

他看看四边,觉得周围的草木,都在那里对他微笑。看看苍空,觉得悠久无穷的大自然,微微的在那里点头。一动也不动的向天看了一会,他觉得天空中,

---

①作者郁达夫(1896—1945),原名郁文,浙江富阳人。日本留学期间与郭沫若、成仿吾等发起成立创造社,现代浪漫抒情小说的奠基者,也是现代都市文学的前驱。该篇作品原收入作者第一个小说集《沉沦》,泰东书局 1921 年 10 月初版;现选自该小说集初版本。

有一群小天神,背上插著了翅膀,肩上挂著了弓箭,在那里跳舞。他觉得乐极了。便不知不觉开了口,自言自语的说:

"这里就是你的避难所。世间的一般庸人都在那里妒忌你,轻笑你,愚弄你;只有这大自然,这终古常新的苍空皎日,这晚夏的微风,这初秋的清气,还是你的朋友,还是你的慈母,还是你的情人,你也不必再到世上去与那些轻薄的男女共处去,你就在这大自然的怀里,这纯朴的乡间终老了罢。"

这样的说了一遍,他觉得自家可怜起来,好像有万千哀怨,横亘在胸中,一口说不出来的样子。含了一双清泪,他的眼睛又看到他手里的书上去。

Behold her,single in the field,
You solitary Highland Lass!
Reaping and singing by herself;
Stop here,or gently pass!
Alone she cuts,and binds the grain,
And sings a melancholy strain;
Oh,listen! for the vale profound
Is overflowing with the sound.

看了这一节之后,他又忽然翻过一张来,脱头脱脑的看到那第三节去。

Will no one tell me what she sings?
Perhaps the plaintive numbers flow
Forold,unhappy,far-off things,
And batt lelong ago:
Or is it some more humble lay,
Familiar matter of today?
Some natural sorrow,loss,orpain,
That has been and may be again!

这也是他近来的一种习惯,看书的时候,并没有次序的。几百页的大书,更可不必说了,就是几十页的小册子,如爱美生的《自然论》(Emerson's "On Nature"),沙罗的《逍遥游》(Thoreau's "Excursion")之类,也没有完完全全从头至尾的读完一篇过。当他起初翻开一册书来看的时候,读了四行五行或一页二页,他每被那一本书感动,恨不得要一口气把那一本书吞下肚子里去的样子,到读了三页四页之后,他又生起一种怜惜的心来,他心里似乎说:

"像这样的奇书,不应该一口气就把它念完,要留著细细儿的咀嚼才好。一下子就念完了之后,我的热望也就不得不消灭,那时候我就没有好望,没有梦想了,怎么使得呢?"

他的脑里虽然有这样的想头,其实他的心里早有一些儿厌倦起来,到了这时候,他总把那本书收过一边,不再看下去。过几天或者过几个钟头之后,他又用了满腔的热忱,同初读那一本书的时候一样的,去读另外的书去;几日前或者几点钟前那样的感动他的那一本书,就不得不被他遗忘了。

放大了声音把渭迟渥斯的那两节诗读了一遍之后,他忽然想把这一首诗用中国文翻译出来。

《孤寂的高原刈稻者》

他想想看,"The solitary reaper",诗题只有如此的译法。

"你看那个女孩儿,她只一个人在田里,
你看那边的那个高原的女孩儿,她只一个人,冷清清地!
她一边刈稻,一边在那儿唱着不已;
她忽儿停了,忽而又过去了,轻盈体态,风光细腻!
她一个人,刈了,又重把稻儿捆起,
她唱的山歌,颇有些儿悲凉的情味;
听呀听呀!这幽谷深深,
全充满了她的歌唱的清音。
…………
有人能说否,她唱的究是什么?
或者她那万千的痴话
是唱的前代的哀歌,
或者是前朝的战事,千兵万马;
或者是些坊间的俗曲,
便是目前的家常闲说?
或者是些天然的哀怨,必然的丧苦,自然的悲楚,
这些事虽是过去的回思,将来想亦必有人指诉。"

他一口气译了出来之后,忽又觉得无聊起来,便自嘲自骂的说道,

"这算是什么东西呀,岂不同教会里的赞美歌一样的乏味么?英国诗是英国诗,中国诗是中国诗,又何必译来对去呢!"

这样的说了一句,他不知不觉便微微儿的笑了起来。向四边一看,太阳已经打斜了;大平原的彼岸,西边的地平线上,有一座高山,浮在那里,饱受了一天残照,山的周围酝酿成一层朦朦胧胧的岚气,反射出一种紫不紫红不红的颜色来。

他正在那里出神呆看的时候,哼的咳嗽了一声,他的背后忽然来了一个农夫。回头一看,他就把他脸上的笑容装改了一副忧郁的面色,好像他的笑容是怕被人看见的样子。

二

他的忧郁症,愈闹愈甚了。

他觉得学校里的教科书,真同嚼蜡一般,毫无半点生趣。天气清朗的时候,他每捧了一本爱读的文学书,跑到人迹罕至的山腰水畔,去贪那孤寂的深味去。在万籁俱寂的瞬间,在天水相映的地方,他看看草木虫鱼,看看白云碧落,便觉得自家是一个孤高傲世的贤人,一个超然独立的隐者。有时在山中遇著一个农夫,他便把自己当作了 Zaratustra,把 Zaratustra 所说的话,也在心里对那农夫讲了。他的 Megalomania 也同他的 Hypochondria 成了正比例,一天一天的增加起来。在这样的时候,也难怪他不愿意上学校去,去作那同机械一样的工夫去。他竟有接连四五天不上学校去听讲的时候。

有时候到学校里去,他每觉得众人都在那里凝视他的样子。他避来避去想避他的同学,然而无论到了什么地方,他的同学的眼光,总好像怀了恶意,射在他的背脊上的样子。

上课的时候,他虽然坐在全班学生的中间,然而总觉得孤独得很;在稠人广众之中,感得的这种孤独,倒比一个人在冷清的地方,感得的那种孤独,还更难受。看看他的同学看,一个个都是兴高采烈的在那里听先生的讲义,只有他一个人身体虽然坐在讲堂里头,心思却同飞云逝电一般,在那里作无边无际的空想。

好容易下课的钟声响了!先生退去之后,他的同学说笑的说笑,谈天的谈天,个个都同春来的燕雀似的,在那里作乐;只有他一个人锁了愁眉,舌根好像被千钧的巨石锤住的样子,兀的不作一声。他也很希望他的同学来对他讲些闲话,然而他的同学却都自家管自家的去寻欢乐去,一见了他那一副愁容,没有一个不抱头奔散的,因此他愈加怨他的同学了。

"他们都是日本人,他们都是我的仇敌,我总有一天来复仇,我总要复他们的仇。"

一到了悲愤的时候,他总这样的想的,然而到了安静之后,他又不得不嘲骂自家说:

"他们都是日本人,他们对你当然是没有同情的,因为你想得他们的同情,所以你怨他们,这岂不是你自家的错误么?"

他的同学中的好事者,有时候也有人来向他说笑的,他心里虽然非常感激,想同那一个人谈几句至心的话,然而口中总说不出什么话来;所以有几个解他的意的人,也不得不同他疏远了。

他的同学日本人在那里欢笑的时候,他总疑他们是在那里笑他,他就一霎时的红起脸来。他们在那里谈天的时候,若有偶然看他一眼的人,他又忽然红起脸来,以为他们是在那里讲他。他同他同学中间的距离,一天一天的远背起来。他的同学都以为他是爱孤独的人，所以谁也不敢来近他的身。

有一天放课之后，他挟了书包，回到他的旅馆里来，有三个日本学生同他同路的。将要到他寄寓的旅馆的时候，前面忽然来了两个穿红裙的女学生。在这一区市外的地方，从没有女学生看见的，所以他一见了这两个女子，呼吸就紧缩起来。他们四个人同那两个女子擦过的时候，他的三个日本人的同学都问她们说，

"你们上那儿去？"

那两个女学生就作起娇声来回答说，

"不知道！"

"不知道！"

那三个日本学生都高笑起来，好像是很得意的样子；只有他一个人似乎是他自家同她们讲了话似的，害了羞，匆匆跑回旅馆里来。进了他自家的房，把书包用力的向席上一丢，他就在席上躺下了。——日本室内都铺的席子，坐也席地而坐，睡也睡在席上的。——他的胸前还在那里乱跳，用了一只手枕著头，一只手按著胸口，他便自嘲自骂的说：

"You coward fellow，you are to coward！

"你既然怕羞，何以又要后悔？

"既要后悔，何以当时你又没有那样的胆量？ 不同她们去讲一句话。

"Oh，coward，coward！"

说到这里，他忽然想起刚才那两个女学生的眼波来了。

那两双活泼泼的眼睛！

那两双眼睛里，确有惊喜的意思含在里头。然而再仔细想了一想，他又忽然叫起来说：

"呆人呆人！ 她们虽有意思，与你有什么相干？ 她们所送的秋波，不是单送给那三个日本人的么？ 唉！ 唉！ 她们已经知道了，已经知道我是支那人了，否则她们何以不来看我一眼呢！ 复仇复仇，我总要复她们的仇。"

说到这里，他那火热的颊上忽然滚了几颗冰冷的眼泪下来。他是伤心到极点了。这一天晚上，他记的日记说：

"我何苦要到日本来，我何苦要求学问。既然到了日本，那自然不得不被他们日本人轻侮的。中国呀中国！ 你怎么不富强起来，我不能再隐忍过去了。

"故乡岂不有明媚的山河，故乡岂不有如花的美女？ 我何苦要到这东海的岛国里来！

"到日本来倒也罢了，我何苦又要进这该死的高等学校。他们留了五个月学回去的人，岂不在那里享荣华安乐么？ 这五六年的岁月，教我怎么能挨得过去。受尽了千辛万苦，积了十数年的学识，我回国去，难道定能比他们来胡闹的留学生更强么？

"人生百岁，年少的时候，只有七八年的光景，这最纯最美的七八年，我就不得不在这无情的岛国里虚度过去，可怜我今年已经是二十一了。

"槁木的二十一岁！

"死灰的二十一岁！

"我真还不如变了矿物质的好，我大约没有开花的日子了。

"知识我也不要，名誉我也不要，我只要一个能安慰我体谅我的'心'。一副白热的心肠！从这一副心肠里生出来的同情！从同情而来的爱情！

"我所要求的就是爱情！

"若有一个美人，能理解我的苦楚，她要我死，我也肯的。

"若有一个妇人，无论她是美是丑，能真心真意的爱我，我也愿意为她死的。

"我所要求的就是异性的爱情！

"苍天呀苍天，我并不要知识，我并不要名誉，我也不要那些无用的金钱，你若能赐我一个伊甸园内的'伊扶'，使她的肉体与心灵，全归我有，我就心满意足了。"

三

他的故乡，是富春江上的一个小市，去杭州水程不过八九十里。这一条江水，发源安徽，贯流全浙，江形曲折，风景常新：唐朝有一个诗人赞这条江水说"一川如画"。他十四岁的时候，请了一位先生写了这四个字，贴在他的书斋里，因为他的书斋的小窗，是朝著江面的。虽则这书斋结构不大，然而风雨晦明，春秋朝夕的风景，也还抵得过滕王高阁。在这小小的书斋里过了十几个春秋，他才跟了他的哥哥到日本来留学。

他三岁的时候就丧了父亲，那时候他家里困苦得不堪。好容易他长兄在日本 W 大学卒了业，回到北京，考了一个进士，分发在法部当差，不上两年，武昌的革命起来了。那时候他已在县立小学堂卒了业，正在那里换来换去的换中学堂。他家里的人都怪他无恒性，说他的心思太活；然而依他自己讲来，他以为他一个人同别的学生不同，不能按部就班的同他们同在一处求学的。所以他进了 K 府中学之后，不上半年又忽然转到 H 府中学来；在 H 府中学住了三个月，革命就起来了。H 府中学停学之后，他依旧只能回到那小小的书斋里来。第二年的春天，正是他十七岁的时候，他就进了大学的预科。这大学是在杭州城外，本来是美国长老会捐钱创办的，所以学校里浸润了一种专制的弊风，学生的自由，几乎被缩服得同针眼儿一般的小。礼拜三的晚上有什么祈祷会，礼拜日非但不准出去游玩，并且在家里看别的书也不准的，除了唱赞美诗祈祷之外，只许看新旧约书；每天早晨从九点钟到九点二十分，定要去做礼拜，不去做礼拜，就要扣分数记过。他虽然非常爱那学校近傍的山水景物,然而他的心里,总有些反抗的意思,因为他是一个爱自由的人,对那些迷信的管束,怎么也不甘心服从的。住不上半年,那大学里的厨子,托了校长的势,竟打起学生来。学生中间有几个不服的,便去告诉校长,校长反说学生不是。他看看这些情形,实在是太无道理了,就立刻去告了退,仍复回家,到那小小的书斋里去。那时候已经是六月初了。

在家里住了三个多月,秋风吹到富春江上,两岸的绿树,就快凋落的时候,他又坐了帆船,下富春江,上杭州去。却好那时候石牌楼的 W 中学正在那里招插班生,他进去见了校长 M 氏,把他的经历说给了 M 氏夫妻听,M 氏就许他插入最高的班里去。这 W 中学原来也是一个教会学校,校长 M 氏,也是一个糊涂的美国宣教师;他看看这学校的内容倒比 H 大学不如了。与一位很卑鄙的教务长——原来这一位先生就是 H 大学的卒业生——闹了一场,第二年的春天,他就出来了。出了 W 中学,他看看杭州的学校,都不能如他的意,所以他就打算不再进别的学校去。

正是这个时候,他的长兄也在北京被人排斥了。原来他的长兄为人正直得很,在部里办事,铁面无私,并且比一般部内的人物又多了一些学识,所以部内上下,都忌惮他:有一天某次长的私人,来问他要一个位置,他执意不肯,因此次长就同他闹起意见来,过了几天他就辞了部里的职,改到司法界去做司法官去了。他的二兄那时候正在绍兴军队里作军官,这一位二兄军人习气颇深,挥金如土,专喜结交侠少。他们弟兄三人,到这时候都不能如意之所为,所以那一小市镇里的闲人都说他们的风水破了。

他回家之后,便镇日镇夜的蛰居在他那小小的书斋里。他父祖及他长兄所藏的书籍,就作了他的良师益友。他的日记上面,一天一天的记起诗来。有时候他也用了华丽的文章做起小说来;小说里就把他自己当作了一个多情的勇士,把他邻近的一家寡妇的两个女儿,当作了贵族的苗裔,把他故乡的风物,全编作了田园的清景;有兴的时候,他还把他自家的小说,用单纯的外国文翻译起来;他的幻想,愈演愈大了,他的忧郁病的根苗,大约也就在这时候培养成功的。

在家里住了半年,到了七月中旬,他接到他长兄的来信说,

"院内近有派予赴日本考察司法事务之意,予已许院长以东行,大约此事不日可见命令。渡日之先,拟返里小住。三弟居家,断非上策,此次当偕伊赴日本也。"

他接到了这一封信之后,心中日日盼他长兄南来,到了九月下旬,他的兄嫂才自北京到家。住了一月,他就同他的长兄长嫂同到日本去了。

到了日本之后,他的 Dreams of the romantic age 尚未醒悟,模模糊糊的过了半载,他就考入了东京第一高等学校里去。这正是他十九岁的秋天。

第一高等学校将开学的时候,他的长兄接到了院长的命令,要他回去。他的长兄就把他寄托在一家日本人的家里,几天之后,他的长兄长嫂和他的新生的侄女儿就回国去了。

东京的第一高等学校里有一班豫备班,是为中国学生特设的。在这豫科里豫备一年,卒业之后,才能入各地高等学校的正科,与日本学生同学。他考入豫科的时候,本来填的是文科,后来将在豫科卒业的时候,他的长兄定要他改到医科去,他当时亦没有什么主见,就听了他长兄的话把文科改了。

豫科卒业之后,他听说 N 市的高等学校是最新的,并且 N 市是日本产美人的地方,所以他就要求到 N 市的高等学校去。

四

他的二十岁的八月二十九日的晚上,他一个人从东京的中央车站乘了夜行车到 N 市去。

那一天大约刚是旧历的初三四的样子,同天鹅绒似的又蓝又紫的天空里,洒满了一天星斗。半痕新月,斜挂在西天角上,却似仙女的蛾眉,未加翠黛的样子。他一个人靠著了三等车的车窗,默默的在那里数窗外人家的灯火。火车在暗黑的夜气中间,一程一程地进去,那大都市的星星灯火,也一点一点的朦胧起来,他的胸中忽然生了万千哀感,他的眼睛里就忽然觉得热起来了。

"Sentimental, too sentimental!"

这样的叫一声,把眼睛揩了一下,他反而自家笑起自家来。

"你也没有情人留在东京,你也没有弟兄知己住在东京,你的眼泪究竟是为谁洒的呀! 或者是对于你过去的生活的伤感,或者是对你二年间的生活的余情,然而你平时不是说不爱东京的么?

"唉,一年人住岂无情。

"黄莺住久浑相识,欲别频啼四五声!"

胡思乱想的寻思了一会,他又忽然想到初次赴新大陆去的清教徒的身上去。

"那些十字架下的流人,离开他故乡海岸的时候,大约也是悲壮淋漓,同我一样的。"

火车过了横滨,他的感情方才渐渐儿的平静起来。呆呆的坐了一忽,他就取了一张明信片出来,垫在海涅(Heine)的诗集上,用铅笔写了一首诗寄他东京的朋友。

> 峨眉月上柳梢初。又向天涯别故居。
> 四壁旗亭争赌酒。六街灯火远随车。
> 乱离年少无多泪。行李家贫只旧书。
> 夜后芦根秋水长。凭君南浦觅双鱼。

在朦胧的电灯光里,静悄悄的坐了一会,他又把海涅的诗集翻开来看了。

"Ledet wohl,ihr glatten Saale,
Glatte Herren,glatte Frauen!
Auf die Berge will ich steigen,
Lachend auf euch niederschauen!
          Aus Heines,Buch der Lieder. "

"浮薄的尘寰,无情的男女,
  你看那隐隐的青山,我欲乘风飞去,
且住且住,
  我将从那绝顶的高峰,笑看你终归何处。"

单调的轮声,一声声连连续续的飞到他的耳膜上来,不上三十分钟他竟被这催眠的车轮声引诱到梦幻的仙境里去了。

早晨五点钟的时候,天空渐渐儿的明亮起来。在车窗里向外一望,他只见一线青天还被夜色包住在那里。探头出去一望,一层薄雾,笼罩著一幅天然的画图,他心里想了一想:

"原来今天又是清秋的好天气,我的福分,真可算不薄了。"

过了一个钟头,火车就到了 N 市的停车场。

下了火车,在车站上遇见了一个日本学生;他看看那学生的制帽上也有两条白线,便知道他也是高等学校的学生。他走上前去,对那学生脱了一脱帽,问他说:

"第 X 高等学校是在什么地方的?"

那学生回答说:

"我们一路去罢。"

他就跟了那学生跑出火车站来;在火车站的前头,乘了电车。

早晨还早得很,N 市的店家都还未曾起来。他同那日本学生坐了电车,经过了几条冷清的街巷,就在鹤舞公园前面下了车。他问那日本学生说:

"学校还远得很么?"

"还有二里多路。"

穿过了公园,走到稻田中间的细路上的时候,他看看太阳已经起来了。稻上的露滴,还同明珠似的挂在那里。前面有一丛树林,树林阴里,疏疏落落的看得见几椽农舍。有两三条烟囱筒子,突出在农舍的上面,隐隐约约的浮在清晨的空气里。一缕两缕的青烟,同炉香似的在那里浮动,他知道农家已在那里炊早饭了。

到学校近边的一家旅馆去一问,他一礼拜前头寄出的几件行李,早已经到在那里。原来那一家人家是住过中国留学生的,所以主人待他也很殷勤。在那一家旅馆里住下了之后,他觉得前途好像有许多欢乐在那里等他的样子。

　　他的前途的希望,在第一天的晚上,就不得不被目前的实情嘲弄了。原来他的故里,也是一个小小的市镇。到了东京之后,在人山人海的中间,他虽然时常觉得孤独,然而东京的都市生活,同他幼时的习惯尚无十分龃龉的地方。如今到了这 N 市的乡下之后,他的旅馆,是一家孤立的人家,四面并无邻舍,左首门外便是一条如发的大道,前后都是稻田,西面是一方池水,并且因为学校还没有开课,别的学生还没有到来,这一间宽旷的旅馆里,只住了他一个客人。白天倒还可以支吾过去,一到了晚上,他开窗一望,四面都是沉沉的黑影,并且因 N 市的附近是一大平原,所以望眼连天,四面并无遮障之处,远远里有一点灯火,明灭无常,森然有些鬼气。天花板里,又有许多虫鼠,息栗索落的在那里争食。窗外有几株梧桐,微风动叶,飒飒的响得不已,因为他住在二层楼上,所以梧桐的叶战声,近在他的耳边。他觉得害怕起来,几乎要哭出来了。他对于都市的怀乡病(Nostalgia),从未有比那一晚更甚的。

　　学校开了课,他朋友也渐渐儿的多起来。感受性非常强烈的他的性情,也同天空大地丛林野水融和了。不上半年,他竟变成了一个大自然的宠儿,一刻也离不了那天然的野趣了。

　　他的学校是在 N 市外,刚才说过 N 市的附近是一大平原,所以四边的地平线,界限广大的很。那时候日本的工业还没有十分发达,人口也还没有增加得同目下一样,所以他的学校的近边,还多是丛林空地,小阜低岗。除了几家与学生做买卖的文房具店及菜馆之外,附近并没有居民。荒野的中间,只有几家为学生设的旅馆,同晓天的星影一般,散缀在麦田瓜地的中央。晚饭毕后,披了黑呢的缦斗(Le manteau),拿了爱读的书,在迟迟不落的夕照中间,散步逍遥,是非常快乐的。他的田园趣味,大约也是在这 Idyllic Wanderings 的中间养成的。

　　在生活竞争不十分猛烈,逍遥自在,同中古时代一样的时候;在风气纯良,不与市井小人同处,清闲淡雅的地方;过日子正如做梦一样。他到了 N 市之后,转瞬之间,已经有半载多了。

　　熏风日夜的吹来,草色渐渐儿的绿起来。旅馆近旁麦田里的麦穗,也一寸一寸的长起来了。草木虫鱼都化育起来,他的从始祖传来的苦闷也一日一日的增长起来,他每天早晨,在被窝里犯的罪恶,也一次一次的加起来了。

　　他本来是一个非常爱高尚爱洁净的人,然而一到了这邪念发生的时候,他的智力也无用了,他的良心也麻痹了,他从小服膺的"身体发肤不敢毁伤"的圣训,也不能顾全了。他犯了罪之后,每深自痛悔,切齿的说,下次总不再犯了,然而到了第二天的那个时候,种种幻想,又活泼泼的到他的眼前来。他平时所看见的"伊扶"的遗类,都赤裸裸的来引诱他。中年以后的 Madam 的形体,在他的脑里,比处女更有挑拨他情动的地方。他苦闷一场,恶斗一场,终究不得不做她们的捕房。这样的一次成了两次,两次之后,就成了习惯了。他犯罪之后,每到图书馆里去翻出医书来看,医书都千篇一律的说,于身体最有害的就是这一种犯罪。从此之后,他的恐惧心也一天一天的增加起来。有一天他不知道从什么地方得来的消息,好像是一本书上说,俄国近代文学的创设者 Gogol 也犯这一宗病,他到死竟没有改过来,他想到了 Gogol 心里就宽了一宽,因为这《死了的灵魂》的著者,也是同他一样的。然而这不过自家对自家的宽慰而已,他的胸里,总有一种非常的忧虑存在那里。

因为他是非常爱洁净的,所以他每天总要去洗澡一次,因为他是非常爱惜身体的,所以他每天总要去吃几个生鸡子和牛乳;然而他去洗澡或吃牛乳鸡子的时候,他总觉得惭愧得很,因为这都是他的犯罪的证据。

他觉得身体一天一天的衰弱起来,记忆力也一天一天的减退了。他又渐渐儿的生了一种怕见人面的心,见了女子的时候,他觉得更加难受。学校的教科书,他渐渐的嫌恶起来,法国自然派的小说,和中国那几本有名的诲淫小说,他念了又念,几乎记熟了。

有时候他忽然做出一首好诗来,他自家便喜欢得非常,以为他的脑力还没有破坏。那时候他每对着自家起誓说:

"我的脑力还可以使得,还能做得出这样的诗,我以后决不再犯罪了。过去的事实是没法,我以后总不再犯罪了。若从此自新,我的脑力,还是很可以的。"

然而一到了紧迫的时候,他的誓言又忘了。

每礼拜四五,或每月的二十六七的时候,他索性尽意的贪起欢来。他的心里想,自下礼拜一或下月初一起,我总不犯罪了。有时候正合到礼拜六或月底的晚上,去剃头洗澡去,以为这就是改过自新的记号,然而过几天他又不得不吃鸡子和牛乳了。

他的自责心同恐惧心,竟一日也不使他安闲,他的忧郁症也从此厉害起来了。这样的状态继续了一二个月,他的学校里就放了暑假,暑假的两个月内,他受的苦闷,更甚于平时;到了学校开课的时候,他的两颊的颧骨更高起来,他的青灰色的眼窝更大起来,他的一双灵活的瞳仁,变了同死鱼眼睛一样了。

五

秋天又到了。浩浩的苍空,一天一天的高起来。他的旅馆傍边的稻田,都带起黄金色来。朝夕的凉风,同刀也似的刺到人的心骨里去,大约秋冬的佳日,来也不远了。

一礼拜前的有一天午后,他拿了一本 Wordsworth 的诗集,在田塍路上逍遥漫步了半天。从那一天以后,他的循环性的忧郁症,尚未离他的身过。前几天在路上遇著的那两个女学生,常在他的脑里,不使他安静:想起那一天的事情,他还是一个人要红起脸来。

他近来无论上什么地方去,总觉得有坐立难安的样子。他上学校去的时候,觉得他的日本同学都似在那里排斥他。他的几个中国同学,也许久不去寻访了,因为去寻访了回来,他心里反觉得空虚。因为他的几个中国同学,怎么也不能理解他的心理。他去寻访的时候,总想得些同情回来的,然而谈了几句之后,他又不得不自悔寻访错了。有时候讲得投机,他就任了一时的热意,把他的内外的生活都讲了出来,然而到了归途,他又自悔失言,心理的责备,倒反比不去访友的时候,更加厉害。他的几个中国朋友,因此都说他是染了神经病了。他听了这话之后,对了那几个中国同学,也同对日本学生一样,起了一种复仇的心。他同他的几个中国同学,一日一日的疏远起来。虽在路上,或在学校里遇见的时候,他同那几个中国同学,也不点头招呼。中国留学生开会的时候,他当然是不去出席的。因此他同他的几个同胞,竟宛然成了两家仇敌。

他的中国同学的里边,也有一个很奇怪的人:因为他自家的结婚有些道德上的罪恶,所以他专喜讲人的丑事,以掩己之不善,说他是神经病,也是这一位同学说的。

他交游离绝之后,孤冷得几乎到将死的地步,幸而他住的旅馆里,还有一个主人的女儿,可以牵引他的心,否则他真只能自杀了。他旅馆的主人的女儿,今年正是十七岁,长方的脸儿,眼睛大得很,笑起来的时候,面上有两颗笑靥,嘴里有一颗金牙看得出来,因为她的笑容是非常可爱,所以她也时常在那里笑。

他心里虽然非常爱她,然而她送饭来或来替他铺被的时候,他总装出一种兀不可犯的样子来。他心里虽想对她讲几句话,然而一见了她,他总不能开口。她进他房里来的时候,他的呼吸竟急促到吐气不出的地步。他在她的面前实在是受苦不起了,所以近来她进他的房里来的时候,他每不得不跑出房外去。然而他思慕她的心情,却一天一天的浓厚起来。有一天礼拜六的晚上,旅馆里的学生,都上N市去行乐去。他因为经济困难,所以吃了晚饭,上西面池上去走了一回,就回来了。

回家来坐了一会,他觉得那空旷的二层楼上,只有他一个人在家。静悄悄的坐了不耐烦起来的时候,他又想跑出外面去。然而要跑出外面去,不得不由主人的房门口经过,因为主人和他女儿的房,就在大门的边上。他记得刚才进来的时候,主人和他的女儿正在那里吃饭。他一想到经过她面前的时候的苦楚,就把跑出外面去的心思丢了。

拿出了一本G. Gissing的小说来读了三四页之后,静寂的空气里,忽然传了几声哗哗的泼水声音过来。他静静儿的听了一听,呼吸又一霎时的急了起来,面色也涨红了。迟疑了一会,他就轻轻的开了房门,拖鞋也不拖,幽脚幽手的走下扶梯去。轻轻的开了便所的门,他尽兀自的站在便所的玻璃窗口偷看。原来他旅馆里的浴室,就在便所的间壁,从便所的玻璃窗里看去,浴室里的动静了了可见。他起初以为看一看就可以走的,然而到了一看之后,他竟同被钉子钉住的一样,动也不能动了。

那一双雪样的乳峰！

那一双肥白的大腿！

这全身的曲线！

呼气也不呼，仔仔细细的看了一会，他面上的筋肉，都发起痉来。愈看愈颤得厉害，他那发颤的前额部竟同玻琉窗冲击了一下。被蒸气包住的那赤裸裸的"伊扶"便发了娇声问说：

"是谁呀……"

他一声也不响，急忙跳出了便所，就三脚两步的跑上楼上去了。

他跑到了房里，面上同火烧的一样，口也干渴了。一边他自家打自家的嘴巴，一边就把他的被窝拿出来睡了。他在被窝里翻来覆去，总睡不著，便立起了两耳，听起楼下的动静来。他听听泼水的声音也息了，浴室的门开了之后，他听见她的脚步声好像是走上楼来的样子。用被包着了头，他心里的耳朵明明告诉他说：

"她已经立在门外了。"

他觉得全身的血液，都在往上奔注的样子。心里怕得非常，羞得非常，也喜欢得非常。然而若有人问他，他无论如何，总不肯承认说，这时候他是喜欢的。

他屏住了气息，尖著了两耳听了一会，觉得门外并无动静，又故意咳嗽了一声，门外亦无声响。他正在那里疑惑的时候，忽听见她的声音，在楼下同她的父亲在那里说话。他手里捏了一把冷汗，拚命想听出她的话来，然而无论如何总听不清楚。停了一会，她的父亲高声笑了起来，他把被蒙头的一罩，咬紧了牙齿说：

"她告诉了他了！她告诉了他了！"

这一天的晚上他一睡也不曾睡著。第二天的早晨，天亮的时候，他就惊心吊胆的走下楼来。洗了手面，刷了牙，趁主人和他的女儿还没有起来之先，他就同逃也似的出了那个旅馆，跑到外面来。

官道上的沙尘，染了朝露，还未曾干著。太阳已经起来了。他不问皂白，一直的往东走去。远远有一个农夫，拖了一车野菜慢慢的走来。那农夫同他擦过的时候，忽然对他说：

"你早啊！"

他倒惊了一跳，那清瘦的脸上，又起了一层红潮，胸前又乱跳起来，他心里想：

"难道这农夫也知道了么？"

无头无脑的跑了好久，他回转头来看看他的学校，已经远得很了。太阳也升高了。他摸摸表看，那银饼大的表，也不在身边。从太阳的角度看起来，大约已经是九点钟前后的样子。他虽然觉得饥饿得很，然而无论如何，总不愿意再回到那旅馆里去，同主人和他的女儿相见。想去买些零食充一充饥，然而他摸摸自家的袋看，袋里只剩了一角二分钱在那里。他到一家乡下的杂货店内，尽那一角二分钱,买了些零碎的食物,想去寻一处无人看见的地方去吃。走到了一处两路交叉的十字路口,他朝南的一望,只见与他的去路横交的那一条自北趋南的路上,行人稀少得很。那一条路是向南的斜低下去的,两面更有高壁在那里,他知道这路是从一条小山中开辟出来的。他刚才走来的那条大道,便是这山的岭脊,十字路当作了中心,与岭脊上的那条大道相交的横路,是两边低斜下去的。在十字路口迟疑了一会,他就取了那一条向南斜下的路走去。走尽了两面的高壁,他的去路就穿入大平原去,直通到彼岸的市内。平原的彼岸有一簇深林,划在碧空的心里,他心里想:

"这大约就是 A 神宫了。"

他走尽了两面的高壁,向左手斜面上一望,见沿高壁的那山面上有一道女墙,围住著几间茅舍,茅舍的门上悬著了"香雪海"三字的一方匾额。他离开了正路,走上几步,到那女墙的门前,顺手的向门一推,那两扇柴门竟自开了。他就随随便便的踏了进去。门内有一条曲径,自门口通过了斜面,直达到山上去的。曲径的两旁,有许多老苍的梅树种在那里,他知道这就是梅林了。顺了那一条曲径,往北的从斜面上走到山顶的时候,一片同图画似的平地,展开在他的眼前。这园自从山脚上起,跨有朝南的半山斜面,同顶上的一块平地,布置得非常幽雅。

山顶平地的西面是千仞的绝壁,与隔岸的绝壁相对峙,两壁的中间,便是他刚走过的那一条自北趋南的通路。背临著那绝壁,有一间楼屋,几间平屋造在那里。因为这几间屋,门窗都闭在那里,他所以知道这定是为梅花开日,卖酒食用的。楼屋的前面,一块草地,草地中间,有几方白石,围成了一个花园,圈子里,卧著一枝老梅。那草地的南尽头,山顶的平地正要向南斜下去的地方,有一块石碑立在那里,系记这梅林的历史的。他在碑前的草地上坐下之后,就把买来的零食拿出来吃了。

吃了之后,他兀兀的在草地上坐了一会。四面并无人声,远远的树枝上,时有一声两声的鸟鸣声飞来。他仰起头来看看澄清的碧空,同那皎洁的日轮,觉得四面的树枝房屋,小草飞禽,都一样的在和平的太阳光里,受大自然的化育。他那昨天晚上的犯罪的记忆,正同远海的帆影一般,不知消失到那里去了。

这梅林的平地上和斜面上,叉来叉去的曲径很多。他站起来走来走去的走了一会,方晓得斜面上梅树的中间,更有一间平屋造在那里。从这一间房屋往东的走去几步,有眼古井,埋在松叶堆中。他摇摇井上的唧筒看;呷呷的响了几声,却抽不起水来。他心里想:

"这园大约只有梅花开的时候,开放一下,平时总没有人住的。"

想到这里他又自言自语的说:

"既然空在这里,我何妨去问园主人去借住借住。"

想定了主意,他就跑下山来,打算去寻园主人去。他将走到门口的时候,却

好遇见了一个五十来岁的农夫走进园来。他对那农夫道歉之后,就问他说:

"这园是谁的,你可知道么?"

"这园是我经管的。"

"你住在什么地方的?"

"我住在路的那面的。"

一边这样的说,一边那农民指著通路西边的一间小屋给他看。他向西一看,果然在西边的高壁尽头的地方,有一间小屋在那里。他点了点头,又问说:

"你可以把园内的那间楼屋租给我住住么?"

"可是可以的,你只一个人么?"

"我只一个人。"

"那你可不必搬来的。"

"这是什么缘故呢?"

"你们学校里的学生,已经有几次搬来过了,大约都因为冷静不过,住不上十天,就搬走的。"

"我可同别人不同,你但能租给我,我是不怕冷静的。"

"这样岂有不租的道理,你想什么时候搬来?"

"就是今天午后罢。"

"可以的,可以的。"

"请你就替我扫一扫干净,免得搬来之后著忙。"

"可以可以。再会!"

"再会!"

六

搬进了山上梅园之后,他的忧郁症(Hypochondria)又变起形状来了。

他同他的北京的长兄,为了一些儿细事,竟生起龃龉来。他发了一封长长的信,寄到北京,同他的长兄绝了交。

那一封信发出之后,他呆呆的在楼前草地上想了许多时候。他自家想想看,他便是世界上最不幸的人了。其实这一次的决裂,是发始于他的。同室操戈,事更甚于他姓之相争,自此之后,他恨他的长兄竟同蛇蝎一样,他被他人欺侮的时候,每把他长兄拿出来作比:

"自家的弟兄,尚且如此,何况他人呢!"

他每达到这一个结论的时候,必尽把他长兄待他苛刻的事情,细细回想出来。把各种过去的事迹,列举出来之后,就把他长兄判决是一个恶人,他自家是一个善人。他又把自家的好处列举出来,把他所受的苦处,夸大的细数起来。他证明得自家是一个世界上最苦的人的时候,他的眼泪就同瀑布似的流下来。他

在那里哭的时候,空中好像有一种柔和的声音对他说:

"啊吓,哭的是你么?那真是冤屈了你了。像你这样的善人,受世人的那样的虐待,这可真是冤屈了你了。罢了罢了,这也是天命,你别再哭了,怕伤害了你的身体!"

他心里一听到这一种声音,就舒畅起来。他觉得悲苦的中间,也有无穷的甘味在那里。

他因为想复他长兄的仇,所以就把所学的医科丢弃了,改入文科里去。他的意思,以为医科是他长兄要他改的,仍旧改回文科,就是对他长兄宣战的一种明示。并且他由医科改入文科,在高等学校须迟卒业一年。他心里想,迟卒业一年,就是早死一岁,你若因此迟了一年,就到死可以对你长兄含一种敌意。因为他恐怕一二年之后,他们兄弟两人的感情,仍旧要和好起来;所以这一次的转科,便是帮他永久敌视他长兄的一个手段。

气候渐渐儿的寒冷起来,他搬上山来之后,已经有一个月了。几日来天气阴郁,灰色的层云,天天挂在空中。寒冷的北风吹来的时候,梅林的树叶,已将凋落起来。

初搬来的时候,他卖了些旧书,买了许多炊饭的器具,自家烧了一个月饭,因为天冷了,他也懒得烧了。他每天的伙食,就一切包给了山脚下的园丁家包办,他近来只同退院的闲僧一样,除了怨人骂己之外,更没有别的事情了。

有一天早晨,他侵早的起来,把朝东的窗门开了之后,他看见前面的地平线上有几缕红云,在那里浮荡。东天半角,反照出一种银红的灰色。因为昨天下了一天微雨,所以他看了这清新的旭日,比平日更添了几分欢喜。他走到山的斜面上,从那古井里汲了水,洗了手面之后,觉得满身的气力,一霎时都回复了转来的样子。他便跑上楼去,拿了一本黄仲则的诗集下来,一边高声朗读,一边尽在那梅林的曲径里,跑来跑去的跑圈子。不多一会,太阳起来了。

从他住的山顶向南方看去,眼下看得出一大平原。平原里的稻田,都尚未收割起。金黄的谷色,以绀碧的天空作了背景,反映著一天太阳的晨光,那风景正同看密来(Millet)的田园清画一般。他觉得自家好像已经变了几千年前的原始基督教徒的样子,对了这自然的默示,他不觉笑起自家的气量狭小起来。

"赦饶了!赦饶了!你们世人得罪于我的地方,我都饶赦了你们罢!来,你们来,都来同我讲和罢!"

手里拿著那一本诗集,眼里浮著两泓清泪,正对了那平原的秋色,呆呆的立在那里想这些事情的时候,他忽听见他的近边,有两人在那里低声的说:

"今晚上你一定要来的哩!"

这分明是男子的声音。

"我是非常想来的,但是恐怕……"

他听了这娇滴滴的女子的声音之后,好像是被电气贯穿了的样子,觉得自家的血液循环都停止了。原来他的身边有一丛长大的苇草生在那里,他立在苇草的右面,那一对男女,大约是在苇草的左面,所以他们两个还不晓得隔著苇草,有人站在那里。那男人又说:

"你心真好,请你今晚来罢,我们到如今还没在被窝里○○。"

"…………"

他忽然听见两人的嘴唇,灼灼的好像在那里吮吸的样子。他同偷了食的野狗一样,就惊心吊胆的把身子屈倒去听了。

"你去死罢,你去死罢,你怎么会下流到这样的地步。"

他心里虽然如此的在那里痛骂自己,然而他那一双尖著的耳朵,却一言半语也不愿意遗漏,用了全副精神在那里听著。

地上的落叶索息索息的响了一下。

解衣带的声音。

男人嘶嘶的吐了几口气。

舌尖吮吸的声音。

女人半轻半重,断断续续的说:

"你!……你!……你快……快○○罢。……别……别……别被人……被人看见了。"

他的面色,一霎时的变了灰色了。他的眼睛同火也似的红了起来。他的上颚骨同下颚骨呷呷的发起颤来。他再也站不住了。他想跑开去,但是他的两只脚,总不听他的话。他苦闷了一场,听听两人出去了之后,就同落水的猫狗一样,回到楼上房里去,拿出被窝来睡了。

七

他饭也不吃,一直在被窝里睡到午后四点钟的时候才起来。那时候夕阳洒满了远近。平原的彼岸的树林里,有一带苍烟,悠悠扬扬的笼罩在那里。他踉踉跄跄的走下了山,上了那一条自北趋南的大道,穿过那平原,无头无绪的尽是向南的走去。走尽了平原,他已经到了神宫前的电车停留处了。那时候却好从南面有一乘电车到来,他不知不觉就乘了上去,既不知道他究竟为什么要乘电车,也不知道这电车是往什么地方去的。

走了十五六分钟,电车停了,运车的教他换车,他就换了一乘车。走了二三十分钟,电车又停了,他听见说是终点了,他就走了下来。他的前面就是筑港了。

前面一片汪洋的大海,横在午后的太阳光里,在那里微笑。超海而南有一发青山,隐隐的浮在透明的空气里。西边是一脉长堤,直驰到海湾的心里去。堤外有一处灯台,同巨人似的,立在那里。几艘空船和几只舢板,轻轻的在系著的地方浮荡。海中近岸的地方,有许多浮标,饱受了斜阳,红红的浮在那里。远处风来,带著几句单调的话声,既听不清楚是什么话,也不知道是从那里来的。

他在岸边上走来走去走了一会,忽听见那一边传过了一阵击磬的声来。他跑过去一看,原来是为唤渡船而发的。他立了一会,看有一只小火轮从对岸过来了。跟著了一个四五十岁的工人,他也进了那只小火轮去坐下了。

渡到东岸之后,上前走了几步,他看见靠岸有一家大庄子在那里。大门开得很大,庭内的假山花草,布置得楚楚可爱。他不问是非,就踱了进去。走不上几步,他忽听得前面家中有女人的娇声叫他说:

"请进来吓!"

他不觉惊了一头,就呆呆的站住了。他心里想:

"这大约就是卖酒食的人家,但是我听见说,这样的地方,总有妓女在那里的。"

一想到这里,他的精神就抖擞起来,好像是一桶冷水浇上身来的样子。他的面色立时变了。要想进去又不能进去,要想出来又不得出来;可怜他那同兔儿似的小胆,同猿猴似的淫心,竟把他陷到一个大大的难境里去了。

"进来吓! 请进来吓!"

里面又娇滴滴的叫了起来,带著笑声。

"可恶东西,你们竟敢欺我胆小么?"

这样的怒了一下,他的面色更同火也似的烧了起来。咬紧了牙齿,把脚在地上轻轻的蹬了一蹬,他就捏了两个拳头,向前进去,好像是对了那几个年轻的侍女宣战的样子。但是他那青一阵红一阵的面色,和他的面上,微微儿在那里震动的筋肉,总隐藏不过。他走到那几个侍女的面前的时候,几乎要同小孩似的哭出来了。

"请上来!"

"请上来!"

他硬了头皮,跟了一个十七八岁的侍女走上楼去,那时候他的精神已经有些镇静下来了。走了几步,经过一条暗暗的夹道的时候,一阵恼人的花粉香气,同日本女人特有的一种肉的香味,和头发上的香油气息合作了一处,哼的扑上他的鼻孔里。他立刻觉得头晕起来,眼睛里看见了几颗火星,向后边跌也似的退了一步。他再定睛一看,只见他的前面黑暗暗的中间,有一长圆形的女人的粉面,堆着了微笑,在那里问他说:

"你! 你还是上靠海的地方呢? 还是怎样?"

他觉得女人口里吐出来的气息,也热和和的哼上他的面来。他不知不觉把这气息深深的吸了一口。他的意识,感觉到他这行为的时候,他的面色又立刻红了起来。他不得已只能含含糊糊的答应她说:

"上靠海的房间里去。"

进了一间靠海的小房间,那侍女便问他要什么菜。他就回答说:

"随便拿几样来罢。"

"酒要不要?"

"要的。"

那侍女出去之后,他就站起来推开了纸窗,从外边放了一阵空气进来。因为房里的空气,沉浊得很,他刚才在夹道中闻过的那一阵女人的香味,还剩在那里,他实在是被这一阵气味压迫不过了。

一湾大海,静静的浮在他的面前。外边好像是起了微风的样子,一片一片的海浪,受了阳光的返照,同金鱼的鱼鳞似的,在那里微动。他立在窗前看了一会,低声的吟了一句诗出来:

"夕阳红上海边楼。"

他向西的一望,见太阳离西南的地平线只有一丈多高了。呆呆的看了一会,他的心想怎么也离不开刚才的那个侍女。她的口里的头上的面上的和身体上的那一种香味,怎么也不容他的心思去想别的东西。他才知道他想吟诗的心是假的,想女人的肉体的心是真的了。

停了一会,那侍女把酒菜搬了进来,跪坐在他的面前,亲亲热热的替他上酒。他心里想仔仔细细的看她一看,把他的心里的苦闷都告诉了她,然而他的眼睛怎么也不敢平视她一眼,他的舌根,怎么也不能摇动一摇动。他不过同哑子一样,偷看看她那搁在膝上一双纤嫩的白手,同衣缝里露出来的一条粉红的围裙角。

原来日本的妇人都不穿裤子,身上贴肉只围著一条短短的围裙。外边就是一件长袖的衣服,衣服上也没有钮扣,腰里只缚着一条一尺多宽的带子,后面结着一个方结。她们走路的时候,前面的衣服每一步一步的掀开来,所以红色的围裙,同肥白的腿肉,每能偷看。这是日本女子特别的美处,他在路上遇见女子的时候,注意的就是这些地方。他切齿的痛骂自己,畜生!狗贼!卑怯的人!也便是这个时候。

他看了那侍女的围裙角,心头便乱跳起来。愈想同她说话,但愈觉得讲不出话来。大约那侍女是看得不耐烦起来了,便轻轻的问他说:

"你府上是什么地方?"

一听了这一句话,他那清瘦苍白的面上,又起了一层红色;含含糊糊的回答了一声,他呐呐的总说不出清晰的回话来。可怜他又站在断头台上了。

原来日本人轻视中国人,同我们轻视猪狗一样。日本人都叫中国人作"支那人",这"支那人"三字,在日本,比我们骂人的"贱贼"还更难听,如今在一个如花的少女前头,他不得不自认说:"我是支那人"了。

"中国呀中国,你怎么不强大起来!"

他全身发起抖来,他的眼泪又快滚下来了。

那侍女看他发颤发得厉害,就想让他一个人在那里喝酒,好教他把精神安镇安镇,所以对他说:

"酒就快没有了,我再去拿一瓶来罢。"

停了一会他听得那侍女的脚步声又走上楼来。他以为她是上他这里来的,所以就把衣服整了一整,姿势改了一改。但是他被她欺骗了。她原来是领了两三个另外的客人,上间壁的那一间房间里去的。那两三个客人都在那里对那侍女取笑,那侍女也娇滴滴的说:

"别胡闹了,间壁还有客人在那里。"

他听了就立刻发起怒来。他心里骂他们说:

"狗才! 俗物! 你们都敢来欺侮我么? 复仇复仇,我总要复你们的仇。世间那里有真心的女子! 那侍女的负心东西,你竟敢把我丢了么? 罢了罢了,我再也不爱女人了,我再也不爱女人了。我就爱我的祖国,我就把我的祖国当作了情人罢。"

他马上就想跑回去发愤用功。但是他的心里,却很羡慕那间壁的几个俗物。他的心里,还有一处地方在那里盼望那个侍女再回到他这里来。

他按住了怒,默默的喝干了几杯酒,觉得身上热起来。打开了窗门,他看看太阳就快要下山去了。又连饮了几杯,他觉得他面前的海景都朦胧起来。西面堤外的灯台的黑影,长大了许多。一层茫茫的薄雾,把海天融混作了一处。在这一层浑沌不明的薄纱影里,西方那将落不落的太阳,好像在那里惜别的样子。他看了一会,不知道是什么缘故,只觉得好笑。呵呵的笑了一回,他用手擦擦自家那火热的双颊,便自言自语的说:

"醉了醉了!"

那侍女果然进来了。见他红了脸,立在窗口在那里痴笑,便问他说:

"窗开了这样大,你不冷的么?"

"不冷不冷,这样好的落照,谁舍得不看呢?"

"你真是一个诗人呀! 酒拿来了。"

"诗人! 我本来是一个诗人。你去把纸笔拿了来,我马上写首诗给你看看。"

那侍女出去了之后,他自家觉得奇怪起来。他心里想:

"我怎么会变了这样大胆的?"

痛饮了几杯新拿来的热酒,他更觉得快活起来,又禁不得呵呵的笑了一阵。他听见间壁房间里的那几个俗物,高声的唱起日本歌来,他也放大了嗓子唱着说:

"醉拍阑干酒意寒。江湖寥落又冬残。
剧怜鹦鹉中州骨。未拜长沙太傅官。
一饭千金图报易。五噫几辈出关难。
茫茫烟水回头望。也为神州泪暗弹。"

高声的念了几遍,他就在席上醉倒了。

八

一醉醒来,他看看自家睡在一条红绸的被里,被上有一种奇怪的香气。这一间房间也不很大,但已不是白天的那一间房间了。房中挂着一盏十烛光的电灯,枕头边上摆着了一壶茶,两只杯子。他倒了二三杯茶,喝了之后,就踉踉跄跄的走到房外去。他开了门,却好白天的那侍女也跑过来了。她问他说:

"你! 你醒了么?"

他点了一点头,笑微微的回答说:

"醒了。厕所是在什么地方的?"

"我领你去罢。"

他就跟了她去。他走过日间的那条夹道的时候,电灯点得明亮得很。远近有许多歌唱的声音,三弦的声音,大笑的声音,传到他的耳朵里来。白天的情节,他都想了出来。一想到酒醉之后,他对那侍女说的那些话的时候,他觉得面上又发起烧来。

从厕所回到房里之后,他问那侍女说:

"这被是你的么?"

侍女笑着说:

"是的。"

"现在是什么时候了?"

"大约是八点四五十分的样子。"

"你去开了账来罢!"

"是。"

他付清了账,又拿了一张纸币给那侍女,他的手不觉微颤起来。

那侍女说:

"我是不要的。"

他知道她是嫌少了。他的面色又涨红了,袋里摸来摸去,只有一张纸币了,他就拿了出来给她说:

"你别嫌少了,请你收了罢。"

他的手震动得更加厉害,他的话声也颤动起来了。那侍女对他看了一眼,就低声的说:

"谢谢!"

他一直的跑下了楼,套上了皮鞋,就走到外面来。

外面冷得非常,这一天大约是旧历的初八九的样子。半轮寒月,高挂在天空的左半边。淡青的圆形天盖里,也有几点疏星,散在那里。

44

他在海边上走了一回,看看远岸的渔灯,同鬼火似的在那里招引他。细浪中间,映着了银色的月光,好像是山鬼的眼波,在那里开闭的样子。不知是什么道理,他忽想跳入海里去死了。

他摸摸身边看,乘电车的钱也没有了。想想白天的事情看,他又不得不痛骂自己。

"我怎么会走上那样的地方去的?我已经变了一个最下等的人了。悔也无及,悔也无及。我就在这里死了罢。我所求的爱情,大约是求不到了。没有爱情的生涯,岂不同死灰一样么?唉,这干燥的生涯,这干燥的生涯世上的人又都在那里仇视我,欺侮我,连我自家的亲弟兄,自家的手足,都在那里排挤我到这世界外去。我将何以为生,我又何必生存在这多苦的世界里呢!"

想到这里,他的眼泪就连连续续的滴了下来。他那灰白的面色,竟同死人没有分别了。他也不举起手来揩揩眼泪,月光射到他的面上,两条泪线,倒变了叶上的朝露一样放起光来。他回转头来,看看他自家的又瘦又长的影子,就觉得心痛起来。

"可怜你这清影,跟了我二十一年,如今这大海就是你的葬身地了,我的身子,虽然被人家欺辱,我可不该累你也瘦弱到这步田地的。影子呀影子,你饶了我罢!"

他向西面一看,那灯台的光,一霎变了红一霎变了绿的,在那里尽它的本职。那绿的光射到海面上的时候,海面就现出一条淡青的路来。再向西天一看,他只见西方青苍苍的天底下,有一颗明星,在那里摇动。

"那一颗摇摇不定的明星的底下,就是我的故国。也就是我的生地。我在那一颗星的底下,也曾送过十八个秋冬,我的乡土吓,我如今再也不能见你的面了。"

他一边走着,一边尽在那里自伤自悼的想这些伤心的哀话。走了一会,再向那西方的明星看了一眼,他的眼泪便同骤雨似的落下来了。他觉得四边的景物,都模糊起来。把眼泪揩了一下,立住了脚,长叹了一声,他便断断续续的说:

"祖国呀祖国!我的死是你害我的!

"你快富起来,强起来罢!

"你还有许多儿女在那里受苦呢!"

一九二一年五月九日改作

【阅读提示】

1921 年 10 月,郁达夫出版了中国现代文学史上第一个新小说集《沉沦》,也是他自己的第一个小说集,包括《银灰色的死》、《沉沦》和《南迁》三个中短篇小说。如郁达夫在小说集"自序"中说,这几篇小说表现"现代人的苦闷——便是性的要求与灵肉的冲突",并因此引起无数中国读者特别是青年读者的共鸣,也在当时中国社会和文坛引起轩然大波。从都市文学角度看,其价值在于较早碰触20世纪初期日本东京都市文化空气,第一次展示现代中国青年在都市文化氛围内生命意识的觉醒,对肉体欲望生活的渴望及灵魂对于这种欲望生活的恐惧和反思。

周作人为《沉沦》辩护说,《沉沦》不是不道德的文学,而是"不端方的文学",其实质是"受戒者的文学"。《沉沦》取材大胆,直接暴露主人公的性苦闷、性变态心理和性变态行为,展露日本都市妓馆、男女调情和野合,这一点好像让人想起明清以来狭邪小说,但是小说与明清以来狭邪小说一个最根本的区别就在于,它不是单纯的展示"性",而是"性"之上还有灵魂拷问和审判。它也不是庸常道德意义上去表现灵与肉的冲突,而是在现代生命观念、生命意识下审视灵魂与肉体如何无法协调的问题。甚至可以说,小说主人公并不否定肉欲,他要否定的是与好灵魂不相合的坏肉欲。小说主人公渴望爱、温暖和尊重,也渴望正常的身体欲望满足,但是二者都得不到,所以生命孤独、焦渴,精神忧郁、分裂,心理扭曲、变态。小说主人公最后的自杀,既是他精神上的自救和反抗,也是对自我臣服于坏肉欲的惩罚。小说受西方和日本现代价值观念和文学影响,而体现了全新的审美价值取向。小说对欲望的重新叙述,及对主人公隐秘的心灵世界挣扎的层层暴露,使它成为"五四"以来中国私密化写作、身体写作、自传性写作和颓废性写作的前驱。

【延伸阅读作品与参考文献】

1. 郁达夫:《银灰色的死》《空虚》《茫茫夜》(小说),见《郁达夫全集》第1卷(小说卷上),浙江大学出版社2007年版。

2. 郁达夫:《日本的文化生活》《雪夜——基本国情记述》(散文),见《郁达夫全集》第12卷,浙江大学出版社2007年版。

3. (日)伊藤虎丸:《鲁迅、创造社与日本文学》有关章节,孙猛、徐江、李冬木译,北京大学出版社2005年版。

4. 童晓薇:《日本影响下的创造社文学之路》有关章节,社会科学文献出版社2011年版。

5. 李欧梵:《引来的浪漫主义——重读郁达夫〈沉沦〉中的三篇小说》,见季进编《李欧梵论中国现代文学》,上海三联书店2009年版。

6. 陈海英:《试论郁达夫小说的"颓废"情调》,《浙江学刊》2003年第6期。

【思考与练习】

通读小说集《沉沦》,比较分析郁达夫小说与《留东外史》《歇浦潮》等在欲望叙述上的不同。

春风沉醉的晚上[①]

郁达夫

一

在沪上闲居了半年，因为失业的结果，我的寓所迁移了三处。最初我住在静安寺路南的一间同鸟笼似的永也没有太阳晒着的自由的监房里。这些自由的监房的住民，除了几个同强盗小窃一样的凶恶裁缝之外，都是些可怜的无名文士，我当时所以送了那地方一个 Yellow Grub Street 的称号。在这 Grub Street 里住了一个月，房租忽涨了价，我就不得不拖了几本破书，搬上跑马厅附近一家相识的栈房里去。后来在这栈房里又受了种种逼迫，不得不搬了，我便在外白渡桥北岸的邓脱路中间，日新里对面的贫民窟里，寻了一间小小的房间，迁移了过去。

邓脱路的这几排房子，从地上量到屋顶，只有一丈几尺高。我住的楼上的那间房间，更是矮小得不堪。若站在楼板上伸一伸懒腰，两只手就要把灰黑的屋顶穿通的。从前面的衖里踱进了那房子的门，便是房主的住房。在破布洋铁罐玻璃瓶旧铁器堆满的中间，侧着身子走进两步，就有一张中间有几根横档跌落的梯子靠墙摆在那里。用了这张梯子往上面的黑黝黝的一个二尺宽的洞里一接，即能走上楼去。黑沉沉的这层楼上，本来只有猫额那样大，房主人却把它隔成了两间小房。外面一间是一个某某烟公司的女工住在那里，我所租的是梯子口头的那间小房，因为外间的住者要从我的房里出入，所以我的每月的房租要比外间的便宜几角小洋。

我的房主，是一个五十来岁的弯腰老人。他的脸上的青黄色里，映射着一层暗黑的油光。两只眼睛是一只大一只小，颧骨很高，额上颊上的几条皱纹里满砌着煤灰，好像每天早晨洗也洗不掉的样子。他每日于八九点钟的时候起来，咳嗽一阵，便挑了一双竹篮出去，到午后的三四点钟仍旧挑了一双空篮回来，有时挑了满担回来的时候，他的竹篮里便是那些破布破铁器玻璃瓶之类。像这样的晚上他必要去买些酒来喝喝，一个人坐在床沿上瞎骂出许多不可捉摸的话来。

我与间壁的同寓者的第一次相遇，是在搬来的那天午后。春天的急景已经快晚了的五点钟的时候，我点了一枝蜡烛，在那里安放几本刚从栈房里搬过来的破书。先把它们叠成了两方堆，一堆小些，一堆大些，然后把两个二尺长的装画的画架覆在大一点的那堆书上。因为我的器具都卖完了，这一堆书和画架白天

---

①原载 1924 年 2 月《创造季刊》第 2 卷第 2 号，后收入作者小说散文集《寒灰集》，创造社出版部 1926 年 6 月初版；现选自《创造季刊》第 2 卷第 2 号。

要当写字台,晚上可当床睡的。摆好了画架的板,我就朝着了这张由书叠成的桌子,坐在小一点的那堆书上吸烟,我的背系朝着梯子的接口的。我一边吸烟,一边在那里呆看放在桌上的蜡烛火,忽而听见梯子口上起了响动。回头一看,我只见了一个我自家的扩大的投射影子,什么也辨不出来,但我的听觉分明告诉我说:"有人上来了。"我向暗中凝视了几秒钟,一个圆形灰白的面貌,半截纤细的女人的身体,方才映到我的眼帘上来。一见了她的容貌我就知道她是我的间壁的同居者了。因为我来找房子的时候,那房主的老人便告诉我说,这屋里除了他一个人外,楼上只住着一个女工。我一则喜欢房价的便宜,二则喜欢这屋里没有别的女人小孩,所以立刻就租定了的。等她走上了梯子,我才站起来对她点了点头说:

"对不起,我是今朝才搬来的,以后要请你照应。"

她听了我这话,也并不回答,放了一双漆黑的大眼,对我深深的看了一眼,就走上她的门口去开了锁,进房去了。我与她不过这样的见了一面,不晓是什么原因,我只觉得她是一个可怜的女子。她的高高的鼻梁,灰白长圆的面貌,清瘦不高的身体,好像都是表明她是可怜的特征,但是当时正为了生活问题在那里操心的我,也无暇去怜惜这还未曾失业的女工,过了几分钟我又动也不动的坐在那一小堆书上看蜡烛光了。

在这贫民窟里过了一个多礼拜,她每天早晨七点钟去上工和午后六点多钟下工回来,总只见我呆呆的对着了蜡烛或油灯坐在那堆书上。大约她的好奇心被我那痴不痴呆不呆的态度挑动了,有一天她下了工走上楼来的时候,我依旧和第一天一样的站起来让她过去。她走到了我的身边,忽而停住了脚,看了我一眼,吞吞吐吐好像怕什么似的问我说:

"你天天在这里看的是什么书?"

(她操的是柔和的苏州音,听了这一种声音以后的感觉,是怎么也写不出来的,所以我只能把她的言语译成普通的白话。)

我听了她的话,反而脸上涨红了。因为我天天呆坐在那里,面前虽则有几本外国书摊着,其实我的脑筋昏乱得很,就是一行一句也看不进去。有时候我只用了想像在书的上一行与下一行中间的空白里,填些奇异的模型进去。有时候我只把书里边的插画翻开来看看,就了那些插画演绎些不近人情的幻想出来。我那时候的身体因为失眠与营养不良的结果,实际上已经成了病的状态了。况且又因为我的唯一的财产的一件棉袍子已经破得不堪,白天不能走出外面去散步和房里全没有光线进来,不论白天晚上,都要点着油灯或蜡烛的缘故,非但我的全部健康不如常人,就是我的眼睛和脚力,也局部的非常萎缩了。在这样状态下的我,听了她这一问,如何能够不红起脸来呢?所以我只是含含糊糊的回答说:

"我并不在看书,不过什么也不做呆坐在这里,样子一定不好看,所以把这几本书摊放着的。"

她听了这话，又深深的看了我一眼，作了一种不解的形容，依旧的走到她的房里去了。

那几天里若说我完全什么事情也不去找，什么事情也不曾干，却是假的。有时候，我的脑筋稍微清新一点，也曾译过几首英法的小诗，和几篇不满四千字的德国的短篇小说，于晚上大家睡熟的时候，不声不响的出去投邮，寄投给某某书局。因为我的各方面就职的希望，早已经完全断绝了，只有这一方面，还能靠了我的枯燥的脑筋，想想法子看。万一中了他们编辑先生的意，把我译的东西登了出来，也不难得着几块钱的酬报。所以我自迁移到邓脱路以后，当她第一次同我讲话的时候，这样的译稿已经发出了三四次了。

二

在乱昏昏的上海租界里住着，四季的变迁和日子的过去是不容易觉得的。我搬到了邓脱路的贫民窟之后，只觉得身上穿在那里的那件破棉袍子一天一天的重起来，热起来，所以我心里想：

"大约春光也已经老透了罢！"

但是囊中很羞涩的我，也不能上什么地方去旅行一次，日夜只是在那暗室的灯光下呆坐。在一天大约是午后了，我也是这样的坐在那里，间壁的同住者忽而手里拿了两包用纸包好的物件走了上来，我站起来让她走的时候，她把手里的纸包放了一包在我的书桌上说：

"这一包是葡萄浆的面包，请你收藏着明天好吃的。另外我还有一包香蕉买在这里，请你到我房里来一道吃罢！"

我替她拿住了纸包，她就开了门邀我进她的房里去。共住了这十几天，她好像已经信用我是一个忠厚的人的样子。我见她初见我的时候脸上流露出来的那一种疑惧的形容完全没有了。我进了她的房里，才知道大还未暗，因为她的房里有一扇朝南的窗，太阳返射的光线从这窗里投射进来，照见了小小的一间房，由二条板铺成的一张床，一张黑漆的半桌，一只板箱，和一条圆凳。床上虽则没有帐子，但堆着有二条洁净的青布被褥。半桌上有一只小洋铁箱摆在那里，大约是她的梳头器具，洋铁箱上已经有许多油污的点子。她一边把堆在圆凳上的几件半旧的洋布棉袄，粗布裤等收在床上，一边让我坐下。我看了她那般勤待我的样子，心里倒不好意思起来，所以就对她说：

"我们本来住在一处，何必这样的客气。"

"我并不客气，但是你每天当我回来的时候，总站起来让我，我却觉得对不起得很。"

这样的说着，她就把一包香蕉打开来让我吃。她自家也拿了一只，在床上坐下，一边吃一边问我说：

"你何以只住在家里,不出去找点事情做做?"

"我原是这样的想,但是找来找去总找不着事情。"

"你有朋友么?"

"朋友是有的,但是到了这样的时候,他们都不和我来往了。"

"你进过学堂么?"

"我在外国的学堂里曾经念过几年书。"

"你家在什么地方? 何以不回家去?"

她问到了这里,我忽而感觉到我自己的现状了。因为自去年以来,我只是一日一日的萎靡下去,差不多把"我是什么人?""我现在所处的是怎么一种境遇?""我的心里还是悲还是喜?"的这些观念都忘掉了。经她一问,我重新把半年来困苦的情形一层一层的想了出来。所以听她的问话以后,我只是呆呆的看她,半晌说不出话来。她看了我这个样子,以为我也是一个无家可归的流浪人。脸上就立时起了一种孤寂的表情,微微的叹着说:

"唉! 你也是同我一样的么?"

微微的叹了一声之后,她就不说话了。我看她的眼圈上有些潮红起来,所以就想了一个另外的问题问她说:

"你在工厂里做的是什么工作?"

"是包纸烟的。"

"一天作几个钟头工?"

"早晨七点钟起,晚上六点钟止,中午休息一个钟头,每天一共要作十个钟头的工。少作一点钟就要扣钱的。"

"扣多少钱?"

"每月九块钱,所以是三块钱十天,三分大洋一个钟头。"

"饭钱多少?"

"四块钱一月。"

"这样算起来,每月一个钟点也不休息,除了饭钱,可省下五块钱来。够你付房钱买衣服的么?"

"哪里够呢! 并且并且那管理人又要……啊阿! 我……我所以非常恨工厂的。你吃烟的么?"

"吃的。"

"我劝你顶好还是不吃。就吃也不要去吃我们工厂的烟。我真恨死它在这里。"

我看看她那一种切齿怨恨的样子,就不愿意再说下去。把手里捏着的半个吃剩的香蕉咬了几口,向四边一看,觉得她的房里也有些灰黑了,我站起来道了谢,回到我自家的房里来。她大约是作工倦了的缘故,每天回来大概是马上入睡的，只有这一晚上，她在房里好像是直到半夜还没有就寝。从这一回之后，她每天回来，总和我说几句话。我从她自家的口里听得，知道她姓陈，名叫二妹，是苏州东乡人，从小系在上海乡下长大的，她父亲也是纸烟工厂的工人，但是去年秋天死了。她本来和她父亲同住在那间房里，每天同上工厂去的，现在只剩了她一个人了。她父亲死后的一个多月，她早晨上工厂去也一路哭了去，晚上回来也一路哭了回来的。她今年十七岁，也无兄弟姊妹，也无近亲的亲戚。她父亲死后的葬殓等事，是他于未死之前把十五块钱交给楼下的老人，托这老人包办的。她说：

> "楼下的老人倒是一个好人，对我从来没有起过坏心，所以我得同父亲在日一样的去作工，不过工厂的一个姓李的管理人却坏得很，知道我父亲死了，就天天的想戏弄我。"

她自家和她父亲的身世，我差不多全知道了，但她母亲是如何的一个人？死了呢还是活在那里？假使还活着，住在什么地方？等等，她却从来还没有说及过。

三

天气好像变了。几日来我那独有的世界，黑暗的小房里的腐浊的空气，同蒸笼里的蒸气一样，蒸得人头昏欲晕。我每年在春夏之交要发的神经衰弱的重症，遇了这样的气候，就要使我变成半狂。所以我这几天来到了晚上，等马路上人静之后，每每出去散步去。一个人在马路上从狭隘的深蓝天空里看看群星，慢慢的向前行走，一边作些漫无涯涘的空想，倒是于我的身体很有利益。当这样的无可奈何，春风沉醉的晚上，我每要在各处乱走，走到天将明的时候才回家去。我这样的走倦了回去就睡，一睡直可睡到第二天的日中，有几次竟要睡到二妹下工回来的前后方才起来。睡眠一足，我的健康状态也渐渐的回复起来了。平时只能消化半磅面包的我的胃部，自从我的深夜游行 Nacht-Wanderung 的练习开始之后，进步得几乎能容纳面包一磅了。这事在经济上虽则是一大打击，但我的脑筋，受了这些滋养，似乎比从前稍能统一，我于游行回来之后，就睡之前，却做成了几篇 AllanPoe 式的短篇小说，自家看看，也不很坏。我改了几次，抄了几次，一一投邮寄出之后，心里虽然起了些微细的希望，但是想想前几回的译稿的绝无消息，过了几天，也便把它们忘了。

邻住者的二妹，这几天来当她早晨出去上工的时候，我总在那里醋睡，只有午后下工回来的时候，有几次有见面的机会。但是不晓是什么原因，我觉得她对我的态度，又回到从前初见面的时候的疑惧状态去了。有时候她深深的看我一眼，她的黑晶晶，水汪汪的眼睛里，满含着责备我规劝我的意思。

我搬到这贫民窟里住后，约莫已经有二十多天的样子，一天午后我正点上蜡烛，在那里看一本从旧书铺里买来的小说，二妹急急忙忙的走上楼来对我说：

"楼下有一个送信的在那里,要你拿了印子去拿信。"

她对我讲这话的时候,她的疑惧我的态度更表示得明显,她好像在那里说:"呵呵! 你的事件是发觉了啊!"我对她这种态度心里非常痛恨,所以就气急了一点,回答她说:

"我有什么信? 不是我的!"

她听了我这气愤愤的回答,更好像是得了胜利似的,脸上忽涌出了一种冷笑,说:

"你自家去看罢! 你的事情,只有你自家知道的!"

同时我听见楼底下门口果真有一个邮差似的人在催着说:

"挂号信!"

我把信取来一看,心里就突突的跳了几跳,原来我前回寄去的一篇德文短篇的译稿,已经在某杂志上发表了,信中寄来的是五圆钱的一张汇票。我的囊里正是将空的时候,有了这五圆钱,非但月底要预付来日的房金可以无忧,并且付过房金以后还可以维持几天食料,当时这五圆钱对我的效用的扩大,是谁也能推想得出来的。

第二天午后,我上邮局去取了钱,在太阳晒着的大街上走了一会,忽而觉得身上就淋出了许多汗来。我向我前后左右的行人一看,复向我自家的身上一看,就不知不觉的把头低俯了下去。我颈上头上的汗珠,更同盛夏似的,一颗一颗的钻出来了。因为当我在深夜游行的时候,天上并没有太阳,并且料峭的春寒,于东方微白的残夜,老在静寂的街巷中流着,所以我穿的那件破棉袍子还觉得不十分与节季违异。如今到了阳和的春日晒着的这日中,我还不能自觉,依旧穿了这件夜游的敝袍,在大街上阔步,与前后左右的和节季同时进行的我的同类一比,我那得不自惭形秽呢? 我一时竟忘了几日后不得不付的房金,忘了囊中本来将尽的些微的积聚,便慢慢的走上闸路的估衣铺去。好久不在天日之下行走的我,看看街上来往的汽车人力车,车中坐着的华美的少年男女和边上绸缎铺金银铺窗里的丰丽的陈设,听听四面的同蜂衙似的嘈杂的人声,脚步声,车铃声,也觉得是身到了大罗天上的样子。我忘记了我自家的存在,也想和我的同胞一样的欢歌欣舞起来,我的嘴里便不知不觉的唱起几句久忘了的京调来了。这一时的涅槃幻境,当我想横越过马路,转入闸路去的时候,忽而被一阵铃声惊破了。我抬起头来一看,我的面前正冲来了一乘无轨电车,车头上站着的那肥胖的机器手,伏出了半身,怒目的大声骂我说:

"猪头三! 侬(你)艾(眼)睛勿散(生)咯! 跌杀时,叫旺(黄)够(狗)来抵侬(你)命噢!"

我呆呆的站住了脚,目送那无轨电车尾后卷起了一道灰尘,向北过去之后,不知是从何处发出来的感情,忽而竟禁不住哈哈哈哈的笑了几声。等得四面的人注视我的时候,我才红了脸慢慢的走向了闸路里去。

我在几家估衣铺里,问了些夹衫的价线,还了他们一个我所能出的数目,几个估衣铺的店员,好像是一个师父教出的样子,都摆下了脸面,嘲弄着说:

"侬(你)寻萨咯(什么)凯(开心)! 马(买)勿起好勿要马(买)咯!"

一直问到五马路边上的一家小铺子里,我看看夹衫是怎么也买不成了,才买定了一件竹布单衫,马上就把它换上。手里拿了一包换下的棉袍子,默默的走回家来。一边我心里却在打算:

"横竖是不够用了,我索性来痛快的用它一下罢。"同时我又想起了那天二妹送我的面包香蕉等物。不等第二次的回想我就寻着了一家卖糖食的店,进去买了一块钱巧格力香蕉糖鸡蛋糕等杂食。站在那店里,等店员在那里替我包好来的时候,我忽而想起我有一月多不洗澡了,今天不如顺便也去洗一个澡罢。

洗好了澡,拿了一包棉袍子和一包糖食,回到邓脱路的时候,马路两旁的店家,已经上电灯了。街上来往的行人也很稀少,一阵从黄浦江上吹来的日暮的凉风,吹得我打了几个冷痉。我回到了我的房里,把蜡烛点上。向二妹的房门一照,知道她还没有回来。那时候我腹中虽则饥饿得很,但我刚买来的那包糖食怎么也不愿意打开来。因为我想等二妹回来同她一道吃。我一边拿出书来看,一边口里尽在咽唾液下去。等了许多时候,二妹终不回来,我的疲倦不知什么时候出来战胜了我,就靠在书堆上睡着了。

四

二妹回来的响动把我惊醒的时候,我见我面前的一枝十二混司一包的洋蜡烛已经点去了二寸的样子,我问她是什么时候了? 她说:

"十点的汽管刚刚放过。"

"你何以今天回来得这样迟?"

"厂里因为销路人了,要我们作夜工。"

"工钱也增加的么?"

"工钱是增加的,不过人太累了。"

"那你可以不去做的。"

"但是工人不够,不做是不行的。"

她讲到这里,忽而滚了两粒眼泪出来。我以为她是作工作得倦了,故而动了伤感,一边心里虽在可怜她,但一边看她这同小孩似的脾气,却也感着了些儿快乐。把糖食包打开,请她吃了几个之后,我就劝她说:

"初作夜工的时候不惯,所以觉得困倦,作惯了以后,也没有什么的。"

她默默的坐在我的半高的由书叠成的桌上,吃了几颗巧格力,对我看了几眼,好像是有话说不出来的样子。我就催她说:

"你有什么话说?"

她又沉默了一会,便断断续续的问我说:

"我……我……早想问你了,这几天晚上,你每晚在外边,可在与坏人作伙友么?"

我听了她这话,倒吃了一惊,她好像在疑我天天晚上在外面与小窃恶棍混在一块。她看我呆了不答,便以为我的行为真的被她看破了,所以就柔柔和和的连续着说:

"你何苦要吃这样好的东西,要穿这样好的衣服。你可知道这事情是靠不住的。万一被人家捉了去,你还有什么面目做人。过去的事情不必去说它,以后我请你改过了罢。……"

我尽是张大了眼睛张大了嘴呆呆的在看她,因为她的思想太奇突了,使我无从辩解起。她沉默了数秒钟,又接着说:

"就以你吸的烟而论,每天若戒绝了不吸,岂不可省几个铜子。我早就劝你不要吸烟,尤其是不要吸那我所痛恨的※※工厂的烟,你总是不听。"

她讲到了这里,又忽而落了几滴眼泪。我知道这是她为怨恨※※工厂而滴的眼泪,但我的心里,怎么也不许我这样的想,总要我把它们当作因规劝我而洒的。我静静儿的想了一回,等她的神经镇静下去之后,就把昨天的那封挂号信的来由说给她听,又把今天的取钱买物的事情说了一遍。最后更将我的神经衰弱症和每晚何以必要出去散步的原因说了。她听了我这一番辩解,就信用了我,等我说完之后,她颊上忽而起了两点红晕,把眼睛低下去看在桌上,好像是怕羞似的说:

"噢,我错怪你了,我错怪你了。请你不要多心,我本来是没有歹意的。因为你的行为太奇怪了,所以我想到了邪路里去。你若能好好儿的用功,岂不是很好么?你刚才说的那——叫什么的——东西,能够卖五块钱,要是每天能做一个,多么好呢?"

我看了她这种单纯的态度,心里忽而起了一种不可思议的感情,我想把两只手伸出去拥抱她一回,但是我的理性却命令我说:

"你莫再作孽了!你可知道你现在处的是什么境遇!你想把这纯洁的处女毒杀了么?恶魔,恶魔,你现在是没有爱人的资格的呀!"

我当那种感情起来的时候,曾把眼睛闭上了几秒钟,等听了理性的命令以后,我的眼睛又开了开来,我觉得我的周围,忽而比前几秒钟更光明了。对她微微的笑了一笑,我就催她说:

"夜也深了,你该去睡了吧!明天你还要上工去的呢!我从今天起,就答应你把纸烟戒下来吧。"

她听了我这话,就站了起来,很喜欢的回到她的房里去睡了。

她去之后,我又换上一枝洋蜡烛,静静儿的想了许多事情:

"我的劳动的结果,第一次得来的这五块钱已经用去了三块了。连我原有的一块多钱合起来,付房钱之后,只能省下二三角小洋来,如何是好呢!

就把这破棉袍子去当吧! 但是当铺里恐怕不要。

这女孩子真是可怜,但我现在的境遇,可是还赶她不上,她是不想做工而工作要强迫她做,我是想找一点工作,终于找不到。就去作筋肉的劳动吧! 啊啊,但是我这一双弱腕,怕吃不下一部黄包车的重力。

自杀! 我有勇气,早就干了。现在还能想到这两个字,足证我的志气还没有完全消磨尽哩!

"哈哈哈哈! 今天的那无轨电车的机器手! 他骂我什么来?

黄狗,黄狗倒是一个好名词,

…………"

我想了许多零乱断续的思想,终究没有一个好法子,可以救我出目下的穷状来。听见工厂的汽笛,好像在报十二点钟了,我就站了起来,换上了白天那件破棉袍子,仍复吹熄了蜡烛,走出外面去散步去。

贫民窟里的人已经睡眠静了。对面日新里的一排临邓脱路的洋楼里,还有几家点着了红绿的电灯,在那里弹罢拉拉衣加。一声二声清脆的歌音,带着哀调,从静寂的深夜的冷空气里传到我的耳膜上来,这大约是俄国的飘泊的少女,在那里卖钱的歌唱。天上罩满了灰白的薄云,同腐烂的尸体似的沉沉的盖在那里。云层破处也能看得出一点两点星来,但星的近处黝黝看得出来的天色,好像有无限的哀愁蕴藏着的样子。

一九二三年七月十五日

【阅读提示】

这篇小说是郁达夫日本留学结束,回国后在上海生活的一个反映。小说中,《沉沦》那种"性的苦闷"还有,但是主要转向"生的苦闷"了。特别是小说虚构了一个上海底层生存空间,塑造了陈二妹这个底层女工形象,表达了"同是天涯沦落人,相逢何必曾相识"的艺术情趣,在现代都市文学史上独具一格。

【延伸阅读作品与参考文献】

1.郁达夫:《薄奠》(小说),见《郁达夫全集》第 1 卷,浙江大学出版社 2007年版。

2.左怀建:《〈春风沉醉的晚上〉艺术个性评析》,《电影文学》2009 年第 3 期。

【思考与练习】

试分析小说中陈二妹形象内涵与都市文学审美之间的关系。

她是一个弱女子

郁达夫

【阅读提示】

这部小说 1927 年构思,1932 年 3 月由湖风书局初版,因为其中宣传革命思想而被国民党查禁,同年 12 月由现代书局另出新版,很快也被查禁。1934 年 3 月现代书局又以《饶了她》出版。建议阅读 1982 年花城出版社和生活·读书·新知三联书店香港分店联合出版《郁达夫文集》第一卷·小说中的文本,或 2007 年 11 月浙江大学出版社出版《郁达夫全集》第二卷·小说(下)中的文本。

湖风版的小说文本扉页上写明"谨以此书,献给我最亲爱,最尊敬的映霞。1932 年 3 月达夫上"。文本后面"后叙"里说是"一·二八"逃难中利用十天的时间匆匆写完的,特别交代"书中的人物和事实,不消说完全是虚拟的,请读者千万不要去空费脑筋,妄思对证"。可是有的研究者根据《王映霞自传》,指出小说与其太太王映霞有关。一次,王映霞由郁达夫相伴去拜访一个来上海的女友,交谈甚欢。晚上郁达夫愿意自己回家,而她则在女友处过夜,郁达夫乃怀疑妻子与其女友有同性恋倾向,负气搬出家外,并写下这篇小说以讽之。后发现是自己误会,就表示抱歉,并在小说扉页写下上面那样的赠言。

小说叙写杭州某女子中学三个同寝室的学生的生活。李文卿是一个体育健将,一个世俗肉欲的狂热追求者和享受者,还是一个女同性恋者。她经常偷偷钻进郑岳秀的被窝,对郑岳秀进行身体侵犯,并以一只金手表相诱,最后郑岳秀成为物质和情欲的俘虏。李文卿抛弃郑岳秀,与其他几个男子鬼混到一起后,郑岳秀反有点离不开她了。她就送郑岳秀一性工具自慰。后来时局不稳,郑岳秀来到上海读书,认识青年吴一粟并与之恋爱,可是"一·二八"事变爆发,日本海军登岸,将郑岳秀轮奸至死。冯世芬在叔叔的引导下成为上海工人中的革命分子,并且料理了郑岳秀的后事。

郁达夫在小说《后叙》里交代:"我觉得比这一次写这篇小说时的心境更恶劣的时候,还不曾有过。因此这一篇小说,大约也将变作我作品之中的最恶劣的一篇。"但是 1933 年 2 月 1 日《现代》第 2 卷第 4 期介绍这部作品时却称:"这是搁笔了多年的郁达夫先生在 1932 年日本帝国主义者炮轰上海时写成的杰作。……实为近来我国创作界的一本名著。"此前,杜衡在《现代》发表《她是一个弱女子》,评:"这依然是一部写色情的作品","可是它的描划人物都非常成功的。"婚恋的波折,时代的动乱,转换成一种创作心绪投射到作品中,就使这篇小说一方面是对情色欲望的沉醉,一方面是对情色欲望的批判。通过李文卿和郑岳秀表现了前者,通过冯世芬表现了后者。小说最后的指向是后者战胜(埋葬)前者;并且探讨了女性的人性缺陷(贪欲、软弱)及其出路(参加革命)问题,标明小说的艺术格调终在一般水平线之上。

【延伸阅读作品与参考文献】

1.(日)谷崎润一郎:《痴人之爱》(小说),郑民钦译,中国文联出版社 2000年版。

2.金晶:《谷崎润一郎文学在民国时期的接受情况研究》,南开大学出版社2013 年版。

3.陈子善:《〈她是一个弱女子〉手稿本》,见陈子善《从鲁迅到张爱玲:文学史内外》,北京大学出版社 2017 年版。

4.彭林祥:《从〈她是一个弱女子〉到〈饶了她〉》,见彭林祥《中国新文学广告图志》上卷,花木兰文化出版社 2015 年版。

5.王映霞:《我与郁达夫》,华岳文艺出版社 1988 年版。

6.程亚丽:《郁达夫小说女性身体叙述的思想性论析》,《文学评论》2014 年第 2 期。

【思考与练习】

从这篇小说看郁达夫的女性观。

木 犀 [①]

陶晶孙

到底是乡间,一座古庙虽然宽敞,但只呆呆地立着;庙前已通电车,过往的行人颇也不少。

乡间也应有乡间的风味,而此处又多少兼带了些都会的要素,究竟乡不乡,市不市——乡则大俗,市则冷落了。

素威,乃此地大学生中的一位青年,也夹杂在行人之中经过。不知是从何处飘来的一阵香潮,愈渐浓烈了起来,才突然唤醒了他的意识:啊啊,木犀!

四望都是初秋的浓绿,几株苍苍的古树,在庙内日本式的庭园中繁茂着。

木犀的香潮——

这怕是什么人也闻到的了?

但是,各人总会有各人的感触——

马车马的生活!——这是素威自道;他这个感叹中,也有一种因缘在内。

他难忘的少年时代是在东京过活了的,他是无论如何想留在东京的了。即使不能的时候,也想往京都去,那儿是他所爱慕的一位先生的乡梓。连这一层希望也没有达到,凄凄凉凉地流到九州来,过着漫无目的的生活,这是何等悲惨的呢!

在下宿店中过难过的日子是最难熬煎的。虽然有愿为医生的打算,然又嫌厌与病院的空气相接触。藉此便入了校中的音乐会,把幼时所学习得的比牙琴,一天到晚,笼在练习室中弹奏——虽是受着邻室的助手们的厌嫌,迫害,他就这么开始了他的"马车马的生活"。

除吃饭和就寝而外他没有回去的时候,现刻他是要回下宿店去吃午饭的。偶然的这阵花香,把素威从无悲无喜的生活中解卸了下来。

就譬如那纽变黑了的红绦,那系在那小得可怜的表上的,不怕就在人面前害着羞不肯拿出来,但因为是先生赠他的缘故,他连那红绦也不想改换的一样——

这阵木犀花的香潮——在此中有热烈欲燃的欢爱存在——

那是素威的幼时。

[①] 作者陶晶孙(1897—1952),江苏无锡人,在日本长大并接受教育;前期创造社成员,也是20世纪30年代新感觉派的前驱。该篇作品原载1922年11月25日《创造季刊》第1卷第3号;初收入作者与郭沫若、郁达夫等人小说合集《木犀》,创造社出版部1926年6月初版,后收入作者小说戏剧合集《音乐会小曲》,创造社出版部1927年10月初版;现选自1922年11月25日《创选季刊》第1卷第3号。

那是欢乐也还——只好说"还"——没有失掉,还在希望与目的中辉发着的时候的往事。

校服的短裤换成了长裤,往学校去时,说是不好意思坐电车,把他母亲苦了一阵,才坐起人力车去的时候,终竟迟了刻。

点名的时候的体操先生——名叫"老虎"的那体操先生!因为怕见他,便缩缩瑟瑟地,终久把脚移向了旧来走惯了的小学校门走去。

金辉灿烂的斜下的栏杆,阶段下有棕榈竹,那儿假如母亲携着我的手儿登上去的时候,会是怎样地美好呢!无端地正在空想,突然——

"哦,素威!"

叫了一声,从前面出来的才是女先生 Toshiko,她是小学校里的英文教习。

"啊,许久不见了呢,已经入了中学了,我每天都在想着素威君……

"哦呀,在发号了!已经上了课吗?你学校里是几点钟开课?"

"八点钟,"勉勉强强地素威答应了一声。

"那吗,你是迟了刻了。中学校迟了刻,听说是很麻烦的呢——素威君,你来有什么事情?"

"先生,你看,今天洋服做好了。"

"唉,——?"

"唉,长裤脚——真不好意思呢。"

"哦,那吗——"

"我便坐了人力车来,所以迟了刻。"

"因此你现刻去,是不好去的吗?"

"没有甚么不好,只是呢,我怕那'老虎',他要骂人呢。"

Toshiko 先生便笑了起来,不再说话,把右手放在素威的肩上,便走起来。走到了的是有白色的花边窗帷,桌上有一瓶白菊花的房间——先生的居室。

"先生,但是我不去也不好。"

先生此时从腰带中把小表取出来看了一下。

"到开课还有五分钟呢。到那时候我同你一路去罢。你就在我房间里要罢。"

——在沙发上坐是坐了,先生也高兴地把手和衣袖放在素威的肩上,一同看了书橱,看了书檠,看了画额,看了圣母玛利的像,但是素威心中总忘不了迟刻的事情——

不一阵,先生便和素威两人走到了中学部的——那"老虎"先生之前。

"先生,素威君是我把他留在我房间里了,所以迟了刻。"

这么说了的时候,老虎便恭敬地向 Toshiko 先生行了一举手礼。

茫然无措地,素威立在老虎之前。

好像从头部以下完全没有血的一样,实在是没有血液了,在害怕得发抖。

"喂,开课了,到教室去!"

听了这一句话,没有血的素威,如像云的一样,漫无目的地离开了那儿。

就在那天的晚上,素威靠在早晨登过的金色的栏杆上,在思索着不知道怎样的好。Toshiko 先生的房间是晓得了,先生也叫过他去耍,但是害羞得很,比今早晨的那件事情,短裤脚换成了长裤脚的还要害羞得不知道多少倍。

我要想钻进壁头里面去了! 发明这句话的人,怕也是遇着了这类害羞的事情。——

金色的栏杆不倦地璀璨着。素威时而把嘴唇去亲它一下,时而又把面庞去挨它一下。

"怎么做呢?"他只是这么想。——应该要去谢谢先生——但是这是怎么害羞的一种道谢呢!

但是就这么回去,也很寂寞。他在金色的栏杆上用手指画写着"Toshiko""先生"等字。

最初先生到这学校里来的时候,

"我是 Toshiko——"

说了,随后才说出姓来,所以甚么人都不叫她的姓的,细长而清爽,万事精明的——此外没有字来可以形容的美的 Toshiko 先生!

想了一阵,突然想到的是:虽是无聊,但是也要从远处把先生的房间的内容望一下。——这么一决心他便滑着栏杆从石阶走下来。刚走到最后一段,上面有人叫他:

"素威!"

这正是先生的声音。素威太吃惊了,吓了一跳,竟至战颤起来。

两手被先生抱着,坐在房中的沙发上,还在发颤。

"我啊,我现刻又在管理寄宿舍的事情了,所以在校里寄宿。素威呀,你回去的时候,你时常到我这里来耍,无论甚么时候都不要紧呢。"

素威已经欢喜得不可名状了。——晓得是这样的时候,我早跑来倒好了——

"先生,今朝你救了我,我以后不想那样受先生的援助了。"

"但是呢,我不想把我的素威被什么老虎呀狮子呀的人责谴呢,你不要介意呢,我们两人一同做了不好的事来……但是呢;素威,我援助你的恐只有这一次,今后怕该你援助我了呢,总有那个时候,你不得不援助我的罢。"

说了之后,Toshiko 先生现出一种忽然沉思了一下的样子——自从那天起,素威每天放学回去的时候,定要到邻接的初等科的寄宿舍去了。

把胸中的激动制伏着在先生的房门前扣门的时候,那时候的快乐,在一生之中怕是空前绝后的了。

每日素威所做的事情，除此而外什么也没有了。无论在家里或在学校里，只把"Toshiko 先生"——这音乐的响亮的单语反复着，想今天见面时该说甚么话。

有一天晚上，太迟了，怕先生一定等着在的，他这么想着走去的时候，房门微微开着，先生靠在沙发上，穿着纯白的寝衣。

先生默默地立起来，立地拥抱着素威。

"啊啊，我等了你好一阵了呀！"

把房门闭了的时候，素威感觉着一股不知道是从甚么地方来的香气。

"你晓得是什么香么？木犀呢！"

幽幽地亮着的电灯，古风的桌子的脚，软软地陷在坐褥中的先生——就好像在那小孩子时所想象的梦里的王国中彷徨着的一样。

美的那晚夕，素威是不能忘记的。

其后两三日内，素威便移住在只有一径相隔的中学的寄宿舍了。就此——过了许多美的晚夕。

赤砖砌成的坚固的校舍，校舍之后碧绿的美的小学寄宿舍——沿此寄宿舍之下，素威在草地与花坛之间行过时，先生每肯从上面俯瞰下来。

⋯⋯⋯⋯⋯

素威与 Toshiko 先生的情谊，甚么人都知道了。

有一天，素威走着平时常走的道路，遇着在小学校时，寄宿舍的寮母的Tanisan。

"素威君，是往 Toshiko 先生那里去的吗？——真是热心啦！——赶急得很？——是那吗——哦，每天你们做些怎么玩儿呢？——种种的谈话？——像很有趣啦！——啊——哦，素威君，你和 Toshiko 先生的事情，大家都在谈论呢。你还年轻，倒很泰然；但是先生和你不同呢，你晓得么？她无昼无夜都在挂念着你，在你看来，怕只当是先生待得你好；但是在我们旁人看来，我们是很明白的呢。女人想的事情，我们女人立地是晓得的。唉，你同 Toshiko 先生年龄要差十岁。但是年龄争差又有甚么呢，恋爱到底还是恋爱。"

尽兴地说了就走了。——也不恨那 Tanisan，她的面孔好像自古以来，不曾有过少女的美好的时代，美虽不美，但是素来是可信用的人。

但是听她那么说时——唉，那吗先生是怎么地比我更有意义的了。恋爱就恋爱——是那样的时候，当然是更幸福的了——。

因为听了 Tanisan 的一番话，他进了先生的房间，也不敢正面视她。像以前一样把手伸过先生的肩头去拿东西，或者坐在沙发上靠着她，更要求要接吻她的那种亲密的态度，更是不敢了。

那天先生的态度也更加不同了。回去的时候，先生的眼睛一面分外放出了种光辉,把雪一样白的颈子伸过金色的栏杆上来望送着。

其后隔了几天去访问先生的时候,先生不在,因此失望。但是照房中的样子看来,也不像是往远处去了。

那是月夜。想在庭中去散散步。走出中庭,木犀花,香得异常。

在草原中,夜露凝积着的小径上稍稍走了一下,走到平时栽有雨兰的地点了。那儿有的是白漆的木凳,假如不注意时,那上面的白衣人……那是一点也不错,那正是 Toshiko 先生了。

"呀,素威!——我心里真快活。"

"先生,我在担心你呢。"

"对你不住。走到这样地方来,你怕吃了一惊罢。啊,我们回房间去罢。"

那么说了。立起来的 Toshiko 先生,狂了的一样把手搭在素威的肩上,在他颊上接连亲吻了好几下。

素威立着听凭先生亲他,他把手伸到先生胸里时,窒了息的心脏的鼓动使他吃了一惊。

"唉,我只想永远是个小孩子——"

"你也长大了呢。——长大起去,真是讨厌的呢。但是我们一同长大起去罢。"

"就长大了,我同先生也永远是朋友罢。"

素威的处女般的害羞心,使他把心里所想的事情战颤着只吐出了这一点。

"唉,朋友? 啊,朋友呢,我们不是师生。"

那晚上,两人都默默地在月光之下,好像要冻结成一块的一样,缩小在那小的木凳上。

"是运命呢,我们两人。"

…………

那是一天寒冷的晚上。素威走到先生那里去,Toshiko 先生倚着窗缘,低着头在。

素威就像猫儿走路一样,悄悄走进房去。——美丽的先生! 天使一样的先生! ——我有这位先生,是怎样幸福哟! ——在这么想着,同时,又好像起了一种害羞的心理:为什么想着这样的事情!

但是先生那美的心中所燃着的是甚么呢? ——现在就使一切破灭,——就使地球立地融解,只要我们能住在这房里的时候……发着这些奇想走近先生身旁——先生才在哭。——

但是先生立刻仰起来微笑,从浸着红绿的瓶中倒出有颜色的水来,在汽炉管上——房里都漩着香潮——木犀的香潮。

"啊哈,那天晚上——那月下的晚上,你记得么?"

"啊,快活得很了,那天夜晚!——"

"素威,你不要弃我?"

素威仰视先生——好像呈着凄凉的眼色——他不回答,只跳起抱着先生的颈项接吻。——同平时在家里和母亲的接吻——在素威心里想来,觉得有些不同——自从那晚浴在月光之中,在恋爱中(?)剧烈地战栗后以来。

"多谢你呢。"

素威额上,滴下了大珠银滴,滴了好几颗,好几颗。

"我是太不好了,我,我总有一天会来偿罪,等我到那刻时候,等我到那刻时候。……"

以下的话,先生的眼泪把它说了。

…………

翌日的早晨素威处小使把先生的信送了来,说是回乡去了,一直要住到圣诞节(Christmas)。

"先生吗?"

"已经动了身了。详细的事情,说是信里写得有。"简单的先生的信中写的是:——

> 我因为是柔弱,怎么也不能向你明言。昨晚上多谢你了。我到圣诞节日再回来,请到我房里去等我。
>
> 木犀树下的那一晚,请你不要忘记。到了家时立地便要写信给你,请你等我。
>
> 我的抽屉里面有两样东西是送你的,表与相片。
>
> 请你相信运命呢! 再见!

素威好像狂了一样了。

走到先生房里去,在沙发中哭了。

跑到木犀树下无意识地乱摇。

跑到寄宿舍去。把房中的什物蹴得零乱。

上床去咬着铁柱,蜷着身子在浑身中乱搔乱扭,——如此继续了两三天。

等到圣诞节还有两礼拜——

有一天素威欢喜地接到先生一封信:

> 我病了哟。
>
> 到圣诞节那天,我能不能回来,说不定。你将来到京都来的时候,请追念我罢!
>
> 我一生只有你一人是我真正的朋友。
>
> 我想我会痊愈,我想我是能够痊愈,因为有你要留我在这世上。只有今

天我把日记中辍了。在最后一行我写了你的名字和我的名字。又写了一句：

Ciorire en destinée

素威，你一定是明白的呢，那相别的晚上的……

请了，素威！

Toshiko

其后不久素威惊惶失措地接了一通电报——

先生没有等到圣诞节——死了。

读完电报之后，素威以为"解决"了。

那当然是一切的终结。

素威还是活着在——保持着先生的唯一的遗品，小表，和怪美的时候的回想，活在与自己太相悬隔的社会之中。

（附白）我们在日本由几个朋友组织过一种小小的同人杂志，名叫"Green"；同人是郁达夫，何畏，徐祖正，刘凯元，晶孙和我。晶孙这篇小说，便是"Green"第二期中的作品；原名本叫"Croire en destine"（相信运命）。原文本是日本文，我因为爱读此篇，所以怂恿他把它译成了中文，改题为"木犀"。一国的文字，有它特别地美妙的地方，不能由第二国的文字表现得出的。此篇译文比原文逊色多了。但它根本的美幸还不大损失。请读者细细玩味。

沫若

九月二十日　福冈

【阅读提示】

陶晶孙是一个与日本文化关系密切的作家，这篇小说原来用日文写成，再翻译成中文，可以作为一个例证。郑伯奇在《中国新文学大系》（1917－1927）小说三集"导言"里说，"五四"时期，他是一个颇有创造性和影响力的小说家、戏剧家，只是1927年出版《音乐会小曲》之后，创作就逐渐减少了。20世纪30年代参加"左联"，40年代在上海和台湾做医学教授，50年代病故于日本。

这篇小说的特色在于运用弗洛伊德精神分析理论写一个青年女教师与一个小学生的非常态恋情。一般来讲，这种恋情只有在充分发达的现代都市才能得到生存、发展的空间，而文学对它的表现表明文学对现代都市恋情复杂化的审美观照。小说节奏徐缓，笔法含蓄，人物心理描写富有诗意，整体氛围上又带有鲜明的日本文化成份，创造了独特的艺术世界。

【延伸阅读作品与参考文献】

1.郭沫若:《叶罗提之墓》(小说),见乐齐编《郭沫若小说全集》,中国文联出版社 1996 年版。

2.施蛰存:《周夫人》(小说),见《施蛰存文集·小说卷·十年创作集》,华东师范大学出版社 1996 年版。

4.张小红编:《陶晶孙百岁诞辰纪念集》,百家出版社 1998 年版。

5.须田祯一、陶乃煌:《陶晶孙其人其文——"创造社"群像之一》,《新文学史料》1992 年第 4 期。

6.王宁:《弗洛伊德主义在中国现代文学中的影响和流变》,《北京大学学报》哲社版 1988 年第 4 期。

7.王再兴:《〈木犀〉与〈叶罗提之墓〉的性意识比较》,《沈阳大学学报》2005 年第 2 期。

【思考与练习】

如何看待小说中这种非常态的恋爱?这种恋爱与现代都市审美有何关联?

两姑娘[①]

陶晶孙

他是江南人,他十五岁时候留学日本,也回家去过好几回,只是他对于江南一个一个的女人,除了他的母亲——姊妹他是没有的——都很慊恶。一归省到江南去,无论哪一根他的末梢的神经,都要感觉许多丑;那好像用漆去漆了的头发,那没有足跟的鞋子,那一半从那短衫下露出的很大的臀部——支那的女人他真看也不愿看了。

但是有一回,他由东京高等学校中国学生特设的预备班毕业后,到了西部小都会的第×高等学校,因为对于旧居的恋爱,曾又到东京小作勾留的时候,他逢到一位浙江姑娘。

她穿着一双高足跟的鞋子,她穿着一身连臀部都包好的长衣,所以他对她的感情也就觉得不同。

因为他的胆子太小了。他为回那西方的小都会去乘开往神户的三等快车的时候,她也来送,那时候他抱她下着月台,他能够接了一吻在她的头上,她的肤香使他从胸到腹感得了一种极古怪的感觉。

而她,是比他更活泼了,从月台上再抱牢他,跳在他的怀里和他亲嘴,她的嘴还有几分乳臭。

火车开了,那三等车中的日本人都不在他的眼中,他只在好好地吸他嘴周围的古怪香气,那是,他的颊间只要一动便会发生的香气。

一年之间——那两回休假中,他上东京了,而香了他的嘴和他的化妆液和体温的香味而回去了。

他们定婚约的时候,已是他离了东京的四年后了。

他初到日本,在中学时候,东京还满是马车辙道,那时候如有汽车一来,就有许多人从家里跑出来。如有西洋人过街,后头常有一小队的小学生要跟着跑。他在中学时候,现在东京的总站前面草地上,还有夜盗乘夜劫杀女人,那草原的一角正在掘地建筑 Imperial Theatre。

他到 X 高等学校之后,第一次回京时候火车到了总站停的,第二次京滨电车的双轨变成了四轨,而第三次有 Bobbed hair 的女人在银座街头乱走了,第四次他同她便做伴去吃法朗西大菜,吸 Soda water,进 Restaurant 了。

---

①原载 1927 年 7 月 15 日《创造月刊》第 1 卷第 7 期,后收入作者小说戏剧集《音乐会小曲》,上海创造社出版部 1927 年 10 月初版;现选自该小说戏剧集初版本。

第五次的上京,他的想像是:

——"他到了总站,她在月台上等他来,他们俩要进 Restau-rant 去,亲密地讲话,——但是在那些事以前他不好忘记同她接吻。——"

他此刻到东京了,而月台上没有觅得她。他打电话给她,她正是此刻才起床。

为给她洗脸和化妆的时间,他一人独到一个客栈里去了,他在东京,朋友虽是很多,他想此刻多得好好同他交际的机会,所以先要在客栈里滞留。

他同她散步了半天,他要请她夜饭,她辞了,他不会强硬地要求她。

然而等到他同她分别,回到客栈独吃夜饭的时候他觉得太冷静了。他不是预定今晚要同她在客栈里亲密地讲话的么?

他跳出客栈了,他到了银座街,他为此刻吃的乡间荒年一般的客栈里的饭菜大发气了,他跑进了一个 Restaurant。

许多女招待都是脸上涂得又白又红。还是三月,适才同她分别的时候,她的嘴唇还是冰冷的。这儿女人们却就要把许多化妆液的体臭深浸到他的鼻孔里去。

他又上街了,他十分忧郁,月亮像照海灯一样的照着他,他的影子,印在银座街的 Asphalt 铺道上的时候,他听着声音在叫他。

他回首一看,那儿是一位姑娘。

他不管,他走。

他的手里忽感觉着一个女性的手了。

他镇定地说:

"我什么 Alkohl 没有喝,你是那——"

"请你不要发火气。"

"你是那——"

"我认识你,你中学时候的圆脸,很可爱,此刻仍是很可爱。"

"为什么你这晚上要走这儿呢?"

"我是闲走,还是你住在小石川的时候,我在电车里曾被你饱看过。"

"不记得了。"

"那时候你还给过我情书的。"

"…………"

"你忘记了?但是那时候我是无所为的。不过此刻,总没有此刻的奇遇了。今晚我真欢喜,但是我真没有猜到会同从前给我情书的人相遇。但是我不晓得你的名字,啊,请教你!"

"我叫晶孙,先要同你讲好,我是支那人。"

"你此刻要到那儿去?"

"此刻……此刻——"

"你要哄我是不行的。"

"我是在 S 市。"

"啊,那么你到东京来玩的?"

他的脸快要偎着她的颊部,此刻两人正走向本银行门前去。

"你住在那儿?"

"在下宿栈。"

"今天晚上不到我那里来么?"

"你家在那里?"

"在中野。"

他听中野就感到许多怀旧之情,那是他在东京时候常常去散步的地方。

"近来中野那儿怎么样?"

……他们沿着暗路走,耽溺着亲密的谈话,向高架电车的车站去。

已经是十一点钟了,东京也不会像四马路一样的连夜繁华。他们上电车,电车也空了,电车里的夜气中,不知是那个下车前放在那里的香水刺激着他的鼻子。

她的耳上有鬈发在微动,她的身体的柔软弹力冲着他的肩上。

他此刻方才想起来了。

还是中学时候,他上学的路上有一个女学生。

她是肥胖身体,厚唇,用粘性声音向同乘的姑娘讲话,不过那时候的肥胖和此刻的肥胖,在风味上大有不同了。

她全身发着温暖的香气,那必定是全身的腺里发出来的,那是和那浙江姑娘全然不同的。

他们到中野了,两人走到飘满冷气的野地里,月亮不住地跟着走在黑色地上的两人。

她的房间很美丽。

绒毯,金光的钢床,白的花边,藤椅子,红色的 Cushion,大的镜子,许多化妆品,水仙花,红的暖炉,她叫他坐在床上,自己坐在藤椅里。

"你以为我在做什么?"

"晓得的人会晓得。"

他真适意极了,困在床里,她在替他脱靴子。

"好房子,只是没有钢琴。"

"你是钢琴家么?"

"也不一定。"

"我会去借钢琴来。"

"谢谢你。"

"我真快活!"

"但是我不会弹给姑娘们听曲子,钢琴是我的自讨苦吃的玩具。"

"我们已经成了好朋友了。"

"我们是少年时代的朋友,我会搬到你这儿来,不过床不够了。"

"我会困在沙发里。"

"我必定要被你的男客人打死呢。"

"我的客人真是很多,都是正成熟的少年。"

"真可怕了。"

此刻他刚才所吃的 Veronal 发生作用了,睡意大起了。

他因为闻着许多女人的香味,醒了。

已经是薄晨,他看四围,女人已经不在,他只在耽溺着他全身上的香气。

他正在竭力要想出他被 Veronal 作用以前的她的面容,只是总不会想出来,他猛烈地后悔他吃了 Veronal 药,真是好像被用了什么魔药似的。而她已经不在,不晓得这儿是什么地方。

他总是受着吃了睡药的作用,糊糊涂涂的。

外面大概有卖豆腐的走过,所以有铃响,他为了这声音,起身拉枕,这时候,枕下出来的是一个信筒,香水香得厉害,他被好奇心催动,急忙拆开来看:

"晶孙,

再一刻钢琴会来,请你指定一个地位放在那里罢。

钢琴到后你的爱人必定会到,然后那房子会更像你的房间了。

只是那儿会有我的遗香,你要晓得。

等你的爱人回去之后,我方会回来,所以你你不要担忧,不要以为你闲谈中间我会回来打扰的。"

他吃了一个很大的惊骇。

他试开一个门扉,那儿是厨房,有一个套着 apron 的年轻女子,大概是用人了,用人不开口而捧水来洗面,他走出屋外,才看出这是一所最好的洋式房子。

他觉得肚里饿了,但是不想开口,他正在追念她。

他回到厨房,那里有煮好的咖啡,他吃了许多饼干。

他又回到钢床里。

他听见有许多人声,他晓得那是钢琴来了,他好像在梦中,指挥放钢琴的地方。

后来他为要看钢琴,从床中走出来了,他才觉得他的上衣袋中一物都没有了,看旁边台上,那儿有他的许多东西,那里他的(浙江)姑娘的信也有。

他才了解一切了:她是看了这信,所以才去唤她的。

等了一刻,他的第一个姑娘——杭州的——来了。

"啊,你怎么打电报来,虽说是你朋友家里,你这算什么,太不客气了。"

他真不知所措了,他看她头上的头发有几分纷乱。

两人在床上坐了一刻,弹了一刻钢琴,到了晚上她回去了。

他在等第二个姑娘了。

他正在厨房吃第二个点心,她来了。他们在床上坐了一刻,讲了一刻。

"昨天晚上算是我上街上的最后一回了,今天我不会上街了。"

"我回了S后,你又要上街么?"

"我相信,你也再不十分爱我。"

"嗳,即使我和丽叶结婚后,我仍会常常想你的。"

"啊,你真算会说话了,那么你常常想我,想我后,就把想出来的爱情赠她了罢?"

"你才算会说话呢,我想起你,就会到你那里。"

"我看你不会来。"

"我也不肯说必须要来你这儿。然而昨天在街上,你真算灵巧了。"

"但是呢,你好看的模样儿,——不醉而活泼地,还像少年时在街上走的样子呢——"

"你这话倒有些手法呢。"

"我希望你对于我能做个救助者。"

"我是不会讲好话的笨汉——又没有钱。"

"那不过说说罢了。"

"那么就好,无论什么都好,请你说关于你的话。"

"被你这样催着,我要说也说不出了,那么,你说了一出,我再说一出罢。"

"以外请你连你的情人的话也讲给我听罢。"

"那么请你先讲同你有关系的人,并且一个一个的说给我听。"

"我没有什么,你怕倒有很多呢。"

"我只有一人。"

"我还是个孩子呢。"

"啊!我听你这句话,就爱你了。"

"你朋友通通有多少?"

"用十指会算得清的,我在姑母家里,被教育得很严格,我也接过许多情书,我要一张一张拿给姑母看,姑母是要批评那些情书的。"

"离开姑母以后呢?"

"我订了婚,后来破弃,是我自己去破弃的,他太不称我意了。"

"还有呢?"

"现在听你的话了。"

"我？她是一位大家的姑娘,从前做过省长的前妻的姑娘,很敏捷的姑娘,像我这乡下人确是赶不上她的,昨天我回到东京,早已告诉她火车到站的钟点,她会不来──;他们都以为我家里也有钱,其实事实正是反对的。"

"我倒是分着些遗产。"

"那么你也是有钱的人了。"

"所以会住这屋子。"

"你为什么要上街去?"

"上街不过去散散步。"

"散步!你算是捉了个人回来。"

"啊,捉着一位 Pianist 还不好么?我看你对她和对我都很称意的。"

"对了,不过她恐怕要弃我,──"

"为什么?"

"Coquetish──或者太敏捷了。"

"也有许多 Coquetish 而能保守自身的。我对她,昨天说我们是幼时的邻人呢。"

"…………"

"…………"

"你不想你有两个女人是很好么?"

"但是──"

"我总想在你旁边,你要同她结婚,也随你便。"

"我也随便,我对于结婚素来不感到多大的兴味。"

"你会信她的贞操么?"

"会──不过'会'以上也没有什么。"

"为什么?"

"她的男朋友太多了,他们都因她是省长的姑娘,所以都去讨好她。"

"那么我看她连一个 Kiss 也没有给过他们了。"

他们在沙发里的话算完了,他们眼前有咖啡送来了。

两人拿起了 Cup。

他想到昨天晚上的 Veronal 了。

今天也要吃么?

他不能决定了。

"我今天也要吃 Veronal 么?"

"那是随便你,不过住在我这里的时候,不可以天天晚上吃──"

一九二六年

【阅读提示】

　　这篇小说在现代商业都市女性与中国传统官宦人家小姐之间进行对比,肯定了前者的开放、随和和细腻,质疑了后者的自私、冷傲和任性。一定程度上质疑了后者,而肯定了前者,这样的写作没有现代都市视角是不可能的。小说人物对话的机智幽默也显示都市人的智慧,对话体及对话的口吻也是 30 年代刘呐鸥等小说表达形式的前奏。

【延伸阅读作品与参考文献】

　　1. 中国现代文学馆编:《陶晶孙代表作》,华夏出版社 1999 年版。

　　2. 杨剑龙:《论陶晶孙的小说创作》,《学术月刊》2002 年第 2 期。

　　3. 李兆忠:《陶晶孙的"东瀛女儿国"》,《文学评论》2003 年第 6 期。

　　4. 沈庆利:《陶醉在"东洋趣味"中——论陶晶孙早期以日本为背景的域外题材小说》,《江苏社会科学》2001 年第 1 期。

　　5. 胡希东:《创造社现代主义都市表征论——兼及新感觉派与创造社的精神关联》,《宜宾学院学报》2009 年第 5 期。

【思考与练习】

　　比较陶晶孙小说与 30 年代刘呐鸥小说的异同。

壁　画[1]

滕 固

　　崔太始近来住的地方他的朋友们都不很知道了。他在留学生中资格不算旧，到东京不过五年。今年是他在美术学校最后的一年了。他虽是学了五年的画，从来没有画完工过一幅。以前他住的房间里装着一叠画架，至多成就一半又涂了去，或是仅仅钩了些轮廓罢了。但从这些年半途而止东鳞西爪的画里，他的结构他的笔致，在在可以看出他有绝大的艺术的天才。

　　他有位朋友 T 君，住在白山的那边，还是他国内的同窗，所以很算知己。有一天午后，他忽然出现在 T 君的房中。

　　六叠席的房间，四壁都是乱七八糟的书籍。崔太始与 T 君面对面席地而坐。席上一盘热勃勃的清茶。T 君敬了他一杯，看他一喝而尽，将杯子向盘中一顿，呵了一口气，从烟袋里挖出一支烟来乱吸。T 君看他那头发有二寸多长，胡子不消说，制服的两袖和胸次都涂了红红绿绿的颜色，白的硬领也抹了一层污黑的脂肪，他不由得暗暗地笑了。

　　“太始，你住在甚么地方了？”

　　“我住在日本桥我亲戚的银行里，我借了一间光线很适宜的房间，雇了一位姑娘做 Model，想在这一月内，努力完成一张卒业制作。”

　　“那好极了。我希望你此次的成功。”

　　“T 君，我倒有一重心事告你，你替我做首诗发泄一下怎么样？”他摇摇头，眉目都皱在一块，弹去烟灰，向 T 君说。

　　“那怎能办到！我做诗都是自动的，自己感触的自己要说的。你的心事我何从知道？”

　　“我讲给你听罢。我今天到你这边来，经过小石川教堂。今天是特别传道日，有一群女学生分道发布传单。过路的人都受领女学生们鞠躬和一张传单。独有我经过时，她们不来理我，我很忧郁，你把我的忧郁写出来罢。”

　　“什么大不了的心事，原来就是这一点。你有了夫人有了三岁的女儿，你还不知足，你每每讲起那些女人的事情，就好像垂涎万丈的一样，我劝你不要胡思

---

　　[1]作者滕固(1901—1941)，又名滕若渠，江苏宝山人。在日本学习美术期间与郭沫若等来往密切，回国后与方光焘、章克标等人发起狮吼社。其早期创作具有较鲜明的都市文学倾向。该篇作品原载 1922 年 11 月 25 日《创造季刊》第 1 卷第 3 号，后收入作者小说集《壁画》，上海狮吼社 1924 年 10 月初版；现选自 1922 年 11 月 25 日《创选季刊》第 1 卷第 3 号。

乱想罢。"

"我们徒然的结了多年知己……唉！我最切齿痛恨的，就是说我有了妻女便不该再有别的念头。父母强迫我结婚，这是我有妻室的来历，一时性欲的冲动，这是我有女儿的来历。……T君！你是聪明人，我不以一般的朋友待你，你也苛责我，我真没有地方告诉了。"他说了，便断断续续的一呼一吸，他不禁滴下了一场眼泪。

"你不必悲伤。我明白了。你饶恕我的卤莽。我一定勉力替你做一首诗。"T君被他的话感动了，不禁起了同情，便安慰了他几句，他只无精打采的吸着香烟。

"你在银行里，没有人和你一同画吗？"

"只有一位L君同画。"

"他是到东京还不上两个月的那位L君吗？"

"是的，便是那位。"

他们俩谈了些很平常的话，崔太始总觉得没甚意思，不久便与T君道别。T君也无从安慰他。T君听得崔太始近来和许多朋友们意见不合，连一连二的绝了交。他的朋友们往往讲他的性情大变。T君从这回子谈话里，也经验了。所以很失悔刚才说的话，怕因此缘故损坏了他们多年的交情。

第二天崔太始到银行去，得到一封快信——他因为住的地方不告诉人家，一切信札都由银行转递——原来国内母校里的教授殷老先生带了两位女公子，到东京来游历，此刻住在神田的长安旅馆里。他欢喜得非常，以为有机会去招待殷老先生的二位女公子了。他再没有心绪作画，便一直到神田去找长安旅馆。

殷老先生的一室也不很宽大的。席子上铺了一条大绵被。殷老先生和他的二位女公子，此外T君L君和别的少年两位，都围着坐在大绵被上，鉴赏长女公子南白所作的画。殷老先生精神振起，讲他长女公子平日得的是某先生的指导，某先生的品评。T君L君和别的少年们都说了一堆恭维的话。

崔太始推进门来，见殷老先生和他的二位女公子行了一个九十度的鞠躬礼，然后叙些应酬话。此刻他也盘坐在L君T君的中间，别的两位少年，背地里望崔太始那种特别的动作发笑。崔太始虽是和殷老先生很有精神的谈话，但是一面他很失望。他想殷老先生在东京的学生不止他一个，在座T君L君和别的二位少年，也曾受过殷老先生教育的，和他的二位女公子同是世兄妹的情谊，于是他预算不能独尽招待的义务，他的热望冰消了一半。

殷老先生的长女公子南白，十九岁，她得到名师的指导，她的国画创作在国内已有名望的了，次女公子北白，不过十四岁，还在小学里读书。他们这回子东来唯一的目的，想开一个展览会，陈列南白创作，使东邦人士也知道中国有位闺秀画家南白女士的作品。

殷老先生和他在座的门人,规划了半天。展览会的事情也就有个端倪了。五位门人中大家推 T 君到日本画家协会去交涉,推 L 君担任编画件的号数,崔太始去设法借会场,别的二位印目录发传单。他们认定了,殷老先生和南白恳切的致谢他们。他们便与殷老先生道别。

殷老先生不很信任别的门人,因为他们有的穿西装,有的穿制服,都很整洁而漂亮。独有崔太始衣服上有颜色痕迹,蓬头垢面,不加修饰,所以殷老先生很信任他,说他是最老实的一位青年,又说他对于筹备展览会的事情最出力,因此南白也很感激他,画了几幅画相送。

"支那闺秀画家殷南白女史,此次随尊人东来游历,所带作品百帧,于三月一二三日,假神田东亚俱乐部,由日本画家协会主催,举行作品展览会……。"

东京的新闻上都载着这一小段新闻。到了开会的那一天,殷老先生的五位门人都到会帮忙招待。东亚俱乐部在神田热闹的一带,所以参观者很多,而且都很颂扬南白的作品。东京的新闻记者又时来采访消息,招待的五位很有应接不暇的光景。

第三天,这是末一天了,殷老先生和他的二位女公子也到会。那时参观者新闻记者都由他的门人们招待着,在楼下的一室,殷老先生和参观者新闻记者谈话,T 君当了翻译。楼上的一室,崔太始和南白北白坐在沙发上闲谈。

"你送给我的三幅画,我真感谢你呀!"崔太始柔顺的对南白说。

"那没有价值的,我是乱涂,请崔先生指正才是。"南白很谦虚的回答他说,北白低着头没有话。

"这三幅画都很有意思,我尤其爱那幅'红叶诗图',你的笔法真可说超过石田呢!"

"唉,你不必见笑。你那样说,我真惭愧。"

楼梯上的足声响了,参观者连一连二的上楼,打断了崔太始和南白的谈话。他们站起,避到近壁的一隅,让参观者进行环绕的路径。

崔太始走下楼梯,在楼下的一室踱来踱去的,想南白那种温柔可爱的性情,清高秀丽的画笔,又是恭敬她,又是爱她。她送给他的一幅"红叶题诗图"在崔太始眼里看来,一定有深奥的寄托,断乎不是随便写的。他愈想愈高兴,摇摇头,自言自笑。L 君坐在入口的地方,偷看他的那种特别举动,莫名其妙,但只猜到殷老先生楼上赞了他几句罢了。

殷老先生和他的女公子门人们送新闻记者参观者下楼揖别,壁上的时计刚敲五句钟。

"闭会罢。承诸位劳驾三天，心里很不安。今天预备在中华楼小叙，我们就去罢。"殷老先生对门人说。

"不必客气，我们便要回寓了。"门人们同声辞谢。

"不是我的客气，是你们的客气。太始君你为我邀请他们，你不应该也说客气话。"殷老先生对崔太始说。

"我们不应该违背殷先生的命令，殷先生好意教我们去，我们也就去罢。"崔太始得意扬扬的对同伴说，他以为有无上的光荣。殷老先生对他说那句"你也不该客气"的话，带了些橄榄的滋味，愈嚼愈甘。L 君微微的拉了 T 君的衣角，T 君便斜看崔太始的得意的示威。

他们从东亚俱乐部出来，走上街道，转了两处的街角，便到中华楼了。殷老先生早已订好了一间"兰室"。

圆桌子上殷老先生对门而坐，右方北白，南白，崔太始，别的二位，L 君 T 君顺次坐下。T 君与殷老先生又并肩了。殷老先生与 T 君谈话，别的两位也趁机插了许多话头。他们谈的资料，不出展览会经过的情形。

崔太始用小刀去了三只大苹果的皮，又切成无数的小块，插上牙签，盛在盆子里，请同座的随意取啖。L 君从眼角里偷望崔太始，他留下四块大的，分给南白北白，她们说一声"谢你"，他急忙留意同座的几位有望他的没有。L 君装样没有看见，他才放下心来。于是他也参加殷老先生的谈话。

L 君向 T 君做了一个眼锋，T 君立刻注意崔太始和殷老先生的谈话，崔太始谈锋尖利，说一大批上下古今长话，殷老先生连声赞扬，说他有见识。

"太始君名不虚传，殷先生都佩服他呢。"T 君插了这一句话。

"果然，十年前的地位，我是他的先生，十年后的地位，他是我的先生了。"殷老先生摇头说了，众人都笑起来，喧声大作。崔太始尤显得自己一脸的光荣。

他们从中华楼散了席后出门。门人们都向殷老先生们道谢，分道而别。但崔太始还瑟缩不前，他很想跟殷老先生们到长安旅馆，再去谈一歇子。

"再会！再会！"南白向崔太始辞别。崔太始听得她的辞别话，一面不好意思跟她们去；一面却想到南白不和别人道别，但向他致辞，他又格外得意，便也致辞而别。

第二天的下午五时，在东京站殷老先生和他的二女公子上车了。L 君 T 君崔太始等等五位排列车窗外的月台上，各人右手里拿了帽儿，一扬一抑。殷老先生们在车窗里致了鞠躬。火车从此远了。

崔太始车站回来，到早稻田找他的同乡陈君。陈君是早稻田大学法科的学生，一见崔太始那种神气，便连声说：

"艺术家！艺术家！"他说了后，向崔太始肩上一拍，笑了一笑。

"陈君，你不要胡闹！我正门正经有一件事情和你商量。"

"你和我商量的总不是好事情了。"

"那里的话！是一件重要的事情。我们在此地谈不便,到咖啡店去罢。"

"也好,也好。"

他们手牵手从陈君的寓所出来,走上冷落的街道,进一家招牌上有红茶咖啡牛乳名目的店子里去,向靠窗的小桌上对面坐下。

"咖啡二杯。"崔太始大声对侍女说。

"嗳,嗳。"侍女走进内室,盛了二杯咖啡,分给他们。

"我们讲正经话罢。"

"你讲才是。"陈君用右手拿的匙子调咖啡。

"我前次对你说过的那位殷南白女士,今天我送她们回国去了。她对于我很有意思,她的父亲也很信任我,我想这种机会是不可失的。我想先把我的妻室离了婚,便可成就我们以后的幸福。"

"那很好,我劝你进行。"

"那末,请你在法律上查一下,离婚的手续怎样。"

陈君从衣袋里摸出一本袖珍的《帝国六法全书》,翻了一下,便用日本语读下。

"那是日本的法律,请你查中国的法律。"

"不关紧的,中国的法律原是抄日本的呀！"

侍女站在他们的旁边,听得陈君念离婚法律,不由得发出一种惊奇的笑声。陈君便将《六法全书》向衣袋里一塞。

"我要问你,你的夫人也愿意离婚吗?"

"她是乡下人,不懂新知识,断乎不愿意的。"

"那你也没有理由了！你的夫人愿意了才可成就。"

"她果然愿意了,我也不和你商量。为的她不愿意,才请你想个法子离去她。"

"这是一个人愿意,就没有理由的。我也没法。"陈君便又摸出《六法全书》翻到离婚的一章,递给他看,他接着书睁眼看了好久,摇摇头说:

"难极！难极！"他将《六法全书》还给陈君,从皮夹里挖出一角钱,放桌子上,向侍女致了一声道别,辞出门去。只听得侍女掩口的笑声。

过了一个月之后,T君在上野公园半已发蕊的樱花树下的石上坐着,远远地看见崔太始背了画箱走来。T君招呼了他同坐。

"你从学校来的吗? 崔君。"

"是的,你呢?"

"也是。你的卒业制作成就了没有?"

"还没成功。南白有信给你吗？"

"我那边没有信来。你那边一定有的？"

"哼！我那边一张明片都没有！我亲见 L 君那边有二三封信，她讲的什么，L 君也不肯给我看，我也不要看，总之那种女子没有价值的。"崔太始愤愤不平的说了，连叹几声。

"何必，何必，不给你信，便骂她呢！"

"不必讲起，那真没有讲的价值。你还不知他们的内容。"

T 君很熟悉崔太始的性情，所以也不谈了。拉着他的手，在园径上慢慢的散步到广道上。

"崔君，我们到动物院去罢。这几天动物院很热闹。"

"赞成的，我们去。"

他们转身到左方动物院的大门口，T 君买了二张入场券付给管门人，二人一直走进院子。

院子里男男女女老的小的加了鸟声兽声，所以嘈杂的了不得。他们俩牵住手走过几处的铁网铁栏，只见一群人围着猢狲住的铁网。崔太始拉住 T 君的手站停了。

"喂，有什么好看？"

"T 君，你看，真好看呀！"

"嘻，凑什么热闹呢？"

"T 君，我告诉你呢，你等一歇，你看那几只猢狲真享到好福呢。女子妇人们都把果饼掷给他们吃，我想真是冤枉，连猢狲都够不上，还活着做什么？我此刻恨不得变了猢狲，跳进铁网享受妇人女子们掷给我的定情物。"

"你又胡闹了！怪道别的朋友都说你是急色鬼！"

"他们都不是真知我，T 君，难道你还不知道我的心吗？"

T 君紧紧的拉他离去铁网，坐到人迹稀少的那边露天椅上。他垂头丧失的摸出一枝香烟燃上了乱吸，把画箱脱下，放在地上。

"T 君，我还有一件事情告诉你，说来真是太息痛恨。就是我前次和 L 君雇了一位 Model，她的身段面容还可以，但她衣服很褴褛。她若是待我好，我诚心送她上等的衣料。我看她可怜，所以问问她的家庭怎样。她支吾不答。L 君的日本话还没纯熟，她反而很有精神的和他谈话。这也不要讲。有一天我教她一同到银座去玩玩，她要什么东西，我可买给她。她拒绝我，我敬佩她，看她是一个清高的女子。但后来我亲见她和 L 君手牵手在银座一带走呢！真气死我！我便停止雇她，卒业制作也不画了。我停止了她，L 君可说没有能力借某银行的画室，随他们到别处去罢。"

"我以为你卒业制作很要紧，你从来没画成一帧完全的作品，总为了一些小事停业的,你把你艺术的天才糟蹋了!"

"T君,说来真伤心。我的境遇,不使我完成艺术的天才。"

"你再雇一位别的 Model,好好的画去才是。"

"喊,我真灰心了! 你救我罢!"他靠到 T君的肩上,作长时间的呼吸。T君觉得他那种呼吸里,有无限的悲哀。

"肚子里饿了,我们到菜馆去吃饭罢。"T君牵了他的手走出院子。

后来崔太始稍稍平静一点,觉得 T君的话还不差,便和他的同学 S君商量,另雇了一位 Model 在 S的寓所里二人同时开始卒业制作。

S君和崔太始同学同乡,又是此次将同时卒业的,他也住在白山,离 T君不远。他的房间有八叠席,装置得很精美。他又是一位很有面子的少爷,也很明白崔太始的脾气。他们雇了一位 Model,画过三个星期了。

有一天 T君从学校里回来,到 S的寓所,看他们画,只见一位姑娘披了寝衣,露出上身雪白的肌体乳房,斜靠在藤椅上,目不他瞬的镇静着。崔太始与 S君离开几步,装了画架,一心一意的调了颜色,进退瞄视,然后涂上颜色。他们见 T君的学校已退课了,便也休息。

那姑娘脱下寝衣,披上自己的衣服,她拿了寝衣问崔太始说:

"崔先生,这件寝衣多少钱买的?"

"十二块钱。在三越吴服店买的。这是最时髦的巴黎式的寝衣。"崔太始很得意的回答了,S君一笑。

"我披了三个星期,很污的了。崔先生,你送给了我罢。"

"你要就拿去罢,我还去买一件新的才是。"崔太始很豪爽的应许送给她,她便说了几句感谢的话。他觉得非常快活,以为她很有意思对待他。不像那时和 L君同雇的那一位摆架子。

T君见他们休息够了,便也道别回去。

星期六的一天,T君得到崔太始发的一张明片。

"今天我约 Model 到帝国馆去看电影,你也同去罢。下午二时,在 S君那边叙会。我们等候的呢。"

T君一看时计快到二时了,便换了新的制服,套上四角的制帽,到 S君的寓所。崔君和那姑娘都在。S君也换了西装,打算出门的样子。崔太始见 T君来了,便振起精神对那姑娘说:

"我们去罢。"

"崔先生,你饶恕我。我有别的事情,不能同你去了。"

"你应许同去,我如今约的朋友都来了。"

"崔先生,请你饶恕我这回子失约。"

"你不去也罢，我们两个人去罢。"崔太始觉得大失望，便拉了 T 君的手向 S 君道别，走到街道上的停车场站住了。

"我们俩也没趣，不必去罢。"

"我以为女子最贱，我的寝衣她欢喜的，我送了她。我叫她去看电影，她应许了，又变计呢。今晚本是某银行宴会，我好好的辞去了他们的请宴，诚心领她去看电影，她真不受人看待的。"

"那你到银行去赴宴就是，何必多说呢？"

"T 君，你看呀真气死我呢！"

T 君一看，S 君与 Model 远远地也向停车场来，崔太始一转头装样不见。

"我去了！到银行去了！T 君，对不起你！今天虚约了你。再会！"崔太始说后拉上电车去了，T 君一个人离开停车场便也回去。

第二天在某银行的会客室里，崔太始的亲戚约莫四十岁，一望是很有经验的人。他坐在大菜桌的主位。T 君坐在宾位。崔太始的亲戚把一张英文报递给 T 君说：

"这是太始留给你的信。"

T 君展开英文报一看，有几个半红半紫的大字写着。

"T 兄：你把我的心事做一首诗罢！没有一个朋友知我的心，你是真知我者！太始留笔。"这一行字也不像用笔写的，是用指头写的；也不像用颜料写的，是用血写的。T 君虽是有这样怀疑，但不敢直问。"那末，请先生把昨晚的事情讲给我听罢。"

"T 先生，太始的脾气真莫名其妙，你也明白。昨夜我们行里春季小叙，找他来叙一下，他兴致很足。我们当然也很欢喜他。后来他就不对了，连喝十大杯的酒，我们劝阻他，他也不肯听。自斟自喝，喝到喝不下了，吐了一地。这也不必说。他便躺在沙发上。教他到寝室去睡，他不肯。客人都散了。我们也要回寓的，不能照管他，便叫一个仆人看管。仆人看他呼呼的睡着了，自己便也睡去，后来不知他吐了许多的血，写给你的东西，恐怕是用血写的呢。"

"我看正是用血写的呀！"

"今天仆人来告诉我这么样子。我吓得跳起来。我看他已经不省人事了，连忙送他到大学医院。"

"在这一间室子里吐的吗？"

"不是，在楼上的一间。还有许多血迹，我们去看看罢。"

崔太始的亲戚引导 T 君到楼上的那间屋子。T 君只见沙发上的白绒上有许多血迹，靠沙发的壁上画了些粗乱的画，约略可以认出一个人，僵卧在地上，一个女子站在他的腹上跳舞。上面有几个"崔太始卒业制作"的字样写着。

"那些怪画也是用血画的,大约他的神经昏乱极了。"

"我也这样想呢。"T 君回答了,他心里一阵寒栗,便与崔太始的亲戚下楼,辞别他说:

"再会罢! 我到大学病院去看他。"

五,二一,作于白山

【阅读提示】

滕固是新文学初创时期很活跃、很有个性的作家,《创造季刊》上几乎每期都有他的作品。他也是上个世纪 20 年代中期狮吼社核心成员,曾醉心于唯美主义,著有《唯美派的文学》等。这篇小说以貌似客观其实充满同情的笔调塑造了一个受日本现代都市氛围和现代艺术影响渴望爱与美,而这种爱与美又无法实现后心理畸变、精神孤独的青年留学生形象。笔调的貌似客观与人物心理的炽热形成强烈的对比,造成巨大的艺术张力。

【延伸阅读作品与参考文献】

1.滕固:《石像的复活》(小说),见陈子善选编滕固作品集《外遇》,浙江文艺出版社 2004 年版。

2.谭正璧:《忆滕固》,见张伟编《花一般的罪恶——狮吼社作品、评论资料选》,华东师范大学出版社 2002 年版。

3.张伟:《狮吼社刍议》,《中国现代文学研究丛刊》1993 年第 2 期。

4.夏丽华:《唯美—颓废潮流中的另类——浅论滕固小说的创作特色》,河南大学 2007 年度硕士学位论文。

5.(美)史书美:《现代的诱惑:书写半殖民地中国的现代主义(1917—1937)》有关章节,何恬译,江苏人民出版社 2009 年版。

【思考与练习】

分析这篇小说中青年留学生形象内涵与当时日本都市文化环境之间的关系。

喀尔美萝姑娘①

郭沫若

我们别来将近两个月了,你虽然写了不少的信来,但我还不曾写过一封信给你。我临走的时候,对你说的是要到此地的电气工场来实习,但这不过是我藉口的托辞,可怜你是受了我的欺骗了。你以为我不写信给你,怕是因为我实习事忙,你只要我偶而写张邮片来告你以安否——啊,朋友,像你这样的爱我,这样的关心我的人,我才不能不欺骗你。我凝视着我自己颓败了的性情,凝视着我自己虚伪的行径,连我自己也有哀怜我自己的时候。我自己就好像一枝颓蜡,自己燃出的火光把自己的身体烧坏,在不久之间,我这点微微的火光也快要熄灭了。丢在国内的妻儿承你时常照拂,我很感谢你。我把他们抛别了,我很伤心,但我也没法,我的瑞华你是知道的,她是那样一位能够耐苦的女性,她没有我也尽能开出一条血路把儿女养成,有我恐怕反转是她的赘累呢。我对于她是只有礼赞的念头,就如像我礼赞圣母玛丽亚一样;但是要我做她的丈夫,我是太卑下了呀太卑下了。她时常是在一种圣洁的光中生活着的人,她那种光辉便是苛责我的刑罚,我在她的面前总觉得痛苦,我的自我意识使我愈加目击着我和她间的远不可及的距离。朋友,我和她的结婚,要算是别一种意义的一出悲剧呢。

我自从到此地来,也不曾给瑞华写过一封信。她在初也和你一样,以为我是认真在实习了,她也写了不少的信来勉励我。近来大约是 S 夫人告诉了她罢,她知道我又在过着颓废的生活了,她最近写信来,说她愿意和我离婚,只要我能改变生活时,便和我心爱的人结婚她也不反对。啊,这是她怎样高洁的存心,并且是怎样伤心的绝望呢! 我知道她是不爱我了,她是在哀怜我,她是想救助我。她想救助我的心就好像有责任的父母想救助自己的不良的子息一样,她是甚么方法都想尽了! 我想起她的苦心孤虑处来,我是只有感泣。她还说儿女她能一手承担,决不要我顾虑。我的一儿一女得到她这样的一位母亲,我暗地替他们祝福。我想到我自己的无责任处来,我又惭愧得无地自容,但是我又有甚么方法呢? 我连对于我自己的身心都不能负责任的人,我还能说到儿女上来吗? 儿女的教育我看是无须乎有父亲的存在,古今来出类拔萃的诗人、艺术家,乃至圣贤

---

① 作者郭沫若(1892—1978),本名郭开贞,四川乐山人。早年留学日本,为创造社主要发起人,现代浪漫主义文学的奠基人,其部分诗歌、小说对于现代都市文学有开拓作用。该篇原有副标题 Donna Carméla,载 1925 年 2 月 25 日《东方杂志》第 22 卷第 4 号,后收入作者小说戏剧集《塔》,商务印书馆 1926 年 1 月初版;现选自该小说戏剧集初版本。

豪杰,岂不是大都由母教养成的人吗? 我想到这些上来,也时常聊以自解,但这不过是像我这样不负责任的父亲才说出的话,朋友,你请原谅我罢。

我的瑞华,她对于我的友人总是极力掩蔽我的短处。她的目的是想把我熔铸在她所理想的人格之中,使我自己也不得不努力矜持,在实质上勉强成为她所理想的人格。但是她这个方策是失败了,她只是逼迫我成了个伪善者。友人们心目中的我并不是实质的我,只是她所润色出的我的写真。实际说来,认真是我的朋友的,我恐怕一个也没有罢。我把我的内心生活赤裸裸地写出来时,我恐怕一切的朋友们都要当面唾骂我,不屑我;我恐怕你也是会这样的罢。我现在写这封信来要使你不得不饱尝着幻灭的悲哀,我是诚然心痛;但是我们相交一场,我们只是在面具上彼此亲吻,这又是多么心痛的事实哟! 我要写这封信给你,本费了不少的踌躇,我现在决心把我的真相显示给你,这对于我的女人,我所崇拜的玛丽亚,显然是一种叛逆,但我也没法,我要求我自己的真诚,我不能不打破她替我塑成的假像。我知道她是定能原恕我的;我虽然背叛了她,我对于她的礼赞是全未损灭的呢。

人事的变迁,真是谁也不能前料。回想起来仅仅是两年间的岁月,而我这两年间的生涯真正是日落千丈了。两年以前我还是 F 市的工科大学的二年生。三月的尾上,第二学年的试验受完,学校放了春假了。假期最是我们快乐的时候,我们把机械的强制的课程丢开,把自己的时间可以随着自己的欲望消费了。我生平是没有甚么嗜好的人,我只喜欢读读小说。假期到了,我每天午后定要往F 市的图书馆去读些原本或译本的小说,读到傍晚回来,便在电灯光下对我的瑞华谈说我所读的内容。我们是雍睦地享受着团圆的幸福的。有一天晚上,我们不知道谈到了甚么人的小说上来,叙述到女人的睫毛美;瑞华对我说,花坛旁边一条小巷里有家卖 Karuméra 的姑娘,眼睛很美,睫毛是很浓密的。她说,她最初看见她的时候,总不想出她是小户人家的女儿,S 夫人有一次尾随过她,才发现了她的住址。瑞华这么平淡地说了,在她自己本没有什么存心,在我听来也只是平常的闲话一样;但是有谁知道,从这一点微微的罅穴中,曾有剧烈的火山爆发呢!

我的寓所本在市外 H 市的海岸上,从寓所到图书馆当坐电车,电车的停留场,花坛,和我的寓所,恰好是一个正三角形的三个顶点。我第二天午后要到图书馆去的时候,我为好奇心所动,便绕道向花坛走去。花坛是一个小小的公园,离我的寓所本来不远。走不上三四分钟光景,我便走到了那条小巷了。这条巷道我也不知道走过多少次数,但我从不会注意到巷内有甚么卖 Karuméra 的人家,更不曾注意到巷内有甚么睫毛美的少女。朋友,Karuméra 这样东西,我怕你不会知道罢。我听瑞华说,这是一种卖给小孩子吃的糖食,是砂糖熬成的。有的铸成达摩祖师,有的是西洋团团,有的是人鱼,有的是果品,在这些上面再涂以泥金朱红及他种颜料。有的只是馒首形的糖饼,拳头大的一个只消铜元一枚。这样东西我不仅在花坛巷内不曾见过,我在日本就住了将近十年,也是完全不曾见过呢。人的注意力究竟是很散漫,不到有一种意志去凝视物象,好像总不容易被收入意识界里。我走到花坛巷了,巷口东侧有一家饮食店,一株垂柳幂在门前,叶芽还带着鹅黄的颜色。西侧是 H 村的破烂的公会堂。我留心向两侧注视,公会堂的南邻有一带贫民窟,临巷道的一家人家在窗外摆着两个粗旧的木匣,四周和上方是嵌着玻璃的。匣内像浮石一样的糖饼从玻片后透了出来。匣后的纸窗严严闭着。这儿就是她的住所了。对面人家的小园中,有一株粉红的茶花,正开得十分烂漫。巷里没有行人,一条白犬蜷伏在前面的路中,听见人的脚步声只悠悠地站了起来,往对面走去了。我在窗外踌躇,我想破一个脸去买她的糖饼,但我又害羞,我穿戴起大学生的制服制帽,却厚着面皮来买谎小孩子的糖点。她就露出面孔出来,我的丑劣的心事不也要被她看透了吗?但是我的好奇心终竟战胜了我的羞耻心,我乘着巷里无人,决心走到窗前,我不敢十分大声地叫道:

"对不住,对不住,请把一些糖食给我。"

连我自己都忍不住要发笑了。但我的叫声还未落脚,早听见窗内有一声回应,啊,她那十分娴雅的声音哟,在乡下人中是再也不曾听过的呢。纸窗微微推开了,只见一个少女露出了半面出来。我惊得发生战栗了。这种战栗便是现在我也还可以感觉着,我只要一想到她的眼睛。啊,你看,你看,她的眼睛!啊,你看,那是不能用言语来形容得出的,那是不能用文字来形容得出的!它是那么莹黑,那么灵敏,那么柔媚呀!她一见了我便把眼睑低垂下去了,眼睫毛是那样的浓密,那样的鲜明,那样的富有生命呀!啊,我恨我不是诗人!我假如是诗人,或者也可以形容得出几分之几的她的美处,但是我,但是我,我心里这么灵活的东西,怎么总不能表现在纸上,表现在齿上呢?啊,我恨我不是一个画家!我假如是个画家,我要把她画出来,把她那跪在破纸窗内露出的半面,低垂着的,娇怯着的,眼下的睫毛如像覆着半朵才开放着的六月菊一样的,完整地画了出来!啊,她那一头浓腻的黑发!我看见她希腊式髻上的西班牙针了。我很想像一只高翔的飞鹰看见一匹雏鸠一样,伸出手去把她紧紧抱着。我要在她的眼上,在她的脸上,在她的一切一切的肤体上,接遍整千整万的狂吻!我的心头吃紧得没法,我的血在胸坎中沸腾,我感觉着一种不名的异样的焦躁——朋友,我直接向你说罢,我对于她实在起了一种不可遏抑的淫欲呀!啊,我的恶心,我的恶心,她定然是看透了!她把眼低垂下去,脸晕红了起来。一直红到了耳际。可爱的处女红!令人发狂的处女红哟!啊啊……她羞怯地不语了一会才微微把眼睑张起来,问我要买多少。她的声音是十分微细的而且有几分颤动。我把一角钱拿出来全给了她,她瞠惑地接受着了,手指也有几分战栗的光景。她起身走到对壁的箱橱旁,从抽屉中拿出了一个报纸贴成的纸囊来了。我看见箱橱下坐着一位头发全白的老妇人,怕有八十多岁的光景,我估谅是她的老祖母呢。她把糖饼交给我的时候,我禁不住把我的手指去扪触她的指尖,她惊惶着急于收回去了。她还轻轻地道了一声多谢,啊,她这一声多谢!多谢我的甚么呢?她把纸窗慢慢地掩闭了。——啊,月亮进了云后的黑暗哟!

我抱着一大包糖饼离开了她的窗前,但我走向甚么地方去好呢?图书馆我不想去,我也不能去了。我出门的时候瑞华只给了我一角钱,本是作为来回的电车费的,我通同给了她,我再也不能走去了。我的家计完全是由瑞华经手,我们每月的生活费仅靠我每月所领的几十元官费,所以我们的费用是不能不节省的,我的零用钱也全要由她经手。我抱着这大包糖饼,不待说更不能回去见我的瑞华。她在我的心中,我觉得成了恐怖的对象了。我一面踌躇着,一面走进巷口的花坛,在池塘岸边一个石块上坐下。池塘里的败荷还挺剩些残茎,是虾蟆抱卵的时候了,一对对的虾蟆紧紧背负着在水面上游泳。我坐着一面想着她,一面嚼着饼,糖饼的内容就好像蜂窝一样,一触牙便破碎了。我想像着她的睫毛便把糖饼嚼一下,我想像着她羞怯的眼光又把糖饼嚼一下,我想着她的脸,我想着她左嘴角上一个黑痣,我把她全身都想像遍了,糖饼接连地嚼了七个。囊的内容好像仍然未见十分减少的光景,我才注意检视内容,却还剩着五个。啊,这是多了两个了。这定然是她数错了的。不错,这定然是她数错了的。——朋友,日本的一角小洋是只能换十个铜板的呢。我好像得着一个灵感一样,便跳起来跑到她的窗前。

"对不住,对不住,姑娘,请你出来一下。"

她应声着又把纸窗推开,看见我便先点头行了一礼。

我说:"糖饼多了两个呢,你是数错了罢?"

她羞红着脸说道:"不是错了,不是……是……因为有几个太小了一点。"

啊,朋友,你不动心吗?这样优美的心情,你能不动心吗?这岂是利己性成的一般商人妇所能有的心情,这岂是那贫民窟里的女儿们所能有的心情,这岂是你我所能不动心的心情吗?她这种优美的心情,我不敢僭妄者说是对于我的爱意,但是,你能叫我不爱她,你能叫我不爱她么?朋友,我向你说句老实话罢。我爱我的瑞华,但是我是把她爱成母亲一样,爱成姐姐一样。我现在另外尝着了一种对于异性的爱慕了。朋友,我终竟是人,我不是拿撒勒的耶稣,我也不是阿育国的王子,我在这个世界上的爱欲的追求,你总不能说我是没有这个权利。我抛别了我的妻儿,我是忍心,但我也无法两全;而我的不负责任的苛罚,我现在也在饱受着了。

糖饼毕竟太甜,我转回花坛,吃来还剩两块的时候,终竟吃不下了。我把来投给铁网笼里的两只白鹤。我以为只有那清高的白鹤才配吃她赐给我的两个 manna 但是白鹤却不吃。我恼恨了它们,我诅咒它们,它们这些高视阔步的伪君子！我恨不得把它们披着的一件白氅剥来投在污泥里呢。它们把身上的羽毛剥去了的时候，不是和鹅鸭一样吗？高傲些甚么？矜持些甚么？我把白鹤骂一场，但是时间真不容易过。我在花坛里盘旋了一阵，我又到她窗外去往复了好几回，她的纸窗终是严闭着的。我很焦渴着想见她，但我又惭愧着怕见她。她才十六七岁的光景，而我比她要大十岁，我可以做她的父执辈了。时间真不容易过，我只得走到学校里去，横在草场上看同学们打野球。草场上的每茎嫩草都是她的睫毛，空气中一切的闪烁都是她的眼睛，眼睛，眼睛……她是占领了我全部的灵魂。……好容易等到天色向晚了，才起身回家，但我不直从海岸回去，我却又绕道走向花坛。我远远望见她在门口煮饭时，我的心尖又战栗起来了。她似乎是听见我的脚步声，她回过了头来向我目视，我的心尖更战栗得不能忍耐了。——啊，朋友，我第一天看见她的时候便是这样的神情，我现在追忆起来也觉得非常幸运呢。她的名字我是不知道的。她卖的是 Karuméra，这个字的字源我恐怕是从西班牙文的 Caramelo 来的。我因为这个字的中听的发音，我便把她仿着西班牙式的称呼，称她为 Donna Carméla。我使她受了西班牙女性的洗礼，但我不相信她的心情就会成为西班牙的女性一样。朋友，你可知道么？西班牙的女人是最狠毒的。我在甚么书上看见过一段事情，说是有一位男子向着一位西班牙的少女求婚，少女要把马鞭举起打他二十五下然后才能承认。男子也心甘情愿把背部袒了出来受她鞭打。她打二十四下不打了，男子战栗着准备受最后的一鞭，并且豫想到鞭打后的恋爱的欢乐。但是第二十五下的马鞭终竟不肯打下。没有打到二十五鞭，少女是不能承应的，她的二十四鞭已把男子的背部打得血迹纵横，而她把鞭子丢掉，竟至嫣然走了。——这样便是西班牙女子的楷模，我们东方怕是不会有过。我虽然戏使她受了西班牙式的洗礼，但我相信她的心情不会便成了西班牙的女性呢！啊，朋友，但我受她无形的鞭打已经早受到二十四下了。我的性格已为她隳颓，我的灵肉已为她糜烂，我的事业已为她抛掷，我的家庭已为她离散了。我如今还不知道她的心情是怎么样，我在苦苦追求着这欲灭不灭的幻美。第二十五下的鞭打哟，快些下来罢，我只要听她亲自说出"我爱你"的一声，我便死也心甘情愿！

本是在同一的村落，本是在同一的时辰，乐园和地狱的变换真个是速如转瞬。我回到寓里了，我的大女儿听见我开门便远远跑来迎我，我走进门看见我的瑞华背着才满周岁的二儿正在厨下准备晚炊。静穆的情韵强迫到我的神经，我好像突然走进了一座森严的圣堂一样。我眼泪几乎流出来了。我心里在忏悔。我很想跑去跪在我女人的脚下痛哭一场，忏悔我今天对于她的欺罔。但我不知道是受了甚么掣束，使我这良心的发现不能成为具体的行为。晚饭用过了，在电灯光下谈话的一幕开始了。我的女人问我今天读的甚么书？我却不费思索地便扯起谎来。我说读的西班牙作家 Blasco Ibanez 的"La Maja Desnude"——这是我在好久以前读过的——我把模模糊糊地记得的内容来谈了三分之一的光景。我说只读了这一点，要等明天后天再去读，才能读完。我的女人仍和平时一样，她的眼中辉耀着欣谢的感情，使我怀着十分的不安和十分的侥幸。我们的一天过了，我们拥抱着睡着，而我拥抱着瑞华，却是默想着西班牙的少女。我想着她的睫毛，想着她的眼睛，想着她的全部，全部，啊，我这恶魔！我把她们两人比拟起来了。瑞华的面貌，你是知道的，就好像梦中的人物一样，笼着一层幽邃的白光，而她的好像是在镁线光中照耀着的一般夺目；瑞华的表情就好像雨后的秋山一样，是很静穆的，而她的是玫瑰色的春郊的晴霭；更说具体些时，瑞华是中世纪的圣画，而她是古代希腊的雕刻上加了近代的色彩。我抱着圣母的塑像驰骋着爱欲的梦想，啊，我的自我的分裂，我的二重生活的表现，便从此开始了！

朋友，春天真是醉人呢，我们古代的诗人把"春"字来代替女色，把"春"字来代替酒醴，他们的感官真是锐敏到可怕的地步。我们在春季的晴天试走到郊野外来，氤氲的晴霭在空中晕着粉红的颜色，就好像新入浴后处女的肌肤，上天下地一切的存在都好像中了酒的一般，一切都在爱欲中燃烧，一切都在喘息。宇宙就是一幅最大的春画。青春的血液还在血管中鼎沸的人，怕不会以我这句话为过分罢。况在日本的春天，樱花正是浓开的时候，最是使人销魂，而我又独在这时候遇着了她。我自从认识了她，每天午后都要去买一角钱的糖饼，晚上回家又编些谎话诳骗瑞华，忠实的瑞华她竟不曾疑过我一次。那是在遇她之后第五天上了，我走到巷里去的时候，远远望见她临巷的窗门是严闭着的，我心里吃了一惊，怕她家里或者她的身上是生了甚么变异。我待要走到她的门口的时候，听见里面有敲击的声音；她的老祖母弓着背走出，她在门内也弓着背在调整甚么的光景。她大约是听见我的脚步声，在我过身时她抬起头来，向我行了一礼。她的衣裳比平常穿得更华丽，脸上是附着粉的。她们当然是要往甚么地方去的了。我退藏在邻近的屋角处等她出来。她出来得很迟，出来时向我走过处瞻望，我从屋角闪出，她向我笑了。她扶她的祖母徐徐向对面走去，我在巷心伫立着目送她。她行不几步又掉转头来，看我还是立在那儿，她娇羞着向我行了一礼。又行不几步，又掉转头来，看我还立在那儿，更娇羞得满面都是红笑，又向我行了一礼。又行不几步，又回过头来了，她使我的心尖跳得疼痛起来，我把两手紧紧按着胸部，我看她的脚下也几乎有不能站稳的光景。我追上前去了。追出了大街，但她不再回转头来。她扶着她的祖母走到电车的车站，我也跟着走上车站。她们上了电车，我也跟着上了电车。我看她有些羞涩，我不敢过于苦了她，在电车上只远远地坐着。我把我的一角钱买了三区车票，听电车把我拉着走，拉到她下车的地方我便可以下车。但我只怕她所到的地方要超出三区以上。走过一区了，她们不见下车。又走过一区了，她们也不见下车。啊，危险，危险，再过一区她们再不下车时，我是空跑一趟了。过了一小站，又一小站，终竟到了第三区，而她们没有下车的意思。绝望了！我只得起身下车，故意从她的面前经过，她也把可怜的眼光看我。我很想说：姑娘，我是只有一角钱，不能送你到目的的地点，请你恕我罢。

"火速火速！"

车掌催着我下了车，我立着看那比我力量还大的电车把我的爱人夺去。我恨我没有炸弹，不然我要把电车炸成粉碎，我要把那车掌炸成粉碎！我要和她一道死！电车直到看不见了，我还站着不动。我不知道她究竟是往哪里去了。我明知她去了是还要回来，但不知道她几时才可以回来，好像这场小别就是永别的一样。我没精打采地几乎是绝望地沿着 F 市一直向 H 村走回，走了有十里多路的光景。我走回花坛又从她的门前经过，我看见她的门上贴着两张字条，一张写着"邮件请交北邻公会堂"，一张写着"新闻停送"。字迹是异常端丽，这除了她是没有第二人写的了。朋友，她年纪还不过十六七岁的光景，在日本国中别的有钱人家的女儿，在这样年纪还是进高等女学（与男子中学相当）的时候，她不过小学毕业，而她的字迹是这样好！我起了盗心！我乘着巷中无人便把两张字条从门上揭了下来，我跑回家去照样写了两张，瑞华问我有甚么用处，我只诳她是邻近的渔夫托我写的。我又偷了两粒米饭，跑去替她贴上了。

一日三秋，古人的话并不过火，我自从别了她后，一天不见她就好像隔了三世纪一样。瑞华叫我到图书馆去，我也不去了。她看我神气不扬，她以为我是用功过度。她在第三天上叫我往 N 公园去看樱花。N 公园在 F 市的南边。和我们住的村落正是两尽头处。住在家里纵横是无聊，我便听从了瑞华，携着大女儿同往 N 公园去。从市的此端坐车到彼端，在园前下了车。园在海中的一个土股上。通向公园的小路络绎着游人，路旁的樱花正是盛开的时候。平时很寥寂的街店都竞争着装饰起来招诱行客。醺醺沉醉着的人唱着歌在大道上颠连横步。学生，军人，女学生，青年夫妇，两人扛着酒瓶，有的捧着葫芦边走边在溜饮，咕噜咕噜咕噜，卷舌声，园中流出的三弦——村……村……香，杀鹅一样的声响，……这是日本特有的奇景呢。日本人在樱花开的时候，举国都是这样的风气，就好像举行国庆一样。我携着女儿随着行人向园门走去，突然在一家街店门首，啊，我看见了她！我把她的一位父亲恨死了——她的家里除一位八十岁的老妇人之外，还有一位中年的男子，我想来是她的父亲。她是在替一家糖食店做"看板娘"，坐在店头招致来客。有这样的父亲肯把自己的女儿来做这样的勾当吗？这不是等于卖身吗？我对于她的同情一时聚集起来，我把我得见她的欢喜忘记了。我替她悲哀，我几乎流下泪来。出门时候瑞华把了一块钱给我们，是作为我们在园里吃中饭用的。我竟跑进店里去向她买了一对达摩祖师。啊,可怜她! 可怜她! 她看见了我竟羞涩得抬不起头来。我的同情的表现是失败了。我本是想要安慰她,而我反转使她不安,不安到这步田地。我失悔了。我携着女儿匆匆走进公园,择寻滨海处的崖头坐下。天是深蓝,海是真珠贝般的璀璨,白色的海鸥在浪头翻飞。崖上青青的古松夹着几株粉红的樱树,可怜的花瓣被海风吹飞,飞落下深沉的海里。我看见这些落花,禁不住哀怜到她的运命。险恶的海潮把落花飘荡,谁能知道又会把她漂流到何处的海岸呢?

我在崖头上兀坐着,尽我的女儿在近处草原中追拾落花,找寻紫萝兰草。她找了不少的蓝色的紫萝兰来催我回去时,我们在园里住了两个钟头的光景。我们回去的时候,故意拣别的一条路径出园,我是怕见她,怕使她看见我羞涩得可怜相的。到家的时候,女儿把两个糖人献给她的母亲,她说是买给她妈妈和弟弟做赠品的,瑞华欢喜得抱着她亲吻起来,我的良心又来苛责我了。啊,她那里知道我是滥用了她的爱情作了豪奢的施舍呢? 钱也并不是她——Donna Carmela——得了的,她只是被人家利用着的钓饵罢了! 我怎么这样的愚,我怎么愚得这样该死呢! 累得瑞华又为我们准备中饭,啊,该死的恶魔!

少女星高现在中天的时候,我一个人悄悄开了后门走出昏暗的巷道里来。远远听见几声犬吠。我自己好像在做强盗一样,心里生出一种无名的恐怖。从寓所走上 F 市要通过一个松林,松林内有座古庙。庙前两排石灯从庙前一直排到海岸。我从松林中走过,从庙前走过,突兀的松干,幢幢的石灯,就好像狰狞的鬼影。市头的电灯发出苍黄的冷光,击柝的声音三下,电车早已停了。我决心一人走往 N 公园,在深夜走十四五里远的道路。我并不期望会遇见她,只是她在的地方便是我的圣地,巡礼耶路撒冷的信徒,并不是期望着要会见耶稣。我从大街上走去,全街的灯火都在眯着眼睛做梦。天星是很灿烂的,北冠星现在头上,南斗星横在东方,熊熊的火星正如一粒红火从天际上升,好像在追逐那清皎的少女星的光景,微微的西风从海上吹来,卷着街心的纸屑,在我面前就好像有几支玩瑁鼠在驰骋。凄凄凉凉地走了怕有两个钟头,N 公园的松树掩映在电灯光中,好像一朵朵透明的云霞。我结局走到了她的店首了。门是紧闭着的,街上已经全无人迹,只有些酒食店里还有些饶有睡意的三弦和妓女的歌声。我在她的店前立了一会。心子跳跃得发出声响来,我贴身去在那门板上亲了一吻门板上分明是现着她的眼睛。我又走上园里,在我白天坐过的崖头上坐下。

啊,奇怪! 在这样夜深的时候,从对面的路上公然还有人走来。模糊的白影,好像是一个女人,使我全身的毛根伸了几下。女人的影子徙倚地渐渐向我走来,走到近处突然站立着了。啊,是她! 我心里这样叫着,立刻跳起来跑去捉着她的两手。她也没有畏缩。

"这么深夜你还没有睡吗？"

"唉，我们是十二点过才关的店门，现在不过是两点钟的光景。"

"你劳了一天怎么不早睡呢？"

"我怎么能够睡呢？我自从白天看见你来，便没有看见你回去，我猜你还是留在这园子里。我等关了店门便上这园子里来，我在这里徘徊了将近两个钟头了。"

"啊，惹得你这样关心！我们到崖头去坐着说罢，你冷吗？"

"不冷。"

我们两人并坐在崖头上，她的脸色在星光下看来是非常苍白，眼睛是黑得怕人，睫毛是一根一根可以看得清楚。

她问我：是回去了又来的吗？

我答应她是。我向她说：白天便坐在这儿也有两点钟的光景。回去的时候我是怕看见她，不是怕看见她，是怕她看见我害羞，才故意绕从别道回去了。我问她是不是怕看见我？

她说：从前不是那样现在却有点怕了，但是不看见的时候心里又焦燥。她问我——："你来的时候太太和小姐们睡了没有？"

我惊惶得说不出话来。

"你别瞒我，你是有太太和儿女的人，我早是晓得的。你的太太人很好，在 H 村住了两年没人不说她好的。倒是那位法学士的 S 夫人面貌虽然美，心术却有几分不慈和的样子。你认识我好像是才不久的事情，但我是早认识你的，不过你不曾注意罢了。你今天带来的不是你的大小姐吗？"

"唉，唉，是的，是的。我对不起你？"

"倒是我对不起你呢。但是……只要……"

"只要甚么呢？只要我爱你么？"

"唉，那样时，我便死也心甘情愿。"

"啊，姑娘！（我突然跪在她的膝前握着她膝上放着的两手）啊，姑娘，姑娘！我爱你，我死心爱你，你让我的心子来说我不能说出的话罢！（我把她的手引来按着我的心窝）你看它是跳得怎样厉害，怎样厉害哟！"

"我是晓得的。"她的声音低沉了，结局带着哭声说道："啊，对不住你的夫人！"她突然把头来垂到我的肩上，我们的嘴唇胶合着。两人紧紧抱着战栗在无言的黑暗里。

最后是她把我扶了起来，仍然坐在她的旁边，她细细的说。她说：她是生来便是被父母抛弃了的人。她没有受过人的爱情。她的母亲是一位未婚的贵族的处女，她的父亲是甚么人，她现刻也还不知道，她现在的养父只是从她母姓的贵族得了二千圆的养育费抱继过来的，刚在生下地时抱继过来的。她的养父就只有一位老母，平生只是独身。他的老母是那贵族家里的女婢。

她说的这些话使我一点也不惊奇,无论甚么人看见她,都可以断定她不是下贱人家的女子。

她说:她的养父和祖母都不爱她,都只把她当成奇货。她平生没有受过别人的爱,她受我的爱情要算是有生以来的第一次。

她说着又把我紧紧拥抱着,连连叫道:"对不住你的夫人,对不住你的夫人!但是我可以死,我是死无遗憾的了!"——平常那么娇怯的女儿竟热烈地向我亲吻,吻了我的嘴唇,吻了我的眼睛,吻了我的肩,颈……"你……你……不要忘我,我是死也不能忘你的,我是死也不肯离开你!"——她说着把我的一管自来水笔抽去,她要我给她做纪念。我答应了她。她又抱着我的颈子和我亲了一吻,把手撒开了。"你不要忘记我。"说着便一翻身从崖头向那深不可测的黑海里跳去!

"啊!"我惊叫了一声,急忙伸手去抱她——我抱住了,但是,是我同床的瑞华!瑞华也惊醒了,她问我是怎么一回事。我惊愕得一时回答不出来,……啊,我怎么不死在梦里呢?

春假过后学校开了课了。我的中饭是在学校的食堂里用的,每天照例从瑞华手里拿去三角钱,我从此以后便很富裕了。我每天不吃中饭剩下三角钱来作我和她接近的机会。我每天不论落雨天晴总要到她的窗下四五次。她在家的时候真好过,她不在家的时候真苦。我看不见她是一层苦处,我疑她或者到情人家里去了的猜忌心更使我吃苦。我为想和她接近,我把香烟也吸起来了。看见她在门口煮饭的时候,我便远远把香烟衔在口中走去向她讨火。她最初一次几乎要把火柴擦燃替我接上了,但她又忍着把火柴匣递给了我。啊,她递给我的火哟,火哟!我快要被烧死了!

五月二十七和二十八两日是日本的海军纪念日,日俄战争时把俄国的波罗的海舰队打沉灭了的正是这两个日子。日本人每年在这两天要举行庆祝会,各学校都要放假。F市的庆祝会场便在近旁的H神社前面。几日以前便准备着结棚搭厂,卖食物的,卖饮料的,演戏法的,曲马场,电影馆,戏台,讲演厅,中学生的角力场,击剑场,柔道场,弓箭场,青年团的运动会……平常本是荒凉的古庙,立地变为喧嚷的市场。开会的日期中海上有军舰实演海战的光景,鱼雷爆发声,大炮声,轰轰不绝,飞行机从空中飞来,在低空中作种种的游戏,陆军军乐队的奏乐声,人噪声,拍掌声,喝彩声,人头在尘烟中乱涌,一直要涌到夜半。夜来有花炮,有电影,有探海灯,有不断地招客的大鼓,灰尘更轻减得多,游人却更杂沓得多了。我在二十七的午后过她门前时没看见她,晚上又去时看见门上是上了锁,我揣想她必定到会场上去了。我便到会场里去找她,在路上遇着几位同学,叫我快去看,那儿有位"香",有位"香",——这"香"字是德文 Schoen(美)的音变,日本学生中用来作为"美人"的代用语的——他们指着一家小店,店前人是拥挤满了。我走上前去一看——啊，那可不就是我的 Donna Carméla 吗？她又在这儿替人做招牌了！仍然是糖食店，店前安置着两个球盘，后半部有无数穴孔，前半部有木球五个，从穴孔有画线导至盘周，置放着糖人糖鱼糖饼之类的彩品。木球滚去嵌入穴孔时便能得彩，彩品多寡大小是不均等的。这样的一种诳小孩子的东西，而聚集着的人群不断的投滚。一角钱滚五球，连滚十次的也有。一球一球地滚去，要滚五十次。滚的人是买她的笑，她以笑来买他们的钱，我恨杀了！我看见她笑一次，我心里就要痛一次。她是站在盘后监督着球盘的，她公然要笑！我在心里骂死了她：我骂她没品性，我骂她毕竟是下流的女儿，我骂她是招集苍蝇的腥肉，我骂她丑丑丑丑丑……她在人群中突然发现了我，她的眼睛分外生了光彩，笑着向我行起礼来。围集的人大都掉头来看我，啊，我真优异！我真优异！我是做了南面王，我是这些鸡群中的一只白鹤！我把人众劈开挨近球盘，抱着五个球同时打去，接连打了二十下，看的人只是笑，我把我私积下的钱掷了两圆给她，彩品也不要，抱着头便鼠窜起来。许多惊奇的眼睛光在我背上烧着。我快兴，我快兴，我觉得把那围着的人群都踏在脚下了的一样。但我一回想，我觉得也侮蔑了她，我是显然在和她作玩，我自己也成了一匹苍蝇了。我失悔起来。觉得不应该如此下作，我决心明天清晨去向她谢罪。

第二天的清晨，刚打过五点钟的时候，夜气还在海滨留连，清静的会场好像把昨天的烦嚣忘记了的一样，除去几家饮食店前，有些女人在洒扫之外，还没有什么动静。我走到她的店前。看见店门开了，但没见有人。我绕向店后去，啊，远远看见她了！苍苍的古松下横着一辆荷车，车上的竹篮中堆积着白色糖人，她穿着蓝色的寝衣，上有白色的柳条花纹，站在车轮旁在替达摩祖师涂上朱红袈裟。她看见我，笑了起来。待我走到她身边时，她向周围看了一下，却先向我低声地说道："真是闹热呢！"——啊，"真是闹热呢！"她这一句话虽是没有什么意思，但这是她先向我说话的第一次！而且她在说话之先还看了周围一下，她这种娇怯的柔情是含着多么深浓的情韵哟！这回总不会是梦罢？总不会是梦罢？我望着苍苍的天，我望着苍苍的海，我望着苍苍的松原，我自己是这么清醒的，这回总不会是梦罢？我揣想她的心中对于我也生了一株嫩芽——爱情嫩芽——不信，你看罢！你看她把话说了，低着头又在画袈裟，她的唇边的筋肉随着手的动作，在微微颤动，好像有几分忍俊不禁的样子，你看她这种状态是甚么意思呢？你会简单说一句：她是在害羞。但是她为什么见了我要害羞？害羞不便是爱情的表现吗？我呆着了，我立在松树脚下看她，前回的梦中情景苦恼着我，我羡煞那糖铸的达摩祖师。她把朱红涂好了，很灵敏地又涂上泥金，是袈裟上的金扣。她不再向我说话，我也找不出话来问她，我不知道怎么见了她我的话泉便塞了。我呆立了一会，只得向她说了一声"再见"，——"啊，再见！"

荏苒之间暑假又来了,学校派我到大阪工场去实习,说是不能不去的,因为实习报告书在毕业之前应该提出。我在大阪住了两个月,这两个月间真苦,我苦的不消说是不能看见她。但我也觉得舒服,我舒服的是得和我的瑞华暂时分离了。我是怕见我的瑞华,见了她便要受着良心上的苛责。我在大阪实习了两个月,直到九月初旬才回 F 市,我在未到家之前,先往花坛去看她,啊,可怜!她是病了!她的颈上缠着绷带,左角的脸上带着 Pikrin 酸的黄色,皮肤是浮肿着的。

我问她:"你得了病么?是受了风邪吗?"

"唉,不是。是瘰疬?在大学病院行了手术。"

啊,瘰疬!这不是和肺结核相连带的吗?牡丹才在抽芽便有虫来蛀了!不平等的社会哟,万恶的社会哟,假如她不住在这样的贫民窟里,她怎么能得肺痨?假如她不生在这贫民家里,她纵得肺痨也可以得相当的营养了。啊,残酷的社会!铿铿的铁锁锁着贫民,听猛烈的病菌前来蹂躏!我要替她报仇,我要替她报仇……

我一面悲愤填胸,但我一面也起了一种欣羡的意思。朋友,我欣羡甚么,你晓得吗?朋友,我欣羡你们做医生的人呢!你们做医生的人真好,扪触女人的肌肤,敲击女人的胸部,听取女人的心音,开发女人的秘库,这是你们医生的特权,一切的女人在你们医生之前是裸体。你们真可羡慕,单只这一层便可以引诱多少青年去进医科大学呢!啊,我恨我把路走错了!假如我是医生,我可以替她看病;我可以问她的姓名,问她家族,问她的病症,更用手指去摸她的眼睛,摸她的两颊,摸她的颈子,摸她的手,摸她的乳房,摸她的腹部,摸她的……啊,不想说,不想说,我全身的骨节都酥了!我这 Mephisto Pheles。

我知道她病了,我知道她每天要进大学病院去疗治,于是乎我也病了,我装着神经衰弱症,每天也跑去和内科先生纠缠,我是借这个口实去看她。我看她坐在外来患者的待诊室里,只消彼此远远招呼一下,我也就心满意足了。有一次我看见她在外科治疗室里,一位青年医生蛮脚蛮手地把她的绷带解开,把钳子来在伤痕上乱扲,又把一根铜条来透进她的伤口有二寸来往深的光景。啊,可怜!她是把眼睛闭紧,眉头皱紧,牙关咬紧,嘴唇都紫了。雪白的牙齿从唇间露出来,浓密的睫毛下凝着几颗泪珠。那根铜条就好像刺着我的心脏一样。我在这时候又诅咒你们医生,诅咒了你们一千万遍!你们都是社会的病菌!你们是美的破坏者!你们做医生的人不知道悲哀,不知道慈爱,你们只想把人来做试验动物,图博士的称号,图巨万的家财,你们只献媚富豪,你们是贫民的仇敌,你们不把贫民的生命当生命,你们是和人相似的黑猩猩!你们何尝配得上说是人道,何尝配得上说是博爱!"死"的威胁迫在你们的面前,社会的缺陷迫在你们的面前,你们的眼中只是看见铜板!你们和病菌是兄弟,你们该死,该死!——啊,朋友,我无端地骂了你们一场,你们别生气罢。我们的生命终久是归你们宰制的,我们是你们的死囚,将赴刑场的死囚谩骂上官是没有罪的,你们也不要见罪罢。总之现在的社会,一切都值得我痛骂——连我自己也在内——不仅是你们医生。

　　她的瘰疬好了,在大学病院疗治了一个月的光景,她不再去了。但是我的病却是弄假成真。我的神经的确生了变态了。我晚上失去了睡眠,读书失去了理解力,精神不能集中,记忆力几乎减到了零位以下。我读书时读到第二页便忘了第一页,甚至读到第二行便忘了第一行,一拿着书便看见她的眼睛她的睫毛在每行字间浮动,看见 M 的字母便想到 Madonna,看见 A 的字母便想到 Aphrodite——不是想到,是她们自己羼到我脑里来。直接的连续,间接的连续,一连便连到无穷,而且非常神迅。制图也没有心肠,实验也得不出效果,毕业试验看看临头了,毕业论文也不能不从事准备了,我十分焦燥起来,弄得坐立都不能安稳了,而我却又时常想去看她。到她家前看见了她一次的时候,可以安稳得几分钟,但刚好等她把窗门掩上,我又焦燥起来,筹画着再见她的方法了。遇着她糖饼卖完了的时候我最痛苦,我无法见她,到她的窗下走来走去要走上二三十遍。整整一天不见她的时候也有,那样的时候便要大发雷霆,回家去无缘无故便要打骂自己的儿女。瑞华她晓得我是病了,但她不晓得我的病原,她以为我负着病还每日在学校里勤工苦读,她时常十分尽心地慰贴我,但她愈尽心愈使我苦恼,我觉得她和儿女是束缚着我的枷锁。有时晚上到她窗外去的时候,窗门已经关了,我贴身从缝穴中望进去,望见她在电灯光下或者在缝衣,或者在读报,看她爱抬起头来望着空漠处凝想,我在这时候爱把我自己来放在她思想的中心。有时又看见她家里有客人,遇着是年青的男子的时候,我便非常恼恨。她的祖母就好像幽灵一样,时常在她的身边。她的父亲大概是甚么地方的工人,清早一早出去,要到晚上才回来。我有点怕见他,我看他在家时,便有糖饼也不买,笔直地通过。一家的家政都是全靠她经理,煮饭洗衣洒扫贸易都是她一个人经理。冬天来了,我看她清晨提铅桶到邻家去汲水,提着一满桶水回家,把脸涨得绯红,我觉得她是怪可怜见的。她的两手也冻得生了龟裂。我时常想和她谈话,但总谈不上两句话来,她也羞怯,我也羞怯。并且我怕她晓得我是中国人,我怕日本语不好。我又时常想写信给她通我的心曲,我起稿也不知道起了多少回,但又扯了。有一回我写了一封信几乎纳在她的手中了,但我终竟收了回来。我怕她晓得我是中国人,会使她连现在对于我的一点情愫都要失掉。这是我所不能忍耐的,这是值得我的生命的冒险。我怎么做呢? 我有时率性想不毕业,再在 F 市多住两年。但是落第是莫大的耻辱,并且也太累了瑞华。她和我在异邦吃苦,只望早早毕业回国去做些事业,我假如一落第,这会使她无面目见人。我是不能落第! 但是精神是糜烂到这步田地了;毕业试验渐渐逼迫拢来,而她对于我的情愫又不见些儿增进。她见了我仍是害羞,仍和三月间最初见面时一样。她到底是不爱我吗?

她还是嫌我太呆滞了吗？年假中有一次我看见她在看一封信，是西洋信纸写的，她读着露出十分惬意的微笑，这显然是什么人给她的 love letter 了！我这一场发现使我硬定了心肠，我决心不再和她缠绵，我决心准备着试验的工作。但是时候是太促逼了。制图还剩下八九张，论文还全未准备，最苦的是实习报告书，暑假中奉行故事地在大阪住了两月，也实习了两个工场，但是昏昏迷迷地如在梦中过了一样，日记零碎不全，要编造出来真是绝顶的难事。到这时候我的诡计出来了，我记起 K 大学的一位友人恰好同时和我在大贩工场实习，我便写信去要求他的底稿来照钞。制图赶不完的待试验后补缴。我专心在论文上准备，从教授领得一个研究题目来从事实验，从早到晚几乎一天都在实验室里，但是脑筋总不清醒，实验总得不出甚么结果。时间如像海里的狂澜一样，一礼拜过了，两礼拜过了，看看临到三月初十，我的论文还没有眉目，我是全然绝望了。十一的一天，学校我不去了，清晨我去看我两月不见的 Donna Carméla，我走到她的巷里，杨柳又正是抽芽的时候，对门的茶花又在开放了。一切都是一年前见她时的光景，而她的窗下不放着糖匣，我是成了再来的丁令威了。啊，她是几时搬了家，搬到那儿去了呢？我在花坛巷里徘徊了将近一点钟的光景。我往 H 神社的松原里她站着画过架裟的地方站立着，天是苍苍的，海是苍苍的，松原也是苍苍的，我也是如像从梦里醒来的一样。我又走到 N 公园，在梦中我们并坐过的崖头上坐着，旧态依然的苍松，旧态依然的苍海，不断地在鼓弄风涛，白鸥在崖下翻飞，樱树已经绽着蓓蕾，但是去年的落花淘洗到何处去了呢？一切都是梦，一切都比梦还无凭。最大的疑问是她对于我的爱情，她的心就好像那苍海的神秘一样，她到底是爱我么？相识了已经一年，彼此不通姓名，彼此不通款曲，彼此只是羞涩，那羞涩是甚么意思呢？在我是怕她晓得我是中国人，怕她晓得我有妻子，她怕是已经晓得的罢？落第已经迫到临头，我已受着死刑的宣告，她又往那儿去了呢？我不能和她作最后的诀别，这是我没世的遗憾了。我想到国内的父母兄弟，想到国内的朋友，想到把官费养了我六七年的国家，想到 H 海岸凄寂地等待着我晚上回家的妻子，我不禁涌出眼泪来，我是辜负了一切的期待！我的脑筋是不中用了，我还有甚么希望呢？我还有甚么颜面呢？卑劣的落伍者，色情狂，二重人格的生活者，我只有唯一的一条路，我在踌躇甚么呢？我从 N 公园穿向铁道路线，沿着铁道路线向北走去，上下的火车从我的身旁过了好几趟了，走到工科大学附近，又穿到海边上来，H 村已经走过了。太阳已是落海的时候，从水平线上高不过五六丈光景的云层中洒下半轮辐射的光线下来——啊，那是她的睫毛！她的睫毛！玫瑰色的红霞令我想起她的羞色，我吃紧得也不能忍耐。苍海的白波在用手招我，我挽着那冰冷的手腕，去追求那醉人的处女红，去追求那睫毛美。……所追求的物象永远在不改距离的远方，力尽了，铅锤垂着我的两脚，世界从我眼睛前消去了，咸水不住地灌注我，最后的一层帷幕也洞开了，一瞬之间便回到了开辟以前。

自分是已经死了的人却睡在安软的床上，又是一场梦境吗？瑞华坐在床头执着我的两手，模糊间有许多穿白衣的人，我知道是睡在病院里了。我口苦得难耐，我要些茶水，声气好像不是我自己的声音。瑞华把些甜汁来倾在我的口里，大约是葡萄酒的光景。瑞华的眼里我看见有一种慰悦的光辉。我冷得不能忍耐。白衣人们都很欢喜的样子，有一人对瑞华吩咐了些甚么，都先后退出去了。黄色的电灯，好像在做梦的光景。

我是在昨晚上被 H 村的渔船救起的，当时抬到这大学病院里来，直到现在，人事才清醒了。已经夜半过后了。儿和女听说是托了 S 夫人。

我冷了一会又发起烧来，模糊之间又不省人事了。烧退时是第二天的中午时分。医师说只要没有并发的症候，再将养两个礼拜便可以望好。

第二天午后瑞华去把儿女引了来，病室里有两张寝台，一家人便同住在这里。晚上最后的检温时间过了，儿女们都在别一张寝台上睡熟了。瑞华坐在床缘，我握着她的手只是流泪。

她问我："你为什么要这样伤心呢？你是因为不能毕业吗？……这一学期不能毕业到来一学期不过迟得五个月的光景，没有什么伤心的必要呢。"

我哭着只是摇头。

"你怕你跳水的事情传出去不好听吗？这是你近来神经衰弱了的缘故，这是病的发作呢。我恨我平时没有十分体贴你，使你病苦到这步田地。"

我愈见哭，只是摇头。

"别只是伤心罢，烧才退了，医生还怕有别的并发症呢。你是怕有并发症吗？"

我到这时候才哭着把去年春假以来的经过，详细告诉了她。她静默着听到最后，在我的额上亲了一吻。她说她很感谢我，能把这一切话都告诉了她。她又说开始是她的错误，她不该说她的眼睛好，睫毛好。最后说到毕业的事情，她叫我不要心焦，只要身体好起来，迟五个月毕业也不要紧。她这些话把我的精神振作了起来，我也没有甚么并发症，比医师所预料的早一个礼拜便退了病院。以后我到九月毕了业，毕了业便直接回到上海，在上海直住到今年的正月。那段时期的生活你是晓得的呢。就是我自己也觉得我对于 Donna Carméla 几乎是全然忘记了。

啊，我恨死那跛脚的 S 夫人！她就好像那 Macbeth 中的妖婆一样，我的运命是她在播弄着的。Donna Carméla 的住处，是她告诉了瑞华，我才认识。回国以后她在今年正月写了一封信来报告我们：说是 Donna Carméla 在 F 市做了咖啡店的侍女！啊，我看看已经愈合了的心伤，被她这一笔便又替我凿破了！我对于她的同情，比以前更强烈地复活了起来，我对于她的一年间的健忘，残酷地复起仇来,我又失掉了睡眠,失掉了我的一切精力了。朋友,你大约还记得罢? 我自从正月以来吃过你多少臭化钾,你大约还记得罢?

咖啡店的侍女——这在上海的西洋人的咖啡店中是有的——在日本是遍地皆是。咖啡店的主人为招揽生意计,大概要选择些好看的女子来做看板,入时的装束,白色的爱布笼,玉手殷勤,替客人献酒,这是一种新式的卖笑生活——我的 Donna Carméla 终竟陷到这样的生活里了。我为要来看她,所以借口实习在四月里又才跑到了这里来。——朋友,请恕我对于你们的这场欺骗罢! ——我初来的时候,向 S 夫人问了她的咖啡店,我走去探问她时,她已经在两礼拜前辞职了。我的命真是不好。我以后便在 F 市中成了一个咖啡店的巡礼者。F 市的每家咖啡店我都走遍了。我就好像去年东京地震,把儿女遗失了的父母在各处死尸堆中拨寻儿女的尸首一样,我在这 F 市咖啡店的侍女中拨寻我的DonnaCarméla。这两个月的巡礼把我所有的生活费都用尽了。我前天跑到 S 夫人那里去向她借钱,她把她的一对金镯借给了我,叫我拿去当。她的丈夫又往外方去视察去了。她留我吃晚饭,备了酒,十分殷勤地接待着我。

这位 S 夫人是这 H 村上有名的美人,和我是上下年纪,只是左脚有点残疾。她是因为这残疾的缘故呢,或者还是因为自尊的缘故,我们不得而知,她是素少交际的,和她往来的日本人几乎没有一个。她的丈夫是一位法学士,在这 F 县的县衙门里做事情。他们没有儿女。他们连和县衙门里的同僚们都没有交际,但是奇怪的是他们和我们非常要好,尤其是 S 夫人,她对于我有些奇怪的举止。

她留我在她家里吃酒,她亲自替我斟,有时她又把我喝残了的半杯酒拿去喝了。她说她年青的时候住家和"游廓"——日本的娼楼——相近,娼家唱的歌她大概都记得。说到高兴处,她又低声的唱起来。就在这个状态之下我向她借钱,她把手上金镯脱给了我的。

我近来酒量很有进步了。在咖啡店里日日和酒色为邻,我想麻痹我的神经。我醉了,忘记了瑞华,忘记了我的儿女,也忘记了她,忘记了她的眼睛,我最是幸福。醒来便太苦了,我是在十字架上受着磔刑。

我在 S 夫人家饮了四合酒的光景,醉了。我要走,她牵着我的手不许走:

"外边在下雨,你也醉了,今晚上就在这儿睡罢。"

我听她把我扶到一支睡椅上睡下。她收拾了房间,把大门掩上,打了一盆水来替我洗了脸,她自己也洗了。她把衣服脱了,只剩下一条粉红的腰围,对着镜子化起妆来。她是背着我跪在草席上的。粉的香气一阵阵吹来,甜得有些刺心。她的头发很浓很黑,她的两肩就好像剥了壳的一个煮熟了的鸡蛋一样。她的美是日本人所说的一种娼妓美,鸡蛋脸,斜肩,颓唐的病色——从白粉下现出一种青味,颜面神经要一分也不许矜持。她一面傅着粉,一面侧转头来看我,她问我:她比我的 Donna Carméla 怎样? 我装着醉没有答应她。她装饰好了,起身铺起睡褥来，被条是朱红缎面的新被，她说这缎面便是我们送她的，今晚上才盖第一次。她走来看我，又走去衔了几粒仁丹来渡在我的口里。我微微点着头向她表示谢意——但是我的心里实在害怕起来，我在筹划今晚上怎样才可以逃脱她的虎口。她坐在睡椅下，把两脚伸长。把右手的上膊擎在我的胸上，她的脸紧紧对着我。她说我那样迷着 Donna Carméla，她不心服。Carméla 就只一对眼睛好，但是没有爱娇。她最后说她才不久看见 Carméla，梳着"丸髻"了。（这是日本女子已婚的证据）她说她往车站上去送朋友的时候，看见她和一位商人风的肥黑的大汉坐在二等车里，她的老祖母在车站上送行。车要开的时候，她的老祖母对她说："到了东京，快写一封信回来。"……我听她说着这些话，心里就像有尖刀刺着的一样。她还说怕她是成了那位商人风的大黑汉的外妾了。——啊，妖婆哟！你要把我苦到怎样的地步呢？但我在装着醉，我尽她说，尽她殷勤我，我一点也没有发作，我知道她是在燃着了，她抱着我，她说她怎么爱我，在心里想了我四年。她叫我脱了衣裳去睡。我一点声息也不作，一动也不动，只是如像死人一样。她揉动我，催促我，看我不应，她又把冷水来冰我的额头，把仁丹来渡在我的口里，我只把口张着，连仁丹也不咽一下。她窘着了，什么方法都用尽，而我只是不动，她最后把了一条毛毯盖在我的身上，她好像失望了的光景，她各自去睡了。……睡不一会，她又起来，又来作弄我，她最后在我大腿上扭了一把，叹息了一声，便把电灯灭了。我在心中不禁暗暗发起笑来。

我现在在甚么地方，我在甚么状态之下写这封信给你，你总不会猜到罢？我把 S 夫人的金镯质了五十块钱，我现在坐在往东京的三等车里，火车已经过了横滨了。地震的惨状不到横滨来是想象不出的。大建筑的残骸如像解剖室里的人体标本一样，一些小户人家都还在天幕生活。我在这外面的镜子里照出了我自己的现形，我自己内心中藏着的一座火山把我全部的存在都震荡了。我的身体只是一架死尸，这乘火车是我的棺材，要把我送到东京的废墟中去埋葬。我想起我和瑞华初来日本时正是从横滨上岸，那时四围的景物在一种充满着希望的外光中欢迎我们，我们也好像草中的一对鹿儿。我们享乐着目前的幸福，我们规划着未来的乐园，我们无忧，我们轻快。如今仅隔十年，我们饱尝了忧患，我们分崩离析，我们骨肉异地，而我更沦落得没有底止。废墟中飘泊着的一个颓魂哟！哭罢，哭罢！……窗外是梅雨，是自然在表示它的愁思。

我随身带得有一瓶息安酸，和一管手炮，我到东京去要杀人——至少要杀我自己！

我最遗憾的是前年在她门上揭下来的两张字条在我跳海时水湿了，如今已不见了。一年多不见，她的姿态已渐渐模糊，只有她的眼睛，她的睫毛，是印烙在我灵魂深处。我今生今世怕没有再见她的时候了！平心想来，她现在定然是幸福,至少在物质上是幸福。她坐二等车到东京来作蜜月旅行,在现在这一瞬间,或者是在浅草公园看电影,或者是在精养轩吃西餐,她的心眼中难道还有我这嚼糖块的呆子存在吗?可怜瑞华写信来还要劝我和她结婚,我真好幸福的 Don Juan 哟!……

好了,不再写了,坟墓已逼在了我的面前。

1924 年 8 月 18 日

【阅读提示】

郭沫若是现代新诗的奠基者,也是现代重要的小说家。

这里所选的《喀尔美萝姑娘》诉说婚外恋的情形,并且小说里主人公言:"朋友,我终竟是人,我不是拿撒勒的耶稣,我也不是阿育国的王子,我在这个世界上的爱欲的追求,你总不能说我是没有这个权利,我抛别了我的妻儿,我是忍心,但我也无法两全,而我的不负责任的苛罚,我现在也在饱受着了。"郁达夫写匮乏的爱,郭沫若写奢侈的爱。触及现代人生活的秘密,即在爱欲生活是自由的这一点上表达对婚姻的不满足。小说中对喀尔美萝姑娘美的描画和赞美有鲜明的唯美主义倾向,明显可看出王尔德名剧《莎乐美》的影响。

【延伸阅读作品与参考文献】

1.郭沫若:《叶罗提之墓》《残春》(小说),见《郭沫若全集》文学编第 9 卷,人民文学出版社 1985 年版。

2.(日)宫下正兴:《以日本大正时代为背景的郭沫若文学论考》,山东大学 2006 年博士学位论文。

3.吴妍妍:《郭沫若小说中的日本形象》,《郭沫若学刊》2005 年第 3 期。

4.王向远:《日本唯美主义文学与中国现代文学中的唯美主义》,《外国文学评论》1995 年第 4 期。

5.方长安、李樵:《前期创造社与日本唯美主义文学思潮》,《涪陵师范学院学报》2005 年第 6 期。

【思考与练习】

小说中有这样一段话,请结合现代都市文化背景谈谈你的理解。

"朋友,我终竟是人,我不是拿撒勒的耶稣,我也不是阿育国的王子,我在这个世界上的爱欲的追求,你总不能说我是没有这个权利,我抛别了我的妻儿,我是忍心,但我也无法两全,而我的不负责任的苛罚,我现在也在饱受着了。"

鸠绿媚①

叶灵凤

一

是黄昏的时分。

从远处望来,戈碧堡的今晚的灯光就像一座火山一样。今晚是堡主鸠根的独女鸠绿媚的嫁期。下午五时起,戈碧堡的每一个城垛都有一盏红灯。八个城门,每门都有四架火红的高照。绿杨门是过到邻堡汉牛的大道。从城门口一直至中心的鸠根府邸,更像两条红龙样的列着无数的红灯。堡上的灯光映着下面的护城河,立在河的对岸望来,上下辉煌,金碧错乱,连天上那七月十五的新秋皎月都映得澹淡无光了。

戈碧堡堡主鸠根的独女鸠绿媚许配给邻堡汉牛主爵的长子汉拉芬为妻,今晚是正式迎娶的佳日。今晚十时,汉拉芬要以五百卫从,三百火把,戎装从绿杨门进来迎接他的娇妻。

是黄昏的时分。在全堡上下的人役欣舞欢喜之中,新娘鸠绿媚正在她的卧室里闷坐着,侍女都屏退了,伴着她的只有她的教师白灵斯。

象牙色的壁饰,映着灯光,看去像都是少女娇洁的肉体。鸠绿媚正坐在一面大窗下的椅上,白灵斯立在她的背后。

"鸠绿媚,在这最后的一刻,在那无情的春风还未将这一朵玫瑰吹开之先,我要再说一句:鸠绿媚,白灵斯爱他的女弟子。"

"白灵斯,你觉得什么都已经要终结了么?我以为幸福的幕才为我拉开哩!"

"在你的心中,新的幸福或者是正在开始,至于我……"年少的白灵斯突然叹了一口长气。

"至于你怎样?"鸠绿媚闪过她的沉黑的眼儿来追问。

"至于我,我觉得从今以后,我再没有所谓青春了,我再看不见幸福的影儿了。两月以来,有你坐在我的身傍,我觉得我以前刻苦求得的学问才有他正当的用处,才得了他丰富的酬报。但是现在,你要走了,你立刻就要走了,我觉得我美好的梦儿已经到了终结的时期。两月以来,我在你的光辉之下,觉得我好像在读一部浪漫的小说一样,我已经成了书中多情的英雄,幸福的英雄,我已经忘去了

---

①作者叶灵凤(1905—1975),江苏南京人,创造社后期作家,在通俗都市文学与先锋都市文学方面均有所探索。该篇作品收入作者小说集《鸠绿媚》,上海光华书局 1928 年 10 月初版;现选自该小说集初版本。

这可怜的我的自己,但是现在你立刻要走了,我好像已经翻到我的小说的最末的一页一样,一切都从我的面前失去,我突然发现书中的人并不是我自己,一切都与我无关,我不过是在做着一个美好的梦,现在这个梦也已经到了他最后的时期了。鸠绿媚,我嫉妒汉拉芬的幸福!"

"白灵斯,我恨你讲这样的话!"

"妻子是应该这样为她的丈夫回护的。"

"白灵斯,"鸠绿媚突然站了起来握着白灵斯的手,迎了灯光,可以看见她的眼角上凝着的珍珠。

"白灵斯,我恨你! 在万事都来得及之时,在什么机会都未失去之先,你不去向我的父亲要求,待我生生的落在旁人的手中之后,你反来向一个柔弱的女子讥笑。白灵斯,你爱的是谁?"

"你爱的是谁?"

"我恨我所爱的人!"

"再讲一遍!"

"我爱你!"

"鸠绿媚,鸠绿媚! 我的弟子,我的爱人! 恕我的罪,恕我的罪。我是被我的梦儿迷住了,我是太爱你了。我觉得我不配有你,我胆怯的不敢向你的父亲开口。我以为你可以永远的作我的弟子。那知美好的梦儿完结得这样的快,什么都已经失去了机会。在什么机会都失去了之后,我此刻才知道懊悔,我才知道世上除了我以外什么人都不配有你,只有我才是你的伴侣。鸠绿媚,我懊悔,我懊悔! 此刻什么都已经迟……不! 不! 鸠绿媚,不迟;什么都不迟。在汉拉芬卑劣的手未触着你之先,在婚礼的钟声未高鸣之先,在这一刻,你还是我的所有,我们还是继续着两月来的幸福。鸠绿媚,什么都不迟,在这一刻,我们还是……"

"白灵斯,你看!"鸠绿媚突然用手指着窗外。

疯狂中的白灵斯顺着鸠绿媚挺秀的手指的指处向窗外望去,从这七十五尺高的楼上的窗中望去,他望见堡外的道上蜿蜿蜒蜒的布满了蠕动着的火把。

"你看,什么都已经完了,我的命运已决定了。白灵斯,我恨你! 我恨你!"鸠绿媚说完之后,就用手伏着脸重倒在椅上。

欢迎的钟声纷然乱响了起来。

"鸠绿媚,鸠绿媚,闭上你的眼睛,蒙上你的耳朵,什么都没有,什么都不迟。你还是我的,你永远是我的,我们永远是……"

二

窗前一阵救火车紧急的铃声,突然将沉睡的春野君从他的梦中惊醒。

他醒来觉得自己的手中还紧紧的在握着他临睡时所握的那个瓷制的小骷髅。

春野君是一位少年的小说家。这已经是两月以前的事了,有一天的晚上,他的朋友画家雪严君来访他,请他为他的画集写一篇介绍。

"春野,你为我将这一点义务履行之后,我要赠给你一个好的酬报。"

"受施不望报,但是同时我也情愿知道这酬报是什么。"

"同你的人一样,是一件极香艳风流的东西。"

"香艳风流?……"

于是,在写好那一篇介绍文后的晚上,雪严君果然送来一件酬报,包在一块粉红的绸子里。

春野君一见这样娇艳的外包,他觉得里面的东西多少总会有点女性的意味。

"什么香艳的东西?香粉?胭脂?情人的小影?……"

出人意外,他将这块粉红的绸子展开之后,里面所包的竟是一个人的骷髅,一个只有拳大的小骷髅。他不禁惊异了起来。

"春野,你觉得奇怪么?这一点也不奇怪,这确是一个香艳的酬报。你听我说:这个东西本是一位法国的朋友送给我的,他是我的同学,他对我说,这个骷髅是自巴黎博物院中仿制得来的,据院中的考证,这个骷髅是波斯一个国王的公主,公主生得极美丽,有'波斯的月亮'的雅号。十八岁的时候,她爱上了教她读书的一位先生,先生是自异邦聘来的一位有名的教士,年岁很轻,这位先生虽是已经披上黑的神服,但他的青春的火仍在他的心中燃烧未熄。半年之后,他便与他的学生发生了恋爱,国王知道,他就将这位先生辞退,将公王许给臣属的一个亲王为妻,那知这位多情美丽的公主不甘这样的压迫,又因为无处可逃的原故,就在举行婚礼之前的晚上,乘人不备自尽死了。这死的消息传到了她的先生的耳中之后,他就化装潜来到波斯,用金钱买通了许多人,买通了公主的守墓人,在夜间将他的学生的坟墓掘开。这时距公主的死日已有半年多了,美丽的公主此时已成了一堆白骨,但在她的先生的眼中,她仍是以前一样的美丽,于是他便偷了公主的骷髅,重行回到祖国,他在他的院中,白天对了这骷髅默坐,夜间就将她放在枕边。这样很甜蜜的重演起他在异国宫廷中的生活,度过了他寂寞的人世光阴。后来这个骷髅被一位考古学者带到巴黎,由了这位教士的日记中,便发现了这样一段悲艳的记载。这个骷髅现在藏在巴黎博物院中,不知引起过多少参观者的美妙的幻想,我的朋友的这个便是从那个真的缩小仿制而来。我归国时,他因为这个骷髅也是东方人,便慎重的送给了我,作我们多年友谊的纪念。他说:"许多从我们这里归去的中国学生,总是很幸运的骗了我们一个年青的女郎回去,现在你一人独自归国,有这个东西伴你,你也可以聊自解嘲了。"归国以来,这个骷髅藏在我处已三年,但是我的妻子很不愿我将这个东西放在家里。这或许是她的嫉妒。我好久想将她转送给人,但是很怕侮辱了这位公主。好了,现在因此能送给了你,我放心了。春野,你是小说家,你是多情的少年,愿你能珍重的照顾她,她定能供给你无限抒写的材料,开发你许多美妙的幻想。但是你最好不能让你的情人知道,不然,女性的性儿是酸的,她又要不能安居了。春野,你说这难道不是香艳么,这难道不是一个香艳风流的酬报么?"

"……"春野眼望着这个小小苍白的骷髅,他听得呆了一时怔怔的不知道回答。

"哈哈,这样的快,你看,你就已经着了迷了!"

这一天晚上,他的朋友走后,春野推开桌上摊着的稿纸,他呆呆的对着这个骷髅把玩了有几个钟头。这是瓷制的,手技极精巧,几块涂上去的,经了时代剥削的灰黄的斑纹,几点破碎的小孔,都极天然。一眼望去,不知道的总一定要以为是一个真的小动物的骷髅。他望着这裂痕纵横的脑壳,这额下惨黑的两个圆洞,这陷下去的鼻孔,和这峥嵘的牙床,他想起雪严君所讲的话,他运用着自己纯熟的想像,他仿佛觉得这当前的已经是一个多情的美丽的公主了。

临睡的时候,他睡在床上看了几页书之后,又不舍的在枕上将这个骷髅把玩了起来。

<h1 style="text-align:center">三</h1>

"克玛尼斯,我的先生,我的爱人,我尝了几世孤独的生活,我静候了无数恐怖的黑夜,我现在才寻到了我的光明,我现在才有机会再看见你。来罢,克玛尼斯,我们来再继续我们未了的宿缘罢。来,跟了我来。"

克玛尼斯抬起眼来,他突然看见他那已死的爱人,他的弟子,代达丽公主。

"代达丽,你难道真的复活了么? 你……"

"克玛尼斯,不用再回想以前的事,你跟了我来,我们可以再在一起。不用开口,跟了我来。"

从爱人口中发生的吩咐就是天召,克玛尼斯不敢再开口,他飘飘荡荡的随着她走去。

一瞬之间,他觉得只剩了他一人,不再见代达丽公主,走进了一个不相识的城堡。

"白灵斯御教师到了,快去通报给鸠根。"立在鸠根府邸前的一个卫士对他的同伴这么低声的说,被说的人就立即飞奔了进去。

鸠根府邸的大门一直洞开到里面,两傍的卫士挥剑致敬,音乐亭上扬起了欢迎的乐声,庄严的空气中,戈碧堡的堡主鸠根亲自出来迎接这新到的他的女儿鸠绿媚的教师白灵斯。

"愿苏丹的祝福永远追随着你,白灵斯,鸠根竭诚的欢迎你的来到。"

"白灵斯感谢这样无上的荣誉。"白灵斯低声的回答着鸠根。

于是这新来的教师，便握着鸠根的手，走到了厅上。骆驼毛的地毯，黄缎的壁衣，金绣的坐垫，紫玉瓶中缭绕着缊绲的幽香，使人觉得这人世的荣华真令人可羡。

"修士，去到里面请鸠绿媚公主出来，告诉她她的教师高贵的白灵斯已经来到。"

空中吊着的玻璃灯第次的亮了，紫玉瓶中喷出来的香烟也格外的幽冽。十八岁的公主鸠绿媚出来了，她是这样的美丽，美丽得使周遭一切的东西都因她失去了固有的光辉，都因她而格外的美丽。

与一切年轻的女孩子一样，听见了读书总是烦闷的事。书已经令人可怕，但年老的教师的黄皱的脸和蓬松的胡须更令人可怕。

"鸠绿媚，这是你的高贵的教师，这是你父亲的光荣，你要崇敬他像崇敬那应该崇敬的人一样——我的白灵斯，这就是我的独女鸠绿媚，我将她交付给你，愿你授尽她一切人世应该知道的知识。"

鸠绿媚决料不到他的教师白灵斯是这样一个年青的俊美的少年。一见了是这样的一个人，一切对于读书的畏缩都立刻消散了。白灵斯也没有料到他的弟子鸠绿媚是这样的美丽，这使他对于未来的生活鼓起了无限的兴趣。

便是因了这一点奇妙的感觉，这两人的心中彼此立刻都感到了意外的安慰。

鸠绿媚觉得这正好像是她每晚梦中所见的拥抱她的那个少年。白灵斯也觉得他的女弟子的脸貌极熟，但是想不起是在什么地方见过。

这样以后，白灵斯便安静的住在鸠根的府邸中教着他美丽的女弟子鸠绿媚。他们时常讲出这样的话：

"白灵斯先生，我觉得在好久之前我就受过了你春风的吹拂。"

"鸠绿媚，是的，我觉得我家里灌溉了多年的那株玫瑰就是你。"

"我愿你能永远的用你的手灌溉我。"

"我愿我能永远有这样的幸福。"

…………

四

这确是不可解的事，春野自那天晚上无意握着那个骷髅睡着了之后，夜里便作出了这个奇怪的梦，梦见自己已不是春野，已被人叫作白灵斯。梦见白灵斯亲对着他的女弟子鸠绿媚。

"这太荒唐了，这是我自己幻想过度了的结果。"春野醒来想起了夜间的梦，望着手中友人送来这个骷髅，自己禁不住微笑着这样的解说。但是他虽是这样的解说，到了晚上，他又不自止的将这个骷髅带上床去，他要试验会不会再梦见。

出人意外，这天晚上他又梦见白灵斯在继续教他的女弟子鸠绿媚。醒来后，鸠绿媚的娇艳的像貌还分明的在他的眼前。

"人的脑经有时是很乖的东西,你将什么想得愈久,你在夜间便也愈会梦见这个。这是可一不可再的事,我想今晚决不会再梦见了。"

但是这天晚上试验的结果,他还是梦见了他的鸠绿媚,并且梦见鸠绿媚还责诧地问他这几日为何这样的神色不定。

"这真有一点古怪了。我难道真是白灵斯的后身么?"

春野君虽不至相信鬼神的谬谈,但他是小说家,实现与理想在他的眼中是交混惯了的,他经了几次肯定的结果以后,他便觉得这里面一定有一点宿缘。

自此以后,他便夜夜握着这个骷髅做他的白灵斯的梦。他梦见一天一天,白灵斯与鸠绿媚的感情愈趋愈好了起来。他将这一切的消息都秘着不使一个朋友知道。白天将这个骷髅放在自己的面前,夜间便握在手中一直到天亮。他有时竟忘记了自己是春野,他觉得自己好像真的是成了白灵斯。朋友们只知道他的台上添了一个旁人送来的骷髅,没有一个知道他在梦中会遇到这样的艳事。

但是假若这一夜未曾将骷髅带上床去,这一夜便不会作梦。第二夜再握着的时候,他便梦见鸠绿媚问他昨日为何缺席。这样一来,他从来不肯忘记临睡时握着这个骷髅。

两月以来,他很甜蜜的这样秘密的在他心中度着这样二重的生活。白日是春野,夜间是鸠绿媚的教师白灵斯。

两月以来,他梦见白灵斯对于鸠绿媚已由师生的关系成了情人,两人秘密的度着甜蜜的生活;他梦见白灵斯因为是异邦人和地位的关系,不敢立时就向鸠根求婚,他梦见鸠根不知道他们的内幕,已匆匆的将鸠绿媚许给了汉牛主爵的长子汉拉芬;他梦见鸠绿媚的婚期定了,鸠绿媚整日的向他哀哭;最近,便更梦见他的鸠绿媚不日就要出嫁,就要做汉拉芬的妻子……

"春野,你近日的精神怎这样的颓丧?"春野的情人小霞见着他近日突然这样的沉默,便这样询问。

"没有什么,大约是工作太勤了。我们出去走走罢。"

他秘密的瞒着一切的人,像失恋者一样,对于这梦中转瞬就要失去的鸠绿媚感到了沉剧的悲哀。

五

他被救火车的声音惊醒了以后,他的眼中还饱浸着眼泪,一切都活现在他的眼前。

"啊啊,鸠绿媚,我辜负了你的爱了!"他将枕旁的时表在暗中模糊的望了一下,叹了一口气,不敢怠慢的又紧握着这个骷髅翻身渐渐的睡去。

鸠根府中欢迎新郎的乐声已经传到了楼上，嘈杂的喧声和脚步声也隐隐可以听见。

"白灵斯，你听，你听，我恨你！我恨你！"

"没有什么。塞上你的耳朵。我们在一起，我们要永远的在一起！"

"你听，你听，他们来了，他们来了，我恨你！我愿意……！"

门外大理石的梯上果然传来了沉重的脚步声，有人走近门外。

"鸠绿媚，我的小鹿，请快点开门，快点穿衣，你的汉拉芬已经来了，请快点，不要害羞，你的幸福已为你等候许久了。"

这是鸠根和善的声音。

"白灵斯，你听，你听，他们来了！我爱你，我愿意死，我死都不去！我……"

"什么？什么？……快快……"门前起了重急的捶门声。

"白灵斯！白灵斯！我爱你，救我，救我。我愿意死，他们来了，我死都不去……快拔出你的剑，他们已……"

"鸠绿媚，不要怕。我们在一起，我们永远在一起。我们死在一起，我们永远不会再分开……"

在鸠根冲开了门未抢进之先，白灵斯抱起了鸠绿媚，从那七十五尺高的窗上，突然涌身向下……

砰然一声，春野觉得浑身震痛。睁开眼来，自己已经从床上和被跌在了地下。

扭起电灯，他发现那个骷髅已经在落下来时，在铁床的柱脚上碰碎。

"完了，什么都完了，一切的梦都完了。"他爬起来这样颓然的说。

一九二八，三月，二日于听车楼

【阅读提示】

钱理群、温儒敏、吴福辉著《中国现代文学三十年》（修订版）称叶灵凤是兼具通俗和先锋两副面孔的海派作家。在 20 年代中期，有一定文学史价值，但是今天看来，其大部分小说都既不够通俗，也不够先锋，就是两种类型都没有写好。叶灵凤又自誉是中国的比亚兹莱，受到鲁迅的嘲讽，但是其小说《鸠绿媚》却是不可多得的唯美之作。这里之所以选入这篇，是欣赏其历史、梦幻与现实的闪回交错，其中叙说一位朋友将从巴黎带回来的一个香艳女性骷髅仿制品送给小说中的作家叙述人，这个骷髅仿制品代表了一段传奇的爱情故事，可是骷髅仿制品在作家不小心时被打碎了，也就是说，这种爱情至上的浪漫之爱在今天的现代都市语境里是绝难再找到了。小说客观的叙述与作家内心的失落与惆怅形成对比，意味悠长。

【延伸阅读作品与参考文献】

1.中国现代文学馆编:《叶灵凤代表作》,华夏出版社 1999 年版。

2.孙乃修:《叶灵凤与弗洛伊德》,《中国比较文学》1994 年第 2 期。

3.高秀川:《比亚兹莱与中国二三十年代小说》,《中国现代文学研究丛刊》2015 年第 6 期。

4.王恒:《论叶灵凤的小说创作》,《南京师范大学文学院学报》2001 年第 2 期。

5.饶红:《奇情"三重门"——叶灵凤〈鸠绿媚〉套嵌式叙事结构探析》,《名作欣赏》2010 年第 11 期。

【思考与练习】

分析这篇小说中女性骷髅仿制品的意义。

搬　家①

邵洵美

最怕麻烦的我竟然也搬家了。

蒸人的六月里搬家,简直是受罪:出一个书架要一身汗,理一只箱子要一身汗。忙了两个礼拜,仍和两个礼拜前一样。虽然轻小的东西都搬到了新屋里去,但笨重的东西还是霸住着老屋的地盘。他们舍不得放弃吗? 不错,老屋是值得留恋的! 这是我祖父四十年前从台湾回来时造的,我父亲在这里长大,我和我的弟弟妹妹在这里诞生,我在这里结婚,我的璞儿就也在这里诞生,但是屋子老了,不得不拆了重造。

自从回国后便丢在厢房角里的大衣箱,竟然借此机会又得与他的主人见面。三年不曾移动,已葬在灰尘里了。

黑铁皮上的黄铜钉已发了绿,又变了黑。怕是铁锈吧? 一种古董陈旧的气息硬挤进我的鼻孔,喉咙痒痒的似乎也生了锈。不知怎的箱子的分量也重了不少。当时在剑桥住在 Moule 先生家中,曾独自将他拖到后园的煤间里面,但现在竟一些也撼他不动,好像已在地板上生了根了。想用力将他推出去,那知不上五步人便乏了。这箱子是空了的,三年前我早就把里面的衣服,裤子,衬衫,书籍等等给拿出了。又有谁将什么重的东西放进去呢? 想发财的我顿时感觉到一定有什么奇事便要发生了。大概我早晚祈祷着的金脸红须的财神暗暗地在里面藏了几百千只金元宝吧? 但为什么要藏在这里呢? 假使他是有意给我的,那么,为什么不在去年冬间当两个不要脸的人压逼我的时候,便让我寻到呢? 况且他又为什么要放几百千只不便携带不便使用的金元宝呢? 假使我隔了几十年再搬家,便是说,假使我隔了几十年再来移动这箱子,而假使隔了几十年金子已和石头一般不值钱,那么,这不是反而累了我吗? 况且放些金刚钻,珠子,翡翠不是一样的吗? 一箱子的珠宝不是比一箱子的金子更值钱吗? 啊,不要是狐仙与我开玩笑吧? 不错,自从开始说要搬家到现在,我们的仆佣不是天天报告着零星物件的遗失吗? 大概都被这狐仙塞在箱子里了吧? 那未免太恶作剧了。天下怕真有狐仙这东西吗? 假使狐仙是没有的,,那么,财神的存在便也足以使人怀疑了。不过假使财神也没有,那么,我箱子里的几百千只金元宝又有谁来放进去呢? 财

---

①作者邵洵美(1906—1968),祖籍浙江余姚,上海生长,20 世纪 20 年代中期曾留学英法。新月派后期成员,也是狮吼社成员,又创办《金屋》书店和《金屋》月刊等。其创作具有鲜明的都市文学倾向。该篇作品原载 1928 年 9 月《狮吼》复活号半月刊第 5 期;现选自该期《狮吼》。

神是一定有的,财神是一定有的。

我这般地下了结论,急忙从袋里拿出钥匙。我想,五秒钟后,我的推想便可以证实了。证实以后我第一便得去找一张当日的报纸看,要是金价在五十五换以上,那么,我第二便是赶快去兑现,第三便去定去法国的船票,到了巴黎先住一礼拜,便去伦敦向 Wise 先生求让 Swinbume 的 Anactoria 的墨迹,去 Bonchurch 瞻仰诗人的故居,再去 Ebury Street 谢 George Moore 送给我他的书籍,回巴黎后,再去意大利,再去希腊的 Lesbos。

我将钥匙放进洞里,一转,箱子便开了,不,箱子便要开了。在这将开未开之间,——朋友,要是你知道罗生一梦多少年在实际上不到半个钟点,你当能说出在这一忽时我脑中心中血中所汹涌着的念头的复杂了。

亲爱的读者,你们的念头是决不会像我那样复杂的,也决不会像我这般简单的。箱子里决不会有几百千只金元宝,但是里面却有一样以前所忘掉拿出来的东西,这样东西在诗人的眼睛中,——假使你是诗人,——看来,比了几百千只金元宝更要来得宝贵来得希奇呢。

这是一手巾包我在国外各处所带回来的纪念品——拿波里博物院的门券,罗马的电车票,剑桥书铺的收条……

一张 Hotel Excelsior 的帐!

一张巴黎拉丁区客栈的帐竟将我的灵魂带回巴黎。

是一个晚上,是一个巴黎人觉得很平常,而为世界上人所羡慕,所歌颂,所渴求的晚上,一个巴黎的晚上。

怕是夜半的两三点钟吧,窗外的月和星都是半睡半醒地静着,好像是那些正在与舞女绞着肉挤着汗的人们的老婆带着男孩女孩在家里等他们的丈夫和父亲归去一般。但是跳舞的音乐还正是热烈的时候。

这家客栈隔壁的楼下也是个舞场。当然,为一般有了异性伴侣的人们是用得到的;但是我却苦透苦透了。好容易翻来覆去地睡着,忽然一阵 Jass 又将我从梦中拖回。

似乎被一种香味使我的神经突然地兴奋起来;原先静默地流动着的空气现在竟变了大队的兵士,像雷雨般迅速而又激烈的马蹄冲锋似地踏上我的心来,顿时觉得我的可怜的心儿被踏肿了,肿得小小的胸膛里即刻要装不下了,我恨不得把他呕了出来,嚼烂他,省得他时而酸时而痛地作梗。

在这个时候醒在巴黎的客栈里,最难受!试想一个情感热烈的爱诗的少年,四壁是肉色的粉漆,一床比杨玉环的胸脯更温柔的枕褥,在通着楼上楼下的净水管中尽是不断地喷喷作响,有时还听得侍役领了四只脚开着隔壁房门上的锁,接着不多一忽,便有一种忍不住的声音抖进耳朵里来。啊,最难受!

"不晓得老谢是不是也醒着,索性让我去喊了他一同到舞场里喝杯酒吧。"

"多叫几句 Garcon,un bock！喝醉了或者还舒服些。"

决定了把我的理想去实现，便披了件 Dressing Gown 带上了房门到四楼去找老谢。我住的是二楼，电梯在夜半是停了的，于是只得踮起了脚尖一步分两步地走上去。

其实很近，但怕惊扰了人家的好梦，便像贼一样移动着，到三楼已不知费了多少气力。方想跨上四楼的扶梯，忽然听得一声颤动的尖利的女性的声音。

"这是什么声音？这是什么声音？这是什么声音？"我的筋急急地问着血，血急急地问着肉，肉急急地问着皮肤。

啊，这一声声音——

只听得我的心在胸膛内又高又快地飞腾。

‥‥‥‥‥‥

说话讲不出了，喉咙也好像缚紧，

这一忽时烈火在肌肤内飞奔，

眼睛看不见了，耳朵里似乎在摇铃，

汗跑遍了我的全体，

抖占住了我的周身。

我比草更白了……

只有 Sapplo 这几句诗可以形容我了。筋似乎爆裂了，血似乎停止了，肉似乎滚烫了，皮肤似乎膨破了；我觉得热，又觉得冷，又觉得热，又觉得……在这几秒钟间不知过去了几千万个春夏秋冬。

这声音是从一间转角上的房中出来的。

这时楼面的电灯只剩了靠电梯的一盏，转角上几乎完全是黑的，除了从那钥匙洞里射出的一条光亮。

"明天吧，先生……我明天一定……"与方才同一个女性的声音。

"哼……哼！"是从男性的鼻子里出来的，表示不信任，又表示不感动。

"但……先生……你总不能……先生……你……"接着是一只凳子翻倒的声音，地毯上奔跑的声音，肉打着肉的声音，女性的细微的带哭的声音，重量的物件倒上钢丝床垫的声音，紧急的呼吸的挣扎的声音，唇接着唇的声音……于是忽然地静默了。

又听得一阵衣裳拖着地毯的声音，钥匙洞里的光亮便息灭了。

"不对！这里一定进行着一件惨无人道的事情！这房里的男性一定是个惯做杀人犯的酒徒，那女性一定是个丝毫没有抵抗力的懦怯弱小的处女。处女！她一定生得极美丽，至少是个中人家庭中而为父母所钟爱异常的女儿。她一定已有了一个与她相同年纪的情人。她一定还不过十七八岁。但是不知因了怎样个不幸的机会竟被这酒徒给看上了；这酒徒大概是她的邻居，也许是她家里的房客,他今天一定设下了毒计,造下了一个不知怎样的恶谎,将她骗到了这个客栈里而……

"现在他们没有一些声息了。怕是她已经屈服了吧?——为着那种恐怖的势力,或是为着那种不知名的诱惑。她怕正在与她预备给她所爱着的情人的童贞告别吧?

"啊,惨极了,我不能再想下去了。但是我便这样地算了吗?见着异国的同类干着这种野蛮的举动不去过问吗?我至少得为一个无抵抗的被压迫者鸣不平,我至少得为一个处女的童贞的被人强夺而挺身出来挽救!

"咳,但恨我以前在祖国的时候,我父亲为我请了很好的拳师,我只是举举手提提腿地一天天敷衍了事,否则我现在一定可以用我的左面的或是右面的肩膀撞开了这间房门,开亮了电灯,一拳便将那禽兽般的东西打个半死,接着便可以帮这可怜的处女整理她被他撕破的衣襟,问了她的地址,护送她回家,将她平安地交给她的捏着灯流着泪在大门口张望的父母,但当他们要问她恩人的姓名时,我便也不答复也不辞别地跃上汽车回来。

"但是现在的我怎能做出这种伟大的事业?即使我拼了命撞进门去,那是反会被他一拳打个半死的,同时他还可以唤起客栈的主人,说我半夜跑进他的房里意图偷盗,东方人做贼是有名的。我不是非特救不到人反而害了自己吗?

"况且我不过是凭着一己的推测;假使那女性不是我理想中的处女,而是为了 50 francs 来的娼妓,她只是在施她种种迷人的手段逗引着一个青年的书生,我犹为什么去发疯呢?青年的书生即使因这一晚而堕落,那我也不必管,这是他自己愿意的,或者这竟是他一生最快乐的一次。

"当然我不相信天下有第二个 D'Albert!

"假使这青年是个著作家,那我想他一定能因今晚的一切而写成一部古往来所没有的供状,至少也得有一页极有精彩的日记…"

我心中只是汹涌着这种有条理而又杂乱的矛盾的念头,急急等着个决断;但我竟会忘却上楼和老谢商量。——我竟忘却我要上楼去看老谢这一回事。

忽然这房间里又有声音了……

"你听见她喊 Mon Coeur 的声音没有?这一次你又得把你普渡众生的希望打消了吧?"一向只是为我个人利益打算的心灵,这时方来将我提醒。

生性爱管闲事,这种责备式的讥讽是惯常受到的,倒也不觉得惭愧。但我怎愿放弃这间房里的秘密呢?

我竟然与我自己的心灵反抗起来,但一忽便被他屈服。

天已亮了。

怕被客栈主人真地把我当贼用,于是我赶快回到自己房里。一夜未眠,这时精神反而清爽起来;索性穿上衣服,奔下楼梯,出了客栈。

Parc be Luxumberg 已开了。挺直了胸膛踱进去,但愿露珠能洗净了我的回忆。末了又是和往常一般反带了许多不知名的烦恼回去。

从 Boulevard St. Michael 右手转个弯,便到了 Rue Cujas。我还没有走到客栈的门口,只见客栈的左门徐徐向里缩进,接着是一个女子的背形慢慢地向邮政局那里走去。

我奔进客栈,跳上四楼,想把这件事完完全全讲给老谢听;那知他昨夜没有回来。

十七,七,七初稿

【阅读提示】

邵洵美出身贵族之家,又是原清末邮传部大臣后来成为近代中国实业界巨擘的盛宣怀的孙女婿,家庭物质生活优渥,文学创作和审美取向都显示一定的颓废—享乐主义色彩,曾与鲁迅发生争论。在左翼作家看来,邵洵美是堕落文人,但在当时资产阶级文人圈子里,又被称为"文坛上的孟尝君"。

这篇小说以倒叙的形式,巧妙的构思,多有控制的叙述笔调,反烘托出巴黎——欲望之城的魅力和诱惑。小说中,对于女性叫喊的多向理解表明都市人生的自由权和复杂性,引人深思。

【延伸阅读作品与参考文献】

1.邵洵美:《巴黎的春天》《巴黎女人》《雪白的身影》(散文),见《邵洵美作品系列·回忆录·儒林新史》,上海书店出版社 2012 年版。

2.《郁达夫致邵洵美的信》,见张伟编《花一般的罪恶——狮吼社作品、评论资料选》,华东师范大学出版社 2002 年版。

3.林淇:《海上才子:邵洵美传》,上海人民出版社 2002 年版。

4.(法)帕特里斯·伊戈内:《巴黎神话——从启蒙主义到超现实主义》,喇卫国译,商务印书馆 2013 年版。

【思考与练习】

1.分析这篇小说中"我"的心理活动及其都市文化意义。

2.分析这篇小说叙述手法的妙用。

贵族区

邵洵美

【阅读提示】

《贵族区》是邵洵美的一部中篇小说,连载于 1932 年至 1933 年《时代》第 2 卷第 11 期至第 4 卷第 8 期,收入上海书店出版社 2008 年 1 月出版的《邵洵美作品系列·小说卷·贵族区》。

小说写贵族之家日常生活的奢侈,一赌就是十几万、几十万的赌注,而输赢面色不变。小说主要写贵族人家小姐在现代都市文化背景下对爱情的唯美偏执、追求个性的极端自由;或婚姻的不满足,及给心理上带来的微妙扭曲。在谈论女性的性的自由处理问题上,她们的观点能引起多方面的玄想和思考:

……一个人假使真的身体上有需要,在逼不得已的时候,我以为即使强奸也是可以原谅的。

那你错了。尽使强奸的有真的需要,但你不能硬逼着那被强奸的来为了你牺牲。

话虽然这样讲,不过你不能说被强奸是一种牺牲。

为什么不是牺牲。譬如说,被盗被窃的不是牺牲了金钱吗? 被强奸的不是牺牲了身体吗?

这个不叫牺牲。因为被盗被窃的他们一定有多余的金钱;被强奸的一定有空闲的身体。凡是多余的和空闲的,送掉了都不能叫做牺牲。

那么,强奸未成年的幼女呢?

这是不道德的。

为什么你又说是不道德的了呢?

我认为强奸有两种:一种是肉欲的强奸,一种是邪念的强奸;前者是可以原谅的,后者是不可饶赦的。强奸未成年的幼女是后一种。

【延伸阅读作品与参考文献】

穆时英:《说赌》(散文),严家炎、李今编《穆时英全集》第三卷,北京十月文艺出版社 2008 年版。

【思考与练习】

阅读作品全文,谈谈你对这篇小说中强奸论的理解。

蜃　楼①

章克标

　　这一天，又是破了一回戒，喝得醉醺醺地出了酒店，和叔琴两个人在马路上走着，像漂浮在水面上流余的烂木头。真个，灯火也像无数明月明星的映在水里，各种各样的车子，便像龙，像鱼，像乌龟一般地行动着，四通八达的道路，算是四通八达的河道。河道在它们汇流交错的口上，总激成漩涡，在激流的中央，我们被人波冲得旋了几个转身立不定脚跟。正在没办法的当儿，我抬头看见了指挥着红灯绿灯的巡海夜叉般的红头阿三的印度巡捕。

　　"看那庄严伟大雄美的人呀！"

　　我不期然信口冲出了这样的一句在自己也是出于意料之外的话。

　　"你说到什么地方去？"

　　叔琴耳朵有点不方便，听错了，以为我是在问他到什么地方去可好。不过他这一句反问，却使得我想到了尽这样飘流总不是个办法。

　　"是的，我们先该找定了个住夜的地方。"

　　意思是说，要到灯火连天如同龙宫一般的游戏场等地，我们先得有个休息身体的地方，免得后来到了半夜里还在街路上漂荡，像月光底下黄浦江上的浮尸一般的没有归宿。

　　"是了。总之，先开个房间去，对么？"

　　"是的。你说那里好？"

　　"近一点吧。东亚？大东？还是那里？"

　　"东亚，大东全是臭虫窠，又脏又是贵。"

　　"上海的旅馆，那一个又是没臭虫呢。"

　　"我们找新的吧。新的，臭虫总还没有工夫去做窠。"

　　"好。大中华饭店如何？"

　　"还是神州吧。更加新，而且也近些。"

　　"好！就是这样。去吧。"

　　新开的神州旅社也是电炬通明像一座灿烂的水晶宫，在升降机的口上出出入入的，更有许多龙女，鲛人的俏身，笑口，情眼。一间间的房间像是给比目鱼预

---

　　①作者章克标（1900—2007），浙江海宁人，曾留学日本。20世纪20年代后期狮吼社发起人之一，30年代参与邵洵美的出版事业，其创作具有较鲜明的海派色彩。该作品原收入作者小说集《蜃楼》，金屋书店1930年3月初版；现选自该小说集初版本。

备的寝宫,青年男女能在这里独个人宿一宵的,不是圣人,定是没有感情没有生命的土偶木偶。我和叔琴自然而然地坐立不安了,懊悔不到一个稍安静些的地方已是来不及。娇嗔,媚笑,燕语,莺啼,曼歌,欢舞,还加上管弦丝竹同打牌所混成的一团顶时髦,顶风流,顶肉感,顶荡心,顶诱惑,顶幻妙美丽的声音所鼓动的细浪,不知是从那一处的门缝里,那一处的窗隙里,墙壁的那一处的细孔里钻过来,透过来,传过来的。一感染了那一缕的声息,像细菌繁殖一般,顿时我们的房间里,空气像沸腾了,坐椅像癫狂了,床褥像奔跃了,电灯像爆裂了,全房间像有几千百条火蛇乱舞着,那些火蛇烧我们肉体,刺我们情感。忍耐不住的,第一自然是叔琴了。

"老庄,出去吧。尽坐着有什么意思呢!"

"不错的。但是什么地方去呢?"

"唔,……"

因为我不开诚布公地先提出意见,他也客气起来了。我忽然记得了"君子成人之美"的一句,就不得不想到他新近爱上的一个中西混血的女人勃兰克了。就凑他个趣。

"那么勃兰克那里去吧。好么?"

"但是,你呢?"

他分明不愿我一同到他的勃兰克的地方去,我有一点不高兴,便说:

"我? 由我。怕没有地方去!"

"不过一同来的总一同去,兴趣好一点。"

"只要你想出办法来好了,我没有避忌你的意思,没有一定要独个人去玩的心思。"

"那么,到一个地方去好么? 那是一处非常好的地方。前几天夏鸣铮同去了,竟使他喊出那是皇宫呀的话来哩。漂亮的女人也非常之多。都是上海顶有名的少奶奶大小姐,包管看得你眼花缭乱;而且假使运道好还有发点财的机会。"

"不要再铺排了。说,那是什么地方?"

"是一个大赌场。AA 路一零一号的屋子,是个上海顶有名的大赌场,顶时髦的轮盘赌是最先在那里采用的。你想十块钱倍三百五,再打一百不就是三千五么? 只要这样二下,不消一分钟工夫,节省些,你要到美国欧洲去住上一二年的经费也够了,撩个博士回来做个学者也容易。去!"

"怎么去呢? 我是不认识的。"

"喊汽车来接好了,只要打个电话去,马上会放来。我还有个熟人在里面做司账,特别有照应,即使你赢了十万八万,也包你没有分毫的危险。"

"好! 那么去。你赶快打电话。"

好在房间里就有电话,不用再走到电话室,叔琴就走去摇,马上来了欢迎的

回音。放下听筒,他说:

"等一刻就来了。"

"可是捕房来捉赌起来又怎么办?被捉了去岂不冤枉!"

"你怎么又这样胆小!上海顶有名人家的闺阁都去的,还怕什么危险?世界什么事情只要有钱,倘使他们没有十分把握怎敢开?在开场的人,这也是一种生意,的确是照股份公司样子组织,自然是利息顶厚的事业,五百万资本一年要赚到二千万。这么样的有钱,还怕什么?"

"是了,是了,你的话不错。那个赌博公司的情形,请你先讲一点看,你是到过的。"

"可以。那地方是高大的洋楼,有精强的武师严重地把守着门口。里面正厅旁厅是赌场,还有好几间精致的鸦片室,有精美的餐厅,也有十几间美丽的浴室,装饰得非凡考究,布置得极其完美。地板比跳舞场还要光洁,用具都是紫檀红木大理石,壁上也有西洋名画,灯是装在墙隅里取不眩眼的反映。雇佣的侍者都是眉清目秀的青年,男的穿了漂亮的西装,活像个年轻留学生,女的着光彩奕奕的旗袍,像个顶出风头的女学生。桌子上放着香烟随你吸,是三炮台茄立克还有上等的雪茄。也有酒,也有菜,只要你欢喜,都听你的便。人世间可以有的享受那里都具备,所以去过尝到了滋味的人,不到倾家荡产总不回头。但是我们穷人,偶然去观光一下却不妨,有兴趣偶然玩一下博进了也是天赐,反正我们没有流连忘返的资格,那里只是富人享乐的地方。去看看那里的女人也好,如花如玉的不知多少,满园春色关不住起来,也许你会交桃花运,……"

"不要愈讲愈不像样了。你是预备去赌的,可有充足的赌本?"

"不,不要当真去赌,我们是去参观一下的性质。偶然高兴也许下几块钱的注,却不可以存个赌博的心思。但是你身上还有多少钱呢?"

我取出钱包,正要检点我的所有,却门上有人打了三下,叔琴说"进来"的时节,我把钱包又放入衣袋中了。进来的真是一个西装的美少年,没有别的话,只问,

"这里可是二百另八号?是打电话来过的,汽车已经放来了在下面。"

叔琴点了点头,就站起来跟了那人走,我也跟在他们后面,把门碰上,下楼。

大门口停着一辆美丽的汽车,那个青年恭恭敬敬地开了门请我们进去坐,随手掩上了门说,

"你们先请,我还到别一个地方。"

就离开了汽车扬长去了。车夫已经开了发动机,出来波络络的爆音,忽然叔琴喊出:

"慢开!"

他自己推开了车门,走出车子,对我说:

116

"买包香烟就来。"

也急步走开了。

他走得没有几步,我还见他的背影在人潮里动,觉得我坐的车子已经开动了,同时车夫伸转手来把车门碰上。顷刻呜呜地捏着喇叭,已是在人丛里直钻了,像一条破浪的小艇,人同水浪一般向两边退避。

我一个人坐在车中是莫名其妙,有一点奇讶也有一点心慌,茫茫然看着街路上漏进来的灯光人声。车子迅疾地奔去,通过热闹明亮的街,通过冷落幽静的街,像一个善良的灵魂奔向天国。

忽然,我胸中迸出了一个念头。不好了!这是绑票匪,我着了他们的暗算。车子走上了荒凉的道路,昏暗的路灯光中,四面黑沉沉看不见什么。车子又加了速度,像一头虾在水藻深处急行。我心里非凡惊惶,酒意都吓退了一半。心想,我是不名一文的穷人,够不上有被绑的资格,但是在报纸上也看到有误绑的事实,真个是同样吃着了这个冤枉苦头,那就糟了。连忙喊那个车夫:

"停车,停车!"

声音自己也觉得是颤抖着。车夫好像耳朵是聋的,头也不回转来,车轮同路面的擦音,在昏暗里飞奔。我益加恐慌起来,心里盘算真个糟了绑匪的对付方法,但是也想不出法子来,反而在报纸上看到过的记叙撕票惨状的情景,却像画片一般映在眼前。一个身首异处的孩尸,开膛破肚,野狗在争夺他肝肠的一幕;一个男尸,手脚四肢被钉钉住在板木上,他肚上开着个洞还点着灯火的一幕;忽而旷野里头破脑裂的无数少男,少女,男人,女人的尸体像菜场上的蔬果一般堆叠着。我心跳得慌乱起来,浑身像脱了力一般受着车子软和的振摇。

忽然,车子转上了一条通明的大道,我心头顿然舒泰了,像地狱里照透了日光,把恶鬼赶除得踪迹全消,我有些嗤笑即刻心上的妄诞的恐怖。我向车窗外看去,鲜鲜地透入我眼中的,有用电灯火缀成的广告牌,横着的是美丽牌香烟五个大字。在旁还有比较小些的一直行红绿更迭的字四个,是红绿舞场。一转眼车子又转了个弯,这是离那广告牌不远向左行的,我记得很清楚,又走在一条静僻的街道上了。再前进不多时,好像还转过一个方向似的,车子却行得很缓了,我看它开进一个广大的门口去,一忽儿,车子已经停了。

看去正是一所高大洋房的面前,车子就停在庭心里,借那幽静的路灯光,我看见这庭中有许多繁茂的树木。不等我再看仔细,车夫已经开了车室的门,站在旁边等我出去。我按了心口,定定神,就曲身走出。车夫也不说什么话,把门关上之后,他再坐进车里,一声呜呜,车子又动了,望着大门直冲出去,一忽儿声音也听不到了。

我发见我站的地方,是在阶段的下面,阶上是有穹廊的正门,门是关闭着,窗缝里也不透出一线线的火光,奇怪的连廊下也不亮一盏灯火,只有远远的路灯,透过了广大的庭园中层层的树叶,射来极稀薄的光彩,这一种样子,像是水底下的水府。我仔细看,房子却是三层的建筑,墙的下半截像是用白石砌成,穿廊的柱是大理石的,在正门前的柱上有细致的浮雕,窗也做得很考究,上部的墙壁是磁砖,屋顶却看不出,再看看全建筑是成个凸字形,后面有房子并着,像扩开着的两翼,摆得非常稳定。

我走上阶段,心想这里总就是赌博公司了。但是静得同古井中水一般声息全无,我有些奇怪,进了穿廊,走到正门的门口,我站定了。心想等一等叔琴罢,他总有法子随后赶来。但又一转念,到里面去等一样,就举手推门。

门应手推开了,现出来的是一条甬道,带青绿色的光线,从墙隅反映在地板上,但是没有一个看门的人,也不听有一点的人声,说是赌场太悠静了,我这样想,踏进门去,门自动地在身后闭上了。走完这条甬道,又是横着的一条甬道,两端都像可通的样子,我向左去。走去又是许多交成十字的甬道,两旁尽墙壁,看不见一扇门户,我转来转去了好一回,还找不到一扇开着,或掩上的门,像走入了迷阵之中,也的确迷失了方向。奇怪这小小房子之内,为什么走不到一个尽头。心中惝惝然,又是忧惧起来,脚步却走去,不看着前方,忽然一振,我是撞在甬道尽头的壁上了。真奇怪,这一撞,壁却开了,露出一个门口,看见门里却是淡红的灯光,和甬道上的青色不同。

我走进的这房间,是像餐室的样子,中间放着长长的餐台,围着座椅,靠墙安置着若干座沙发,也有玻璃橱放着银光皎皎的食器。我觉得这地方也不是要久留的,看见右边却有一扇开着的门,就走过去,出了那门却又是甬道,甬道的尽头有一座楼梯,我想好了,若是赌场,一定在楼上,若不是赌场,楼上也定有可以告诉我真话的。这里是什么地方?对这个问题我已经闷慌了,许多时候不见一个人,又不听得一息的人声。

走上楼梯,我推进顶近的一室的门,那里面亮着的是淡金色的光,这像是一间吸烟室。摆列着椅桌之外,没有别的阵饰,地下却铺着极软的毡毯,踏去另有一种感觉,壁上只挂着一张大幅的油画,是一帧夏日的风景。我也不多逗留,就再开这一室的另一个门,却是通到别一间房的,我踏过去。

那是不惹眼的普通的光线,照耀着这一间像是书斋。两壁挤满了高高的书架,书架上又是挤得满满的书本,靠窗边斜放着一张写字台,桌面上满摆着笔砚墨水瓶之类,却整理得很有秩序,另一面的墙边有一张方桌,桌上堆着许多书册,也有几包像新寄到不曾拆开的。窗前垂着深重的帷子,旁边的壁上挂着一幅圣母子像的洋画。我正在仔细观察,忽然听得一阵幽微的水声,像迷失在浓雾中的听得了一声枪响的信号,我立刻聚精会神耸起耳朵去追求这个声息,可是又寂然地听不见什么。我决意再闯进一重门,在坐椅的背后,有一扇闭着的门。

过去推那扇门,却也一推就开了,门开处最先映到我眼睛里的是一架金光灿灿的铜床,像只金毛狮子蹲在屋的一角,这分明是什么人的卧房了。这是一间特别大的卧房,面积总有三丈见方的样子,比较起来房间的东西是太少了,所以空着的地面很宽阔。我转手掩上门,看见这边有一对衣橱,对面靠墙只放着两张沙发椅,中间夹着一张小儿,靠窗有张梳妆台,正中四张小椅围了一张小方桌,桌上放着茶盘和一式茶器,床前的小桌上放着一对台灯,并不放光,同衣橱并着的还有一排衣箱。房间里的亮光是四个屋里放出来的淡紫色光线,把床上洁白的被褥也照得鲜艳可掬。我看见墙上还挂着几幅画,一幅像是德国浪漫派画家倍克林作的人鱼,海的碧波和女人的雪肤成个绝好的对照,还有浪花和巨蛇的戏耍,引人入幻想的仙境。另一幅是布沾洛的浴后,巨岩旁倚着一个浴罢的女人,皮肤同大理石一般雪白光滑,后面衬着海阔天空的背景,在紫光底下,这画境更添一段风趣。但是另外的靠近床边的一幅引起我的兴趣,我不能自制地一步步走近画去,站在床边仔细看察,正好高踞在靠床的长方桌上面,在金框缘架子中的是一幅半裸体的肖像,衬色的是鲜绿的绿草,描出的是从腰部以上,所以引我注意并非因为作画的手腕比那两幅还高明,却是因为那画中人的面目真像我以前的爱人萍姑。这时忽然台上的台灯放了光明,我见了清清楚楚的萍。

啊,我顿时想起了我可怜的萍姑。因为我的缘故,萍姑被她严酷的家庭放逐出来,不知流落在什么地方,我也是弃了家庭出走,原想追上萍姑和她结伴同生活的,却因为迟了一天,就找不着。我在上海杭州汉口北京以及许多地方,历尽了千辛万苦,找了她一年多时日,也影子都不见。我相信她是在没有人知道的地方自尽了,因此我绝了念头;听从几个朋友的劝告,并且靠了他们的扶助,进了一个野鸡大学。二年之后卒了业,我开始营这文笔的生涯。但是一切我写作的原动力,却是对于萍姑的思慕恋念之情,我没有一天忘了我可怜的她。现在这肖像分明是她了,她竟不曾死,还留在世上做画师的模型女,知道了这画的来历,我总有法子去探搜她出来。这样想,我心中非凡欣喜起来,忘却了一切应该抱的忧虑。

我正在狂喜的当儿,忽然听得格钦一声的门锁响,回头一看是床左旁的门开了,一个穿浴衣的女人站着。我真个吃了一惊,这不是我朝思暮想的萍是谁!我旋转身,要喊出来,奔过去抱她,她却毫不着意的样子,像不曾见我,伸手去按门柱上的电铃。这举动使得我顿住了脚步,我恐怕她是去唤人来捕我,但我镇定心思看她其次的举动,她却回头对我微笑挥手,是叫我去坐沙发上的意思,对于她房间里突然有了我,一点也不惊讶,仿佛她早已知道这事情一般,我就去坐在沙发中,我进来那个门却开了,走进个捧着衣裳的小婢来,正眼也不看我一眼,走去到她站立的地方进去了,她也随后再闭上了门。这时我看见那门柱上有红蓝黑白四色的电铃,是先刻所不曾注意的。

不久小婢又从那里出来,再关上门,转身对我看了看,做一个很有特别意思的微笑,从进来的门退出去了。她是十五六岁光景,也眉清目秀,衣裳整洁,很可爱的样子,若使没有萍姑那一段疑问,说不定我要转她的念头的。这时我心里只充满了女人是不是萍姑这疑问,再也不能想到别种事情了。和萍的暌隔已经近五年了,但是她的容貌态度声音,我像还即刻都看见一般地清楚,我不相信,我会误认,但女人的眼中,分明是不认识我了。小婢的笑又很奇怪,弄得我有些莫名其妙了。

隔了一回,女人走出来了,已经换好了衣裳,只看见,她罩着一件紫色的外套,下面是赤脚拖鞋,并非正式换好了衣服。我总疑她是萍姑,她知道我顶喜欢的这个紫色,这室内的灯光,这外套的颜色,我想不是偶然的。她微笑走近来,我站起来想问她话,她却摆手叫我坐下,自己也来坐在我对面的沙发上。一定是萍了,她这样秀美的长眉,这样澄明的黑眼,那个丰隆而削直的希腊式的鼻子,那个聪明相的额角,全是我的可怜的萍。脸孔稍稍胖了些,身子也像高了些,那因为是五年中的自然发达,没有什么奇怪的。以前是十七岁的含苞欲放的青春,现在该是二十二岁日中正盛的牡丹了。她胸前的突起高高,她臂部腿部的发达,我认为是正当的变化。

"我今天真是快活,得会着你……"

她说话时口边微笑的那酒窝那曲线,完全是萍,我再也不能等待了,抢口说:

"啊萍,我是在梦里吗?我的萍。"

"你真是在梦里了,那里有什么萍?"

她怫然作色,对于我的突然发作的悲音很不高兴的样子。但是我还疑心她是有所为而做作。

"你不认识我么?萍,我是庄,庄伯光。你忘了么?啊,原是我对你不起。不过,你知道我这几年来的事情么?因为你之故,我已经什么都舍弃了,我现在只是个孤独者,我没有家乡,也没有父母兄弟,我是决心走遍天下要访寻你。我已经前前后后寻你五年了,我到过有名的通都大邑,也到过穷乡僻壤,那里会料到今天竟然会见了你,我快活到要流泪了。"

我像泻一般倾倒出这一番话,她却默默地听着,不起什么感动似的;若果是萍,我哭时她也一定要哭了;但是不,我的信念又动摇了。

"我并不是什么萍,你不要认错了人。你也无须说姓道名,我并不要知道你叫什么。"

"那么,那一帧画像是谁呢?"

我指着满浴在灯光里的壁上那问题的画像,用诘问的口气向着女人。但经我的一指,突然台灯熄了,画即便隐入本来的淡紫光中。

"那,不必说是我,又问什么!"

"但那是我的萍,我敢断言。"

"我却不知道你的萍或者什么,我只知道你今晚来做我的客人,我得好好地款待你。"

"那么请你告诉我这里是什么地方?"

"这里是什么地方?"

"是,我要问问清楚,我不好意思到不认识的地方来做被款待的客人。"

"这里是欢乐的宫殿。这里是快活的殿堂。这里,这里没有定名,欢喜叫什么就是什么。这里也没有主人,到此地来的人就是主人。这里只有永久的现在。这里的施与不希望什么酬报。这里是耶稣基督降生以前的极乐世界。这里是伊甸园直接的分园。这里是该使你的忧愁完全消除的地方。这里没阶级差别,到这里来的什么人都是佳客,这里是一方净土。"

"你说了这样一大篇,我还是一点都不懂。告诉我,我怎的会到此地来的?"

"当然,你是因为要欢乐,所以到此地来的。"

"我问,是怎么我会到此地来的。"

"那是要问你自己了,谁知道你。我只见你是在此地了,以外是不知道的。你是怎样来的呢?"

"我喝醉了酒,一点也不知道。"

"你喝了酒来的。好,那么请喝酒吧。看你一定是想回去了,喝了酒会来,也要喝了酒才会去。"

女人笑得像对着晓日的牵牛花,站起来,走去按门柱上的电铃。

"你何必如此颓丧,有可以欢乐的机会,偏偏要去寻苦痛是什么意思?我劝你把一切遗忘吧,否则你有什么理由可以闯到这里欢乐世界来?"

这样说的话,真不像是萍了。但我还有一点疑心是因为萍十分恨我,所以作弄我,因之我默默地坐着守候她的破绽,等着捉到她真是萍的把柄,或等她来自认是萍。那门又开了,先刻的俏婢女捧了盘子进来,盘中放着酒瓶同杯箸。她放在小方桌上,撤开了本来的茶器,分摆好了杯子同酒瓶,就在各杯中满注了一杯。那高脚晶杯中,满泛着青绿的颜色,倒有点像薄荷酒。

"请来坐吧。难得的,喝一杯甜味的酸酒。"

她的甜味酸酒的新鲜名词,引得我不得不去坐在椅中。她坐在我对面,举起杯来祝大家的健康,我是干了半杯,但是她却全干了,逼我照样,我只得吞了残余的。这时小婢又搬来了一盘菜肴来,又顺手替我们酙满了酒。

桌面上摆了十二只碗盆,已经差不多放酒杯的地方都没有了。小婢却已经不再回出去搬菜肴,站立在我身旁,一手执了瓶专一替我添酒了。那酒的味道的确很不差,比之平常的薄荷酒是大不相同,十分干冽芳香,而且又有十分的酒气,我不知那是什么酒。因为我喜看俏婢子的俏手指,所以总稍喝一点酒,看她怯怯地来添酒的手指,要把住那瓶,不使酒倒出太多溢出杯外,她手指是十分紧张着,也是十分好看,那嫩如同羊脂玉,白如同雪花团,光洁如同大理石,柔软如同天鹅绒,温暖如同春天的太阳,纤秀如同绿葱,红如同淡色蔷薇,香如同兰芝,好看胜过一切的手,总在我面前逼我喝下酒去。这酒很有一点厉害。对面坐的像萍的女人,面孔上渐渐泛起红霞来,是因为酒的缘故吧,我也觉得面上热起来,也是因为酒的缘故吧。

"你一定是萍,答应了吧,不要再使我心苦了。"

我再长时间仔细看了她的举动,容貌,态度之后,又是下了一个断案,再借了酒力,用这话直扑进去。她听了这话眉毛也不动一根,轻轻放下酒杯,回头向婢女道:

"你应再着力劝酒,这人还是这样地缱绻着过去,你歌你舞吧。"

再回头向我微笑道,"这回你须干三大杯呢!"

那个俏婢女就替我酌满了酒,放下瓶退开几步,口里唱出歌词来,像金珠滴下到银盘样的清脆,那是熟知的金缕曲,但谱调却是从未听过的新声,歌着就舞起来,绕着我们的桌子,撒散她青年的欢欣,在这紫光底下,她四肢百骸的抖动,衣袖裳角的飞扬,还有歌喉的振颤,这声色光影的大舞动,像天雨百花,地喷彩泉,我是目迷神昏,心里渐渐遗忘了一切。她像天使翼翅般的大袖口,时常飞过我面前作一停顿,那美丽的手就把杯劝我喝,我不知喝了多少杯,但是杯中还是满满的。

"彩,停罢,你辛苦了。"

"是叫彩姐?真个也辛苦了。也请喝一杯吧。"

我高举了手中的杯,望着舞得香汗淋淋用手帕在拭拂她项颈的侍女。她只微笑,并不回答我话。

"那末,彩你喝了吧。也是人家的好意。"

侍女过来接了我手中的杯子,一气喝干了,却再满酌了一杯敬我,我也就喝下去,她仍站在我旁边把着酒瓶。现在我开始感到对面坐的像萍的女人,有非凡的诱惑力了,彩那样十五六岁的美少女,是只能作为观赏的对象,在神志清楚一切道德的栏栅不曾破弃时,原是很适当憧憬的目标,但一到了感情狂热的时刻,便不能有什么吸引力了。这时是要有非凡肉感的体躯,成熟了的女性特有的芳香,才有引力的。她鲜红的,润泽的,像爱神背着的弓一般的,适合于给人接吻的嘴唇;灵活的,深黑的,像黑水晶一般晶亮的勾魂摄魄的眼睛;芙蓉花般艳丽,天鹅绒般软和,香喷喷的面孔,还有花笑般的眉,鸟歌般的鼻,配给人拥抱的胸腰,丰丽的肩膀,俊秀的手臂,都是发出她们的欢呼,散开她们的幽香,招我的魂灵,迷醉我的心神,我像看见了满山红桃的猴子,一时心神混乱,手足无措起来。

女人仍是坦然地坐着,一毫也不曾觉到我心神上变化似的,仍旧和我闲谈着,我一味是唯唯诺诺地应着顺着,实在不知道她说着什么。眼睛只注视着她的身体,蛇对着蛙一般地耽视她的红唇,猫对着老鼠一般地守着她的胸口,老虎对着肥羊一般地望着她的腰围,手也不再去触着酒杯,眼也不再邪视身旁的彩姐,但身上的血像沸腾那样奔跃起来。

"急什么! 我说过到了此地,就是此地的主人,一切都可以照你的意思的,只要你能遗忘过去,不管将来。"

女子冷冷的调子,自然是早已看破我的心中了,我感着一点震惊,心想她莫非是什么妖怪,否则便是有读心术的。但是她仍是那样好看的面上,并不曾现示出什么意思,是极端的坦白的美,像观音菩萨的高坐在莲台,浴在晓日的金光之中。我再要从她面上去看出她的旨意来,却像是不可逼视的旭日一般,她头顶像传说中的仙佛一般放着光华,使得人眼目昏眩。我低了头沉思了。但是想的也昏昏沉沉不知是什么,像野马在荒山里乱跑,蝴蝶做着在万花丛里纷飞的梦一般。不过那个女人有诱惑力,却是清楚可以感到的,这也许是因诱惑力的发动,而是要酝酿出什么来的时候,像暴风雨之前的闷热,像天地将分之际的混沌。这低气压罩蒙在我头上,像眼前遮拦着一层黑雾,像心上牢紧着千斤重锤,像冬眠动物的蛰伏在泥中;但是我开头有些蠢蠢思动了。可是女人觉得我的又来了长时间的沉默迟钝吧。

"为什么又这样了,这回是让我来劝酒吧。"

她说了这话之后,对侍女做个手势,侍女走去按了电铃,室内的光线忽然变成了浅绛,同时钱塘江潮头一般惊涛骇浪的齐鸣,高扬一下鼓声,接着悠悠扬扬的四部合奏的管弦乐,好像在这室的四壁上,很欢喜地清楚嘹亮地响出。这爽朗人心的乐声,不知是从那里传出,如同手可以抓得住一般的清晰,像一支雄壮的精兵在太阳光中整队前进。我心神顿然一振,这已看见她从对面的坐椅中站起,轻松地掼脱她的外衣,露出了全个华美的肉身,抬起了双臂一飞一跳地开始舞了。

她穿的是轻纱的舞衣,隐约可以窥见丰艳的肌肉,袖只有二寸长,露出全个美丽的膀子,底下是赤裸着足,短裙却齐到膝头,青色裙打着无数的裥,像古代原始人的围着簇密的树叶,金色衣在淡红的光中,映出了胸前的最神秘最美丽的丰隆。舞,像杨柳枝在春风里,像小鱼儿在清波里,忽然像云端里月亮的亭亭,忽然像龙狮争斗般奋疾,像天边白云一般悠悠,像风中落叶一般回旋,缓慢地急速地合着乐声的节奏挥动跃跳徐行盘旋。我见过奈齐木伐的舞,我见过特尼斯的舞,我见过哈卜洛夫的舞,我见过藤间静子的踊,我看过不少的歌舞剧,但是她的舞踊,又是完全不同的,是另辟蹊径独创一格的东西,很有个人性的独到处的艺术。那凭证是我看了很觉欢畅,像我的心也跟着她舞一样。

她有时会旋风一般地跳到我面前,举起我的酒杯凑到我唇边,等我干了杯中的酒。再斟满了放下,跳开去又是发疯一般地舞起来,我被她灌了几杯之后,真有点来不得了,头脑混混沉沉起来,眼皮也像重起来。但是她的跳舞益加巧妙了,在醉乱一般的乐声中,她像一团振动的花束,像五色的霓虹团团转,像千万道霞光照在一面镜子上反射出来,我眼目发眩,看不清楚了。到后真个像了一片色和光的振动,一团美丽无限的云霞,有她的面孔或手臂或足腿在其中倏隐倏现,乐声益加轻捷悠细了。这一团的云霞逐渐浓厚起来,光彩益加鲜艳复杂起来,我觉得眼睑十分沉重,头脑更加糊糊模模,只听得乐声像幽微而远去了,心上倒安静起来,我进到了无所知无所觉的境地。

回醒转来时,我觉得口里有一种酒后特殊的不快,发见自己是睡在床上,叔琴是坐在对面的床沿喷着烟。举起手来觉得浑身乏力,取出表来看却已是近十一点钟了,地点是在上晚定的神州旅社的室中。我想想昨夜的经过,心中糊涂起来,就问叔琴,

"叔琴,你昨夜是什么地方去了?"

"你醒了么?你是那里去了呢?到了三点钟才来,而且醉得人事不醒,由人家送来的,我和那个茶房像抬猪一般扶你上来,你到底怎么了?"

"我是这样来的么?自己也不知道,真有点奇怪。但是你到什么地方去呢?"

"我到赌场去了。买了烟回转身来,你已经不在汽车里了,我叫你也没有回答,你到底什么地方去了呢?我曾找了不少时候。"

"我坐车子里不曾动,你一下车,车子就开了,我喊也不听,后来到了很奇怪的地方,等我休息一回再讲给你听吧,你后来怎样呢?"

"我是以为你故意逃走了,这是你时常实行的一种手段,所以找一趟不见,我就一个人去了。回来时你还不在旅馆中,我有点奇怪,就坐着等你,到了三点钟,才说你喝醉了,有人送你回来。"

"你知道怎么样一个人送我回来的?"

"这倒没有看清楚,问他在什么地方喝,他说在朋友家里,问你自知,我也不曾多问,你到底是在什么地方呢?"

"说来话长呢。"

我起身来洗过脸之后,还是四肢无力宿醉未醒的样子,我又在床上横了一回,我们不到正午,就出了旅馆,我一个人就雇车回江湾,一回来真疲倦,又上床睡了。到了晚饭时才被人叫醒来,还是很乏力的样子。

后来叔琴又问我那一晚的经过,我原原本本说给他听,他也很觉得奇怪很觉得有趣,并且说:

"我们可以去访出那地方来,有那电灯的广告牌可以做我们探查的目标。"

"是的。那是黑夜里,那字眼很清楚,是横着的美丽牌香烟,和红绿交替字的红绿舞场四个较小的直字,我不会记错。我也很有心思想去看个究竟,那一天毕竟是酒后,我总还有看不清楚的地方。我想在上海地方要找出这样广告牌来,

难固然不免,但总不是不可能的。"

"自然,你应该确实去查出来,这也是发见你的萍有一手段。"

"不过是不是萍,我却不敢断言。因为我有充分的理由相信可怜的萍已经不在人世了。不过那个人真也太像了,这是我很不放心的。请你也随处给我留心着那地方吧。

"当然的,我也想去看哩。"

后来我曾告诉了许多朋友,托他们留心找这样两块相并的广告牌,但是到现在为止,没有人来报告我已经找到;我自己虽则在上海到处的路上留心,也不曾碰见,每大报上留心舞场的广告,舞场的消息,也不曾有红绿舞场的名称,探问喜舞的很熟悉上海情形的友人,也不曾有人说知道这个红绿舞场在什么地方的。但是上海总有那个地方,那地方总有个像萍的女人,是我十分确信而无论如何不能使我取消的,现在不过不曾找到罢了。即使永久找不到,我还相信它的存在。

十八年六月

【阅读提示】

章克标也是文学史上长期被遗忘的作家。他 20 世纪 30 年代初版的散文集《文坛登龙术》曾受到鲁迅严厉批判。

所选小说将现代都市比作仙境,那种秘密的高大建筑、娱乐会所就是仙窟。小说写的不是老式的妓院,这一点已与旧式海派文学(一般归之为鸳鸯蝴蝶派文学)区别开来,与之相适应,小说的唯美情趣也与旧式海派文学有别。但是小说艺术表现上不如新感觉派前卫,思想意识和审美格调上不如左翼海派高雅,这就影响了它的价值。

【延伸阅读作品与参考文献】

1. 章克标:《做不成的小说》(小说),见陈福康、蒋山青编《章克标文集》(上),上海社会科学出版社 2003 年版。

2. 王无为:《上海淫业问题》,福建教育出版社 2016 年版。

3. 郁慕侠:《上海鳞爪》,上海书店出版社 1998 年版。

4. 杨剑龙:《上海文化与上海文学》有关章节,上海人民出版社 2007 年版。

【思考与练习】

从这篇小说看章克标的都市审美趣味。

银　蛇

章克标

【阅读提示】

《银蛇》,长篇小说,上海金屋书店 1929 年 1 月初版。新时期以来较早出现的版本是 1993 年 12 月华东师范大学出版社推出的"中国现代言情小说大系"之一种,建议阅读。

这部小说在艺术上并无创新之处,但是因为以郁达夫对王映霞的追求为生活素材,塑造了一个沉迷于女性的爱恋与肉体美,出入于戏馆妓院,甚至大搞同性恋的中年小说家形象邵逸人,明显影射了郁达夫,而在当时文坛产生了较广泛的影响。另外,小说中,影射王映霞的伍雪昭也被塑造成一个非常美貌而又虚荣、情感游移的女性形象。

当年郁达夫追求王映霞是怎样的状况? 这部小说可以提供一定的事实,证之于孙伯刚的《郁达夫外传》,其中不少细节也是一致的。如以伍昭雪的名义给邵逸人写信,说她去杭州了,逗引邵逸人也急急地跳火车去追赶,孙伯刚的《郁达夫外传》里也是这样叙述的。

小说对现实生活中人物和事物多有影射,除邵逸人指郁达夫,伍雪昭指王映霞外,沈培根指《郁达夫外传》的作者孙伯刚,张岂杰指章克标自己,胜图指滕固,卞元寿指方光焘,葛摩石指郭沫若,狮虬社指狮吼社,作新社指创造社等。

因为章克标也钟情于王映霞,自然与郁达夫就成了"情敌",所以小说在塑造邵逸人的时候虽然力求客观,但还是能让人感觉到作者对邵逸人的不满,在叙事和描写中,就不免丑化、取笑之处,这是小说艺术格调受影响的地方。

【延伸阅读作品与参考文献】

1. 章克标:《世纪挥手·牵涉郁、王恋爱》(回忆录),见陈福康、蒋山青编《章克标文集》(下),上海社会科学院出版社 2013 年版。

2. 孙百刚:《郁达夫外传》,浙江人民出版社 1982 年版。

3. 许凤才:《郁达夫与王映霞》,人民出版社 2012 年版。

【思考与练习】

郁达夫与徐志摩堪称现代文学史上浪漫主义的双璧,二者也在婚恋上惹出不少事情,请你查找资料谈谈对他们婚外恋的认识。

蚀

茅　盾

【阅读提示】

　　《蚀》是茅盾的小说处女作,也是中外研究者都高度评价的一部作品,包括三个中篇:《幻灭》《动摇》《追求》。《幻灭》连载于 1927 年《小说月报》第 18 卷第 9至第 10 号,1928 年 8 月商务印书馆初版;《动摇》从 1928 年 1 月始连载于《小说月报》第 19 卷第 1 至第 3 号,1928 年 8 月商务印书馆初版;《追求》从 1928 年 6月始连载于《小说月报》第 19 卷第 6 至第 9 号,1928 年 12 月商务印书馆初版。1930 年 5 月开明书店初次将三部合为一部出版,总题为《蚀》。1954 年人民文学出版社出版修改本,以后的单行本和《茅盾全集》等所收都是这个文本。金宏宇认为修改后的版本与初版本之间发生了某种程度的“‘革命’与‘性’的意义滑变”。

　　茅盾在《从牯岭到东京》中回忆说,“我那时早已决定要写现代青年在革命壮潮中所经过的三个时期:(1)革命前夕的亢昂兴奋和革命既到面前时的幻灭;(2)革命斗争剧烈时的动摇;(3)幻灭动摇后不甘寂寞尚思作最后之追求”。从创作的实际情形来看,作者的创作意图基本上得到了实现,但是也有距离。

　　就都市文学的角度讲,小说确有大量凸显的女性情色描写,但如黄子平在《“灰澜”中的叙述》中所言,其贡献恰在将情色描叙与革命宏大题材结合,提升了情色文学的品格,扩大了情色文学的路向。最重要的是小说成功塑造了一批大胆参加革命,勇敢突破性道德禁区、力求将女性身体的私人性与公共性结合起来、同时又不乏软弱和颓废色彩的“时代女性”形象。具体而言,《幻灭》中章静被同学抱素欺骗失身,代表着都市消费现代性对传统女性身体纯洁性的解构;她对革命的幻灭除客观原因外,还表明她自己的思想性格和身体感觉还无法与公共性的革命交融;章静的同学周定慧被男人欺骗后则迅速转型,身体的私人性与公共性结合,对男人报复,对社会革命,受害于都市也自由于都市。《动摇》中被人们称为“公妻榜样”、被方罗兰称为女神和“希望的光”的孙舞阳将女性身体的私人性与公共性结合发挥到极点,与娴静、端庄而主要属于传统型的方太太形成鲜明对照。《追求》的生活场景又回到上海,写一批小资产阶级知识分子在大革命失败这一时代悲剧面前不愿意认输,力求再次挥发青春的力量,做些有意义的事情,但是公共性生活丧失,消费都市空间里,人生呈现散乱和颓废,只能做些小事情,但也都一一失败,最后的结果还是幻灭。章秋柳渴望凭着自己的女性身体力量和青春热情拯救张曼青、史循均失败,她不愿意跟着曹志方上山当土匪又说明现代都市人生的魅惑（她的颓废也是这种魅惑的产品），她与赵赤珠、王诗陶喊着"为了一个正大的目的，为了自己的独立自由，即使暂时卖淫也是可以的，合理的"之口号走向上海的大街小巷则代表着女性身体的纯洁性进一步被消费都市吞噬，她们将女性纯洁性的丧失与现代女性人格的获取结合在一起，也表明女性再生与女性从妓、女性颓废之间的奇妙想象。

作品以大手笔烘托、渲染了大时代的动荡，描绘了大规模群众运动的场景，人物心理刻画丰富，某些情绪的渲染和手法的运用具有现代主义文学审美特征。

【延伸阅读作品与参考文献】

1.茅盾：《虹》（小说），人民文学出版社 1983 年版。

2.夏志清：《中国现代小说史》有关章节，广西师范大学出版社 2014 年版。

3.陈建华：《革命与形式——茅盾早期小说的现代性展开（1927—1930）》，复旦大学出版社 2007 年版。

4.金宏宇：《"革命"与"性"的意义滑变——〈蚀〉三部曲的版本比较》，见金宏宇《文本与版本的叠合》，中国社会科学出版社 2013 年版。

【思考与练习】

分析《蚀》中周定慧、孙舞阳和章秋柳形象的都市文化审美特征。

创 造

茅 盾

【阅读提示】

　　《创造》写作于 1928 年 2 月 23 日,原载 1928 年 4 月 25 日《东方杂志》半月刊第 25 卷第 8 号,后收入作者第一个短篇小说集《野蔷薇》,大江书铺 1929 年 7 月初版。推荐阅读 1994 年 8 月开明书店出版的《野蔷薇》中的文本。

　　茅盾在《写在〈野蔷薇〉的前面》解释《野蔷薇》中的"五篇小说都穿了'恋爱'的外衣。作者是想在各人的恋爱行动中透露出各人的阶级的'意识形态'。这是个难以奏效的企图。但公允的读者或者总能够觉得恋爱描写的背后是有一些重大的问题吧"。确实如此,茅盾总是想强调他的一切小说创作背后均有重大企图(革命企图),说明作家创作定位之高,但是也如他所说"这是个难以奏效的企图"。不过如果将作家所祈求的"重大企图"从一般革命意识形态中解脱开来,从人生的另外一些空间解索,也许意义一下子就丰富重要起来。如《写在〈野蔷薇〉的前面》里就说,作家是在想张扬一种"现在"精神,不感伤于过去,不空夸着将来,而是清醒地"凝视现实,分析现实,揭破现实",勇敢面对、大胆前行精神。从这个角度言,《创造》的意义就彰显了。

　　小说将这种"现在"精神赋予一个女性的成长过程中,塑造了一个年轻、美貌、刚健、进取而又活泼、开放的女性形象。她原是丈夫君实的表妹,君实对于现实中的女性都不满意,决定创造一个,让她读书,带她参加各种社会活动,教她各种交际手段,结果娴娴迅速成长,超过丈夫。一天,当君实还在空想中的时候,她竟独自前行了。小说将革命、现代、都市、女性糅合,塑造了与《蚀》中的周定慧、孙舞阳、章秋柳同属一个系列但又有自己特点的"时代女性"形象。

　　有的研究者认为这篇小说与作家的个人生活有关。就是茅盾的妻子孔德沚原来没有多少文化,仅认得自己的姓"孔"等极少数文字,也不清楚从家乡乌镇离上海远呢,还是离北京远。嫁到茅盾家后,由茅盾的母亲和茅盾共同为她补习,后来也上过学,参加当时上海妇女运动,可是孔德沚性情始终与茅盾的期望有很大差别。所以一些研究者认为茅盾通过这篇小说表达了一种对"创造"的失望。

【延伸阅读作品与参考文献】

　　1.茅盾:《野蔷薇》(小说集),开明书店 1994 年版。

　　2.张霖:《革命者的隐秘心理分析——重读茅盾的短篇小说〈创造〉》,《人文丛刊》2009 年刊。

3.李玲:《易性想象与男性立场——茅盾早期小说中的性别意识分析》,《中国文化研究》2002 年第 2 期。

【思考与练习】

与鲁迅《伤逝》中的子君相比,这篇小说中的娴娴具有什么特点? 你认为娴娴这个人物的塑造成功吗? 为什么?

子　夜（节选）①

茅　盾

一

太阳刚刚下了地平线。软风一阵一阵地吹上人面，怪痒痒的。苏州河的浊水幻成了金绿色，轻轻地，悄悄地，向西流，流。黄浦的夕潮不知怎么的已经涨上了，现在沿这苏州河两岸的各色船只都浮得高高地，舱面比码头还高了约莫半尺。风吹来外滩公园里的音乐，却只有那炒爆豆似的铜鼓声最分明，也最叫人心兴奋。暮霭挟着薄雾笼罩了外白渡桥的高耸的钢架，电车驶过时，这钢架下横空架挂的电车线时时爆发出几朵碧绿的火花。从桥上向东望，可以看见浦东的洋栈像巨大的怪兽，蹲在暝色中，闪着千百只小眼睛似的灯火。向西望，叫人猛一惊的，是高高地装在一所洋房顶上而且异常庞大的 Neon 电管广告，射出火一样的赤光和青磷似的绿焰：Light，Heat，Power！

这时候——这天堂般五月的傍晚，有三辆一九三○年式的雪铁笼汽车像闪电一般驶过了外白渡桥，向西转弯，一直沿北苏州路去了。

过了北河南路口的上海总商会以西的一段，俗名唤作"铁马路"，是行驶内河的小火轮的汇集处。那三辆汽车到这里就减低了速率。第一辆车的开车人轻声地对坐在他旁边的一身黑拷绸衣裤的彪形大汉说：

"老关！是戴生昌罢？"

"可不是！怎么你倒忘了？您准是给那只烂污货迷昏了啦！回头——看！一顿揍！"

老关也是轻声说，露出一口好像连铁梗都咬得断似的大牙齿。他是保镖的。此时汽车戛然而止，老关忙即跳下车去，摸摸腰间的勃郎宁，又向四下里瞥了一眼，就过去开了车门，威风凛凛地站在旁边。车厢里先探出一个头来，紫酱色的一张方脸，浓眉毛，圆眼睛，脸上有许多小疱。看见迎面那所小洋房的大门上正有"戴生昌轮船局"六个大字，这人也就跳下车来，一直走进轮船局去。老关紧跟在后面。

"云飞轮船快到了么？"

紫酱脸的人傲然问，声音宏亮而清晰；他大概有四十岁了，身材魁梧，举止威严，一望而知是颐指气使惯了的"大亨"。他的话还没完，坐在那里的轮船局办事员

---

① 原由开明书店 1933 年 1 月初版；现选自该小说初版本。

霍地一齐站了起来，内中有一个瘦长子堆起满脸的笑容抢上一步，恭恭敬敬回答：

"快了，快了！三老爷，请坐一会儿罢。——倒茶来。"

瘦长子一面说，一面就拉过一把椅子来放在三老爷的背后。三老爷脸上的肌肉一动，似乎是微笑，对那个瘦长子瞥了一眼，就望着门外。这时三老爷的车子已经开过去了，第二辆汽车补了缺，从车厢里下来一男一女，也进来了。男的是五短身材，微胖，满面和气的一张白脸。女的却高得多，也是方脸，和三老爷有几分相像，但颇白嫩光泽。两个都是四十开外的年纪了，但女的因为装饰入时，看来至多不过三十左右。男的先开口：

"荪甫，就在这里等候么？"

紫酱色脸的荪甫还没回答，轮船局的那个瘦长子早又陪笑说：

"不错，不错，姑老爷。已经听得拉过回声。我派了人在那里看守，专等船靠了码头，就进来报告。顶多再等五分钟，五分钟！"

"呀，福生，你还在这里么？好！做生意要有长心。老太爷向来就说你肯学好。你有几年不见老太爷罢？"

"上月回乡去，还到老太爷那里请安。——姑太太请坐罢。"

叫做福生的那个瘦长男子听得姑太太称赞他，快活得什么似的，一面急口回答，一面转身又拖了两把椅子来放在姑老爷和姑太太的背后，又是献茶，又是敬烟。他是荪甫三老爷家里一个老仆的儿子，从小就伶俐，所以荪甫的父亲——吴老太爷特嘱荪甫安插他到这戴生昌轮船局。但是荪甫他们三位且不先坐下，眼睛都看着门外。门口马路上也有一个彪形大汉站着，背向着门，不住地左顾右盼；这位是姑老爷杜竹斋随身带的保镖。

杜姑太太轻声松一口气，先坐了，拿一块印花小丝巾，在嘴唇上抹了几下，回头对荪甫说：

"三弟，去年我和竹斋回乡去扫墓，也坐这云飞船。是一条快船。单趟直放，不过半天多，就到了，就是颠得厉害。骨头痛。这次爸爸一定很辛苦的。他那半肢疯，半个身子简直不能动。竹斋，去年我们看见爸爸坐久了就说头晕——"

姑太太说到这里一顿，轻轻吁了一口气，眼圈儿也像有点红了。她正想接下去说，猛的一声汽笛从外面飞来。接着一个人跑进来喊道：

"云飞靠了码头了！"

姑太太也立刻站了起来，手扶着杜竹斋的肩膀。那时福生已经飞步抢出去，一面走，一面扭转脖子，朝后面说：

"三老爷，姑老爷，姑太太；不忙，等我先去招呼好了，再出来！"

轮船局里其他的办事人也开始忙乱；一片声唤脚夫。就有一架预先准备好的大藤椅由两个精壮的脚夫抬了出去。荪甫眼睛望着外边，嘴里说：

"二姊，回头你和老太爷同坐一八八九号，让四妹和我同车，竹斋带阿萱。"

姑太太点头,眼睛也望着外边,嘴唇翕翕地动:在那里念佛!竹斋含着雪茄,微微地笑着,看了荪甫一眼,似乎说"我们走罢"。恰好福生也进来了,十分为难似的皱着眉头:

"真不巧。有一只苏州班的拖船停在里挡——"

"不要紧。我们到码头上去看罢!"

荪甫截断了福生的话,就走出去了。保镖的老关赶快也跟上去。后面是杜竹斋和他的夫人,还有福生。本来站在门口的杜竹斋的保镖就作了最后的"殿军"。

云飞轮船果然泊在一条大拖船——所谓"公司船"的外边。那只大藤椅已经放在云飞船头,两个精壮的脚夫站在旁边。码头上冷静静地,没有什么闲杂人;轮船局里的两三个职员正在那里高声吆喝,轰走那些围近来的黄包车夫和小贩。荪甫他们三位走上了那"公司船"的甲板时,吴老太爷已经由云飞的茶房扶出来坐上藤椅子了。福生赶快跳过去,做手势,命令那两个脚夫抬起吴老太爷,慢慢地走到"公司船"上。于是儿子,女儿,女婿,都上前相见。虽然路上辛苦,老太爷的脸色并不难看,两圈红晕停在他的额角。可是他不作声,看看儿子,女儿,女婿,只点了一下头,便把眼睛闭上了。

这时候,和老太爷同来的四小姐蕙芳和七少爷阿萱也挤上那"公司船"。

"爸爸在路上好么?"

杜姑太太——吴二小姐,拉住了四小姐,轻声问。

"没有什么。只是老说头眩。"

"赶快上汽车罢!福生,你去招呼一八八九号的新车子先开来。"

荪甫不耐烦似的说。让两位小姐围在老太爷旁边,荪甫和竹斋阿萱就先走到码头上。一八八九号的车子开到了,藤椅子也上了岸,吴老太爷也被扶进汽车里坐定了,二小姐——杜姑太太跟着便坐在老太爷旁边。本来还是闭着眼睛的吴老太爷被二小姐身上的香气一刺激,便睁开眼来看一下,颤着声音慢慢地说:

"芙芳,是你么?要蕙芳来!蕙芳!还有阿萱!"

荪甫在后面的车子里听得了,略皱一下眉头,但也不说什么。老太爷的脾气古怪而且执拗,荪甫和竹斋都知道。于是四小姐蕙芳和七少爷阿萱都进了老太爷的车子。二小姐芙芳舍不得离开父亲,便也挤在那里。两位小姐把老太爷夹在中间。马达声音响了,一八八九号汽车开路,已经动了,忽然吴老太爷又锐声叫了起来:

"《太上感应篇》!"

这是裂帛似的一声怪叫。在这一声叫喊中,吴老太爷的残余生命力似乎又复旺炽了;他的老眼闪闪地放光,额角上的淡红色转为深朱,虽然他的嘴唇簌簌地抖着。

一八八九号的开车人立刻把车煞住,惊惶地回过脸来。苏甫和竹斋的车子也跟着停止。大家都怔住了。四小姐却明白老太爷要的是什么。她看见福生站在近旁,就唤他道:

"福生,赶快到云飞的大餐间里拿那部《太上感应篇》来!是黄绫子的书套!"

吴老太爷自从骑马跌伤了腿,终至成为半肢疯以来,就虔奉《太上感应篇》,二十余年如一日;除了每年印赠而外,又曾恭楷手抄一部,是他坐卧不离的随身法宝!

一会儿,福生捧着黄绫子书套的《感应篇》来了。吴老太爷接过来恭恭敬敬摆在膝头,就闭了眼睛,干瘪的嘴唇上浮出一丝放心了的微笑。

"开车!"

二小姐轻声喝,松了一口气,一仰脸把后颈靠在弹簧背垫上,也忍不住微笑。这时候,汽车愈走愈快,沿着北苏州路向东走,到了外白渡桥转弯朝南,那三辆车便像一阵狂风,每分钟半英里,一九三〇年式的新纪录。

坐在这样近代交通的利器上,驱驰于三百万人口的东方大都市上海的大街,而却捧了《太上感应篇》,心里专念着文昌帝君的"万恶淫为首,百善孝为先"的诰诫,这矛盾是很显然的了。而尤其使这矛盾尖锐化的,是吴老太爷的真正虔奉《太上感应篇》,完全不同于上海的借善骗钱的"善棍"。可是三十年前,吴老太爷却还是顶括括的"维新党"。祖若父两代侍郎,皇家的恩泽不可谓不厚,然而吴老太爷那时却是满腔子的"革命"思想。普遍于那时候的父与子的冲突,少年的吴老太爷也是一个主角。如果不是二十五年前习武骑马跌伤了腿,又不幸而渐渐成为半身不遂的毛病,更不幸而接着又赋悼亡,那么现在吴老太爷也许不至于整天捧着《太上感应篇》罢?然而自从伤腿以后,吴老太爷的英年浩气就好像是整个儿跌丢了;二十五年来,他就不曾跨出他的书斋半步!二十五年来,除了《太上感应篇》,他就不曾看过任何书报!二十五年来,他不曾经验过书斋以外的人生!第二代的"父与子的冲突"又在他自己和苏甫中间不可挽救地发生。而且如果说上一代的侍郎可算得又怪僻,又执拗,那么,吴老太爷正亦不弱于乃翁;书斋便是他的堡寨,《太上感应篇》便是他的护身法宝,他坚决的拒绝了和儿子妥协,亦既有十年之久了!

虽然此时他已经坐在一九三〇年式的汽车里,然而并不是他对儿子妥协。他早就说过,与其目击儿子那样的"离经叛道"的生活,倒不如死了好!他绝对不愿意到上海。苏甫向来也不坚持要老太爷来,此番因为土匪实在太嚣张,而且邻省的共产党红军也有燎原之势,让老太爷高卧家园,委实是不妥当。这也是儿子的孝心。吴老太爷根本就不相信什么土匪,什么红军,能够伤害他这虔奉文昌帝君的积善老子!但是坐卧都要人扶持,半步也不能动的他,有什么办法?他只好让他们从他的"堡寨"里抬出来,上了云飞轮船,终于又上了这"子不语"的怪物——汽车。正像二十五年前是这该诅咒的半身不遂使他不能到底做成"维新党",使他不得不对老侍郎的"父"屈服,现在仍是这该诅咒的半身不遂使他又不能"积善"到底,使他不得不对新式企业家的"子"妥协了!他就是那么样始终演着悲剧!

但毕竟尚有《太上感应篇》这护身法宝在他手上,而况四小姐蕙芳七少爷阿萱一对金童玉女,也在他身旁,似乎虽入"魔窟",亦未必竟堕"德行",所以吴老太爷闭目养了一会神以后,渐渐泰然怡然睁开眼睛来了。

汽车发疯似的向前飞跑。吴老太爷向前看。天哪!几百个亮着灯光的窗洞像几百只怪眼睛,高耸碧霄的摩天建筑,排山倒海般地扑到吴老太爷眼前,忽地又没有了;光秃秃的平地拔立的路灯杆,无穷无尽地,一杆接一杆地,向吴老太爷脸前打来,忽地又没有了;长蛇阵似的一串黑怪物,头上都有一对大眼睛,放射出叫人目眩的强光,啵——啵——地吼着,闪电似的冲将过来,准对着吴老太爷坐的小箱子冲将过来!近了!近了!吴老太爷闭了眼睛,全身都抖了,然而,没有什么。他惊异地再睁开眼来,却依旧是那样大眼睛放凶光的黑怪物,啵——啵——地吼着,吼着,准对了他冲过来,冲过来!……如果他没有那该死的半肢疯,他一定会跳起来罢,可是不能动的他却只能软瘫在弹簧坐垫上。他觉得他的头颅仿佛是在颈脖子上旋转;他眼前是红的,黄的,绿的,黑的,发光的,立方体的,圆锥形的,——混杂的一团,在那里跳,在那里转;他耳朵里灌满了轰,轰,轰!轧,轧,轧!啵,啵,啵!叫人心跳出腔子似的猛烈嘈杂的声浪!

不知经过了多少时候,吴老太爷悠然转过一口气来,有说话的声音在他耳边动荡:

"四妹,上海也不太平呀!上月是公共汽车罢工,这月是电车了!上月底共产党在北京路闹事,捉了几百,当场打死了一个。共产党有枪呢!听三弟说,各工厂的工人也都不稳。随时可以闹事。时时想暴动。三弟的厂里,三弟公馆的围墙上,都写满了共产党的标语……"

"难道巡捕不捉么?"

"怎么不捉!可是捉不完。啊哟!真不知道那里来的这许多不要性命的人!——可是,四妹,你这一身衣服实在看了叫人笑。这还是十年前的装束!明天赶快换过罢!"

是二小姐芙芳和四小姐蕙芳的对话。吴老太爷猛睁开了眼睛,只见左右前后都是像他自己所坐的那种小箱子——汽车。都是静静地一动也不动。横在前面不远,却像开了一道河似的,从南到北,又从北到南,匆忙地杂乱地交流着各色各样的车子;而夹在车子中间,又有各色各样的男人女人,都像有鬼赶在屁股后似的跌跌撞撞地快跑。不知从什么高处射来的一道红光,又正落在吴老太爷身上,像是浴在血水中了。

这里正是南京路同河南路的交叉点,所谓"抛球场"。东西行的车辆此时正在那里静候指挥交通的红绿灯的命令。

"二姊,我还没见过三嫂子呢。我这一身乡气,真惹她笑痛了肚子罢。"

蕙芳轻声说,偷眼看一下父亲,又看看左右前后安坐在汽车里的时髦女人。芙芳笑了一声,拿出手帕来抹一下嘴唇。一股浓香直扑进吴老太爷的鼻子,似乎痒痒地怪难受。

"真怪呢!四妹。我去年到乡下去过,也没看见像你这一身老式的衣裙。"

"可不是。乡下女人的装束也是时髦得很呢,但是父亲不许我——"

像一枝尖针刺入吴老太爷迷惘的神经,他心跳了。他的眼光本能地瞥到二小姐芙芳的身上。他第一次意识地看清楚了二小姐的装束;虽则尚在五月,却因今天骤然闷热,二小姐已经完全是夏装:淡蓝色的薄纱紧裹着她的壮健的身体,一对丰满的乳房很显明地突出来,袖口缩在臂弯以上,露出雪白的半只臂膊。一种说不出的厌恶,突然塞满了吴老太爷的心胸,他赶快转过脸去,不提防扑进他视野的,又是一位半裸体似的只穿着亮纱坎肩,连肌肤都看得分明的时装少妇,高坐在一辆黄包车上,翘起了赤裸裸的一只白腿,简直好像是没有穿裤子。"万恶淫为首!"这句话像鼓槌一般打得吴老太爷全身发抖。然而还不止此。吴老太爷眼珠一转,又瞥见了他的宝贝阿萱却正张大了嘴巴,出神地贪看那位半裸体的妖艳少妇呢!老太爷的心卜地一下狂跳,就像爆裂了似的再也不动,喉间是火辣辣地,好像塞进了一大把的辣椒。

此时指挥交通的灯光换了绿色,吴老太爷的车子便又向前进。冲开了各色各样车辆的海,冲开了红红绿绿的耀着肉光的男人女人的海,向前进!机械的骚音,汽车的臭屁,和女人身上的香气,Neon 电管的赤光,——一切梦魇似的都市的精怪,毫无怜悯地压到吴老太爷朽弱的心灵上,直到他只有目眩,只有耳鸣,只有头晕!直到他的刺激过度的神经像要爆裂似的发痛,直到他的狂跳不歇的心脏不能再跳动!

呼卢呼卢的声音从吴老太爷的喉间发出来,但是都市的骚音太大了,二小姐,四小姐和阿萱都没有听到。老太爷的脸色也变了,但是在不断的红绿灯光的映射中,谁也不能辨别谁的脸色有什么异样。

汽车是旋风般向前进。已经穿过了西藏路,在平坦的静安寺路上开足了速率,半英里一分钟。路旁隐在绿荫中射出一点灯光的小洋房连排似的扑过来,一眨眼就过去了。五月夜的凉风吹在衣襟上,猎猎地作响。四小姐蕙芳像是摆脱了什么重压似的松一口气,对阿萱说:

"七弟,这可长住在上海了。究竟上海有什么好玩,我只觉得乱烘烘地叫人头痛。"

"住惯了就好了。近来是乡下土匪太多，大家都搬到上海来。四妹，你看这一路的新房子，都是这两年内新盖起来的。随你盖多少新房子，总有那么多的人来住。"

二小姐接着说，打开她的红色皮包，取出一个粉扑，对着皮夹上装就的小镜子便开始汽车上的化妆。

"其实乡下也还太平。谣言还没有上海那么多。七弟，是么？"

"太平？不见得罢！两星期前开来了一连兵，刚到关帝庙里驻扎好了，就向商会里要五十个年青女人——补洗衣服；商会说没有，那些八太爷就自己出来动手拉。我们隔壁开水果店的陈家嫂不是被他们拉了去么？我们家的陆妈也是好几天不敢出大门……"

"真作孽！我们在上海一点不知道，我们只听说共产党要掳女人去公。"

"我在镇上就不曾见过半个共匪。就是那一连兵，叫人头痛！"

"吓，七弟，你真糊涂！等到你也看见，那还得了！竹斋说，现在的共匪真厉害，九流三教里，到处全有防不胜防。直到像雷一样打到你眼前，你才觉到。"

这么说着，二小姐就轻轻吁一声。四小姐也觉毛骨悚然。只有不很懂事的阿萱依然张大了嘴胡胡地笑。他听得二小姐把共匪说成了神出鬼没似的，便觉得非常有趣；"会像雷一样的打到你眼前来么？莫不是有了妖术罢！"他在肚子里自问自答。这位七少爷今年虽已十九岁，虽然长的极漂亮，却因为一向就做吴老太爷的"金童"，很有几分傻。

此时车上的喇叭突然呜呜地叫了两声，车子向左转，驶入一条静荡荡的浓荫夹道的横马路，灯光从树叶的密层中洒下来，斑斑驳驳地落在二小姐她们身上。车子也走得慢了。二小姐赶快把化妆皮夹收拾好，转脸看着老太爷轻声说：

"爸爸，快到了。"

"爸爸睡着了！"

"七弟，你喊得那么响！二姊，爸爸闭了眼睛养神的时候，谁也不敢惊动他。"

但是汽车上的喇叭又是呜呜地连叫三声，最后一声拖了个长尾巴。这是暗号。前面一所大洋房的两扇乌油大铁门霍地荡开，汽车就轻轻地驶进门去。阿萱猛的从坐位上站起来，看见苏甫和竹斋的汽车也衔接着进来，又看见铁门两旁站着四五个当差，其中有武装的巡捕。接着，砰——的一声，铁门就关上了。此时汽车在花园里的柏油路上走，发出细微的丝丝——的声音。黑森森的树木夹在柏油路两旁，三三两两的电灯在树荫间闪耀。蓦地车又转弯，眼前一片雪亮，耀的人眼花，五开间三层楼的一座大洋房在面前了，从屋子里散射出来的无线电播音台的音乐在空中回翔，咕——的一声，汽车停下。

有一个清脆的声音在汽车旁边叫：

"太太！老太爷和老爷他们都来了！"

从晕眩的突击中方始清醒过来的吴老太爷吃惊似的睁开了眼睛。但是紧抓住了这位老太爷的觉醒意识的第一刹那却不是别的,而是刚才停车在"抛球场"时七少爷阿萱贪婪地看着那位半裸体似的妖艳少妇的那种邪魔的眼光,以及四小姐蕙芳说的那一句"乡下女人装束也时髦得很呢,但是父亲不许我——"的声浪。

刚一到上海这"魔窟",吴老太爷的"金童玉女"就变了!

立刻无线电音乐停止了,一阵女人的笑声从那五开间洋房里送出来,接着是高跟皮鞋错落地阁阁地响,两三个人形跳着过来,内中有一位粉红色衣服长身玉立的少妇袅着细腰抢到吴老太爷的汽车边,一手拉开了车门,娇声笑着说:

"爸爸,辛苦了! 二姊,这是四妹和七弟么?"

同时就有一股异常浓郁使人窒息的甜香,扑头压住了吴老太爷。而在这香雾中,吴老太爷看见一团蓬蓬松松的头发乱纷纷地披在白中带青的圆脸上,一对发光的滴溜溜转动的黑眼睛,下面是红得可怕的两片嘻开的嘴唇。蓦地这披发头扭了一扭,又响出银铃似的声音:

"荪甫! 你们先进去。我和二姊扶老太爷! 四妹,你先下来!"

吴老太爷集中全身最后的生命力摇一下头。可是谁也没有理他。四小姐擦着那披发头下去了,二小姐挽住老太爷的左臂,阿萱也从旁帮一手,老太爷身不由主的便到了披发头的旁边了,就有一条滑腻的臂膊箍住了老太爷的腰部,又是一串艳笑,又是兜头扑面的香气。吴老太爷的心只是发抖,《太上感应篇》紧紧地抱在怀里。有这样的意思在他的快要炸裂的脑神经里通过:"这简直是夜叉,是鬼!"

超乎一切以上的憎恨和忿怒忽然给与吴老太爷以长久未有的力气。仗着二小姐和吴少奶奶的半扶半抱,他很轻松的上了五级的石阶,走进那间灯火辉煌的大客厅了。满客厅的人! 迎面上前的是荪甫和竹斋。忽然又飞跑来两个青年女郎,都是披着满头长发,围住了吴老太爷叫唤问好。她们嘈杂地说着笑着,簇拥着老太爷到一张高背沙发椅里坐下。

吴老太爷只是瞪出了眼睛看。憎恨,忿怒,以及过度刺激,烧得他的脸色变为青中带紫。他看见满客厅是五颜六色的电灯在那里旋转,旋转,而且愈转愈快。近他身旁有一个怪东西,是浑圆的一片金光,荷荷地响着,徐徐向左右移动,吹出了叫人气噎的猛风,像是什么金脸的妖怪在那里摇头作法。而这金光也愈摇愈大,塞满了全客厅,弥漫了全空间了! 一切红的绿的电灯,一切长方形,椭圆形,多角形的家具,一切男的女的人们,都在这金光中跳着转着。粉红色的吴少奶奶,苹果绿色的一位女郎,淡黄色的又一女郎,都在那里疯狂地跳,跳! 她们身上的轻绡掩不住全身肌肉的轮廓,高耸的乳峰,嫩红的乳头,腋下的细毛! 无数的高耸的乳峰,颤动着,颤动着的乳峰,在满屋子里飞舞了! 而夹在这乳峰的舞阵中间的,是荪甫的多疱的方脸,以及满是邪魔的阿萱的眼光。突然吴老太爷又看见这一切颤动着飞舞着的乳房像乱箭一般射到他胸前,堆积起来,堆积起来,重压着重压着,压在他胸脯上,压在那部摆在他膝头的《太上感应篇》上,于是他又听得狂荡的艳笑,房屋摇摇欲倒。

"邪魔呀!"吴老太爷似乎这么喊,眼里迸出金花。他觉得有千万斤压在他胸口,觉得脑袋里有什么东西爆裂了,碎断了;猛的拔地长出两个人来,粉红色的吴少奶奶和苹果绿色的女郎,都嘻开了血色的嘴唇像要来咬。吴老太爷脑壳里梆的一响,两眼一翻,就什么都不知道了。

"表叔! 认得么? 素素,我是张素素呀!"

站在吴老太爷面前的穿苹果绿色 Grafton 轻绡的女郎兀自笑嘻嘻地说,可是在她旁边捧着一杯茶的吴少奶奶蓦地惊叫了一声,茶杯掉在地下。满客厅的人都一跳! 死样沉寂的一刹那! 接着是暴雷般的脚步声,都拥到吴老太爷的身边来了。十几张嘴同时在问在叫。吴老太爷脸色象纸一般白,嘴唇上满布着白沫,头颅歪垂着。黄绫套子的《太上感应篇》拍的一声落在地下。

"爸爸,爸爸! 怎么了。醒醒罢,醒醒罢!"

二小姐捧住了吴老太爷的头,颤抖着声音叫,竹斋伸长了脖子,挨在二小姐肩下,满脸的惊惶。抓住了老太爷左手的荪甫却是一脸怒容,厉声斥骂那些围近来的当差和女仆:

"滚开! 还不快去拿冰袋来么? 快,快!"

冰袋! 冰袋! 老太爷发痧了! ——一叠声传出去。当差们满屋子乱跑。略站得远些的淡黄色衣服的女郎拉住了张素素低声问:

"素! 你看见老太爷是怎么一来就发晕了呢?"

张素素瞪大了眼睛,说不出话来,她的丰满的胸脯像波浪似的一起一伏。那边吴少奶奶却气喘喘地断断续续地在说:

"我捧了茶来,——看见,看见,爸爸——头一歪,眼睛闭了,嘴里出白沫——白沫! 脸色也就完全变了。发痧,发痧……是痰火么? 爸爸向来有这毛病么?"

二小姐一手掐住老太爷的人中,一面急口地追问那呆呆地站着淌眼泪的四小姐:

"四妹,四妹! 爸爸发过这种病么? 发过罢! 你说,你说哟!"

"要是痰火上,转过一口气来,就不要紧了。只要转一口气,一口气!"

竹斋看着荪甫说,慌慌张张地把他那个随身携带的鼻烟壶递过去。荪甫一手接了鼻烟壶,也不回答竹斋,只是横起了怒目前前后后看,一面喝道:"挤得那么紧! 单是这股子人气也要把老太爷熏坏了! ——怎么冰袋还不来! 佩瑶,这里暂时不用你帮忙;你去亲自打电话请丁医生! ——王妈! 催冰袋去!"于是他又对二小姐摆手："二姊，不要慌张！爸爸胸口还是热的呢！在这沙发椅上不是办法，我们先抬爸爸到那架长沙发榻上去罢。"这么说着，也不等二小姐的回答，荪甫就把老太爷抱起来，众人都来帮一手。

刚刚把老太爷放在一张刻丝蓝绒垫子的长而且阔的沙发榻上，打电话去请医生的吴少奶奶也回来了。据她说：十分钟内，丁医生就可以到；而在他未到以前，切莫惊扰病人，应该让病人躺在安静的房里。此时王妈捧了冰袋来。荪甫一手接住，就按在老太爷的前额，一面看着那个站在客厅门口的当差高升说：

"去叫几个人来抬老太爷到小客厅！还有，丁医生就要来，吩咐号房留心！"

忽然老太爷的手动了一下，喉间一声响，就有像是痰块的白沫从嘴里冒出来。"好了"；——几张嘴同声喊，似乎心头松一下。吴少奶奶在张素素襟头抢一方白丝手帕揩去了老太爷嘴上的东西，一面对荪甫使眼色。荪甫皱了眉头。竹斋和二小姐也是苦着脸。老太爷额角上爆出的青筋就有蚯蚓那么粗，喉间的响声更大更急促了，白沫也不住的在冒。俄而手又一动，眼皮有点跳，终于半睁开了。

"怎么丁医生还不来？先抬进小客厅罢！"

荪甫搓着手自言自语地说，回头对站在那里等候命令的四个当差一摆手。四个当差就上前抬起了那张长沙发榻，走进大客厅左首的小客厅；竹斋，荪甫，吴少奶奶，二小姐，四小姐，都跟了进去。阿萱自始就站在那里呆呆地出神，此时像觉醒似的，慌慌张张向四面一看，也跑进小客厅去了。砰——的一声，小客厅的门就此关上。

留在大客厅里的人们悄悄地等候着，谁也不开口。张素素倚在一架华美硕大的无线电收音机旁边，垂着头，看地上的那部《太上感应篇》，似乎很在那里用心思。两个穿洋服的男客，各自据了一张沙发椅，手托住了头，慢慢的吸香烟；有时很焦灼地对小客厅的那扇门看一眼。

电灯光依然柔和地照着一切。小风扇的浑圆的金脸孔依然荷荷地响着，徐徐转动，把凉风送到各人身上，吹拂起他们的衣裙。然而这些一向是快乐的人们此时却有一种不可名状的不安压住在心头。

钢琴旁边坐着那位穿淡黄色衣服的女郎，随手翻弄着一本琴谱。她的相貌很像吴少奶奶，她是吴少奶奶的嫡亲妹子，林二小姐。

呆呆地在出神的张素素忽然像是想着了什么，猛的抬起头来，向四面看看，似乎要找谁说话；一眼看见那淡黄色衣服的女郎正也在看她，就跑到钢琴前面，双手一拍，低声的然而郑重地说：

"佩珊！我想老太爷一定是不中用了！我见过——"

那边两位男客都惊跳起来，睁大了询问的眼睛，走到张素素旁边了。

“你怎么知道一定不中用？”

林佩珊迟疑地问，站了起来。

“我怎么知道？嗳——因为我看见过人是怎样死的呀！”

几个男女仆人此时已经围绕在这两对青年男女的周围了，听得张素素那样说，忍不住都笑出声来。张素素却板起脸儿不笑。她很神秘的放低了声音，再加以申明。

“你们看老太爷吐出来的就是痰么？不是！一百个不是！这是白沫！大凡人死在热天，就会冒出这种白沫来，我见过。你们说今天还不算热么？八十度哪！真怪！还只五月十七，——玉亭，我的话对不对？你说！”

张素素转脸看住了男客中间的一个，似乎硬要他点一下头。这人就是李玉亭：中等身材，尖下巴，戴着程度很深的近视眼镜。他不说“是”，也没说“不是”，只是微微笑着。这使得张素素老大不高兴，向李玉亭白了一眼，她嘬起猩红的小嘴唇，叽叽咕咕地说：

“好！我记得你这一遭！大凡教书的人总是那么灰色的，大学教授更甚。学生甲这么说，学生乙又是那么说，好，我们的教授既不敢左袒，又不敢右倾，只好摆出一付挨打的脸儿嘻嘻的傻笑。——但是，李教授李玉亭呀！你在这里不是上课，这里是吴公馆的会客厅！”

李玉亭当真不笑了，那神气就像挨了打似的。站在林佩珊后面的男客凑到她耳朵边轻轻地不知说了怎么一句，林佩珊就嗤的一声笑了出来，并且把那俊俏的眼光在张素素脸上掠过。立刻张素素的嫩脸上飞起一片红云，她陡的扭转腰肢，扑到林佩珊身上，恨恨地说：

“你们表兄妹捣什么鬼！说我的坏话？非要你讨饶不行！”

林佩珊吃吃地笑着，保护着自己的顶怕人搔摸的部分，一步一步往后退，又夹在笑声中叫道：

“博文，是你闯祸，你倒袖手旁观呢！”

此时忽然来了汽车的喇叭声，转瞬间已到大客厅前，就有一个高大的穿洋服的中年男子飞步跑进来，后面跟着两个穿白制服的看护妇，捧着很大的皮包。张素素立刻放开了林佩珊，招呼那新来者：

“好极了，丁医生！病人在小客厅！”

说着，她就跳到小客厅门前，旋开了门，让丁医生和看护妇都进去了，她自己也往门里一闪，随手就带上了门。

林佩珊一面掠头发，一面对她的表哥范博文说：

“你看丁医生的汽车就像救火车，直冲到客厅前哪！”

“但是丁医生的使命却是要燃起吴老太爷身里的生命之火，而不是扑灭那个火。”

"你又在做诗了么？嘻——"

林佩珊佯嗔地睃了她表哥一眼，就往小客厅那方向走。但在未到之前，小客厅的门开了，张素素轻手轻脚踅出来，后面是一个看护妇，将她手里的白瓷方盘对伺候客厅的当差一扬，说了一个字：水！接着，那看护妇又缩了进去，小客厅的门依然关上。

探询的眼光从四面八方射出来，集中于张素素的脸上。张素素摇头，不作声，闷闷的绕着一张花梨木的圆桌子走。随后，她站在林佩珊他们三个面前，悄悄地说：

"丁医生说是脑充血，是突然受了猛烈刺激所致。有没有救，此刻还没准。猛烈的刺激？真是怪事！"

听的人们都面面相觑，不作声。过了一会儿，李玉亭似乎要挽救张素素刚才的嗔怒，应声虫似的也说了一句：

"真是怪事！"

"然而我的眼睛就要在这怪事中看出不足怪。吴老太爷受了太强的刺激，那是一定的。你们试想，老太爷在乡下是多么寂静；他那二十多年足不窥户的生活简直是不折不扣的坟墓生活！他那书斋，依我看来，就是一座坟！今天突然到了上海，看见的，听到的，嗅到的，那一样不带有强烈的太强烈的刺激性？依他那样的身体，又上了年纪，若不患脑充血，那就当真是怪事一桩！"

范博文用他那缓慢的女性的声调说，脸上亮晶晶的似乎很得意。他说完了，就溜过眼波去找林佩珊的眼光。林佩珊很快地回看他一眼，就抿着嘴一笑。这都落在张素素的尖利的观察里了，她故意板起了脸，鼻子里哼一声：

"范诗人！你又在做诗么？死掉了人，也是你的诗题了！"

"就算我做诗的时机不对，也不劳张小姐申申而詈呵！"

"好！你是要你的林妹妹申申而詈的罢？"

这次是林佩珊的脸上飞红了。她对张素素啐了一声，就讪讪地走开了。范博文毫不掩饰地跟着她。然而张素素似乎感到更悲哀，蹙着眉尖，又绕走那张花梨木的圆桌子了。李玉亭站在那里摸下巴。客厅里静得很。只有小风扇的单调的荷荷的声响。间或飞来了外边马路上汽车的喇叭叫，但也是像要睡去似的没有一丝儿劲。几个男当差像棍子似的站着。王妈和另一个女仆头碰头的在密谈，可是只见她们的嘴唇皮动，却听不到声音。

小客厅的门开了，高大的身形一闪，是丁医生。他走到摆着烟卷的黄铜椭圆桌子边，从银匣里捡了一枝雪茄烟燃着了，吐一口气，就在沙发椅里坐下。

"怎样？"

张素素走到丁医生跟前轻声问。

"十分之九是没有希望。刚才又打一针。"

"今晚上挨不过罢?"

"总是今晚上的事!"

丁医生放下雪茄,又回到小客厅里去了。张素素悄悄地跑过去,将小客厅的门拉上了,蓦地跳转身来,扑到林佩珊面前,抱住了她的细腰,脸贴着脸,一边乱跳,一边很痛苦地叫道:

"佩珊! 佩珊! 我心里难过极了! 想到一个人会死,而且会突然的就死,我真是难过极了! 我不肯死! 我一定不能死!"

"可是我们总有一天要死。"

"不能! 我一定不能死! 佩珊,佩珊!"

"也许你和大家不同,老了还会脱壳;——可是,素,不要那么乱揉,你把我的头发弄成个什么样子! 啊,啊,啊! 放手!"

"不要紧,明天再去一次 Beauty Parlour——哦,佩珊,佩珊! 如果一定得死,我倒愿意刺激过度而死!"

林佩珊惊异地叫了一声,看着张素素的眼睛,这眼睛现在闪着异样兴奋的光芒,和平常时候完全不同。

"就是过度刺激! 我想,死在过度刺激里,也许最有味,但是我绝对不需要像老太爷今天那样的过度刺激,我需要的是另一种,是狂风暴雨,是火山爆裂,是大地震,是宇宙混沌那样的大刺激,大变动! 啊啊,多么奇伟,多么雄壮!"

这么叫着,张素素就放开了林佩珊,退后一步,落在一张摇椅里,把手掩住了脸孔。

站在那里听她们谈话的李玉亭和范博文都笑了,似乎料不到张素素有这意外的一转一收。范博文看见林佩珊还是站在那里发怔,就走去拉一下她的手。林佩珊一跳,看清楚了是范博文,就给他一个娇嗔。范博文翘起右手的大拇指,向张素素那边虚指了一指,低声说:

"你明白么? 她所需要的那种刺激,不是'灰色的教授'所能给与的! 可是,刚才她实在颇有几分诗人的气分。"

林佩珊先自微笑,听到最后一句,她忽然冷冷地瞥了范博文一眼,鼻子里轻轻一哼,就懒洋洋地走开了。范博文立刻明白自己的说话有点被误会,赶快抢前一步,拉住了佩珊的肩膀。但是林佩珊十分生气似的挣脱了范博文的手,就跑进了客厅右首后方的一道门,碰的一声,把门关上。范博文略一踌躇,也就赶快跟过去,飞开了那道门,就唤"珊妹"。

林佩珊关门的声音将张素素从沉思中惊醒。她抬起头来看,又垂下眼去;放在一张长方形的矮脚琴桌上的黄绫套子的《太上感应篇》首先映入她的眼内。她拿起那套书,翻开来看。是朱丝栏夹贡纸端端正正的楷书。卷后有吴老太爷在

"甲子年仲春"写的跋文：

"余既镌印文昌帝君《太上感应篇》十万部，广布善缘，又手录全文……"

张素素忍不住笑了一声，正想再看下去，忽然脑后有人轻声说：

"吴老太爷真可谓有信仰，有主义，终身不渝。"

是李玉亭，正靠在张素素坐椅的背后，烟卷儿夹在手指中。张素素侧着头仰脸看了他一眼，便又低头去翻看那《太上感应篇》。过一会儿，她把《感应篇》按在膝头，猛的问道：

"玉亭，你看我们这社会到底是怎样的社会？"

冷不防是这么一问，李玉亭似乎怔住了；但他到底是经济学教授，立即想好了回答：

"这倒难以说定。可是你只要看看这儿的小客厅，就得了解答。这里面有一位金融界的大亨，又有一位工业界的巨头；这小客厅就是中国社会的缩影。"

"但是也还有一位虔奉《太上感应篇》的老太爷！"

"不错，然而这位老太爷快就要——断气了。"

"内地还有无数的吴老太爷。"

"那是一定有的。却是一到了上海就也要断气。上海是——"

李玉亭这句话没有完，小客厅的门开了，出来的是吴少奶奶。除了眉尖略蹙而外，这位青年美貌的少奶奶还是和往常一样的活泼。看见只有李玉亭和张素素在这里，吴少奶奶的眼珠一溜，似乎很惊讶；但是她立刻一笑，算是招呼了李张二位，便叫高升和王妈来吩咐：

"老太爷看来是拖不过今天晚上的了。高升，你，你打电话给厂里的莫先生，叫他马上就来。应该报丧的亲友得先开一个单子。花园里，各处，都派好了人去收拾一下。搁在四层屋顶下的木器也要搬出来。人手不够，就到杜姑老爷公馆里去叫。王妈，你去收拾三层楼的客房，各房里的窗纱，台布，沙发套子，都要换好。"

"老太爷身上穿了去的呢？还有，看什么板——"

"这不用你办。现在还没商量好，也许包给万国殡仪馆。你马上打电话到厂里叫账房莫先生来。要是厂里抽得出人，就多来几个。"

"老太爷带来的行李，刚才'戴生昌'送来了，一共二十八件。"

"那么，王妈，你先去看看，用不到的行李都搁到四层屋顶去。"

此时小客厅里在叫"佩瑶"了，吴少奶奶转身便跑了回去，却在带上那道门之前，露出半个头来问道：

"佩珊和博文怎么不见了呢？素妹，请你去找一下罢。"

张素素虽然点头，却坐着不动。她在追忆刚才和李玉亭的讨论，想要拾起那断了的线索。李玉亭也不作声，吸着香烟，踱方步。这时已有九点钟，外面园子

144

里人来人往,骤然活动;树荫中,湖山石上,几处亭子里的电灯,也都一齐开亮了。王妈带了几个粗做女仆进客厅来,动手就换窗上的绛色窗纱。一大包沙发套子放在地板上。客厅里的地毯也拿出去扑打。

忽然小客厅里一阵响动以后,就听得杂乱的哭声,中间夹着唤"爸爸"。张素素和李玉亭的脸上都紧张起来了。张素素站起来,很焦灼地徘徊了几步,便跑到小客厅门前,推开了门。这门一开,哭声就灌满了大客厅。丁医生搓着手,走到大客厅里,看着李玉亭说:

"断气了!"

接着苏甫也跑出来,脸色郁沉,吩咐了当差们打电话去请秋律师来,转身就对李玉亭说:

"今晚上要劳驾在这里帮忙招呼了。此刻是九点多,报馆里也许已经不肯接收论前广告,可是我们这报丧的告白非要明天见报不行。只好劳驾去办一次交涉。底稿,竹斋在那里拟。五家大报一齐登!——高升,怎么莫先生还没有来呢?"

高升站在大客厅门外的石阶上,正想回话,二小姐已经跑出来拉住了苏甫说:

"刚才和佩瑶商量,觉得老太爷大殓的时刻还是改到后天上午好些,一则不匆促,二则曾沧海舅父也可以赶到了。舅父是顶会挑剔的!"

苏甫沉吟了一会儿,终于毅然回答:

"我们连夜打急电去报丧,赶得到赶不到,只好不管了;舅父有什么话,都由我一人担当。大殓是明天下午二时,决不能改动的了!"

二小姐还想争,但是苏甫已经跑回小客厅去了。二小姐跟着也追进去。

这时候,林佩珊和范博文手携着手,正从大客厅右首的大餐室门里走出去,一眼看见那乱烘烘的情形,两个人都怔住了。佩珊看着博文低声说:

"难道老太爷已经去世了么?"

"我是一点也不以为奇。老太爷在乡下已经是'古老的僵尸',但乡下实际就等于幽暗的'坟墓',僵尸在坟墓里是不会'风化'的。现在既到了现代大都市的上海,自然立刻就要'风化'。去罢! 你这古老社会的僵尸! 去罢! 我已经看见五千年老僵尸的旧中国也已经在新时代的暴风雨中间很快的很快的在那里风化了!"

林佩珊抿着嘴笑,掷给了范博文一个娇媚的佯嗔。

【阅读提示】

《子夜》最初拟题名为"夕阳",小说初版时扉页上有一句英文题词:"The Twilight:a Romance of China in 1930"(意为:"夕阳:1930 年中国的浪漫史")。

其第一章原以《夕阳》为名,在 1932 年 1 月《小说月报》第 23 卷新年号上发表,杂志刚出样本,就毁于"一·二八"日本侵略战火。1932 年 6、7 月间,第二章和第四章又分别以《火山上》《骚动》为题发表在《文学月报》创刊号和第 2 期上。1933 年 1 月,《子夜》全书由上海开明书店初版。

《子夜》是现代文学名著中修改较多的作品之一。现在印行的差不多都是 1954 年的修改本。推荐阅读《中国新文学大系》(1927—1937)第八集小说集六卷根据初版本排印的文本。

作家在小说初版时扉页上题词:"夕阳:1930 年中国的浪漫史"。就是说,茅盾是将小说当做一部上海传奇来写作的。这是理解《子夜》的关键入口。这样的创作思想和创作意图决定《子夜》不可能是一部典型的现实主义作品,而掺杂了浪漫主义和新浪漫主义的创作意图和创作手法。小说第一章叙写吴老太爷一进上海便死去,极力凸显现代大都市的光、热、力、速度、女性身体景观(如"乳房之舞")和道德退化对于封建传统人生的彻底征服,其艺术情趣和艺术表现与同时代的海派文学——新感觉派文学有明显的异曲同工之妙。小说的其他色情描写如对革命者之间的相互调情描写也较露骨,表明自然主义对于茅盾创作一直影响很深。陈思和说,民国以来的上海书写有两个传统,一个是海派的繁华与腐烂同体的上海书写,一个是左翼的批判性上海书写。《子夜》体现了上海书写的第一个传统,写出了金钱拥有(金融经济)和金钱享受对于都市人生的彻底支配,围绕这一点,小说构设了民族工业资本家吴荪甫与买办资本家赵伯韬等在上海公债交易所的多次斗争,构设了雷鸣(雷参谋)、公债交易所经纪人韩孟翔、风流寡妇刘玉英、交际花徐曼丽、资本家的公子小姐亲戚等人物金钱膜拜和精神退化的人生情景,甚至通过冯眉卿、王妈等乡下人进城后的"变"凸显了现代都市巨大的腐蚀力。但是《子夜》最重要的贡献在于发展了上海书写的第二个传统,并且将这种书写定型。所以,陈思和称《子夜》为"左翼海派文学"的峰顶之作。

许多研究者都看出,《子夜》中吴荪甫形象的塑造带有法国化、理想化的特征。小说极力渲染他是上海机械工业界的大亨、王子、英雄骑士,有爱国心、事业心,有发展工业的能力、才干,但是在中国农村经济破产、帝国主义经济封锁中国、中国封建军阀又只顾自己利益而疯狂割据的情况下,一方面看不起当时中国的政治又利用当时的政客,一方面仇视工农斗争又企图工农为他提供工业发展保证,一方面不满意帝国主义对中国的经济封锁(买办赵伯韬是代表)又不得不与之打交道。最后,在政治混乱、阶级对立与民族对立的困境中终于走向失败。茅盾反复强调,他写这部作品的目的在于通过吴荪甫的命运说明中国在封建主义加资本主义的双重压力下不仅不能走向独立的资本主义道路,反而更加殖民地化了。茅盾的强调带有明显的政治意识形态性,对于当时生活的判断和描写也不能说完全真实,但是《子夜》一定程度上表现了 20 世纪 30 年代前后全球化背景下中国现代民族国家的命运则毋需置疑。张鸿声在《文学中的上海想象》中指出:"经由'五四'、'五卅'运动之后,上海作为帝国主义侵略中国的大本营这一形象益发凸现。这大大不同于清末民初人从'文明'与'堕落'角度对上海的认知。"这时,"关于国家民族与阶级对立的学说,开始引入上海知识"。《子夜》正是在此背景下显豁民族立场和阶级立场。小说第一次较成功塑造大资本家的形象,第一次较具体形象地表现了大都市工人阶级的生活和他们的革命斗争,创建了左翼海派小说的史诗结构,在现代都市文学史上功不可没。

【延伸阅读作品与参考文献】

1.茅盾:《"现代化"的话》《我的学化学的朋友》《上海大年夜》《上海——大都市之一》(散文),见《茅盾全集》第 11 卷,人民文学出版社 1986 年版。

2.陈思和:《论海派文学的传统》,《杭州师范大学学报》社会科学版 2002 年第 1 期。

3.张鸿声:《文学中的上海想象》有关章节,人民出版社 2011 年 1 版。

4.陈晓兰:《文学中的巴黎与上海——以左拉与茅盾为例》,广西师范大学出版社 2006 年版。

5.金宏宇:《中国现代长篇小说名著版本校评》"子夜"篇,人民文学出版社 2004 年版。

6.梁竞男、康新慧:《茅盾小说历史叙事研究》,中国社会科学出版社 2013 年版。

7.左怀建:《令人遗憾的"子夜"人——吴荪甫形象的艺术缺陷及其成因》,《信阳师范学院学报》哲社版 2004 年第 2 期。

8.妥佳宁:《国民党员茅盾的革命"留别"——兼及〈子夜〉对汪精卫国民党改组派的"想象"》,见李怡、蒋德均编《国民革命与中国现代文学》(中),台湾北新市花木兰文化出版社 2015 年版。

【思考与练习】

分析《子夜》对现代都市文学多方面的贡献。

庆云里中的一间小房里[①]

丁 玲

"今晚早些来呵!"阿英迷迷糊糊的在向要走的人说。

要走的人,还站在床头,一手扣衣,一手就又拉帐子。帐子是白竹布的,已变成灰色的了。

"唉,冷呢,人!"阿英用劲的将手摔脱了缩进被窝里去,眼仍然闭着,又装出一个迷人的音调:"你今晚不来时,以后可莫想我怎样好!"

在大腿上又被捻了一下,于是那穿黑大布长褂的瘦长男子,才从床后的小门踅了出去。阿英仿佛听见阿姆在客堂中送着客,然而这有什么关系呢,瞌睡是多么可恋的东西,所以翻过身去,把被压紧一点,又呼呼的睡熟了。

在梦中,她已回到家了,陈老三抱着她,陈老三变得异常有劲,她觉得他比一切男人都好,都能使她舒服,这是她从前在家时所感不出的。她给了他许多钞票,都是十块一张的,有一部分是客人给她的,有一部分是打花会赢的。她现在都给他了。她要同他两人安安静静的在家乡过一生。

在梦中,她很快乐的,她握住两条粗壮的手膀,她的心都要跳了。但不知怎的,她觉得陈老三慢慢的走远了去,而阿姆的骂人的声音,却传了来,娘姨也在大声吵嘴,于是她第二次又被吵醒了。

阿姆骂的话,大都极难听。娘姨也旗鼓相当,毫不让人。好在阿英一切都惯了,也不觉得那些话,会怎样该只有为他人而卖身体的自己来难过。她只觉得厌烦,她恨她们扰了她,她在心里也不忘要骂她们一句娘,翻转身来又想睡。

但间壁房里也发出很粗鲁的声音来,她知道间壁的客人还没走,她想:"阿姐这样老实,总有一天会死去的。"她想叫一声阿姐,又怕等下阿姐起了疑心,反骂她不好,所以她又把被盖齐顶,还想睡去。

娘姨的声浪,越大了。说阿姆欠她好多钱。本说定五块里要拿一块的,怎么只给十只小洋;三块的是应给六毛的,又只给四毛。她总不能通宵通宵的在马路上白站?

阿姆更咬定不欠她,说她既然这样要钱,怎么又不拉个客人去卖一次呢?后来几乎要动武了,于是相帮的,大阿姐,……都又夹杂在里面劝和;她们骂的话,

---

①作者丁玲(1904—1986),原名蒋冰之,湖南临澧人。现代著名女作家、左翼作家,部分作品具有鲜明的都市文学倾向。该篇作品原载1929年1月10日《红黑》创刊号,后收入作者小说集《自杀日记》,上海光华书局1929年5月初版;现选自该小说集初版本。

越痛快,相劝的笑声就更高。

阿英虽说把被蒙了头,却也并不遗漏的都听清了,几次还也随着笑了的。间壁的人呢,又仿佛是在另一世界。相骂却不与他们相干,所以也仍然凶凶闹着。阿英想:无论怎样也不能再睡着了。于是又把头伸出来,掀开了帐子看:房子是黑黑的,有一缕光从半扇玻璃窗射进来,半截落在红漆的小桌上,其余的一块就变成灰色的嵌在黑地板上了。而且有一大口浓痰正在那亮处。阿英看不出时间的早晏来,于是大声喊:

"什么时候了呢? 吵,吵死人呀!"

没有人回答,也没有人听见。

于是阿英又放下帐子,大睁着眼躺着。她看见帐顶上又加了两块新的痕迹,有茶杯大,还是湿的。她又发现枕头上也多了一块痕迹,已快干了。她想把枕头翻个边,又觉手无力,懒得动弹,而且那边也一样脏,所以也就算了。她奇怪为什么这些男人都不好干净。只有一次,是二点多钟了,她只想转家来睡时,却忽然遇见一个穿洋服的后生趑趑趄趄的在她后面,于是她走慢了一步去牵他,他就无声的跟着她来了,娘姨也笑他傻子,阿姆也笑他,自己也觉得好笑。在夜里,他抱了她,他把嘴去吻她全身,她拒绝了。她握着他手时,只觉得那手又尖,又瘦,又薄,他衣服穿得多干净呵,他出气多么细小呵。说了以后来,但到今都不见。不过她又觉得,不来也好,人虽说干净,又斯文,只是多么闷气啊! 她又想到这毛手人,一月来了,总是如此,间三四天总来一次的,人是丑,但有铜钱呀,而且……阿英笑了。她把手放在自己胸上摸着,于是越觉得疲倦了。

这时阿姆又在客堂中大喊着:

"阿英懒鬼,挺尸呀,一点了,还不起来!"

大阿姐已跳到床前,用一个指头在脸上划着羞她。她伸手一扳,大阿姐就伏下身来了,刚刚压在她身上,大阿姐简直叫了起来:"哎,死鬼!"而且接着就笑了:"亲热得呢!"

阿英搂着她的头,在她耳边悄悄的说着:"间壁……"

于是两人都笑了。

大阿姐更来打趣她,定要到被窝里来。

娘姨也在喊:"不喝稀饭,就没有的了。"

这时间壁房里的阿姐走了过来,她两人都又笑了。

阿姐坐在床边前,握着她两人的手,像有许多话要说。阿英于是又腾出一块地方来,要她睡。她不愿,只无声的坐着,并看她两人。两人都是各具有一张快活的脸。

阿姊说:"我真决不定,还是嫁人好呢,还是做生意好。"

陈老三的影子,不觉的又涌上了阿英的心;阿英很想得嫁陈老三那样的人,所以阿英说:"既然可以嫁人,为什么不好呢?"而阿姐的那客人,矮矮胖胖的身个,扁扁麻麻的脸孔也就显了出来。心里又觉得好笑,若要自己去嫁他,是不高兴的。因此她又把话变了方向:"只要人过得去。"

阿英叹息了:"唉,好人还来讨我们吗?"

大阿姐还仍旧笑着别的,她却想到刚才的梦去了。

直到阿姆又跑近来骂,她才懒懒的抬起了身子。并且特意要放一点刁,她请阿姆把靠椅上的一件花布旗袍递给她。阿姆因为她做生意很贴力,有些地方总还特别的宽容了她。但递衣给她时,却做了一个极难看的脸子给阿姐。

当她走到客堂时,娘姨已早不是先骂架时的气概了,一边剥胡豆,一边同相帮作鬼脸,故意的摇曳着声音说:

"我俚小姐干净呢,我俚小姐格米汤交关好末哉……"

相帮拿起那极轻薄的眼光来望着她笑。她扑到娘姨身上去,不依。娘姨反更"阿哟哟"的笑了起来。她隔肢娘姨,娘姨因怕痒,才赔了礼。她饶了她,坐在旁边也来剥胡豆。而陈老三又来扰着她了。她别了家乡三年多了,陈老三是不是已变得像梦中那样呢?假使他晓得她在上海是干这等生涯,他未必还肯同她像从前那样好吧,或且他早已忘了她,他定早已接亲了。于是她决定明天早些起来去请对门的那老拆字人写封信去问问。她又后悔怎么不早写信去;她又想起都是因为早先太缺少钱了。想到钱,所以又在暗暗计算近来所藏积起来的家私。原存六十元,加昨夜那毛手人给的五元和这三天来打花会赢的八元是一共七十三。那戒指不值什么,可是那珠子却很好呀,至少总值二十元吧,再加上那小金丝练,十六元,是又三十六元了。而且过几天,总可以再向冤桶要点的。假使陈老三真肯来,就又从别处再想点法。他有一百多,两百,也就够了。只是……

她想了许多可怕的事,于是她把早晨做的梦全打碎了。她还好笑她蠢得很,怎么会想到陈老三来?陈老三就不是个可以拿得出钱赎她的人!而且他真个能吗,想想看,那是什么生活,一个种田的人,能养得起一个老婆么?纵是,他愿意挤了夜晚当白天,而那寂莫的耿耿的长天,和黑夜,她一人将如何去度过?她不觉的笑出声来。

阿姆正经过,看见她老呆着,就问她,又喊她去梳头。

她拿出梳头匣,就把发髻解开来,发是又长,又多,又黑,象水蛇一样,从手上一滑就滑下来了。而一股发的气息,又夹杂得有劣等的桂花油气,便四散来。她好难梳,因为虽说油搽得多,但又异常滞。阿姆看得无法,只好过来替她梳。她越觉得她想嫁陈老三的不该。阿姆不打她,又不骂她,纵然是有时没客,阿姆总还笑着说:"也好,你也歇歇吧。"她从镜中看见阿姆的脸正在她头上,脸是尖形的,眼皮上有个大疤。眉头是在很少的情形中微微蹙着了。她想问一声早上娘姨吵架的事,又觉得怕惹是非,娘姨是说不定什么时候都可以跳进来再吵的。

于是她只问：

"阿姆，昨夜你赢了吗，我要吃红的！"

"吃黑呢，只除了人没输去，什么都精光了。背了三个满贯，五个清一色。见了大头鬼，一夜也没睡，早饭也没吃，刚散场，那娼妇娘姨真不识相，她还问我要钱呢。"

阿英仿佛倒觉得阿姆很可怜起来。她想她实在可以一人站在马路上无须要娘姨陪，不是阿姆还可省去一人的开销吗？

她很安慰了阿姆，阿姆也耐心耐烦的替她梳头，她愿意把头发剪去，但是阿姆总说剪了不好看。

是吃夜饭的时候了，算是这一家顶热闹的时候，大家都在一团。一张桌，四面围起，她们姊妹是三人。阿姆同娘姨，及相帮，相帮就是阿姆的侄子，是三满碗菜，很丰盛的，有胡豆雪里红汤，有青菜，有豆腐。她是三年来了，每天只有这顿饭吃，中午时能起得早，则可以吃一碗用炒黄豆咽稀饭。到夜里是哪怕就站到天亮，阿姆也不能管这些，自己去设法吧，有许多人就专门替她们预备得有各种宵夜的在，只要有几个私下积的钱。或者有相熟的朋友，虽无力来住夜，然而这小东道也舍得请客的，因为在这之中，他们也可以从别的揩油方法中，去取回那宵夜的代价的。阿英喜欢吃青菜，筷筷往碗里夹，两个阿姐也喜欢吃，说是像肥肉，阿姆不给她们肉吃的，说是对门的小婵子胖就是因为从前在家里吃多了肉，不过每夜阿姆都要吃六毛钱一个的蹄膀，却不知为什么只见更瘦下来了。

把饭一吃完，几人便忙着去打扮，灯又不亮，粉又粗，镜子又坏，粉老拍不匀，你替我看，我替你看，才慢慢弄妥贴了。各人都换上一套新衣服，像要走人家去吃喜酒一样。第一是大阿姐先同娘姨走了。阿姐是不肯去，说她那客人八点就会来的，但阿姆不准，说客人来了，会去叫她的，为什么做生意这样不起劲，所以阿姐苦着脸也走了。她看见阿姆生了气，就也跑出房去追阿姐，而阿姆却喊住了她。她笑着说：

"我想也早点出去去看看。"

"蠢东西，且等一会儿吧。"阿姆声音很柔和，她想她比起阿姐来，她应当感激。阿姆教了她许多米汤，阿姆说昨晚来的这毛手客是个土客。她想该同阿姆一条心来对付这很喜欢她的人。在这时阿姆爱她只有超过一个母亲去爱她女儿的。她很觉得有趣，她不会想到去骗一个人有什么不该。是阿姆喜欢这样呀！

早上的梦，她全忘了。那于她无益。她为什么定要嫁人呢？说吃饭穿衣，她现在并不愁什么，一切都由阿姆负担了。说缺少了一个丈夫，然而她夜夜并不虚过呀！而且这只有更能觉得有趣的……她什么事都可以不做，除了去陪一个男人睡，但这事并不难，她很惯于这个了。她不会害羞，当她陪着笑脸去拉每位不认识的人时。她现在是颠倒怕过她从前曾有过，又曾渴想过的一个安分的妇人的生活。她同阿姆两人坐在客堂的桌旁,灯光虽黯澹,谈话却异常投机,所以不觉的就又是十点的夜间了。

客是仍不来,钟又敲过十一点。

她很疲倦,她几次这样问阿姆:

"阿姆,你看呢,他一定不来了。他从没有连夜的来过的。他的话信不得呢!"阿姆总说再等等看吧。

后来,阿姐回来了,且带来那有意娶她的客,矮矮胖胖的身体,扁扁麻麻的面孔。她不觉心急了。她不会欢喜那矮男人的,然而,她很怕,她们住得太邻近了,当中只隔一层薄板,而他们又太不知顾忌,她怕她们将扰得她不能睡去,所以她又说:

"阿姆,我还是在外面去看看吧。"

但阿姆却不知为什么会这样痛惜她,说时候已不早了,未见得会有好人,就歇一晚也算了。

她终究要出去,说是纵然已找不到能出五元一夜的,就三元或二元也成,免得白过一晚。这话是替阿姆说的,阿姆觉得这孩子太好了。又懂事,很欢喜,也就答应了,只叮咛太拆烂污了的还是不要,宁肯少赚两个钱。

外面很冷,她走了,她一点也不觉得,先时的疲倦已变为很紧张很热烈的兴奋了。当她一想到间壁的阿姐时,她便固执的说,她总不能白听别人一整夜的戏。这是精灵的阿姆所还未能了解的另外一节。

马路上的人异常多,简直认不出是什么时候。姊妹们见她来了,就都笑脸相迎。她在转角处碰见了娘姨和大阿姐,她们正在吃莲子稀饭。于是她也买了一碗,站在墙根边吃。稀饭很甜,又热,她两手捧着,然而也并不忘去用两颗活泼的眸子钉打过路的行人。

【阅读提示】

丁玲是现代第一个真正具有女性意识的作家,这篇小说也可作为一个很好的个案。

小说写阿英为了生活来到上海,来到上海后又做了妓女。这样的题材放在鲁迅、巴金、曹禺笔下,阿英就成了被侮辱与被损害、值得同情的对象,但是在丁玲笔下,阿英竟很快适应了这种生活,再后来竟然将妓院当做自己的家了,再也不愿意嫁回农村去了。小说大胆触及女性的欲望问题,并且给予肯定的描写,这让人想起陈思和主编《文学中的妓女形象》"序"中的一段话:"写妓女的小说,除了惯常的写法,即作家用人道主义的真诚和愤怒来写社会卖淫现象,把妓女写作被侮辱与被损害者以外,当还别有一种写法:作家首先是着眼于妓女作为一个女人所展示的心理特征,以刻划人物的言行。因此这一类作品面对这一可耻的社会印记,在谴责之外,表现出更为复杂的态度。"显然,这种"复杂的态度"当包括妓女作为一个正常的女人的自然欲望的彰显。丁玲这种书写是要宣告女性的欲望权,客观上就构成对男性欲望权的挑战。难怪上个世纪 40 年代张爱玲、苏青们表示对现代女作家就只佩服早期的丁玲(见 1944 年 3 月 16 日上海"杂志"社组织的"女作家聚谈会")。

【延伸阅读作品与参考文献】

1.丁玲:《莎菲女士的日记》《阿毛姑娘》(小说),见《丁玲全集》第 3 卷,河北人民出版社 2001 年版。

2.陈智慧:《身体自主性——丁玲〈在庆云里中的一间小房里〉的身体叙事》,《云梦学刊》2010 年第 6 期。

3.郜元宝、孙洁主编:《三八节有感——关于丁玲》,北京广播学院出版社 2000 年版。

4.刘传霞:《论现代文学叙述中妓女形象的谱系与话语模式》,《妇女研究论丛》2008 年第 1 期。

5.左怀建:《丁玲与四十年代海派女性小说》,《中华女子学院学报》2002 年第 6 期。

【思考与练习】

如何理解这篇小说中阿英在都市的人生感受和最后的去留选择?

冲出云围的月亮

蒋光慈

【阅读提示】

蒋光慈(1901—1931),安徽霍邱(今安徽金寨县)人。中国现代革命文学的先驱,著有诗集《新梦》《哀中国》,小说《少年漂泊者》《短裤党》《冲出云围的月亮》《丽莎的哀怨》和《田野的风》等。仅这里所列举的五部小说就有四部以上海为题材,因此作家在现代都市文学方面也有一定开拓。

《冲出云围的月亮》是一部中篇小说,写作于1929年,1930年1月由北新书局初版时署名"华维素",同年2月二版时开始署名"蒋光慈"。推荐阅读1982年11月上海文艺出版社出版的《蒋光慈文集》里的版本。

小说叙述曾经参加大革命的王曼英在大革命失败后,为了生存不得不暂时委身于北方一乡下土财主,之后利用这财主对自己的迷恋让他拿出路费来到上海。生活发生危机,她又利用自己的美色上街去勾引官僚政客、富商巨贾、少年小开等,并将他们轻易玩弄于股掌之中。王曼英企图通过这种方式向当时丑恶、肮脏的社会现实复仇,但是一次她遇到了原来的未婚夫柳遇秋,受到刺激。危机之下,她又遇到真正的革命者李尚志,在李尚志的引导下终于重回正确的革命道路。小说中李尚志承担男性拯救者和政治拯救者双重使命,但在王曼英重回革命道路的过程中,让我们看到新时代女性向丑恶社会宣战的新姿态、新方式,其大胆、魅惑而又不乏风情与茅盾笔下的"时代女性"有异曲同工之妙。

【延伸阅读作品与参考文献】

1.蒋光慈:《丽莎的哀怨》(小说),新世界出版社2003年版。

2.(日)小川利康:《蒋光慈旅日前后的蜕变:〈丽莎的哀怨〉与〈冲突云围的月亮〉之故事结构比较》,《当代外语研究》2011年第6期。

3.顾广梅:《女性成长的另类书写——重读〈丽莎的哀怨〉和〈冲出云围的月亮〉》,《名作欣赏》2006年第12期。

4.(美)刘剑梅:《革命与情爱:二十世纪中国小说史中的女性身体与主题重述》,郭冰茹译,上海三联书店2009年版。

【思考与练习】

比较这篇小说中主人公王曼英与茅盾小说《蚀》中时代女性形象的异同。

二　马

老　舍

【阅读提示】

老舍(1899—1966),原名舒庆春,字舍予,北京人。现代"京味小说"的开拓者和代表者,既不同于京派,也有别于海派。

《二马》1929 年 5 月始,连载于《小说月报》第 20 卷第 5 至第 12 号,1931 年 4 月长沙商务印书馆初版。这里之所以选择《二马》作为老舍现代都市小说的代表,是因为《二马》主要是书写伦敦所代表的英国现代文化精神,以此反照中国传统的劣根性,体现了一定现代都市文化审美意向。推荐阅读 1980 年 11 月人民文学出版社出版《老舍文集》第一卷中根据初版本校勘的文本。

从民族对立的角度看,老舍笔下的伦敦是一个深受东方主义毒害,因而对中华民族极端蔑视、冷酷、不人道的都市。在伦敦,西部居住的是贵人、富人,东部居住的是穷人、贱人,其中,来自中国的工人和学生多半住在东伦敦的中国城。"没钱到东方旅行的德国人,法国人,美国人,到伦敦的时候,总要到中国城去看一眼,为是找些写小说,日记,新闻的材料。""中国城要是住着二十个中国人,他们的记载一定是五千;而且这五千黄脸鬼是个个抽大烟,私运军火,害死人把尸首往床底下藏,强奸妇女不问老少,和做一切至少该千刀万剐的事情。作小说的,写戏剧的,作电影的,描写中国人全根据着这种传说和报告。然后看戏,看电影,念小说的姑娘,老太太,小孩子,和英国皇帝,把这种出乎情理的事牢牢地记在脑子里,于是中国人就变成世界上最阴险,最污浊,最讨厌,最卑鄙的一种两条腿儿的动物!"但是,从超民族的角度看,老舍笔下的伦敦又是世界上最现代、美好、值得骄傲的都市。自然风景洁净、优美,四季如春;公共空间人人平等,相互关照,特别是可以自由言说,私人空间充满文化气息;报纸、广告在都市生活中充当重要传播作用;人们的独立精神和创业能力突出,而且不回避对金钱的热爱,坚持"时间就是金钱";年轻人的恋爱是自由的,衣着是时尚的;大街上终年是繁华的、热闹的,物产丰富的。

《二马》与所有现代域外题材文学一样,体现一种民族内外的矛盾心态。

【延伸阅读作品与参考文献】

1.老舍:《英国人》《我的几个房东——留英回忆之二》《东方学院——留英回忆之三》(散文),见《老舍全集》第 14 卷"散文·杂文",人民文学出版社 2013 年版。

2.谢昭新:《论老舍笔下的伦敦都市文化景观》,见杨剑龙主编《老舍与都市文化》,广西师范大学出版社 2012 年版。

3.沈庆利:《中西文化的聚光镜——老舍〈二马〉论》,《中国现代文学研究丛刊》1999 年第 1 期。

4.(英)彼得·阿克罗伊德:《伦敦传》,翁海贞译,译林出版社 2016 年版。

【思考与练习】

分析这篇小说中的伦敦想象。

热情之骨①

刘呐鸥

午后的街头是被闲静浸透了的,只有秋阳的金色的鳞光在那树影横斜的铺道上跳跃着。从泊拉达那斯的疏叶间漏过来的蓝青色的澄空,掠将颊边过去的和暖的气流,和这气流里的不知从何处带来的烂熟的栗子的甜的芳香,都使着比也尔熏醉在一种兴奋的快感中,早把出门时的忧郁赶回家里去了。他觉得浑身的热力奔流,好像有什么不意的美满在前头等着他似的,就把散步的手杖轻轻地漫拖着走。

可是这时从他肩膀摩擦过去的两个白帽蓝衣的女尼,却把他唤到故国家乡的幻影里去了。也是这一样天清气朗的太阳之国,地中海的沿岸。他走的是一条赭褐色的岩边的小径。旁边是这些像吃饱了日光,在午梦里睡觉着的龙舌兰。前面的空际是一座巍巍地耸立着的苍然的古城,脚底下的一边,接近断崖深处,是一框受着吉夫拉尔达尔那面夕阳反照的碧油油的海水。杂草间微风把罗马时代的废址的土味送过来。他仿佛听了喷泉边村里汲水的女儿们嬉笑的声音。然而他好像感觉到了什么气味似的,忽在一片光亮的玻璃前住步了。

玻璃的近旁弥漫着色彩和香味。玻璃的里面是一些润湿而新鲜的生命在歌唱着。玫瑰花和翠菊,满身披着柔软的阳光正在那儿谈笑。好乐的丁香花也同那怕羞的 Marguerite 老是不依地吵闹着。只是瓶里头的郁金香却伸着懒腰,张开大口,打着呵欠,想抽空睡一睡午觉。比也尔在棕榈的后面看见一个女性的背影,便由一扇半开着,写着"Say it with flowers"的金字的小门进去。

——你这儿是有香橙花的吗,姑娘?

从花的围墙中跳起来的是一个花妖似的动人的女儿。

—— 你要香橙花吗,先生?那你不到温室里去是没有的。

一对圆睁睁的眼波,比也尔心头跳了一下。

——是的吗? 可是诱惑我进来的确是香橙花香呵。

——啊,先生是不是刚喝过可可? 你试闻一闻这花看哪,可不是仿佛有那种香?

她把一朵从这些渊明菊,Cineraire 的中间拾起来的大轮金盏花拿到她这买

---

①作者刘呐鸥(1900—1939),祖籍台湾台南,日本长大并接受教育,20 世纪 30 年代新感觉派代表作家之一,其创作成为现代都市文学的正式开端。该篇作品原载 1928 年 12 月《熔炉》创刊号,后收入作者小说集《都市风景线》,上海水沫书店 1930 年 4 月初版;现选自该小说集初版本。

花客的刮得光滑可爱，刀迹苍然的下颏去。

比也尔向后稍退，把手杖从腋下拿了下来说，

——不错，正是这个。可是你怎么说我刚喝了可可？

——······

比也尔只看见红海里浮出两扇的白帆，并听见人鱼答应的声音。比也尔再用眼光催促着她。

——呃，我只觉得在甜蜜的兴奋之后，闻了这金盏花，似乎有那种相近香橙花香的。

——哟，姑娘，你像是从春神的花园里出来的。

比也尔从没见过像在他襟前纤弱地动着的那样秀腻的小手。他想，把这朵金盏花换了这一只小手，常挂在胸前观赏可不是很有趣的吗？他想把栗动着的嘴唇凑近去时，那小手已经缩回去了。

——我看你好像很是热爱着香橙花的呢，先生？

——哼，香橙花吗？我对你说。我家乡的小村是围聚在橙树的绿林中的。住在村里，四时可以闻见微风把橙香和鸟声一块送过来。而且我也曾在阳光和暖的橙树下献给了真实的心肠，也曾在橙香微醉里尝了红唇儿的滋味。我每喝香橙水，闻到了那种芳烈的气味，就想起一对像地中海水一样地碧绿的眼睛。

——喝，那么好的地方吗？西班牙？意大利？

——Non！Le Midi！Southern France！

——啊！Riviera，Côte d'azur 吗，蜜月旅行最好的？我以前也很想······但现在，······

这时携着小孩的妇人的顾客进来了。

——那么，再会！这朵天竺牡丹也插去吧！今年是天竺牡丹在墨西哥发见的第三百五十年。

比也尔抱着爽朗的感情走出了花店时，听见背后金丝雀叫了两三声。街头依然晒着澄媚的秋光。

比也尔还是个二十四五岁的青年。他是生在常年受着太阳的恩惠的法国南方的。那对闪烁的眼底下的深窝，表着他奔放的热情。那延到深棕色的头发上去的白皙的额角，表着他的无限的想像力，他在自己的村里学好了一些写和读，就被人送到中部一个城里的僧侣书院。他的童年时代的大部就在这庄严的高墙中过去的。在那里他天天只是在拉丁文的古籍中埋着头，对着正统的教义研磨。但是在这少年郁勃的胸中，就是有了有多么宏大的罗马文化，处女受胎的故事也是不能生出效力的。他要求的并不是没生命的过去，他的愿望确是自然切实的现在。于是他的感情便学着院内那些攀墙摸壁的藤蔓的样，爬过那层厚重的墙垣了。他时常利用假期回南方去，在青空下跟着同年辈的异性如同大地上的野兽

似的自然地游戏。完结了这沉重的过程，他便上都城巴黎去。在这儿，几年间，他的心神并不全是在专门的政治教典上的，他学了在卢森堡公园干恋爱的方法。他也跟着了同学，朋友们追逐酒店的女儿。在郊外的 Bois de Boulogne 的晨星下掠夺女同学的处子之夸，也算是他这几年间所收获的一个。

　　然而在这几年间他到底得到了什么呢！他的精神不是依然饥饿着吗？虽然一踏进酒店，夜光杯里是充满着莱茵地方的美酒，台子上就有浓艳的女脚跳着癫痫性的却尔斯顿，结局听说往时一到冬天从附近的树林就有豺狼出来咬人的巴黎市的灰色的昊空，是他厌恶的。他仰慕着日光，仰慕着苍穹下的自由。就使这儿几年间所得到的一些像罩住赛纳河上的北方的水雾一般的印象和感觉一时消灭了去，他也是丝毫不感到怜惜的。所以他就和毕业同时弃掉了那灰雾里的都市，到这西欧人理想中的黄金国，浪漫的巢穴的东洋来了。

　　但是一来之后，他是大半为之失望了的。他觉得手里拿着铁铲的白色禽兽满挤在黄金国的门口。来不上半年，就有同僚的一个先辈，为了经济上的目的，说少壮的外交官是不应该孤零一个人的，拿着一个近视眼的女儿强迫着他娶做妻子。所以他这一年来的外国生活都是不愉快的事情居多。但是他不绝望。他觉得一定有像罗谛小说中一样的故事，或是女性在什么他不晓得的地方等着他。

　　这就在今天实现了。他真不相信这么动人，这么可爱的菊子竟会这么近在眼前。他想一想，觉得她的全身从头至尾差不多没有一节不是可爱的。那黑眸像是深藏着东洋的热情，那两扇真珠色的耳朵不是 Venus 从海里生出的贝壳吗？那腰的四围的微妙的运动有的是雨果诗中那些近东女子们所没有的神秘性。纤细的蛾眉，啊！那不任一握的小足！比较那动物的的西欧女是多么脆弱可爱啊！这一定是不会把蔷薇花的床上的好梦打破的。比也尔一想到这儿只觉得心头跳动。

　　比也尔的两脚再被揪到那间小花店里去的是隔天的下午。

　　可是比也尔在那儿寻出的却是一个四五岁的小女。小女量一量他的样子，就做着手势，口里像说，

　　——姊姊吗？就来了。

　　不一会她真来了。她认出了是他，便露出满脸的笑容，表示着无上的欢迎说，

　　——是先生吗？再给你一朵金盏花儿好吗，大轮的？

　　比也尔还未答应便双手拿一个办事室用的小皮包，献出一个结着红丽绷的美丽的盒子。

　　——这是马尔塞的巧格力糖，同小妹妹来吃吃吧！

　　她开了的口，片刻不能合了下来。但是她并不客气地说，

　　——谢谢你，先生。可是我不知道这样破费你好不好。

三人就在凤尾草的吊盆下赏起马尔塞庖丁的腕力来。尤其是小妹妹,好像急遽地觉得这碧眼的洋先生一时亲密起来了一样,大块小块尽管吃。

——马尔塞的巧格力糖听说有初恋的滋味,你相信吗!

——那我不大知道,可是我记得我们女学校的朋友们都把巧格力糖当做一种接吻的代名词。

——啾,啁,啁啾。

金丝雀像说着"我也要吃"似的叫了两三声。

吃也吃完,谈笑也谈饱了的这天黄昏时候,比也尔只得了她明天同去看日戏的应诺,就匆匆地离开了那家芸芳满室的花店。

戏院的路是通着菜馆的,菜馆的路又通着舞场。就是那郊外处处好驱车的坦平的道路也不像同这些没有连接的。何况又在这秋光澄媚的时候呢? 由过去的一个月,比也尔已知道了金发的女儿所喜欢的,黑发的女儿也无不喜欢。她现在已经向他开口就"比也尔! 比也尔,啊,比也尔"的叫了起来了。然而这一个月间,关于女人自身,比也尔所得到的知识却很少。他只知道了她也和碧眼的女儿一样欢喜吃糖果,欢喜喝混合酒,欢喜看蹴球的比赛,和她以前也曾在市内的外国人办的学堂里念过好几年书,经过很奢华的生活。至于她的家庭怎么样呢,比也尔是不明白的。她似乎不大愿意说,比也尔也怕听见她这样可爱的女人有了脸黄骨枯,终日躺在床上对着小红灯的父亲,和跑起路来恰像水鸭陆行的母亲。那个小妹妹又怎么同她住在一块,这也是他愿意知道而不知道的。然而他所关心的究竟是她一个人。他若能够时常听见她那讲起外国话来有特别魅人的声音。能够不时看见那对神秘的黑眼睛,他是什么都可以不问的。

一天晚上,从影戏院出来,比也尔便把那娇小的身体夹到月明的河岸上去了。岸旁是一只大型的摩托船待着他们。

渴了的喉咙,一杯的威司基曹达使他们苏生了。阿尔哥尔把他们从银幕所受的幻影赶了出来。她说船里太暖,把那缎子的薄外套脱了下来,就在窗边柔软的坐褥上躺下。

船穿过了两条新月形的大桥,一直向河口驶去。夜半的水上是寂无人声的。月光使水面跳着金色的鱼鳞。从船窗望去,蒙雾里的大建筑物的黑影恰像是都会的妖怪。大门口那两盏大头灯就是一对吓人的眼睛。

——这儿好了吧! 觉得青草的气味吗?

从司机室出来的比也尔说,

——不,桂花吧! 什么地方呢?

——海岸公园的下面。

比也尔看见她两个眼圈被体内的热气烘得粉红,便接着说,

——把这灯熄了吧,凉爽一点。

她的轮廓在淡黄色的月光里浮映出来了。头发是小冈上的疏草。

——你看那颗金星哪,不是不时都孤零吗?我以前就像它,但是自从得到了你之后,我就有了领前的明灯了。你知道我是热爱着你的。

比也尔把她搂在怀里,在她的头发上印下了嘴唇。这样寂静的半夜,身在月明的船上,与爱人共感着同一的脉搏,他觉得世间的一切都消沉了。橙树的香风也吹不到他的身边,巴黎的雾景也唤不起他心弦上的波纹。他只觉这是天上并非人间。

——Ma cheérie,你不冷吧!

她摇头,疏发下只是醉眼朦胧。

这时比也尔的内面好像一道热汤滚了起来一样。他觉得从她颈部升上来的一种暖气是不能忍耐的。他心头一跳,便把她软绵绵的身体放在坐褥上,喘出几个声音来。

——Ma cheérie,我……

在那强大的压迫的下面,那脆弱的身体像要溃碎了。她并不抵抗,只以醉眼望着他。但是忽然樱桃一破,她说,给我五百元好么?

比也尔一时好像从头上被覆了一盆冷水一样地跳了起来。他只是跪在椅褥下,把抱着腰围的两手放松,半晌不能讲出半句话来。他想,梦尽了,热情也飞了,什么一切都完了。他真猜不出这女人为什么在这个时候说出这种话来。我的爱人竟个是常人以下的娼妇吗?他不能相信自己了。幻灭,落胆,他只好在玫瑰路中彷徨了。并不是金钱的问题,五百元也不够买自己想买给她的钻石的戒指。他想她真是在打趣他。他觉得自己真是可怜,同时又觉得一种愤怒,眼圈即时热将起来。半晌他站起来默默地开了灯;走进司机室里去。寂静的水上被发动机的声音打破了。这时女人也已经爬了起来,整好纷乱的衣衫,披上了外套,出神地,默坐在那苍青半明的灯光下。

高层的建筑物造成的午夜的深巷的铺道上。两个黑影寂寞地走去了。比也尔觉得那天上的月亮也在笑他。他那里预想得到这身边的有灵魂的人物竟是一块不值三文的肉块。突然透过一层寒冷的空气来了一阵长长短短,断断续续,嘈杂不齐的汽笛声。街店的玻璃也在响应了。他这时才知道他忘了这市里有这么许多的轮船和工厂。比也尔把他那跌落了泥土的爱人送回家里去,回来踏上自己的寓所的阶段时,东方的天空里已经浮出一片红云了。

第二天比也尔整天卧在床上。办公是不在他头里的。一直到了那秋日的余光在西窗边踌躇不去的时候,侍者才拿了一封桃色的封信进来。比也尔翻了起来坐在床上,两只手像缩筋一样地战栗着。眼光像要透过纸背。用不到说是她的手迹。虽是不大高明的外国文,然而所欲讲的却讲得很清楚,它的大意是这样:

我真想不到你会这么样生气。你的爱我,我是很知道的。但是我对于你的心理,你却有些不知道。你以为我是一个未嫁的女儿,可是我已经是人家的妻子了。萧儿,就是我们的女儿。我的丈夫因为他时常在远方,所以你未曾见过一次,然而我们母子都是很爱着他的。就对你说了也不要紧,我是这市里名家的女儿哪。你不相信就请向长安寺街的尽头那个花园里的那间大洋房里面的人们问问看。我的丈夫以前是我们的家庭教师。他虽不是富裕,然而他却是勇敢奋斗的青年。我会爱上了他,虽说一半是为了他的美貌,但是大部实是为了他的美丽的精神。不然我那会不顾家人的反对,弃掉了一切舒服适快的生活,跟他走来做这卖花的生意呢?但是这卖花的生意一做起来我就觉得它的滋味和它的意义了。自己要糊口的自己赚,至少比住在那壮美的房屋,穿好衣,吃好饭是更有意思的。

有了这样一个家庭而更在过去的一个月内,跟着你吃,跟着你看,这不是没思想的人做得到的。何况又肯委身于你呢?比也尔,不,先生,你想想看吧。你说我太金钱的吗?但是在这一切抽象的东西,如正义,道德的价值都可以用金钱买的经济时代,你叫我不要拿贞操向自己所心许的人换点紧急要用的钱来用吗?在我五百块钱,如果向我父亲写一封信去,不说五百块,就是五千块也可以马上拿到手里的。可是我觉得向你要便当一点。我知道你是不会吝惜这五百块钱的。就是这一个月间你为我花的也不在这数目的两倍之下吧!还是你说我不应该在那个时候说出来吗?我本来是不受管束的女人,想说就说,那种不能把自己的思想随时随刻表示出来的人们是我所不能理解的。我这个人太 Materielle 也好的。

你每开口就像诗人一样地做诗,但是你所要求的那种诗,在这个时代是什么地方都找不到的。诗的内容已经变换了。就使有诗在你的眼前,恐怕你也看不出吧。这好了,好让你去做着往时的旧梦。

玲玉上

比也尔·晋涅先生。

把这个看完,比也尔便像吞下了铁钉一样地忧郁起来。

二八,十,二六。

【阅读提示】

杜衡在《关于穆时英的创作》中说:"中国是有都市而没有描写都市的文学,或是描写了都市而没有采取了适合这种描写的方法。在这方面,刘呐鸥算是开了一个端。"此言不虚。因为在刘呐鸥之前和同时代的作家的创作中,都市审美并非第一义的,而只是连带的第二义的或第三义的,但刘呐鸥小说对都市的审美是唯一的意义指向。他的创作代表着都市审美的自觉。

从刘呐鸥开始,现代都市才有较鲜明的形象,空间的,人物的,气氛的,不过他所写的主要还是物质都市和物质都市男女(消费型的、摩登型的都市饮食男女)。小说中主人公也感受到如此都市新的人生危机,但是恐惧的同时还是沉醉、迷恋。所以小说具有物质主义和现代主义双重面孔。这篇小说里,都市新感觉和新话体表达已很鲜明。

两个时间的不感症者①

刘呐鸥

晴朗的午后。

游倦了的白云两大片,流着光闪闪的汗珠,停留在对面高层建筑物造成的连山的头上。远远地眺望着这些都市的墙围,而在眼下俯瞰着一片旷大的青草原的一座高架台,这会早已被为赌心热狂了的人们滚成为蚁巢一般了。紧张变为失望的纸片,被人撕碎满散在水门汀上。一面欢喜便变了多情的微风,把紧密地依贴着爱人身边的女儿的绿裙翻开了。除了扒手和姨太太,望远镜和春大衣便是今天的两大客人。但是这单说他们的衣袋里还充满着五元钞票的话。尘埃,嘴沫,暗泪和马粪的臭气发散在郁悴的天空里,而跟人们的决意,紧张,失望,落胆,意外,欢喜造成一个饱和状态的氛围气。可是太得意的 Union Jack 却依然在美丽的青空中随风飘漾着朱红的微笑。There, they are off! 八匹特选的名马向前一趋,于是一哩一挂得的今天的最终赛便开始了。

这时极度的紧张已经旋风一般地捉住了站在台阶上人堆里的 H 的全身了。因为他把今天所赢的三四十张钞票想试个自己的运气,尽都买了一匹五号马的独赢。

——啊,三马落后了。

——不。三马是棕色的。

你买七号吗?

——不,七号骑手靠不住,我买了五号。

虽然有人在身边交换着这样兴奋了的高声的会话,但是走不进 H 的耳里,他把垂下来的前发用手向后搔上去,仍把眼睛钉住草原的那面一堆移动着的红红绿绿的人马。

忽然一阵 Cyclamen 的香味使他的头转过去了。不晓得几时背后来了这一个温柔的货色,当他回头时眼睛里便映入一位 sportive 的近代型女性。透亮的法国绸下,有弹力的肌肉好像跟着轻微运动一块儿颤动着。视线容易地接触了。小的樱桃儿一绽裂,微笑便从碧湖里射过来。H 只觉眼睛有点不能从那被 opera bag 稍为遮着的,从灰黑色的袜子透出来的两只白膝头离开,但是另外一个强烈的意识却还占住在他的脑里。

Come on Onta……!

---

①原载 1929 年《今代妇女》第 11 期,后收入作者小说集《都市风景线》,水沫书店 1930 年 4 月初版;现选自该小说集初版本。

——Bravo,大拉司!

一阵轰音把他唤到周围不安的空气和嚣声中,随后一团的速力便在他眼前箭一般地穿过了。五号马不是确在前头吗! 这突然的意识真使他全身的神经战动起来。他不觉喝了个彩。于是便紧握着手里的纸票,推出了人堆,不顾前后的跑到台下的支付处去。

H把支付窗口占住了时,随后早就暴风一般地吹上了一团的人。个个脸上都有点悦色。不知道分配多少,这就像是他们这会唯一的关心。但H,隐忍着背后的人们的压力,思想已经飞到这钱拿到时的用法去了。

——先生,这个替我拿一拿好吗?

忽然身边有凉爽的声音,有轻推他肩膀的手。H翻过身来看铁栏外站的是刚才在台上对他微笑的女人。她眼里表示着一种好朋友的亲密。H虽然被她这唐突的请求吓了一下,但是马上便显出对于女人殷勤的样子说:

——好的好的,你也买了五号?

女人用微笑答着,把素手里的几张青票子递给了他,便移着奢华的身子避开了这些暴力的人们。等不上两三分钟分牌人就来了。于是一句"二十五元!"便从嘴里走过了嘴里。洋钱和银角在柜上作响着,算盘就开始活动了。

好容易把将近一千元的钞票拿到,脱出了人群,就走向站在人们不挤的地方的她去。一个等待着的微笑。

——谢谢你!

——不客气。真挤得要命。

H略举起帽子,重新地表示了个敬意,便从衣袋里抽出手帕来拭着额角上的汗珠。

——那么,怎样办呢,就在这儿吗!

H示着手里的一束钞票说。

——怎么可以呢,坐也不能坐。

哼,H心里想一想,这么爽快又漂亮的一个女儿,把她当做一根手杖带在马路上走一走倒是不错。如果她……肯呢,就把这一束碰运气的意外钱整束的送给了她也没有什么关系。他心里这样下了一个决意,于是便说,

夫人,不,小姐是一个人来的吗?

——可不是呢!

——那么,找个地方休息去,可以罢?

——也好的,我此刻并不忙。

——那么,那边街角有家美国人的吃茶店,那面很清净,冰淇淋也很讲究。

——那可以随便的。

她说着时忽被一个匆忙的人从背后推了一下,险些碰到H的身上来。H忙

把她的手腕握定,但她却一点不露什么感情,反紧紧地挟住了他的腕,恋人一般地拉着便走。

失了气力的人们和急忙算着钞票的人们都流向南面的大门口去了。一刻钟前还是那么紧张的场内,此刻已变成像抽去了气的气球一般地消沉着,只剩着这些恶运的纸票的碎片随风旋舞。不一会两个新侣伴便跟着一群人走出马臭很重的马霍路上来了。

——那么,就从这面走一走吧,热闹一点。

坐了半个钟头,用冷的饮料医过了渴,从吃茶店走出马路上来的 H 们已经是几年的亲友了。知道散步在近代的恋爱是个不能缺的要素,因为它是不长久的爱情的存在的唯一的示威,所以他一出来便这样提议。他想,这么美丽的午后,又有这么解事的侣伴是应该 demostrate 的。怀里又有了这么多的钱,就使她要去停留在大商店的玻璃橱前不走也是不怕她的。

残日还抚摩着西洋梧桐新绿的梢头。铺道是擦了油一样地光滑的。轻快地,活泼地,两个人的蹬音在水门汀上律韵地响着。一个穿着黄土色制服的外国兵带着个半东方种的女人前面来了。他们也是今天新交的一对呢!在这都市一切都是暂时和方便,比较地不变的就算这从街上竖起来的建筑物的断崖吧,但这也不过是四五十年的存在呢。H 这样想着,一会便觉得身边热闹起来了。这是因为他们已经走进了商业区的原故。

马路的交叉处停留着好些甲虫似的汽车。"Fontegnac1929"的一辆稍为诱惑了 H 的眼睛,但他是不会忘记身边的的 fair sex 的。他一手扶助着她,横断了马路,于是便用最优雅的动作把她像手杖一般地从左腕搬过了右腕。市内三大怪物的百货店便在眼前了。

从赛马场到吃茶店,从吃茶店到热闹的马路上并不是什么稀奇的道程,可是好出风头的地方往往不是好的散步道。不意从前头来的一个青年瞧了瞧 H 所带的女人,便展着猜疑的眼睛,在他们的跟前站定了。

——还早呢,T,已经来了吗!

尚且是女人先开口。

——这是 H。我们是赛马回来的。这是 T。

H 感觉着了这突然的三角关系的苦味,轻轻对 T 点一点头便向女人问。

——你和 T 先生有什么约没有?

——有是有的,可是……我们一块走吧。

T 好像有点不服,但也没有法子,只得便这样提议。

——那么,就到这儿的茶舞去,好吗?

H 是只好随便了。他真不懂这女人跟人家有了约怎么不早点说,这样答应了自己两个人的散步,这会又另外地钩起一个旁的人来。

五分钟之后他们就坐在微昏的舞场的一角了。茶舞好像正在酣热中。客人，舞女和音乐队员都呈着热烘烘的样子。H 把周围看了一看，觉得氛围气还好，很可以坐坐，但他总想这些懂也不懂什么的，年纪过轻的舞女真是不能适他的口味。他实在没有意思跳舞，可是他对于这女人的兴味并没有失去。或者在华尔兹的旋律中把她抱在怀里，再开始强要的交涉吧。这样他想着，于是便把稍累了的身体用强烈的黑咖啡鼓励起来。

——怎么样，赛马好玩吗？

一会儿 T 对女人问。

——不是赛马好玩，看人和赢钱好玩呵。

——你赢了吗，多少？

——我倒不怎么，H 赢得多呢。

向 H 投过来的一只神妙的眼睛。

——H 先生赢了多少？

——没有的。不过玩意儿。

H 把这个裹在时髦的西装里的青年仔细一看，觉得仿佛是见过了的。大概总不外是跑跳舞场和影戏院的人吧。但是当他想到这人跟女人不晓得有什么关系，却就郁悴起来了。他觉得三个人的茶会总是扫兴的。

忽然光线一变，勃路斯的音乐开始了。T 并不客气，只说声对不住便拉了女人跳了去，H 只凝视着他们两个人身体在微光下高低上下地旋转着律动着，一会提起杯子去把塞住了的感情灌下去。他真想喝点强的阿尔柯尔了。在急了的心里，等待的时间真是难过。

但是华尔兹下次便来了。H 抑止着暴跳的神经，把未爆发的感情尽放在腕里，把一个柔软的身体一抱便说，

——我们慢慢地来吧。

——你欢喜跳华尔兹吗？

——并不，但是我要跟你说的话，不是华尔兹却说不出来。

——你要跟我说什么？

——你愿意听吗？

——你说呀。

——我说你很漂亮。

——我以为……

——我说我很爱你。一见便爱了你。

H 盯了她一眼，紧抱着她，转了两个轮，继续地说，

——我翻头看见了你时，真不晓得看你好还是看马好了。

——我可不是一样吗。你看见我的时候，我已经看着你好一会了。你那兴

奋的样子,真比一匹可爱的骏马好看啊! 你的眼睛太好了。

她说着便把脸凑上他的脸去。

——T 是你的什么人?

——你问他干么呢?

——…………

——不是像你一样是我的朋友吗?

——我说,可不可不留他在这儿,我们走了?

——你没有权利说这话呵。我和他是先约。我应许你的时间早已过了呢?

——那么,你说我的眼睛好有什么用?

——啊,真是小孩。谁叫你这样手足鲁钝。什么吃冰淇淋啦散步啦,一大堆啰唆。你知道 love-making 是应该在汽车上风里干的吗? 郊外是有绿荫的呵。我还未曾跟一个 gentleman 一块儿过过三个钟头以上呢。这是破例呵。

H 觉得华尔兹真像变了狐步舞了。他这会才摸出这怀里的人是什么一个女性。但是这时还不慢呢。他想他自己的男性媚力总不会在 T 之下的。可是音乐却已经停止了。他们回到桌子时,T 只一个人无聊地抽着香烟。于是他们饮,抽,谈,舞的过了一个多钟头时,忽然女人看看腕上的表说,

——那么,你们都在这儿玩玩去吧,我先走了。

——怎么,怎么啦?

HT 两个人同一个声音,同样展着怪异的眼睛。

——不,我约一个人吃饭去,我要去换衣衫。你们坐坐去不是很好吗,那面几个女人都是很可爱的。

——但是,我们的约怎么了呢! 今夜我已经去定好了呵。

——呵呵,老 T,谁约了你今夜不今夜。你的时候,你不自己享用,还要跳什么舞。你就把老 H 赶了走,他敢说什么。是吗,老 H? 可是我们再见吧!

于是她凑近 H 的耳朵边,"你的眼睛真好呵,不是老 T 在这儿我一定非给它一只一个吻不可"这样细声地说了几句话,微笑着拿起 Opera-bag 来,便留着两个呆得出神的人走去了。

【阅读提示】

这是刘呐鸥最有代表性的一篇小说。通过一个物质女人与两个物质男人的情爱游戏,充分表达了现代消费性都市里,物质女人的自主地位和自由享受。在这里,精神包括自由都充分物质化了。杜衡《关于穆时英的创作》中批评"他的作品还带着'非中国'即'非现实的'的缺点",这里也可以看得很清楚。小说流利的佻侻的语言表达与最后男主人公情感的受阻、心理的憋屈形成对比,其对话体受电影台词影响,也显示都市男女双主体发达后人生的新张扬与新感觉。

【延伸阅读作品与参考文献】

1.贾植芳、钱谷融主编:《海派文化长廊·刘呐鸥小说全编》,学林出版社1997年版。

2.严家炎编:《新感觉派小说选》,人民文学出版社1985年版。

3.王志松:《刘呐鸥的新感觉小说翻译与创作》,《中国现代文学研究丛刊》2002年第4期。

4.李欧梵:《上海摩登———一种新都市文化在中国(1930—1945)》有关章节,毛尖译,北京大学出版社2001年版。

5.刘永丽:《被书写的现代:20世纪中国文学中的上海》有关章节,中国社会科学出版社2008年版。

6.黄献文:《新感觉派的都市性定位》,见黄献文《论新感觉派》,武汉出版社2000年版。

7.李俊国:《都市审美:海派文学叙事方式研究》,中国社会科学出版社2015年版。

【思考与练习】

分析这两篇小说中的女性形象和"新感觉"特色。

被当作消遣品的男子①

穆时英

"那天回到宿舍,对你这张会说话的嘴,忘了饥饿地惊异了半天。我望着蓝天,如果是在恋人面前,你该是多么会说话的啊——这么想着。过着这尼庵似的生活,可真寂寞呢。

再这么下去,连灵魂也要变化石啦……可是,来看我一次吧! 蓉子。"

克莱拉宝似的字在桃红色的纸上嬉嬉地跳着回旋舞,把我围着——"糟糕哪"我害怕起来啦。

第一次瞧见她,我就觉得:"可真是危险的动物哪!"她有着一个蛇的身子,猫的脑袋,温柔和危险的混合物。穿着红绸的长旗袍儿,站在轻风上似的,飘荡着袍角。这脚一上眼就知道是一双跳舞的脚,践在海棠那么可爱的红缎的高跟儿鞋上。把腰肢当作花瓶的瓶颈,从这上面便开着一枝灿烂的牡丹花……一张会说谎的嘴,一双会骗人的眼——贵品哪!

曾经受过亏的我,很明白自己直爽的性格是不足对付姑娘们会说谎的嘴的。和她才会面了三次,总是怀着"留神哪"的心情,听着她丽丽拉拉地从嘴里泛溢着苏州味的话,一面就这么想着。这张天真的嘴也是会说谎的吗? 也许会的——就在自己和她中间赶忙用意志造了一道高墙。第一次她就毫没遮拦地向我袭击着。到了现在,这位危险的动物竟和我混得像十多年的朋友似的。"这回我可不会再上当了吧? 不是我去追求人家,是人家来捕捉我的呢!"每一次回到房里总躺在床上这么地解剖着。

再去看她一次可危险了! 在恋爱上我本来是低能儿。就不假思索地,开头便——"工作忙得很哪"的写回信给她。其实我正空得想去洗澡。从学堂里回来,梳着头发,猛的在桌子上发现了一只青色的信封,剪开来时,是——

"为什么不把来看我这件事也放到工作表里面去呢! 来看我一次吧! 在校门口等着。"真没法儿哪,这么固执而孩子气得可爱的话。穿上了外套,抽着强烈的吉士牌,走到校门口,她已经在那儿了。这时候儿倒是很适宜于散步的悠长的煤屑路,长着麦穗的田野,几座荒凉的坟,埋在麦里的远处的乡村,天空中横飞着

---

①作者穆时英(1912—1940),浙江慈溪人。20世纪30年代最有成就的海派作家,被誉为"新感觉派的圣手",其创作被称为现代都市文学正式成立的标志。该篇作品1931年10月作为"一角丛书"之第5种出版,后收入作者第二个小说集《公墓》,上海现代书局1933年6月初版;现选自作者《公墓》初版本。

一阵乌鸦……

"你真爱抽烟。"

"孤独的男子是把烟卷儿当恋人的。它时常来拜访我,在我寂寥的时候,在车上,在床上,在默想着的时候,在疲倦中的时候……甚至在澡堂里它也会来的。也许有人说它不懂礼貌,可是我们是老朋友……"

"天天给啤酒似的男子们包围着,碰到你这新鲜的人倒是刺激胃口的。"

糟糕,她把我当作辛辣的刺激物呢。

"那么你的胃也不是康健的。"

"那都是男子们害我的。他们的胆怯,他们的愚昧,他们那种老鼠似的眼光,他们那装做悲哀的脸……都能引起我的消化不良症的。"

"这只能怪姑娘们太喜欢吃小食,你们把雀巢牌朱古力糖,Sunkist,上海啤酒,糖炒栗子,花生米等混在一起吞下去,自然得患消化不良症哩。给你们排泄出来的朱古力糖,Sunkist……能不装做悲哀的脸吗?"

"所以我想吃些刺激品啊!"

"刺激品对于消化不良症是不适宜的。"

"可是,管它呢!"

"给你排泄出来的人很多吧?"

"我正患着便秘,想把他们排泄出来,他们却不肯出来,真是为难的事哪。他们都把心放在我前面,摆着挨打的小丑的脸……我只把他们当傻子罢哩。"

"危险哪,我不会也给她当朱古力糖似的吞下,再排泄出来吗?可是,她倒也和我一样爽直!我看着她那张红菱似的嘴——这张嘴也会说谎话吗?"这么地怀疑着。她蹲下去在道儿旁摘了朵紫色的野花,给我簪在衣襟上;"知道吗,这花的名儿?"

"告诉我。"

"这叫 Forget-me-not"就明媚地笑着。

天哪,我又担心着。已经在她嘴里了,被当做朱古力糖似的含着!我连忙让女性嫌恶病的病菌,在血脉里加速度地生殖着。不敢去看她那微微地偏着的脑袋,向前走,到一片草地上坐下了。草地上有一片倾斜的土坡,上面有一株柳树,躺在柳条下,看着盖在身上的细影,蓉子坐在那儿玩着草茨子。

"女性嫌恶症患者啊,你是!"

从吉士牌的烟雾中,我看见她那骄傲的鼻子,嘲笑我的眼,失望的嘴。

"告诉我,你的病菌是那里来的。"

"一位会说谎的姑娘送给我的礼物。"

"那么你就在杂志上散布着你的病菌不是?真是讨厌的人啊!"

"我的病菌是姑娘们消化不良症的一味单方。"

"你真是不会叫姑娘们讨厌的人呢!"

"我念首诗你听吧——"我是把 Louise Gilmore 的即席小诗念着:

"假如我是一只孔雀,
我要用一千只眼
看着你。

假如我是一条蜈蚣,
我要用一百只脚
追踪你。

假如我是一个章鱼,
我要用八只手臂
拥抱你。

假如我是一头猫,
我要用九条性命
恋爱你。

假如我是一位上帝,
我要用三个身体
占有你。"

她不做声,我看得出她在想,真是讨厌的人呢! 刚才装做不懂事,现在可又来了。

"回去吧。"

"怎么要回去啦?"

"男子们都是傻子。"她气恼地说。

不像是张会说谎的嘴啊! 我伴了她在铺满了黄昏的煤屑路上走回去,悉悉地。

接连着几天,从球场上回来,拿了网拍到饭店里把 After-noon Tea 装满了肚子,舒适地踱回宿舍去的时候,过了五分钟,闲得坐在草地上等晚饭吃的时候,从课堂里挟了书本子走到运动上去溜荡的时候,总看见她不是从宿舍往校门口的学校 Bus 那儿跑,就是从那儿回到宿舍去。见了我,只是随便地招呼一下,也没有信来。

172

到那天晚上,我正想到图书馆去,来了一封信:

"到我这儿来一次——知道吗?"这么命令似的话。又要去一次啦! 就这么算了不好吗? 我发觉自己是站在危险的深渊旁了。可是,末了,我又跑了去。

月亮出来了,在那边,在皇宫似的宿舍的屋角上,绯色的,大得像只盆子。把月亮扔在后面,我和她默默地走至校门外,沿着煤屑路走去,那条路象流到地平线中去似的,猛的一辆汽车的灯光从地平线下钻了出来,道旁广告牌上的抽着吉士牌的姑娘在灯光中愉快地笑,又接着不见啦。到一条桥旁,便靠了栏杆站着。我向月亮喷着烟。

"近来消化不良症好了吧?"

"好了一点儿,可是今儿又发啦。"

"所以又需要刺激品了不是?"

在吉士牌的烟雾中的她的脸笑了。

"我念首诗给你听。"

她对着月亮,腰靠在栏杆上。我看着水中她的背影。

"假如我是一只孔雀,
我要用一千只眼
看着你。

假如我是一条蜈蚣,
我要用一百只脚
追踪你。

假如我……"

我捉住了她的手。她微微地抬着脑袋,微微地闭着眼——银色的月光下的她的眼皮是紫色的。在她花朵似的嘴唇上,喝葡萄酒似地,轻轻地轻轻地尝着醉人的酒味。一面却——"我大概不会受亏了吧!"这么地快乐着。

月亮照在背上,吉士牌烟卷儿掉到水里,流星似的,在自己的眼下,发现了一双黑玉似的大眼珠儿。

"我是一瞧见了你就爱上了你的!"她把可爱的脑袋埋在我怀里,嬉嬉地笑着。"只有你才是我在寻求着的,哪! 多么可爱的一副男性的脸子,直线的,近代味的……温柔的眼珠子,懂事的嘴……

我让她那张会说谎的嘴,啤酒沫似的喷溢着快板的话。

"这张嘴不是会说谎的吧。"到了宿舍里,我又这么地想着。楼上的窗口有人在吹 Saxophone,春风吹到脸上来,卷起了我的领子。

"天哪！天哪！"

第二天我想了一下，觉得危险了。她是危险的动物，而我却不是好猎手。现在算是捉到了吗，还是我被她抓住了呢？可是至少……我像解不出方程式似的烦恼起来，到晚上她写了封信来，天真地说："真是讨厌的人呢！以为你今天一定要来看我的，那知道竟不来。已是我的猎获物了，还这么倔强吗？……"我不敢再看下去，不是已经说得很明白了吗？不能做她的猎获物的。把信往桌上一扔，便钻到书籍城，稿子山，和墨水江里边儿去躲着。

可是糟糕哪！我觉得每一个○字都是她的唇印；墙上钉着的 Vilma Banky 的眼，像是她的眼，Nancy Carrol 的笑劲儿也像是她的，顶奇怪的是她的鼻子长到 Norme Shearer 的脸上去了。末了，这嘴唇的花在笔杆上开着，在托尔斯泰的秃脑袋上开着，在稿纸上开着……在绘有蔷薇花的灯罩上开着……拿起信来又看下去："你怕我不是？也像别的男子那么的胆怯不成？今晚上的月亮，象披着一层雾似的蹒跚地走到那边柳枝上面了。可是我爱瞧你那张脸哪——在平面的线条上，向空中突出一条直线来而构成了一张立体的写生，是奇迹呢！"这么刺激的，新鲜的句子。

再去一次吧，这么可爱的句子呢。这些克莱拉宝似的字构成的新鲜的句子围着我，手系着手跳着黑底舞，把我拉到门宫去了——它们是可以把世界上一切男子都拉到那儿去的。

坐在石阶上，手托着腮，歪着头，在玫瑰花旁低低地唱着小夜曲的正是蓉子，门灯的朦胧的光，在地上刻划着她那鸽子似的影子，从黑暗里踏到光雾中，她已经笑着跳过来了。

"你不是想从我这儿逃开去吗？怎么又来啦？"

"你不在等着我吗？"

"因为无聊，才坐在这儿看夜色的。"

"嘴上不是新擦的 Tangee 吗？"

"讨厌的人哪！"

她已经拉着我的胳膊，走到黑暗的运动场中去了。从光中走到光和阴影的溶合线中，到了黑暗里边，也便站住了。像在说，"你忘了啊"似的看着我。

"蓉子，你是爱我的吧？"

"是的。"

这张"嘴"是不会说谎的，我就吻着这不说谎的嘴。

"蓉子，那些消遣品怎么啦？"

"消遣品还不是消遣品罢哩。"

"在消遣品前面，你不也是说着爱他的话的吗？"

"这都因为男子们大傻的缘故,如果不说,他们是会叫化似的跟着你装着哀求的脸,卑鄙的脸,憎恨的脸,讨好的脸,……碰到跟着你歪缠的化子们,不是也只能给一个铜子不是?"

也许她也在把我当消遣品呢,我低着脑袋。

"其实爱不爱是不用说的,只要知道对方的心就够。我是爱你的。你相信吗?是吗;信吗?说呀!我知道你相信的。"

我瞧着她那骗人的说谎的嘴明知道她在撒谎,可还是信了她的谎话。

高速度的恋爱哪!我爱着她,可是她对于我却是个陌生人。我不明白她,她的思想,灵魂,趣味是我所不认识的东西。友谊的了解这基础还没造成,而恋爱已经凭空建筑起来啦!

每天晚上,我总在她窗前吹着口笛学布谷叫。她总是孩子似的跳了出来,嘴里低低唱着小夜曲,到宿舍门口叫:"Alexy",我再吹着口笛,她就过来了。从朦胧的光里踏进了植物的阴影里,她就攀着我 Coat 的领子,总是像在说"你又忘了啊"似的等着我的吻,我一个轻轻的吻,吻了她,就——"不会是在把我当消遣品吧"这么地想着,可是不是我化子似的缠着她的,是她缠着我的啊,以后她就手杖似的挂在我胳膊上,飘荡着裙角漫步着。我努力在恋爱下面,建筑着友谊的基础。

"你读过《茶花女》吗?"

"这应该是我们的祖母读的。"

"那么你喜欢写实主义的东西吗?譬如说,左拉的《娜娜》,朵斯退益夫斯基的《罪与罚》……"

"想睡的时候拿来读的,对于我是一服良好的催眠剂。我喜欢读保尔穆杭,横光利一,崛口大学,刘易士——是的我顶爱刘易士。"

"在本国呢?"

"我喜欢刘呐鸥的新的话术,郭建英的漫画,和你那种粗暴的文字,犷野的气息……"

真是在刺激和速度上生存着的姑娘哪,蓉子!Jazz,机械,速度,都市文化,美国味,时代美……的产物的集合体。可是问题是在这儿——

"你的女性嫌恶症好了吧?"

"是的,可是你的消化不良症呢?"

"好多啦,是为了少吃小食。"

"一九三一年的新发现哪!女性嫌恶症的病菌是胃病的特效药。"

"可是,也许正相反,消化不良的胃囊的分泌物是女性嫌恶症的注射剂呢?"

对啦,问题是在这儿。换句话说,对于这位危险的动物,我是个好猎手,还是只不幸的绵羊?

真的，去看她这件事也成为我每日工作表的一部分——可是其他工作是有时因为懒得可以省掉的。

每晚上，我坐在校园里池塘的边上，听着她说苏州味的谎话，而我也相信了这谎话。看着水面上的影子，低低地吹着口笛，真像在做梦。她像孩子似的数着天上的星，一颗，两颗，三颗……我吻着她花朵似的嘴一次，两次，三次，……

"人生有什么寂寞呢？人生有什么痛苦呢？"

吉士牌的烟这么舞着，和月光溶化在一起啦。她靠在我肩上，唱着 Kiss me again，又吻了她，四次，五次，六次……

于是，去看她这会事，成为我生活的一部分了。洗澡，运动，读书，睡觉，吃饭再加上了去看她，便构成了我的生活，——生活是不能随便改变的。

可是这恋爱的高度怎么维持下去呢？用了这速度，是已经可以绕着地球三圈了。如果这高速度的恋爱失掉了它的速度，就是失掉了它的刺激性，那么生存在刺激上面的蓉子不是要抛弃它吗？不是把和这刺激关联着的我也要抛弃了吗？又要摆布着消遣品去过活了呢！就是现在还没把那些消遣品的渣排泄干净啊！解公式似的求得了这么个结论，真是悲剧哪——想出了这么的事，也没法子，有一天晚上，我便写了封信给她——

"医愈了我的女性嫌恶症，你又送了我神经衰弱症。碰到了你这么快板的女性啊！这么快的恋爱着，不会也用同样的速度抛弃我的吗？想着这么的事，我真担心。告诉我，蓉子，会有不爱我的一天吗？"

想不到也会写这么的信了；我是她的捕获物。我不是也成了缠着她的化子吗？

"危险啊！危险啊！"

我真的患了神经衰弱症，可是，她的覆信来了："明儿晚上来，我告诉你。"是我从前对她说话的口气呢。雀巢牌朱古力，Sunkist，上海啤酒，糖炒栗子……希望我不是这些东西吧。

第二天下午我想起了这些事，不知怎么的忧郁着。跑去看蓉子，她已经出去啦。十万吨重量压到我心上。竟会这么关心着她了！回到宿舍里，房里边没一个人，窗外运动场上一只狗寂寞地躺在那儿，它跟我飞着俏媚眼。戴上了呢帽，沿着××路向一个俄罗斯人开的花园走。我发觉少了件东西，少了个伴着我的姑娘。把姑娘当手杖带着，至少走路也方便点儿哪。

在柳影下慢慢地划着船，低低地唱着 Rio Rita，也是件消磨光阴的好法子。岸上站着那个管村的俄国人，悠然地喝着 Vodka，抽着强烈的俄国烟，望着我。河里有两只白鹅，躺在水面上，四面是圆的水圈儿。水里面有树，有蓝的天，白的云,猛的又来了一只山羊。我回头一瞧,原来它正在岸旁吃草。划到荒野里,就把桨搁在船板上,平躺着,一只手放在水里,望着天。让那只船顺着水淌下去,像流到天边去似的。

有可爱的歌声来了,用女子的最高音哼着 Minuet in G 的调子,像是从水上来的,又依依地息在烟水间。可是我认识那歌声,是那张会说谎的嘴里唱出来的。慢慢儿的近了,听得见划桨的声音。我坐了起来——天哪! 是蓉子! 她靠在别的一个男子肩上,那男子睁着做梦的眼,望着这边儿。近啦,近啦,擦着过去啦!

"Alexy。"

这么叫了我一声,向我招着手;她肩上围着白的丝手帕,风吹着它往后飘,在这飘着的手帕角里,露着她的笑。我不管她,觉得女性嫌恶症的病菌又在我血脉里活动啦。拼命摇着桨,不愿意回过脑袋去,倒下去躺在船板上。流吧,水呀!流吧,流到没有说谎的嘴的地方儿去,流到没有花朵似的嘴的地方儿去,流到没有骗人的嘴的地方儿去,啊! 流吧,流到天边去,流到没有人的地方去,流到梦的王国里去,流到我所不知道的地方去……可是,后边儿有布谷鸟的叫声哪! 白云中间现出了一颗猫的脑袋,一张笑着的温柔的脸,白的丝手帕在音乐似的头发上飘。

我刚坐起一半,海棠花似的红缎高跟儿鞋已经从我身上跨了过去,蓉子坐在我身旁,小鸟似的挂在我肩膊肘上。坐起来时,看见那只船上那男子的惊异的脸,这脸慢慢儿的失了笑劲儿,变了张颓丧的脸。

"蓉子。"

"你回去吧。"

他怔了一会儿就划着船去了,他的背影渐渐的小啦,可是他那唱着 I belong to girl who belongs to the sombody else 的忧郁的嗓子,从水波上轻轻地飘过来。

"傻子呢!"

"……"

"怎么啦?"

"……"

她猛的抖动着银铃似的笑声。

"怎么啦?"

"瞧瞧水里的你的脸哪——一副生气的脸子!"

我也笑了——碰着她那么的人,真没法儿。

"蓉子,你不是爱着我一个人呢!"

"我没爱着你吗?"

"刚才那男子吧?"

"不是朱古力糖吗?"

想着她肯从他的船里跳到我的船里,想着他的那副排泄出来的朱古力糖似的脸……

"可是,蓉子,你会有不爱我的一天吗?"

她把脑袋搁在我肩上,太息似的说:

"会有不爱你的一天吗?"

抬起脑袋来,抚摸着我的头发,于是我又信了她的谎话了。

回去的路上,我快乐着——究竟不是消遣品呢!

过了三天,新的欲望在我心里发芽了。医愈了她的便秘吧。我不愿意她在滓前面,也说着爱他们的话。如果她不听我的话,就不是爱我一个人,那么还是算了的好;再这么下去,我的神经衰弱症怕会更害得厉害了吧:这么决定了,那天晚上就对蓉子说:

"排泄了那些滓吧!"

"还有呢?"

"别时常出去!"

"还有呢?"她猛的笑了。

"怎么啦?"

"你也变了傻子哪!"

听了这笑声,猛的恼了起来。用憎恨的眼光瞧了她一回,便决心走了。简直把我当孩子! 她赶上来,拦着我,微微地抬着脑袋,那黑玉似的大眼珠子,长眼毛……攀住了我的领子:

"恨我吗?"

尽瞧着我,怕失掉什么东西似的。

"不,蓉子。"

蓉子踮着脚尖,像抱着只猫,那种 Touch。她的话有二重意味,使你知道是谎话,又使你相信了这谎话。在她前面我像被射中了的靶子似的,僵直地躺着。有什么法子抵抗她啊! 可是,从表面上看起来,还是被我克服着呢,这危险而可爱的动物。为了自以为是好猎手的骄傲而快乐着。

蓉子有两个多礼拜没出去,在我前面,她猫似的蜷伏着,像冬天蹲在壁炉前的地毯上似的,我惊异着她的柔顺。Weekend 也只在学校的四周,带着留声机,和我去行 Picnic。她在软草上躺着,在暮春的风里唱着,在长着麦的田野里孩子似地跑着,在坟墓的顶上坐着看埋到地平线下去的太阳,听着田野里的布谷鸟的叫声,笑着,指着远处天主堂的塔尖偎着我……我是幸福的。我爱着她,用温柔的手,聪明的笑,二十岁的青春的整个的心。

可是好猎手被野兽克服了的日子是有的。

礼拜六下午她来了一封信:

> "今儿得去参加一个 Party。你别出去;我晚上回来的——我知道你要
> 出去的话,准是到舞场里去,可是我不愿意知道你是在抱着别的姑娘哪。"

晚上,在她窗前学着布谷鸟的叫声。哄笑骑在绯色的灯光上从窗帘的缝里
逃出来,等了半点钟还没那唱着小夜曲,叫"Alexy"的声音。我明白她是出去
了。啤酒似的,花生似的,朱古力糖似的,Sunkist 似的……那些消遣品的男子的
脸子,一副副的泛上我的幻觉。走到校门口那座桥上,想等她回来,瞧瞧那送她
回来的男子——在晚上坐在送女友回去的街车里的男子的大胆,我是很明白的。

桥上的四支灯,昏黄的灯光浮在水面上,默默地坐着。道儿上一辆辆的汽车
驶过,车灯照出了街树的影,又过去了,没一辆是拐了弯到学校里来的,末了,在
校门外夜色里走着的恋人们都进来了;他们是认识我的,惊奇的眼,四只四只的
在我前面闪烁着。宿舍的窗口那儿一只 Saxophone 冲着我——

"可以爱的时候爱着吧!女人的心,霉雨的天气,不可测的——"张着大嘴呜
呜地嚷着。想着在别人怀里的蓉子,真像挖了心脏似的。直到学校里的灯全熄
了,踏着荒凉的月色,秋风中的秋叶似的悉悉地,独自个儿走回去,像往墓地走去
那么忧郁……

礼拜日早上我吃了早点,拿了《申报》的画报坐在草地上坐着看时,一位没睡
够的朋友,从校外进来,睁着那喝多了 Cockiail 的眼,用那双还缠着华尔兹的腿
站着,对我笑着道:

"蓉子昨儿在巴黎哪,发了疯似的舞着——Oh,Sorry,她四周浮动着水草似
的这许多男子,都恨不得把她捧在头上呢!"

到四五点钟,蓉子的信又来啦。把命运放在手上,读着:

> "没法儿的事,昨儿晚上 Party 过了后,太晚了,不能回来。今儿是一定
> 回来的,等着我吧。"

站在校门口直等到末一班的 Bus 进了校门,还是没有她。我便跟朋友们到
"上海"去。崎岖的马路把汽车颠簸着,汽车把我的身子像行李似的摇着,身子把
我的神经扰着,想着也许会在舞场中碰到她的这回事,我觉得自己是患着很深的
神经衰弱症。

先到"巴黎",没有她,从 Jazz 风舞腿林里,从笑浪中举行了一个舞场巡礼,
还是没有她。再回到巴黎,失了魂似的舞着到十一点多,瞧见蓉子,异常地盛装
着的蓉子,带了许多朱古力糖似的男子们进来了。

于是我的脚踏在舞女的鞋上,不够,还跟人家碰了一下。我颓丧地坐在那

儿,思量着应付的方法。蓉子就坐在离我们不远儿的那桌上。背向着她,拿酒精麻醉着自己的感觉。我跳着顶快的步趾,在她前面亲热地吻着舞女。酒精炙红了我的眼,我是没了神经的人了。回到桌子上,侍者拿来了一张纸,上面压着一只苹果:

> "何苦这么呢? 真是傻子啊! 吃了这只苹果,把神经冷静一下吧。瞧着
> 你那疯狂的眼,我痛苦着哪。"

回过脑袋去,那双黑玉似的大眼珠儿正深情地望着我。我把脑袋伏在酒杯中间,想痛快地骂她一顿。Fox-trot 的旋律在发光的地板上滑着。

"Alexy!"

她舞着到我的桌旁来,我猛的站直了:

"去你的吧,骗人的嘴,说谎的嘴!"

"朋友,这不像是 Gentleman 的态度呀。瞧瞧你自己,像一只生气的熊呢……"伴着她的男子,装着嘲笑我的鬼脸。

"滚你的,小兔崽子,没你的份儿。"

"Yuh"拍! 我腮儿上响着他的手掌。

"Say What's the big idea?"

"No, Alexy Say no, by golly!"蓉子扯着我的胳膊,惊惶着。我推开了她。

"You don't meant……"

"I mean it."

我猛的一拳,这男子倒在地上啦。蓉子见了为她打人的我,一副不动情的扑克脸:坐在桌旁。朋友们把我拉了出去:说着"I'm through"时,我所感觉到的却是犯了罪似的自惭做了傻事的心境。

接连三天在家里,在床旁,写着史脱林堡的话,读着讥嘲女性的文章,激烈地主张着父亲家族制……

"忘了她啊! 忘了她啊!"

可是我会忘了这会说谎的蓉子吗? 如果蓉子是不会说谎的,我早就忘了她了。在同一的学校里,每天免不了总要看见这会说谎的嘴。对于我,她的脸上长了只冷淡的鼻子——一礼拜不理我。可是还是践在海棠那么可爱的红缎的高跟儿鞋上,那双跳舞的脚;飘荡着袍角,站在轻风上似的,穿着红绸的长旗袍儿;温柔和危险的混合物,有着一个猫的脑袋,蛇的身子……

礼拜一上纪念周,我站在礼堂的顶后面,不敢到前面去,怕碰着她。她也来了,也站在顶后面,没什么事似的,嬉嬉地笑着。我摆着张挨打的脸,求恕地望着她。那双露在短袖口外面的胳膊是曾经攀过我的领子的。回过头来瞧了我的脸,她想笑,可是我想哭了。同学们看着我,问我,又跑过去看她,问她,许多人瞧

着我,纪念周只上了一半,我便跑出去啦。

下一课近代史,我的座位又正在她的旁边。这位戴了眼镜,耸着左肩的讲师,是以研究产业革命著名的,那天刚讲到这一章。铅笔在纸上的磨擦用讲师喷唾沫的速度节奏地进行着,我只在纸上——"骗人的嘴啊,骗人的嘴啊……"写着。

她笑啦。

"蓉子!"

红嘴唇像闭着的蚌蛤。我在纸片上写着:"说谎的嘴啊,可是愿意信你的谎话呢! 可以再使我听一听你的可爱的谎话吗?"递给她。

"下了课到××路的草地上等我。"

又记着她的札记,不再理我了。

一下课我便到那儿去等着。已经是夏天啦,麦长到腰,金黄色的,草很深。广阔的田野里全是太阳光,不知那儿有布谷鸟的叫声,叫出了四月的农村。等判决书的杀人犯似地在草地上坐着。时间凝住啦。好久她还没来。学校里的钟声又飘着来了,在麦田中徘徊着,又溶化到农家的炊烟中。于是,飞着的鸽子似地来了蓉子,穿着白绸的 Pyjama 发儿在白绸结下跳着 Tango 的她,是叫我想起了睡莲的。

"那天你是不愿意我和那个男子跳舞不是?"

劈头便这么爽直地提到了我的罪状,叫我除了认罪以外是没有别的辩诉的可能了。我抬起脑袋望着这亭亭地站着的审判官,用着要求从轻处分的眼光。

"可是这些事你能管吗? 为什么用那么傻的方法呢。你的话,我爱听的自然听你,不爱听你是不能强我服从的。知道吗? 前几天因为你太傻,所以不来理你,今儿瞧你像聪明点儿——记着……"她朗诵着刑法的条例,我是只能躺在地下吻着她的脚啦。

她也坐了下来,把我的脑袋搁在她的腿上,把我散乱的头发往后扔,轻轻地说道:"记着,我是爱你的,孩子。可是你不能干涉我的行动。"又轻轻地吻着我。闭上了眼,我微微地笑着,——"蓉子"这么叫着,觉得幸福——可是这幸福是被恕了的罪犯。究竟是她的捕获物啊!

"难道你还以为女子只能被一个人崇拜着吗? 爱是只能爱一个人,可是消遣品,工具是可以有许多的。你的口袋里怕不会没有女子们的照片吧。"

"啊,蓉子。"

从那天起,她就让许多人崇拜着,而我是享受着被狮子爱着的一只绵羊的幸福。我是失去了抵抗力的。到末了,她索性限制我出校的次数,就是出去了晚上九点钟以前也是要到她窗前去学着布谷鸟叫声报到的——我不愿意有这种限制吗? 不,就是在八点半坐了每点钟四十英里的车赶回学校来,到她窗前去报到,也是引着我这种 fldelity 以为快乐的。可是……甚至限制着我的吻她啦。可是,在狮子前面的绵羊，对于这种事有什么法子想呢，虽然我愿意拿一滴血来换一朵花似的吻。

记得有一天晚上，她在校外受了崇拜回来，紫色的毛织物的单旗袍，——在装饰上她是进步的专家。在人家只知道穿丝织品，使男子们觉得像鳗鱼的时候，她却能从衣服的质料上给你一种温柔的感觉。还是唱着小夜曲，云似地走着的蓉子。在银色的月光下面，像一只有银紫色的翼的大夜蝶，沉着地疏懒地动着翼翅，带来四月的气息，恋的香味，金色的梦。拉住了这大夜蝶，想吞她的擦了暗红的 Tangee 的嘴。把发际的紫罗兰插在我嘴里，这大夜蝶从我的胳膊里飞去了。嘴里含着花，看着翩翩地飞去的她，两只高跟儿鞋的样子很好的鞋底在夜色中舞着，在夜色中还颤动着她的笑声，再捉住了她时，她便躲在我怀里笑着，真没法儿吻她啊。

"蓉子，一朵吻，紫色的吻。"

"紫色的吻，是不给贪馋的孩子的。"

我骗她，逼她，求她，诱她，可是她老躲在我怀里。比老鼠还机警哪，在我怀里而不让我要嘴儿，不是容易的事，时间就这么过去了。

"蓉子，如果我骗到了一个吻，这礼拜你得每晚上吻我三次的。"

"可以的，可是在这礼拜你骗不到，在放假以前不准要求吻我，而且每天要说一百句恭维我的话，要新鲜的，每天都不同的。"

比欧洲大战还剧烈的战争哪，每天三次吻，要不然，就是每天一百句恭维话，新鲜的，每天不同的。还没决定战略，我就冒昧地宣战了。她去了以后，留下一种优柔的温暖的香味，在我的周围流着，这是我们的爱抚所生的微妙的有机体。在这恋的香味氤氲着的地方，我等着新的夜来把她运送到我的怀里。可是新的夜来了，我却不说起这话，再接连三天不去瞧她。到第四天，抓着她的手，装着哀愁的脸，滴了硫酸的眼里，流下两颗大泪珠来。

"蓉子！"我觉得是在做戏了。

"今天怎么啦；像是很忧郁地？"

"怎么说呢，想不到的事。我不能再爱你了！给我一个吻吧，最后的吻！"我的心跳着，胜败在这刹那间可以决定咧。

她的胳臂围上我的脖子，吻着，猛的黑玉似的大眼珠一闪，她笑啦。踮起脚尖来，吻着我，一次，两次，三次。

"聪明的孩子！"

这一星期就每晚上吃着紫色的 Tangee 而满足地过活着。可是她的唇一天比一天冷了，虽然天气是一天比一天的热起来。快放假啦，我的心脏因大考表的贴在注册处布告板上而收缩着。

"蓉子,你慢慢儿的不爱我了吧?"

"傻子哪!"

这种事是用不到问的,老练家是不会希望女人们讲真话的。就是问了她们会告诉你的吗? 傻子哪! 我不会是她的消遣品吧? 可是每晚上吻着的啊。

她要参加的 Party 愈来愈多了,我和她在一起的时候渐渐地减少啦,我忧郁着。我时常听到人家报告我说她和谁在这儿玩,和谁在那儿玩。绷长了脸,人家以为我是急大考,谁知道我只希望大考期越拉长越好。想起了快放假这件事,我是连读书的能力都给剥夺了的。

"就因为生在有钱人家才受着许多苦痛呢,什么都不能由我啊,连一个爱人也保守不住。在上海,我是被父亲派来的人监视着的,像监视他自己的财产和门第一样。天哪! 他忙着找人替我做媒。每礼拜总有两三张梳光了头发,在阔领带上面微笑着的男子的照片寄来的,在房里我可以找到比我化妆品还多的照片来给你看的,我有两个哥哥,见了我总是带一位博士硕士来的。都是刮胡髭刮青了脸的中年人。都是生着轻蔑病的:有一次伴了我到市政厅去听音乐,却不刮胡髭,'还等你化装的时候儿又长出来的'这么嘲笑着我。"

"那么你怎么还不订婚呢? 博士,硕士,教授,机会不是很多吗?"

"就因为我只愿意把他们当消遣品,近来可不对了,爹急着要把我出嫁,像要出清底货似的。他不是很爱我的吗? 我真不懂为什么要把自己心爱的女儿嫁人。伴他一辈子不好吗? 我顶怕结婚,丈夫,孩子,家事,真要把我的青春断送了,为什么要结婚呢? 可是现在也没法子了,爹逼着我,说不听他的话,下学期就不让我到上海来读书。要结婚,我得挑一个顶丑顶笨的人做丈夫,聪明的丈夫是不能由妻子摆布的,我高兴爱他时就爱他,不高兴就不准他碰我。"

"一个可爱的恋人,一个丑丈夫,和不讨厌的消遣品——这么安排着的生活不是不会感到寂寞了吗,……"

"你想订婚吗?"

蓉子不说了,咬着下嘴唇低低地唱着小夜曲,可是,忽然掉眼泪啦,珍珠似的,一颗,两颗,……

"不是吗?"

我追问着。

"是的,和一位银行家的儿子:崇拜得我什么似的。像只要捧着我的脚做丈夫便满足了似地。那小胖子。我们的订婚式,你预备送什么?"

说话的线索在这儿断了。忧虑和怀疑,思索和悲哀……被摇成混合酒似地在我脑子里边窜着。

蓉子站在月光中。

"刚才说的话都是骗你的,我早就订了婚。未婚夫在美洲,这夏天要回来了;

他是个很强壮的人,在国内时足球是学校代表,那当儿,他时常抚着我的头,叫我小妹妹的,可是等他回来了,我替你介绍吧。"

"早就订了婚了?"

"怎么啦?吓坏了吗!骗你的啊,没订过婚,也不想订婚。瞧你自己的惊惶的脸哪!如果把女子一刹那所想出来的话都当了真,你得变成了疯子呢?"

"我早就疯了,你瞧,这么地,……"

我猛的跑了开去,头也不回地。

考完了书,她病啦。

医生说是吃多了糖,胃弱消化不了。我骑着脚踏车在六月的太阳下跑十里路到××大学去把她的闺友找来伴她,是怕她寂寞。到上海去买了一大束唐纳生替她放在床旁。吃了饭,我到她的宿舍前站着,光着脑袋,我不敢说一声话。瞧着太阳站在我脑袋上面,瞧着太阳照在我脸上面,瞧着太阳移到墙根去,瞧着太阳躲到屋脊后面,瞧着太阳沉到割了麦的田野下面。望着在白纱帐里边平静地睡着的蓉子,把浸在盐水里边儿的自家儿的身子也忘了。

在梦中我也记挂着蓉子,怕她病瘦了黑玉似的大眼珠啊。

第二天我跑去看她,她房里的同学已经走完啦,床上的被褥凌乱着,白色的唐纳生垂倒了脑袋,寂寞地萎谢了。可是找不到那对熟悉的大眼珠儿,和那叫我 Alexy 的可爱的声音。问了阿妈,才知道是她爹来领回去啦。怕再也看不到她了吧?

在窗外怔了半天,萧萧地下雨啦。

在雨中,慢慢地,落叶的蚕音似的,我踱了回去。装满了行李的汽车,把行李和人一同颠播着,接连着往校门外驶。在荒凉的运动场旁徘徊着,徘徊着,那条悠长的悠长的煤屑路,那古铜色的路灯,那浮着水藻的池塘,那广阔的田野,这儿埋葬着我的恋,蓉子的笑。

直到晚上她才回来。

"明儿就要回家去了,特地来整行李的。"

我没话说。默默地对坐着,到她们的宿舍锁了门,又到她窗前去站着。外面在下雨,我就站在雨地里。她真的瘦了,那对大眼珠儿忧郁着。

"蓉子为什么忧郁着?"

"你问它干吗儿呢?"

"告诉我,蓉子,我觉得你近来不爱我了,究竟还爱着我吗?"

"可是你问它干吗儿呢?"

隔了一回。

"你是爱着我的吧?永远爱着我的吧?"

"是的,蓉子,用我整个的心。"

她隔着窗上的铁栅抱了我的脖子,吻了我一下"那么永远地爱着我吧。"——就默默地低下了脑袋。

回去的路上,我才发觉给雨打湿了的背脊,没吃晚饭的肚子。

明天早上在课堂的石阶前又碰到了蓉子。

"再会吧!"

"再会吧!"

她便去了,像秋天的落叶似的,在斜风细雨中,蔚蓝色的油纸伞下,一步一步的踏着她那双可爱的红缎高跟鞋。回过脑袋来,抛了一个像要告诉我什么似的眼光,于是低低地,低低地,唱着小夜曲的调子,走进柳条中去了。

我站在那儿,细雨给我带来了哀愁。

过了半天,我跑到她窗前去,她们宿舍里的人已经走完了。房里是空的床,空的桌子。墙上钉着的克莱拉宝的照片寂寞地笑,而唐纳生也依依地躺在地板上了。割了麦的田野里来了布谷鸟的叫声。我也学着它,这孤独的叫声在房间里兜了一圈,就消逝啦。

在六月的细雨下的煤屑路,悉悉地走出来,回过脑袋去,柳条已经和暮色混在一块儿了。用口笛吹着 Souvenir 的调子,我搭了最后一班 Bus 到上海。

写了八封信,没一封回信来。在马路上,张着疯狂的眼,瞧见每一个穿红衣服的姑娘,便心脏要从嘴里跳出来似地赶上去瞧,可是,不是她! 不是她啊! 在舞场里,默默地坐着,瞧着那舞着的脚,想找到那双踏在样子很好的红缎高跟鞋儿上面的,可爱的脚,见了每一双脚都捕捉着,可是,不是她! 不是她啊! 到丽娃栗妲村,在河上,慢慢划着船,听着每一声从水面上飘起来的歌,想听到那低低的小夜曲的调子。可是,没有她! 没有她啊! 在宴会上,看着每一只眼珠子,想找到那对熟悉的,藏着东方的秘密似的黑眼珠子;每一只眼,棕色的眼,有长睫毛的眼,会说话的眼,都在我搜寻的眼光下惊惶着。可是,不是她! 不是她啊! 在家里,每隔一点钟看一次信箱,拿到每一封信都担忧着,想找到那跳着回旋舞的克莱拉宝似的字。可是,不是她! 不是她啊! 听见每一个叫我名字的声音,便狼似地竖起了耳朵,想听到那渴望着的"Alexy"的叫声。可是,不是她! 不是她啊! 到处寻求说着花似的谎话的嘴,欺人的嘴。可是,不是她! 不是她啊……

她曾经告诉我,说也许住在姑母家里,而且告诉我姑母是在静安寺路,还告诉了我门牌。末了,我便决定去找了,也许我会受到她姑母的侮辱,甚至于撵出来,可是我只想见一次我的蓉子啊。六月的太阳,我从静安寺走着,走到跑马厅,再走回去,再走到这边儿来,再走到那边儿去,压根儿就没这门牌。六月的太阳,接连走了四五天,我病倒啦。

在病中，"也许她不在上海吧。"——这么地安慰着自己。

老廖，一位毕了业的朋友回四川去，我到船上送他。

"昨儿晚上我瞧见蓉子和不是你的男子在巴黎跳舞，……"

我听到脑里的微细组织一时崩溃下来的声儿。往后，又来一个送行的朋友，又说了一次这样的话。他们都是我的好朋友，他们都很知道我的。

"算了吧！After all，it's regret！"

听了这么地劝着我的话，我笑了个给排泄出来的朱古力糖滓的笑。老廖弹着 Guitar，黄浦江的水，在月下起着金的鱼鳞。我便默着。

"究竟是消遣品吧！"

回来时，用我二十岁的年轻的整个的心悲哀着。

"孤独的男子还是买支手杖吧。"

第二天，我就买了支手杖。它伴着我，和吉士牌的烟一同地，成天地，一步一步地在人生的路上彳亍着。

【阅读提示】

苏雪林在《中国二三十年代作家》中说："及穆时英等出来，而都市文学才正式成立。"

如果说刘呐鸥的小说中，女性是男主人公的对立面，是"他者"形象，穆时英小说中则显示男性对女性更多的理解和同情，显示文学对都市把握的深入。这篇小说中，"我"是一个孤独者、忧郁者，妖姬型女性形象蓉子也是。从小说前半部我们似乎可以得出蓉子是"我"的痛苦的成因，但是到后半部小说情感转向，小说告诉我们蓉子有更迫切的人生选择困境及由此带来的焦虑、恐慌和孤独。到穆时英，都市小说的内涵更丰富了，语言意象更繁复，人物形象更有立体感。

上海的狐步舞(一个断片)[①]

穆时英

上海。造在地狱上面的天堂!

沪西,大月亮爬在天边,照着大原野。浅灰的原野,铺上银灰的月光,再嵌着深灰的树影和村庄的一大堆一大堆的影子。原野上,铁轨画着弧线,沿着天空直伸到那边儿的水平线下去。

林肯路。(在这儿,道德给践在脚下,罪恶给高高地捧在脑袋上面)。

拎着饭篮,独自个儿在那儿走着,一只手放在裤袋里,看着自家儿嘴里出来的热气慢慢儿的飘到蔚蓝的夜色里去。

三个穿黑绸长裥,外面罩着黑大褂的人影一闪。三张在呢帽底下只瞧得见鼻子和下巴的脸遮在他前面。

"慢着走,朋友!"

"有话尽说,朋友!"

"咱们冤有头,债有主,今儿不是咱们有什么跟你过不去,各为各的主子,咱们也要吃口饭,回头您老别怨咱们不够朋友。明年今儿是你的周年,记着!"

"笑话了! 咱也不是那么不够朋友的——"一扔饭篮,一手抓住那人的枪,就是一拳过去。

碰! 手放了,人倒下去,按着肚子。碰! 又是一枪。

"好小子! 有种!"

"咱们这辈子再会了,朋友!"

"黑绸长裙"把呢帽一推,叫搁在脑杓上,穿过铁路,不见了。

"救命!"爬了几步。

"救命!"又爬了几步。

嘟的吼了一声儿,一道弧灯的光从水平线底下伸了出来。铁轨隆隆地响着,铁轨上的枕木像蜈蚣似地在光线里向前爬去,电杆木显了出来,马上又隐没在黑暗里边,一列"上海特别快"突着肚子,达达达,用着狐步舞的拍,含着颗夜明珠,龙似地跑了过去,绕着那条弧线。又张着嘴吼了一声儿,一道黑烟直拖到尾巴那儿,弧灯的光线钻到地平线下,一会儿便不见了。

又静了下来。

---

①原载 1932 年 11 月 1 日《现代》第 2 卷第 1 期,后收入作者第二个小说集《公墓》,上海现代书局 1933 年 6 月初版;现选自该小说集初版本。

铁道交通门前,交错着汽车的弧灯的光线,管交通门的倒拿着红绿旗,拉开了那白脸红嘴唇,带了红宝石耳坠子的交通门。马上,汽车就跟着门飞了过去,一长串。

上了白漆的街树的腿,电杆木的腿,一切静物的腿……revue 似地,把擦满了粉的大腿交叉地伸出来的姑娘们……白漆的腿的行列。沿着那条静悄的大路,从住宅的窗里,都会的眼珠子似地,透过了窗纱,偷溜了出来淡红的,紫的,绿的,处处的灯光。

汽车在一座别墅式的小洋房前停了,叭叭的拉着喇叭。刘有德先生的西瓜皮帽上的珊瑚结子从车门里探了出来,黑毛葛背心上两只小口袋里挂着的金表练上面的几个小金镑钉当地笑着,把他送出车外,送到这屋子里。他把半段雪茄扔在门外,走到客室里,刚坐下,楼梯的地毡上响着轻捷的鞋跟,嗒嗒地。

"回来了吗?"活泼的笑声,一位在年龄上是他的媳妇,在法律上是他的妻子的夫人跑了进来,扯着他的鼻子道。"快! 给我签张三千块钱的支票。"

"上礼拜那些钱又用完了吗?"

不说话,把手里的一叠账交给他,便拉他的蓝缎袍的大袖子往书房里跑,把笔送到他手里。

"我说……"

"你说什么?"堵着小红嘴。

瞧了她一眼便签了,她就低下脑袋把小嘴凑到他大嘴上。"晚饭你独自个儿吃吧,我和小德要出去。"便笑着跑了出去,碰的阖上门。他掏出手帕来往嘴上一擦,麻纱手帕上印着 Tangee。倒像我的女儿呢,成天的缠着要钱。

"爹!"

一抬脑袋,小德不知多咱溜了进来,站在他旁边,见了猫的耗子似的。

"你怎么又回来啦?"

"姨娘打电话叫我回来的。"

"干吗?"

"拿钱。"

刘有德先生心里好笑,这娘儿俩真有他们的。

"她怎么会叫你回来问我要钱? 她不会要不成?"

"是我要钱,姨娘叫我伴她去玩。"

忽然门开了,"你有现钱没有?"刘颜蓉珠又跑了进来。

"只有……"

一只刚用过蔻丹的小手早就伸到他口袋里把皮夹拿了出来! 红润的指甲数着钞票:一五,十,二十……三百。"五十留给你,多的我拿去了。多给你晚上又得不回来。"做了个媚眼,拉了她法律上的儿子就走。

儿子是衣架子,成天地读着给 gigolo 看的时装杂志,把烫得有粗大明朗的折纹的裤子穿到身上,领带打得在中间留了个涡,拉着母亲的胳膊坐到车上。

上了白漆的街树的腿,电杆木的腿,一切静物的腿……revue 似地,把擦满了粉的大腿交叉地伸出来的姑娘们……白漆腿的行列。沿着那条静悄的大路,从住宅区的窗里,都会的眼珠子似地,透过了窗纱,偷溜了出来淡红的,紫的,绿的,处女的灯光。

开着一九三二的新别克,却一个心儿想一九八零年的恋爱方式。深秋的晚风吹来,吹动了儿子的领子,母亲的头发,全有点儿觉得凉。法律上的母亲偎在儿子的怀里道:

"可惜你是我的儿子。"嘻嘻地笑着。

儿子在父亲吻过的母亲的小嘴上吻了一下,差点儿把车开到行人道上去啦。

Neon light 伸着颜色的手指在蓝墨水似的夜空里写着大字。一个英国绅士站在前面,穿了红的燕尾服,挟着手杖,那么精神抖擞地在散步。脚下写着:"Johnny Walker:Still Going Strong."路旁一小块草地上展开了地产公司的乌托邦;上面一个抽吉士牌的美国人看着,像在说:"可惜这是小人国的乌托邦;那片大草原里还放不下我的一只脚呢?"

汽车前显出个人的影子,喇叭吼了一声儿,那人回过脑袋来一瞧,就从车轮前溜到行人道上去了。

"蓉珠,我们上那去?"

"随便那个 Cabaret 里去闹个新鲜吧,礼查,大华我全玩腻了。"

跑马厅屋顶上,风针上的金马向着红月亮撒开了四蹄。在那片大草地的四周泛滥着光的海,罪恶的海浪,慕尔堂浸在黑暗里,跪着,在替这些下地狱的男女祈祷,大世界的塔尖拒绝了忏悔,骄傲地瞧着这位迂牧师,放射着一圈圈的灯光。

蔚蓝的黄昏笼罩着全场,一只 Saxophone 正伸长了脖子,张着大嘴,呜呜地冲着他们嚷。当中那片光滑的地板上,飘动的裙子,飘动的袍角,精致的鞋跟,鞋跟,鞋跟,鞋跟,鞋跟。蓬松的头发和男子的脸。男子衬衫的白领和女子的笑脸。伸着的胳膊,翡翠坠子拖到肩上。整齐的圆桌子的队伍,椅子却是零乱的。暗角上站着白衣侍者。酒味,香水味,英腿蛋的气味,烟味……独身者坐在角隅里拿黑咖啡刺激着自家儿的神经。

舞着:华尔兹的旋律绕着他们的腿,他们的脚站在华尔兹旋律上飘飘地,飘飘地。

儿子凑在母亲的耳朵旁说:"有许多话是一定要跳着华尔兹才能说的,你是顶好的华尔兹的舞侣——可是,蓉珠,我爱你呢!"

觉得在轻轻地吻着鬓脚,母亲躲在儿子的怀里,低低的笑。

一个冒充法国绅士的比利时珠宝掮客,凑在电影明星殷芙蓉的耳朵旁说:

"你嘴上的笑是会使天下的女子妒忌的——可是,我爱你呢!"

觉得轻轻地在吻着鬓脚,便躲在怀里低低地笑,忽然看见手指上多了一只钻戒。

珠宝掮客看见了刘颜蓉珠,在殷芙蓉的肩上跟她点了点脑袋,笑了一笑。小德回过身来瞧见了殷芙蓉也 Gigolo 地把眉毛扬了一下。

舞着,华尔兹的旋律绕着他们的腿,他们的脚践在华尔兹上面,飘飘地,飘飘地。

珠宝掮客凑在刘颜蓉珠的耳朵旁,悄悄地说:"你嘴上的笑是会使天下的女子妒忌的——可是,我爱你呢!"

觉得轻轻地在吻着鬓脚,便躲在怀里低低地笑,把唇上的胭脂印到白衬衫上面。

小德凑在殷芙蓉的耳朵旁,悄悄地说:"有许多话是一定要跳着华尔兹才能说的,你是顶好的华尔兹的舞侣——可是,芙蓉,我爱你呢!"

觉得在轻轻地吻着鬓脚,便躲在怀里,低低地笑。

独身者坐在角隅里拿黑咖啡刺激着自家儿的神经。酒味,香水味,英腿蛋的气味,烟味……暗角上站着白衣侍者。椅子是凌乱的,可是整齐的圆桌子的队伍。翡翠坠子拖到肩上,伸着的胳膊。女子的笑脸和男子的衬衫的白领。男子的脸和蓬松的头发。精致的鞋跟,鞋跟,鞋跟,鞋跟,鞋跟。飘荡的袍角,飘荡的裙子,当中是一片光滑的地板。呜呜地冲着人家嚷,那只 Saxophone 伸长了脖子,张着大嘴。蔚蓝的黄昏笼罩着全场。

推开了玻璃门,这纤弱的幻景就打破了。跑下扶梯,两溜黄包车停在街旁,拉车的分班站着,中间留了一道门灯光照着的路,争着"Ricksha?"奥斯汀孩车,爱山克水,福特,别克跑车,别克小九,八汽缸,六汽缸……大月亮红着脸蹒跚地走上跑马厅的大草原上来了。街角卖《大美晚报》的用卖大饼油条的嗓子嚷:

"Evening Post!"

电车当当地驶进布满了大减价的广告旗和招牌的危险地带去,脚踏车挤在电车的旁边瞧着也可怜。坐在黄包车上的水兵挤箍着醉眼,瞧准了拉车的屁股端了一脚便哈哈地笑了,红的交通灯,绿的交通灯,交通灯的柱子和印度巡捕一同地垂直在地上。交通灯一闪,便涌着人的潮,车的潮。这许多人,全像没了脑袋的苍蝇似的!一个 fashion model 穿了她铺子里的衣服来冒充贵妇人。电梯用十五秒钟一次的速度,把人货物似地抛到屋顶花园去。女秘书站在绸缎铺的橱窗外面瞧着全丝面的法国 crepé,想起了经理的刮得刀痕苍然的嘴上的笑劲儿。主义者和党人挟了一大包传单踱过去,心里想,如果给抓住了便在这里演说一番。蓝眼珠的姑娘穿了窄裙,黑眼珠的姑娘穿了长旗袍儿,腿股间有相同的媚态。

　　街旁,一片空地里,竖起了金字塔似的高木架,粗壮的木腿插在泥里,顶上装了盏弧灯,倒照下来,照到底下每一条横木板上的人。这些人吆喝着:"嗳嗳呀!"几百丈高的木架顶上的木桩直坠下来,碰!把三抱粗的大木柱撞到泥里去,四角上全装着弧灯,强烈的光探照着这片空地。空地里:横一道,竖一道的沟,钢骨,瓦砾堆。人扛着大木柱在沟里走,拖着悠长的影子。在前面的脚一滑,摔倒了,木柱压到脊梁上。脊梁断了,嘴里哇的一口血……弧灯……碰!木桩顺着木架又溜了上去……光着身子在煤屑路滚铜子的孩子……大木架顶上的弧灯在夜空里像月亮……捡煤渣的媳妇……月亮有两个……月亮叫天狗吞了——月亮没有了。

　　死尸给搬了开去,空地里:横一道竖一道的沟,钢骨,瓦砾,还有一堆他的血。在血上,铺上了士敏土,造起了钢骨,新的饭店造起来了!新的舞场造起来了!新的旅馆造起来了!把他的力气,把他的血,把他的生命压在底下,正和别的旅馆一样地,和刘有德先生刚在跨进去的华东饭店一样地。

　　华东饭店里——

　　二楼:白漆房间,古铜色的雅片香味,麻雀牌,《四郎探母》,《长三骂淌白小娼妇》,古龙香水和淫欲味,白衣侍者,娼妓捐客,绑票匪,阴谋和诡计,白俄浪人……

　　三楼:白漆房间,古铜色的雅片香味,麻雀牌,《四郎探母》,《长三骂淌白小娼妇》,古龙香水和淫欲味,白衣侍者,娼妓捐客,绑票匪,阴谋和诡计,白俄浪人……

　　四楼:白漆房间,古铜色的雅片香味,麻雀牌,《四郎探母》,《长三骂淌白小娼妇》,古龙香水和淫欲味,白衣侍者,娼妓捐客,绑票匪,阴谋和诡计,白俄浪人……

　　电梯把他吐在四楼,刘有德先生哼着《四郎探母》踏进了一间响有骨牌声的房间,点上了茄立克,写了张局票,不一回,他也坐到桌旁,把一张中风,用熟练的手法,怕碰伤了它似地抓了进,一面却:"怎么一张好的也抓不进来,"一副老抹牌的脸,一面却细心地听着因为不束胸而被人家叫做沙利文面包的宝月老八的话:"对不起,刘大少,还得出条子,等回儿抹完了牌请过来坐。"

　　"到我们家坐坐去哪!"站在街角,只瞧得见黑眼珠子的石灰脸,躲在建筑物的阴影里,向来往的人喊着,拍卖行的伙计似地,老鸹尾巴似的拖在后边儿。

　　"到我们家坐坐去哪!"那张瘪嘴说着,故意去碰在一个扁脸身上。扁脸笑,瞧了一瞧,指着自家儿的鼻子,探着脑袋:"好寡老,碰大爷?"

　　"年纪轻轻,朋友要紧!"瘪嘴也笑。

　　"想不到我这印度小白脸儿今儿倒也给人家瞧上咧,"手往她脸上一抹,又走了。

　　旁边一个长头发不刮胡须的作家正在瞧着好笑,心里想到了一个题目:第二回巡礼——都市黑暗面检阅 Sonata；忽然瞧见那瘪嘴的眼光扫到自家儿脸上来了，马上就慌慌张张的往前跑。

石灰脸躲在阴影里，老鸹尾巴似地拖在后边儿——躲在阴影里的石灰脸，石灰脸，石灰脸……

（作家心里想：）

第一回巡视赌场第二回巡视街头娼妓第三回巡视舞场第四回巡视再说《东方杂志》《小说月报》《文艺月刊》第一句就写大马路北京路野鸡交易所……不行——

有人拉了拉他的袖子："先生！"一看是个老婆儿装着苦脸，抬起脑袋望着他。

"干吗？"

"请您给我看封信。"

"信在哪儿？"

"请您跟我到家里去拿，就在这胡同里边。"

便跟着走。

中国的悲剧这里边一定有小说资料一九三一年是我的年代了《东方》《小说》《北斗》每月一篇单行本日译本俄译本各国译本都出版诺贝尔奖金又伟大又发财……

拐进了一条小胡同，暗得什么都看不见。

"你家在哪儿？"

"就在这儿，不远儿，先生。请您看封信。"

胡同的那边儿有一支黄路灯，灯下是个女人低着脑袋站在那儿。老婆儿忽然又装着苦脸，扯着他的袖子道："先生，这是我的媳妇，信在她那儿。"走到女人那地方儿，女人还不抬起脑袋来。老婆儿说："先生，这是我的媳妇。我的儿子是机器匠，偷了人家东西，给抓进去了，可怜咱们娘儿们四天没吃东西啦。"

（可不是吗那么好的题材技术不成问题她讲出来的话意识一定正确的不怕人家再说我人道主义咧……）

"先生，可怜儿的，你给几个钱，我叫媳妇陪你一晚上，救救咱们两条命！"

作家愕住了，那女人抬起脑袋来，两条影子拖在瘦腮帮儿上，嘴角浮出笑劲儿来。

嘴角浮出笑劲儿来，冒充法国绅士的比利时珠宝掮客凑在刘颜蓉珠的耳朵旁，悄悄地说："你嘴上的笑是会使天下的女子妒忌的——喝一杯吧。"

在高脚玻璃杯上，刘颜蓉珠的两只眼珠子笑着。

在别克里，那两只浸透了 Cocktail 的眼珠子，从外套的皮领上笑着。

在华懋饭店的走廊里，那两只浸透了 Cocktail 的眼珠子，从披散的头发边上笑着。

在电梯上,那两只眼珠子在紫眼皮下笑着。

在华懋饭店七层楼上一间房间里,那两只眼珠子,在焦红的腮帮儿上笑着。

珠宝掮客在自家儿的鼻子底下发现了那对笑着的眼珠子。

笑着的眼珠子!

白的床巾!

喘着气……

喘着气动也不动地躺在床上。

床巾:溶了的雪。

"组织个国际俱乐部吧!"猛的得了这么个好主意,一面淌着细汗。

淌着汗,在静寂的街上,拉着醉水手往酒排间跑。街上,巡捕也没有了,那么静,像个死了的城市。水手的皮鞋搁到拉车的脊梁盖儿上面,哑嗓子在大建筑物的墙上响着:

啦得儿……啦得——

　啦得儿

　　啦得……

拉车的脸上,汗冒着;拉车的心里,金洋钱滚着,飞滚着。醉水手猛的跳了下来,跌到两扇玻璃门后边儿去啦。

"Hullo, Master! Master!"

那么地嚷着追到门边,印度巡捕把手里的棒冲着他一扬,笑声从门缝里挤出来,酒香从门缝里挤出来,Jazz 从门缝里挤出来……拉车的拉了车杠,摆在他前面的是十二月的江风,一个冷月,一条大建筑物中间的深巷。给扔在欢乐外面,他也不想到自杀,只"妈妈的"骂了一声儿,又往生活里走去了。

空去了这辆黄包车,街上只有月光啦。月光照着半边街,还有半边街浸在黑暗里边,这黑暗里边蹲着那家酒排,酒排的脑门上一盏灯是青的,青光底下站着个化石似的印度巡捕。开着门又关着门,鹦鹉似的说着:

"Good-bye, Sir。"

从玻璃门里走出个年青人来,胳膊肘上挂着条手杖。他从灯光下走到黑暗里,又从黑暗里走到月光下面,太息了一下,悉悉地向前走去,想到了睡在别人床上的恋人,他走到江边,站在栏杆旁边发怔。

东方的天上,太阳光,金色的眼珠子似地在乌云里睁开了。

在浦东,一声男子的最高音:

"嗳……呀……嗳……"

直飞上半天,和第一线的太阳光碰在一起。接着便来了雄伟的合唱。睡熟了的建筑物站了起来,抬着脑袋,卸了灰色的睡衣,江水又哗啦哗啦的往东流,工厂的汽笛也吼着。

歌唱着新的生命,夜总会里的人们的命运!

醒回来了,上海!

上海,造在地狱上的天堂。

【阅读提示】

这篇作品原是作者准备创作的长篇小说《中国一九三一》的一个章节,后来这个长篇没有继续下去,这个断片也就被视为一个独立的篇章了。

法国学者列斐伏尔在《空间的生产》里说,全球化背景下,现代的生产就是空间的生产。作为全球化的成果之一,上海的空间生产和布局具有怎样的特点呢?这篇小说提供了基本的形貌。小说没有统一的情节,而用电影蒙太奇的镜头闪回、拼接,对整个上海从西部到东部进行快速扫描、映射,并且运用对比手法深刻表达了"上层人的堕落与下层人的不幸"的主题内涵。小说开头是"上海。造在地狱上的天堂"。结尾是"上海,造在地狱上的天堂"。开头强调上海的地狱性,结尾又留恋它的天堂性,这就是海派文学的根本特征,即对都市终归是肯定的,所以小说最后失恋青年并不真的去跳江自杀。小说戏谑、惊叹的调子,感觉化的语言,意象的繁复,都增强了小说的海派魅力。

夜总会里的五个人[①]

穆时英

一 五个从生活里跌下来的人

一九三二年四月六日星期六下午:

金业交易所里边挤满了红着眼珠子的人。

标金的跌风,用一小时一百基罗米突的速度吹着,把那些人吹成野兽,吹去了理性,吹去了神经。

胡均益满不在乎地笑。他说:

"怕什么呢? 再过五分钟就转涨风了!"

过了五分钟,——

"六百两进关啦!"

交易所里又起了谣言:"东洋大地震!"

"八十七两!"

"三十二两!"

"七钱三!"

(一个穿毛葛袍子,嘴犄角儿咬着象牙烟嘴的中年人猛的晕倒了。)

标金的跌风加速地吹着。

再过五分钟,胡均益把上排的牙齿,咬着下嘴唇——

嘴唇碎了的时候,八十万家产也叫标金的跌风吹破了。

嘴唇碎了的时候,一颗坚强的近代商人的心也碎了。

一九三二年四月六日星期六下午:

郑萍坐在校园里的池旁。一对对的恋人从他前面走过去。他睁着眼看;他在等,等着林妮娜。

昨天晚上他送了只歌谱去,在底下注着:

> "如果你还允许我活下去的话,请你明天下午到校园里的池旁来。为了你,我是连头发也愁白了!"

---

①原载 1933 年 2 月 1 日《现代》第 2 卷第 4 期,后收入作者第二个小说集《公墓》,上海现代书局 1933 年 6 月初版;现选自该小说集初版本。

195

林妮娜并没把歌谱退回来——一晚上，郑萍的头发又变黑啦。

今天他吃了饭就在这儿等，一面等，一面想：

"把一个钟头分为六十分钟，一分钟分为六十秒，那种分法是不正确的。要不然，为什么我只等了一点半钟，就觉得胡髭又在长起来了呢？"

林妮娜来了，和那个长腿汪一同地。

"Hey，阿萍，等谁呀？"长腿汪装鬼脸。

林妮娜歪着脑袋不看他。

他哼着歌谱里的句子：

> "陌生人啊！
> 从前我叫你我的恋人，
> 现在你说我是陌生人！
> 陌生人啊！
> 从前你说我是你的奴隶
> 现在你说我是陌生人！
> 陌生人啊……"

林妮娜拉了长腿汪往外走，长腿汪回过脑袋来再向他装鬼脸。他把上面的牙齿，咬着下嘴唇：——

嘴唇碎了的时候，郑萍的头发又白了。

嘴唇碎了的时候，郑萍的胡髭又从皮肉里边钻出来了。

一九三二年四月六日星期六下午：

霞飞路，从欧洲移植过来的街道。

在浸透了金黄色的太阳光和铺满了阔树叶影子的街道上走着。在前面走着的一个年轻人忽然回过脑袋来看了她一眼，便和旁边的还有一个年轻人说起话来。

她连忙竖起耳朵来听：

年轻人甲——"五年前顶抖的黄黛茜吗！"

年轻人乙——"好眼福！生得真……阿门！"

年轻人甲——"可惜我们出世太晚了！阿门！女人是过不得五年的！"

猛的觉得有条蛇咬住了她的心，便横冲到对面的街道上去。一抬脑袋瞧见了橱窗里自家儿的影子——青春是从自家儿身上飞到别人身上去了。

"女人是过不得五年的！"

便把上面的牙齿咬紧了下嘴唇：——

嘴唇碎了的时候，心给那蛇吞了。

嘴唇碎了的时候,她又跑进买装饰品的法国铺子里去了。

一九三二年四月六日星期六下午:

季洁的书房里。

书架上放满了各种版本的莎士比亚的 HAMLET,日译本,德译本,法译本,俄译本,西班牙译本……甚至于土耳其文的译本。

季洁坐在那儿抽烟,瞧着那烟往上腾,飘着,飘着,忽然他觉得全宇宙都化了烟往上腾——各种版本的 Hamlet 张着嘴跟他说起话来啦:

"你是什么?我是什么?什么是你?什么是我?"

季洁把上面的牙齿咬着下嘴唇。

"你是什么?我是什么?什么是你?什么是我?"

嘴唇碎了的时候,各种版本的 Hamlet 笑了。

嘴唇碎了的时候,他自家儿也变了烟往上腾了。

一九×年——星期六下午。

市政府。

一等书记缪宗旦忽然接到了市长的手书。

在这儿干了五年,市长换了不少,他却生了根似地,只会往上长,没降过一次级,可是也从没接到过市长的手书。

在这儿干了五年,每天用正楷写小字,坐沙发,喝清茶,看本埠增刊,从不迟到,从不早走,把一肚皮的野心,梦想,和罗曼史全扔了。

在这儿干了五年,从没接到过市长的手书,今儿忽然接到了市长的手书!便怀着抄写公文的那种谨慎心情拆了开来。谁知道呢?是封撤职书。

一回儿,地球的末日到啦!

他不相信:

"我做错了什么事呢?"

再看了两遍,撤职书还是撤职书。

他把上面的牙齿咬着下嘴唇:——

嘴唇破了的时候,墨盒里的墨他不用再磨了。

嘴唇破了的时候,会计科主任把他的薪水送来了。

二　星期六晚上

厚玻璃的旋转门:停着的时候,像荷兰的风车;动着的时候,像水晶柱子。

五点到六点,全上海几十万辆的汽车从东部往西部冲锋。

可是办公处的旋转门像了风车,饭店的旋转门便像了水晶柱子。人在街头站住了,交通灯的红光潮在身上泛滥着,汽车从鼻子前擦过去。水晶柱子似的旋转门一停,人马上就鱼似地游进去。

星期六晚上的节目单是:

1.一顿丰盛的晚宴,里边要有冰水和冰淇淋;

2.找恋人;

3.进夜总会;

4.一顿滋补的点心,冰水,冰淇淋和水果绝对禁止。

(附注:醒回来是礼拜一了——因为礼拜日是安息日。)

吃完了 Chicken à la king 是水果,是黑咖啡。恋人是 Chicken à la king 那么娇嫩的,水果那么新鲜的。可是她的灵魂是咖啡那么黑色的……伊甸园里逃出来的蛇啊!

星期六晚上的世界是在爵士的轴子上回旋着的"卡通"的地球,那么轻快,那么疯狂地;没有了地心吸力,一切都建筑在空中。

星期六的晚上,是没有理性的日子。

星期六的晚上,是法官也想犯罪的日子。

星期六的晚上,是上帝进地狱的日子。

带着女人的人全忘了民法上的诱奸律。每一个让男子带着的女子全说自己还不满十八岁,在暗地里伸一伸舌尖儿。开着车的人全忘了在前面走着的,因为他的眼珠子正在玩赏着恋人身上的风景线,他的手却变了触角。

星期六的晚上,不做贼的人也偷了东西,顶爽直的人也满肚皮是阴谋,基督教徒说了谎话,老年人拼着命吃返老还童药片,老练的女子全预备了 Kissproof 的点唇膏。……

街:——

(普益地产公司每年纯利达资本三分之一

100000 两

东三省沦亡了吗

没有 东三省的义军还在雪地和日寇作殊死战

同胞们快来加入月捐会

大陆报销路已达五万份

一九三三年宝塔克

自由吃排)

"大晚夜报!"卖报的孩子张着蓝嘴,嘴里有蓝的牙齿和蓝的舌尖儿,他对面的那只蓝年红灯的高跟儿鞋鞋尖正冲着他的嘴。

"大晚夜报!"忽然他又有了红嘴,从嘴里伸出舌尖儿来,对面的那只大酒瓶里倒出葡萄酒来了。

红的街,绿的街,蓝的街,紫的街……强烈的色调化装着都市啊! 年红灯跳跃着——五色的光潮,变化着的光潮,没有色的光潮——泛滥着光潮的天空,天空中有了酒,有了灯,有了高跟儿鞋,也有了钟……

请喝白马牌威士忌酒……吉士烟不伤吸者咽喉……

亚历山大鞋店,约翰生酒铺,拉萨罗烟商,德茜音乐铺,朱古力糖果铺,国泰大戏院,汉密而登旅社……

回旋着,永远回旋着的年红灯——

忽然年红灯固定了:

"皇后夜总会"

玻璃门开的时候,露着张印度人的脸;印度人不见了,玻璃门也开啦。门前站着个穿蓝褂子的人,手里拿着许多白哈吧狗儿,吱吱地叫着。

一只大青蛙,睁着两只大圆眼爬过来啦,肚子贴着地,在玻璃门前吱的停了下来。低着脑袋,从车门里出来了那么漂亮的一位小姐,后边儿跟着钻出来了一位穿晚礼服的绅士,马上把小姐的胳膊拉上了。

"咱们买个哈吧狗儿。"

绅士马上掏出一块钱来,拿了支哈吧狗给小姐。

"怎么谢我?"

小姐一缩脖子,把舌尖冲着他一吐,皱着鼻子做了个鬼脸。

"Charming,dear!"

便按着哈吧狗儿的肚子,让它吱吱地叫着,跑了进去。

三　五个快乐的人

白的台布,白的台布,白的台布,白的台布……白的——

白的台布上面放着:黑的啤酒,黑的咖啡,……黑的,黑的……

白的台布旁边坐着的穿晚礼服的男子:黑的和白的一堆。黑头发,白脸,黑眼珠子,白领子,黑领结,白的浆褶衬衫,黑外褂,白背心,黑裤子……黑的和白的……

白的台布后边站着侍者,白衣服,黑帽子,白裤子上一条黑镶边……

白人的快乐,黑人的悲哀。非洲黑人吃人典礼的音乐,那大雷和小雷似的鼓声,一只大号角呜呀呜的,中间那片地板上,一排没落的斯拉夫公主们跳着黑人的踔跶舞,一条条白的腿在黑缎裹着的身子下面弹着:——

得得得——得达!

又是黑和白的一堆! 为什么在她们的胸前给镶上两块白的缎子,小腹那儿镶上一块白的缎子呢? 跳着,斯拉夫的公主们;跳着,白的腿,白的胸脯儿和白的小腹;跳着,白的和黑的一堆……白的和黑的一堆。全场的人全害了疟疾。疟疾的音乐啊,非洲的林莽里是有毒蚊子的。

哈吧狗从扶梯那儿叫上来,玻璃门开啦,小姐在前面,绅士在后面。

"你瞧,彭洛夫班的猎舞!"

"真不错!"绅士说。

舞客的对话:

"瞧,胡均益! 胡均益来了。"

"站在门口的那个中年人吗?"

"正是。"

"旁边那个女的是谁呢?"

"黄黛茜吗! 嗳,你这人怎么的! 黄黛茜也不认识。"

"黄黛茜那会不认识。这不是黄黛茜!"

"怎么不是? 谁说不是? 我跟你赌!"

"黄黛茜没这么年青! 这不是黄黛茜!"

"怎么没这么年青,她还不过三十岁左右吗!"

"那边儿那个女的有三十岁吗? 二十岁还不到——"

"我不跟你争。我说是黄黛茜,你说不是,我跟你赌一瓶葡萄汁。你再仔细瞧瞧。"

黄黛茜的脸正在笑着,在瑙玛希拉式的短发下面,眼只有了一支,眼角边有了好多皱纹,却巧妙地在黑眼皮和长眉尖中间隐没啦。她有一只高鼻子,把嘴旁的皱纹用阴影来遮了,可是那支眼里的憔悴味是即使笑也遮不了的。

号角急促地吹着,半截白半截黑的斯拉夫公主们一个个的,从中间那片地板上,溜到白台布里边,一个个在穿晚礼服的男子中间溶化啦。一声小铜钹像玻璃盘子掉在地上似地,那最后一个斯拉夫公主便矮了半截,接着就不见了。

一阵拍手,屋顶会给炸破了似的。

黄黛茜把哈吧狗儿往胡均益身上一扔,拍起手来,胡均益连忙把拍着的手接住了那支狗,哈哈地笑着。

顾客的对说:

"行,我跟你赌! 我说那女的不是黄黛茜——嗳,慢着,我说黄黛茜没那么年轻,我说她已经快三十岁了。你说她是黄黛茜。你去问她,她要是没到二十五岁的话,那就不是黄黛茜,你输我一瓶葡萄汁。"

"她要是过了二十五岁的话呢?"

"我输你一瓶。"

"行! 说了不准翻悔,啊?"

"还用说吗? 快去!"

黄黛茜和胡均益坐在白台布旁边,一个侍者正在她旁边用白手巾包着酒瓶把橙黄色的酒倒在高脚杯里。胡均益看着酒说：

"酒那么红的嘴唇啊！你嘴里的酒是比酒还醉人的。"

"顽皮！"

"是一只歌谱里的句子呢。"

哈,哈,哈！

"对不起,请问你现在是二十岁还是三十岁？"

黄黛茜回过脑袋来,却见顾客甲立在她后边儿,她不明白他是在跟谁讲话,只望着他。

"我说,请问你今年是二十岁还是三十岁？因为我和我的朋方在——"

"什么话,你说？"

"我问你今年是不是二十岁？还是——"

黄黛茜觉得白天的那条蛇又咬住她的心了,猛的跳起来,拍,给了一个耳刮子,马上把手缩回来,咬着嘴唇,把脑袋伏在桌上哭啦。

胡均益站起来道："你是什么意思？"

顾客甲把左手掩着左面的腮帮儿："对不起,请原谅我,我认错人了。"鞠了一个躬便走了。

"别放在心里,黛茜。这疯子看错人咧。"

"均益,我真的看着老了吗？"

"那里？那里！在我的眼里你是永远年青的！"

黄黛茜猛的笑了起来："在'你'的眼里我是永远年青的！哈哈,我是永远年青的！"把杯子提了起来。"庆祝我的青春呵！"喝完了酒便靠胡均益肩上笑开啦。

"黛茜,怎么啦？你怎么啦？黛茜！瞧,你疯了！你疯了！"一面按着哈吧狗的肚子,吱吱地叫着。

"我才不疯呢！"猛的静了下米。过了回儿猛的又笑了起来,"我是永远年青的——咱们乐一晚上吧。"便拉着胡均益跑到场里去了。

留下了一只空台子。

旁边台子上的人悄悄地说着：

"这女的疯了不成！"

"不是黄黛茜吗？"

"正是她！究竟老了！"

"和她在一块儿的那男的很像胡均益,我有一次朋友请客,在酒席上碰到过他的。"

"可不正是他,金子大王胡均益。"

"这几天外面不是谣得很厉害,说他做金子蚀光了吗？"

"我也听见人家这么说,可是,今儿我还瞧见了他坐了那辆'林肯',陪了黄黛茜在公司里买了许多东西的——我想不见得一下子就蚀得光,他又不是第一天做金子。"

玻璃门又开了,和笑声一同进来的是一个二十二三岁的男子,还有一个差不多年纪的人扠着他的胳膊,一位很年轻的小姐摆着张焦急的脸,走在旁边儿,稍微在后边儿一点。那先进来的一个,瞧见了舞场经理的秃脑袋,一抬手用大手指在光头皮上划了一下:

"光得可以!"

便哈哈地捧着肚子笑得往后倒。

大伙儿全回过脑袋来瞧他:

礼服胸前的衬衫上有了一堆酒渍,一丝头发拖在脑门上,眼珠子像发寒热似的有点儿润湿,红了两片腮帮儿,胸襟那儿的小口袋里胡乱地塞着条麻纱手帕。

"这小子喝多了酒咧!"

"喝得那个模样儿!"

秃脑袋上给划了一下的舞场经理跑过去帮着扶住他,一边问还有一个男子:

"郑先生在那儿喝了酒的?"

"在饭店里吗! 喝得那个模样还硬要上这儿来。"忽然凑着他的耳朵道:"你瞧见林小姐到这儿来没有,那个林妮娜?"

"在这里!"

"跟谁一同来的?"

这当儿,那边儿桌子上的一个女的跟桌上的男子说:"我们走吧? 那醉鬼来了!"

"你怕郑萍吗?"

"不是怕他,喝醉了酒,给他侮辱了,划不来的。"

"要出去,不是得打他前边儿过吗?"

那女的便软着声音,说梦话似的道:"我们去吧!"

男的把脑袋低着些,往前凑着些:"行,亲爱的妮娜!"

妮娜笑了一下,便站起来往外走,男的跟在后边儿。

舞场经理拿嘴冲着他们一呶:"那边儿不是吗?"

和那个喝醉了的男子一同进来的那女子插进来道:

"真给他猜对了。那个不是长脚汪吗?"

"糟糕! 冤家见面了!"

长脚汪和林妮娜走过来了,林妮娜看见了郑萍,低着脑袋,轻轻儿的喊:"明新!"

"妮娜,我在这儿,别怕!"

郑萍正在那儿笑,笑着,笑着,不知怎么的笑出眼泪来啦,猛的从泪珠儿后边

儿看出去,妮娜正冲着自家儿走来,乐得刚叫:

"妮——"

一擦泪,擦了眼泪却清清楚楚地瞧见妮娜挂在长脚汪的胳膊上,便:

"妮——你! 哼,什么东西!"胳膊一挣。

他的朋友连忙又扠住了他的胳膊:"你瞧错人咧,"扠着他往前走。同来的那位小姐跟妮娜点了点头,妮娜浅浅儿的笑了笑,便低下脑袋和冲郑萍瞪眼的长脚汪走出去了,走到门口,开玻璃门出去。刚有一对男女从外面开玻璃门进来,门上的年红灯反映在玻璃上的光一闪——

一个思想在长脚汪的脑袋里一闪:"那女的不正是从前扔过我的芝君吗? 怎么和缪宗旦在一块儿?"

一个思想在芝君的脑袋里一闪:"长脚汪又交了新朋友了!"

长脚汪推左面的那扇门,芝君推右面的一扇门,玻璃门一动,反映在玻璃上的年红灯光一闪,长脚汪马上扠着妮娜的胳膊肘,亲亲热热地叫一声:"Dear!……"

芝君马上挂到缪宗旦的胳膊上,脑袋稍微抬了点儿:"宗旦……"宗旦的脑袋里是:"此致缪宗旦君,市长的手书,市长的手书,此致缪宗旦君……"

玻璃门一关上,门上的绿丝绒把长脚汪的一对和缪宗旦的一对隔开了。走到走廊里正碰见打鼓的音乐师约翰生急急忙忙地跑出来,缪宗旦一扬手:

"Hollo,Johny!"

约翰生眼珠子歪了一下,便又往前走道:"等回儿跟你谈。"

缪宗旦走到里边刚让芝君坐下,只看见对面桌子上一个头发散乱的人猛的一挣胳膊,碰在旁边桌上的酒杯上,橙黄色的酒跳了出来,跳到胡均益的腿上,胡均益正在那儿跟黄黛茜说话,黄黛茜却早已吓得跳了起来。

胡均益莫名其妙地站了起来:"怎么会翻了的?"

黄黛茜瞧着郑萍,郑萍歪着眼道:"哼,什么东西!"

他的朋友一面把他按住在椅子上,一面跟胡均益赔不是:"对不起的很,他喝醉了。"

"不相干!"掏出手帕来问黄黛茜弄脏了衣服没有,忽然觉得自家的腿湿了,不由的笑了起来。

好几个白衣侍者围了上来,把他们遮着了。

这当儿约翰生走了来,在芝君的旁边坐了下来:

"怎么样,Baby?"

"多谢你,很好。"

"Johny,you look very sad!"

约翰生耸了耸肩膀,笑了笑。

"什么事?"

"我的妻子正在家生孩子,刚才打电话来叫我回去——你不是刚才瞧见我急急忙忙地跑出去吗?——我跟经理说,经理不让我回去。"说到这儿,一个侍者跑来道:"密司特约翰生,电话。"他又急急忙忙地跑去了。

电灯亮了的时候,胡均益的桌子上又放上了橙黄色的酒,胡均益的脸又凑到黄黛茜的脸前面,郑萍摆着张愁白了头发的脸,默默地坐着,他的朋友拿手帕在擦汗。芝君觉得后边儿有人在瞧她,回过脑袋去,却是季洁,那两只眼珠子像黑夜似的,不知道那瞳子有多深,里边有些什么。

"坐过来吧?"

"不。我还是独自个儿坐。"

"怎么坐在角上呢?"

"我喜欢静。"

"独自个儿来的吗?"

"我爱孤独。"

他把眼光移了开去,慢慢地,像僵尸的眼光似地,注视着她的黑鞋跟,她不知怎么的哆嗦了一下,把脑袋回过来。

"谁?"缪宗旦问。

"我们校里的毕业生,我进一年级的时候,他是毕业班。"

缪宗旦在拗着火柴梗,一条条拗断了,放在烟灰缸里。

"宗旦,你今儿怎么的?"

"没怎么!"他伸了伸腰,抬起眼光来瞧着她。

"你可以结婚了,宗旦。"

"我没有钱。"

"市政府的薪水还不够用吗? 你又能干。"

"能干——"把话咽住了,恰巧约翰生接了电话进来,走到他那儿:"怎么啦?"

约翰生站到他前面,慢慢儿地道:"生出来一个男孩子,可是死了,我的妻子晕了过去,他们叫我回去,我却不能回去。"

"晕了过去,怎么呢?"

"我不知道。"便默着,过了回儿才说道:"我要哭的时候人家叫我笑!"

"I'm sorry for you, Johny!"

"let's cheer up!"一口喝干了一杯酒,站了起来,拍着自家儿的腿,跳着跳着道:"我生了翅膀,我会飞! 啊,我会飞,我会飞!"便那么地跳着跳着的飞去啦。

芝君笑弯了腰,黛茜拿手帕掩着嘴,缪宗旦哈哈地大声儿的笑开啦,郑萍忽然也捧着肚子笑起来。胡均益赶忙把一口酒咽了下去跟着笑。

哈,哈,哈! 哈! 哈! 哈,哈,哈,哈! 哈,哈,哈哈!

黛茜把手帕不知扔到那儿去啦,脊梁盖儿靠着椅背,脸望着上面的红年灯。大伙儿也跟着笑——张着的嘴,张着的嘴,张着的嘴……越看越不像嘴啦。每个人的脸全变了模样儿,郑萍有了个尖下巴,胡均益有了个圆下巴,缪宗旦的下巴和嘴分开了,像从喉结那儿生出来的,黛茜下巴下面全是皱纹。

只有季洁一个人不笑,静静地用解剖刀似的眼光望着他们,竖起了耳朵,在深林中的猎狗似的,想抓住每一个笑声。

缪宗旦瞧见了那解剖刀似的眼光,那竖着的耳朵,忽然他听见了自家儿的笑声,也听见了别人的笑声,心里想着——"多怪的笑声啊!"

胡均益也瞧见了——"这是我在笑吗?"

黄黛茜朦胧地记起了小时候有一次从梦里醒来,看到那暗屋子,曾经大声地嚷过的——"怕!"

郑萍模模糊糊地——"这是人的声音吗?那些人怎么在笑的!"

一回儿这四个人全不笑了。四面还有些咽住了的,低低的笑声,没多久也没啦。深夜在森林里,没一点火,没一个人,想找些东西来倚靠,那么的又害怕又寂寞的心情侵袭着他们。小铜铙呛的一声儿,约翰生站在音乐台上:

"Cheer up, ladies and gentlemen!"

便咚咚地敲起大鼓来,那么急地,一阵有节律的旋风似的。一对对男女全给卷到场里去啦,就跟着那旋风转了起来。黄黛茜拖了胡均益就跑,缪宗旦把市长的手书也扔了,郑萍刚想站起来时,扠他进来的那位朋友已经把胳膊搁在那位小姐的腰上咧。

"全逃啦!全逃啦!"他猛的把手掩着脸,低下了脑袋,怀着逃不了的心境坐着。忽然他觉得自家儿心里清楚了起来,觉得自家儿一点也没有喝醉似的。抬起脑袋来,只见给自己打翻了酒杯的桌上的那位小姐正跟着那位中年绅士满场的跑,那样快的步伐,疯狂似的。一对舞侣飞似的转到他前面,一转又不见啦。又是一对,又不见啦。"逃不了的!逃不了的!"一回脑袋想找地方儿躲似的,却瞧见季洁正在凝视着他,便走了过去道:"朋友,我讲笑话你听。"马上话匣子似的讲着话。季洁也不作声,只瞧着他,心里说:——

"什么是你!什么是我!我是什么!你是什么!"

郑萍只见自家儿前面是化石的眼珠子,一动也不动的,他不管,一边讲,一边笑。

芝君和缪宗旦跳完了回来,坐在桌子上。芝君微微地喘着气,听郑萍的笑话,听了便低低的笑,还没笑完,又给缪宗旦拉了去啦。季洁的耳朵听着郑萍,手指却在那儿拗火柴梗,火柴梗完了,便拆火柴盒,火柴盒拆完了,便叫侍者再去拿。

侍者拿了盒新火柴来道:"先生,你的桌子全是拗断了的火柴梗了!"

"四秒钟可以把一根火柴拗成八根,一个钟头一盒半,现在是——现在是几点钟?"

"两点还差一点,先生。"

"那么,我拗断了六盒火柴,就可以走啦。"一面还是拗着火柴。

侍者白了他一眼便走了。

顾客的对话:

顾客丙——"那家伙倒有味儿,到这儿来拗火柴。买一块钱不是能在家里拗一天了吗?"

顾客丁——"吃了饭没事做,上这儿拗火柴来,倒是快乐人哪。"

顾客丙——"那喝醉了的傻瓜不乐吗? 一进来就把人家的酒打翻了。还骂人家什么东西,现在可拼命和人家讲起笑话来咧。"

顾客丁——"这溜儿那几个全是快乐人! 你瞧,黄黛茜和胡均益,还有他们对面的那两个,跳得多有劲!"

顾客丙——"可不是,不怕跳断腿似的。多晚了,现在?"

顾客丁——"两点多咧。"

顾客丙——"咱们走吧? 人家多走了。"

玻璃门开了,一对男女,男的歪了领带,女的蓬了头发,跑出去啦。

玻璃门又开了,又是一对男女,男的歪了领带,女的蓬了头发,跑出去啦。

舞场慢慢儿的空了,显着很冷静的,只见经理来回的踱,露着发光的秃脑袋,一回儿红,一回儿绿,一回儿蓝,一回儿白。

胡均益坐了下来,拿手帕抹脖子里的汗道:"我们停一支曲子,别跳吧?"

黄黛茜说:"也好——不,为什么不跳呢? 今儿我是二十八岁,明儿就是二十八岁零一天了! 我得老一天了! 我是一天比一天老的。女人是差不得一天的! 为什么不跳呢,趁我还年轻? 为什么不跳呢!"

"黛茜——"手帕还拿在手里,又给拉到场里去啦。

缪宗旦刚在跳着,看见上面横挂着的一串串气球的绳子在往下松,马上跳上去抢到了一个,在芝君的脸上拍了一下道:"拿好了,这是世界!"芝君把气球搁在他们的脸中间,笑着道:

"你在西半球,我在东半球!"

不知道是谁在他们的气球上弹了一下,气球碰的爆破啦。缪宗旦正在微笑着的脸猛的一怔:"这是世界! 你瞧,那破了的气球——破了的气球啊!"猛的把胸脯儿推住了芝君的,滑冰似地往前溜,从人堆里,拐弯抹角地溜过去。

"算了吧,宗旦,我得跌死了!"芝君笑着喘气。

"不相干,现在三点多啦,四点关门,没多久了! 跳吧! 跳!"一下子碰在人家身上。"对不起!"又滑了过去。

季洁拗了一地的火柴——

一盒,两盒,三盒,四盒,五盒……

郑萍还在那儿讲笑话,他自家儿也不知道在讲什么,尽笑着,尽讲着。

一个侍者站在旁边打了个呵欠。

郑萍猛的停住不讲了。

"嘴干了吗?"季洁不知怎么的会笑了。

郑萍不作声,哼着:

> "陌生人啊!
>
> 从前我叫你我的恋人,
>
> 现在你说我是陌生人!
>
> 陌生人啊!
>
> ……"

季洁看了看表,便搓了搓手,放下了火柴:"还有二十分钟咧。"

时间的足音在郑萍的心上悉悉地响着,每一秒钟像一只蚂蚁似地打他的心脏上面爬过去,一只一只的,那么快的,却又那么多,没结没完的——"妮娜抬着脑袋等长脚汪的嘴唇的姿态啊! 过一秒钟,这姿态就会变的,再过一秒钟,又会变的,变到现在,不知从等吻的姿态换到那一种姿态啦。"觉得心脏慢慢儿地缩小了下来,"讲笑话吧!"可是连笑话也没有咧。

时间的足音在黄黛茜的心上悉悉地响着,每一秒钟像一只蚂蚁似地打她心脏上面爬过去,一只一只的,那么快的,却又那么多,没结没完的——"一秒钟比一秒钟老了! '女人是过不得五年的。'也许明天就成了个老太婆儿啦!"觉得心脏慢慢儿的缩小了下来,"跳哇!"可是累得跳也跳不成了。

时间的足音在胡均益的心上悉悉地响着,每一秒钟像一只蚂蚁似地打他心脏上面爬过去,一只一只的,那么快的,却又是那么多,没结没完的……"天一亮,金子大王胡均益就是个破产的人了! 法庭,拍卖行,牢狱……"觉得心脏慢慢儿的缩小了下来。他想起了床旁小几上的那瓶安眠药,餐间里那把割猪排的餐刀,外面汽车里在打瞌睡斯拉夫王子腰里的六寸手枪,那么黑的枪眼……"这小东西里边能有什么呢?"忽然渴望着睡觉,渴慕着那黑的枪眼。

时间的足音在缪宗旦的心上悉悉地响着,每一秒钟像一只蚂蚁似地打他心脏上面爬过去,一只一只地,那么快的,却又是那么多,没结没完的……"下礼拜起我是个自由人咧,我不用再写小楷,我不用再一清早赶到枫林桥去,不用再独自个坐在二十二路公共汽车里喝风;可不是吗? 我是自由人啦!"觉得心脏慢慢儿地缩小了下来。"乐吧! 喝个醉吧! 明天起没有领薪水的日子了!"在市政府做事的谁能相信缪宗旦会有那堕落放浪的思想呢,那么个谨慎小心的人? 不可能的事,可是不可能事也终有一天可能了!

白台布旁坐着的小姐们一个个站了起来,把手提袋拿到手里,打开来,把那面小镜子照着自家儿的鼻子擦粉,一面想:"像我那么可爱的人——"因为她们只看到自家儿的鼻子,或是一只眼珠子,或是一张嘴,或是一缕头发;没有看到自家儿整个的脸。绅士们全拿出烟来,擦火柴点他们的最后的一枝。

音乐台放送着:

"晚安了,亲爱的!"俏皮的,短促的调子。

"最后一支曲子咧!"大伙儿全站起来舞着,场里只见一排排凌乱的白台布,拿着扫帚在暗角里等着的侍者们打着呵欠的嘴,经理的秃脑袋这儿那儿的发着光,玻璃门开直了,一串串男女从梦里走到明亮的走廊里去。

咚的一声儿大鼓,场里的白灯全亮啦,音乐台上的音乐师们低着身子收拾他们的乐器。拿着扫帚的侍者们全跑了出来,经理站在门口跟每个人道晚安,一回儿舞场就空了下来。剩下来的是一间空屋子,凌乱的,寂寞的,一片空的地板,白灯光把梦全赶走了。

缪宗旦站在自家儿的桌子旁边——"像一只爆了的汽球似的!"

黄黛茜望了他一眼——"像一只爆了的汽球似的。"

胡均益叹息了一下——"像一只爆了的汽球似的!"

郑萍按着自家儿酒后涨热的脑袋——"像一只爆了的汽球似的!"

季洁注视着挂在中间的那只大灯座——"像一只爆了的汽球似的。"

什么是汽球? 什么是爆了的汽球?

约翰生皱着眉尖儿从外面慢慢儿地走进来。

"Good-night,Johny!"缪宗旦说。

"我的妻子也死了!"

"I'm awfully sorry for you,Johnv!"缪宗旦在他肩上拍了一下。

"你们预备走了吗?"

"走也是那么,不走也是那么!"

黄黛茜——"我随便跑那去,青春总不会回来的。"

郑萍——"我随便跑那去,妮娜总不会回来的。"

胡均益——"我随便跑那去,八十万家产总不会回来的。"

"等回儿! 我再奏一支曲子,让你们跳,行不行?"

"行吧。"

约翰生走到音乐台那儿拿了只小提琴来,到舞场中间站住了,下巴扣着提琴,慢慢儿地,慢慢儿地拉了起来,从棕色的眼珠子里掉下来两颗泪珠到弦线上面。没了灵魂似的,三对疲倦的人,季洁和郑萍一同地,胡均益和黄黛茜一同地,缪宗旦和芝君一同地在他四面舞着。

猛的,碰! 弦线断了一条。约翰生低着脑袋,垂下了手:

"I can't help!"

舞着的人也停了下来,望着他怔。

郑萍耸了耸肩膀道:"No one can help!"

季洁忽然看看那条断了的弦线道:"C'est totne sa vie。"

一个声音悄悄地在这五个人的耳旁吹嘘着:"No one can help!"

一声儿不言语的,像五个幽灵似的,带着疲倦的身子和疲倦的心一步步地走了出去。

在外面,在胡均益的汽车旁边,猛的碰的一声儿。

车胎? 枪声?

金子大王胡均益躺在地上,太阳那儿一个枪洞,在血的下面,他的脸痛苦地皱着,黄黛茜吓呆在车厢里。许多人跑过来看,大声地问着,忙乱着,谈论着,叹息着,又跑开去了。

天慢慢儿亮了起来,在皇后夜总会的门前,躺着胡均益的尸身,旁边站着五个人,约翰生,季洁,缪宗旦,黄黛茜,郑萍,默默地看着他。

四　四个送殡的人

一九三二年四月十日,四个人从万国公墓出来,他们是去送胡均益入土的。这四个人是愁白了头发的郑萍,失了业的缪宗旦,二十八岁零四天的黄黛茜,睁着解剖刀似的眼珠子的季洁。

黄黛茜——"我真做人做疲倦了!"

缪宗旦——"他倒做完了人咧! 能像他那么憩一下多好啊!"

郑萍——"我也有了颗老人的心了!"

季洁——"你们的话我全不懂。"

大家便默着。

一长串火车驶了过去,驶过去,驶过去,在悠长的铁轨上,嘟的叹了口气。

辽远的城市,辽远的旅程啊!

大家叹息了一下,慢慢儿地走着——走着,走着。前面是一条悠长的,寥落的路……

辽远的城市,辽远的旅程啊!

一九三二,一二,二二

【阅读提示】

李欧梵在《上海摩登——一种新都市文化在中国（1930－1945）》中指出："舞厅在所有的小说创作里，都是表现都市的关键所在。穆时英比任何其他的现代中国作家都更善于营造舞厅的情调和气氛，这要归功于他从电影里学来的的一种最合适的表现技法。"

这篇小说将人物命运、心理都纳入一个皇后夜总会来表现，而且采用典型的电影脚本的写法，快速推进，空间并置，视野广阔而又内涵沉郁。小说充分写出舞厅所代表的现代时空对于都市人的极端意义。在现代时间的快速推进下，现代都市人生命的孤独感、寂寞感、疲惫感、焦虑感及相伴而来的生存危机愈加严重了。

白金的女体塑像[①]

穆时英

一

六点五十五分,谢医师醒了。

七点:谢医师跳下床来。

七点十分到七点三十分:谢医师在房里做着柔软运动。

八点十分:一位下巴刮得很光滑的,中年的独身汉从楼上走下来。他有一张清癯的,节欲者的脸;一对沉思的,稍含带点抑郁的眼珠子;一个五尺九寸高,一百四十二磅重的身子。

八点十分到八点二十五分:谢医师坐在客厅外面的露台上抽他的第一斗板烟。

八点二十五分:他的仆人送上他的报纸和早点——一壶咖啡,两片土司,两只煎蛋,一只鲜橘子。把咖啡放到他右手那边,土司放到左手那边,煎蛋放到盘子上面,橘子放在前面报纸放到左前方。谢医师皱了一皱眉尖,把报纸放到右前方,在胸脯那儿划了个十字,默默地做完了祷告,便慢慢儿的吃着他的早餐。

八点五十分,从整洁的黑西装里边挥发着酒精,板烟,炭比酸,和咖啡的混合气体的谢医师,驾着一九二七年的 Morris 跑车往四川路五十五号诊所里驶去。

二

"七!第七位女客……谜……?"

那么地联想着,从洗手盆旁边,谢医师回过身子来。

窄肩膀,丰满的胸脯,脆弱的腰肢,纤细的手腕和脚踝,高度在五尺七寸左右,裸着的手臂有着贫血症患者的肤色,荔枝似的眼珠子诡秘地放射着淡淡的光辉,冷静地,没有感觉似的。

(产后失调? 子宫不正? 肺痨,贫血?)

"请坐!"

她坐下了。

和轻柔的香味,轻柔的裙角,轻柔的鞋跟,同地走进这屋子来坐在他的紫姜

①1933 年 6 月作者在《彗星月刊》发表《谢医师的疯症》,学者们认为是本篇的前身。该篇作品收入作者第三个小说集《白金的女体塑像》,上海现代书局 1934 年 7 月初版;现选自该小说集初版本。

色的板烟斗前面的,这第七位女客穿了暗绿的旗袍,腮帮上有一圈红晕,嘴唇有着一种焦红色,眼皮黑得发紫,脸是一朵惨淡的白莲,一副静默的,黑宝石的长耳坠子,一只静默的,黑宝石的戒指,一只白金手表。

"是想诊什么病,女士?"

"不是想诊什么病;这不是病,这是一种……一种什么呢? 说是衰弱吧,我是不是顶瘦的,皮肤层里的脂肪不会缺少的,可以说是血液顶少的人。不单脸上没有血色,每一块肌肤全是那么白金似的。"她说话时有一种说梦话似的声音。远远的,朦胧的,淡漠地,不动声色地诉说着自己的病状,就像在诉说一个陌生人的病状似的,却又用着那么亲切委婉的语调,在说一些家常琐事似的。"胃口简直是坏透了,告诉你,每餐只吃这么一些,恐怕一只鸡还比我多吃一点呢。顶苦的是晚上睡不着,睡不香甜,老会莫名其妙地半晚上醒回来。而且还有件古怪的事,碰到阴暗的天气,或太绮丽了的下午,便会一点理由也没有地,独自个儿感伤着,有人说是虚,有人说是初期肺病。可是我怎么敢相信呢? 我还年青,我需要健康……"眼珠子猛的闪亮起来,可是只三秒钟,马上又平静了下来,还是那么诡秘地没有感觉似的放射着淡淡的光辉;声音却越加朦胧了,朦胧到有点含糊。"许多人劝我照几个月太阳灯,或是到外埠去旅行一次,劝我上你这儿来诊一诊……"微微地喘息着,胸侧涌起了一阵阵暗绿的潮。

(失眠,胃口呆滞,贫血,脸上的红晕,神经衰弱! 没成熟的肺痨呢? 还有性欲的过度亢进,那朦胧的声音,淡淡的眼光。)

沉淀了三十八年的腻思忽然浮荡起来,谢医师狼狈地吸了口烟,把烟斗拿开了嘴道:

"可是时常有寒热?"

"倒不十分清楚,没留意。"

(那么随便的人!)

"晚上睡醒的时候,有没有冷汗?"

"最近好像是有一点。"

"多不多?"

"嗳……不像十分多。"

"记忆力不十分好?"

"对了,本来我的记忆力是顶顶好的,在中西念书的时候,每次考书,总在考书以前两个钟头里边才看书,没一次不考八十分以上的……"喘不过气来似的停了一停。

"先给你听一听肺部吧。"

她很老练地把胸襟解了开来,里边是黑色的褒裙,两条绣带娇慵地攀在没有血色的肩膀上面。

212

他用中指在她胸脯上面敲了一阵子,再把金属的听筒按上去的时候,只觉得左边的腮帮儿麻木起来,嘴唇抖着,手指僵直着,莫名其妙地只听得她的心脏,那颗陌生的,诡秘的心脏跳着。过了一回,才听见自己在说:

"吸气!深深地吸!"

一个没有骨头的黑色的胸脯在眼珠子前面慢慢儿的膨胀着,两条绣带也跟着伸了个懒腰。

又听得自己在说:"吸气!深深地吸!"

又瞧见一个没有骨头的黑色的胸脯在眼珠子前面慢慢儿的胀膨着,两条绣带也跟着伸了个懒腰。

一个诡秘的心剧烈地跳着,陌生地又熟悉地。听着听着,简直摸不准在跳动的是自己的心,还是她的心了。

他叹了口气,竖起身子来。

"你这病是没成熟的肺痨,我也劝你去旅行一次。顶好是到乡下去——"

"去休养一年?"她一边钮上扣子,一边瞧着他,没感觉似的眼光在他脸上搜求着。"好多朋友,好多医生全那么劝我,可是我丈夫抛不了在上海的那家地产公司,又离不了我。他是个孩子,离了我就不能生活的。就为了不情愿离开上海……"身子往前凑了一点:"你能替我诊好的,谢先生,我是那么地信仰着你啊!"——这么恳求着。

"诊是自然有方法替你诊,可是,……现在还有些对你病状有关系的话,请你告诉我。你今年几岁?"

"二十四。"

"几岁起行经的?"

"十四岁不到。"

(早熟!)

"经期可准确?"

"在十六岁的时候,时常两个月一次,或是一月来几次,结了婚,流产了一次,以后经期就难得能准。"

"来的时候,量方面多不多?"

"不一定。"

"几岁结婚的?"

"二十一。"

"丈夫是不是健康的人?"

"一个运动家,非常强壮的人。"

在他前面的这第七位女客像浸透了的连史纸似的,瞧着马上会一片片地碎了的。谢医师不再说话,尽瞧着她,沉思地,可是自己也不知道在想些什么。过

了回儿,他说道:

"你应该和他分床,要不然,你的病就讨厌。明白我的意思吗?"

她点了点脑袋,一丝狡黠的羞意静静地在她的眼珠子里闪了一下便没了。

"你这病还要你自己肯保养才好,每天上这儿来照一次太阳灯,多吃牛油,别多费心思,睡得早起得早,有空的时候,上郊外或是公园里去坐一两个钟头,明白吗?"

她动也不动地坐在那儿,没听见他的话似的,望着他,又像在望着他后边儿的窗。

"我先开一张药方你去吃,你尊姓?"

"我丈夫姓朱。"

(性欲过度亢进,虚弱,月经失调! 初期肺痨,谜似的女性应该给她吃些什么药呢?)

把开药方的纸铺在前面,低下脑袋去沉思的谢医师瞧见歪在桌脚旁边的,在上好的网袜里的一对脆弱的,马上会给压碎了似的脚踝,觉得一流懒洋洋的流液从心房里喷出来,流到全身的每一条动脉里边,每一条微血管里边,连静脉也古怪地痒起来。

(十多年来诊过的女性也不少了,在学校里边的时候就常在实验室里和各式各样的女性的裸体接触着的,看到裸着的女人也老是透过了皮肤层,透过了脂肪性的线条直看到她内部的脏腑和骨骼里边去的;怎么今天这位女客人的诱惑性就骨蛆似地钻到我思想里来呢? 谜——给她吃些什么药呢……)

开好了药方,抬起脑袋来,却见她正静静地瞧着他,那淡漠的眼光里像升发着她的从下部直蒸腾上来的热情似的,觉得自己脑门那儿冷汗尽渗出来。

"这药粉每饭后服一次,每服一包,明白吗? 现在我给你照一照太阳灯吧。紫光线特别地对你的贫血症的肌肤是有益的。"

他站起来往里边那间手术室里走去,她跟在后边儿。

是一间白色的小屋子,有几只白色的玻璃橱,里边放了些发亮的解剖刀,钳子等类的金属物,还有一些白色的洗手盆,痰盂,中间是一只蜘蛛似的伸着许多细腿的解剖床。

"把衣服脱下来吧。"

"全脱了吗?"

谢医师听见自己发抖的声音说:"全脱了。"

她的淡淡的眼光注视着他,没有感觉似的。他觉得自己身上每一块肌肉全麻痹起来,低下脑袋去,茫然地瞧着解剖床的细腿。

"袜子也脱了吗?"

他脑袋里边回答着:"袜子不一定要脱了的。"可是裹裙还要脱了,袜子就永远在白金色的腿上织着蚕丝的梦吗？他的嘴便说着："也脱。"

暗绿的旗袍和绣了边的亵裙无力地委谢到白漆的椅背上面；袜子蛛网似的盘在椅上。

"全脱了。"

谢医师抬起脑袋来。

把消瘦的脚踝做底盘，一条腿垂直着，一条腿倾斜着，站着一个白金的人体塑像，一个没有羞惭，没有道德观念，也没有人类的欲望似的，无机的人体塑像。金属性的，流线感的，视线在那躯体的线条上面一滑就滑了过去似的。这个没有感觉，也没有感情的塑像站在那儿等着他的命令。

他说："请你仰天躺到床上去吧！"

（床！仰天！）

"请你仰天躺到床上去吧！"像有一个洪大的回声在他耳朵旁边响着似的，谢医师被剥削了一切经验教养似的慌张起来；手抖着，把太阳灯移到床边，通了电，把灯头移到离她身子十吋的距离上面，对准了她的全身。

她仰天躺着，闭上了眼珠子，在幽微的光线下面，她的皮肤反映着金属的光，一朵萎谢了的花似的在太阳光底下呈着残艳的，肺病质的姿态。慢慢儿的呼吸匀细起来，白桦树似的身子安逸地搁在床上，胸前攀着两颗烂熟的葡萄，在呼吸的微风里颤着。

（屋子里没第三个人那么瑰艳的白金的塑像啊"倒不十分清楚留意"很随便的人性欲的过度亢进朦胧的语音淡淡的眼光诡秘地没有感觉似地放射着升发了的热情那么失去了一切障碍物一切抵抗能力地躺在那儿呢——）

谢医师觉得这屋子里气闷得厉害，差一点喘不过气来。他听见自己的心脏要跳到喉咙外面来似地震荡着，一股原始的热从下面煎上来。白漆的玻璃橱发着闪光，解剖床发着闪光，解剖刀也发着闪光，他的脑神经纤维组织也发着闪光。脑袋涨得厉害。

"没有第三个人！"这么个思想像整个宇宙崩溃下来似的压到身上，压扁了他。

谢医师浑身发着抖，觉得自己的腿是在一寸寸地往前移动，自己的手是在一寸寸地往前伸着。

（主救我白金的塑像啊主救我白金的塑像啊主救我白金的塑像啊主救我白金的塑像啊主救我白金的塑像啊主救我……）

白桦似的肢体在紫外光线底下慢慢儿的红起来，一朵枯了的花在太阳光里边重新又活了回来似地。

（第一度红斑已经出现了！够了，可以把太阳灯关了。）

一边却麻痹了似地站在那儿，那原始的热尽煎上来，忽然，谢医师失了重心似地往前一冲,猛的又觉得自己的整个的灵魂跳了一下,害了疟疾似地打了个寒噤,却见她睁开了眼来。

谢医师咽了口黏涎子,关了电流道:

"穿了衣服出来吧。"

把她送到门口,说了声明天会,回到里边,解松了领带和脖子那儿的衬衫扣子,拿手帕抹了抹脸,一面按着第八位病人的脉,问着病症,心却像铁钉打了一下似地痛楚着。

三

四点钟,谢医师回到家里。他的露台在等着他,他的咖啡壶在等着他,他的图书室在等着他,他的园子在等着他,他的罗倍在等着他。

他坐在露台上面,一边喝着浓得发黑的巴西咖啡,一边随随便便地看着一本探险小说。罗倍躺在他脚下,他的咖啡壶在桌上,他的熄了火的烟斗在嘴边。

树木的轮廓一点点的柔和起来,在枝叶间织上一层朦胧的,薄暮的季节梦。空气中浮着幽渺的花香。咖啡壶里的水蒸气和烟斗里的烟一同地往园子里彳亍着走去,一对缠脚的老妇人似地,在花瓣间消逝了婆娑的姿态。

他把那本小说放到桌上,喝了口咖啡,把脑袋搁在椅背上,喷着烟,白天的那股原始的热还在他身子里边蒸腾着。

"白金的人体塑像!一个没有血色,没有人性的女体,异味呢。不能知道她的感情,不能知道她的生理构造,有着人的形态却没有人的性质和气味的一九三三年新的性欲对象啊!"

他忽然觉得寂寞起来。他觉得他缺少个孩子,缺少一个坐在身旁织绒线的女人;他觉得他需要一只阔的床,一只梳妆台,一些香水,粉和胭脂。

吃晚饭的时候,谢医师破例地去应酬一个朋友的宴会,而且在筵席上破例地向一位青年的孀妇献起殷勤来。

四

第二个月

八点:谢医师醒了。

八点至八点三十分:谢医师睁着眼躺在床上,听谢太太在浴室里放水的声音。

八点三十分:一位下巴刮得很光滑的,打了条红领带的中年绅士和他的太太一同地从楼上走下来。他有一张丰满的脸,一对愉快的眼珠子,一个五尺九寸高,一百四十九磅重的身子。

八点四十分:谢医师坐在客厅外面的露台上抽他的第一枝纸烟(因为烟斗已

经叫太太给扔到壁炉里边去了），和太太商量今天午餐的餐单。

九点廿分：从整洁的棕色西装里边挥发着酒精，咖啡，炭化酸和古龙香水的混合气体的谢医师，驾着一九三三年的 srudebaker 轿车把太太送到永安公司门口，再往四川路五十五号的诊所里驶去。

【阅读提示】

匈牙利学者卢卡奇继承马克思的思想，在《历史与阶级意识》里集中探讨了现代人生的物化问题，这种物化人生又在现代都市里最典型地表现出来。

所选作品令人震惊之处就在于捕捉到现代都市物质消费—享乐人生对于人的巨大诱惑和对人的深刻改造。谢医师本是一个独身主义者，但是遇到了一个年仅二十四岁的漂亮女性因为太沉着于物质享受生活（恋物癖）和两性生活，而导致全身是白金似的。小说对人物的形象描画显示作家语言的驾驭能力，但是更重要的是作家准确捕捉到这个女人所带来的特有的都市消费—逸乐的空气及其神秘。谢医师经过这个病号的巨大刺激，终于把持不住自己，而迅速结婚了。这是更新奇更怪诞也更有阐释空间的都市新感觉。

【延伸阅读作品与参考文献】

1. 贾植芳、钱谷融主编：《海派文化长廊·穆时英小说全编》，学林出版社 1997 年版。

2. 沈从文：《论穆时英》、杨之华：《穆时英论》、苏雪林：《新感觉派穆时英的作风》，均见严家炎、李今编《穆时英全集》第三卷（散文、理论与评论、译文卷），北京十月文艺出版社 2008 年版。

3. 李今：《海派小说与现代都市文化》有关章节，安徽教育出版社 2000 年版。

4. 李欧梵：《上海摩登　　　种新都市文化在中国(1930—1945)》有关章节，毛尖译，人民文学北京大学出版社 2001 年版。

【思考与练习】

1. 举例分析说明穆时英小说与刘呐鸥小说中女性形象的异同。

2. 举例说明穆时英小说空间建构的都市文化意义。

3. 举例说明穆时英小说与电影艺术的关系。

石　秀[①]

施蛰存

一

却说石秀这一晚在杨雄家里歇宿了，兀自的翻来复去睡不着。隔着青花布帐眼睁睁的看着床面前小桌子上的一盏燃着独股灯芯的矮灯檠，微小的火焰在距离不到五尺的靠房门的板壁上直是乱晃。石秀的心情，也正如这个微小的火焰一般的在摇摇不定了。其实与其说石秀的心情是和这样的一个新朋友家里的灯檠上的火焰一样地晃动，倒不如说它是被这样的火焰所诱惑着，率领着的，更为恰当。因为上床之后的石秀起先是感觉到了一阵白昼的动武，交际，谈话，所构合成的疲倦，如果那时就闭上眼纳头管自己睡觉，他是无疑地立即会得呼呼的睡个大瞌。叵耐石秀是个从来就没有在陌生人家歇过夜的人，况且自己在小客店里每夜躺的是土炕，硬而且冷，那有杨雄家这样的软绵绵的铺陈，所以石秀在这转换环境的第一夜，就觉得一时不容易入睡了。

躺在床上留心看着这个好像很神秘的晃动着的火焰，石秀心里便不禁给勾引起一大片不尽的思潮了。当时的石秀，一点不夸张地说，虽则没有睡熟，也昏昏然的好像自己是已经入了梦境一般了。他回想起每天挑了柴担在蓟州城里做买卖的生涯，更回想起七年前随同了叔父路远迢迢的从金陵建康府家乡来此贩买牛羊牲口的情形，叔父怎样死在客店里，自己又怎样的给牛贩子串通了小泼皮做下了圈套，哄骗得自己折蚀完了本钱，回去不得。自己想想自己的生世，真是困厄险巇之至。便是今天的事情，当初是只为了路见不平，按捺不下一股义侠之气。遂尔帮衬了杨节级，把张保这厮教训了一顿拳脚，却不想和杨节级结成了异姓兄弟，从此住到他家里来；更不想中间又认识了梁山水泊里天下闻名的人物，算算这一日里的遭际，又简直有些疑真疑幻起来。

猛可地，石秀又想起了神行太保递给他的十两纹银。伸手向横在脚边的钱袋里一摸，兀不是冷冰冰的一锭雪白花银吗？借着隔了一重青花布帐的微弱的灯光，石秀把玩着这个寒光逼眼，宝气射人的银锭，不觉得心中一动，我石秀手头竟有三五年没拿到这样沉重的整块银子了。当那神行太保递给我银锭的时候，

①作者施蛰存（1905—2003），浙江杭州人。20 世纪 30 年代新感觉派代表作家之一。该篇作品原载 1931 年 2 月 10 日《小说月报》第 22 卷第 2 号，后收入作者小说集《将军底头》，上海新中国书店 1932 年 1 月初版；现选自该小说集初版本。

一气的夸说着梁山泊里怎样的人才众多,怎样的讲义气,怎样的论秤分金银,换套穿衣服,自己想想正在无路投奔的当儿,正可托他们去说项说项,投奔入伙,要不是杨节级哥哥撞入店中来,这时候恐怕早已和他们一路儿向梁山泊去了,这样想着的石秀,颇有些后悔和杨雄结识这回事了。想想现在虽则住在杨雄家里,听潘公的口气,很想要我帮他开设一片肉铺子,这虽然比在蓟州城中挑柴担要强的多,可终究也不是大丈夫出头之所。于是,这个年青的武士石秀不由的幻想着那些在梁山水泊里等待着他的一切名誉、富有,和英雄的事业。"哎!今番是错走了道儿了也。"石秀瞪视着帐顶,轻声地对自己说着这样后悔的话。

可是,正如他的脾气的急躁一样,他的思想真也变换得忒快。好似学习了某种新的学问似的,石秀忽然又悟到了一个主意:啐!那戴宗杨林这两个东西,简直的说得天花乱坠,想骗我石秀入伙,帮同他们去干打家劫舍的不义的勾当。须知我石秀虽则贫贱,也有着清清白白的祖宗家世,难道一时竟熬不住这一点点的苦楚,自愿上山入伙,给祖宗丢脸不成。他们所说朝廷招安等话,全是胡说,谁个不知道现今各处各城张挂着榜文图像,捉拿那个山东及时雨宋江,难道朝廷还会得招安他们给他们官儿做?我石秀怎地一时糊涂险些儿钻进了圈套,将来犯了杀头开腔之苦还没什么打紧,倒是还蒙了一个强盗的名声可不是什么香的。哎!哎!看来我石秀大概是穷昏了,免不得要见财起意,这可是真丢脸了。罢了,别希罕这个捞什子了。倒还不如先开起肉铺子来,积蓄几个盘缠,回家乡去谋个出头的日子罢。这样想着的石秀,随手秃的一声,将那个银锭抛在床角边去了。

思绪暂时沉静了下去之后,渐渐地又集中到杨雄身上。这时,在坦白的、纯粹的石秀的心上,追摹着他所得到了杨雄的印象了。那个黄面孔,细长眉毛,两只胳膊上刺满了青龙花纹的杨雄的形貌,是他在没有和杨雄相识之前就早已认熟了的,他这时所追想的是日间的杨雄的谈吐和对待他的仪态,"到底是一个爽直慷慨的英雄啊!"思索了一番之后,用着英雄惜英雄的情意,石秀得到了这样的结案。但是,忽地又灵光一闪,年轻的石秀眼前又浮上一个靓艳的人形来,这是杨雄的妻小潘巧云了。不知怎地,石秀脑筋里分明记得刚才被杨雄叫出堂前来见礼的时候的她的一副袅袅婷婷的姿态,一袭回文缕空细花的杏黄绸衫,轻轻地束着一副绣花如意翠绿抹地丝绦,斜领不掩,香肩微弹,隐隐的窥得见当胸一片乳白的肌肤,映照着对面杨雄穿着的一件又宽又大的玄色直裰,越发娇滴滴地显出红白。先前,当她未曾打起布帘儿出来的时候,石秀就听见了一声永远也忘不了她的娇脆的"大哥,你有甚叔叔?"石秀正在诧异这声音怎地软又怎地婉转,她却已经点动着花簇簇的鞋儿走了出来。直害得石秀慌了手脚,迎上前去,正眼儿不敢瞧一下,行礼不迭。却又吃她伸出五指尖尖的左手来对他眼前一摆,如像一匹献媚的百灵鸟似的说着:"奴家年轻,哪敢受此大礼。"石秀分明记得,那个时候,真是窘乱得不知如何是好,自己是从来没有和这样的美妇人觌面交话过,要不是杨雄接下话去，救了急，真个不知要显出怎样的村蠢相来呢。想着这样的情形，虽然是在幽暗的帐子里，石秀也自觉得脸上一阵的燥热起来，心头也不知怎的像有小鹿儿在内乱撞了。想想自己年纪又轻，又练就得一副好身手，脸蛋儿又生得不算不俊俏，却是这样披风带雪的流落在这个举目无亲的蓟州城里干那低微的卖柴勾当，生活上的苦难已是今日不保明日，哪里还能够容许他有如恋爱之类的妄想；而杨雄呢，虽说他是个忱爽的英雄，可是也未必便有什么了不得的处所，却是在这个蓟州城里，便要算到数一数二的人物，而且尤其要叫人短气的，却是如他这样的一尊黄皮胖大汉，却搂着恁地一个国色天香的赛西施在家里，正是天下最不平的事情。那石秀愈想愈闷，不觉的莽莽苍苍地叹了一口浩气。

这时，石秀眼前忽觉倏的一暗，不禁吃了一吓，手扶着头，疑心自己想偏了心，故而昏晕了。但自己委实好端端地没有病，意识仍然很清楚，回头向帐外一望，不期噗哧一笑，原来灯盏里的灯芯短了，光焰遂往下一沉。石秀便撩起帐子，探身出来剔着灯芯。忽听得房门外悉悉率率的起着一阵轻微的声音，好像有人在外面行动。石秀不觉停住了剔灯芯的那只手，扶在床边的小桌子上，侧耳倾听，却再也听不出什么来。石秀心下思忖，想是杨雄他们夫妇还未睡觉，正在外面拿什么东西进房去呢。当下那年少热情的石秀，正如一个擅长着透视术的魔法师，穿过了闩闭着的房门，看出了外面秉着凤胫灯檠的穿着晚妆的潘巧云，正在跋着紫绢的拖鞋翻身闪进里面去，而且连她当跨过门的时候，因为拖鞋卸落在地上，回身将那只没有穿袜子的光致的脚去勾取拖鞋的那个特殊的娇艳的动作，也给他看见了。是的，这样素洁的，轮廓很圆浑的，肥而不胖的向后伸着的美脚，这样的一种身子向着前方，左手秉着灯檠，右手平伸着，以保重她底体重的平衡的教人代为担忧的特殊的姿势，正是最近在挑着柴担打一条小巷里经过的时候，一个美丽的小家女子所曾使石秀吃惊过的。但是，现在，石秀却仿佛这样的姿态和美脚是第一度才看见，而且是属于义兄杨雄的妻子，那个美丽的潘巧云的。

对于石秀，这显然是一种不可思议的奇迹。但石秀却并不就对于这样的奇迹之显现有一些阐明的欲求。非特如此，石秀甚至已完全忘记了当他看见那个美艳的妇人的短促的一时间，她究竟是否跣露着脚。这是，因为在他目前的记忆中，不知怎地，却再也想不起她的鞋袜是怎样的形式来。非特如此，使年青的石秀陷于重压的苦闷之中的，是他底记忆，已经更进一步，连得当时所见的那个美艳的妇人的衣带裙裤的颜色和式样都遗失了。他所追想得到的潘巧云，只是一个使他眼睛觉着刺痛的活的美体底本身，是这样地充满着热力和欲望的一个可亲的精灵，是明知其含着剧毒而又自甘于被它底色泽和醇郁所魅惑的一盏鸩酒。非特如此，时间与空间的隔绝对于这时候的石秀，又已不起什么作用，所以，在板壁上晃动着的庞大的黑影是杨雄的玄布直裰，而在这黑影前面闪着光亮的，便是从虚幻的记忆中召来的美妇人潘巧云了。

也没有把灯芯剔亮，石秀底战抖的手旋即退缩入帐中，帐门便掩下了。石秀靠坐在床上，一瞑目，深自痛悔起来。为什么有了这样的对于杨雄是十分不义的思想呢？自己是绝不曾和一个妇人有过关涉，也绝不曾有过这样的企求；——是的，从来也没有意识地生过这种恋望。然则何以会得在第一天结义的哥哥家里，初见了嫂子一面，就生着这样不经的妄念呢？这又岂不是很可卑的吗？对于自己的谴责，就是要先鞫问这是不是很可卑的呢？

觉醒了之后又自悔自艾着的石秀，这样地一层一层的思索着。终于在这样的自己检讨之下发生了疑问。看见了一个美妇人而生了痴恋，这是不是可卑的呢？当然不算得什么可卑的。但看见了义兄底美妇人而生痴恋，这却是可卑的事了。这是因为这个妇人是已经属于了义兄的，而凡是义兄底东西，做义弟的是不能有据为己有的希望的。这样说来，当初索性没有和杨雄结义，则如果偶然见着了这样的美妇人，倒不妨设法结一重因缘的。于是，石秀又后悔着早该跟戴宗杨林两人上梁山去的。但是，一上梁山恐怕又未必会看见这样美艳的妇人了。从这方面说来，事情倒好像也是安排就了的。这里，是一点也不容许石秀有措手之余裕的。然则，现在既已知道了这是杨雄所有的美妇人之后，不存什么别的奢望，而徒然像回忆一弯彩虹似的生着些放诞的妄想，或者也是可以被允许的吧，或者未必便是什么大不了的可卑的事件吧。

这样地宽慰着自己的石秀，终于把新生的苦闷的纠纷暂时解决了。但是，在这样的解决之中，他觉到牺牲得太大了。允许自己尽量的耽于对潘巧云的妄想，而禁抑着这个热情的奔泻，石秀自己也未尝不觉到，这是一重危险。但为了自己底小心，守礼，和谨伤，便不得不用最强的自制力执行了这样的决断。

二

次日，石秀一觉醒来，听听窗外已是鸟声琐碎，日影扶苏，虽然还不免有些疲倦，只因为是在别人家里，客客气气的不好放肆，便赶紧起身，穿着停当，把房门开了。外面早已有一个丫鬟伺候着，见石秀起来，她就走进房来，把桌上的灯檠收过。石秀觉得没有话说，只眼看着那个丫鬟的行动。那丫鬟起先是嘿嘿地低着头进房来，待到一手掌着灯檠，不觉自顾自的微笑着，石秀看在眼里，心中纳罕。便问：

"喂，敢是有什么好笑的事看见了么？"

那丫鬟抬起头来对石秀瞅了一眼，当下石秀不觉又吃一惊。心想杨节级哥哥倒有这们福气，有了个艳妻不算，还养着这样一个美婢。你看她微红的俏脸儿，左唇边安着不大不小，不浓不淡的一点美人痣，鬓发蓬松，而不觉得乱，眼睛直瞅着你，好像要从她底柔薄的嘴唇里说出什么密恋的或狠毒的话来似的，又何尝有一丝一毫地方像一个丫鬟呢。眩惑着的石秀正在这样沉思着，忽然看见她说：

"爷好像昨儿晚上害怕了,没有熄得火睡。"

神志不属的石秀随嘴回答道:

"唔,没有害怕,睡觉得早,忘掉了吹火。"

直到那丫鬟拿了灯檠走出去好一会儿,石秀还呆呆的站在衣桁边。刚才不是形容过这时的石秀是神志不属似的吗?石秀究竟怎样想着呢,难道看见了这样美艳的丫鬟,石秀又抑制不住自己的热情之挑诱了吗?还是因为这个丫鬟而又被唤起了昨夜的对于潘巧云的不义的思绪呢?……不是,都不是!石秀意识很清楚,既然对于潘巧云的态度是已经过了一番郑重的考虑而决定了,则当然对于潘巧云底丫鬟同样的不便有什么妄念,因为这也对于杨雄是很不义的事。然则,倘若要问,这时候的石秀受了怎样的感想而神志不属着的呢?这个,是可以很简单地阐明了的:原来石秀底感情,在与这个美艳的丫鬟照面的一刹那顷,是与其说是迷眩,不如说是恐怖,更为恰当些。虽然,明知潘巧云是潘巧云,而丫鬟是丫鬟,显然地她们两个人,在容貌和身分两方面,都有着判别,但石秀却恍惚觉得这个丫鬟就是潘巧云自己了。潘巧云就是这个丫鬟,这个丫鬟就是潘巧云;而不管她是丫鬟欤,潘巧云欤,又同时地在石秀底异常的视觉中被决断为剧毒和恐怖底原素了。通常说着"最毒妇人心"这等成语的,大都是曾经受到过妇人底灾祸的衰朽的男子,而石秀是从来连得与妇人的交际都不曾有过,决没有把妇人认为恶毒的可能。然则说是因为石秀看出来的潘巧云和丫鬟底容貌,都是很奸刁,很凶恶的缘故么?这也不是。石秀所看见的潘巧云和那丫鬟,正如我们所看见的一样,是在蓟州城里不容易找得到的两个年龄相差十一岁的美女子。这样讲起来,说石秀所感到的感情是恐怖的话,是应当怎样解释的呢?这是仍旧应当从石秀所看见的她们俩的美艳中去求解答的。原来石秀好像在一刹那间觉得所有的美艳都就是恐怖雪亮的钢刀,寒光射眼,是美艳的,杀一个人,血花四溅,是美艳的,但同时也就得被称为恐怖;在黑夜中焚烧着宫室或大树林的火焰,是美艳的,但同时也就是恐怖,酒泛着嫣红的颜色,饮了之后,醉眼酕然,使人歌舞弹唱,何尝不是很美艳的,但其结果也得说是一个恐怖。怀着这样的概念,石秀所以先迷眩于潘巧云和那丫鬟,而同时又呆呆地预感着未见的恐怖,而颇觉得有"住在这样的门户里,恐怕不是什么福气罢"的感想。

呆气地立在衣桁边的石秀,刚想移步,忽听得外面杨雄底声音:

"大嫂,石秀叔叔快要起来,你也得替他安排好一套衣服巾帻,让他好换。停会儿再着人到街上石叔叔住过的客店里,把石叔叔的行李包裹拿了来。千万不要忘了。"

接着院子里一阵脚步响,石秀晓得是杨雄出去到官府里画卯去了。稍停了一会,石秀一个人在房里直觉得闲的慌,心想如果天天这样的住在杨雄家里没事做,杨雄又每天要去承应官府,不闷死,也得要闲死,这却应当想个计较才是,这样思索着,不觉的踱了出来。刚走到院子里,恰巧杨雄底妻子潘巧云,身后跟着那丫鬟,捧着一堆衣服,打上房里出来。那妇人眼快,一看见石秀,便陪着笑脸迎上来:

"叔叔起来得恁地早,昨夜安歇得晏了,何不多睡一睏? 刚才大哥吩咐了替叔叔安排衣服,正要拿来给叔叔更换哩。"

石秀抬头一看,只见她又换了一身衣服。是一袭满地竹枝纹的水红夹衫,束着一副亮蓝丝绦,腰边佩着一双古玉,走路时叮叮的直响,好像闪动着万个琅玕。鬓脚边斜插着一枝珠凤。衣服好像比昨天的紧小一些,所以胸前浮起着的曲线似乎格外勾画得清楚了。当着这样的巧笑情兮的艳色虽说胸中早已有了定见,石秀也不禁脸上微红,一时有些不知怎样回答才是的失措了。

而潘巧云是早已看出了石秀是怎样地窘困着了。不等他想出回答的话,便半回身地对着那丫鬟说:

"迎儿,你自去把这些衣裳放在石爷房里。"

石秀正待谦让,迎儿早已捧着衣裳走向他房里去了,只剩了石秀和潘巧云两个对立在屋檐下。石秀左思右想,委实想不出什么话来应付潘巧云,只指望潘巧云快些进去,让自己好脱身出去。无奈这美妇人却好像识得他底心理似的,偏不肯放松他。好妇人,看着这样吃嫩的石秀,越发卖弄起风骚来。石秀眼看她把眉头一轩,秋波一转,樱唇里又迸出戛玉的声音:

"叔叔好像怪气闷的,可不是? 其实叔叔住在这里,也就和住在自己家里一样,休要客气。倘气闷时,不妨到后园里去,那边小屋里见放着家伙,可以随便练练把式。倘有什么使唤,就叫迎儿,大哥每天价出外时多,在家时少,还要仰仗叔叔帮帮门户,叔叔千万不要把我们当作外人看待,拘束起来,倒叫我们大哥得知了,说我们服侍的不至诚。"

石秀看着这露出了两排贝玉般的牙齿倩笑着,旋又将手中的香罗帕抿着嘴唇的潘巧云,如中了酒似地昏眩着答道:

"嫂嫂说那里话来,俺石秀多承节级哥哥好意,收容在这里居住,那里还会气闷。俺石秀是个粗狂的人,不懂礼教,倘有什么不到之处,还得嫂嫂照拂。倘有用到俺的地方,也请嫂嫂差遣……"

石秀话未说完,早见潘巧云伸出了右手的纤纤食指,指着石秀,快要接触着石秀底面颊,眼儿乜斜着,朗朗地笑着,说道:

"却又来了,叔叔嘴说不会客气,却偏是恁地客气。以后休要这样,叫奴家担受不起……"

被她这样说着,石秀益发窘急,一时却答不上话。这时,迎儿已走了回来,站在潘巧云身旁。趁着潘巧云询问迎儿怎样将衣服放在石爷房里的间隙,石秀才得有定一定神,把踉蹡的仪态整顿一下的余裕。对于这样殷勤的女主人,石秀的私心是甚为满意了。石秀所得到的印像,潘巧云简直不仅是一个很美艳的女人,而且还是一个很善于交际,很洒落,细密地说起来,又是对于自己很有好感的女人了。对于女人,石秀虽然并不曾有过交际的经验,但自知是决不至于禁受不住女人底谈笑而感觉到窘难的。所以,对于当前的潘巧云,继续地显现了稚气的困恼者,这是为了什么呢?在石秀,自己又何尝不明白,是为了一种秘密的羞惭。这种羞惭,就是对于昨天晚上所曾费了许多抑制力而想定了的决断而发生的。自从与潘巧云很接近地对立在屋檐下,为时虽然不过几分钟,而石秀却好像经过了几小时似的,继续地感觉到自己底卑贱。但愈是感得自己卑贱,却愈清晰地接受了潘巧云底明艳和爽朗。是的,这在石秀自己,当时也不可思议地诧异着潘巧云底声音容貌何以竟会得这样清晰地深印在官感中。还是他底官感已变成为异常的敏锐了呢?还是潘巧云底声音容貌已经像一个妖妇所有的那样远过于真实了?这是谁也不能解释的。

这种不由自主的喜悦克服了石秀,虽然感到自己之卑贱,虽然又因此感到些羞惭,但在这时候,却并不急于想离开潘巧云了。并且,甚至已经可以说是,下意识地,怀着一种希望和她再多斯近一会儿的欲念了。石秀假意咳了一声,调了个嗓子,向堂屋里看望了一眼。

"叔叔里面去坐罢,停会儿爷爷起来之后,就要和叔叔商量开设屠宰作坊的事情哩。"潘巧云闪了闪身子,微笑地说。

石秀就移步走进堂屋中,潘巧云和迎儿随后便跟着进来。彼此略略地谦逊了一会,各自坐定了。迎儿依旧侍立在潘巧云背后。石秀坐在靠窗的一只方椅上,心中暗自烦躁。很想和潘巧云多交谈几句,无奈自己又一则好像无话可说,再则即使有话,也不敢说。明知和潘巧云说几句平常的话是不算得什么的,但却不知怎的,总好像这是很足以使自己引起快感而同时是有罪眚的事。石秀将正在对着院子里的剪秋罗凝视着的眼光懦怯地移向潘巧云看去,却刚与她底一向就凝看着他的眼光相接。石秀不觉得心中一震,略俯下头去,又微微地咳嗽了一声。

"嫂嫂有事,请便,待我在这里等候丈人。"

"奴家有什么事?还不是整天地闲着。街坊上又不好意思去逛,爷爷又是每天价上酒店去,叔叔没有来的时候,这里真是怪冷静的呢。"

这样说着的潘巧云,轻婉地立了起来。

"哎哟!真是糊涂,叔叔还没有用早点呢。迎儿,你去到巷口替石爷做两张炊饼来,带些蒜酱。"

迎儿答应着便走了出去。屋子里又只剩了潘巧云和石秀两个。石秀本待谦辞,叵耐迎儿走得快,早已唤不住了,况且自己肚子里也真有些饿得慌,便也随她。这时,潘巧云笑吟吟地走近来:

"叔叔今年几岁了?"

"俺今年二十八岁。"

"奴家今年二十六岁,叔叔长奴家两岁了。不知叔叔来到蓟州城里几年了?"

"唔,差不多要七年了。"

"这样说来,叔叔是二十一岁上出门的。不知叔叔在家乡可娶了媳妇没有?"

受了这样冒昧和大胆的问话底袭击,石秀不禁耳根上觉得一阵热。用了一个英爽多情的少年人底羞涩的眼光停瞩着潘巧云,轻声地说:

"没有。"

而出乎石秀意料之外的,是在这样答话之后,这个美艳的妇人却并不接话下去。俯视着的石秀抬起头来。分明地看出了浮显在她美艳的脸上的是一痕淫亵的,狎昵的靓笑。从她底眼睛里透露了石秀所从来未曾接触过的一种女性的温存,而在这种温存底背后,却又显然隐伏着一种欲得之而甘心的渴望。同时,在她的容貌上,又尽情地泄露了最明润,最映丽,最幻想的颜色。而在这一瞬间的美质底呈裸之时,为所有的美质之焦点者,是石秀所永远没有忘记了的她底将舌尖频频点着上唇的这种精致的表情。

这是一个神秘的暴露,一弯幻想的彩虹之实现。在第一刹那间,未尝不使石秀神魂震荡,目定口呆;而继续着的,对于这个不曾被热情遮蔽了理智的石秀,却反而是一重沉哀的失望。石秀颤震着,把眼光竭力从她脸上移开,朦胧地注视着院子里飘在秋风中的剪秋罗。

"嫂嫂烦劳你给一盏茶罢,俺口渴呢。"

而这时,跋着厚底的鞋子,阁阁地走下扶梯出来的,是刚才起身的潘公。

三

是屠宰作坊开张后约莫一个多月的一个瑟爽的午后,坐在小屋的檐下,出神地凝视着墙角边的有十数头肥猪蠢动着的猪圈,石秀又开始耽于他底自以为可以得到些快感的幻想了。

因为每天要赶黎明时候起身,帮着潘公宰猪,应接买卖,砍肥剁瘦,直到傍午才得休停,这样的疲劳,使石秀对于潘巧云的记忆,浅淡了好久,虽然有时间或从邻舍家听到些关于她的话。

这一天,因为收市得早了些,况且又听见了些新鲜的关于潘巧云的话,独自个用过了午饭,杨雄又没有回来,潘公是照例地拖了他的厚底靴子到茶坊酒肆中和他相与着的几个闲汉厮混去了。石秀只才悠然地重新整理起忘却了许久的对于潘巧云的憧憬。是刚才来买了半斤五花肉的那个住在巷口的卖馄饨的底妻子,告诉他的,说潘巧云嫁给杨雄是二婚了,在先她是嫁给的一个本府的王押司,两年前王押司患病死了,才改嫁给杨雄的,便是迎儿也是从王押司家里带来的。

想着新近听到的这样的话,又想起曾经有过一天,偶然地听得人说潘巧云是勾栏里出身的,石秀不觉对于潘巧云的出身有些怀疑起来了。莫不是真的她家里开过勾栏,然后嫁给了王押司的吗?不知节级哥哥知道不知道这底细?如果知道的,想必不会就把她娶来吧。

如果所听到的话都不是撒谎的,然则……这样的推料着的石秀,不禁又想起了那来到杨雄家里的第二天早晨的她底神情了。不仅是这一次,以后,在肉店开张的头几天,她也时常很亲密地来相帮在肉案子里面照料一切,每次都有着一种特别的神情使石秀底神经颤震过,而这些异常清晰的印像一时间又浮在眼前了。这无异于将她底完全的仪态展示在石秀面前。幻想着的石秀,开始微唱着"即使不是勾栏里出身的,看着这种举止,也免不得要给人家说闲话了"的话。

然则石秀是在轻蔑她了?……并非!这是因为石秀虽然为人英武正直,究竟还是个热情的少年汉子,所以此时的石秀,其心境却是两歧的,而这两歧的心境,都与轻蔑的感情相去极远。为杨雄的义弟的石秀,以客观的立场来看潘巧云,只感觉到她未免稍微不庄肃一点。而因为对于她底以前的历史有了一些似乎确实的智识,便觉得这种不庄肃的所以然,也不是什么不可恕的了。总之,无论她怎样,现在总是杨雄底妻子了,就这一点,石秀已经有了足够的理由应当看重她了。但是,同时,在另一方面,为一个热情的石秀自己,却是正因为晓得了潘巧云曾经是勾栏里的人物而有所喜悦着。这是在石秀底意识之深渊内,缅想着潘巧云历次的对于自己的好感之表示,不禁有着一种认为很容易做到的自私的奢望。倘若真是勾栏里的人呢,万一她这种亲眼的表情又是故意的,那么,在我这方面,只要以为对于杨雄哥哥没有什么过不去,倒是不能辜负她底好意的,如像她这样的纤弱和美貌,对于如杨雄哥哥这样的一个黄胖大汉,照人情讲起来,也实在是厮配不上的。而俺石秀,不娶浑家便罢,要娶浑家,既已看见过世上有这等美貌的女人,却非娶这等女人不可了。

这样思索着的石秀,对于潘巧云的暗秘的情热,又急突地在他心中蠢动起来了。这一次的情热,却在第一次看见了潘巧云而生的情热更猛烈了。石秀甚至下意识地有了"虽然杨雄是自己底义兄,究竟也不是什么了不得的关系,便爱上了他底浑家又有甚打紧"的思想。

石秀对于以前的以谨伤、正直、简单的态度拒绝潘巧云底卖弄风骚,开始认为是傻气的而后悔着。潘巧云已有好几天不到作坊里来了,便是迎儿在点茶递饭的当儿,平时总有说有笑的,而近来却也不知怎的,似乎收敛了色笑。莫不是那女人见勾搭不上自己,有些不悦意了么?莫不是她曾经告诫过迎儿休得再来亲近么?石秀底后悔随着推想的进展而变作一种自愧的歉仄了。是的,是好像自己觉得辜负了潘巧云的盛情的抱歉。

由于很清晰地浮动在眼前的美妇人潘巧云底种种爱娇的仪态,和熊熊地炽热于胸中的一个壮年男子的饥饿着的欲望,石秀不自主地离去了宰猪的作坊和猪圈,走向杨雄夫妇们住着的正屋中去了。这时候,石秀底心略微有些飘荡了。

从此一走进室内去,倘若又看见了她,那实在是恋慕着的美艳的女人,将装着怎么样的态度呢? 石秀也很了解自己,所以会得心中忐忑不宁而生着这样的难于自决的疑问者,质直地说起来,也就是早有了不甘再做傻子的倾向了。但是,事实又是逼迫着他在两条路中间选择一条的,既不甘再做傻子,对于潘巧云底风流的情意有所抱歉,则这一脚踏进室内去,其结果自然是不必多说的了。而石秀是单为了对于这样的结果,终究还有些疑虑,所以临时又不免有"看见了她,将装着怎样的态度呢?"这种不很适当的踌躇。

但是他终于怀着这样飘荡忐忑的心而走进了潘巧云正在那儿坐着叫迎儿捶腿的那间耳房了。一眼看见石秀倏然走进来,潘巧云底神色倒好像有些出于不意似地稍微吃惊了一下。但这是不过是一瞬间的事,甚至连搁在矮凳上的两条腿也没有移动一下,潘巧云随即装着讽刺的笑脸说:

"哎哟! 今天是甚好风儿把叔叔吹了进来。一向只道叔叔忙着照料买卖,虽说是同住在一个宅子里,再也休想叔叔进来看望我们的。"

说了这样俏皮话的潘巧云,向石秀瞟了一眼,旋即往下望着那屈膝了蹲在旁边,两个拳头停在她小腿上的迎儿,左腿对着迎儿一耸,说道:

"怎么啦? 为什么停着不捶呀,石爷又不是外人,也没有什么害臊的。"

迎儿一抿嘴,接着又照前的将两个拳头向潘巧云底裹着娇红的裤子的大腿上捶上来了。

石秀不觉的脚下趔趄,进又不是,退又不是;没个安排处。心里不住地怯荡,好像已经做下了什么不端的事情了。对着这样放肆的,淫佚相的美妇人。如果怀着守礼谨饬的心,倒反而好像是很寒酸相了。展现在自己眼前的,是纯粹的一场淫猥的,下流的飨宴,惟有沉醉似地去做一个享用这种佚乐的主人公,才是最漂亮而得体的行为。石秀虽然没有到过什么勾栏里去,但常常从旁人底述说及自己底幻想中推料到勾栏里姐儿们底行径:纤小的脚搁在朱漆的一凳上,斜拖了曳地的衣衫,诱惑似地显露了裹膝或裤子,或许更露出了细脆的裤带。瘦小的手指,如像拈着一枝蔷薇花似的擎着一个细窑的酒盏,而故意地做着斜睨的姿态的眼睛,又老是若即若离的流盼着你,泄露了临睡前的感情的秘密。这种情形,是常常不期然而然地涌现在石秀底眼前,而旋即被一种英雄底庄严所诃叱了的。

豫先就怀了一种不稳定的思想的石秀,看了这故意显现着捶腿的姿态的潘巧云,彷佛间好像自己是走进在一家勾栏里了是的,潘巧云是个娼妇,这思想又在石秀底心中明显地抬头了。从什么地方再可以判别出这是杨雄底家里,而不是勾栏里呢? 好了,现在一切都已经安排好了,所等待着的就是石秀底一句话,一个举动。只要一句话或一个举动就尽够解决一切了。

石秀沉吟地凝看着潘巧云底裹着艳红色裤子的上腿部,嘴里含满了一口黏腻的唾沫。这唾沫,石秀是曾几次想咽下去,而终于咽不下;几次想吐出来,而终于吐不出来的。而在这样的当儿,虽然没有正眼儿地瞧见,石秀却神经的感觉到潘巧云底锐利的眼光正在迎候着他。并且,更进一步,石秀能预感到她这样的眼光将怎样地跟着他底一句话或一个举动而骤然改变了。

"今天有大半天空闲,所以特地来望望嫂嫂,却不道嫂嫂倒动怒了。"石秀终于嗫嚅着说。

潘巧云把肩膀一耸,冷然一笑,却带着三分喜色。

"叔叔倒也会挖苦人。谁个和叔叔动怒来?既然承叔叔美意,没有把奴家忘了,倒教奴家过意不去了。"

一阵寒噤直穿透石秀的全身。

接着是一阵烦热,一阵狎亵的感觉。

"嫂嫂,这一身衣服倒怪齐整的……"

准备着用轻薄的口吻说出了这样调笑的话,但猛一转眼,恰巧在那美妇人底背后,浮雕着回纹的茶几上,冷静地安置着那一条的杨雄底皂色头巾,讽刺地给石秀瞥见了。

"迎儿,你去替石爷点一盏香茶来。"这美丽的淫妇向迎儿丢了个眼色。

但她没有觉得背后的杨雄底敝头巾却已经有着这样的大力把她底自以为满意的胜利劫去了。在石秀心里,爱欲的苦闷和烈焰所织成了的魔网,这全部毁灭了。呆看着这通身发射出淫亵的气息来的美艳的妇人,石秀把牙齿紧咬着下唇,突然地感觉到一阵悲哀了。

"迎儿快不要忙,俺还得先出去走一趟,稍停一会儿再来这里打搅。"

匆匆地说着这样的话,石秀终于对潘巧云轻蔑地看了一眼,稍微行了半个礼,决心一回身,大踏步走了出来了。在窗外,他羞惭地分明听得了潘巧云底神秘的,如银铃一般的朗笑。

次日,早起五更把买卖托给了潘公一手经营,石秀出发到外县买猪去了。

四

是在买猪回来的第三天,买卖完了,回到自己房中,石秀洗了手,独自个呆坐着。

寻思着前天夜里所看见和听见的种种情形,又深悔着自己那天没有决心把账目交代清楚,动身回家乡去了。那天买猪回来的时候,店门关闭,虽然潘公说是为了家里要啐经,怕得没人照管,但又安知不是这个不纯良的妇人因为对于自己有了反感而故意这样表示的呢?石秀自以为是很能够懂得一个妇人的心理的,当她爱好你的时候,她是什么都可以牺牲给你的,但反之,当她怀恨你的时候,她是什么都吝啬的了。推想起来,潘巧云必然也有着这样的心,只为了那天终于没有替她实现了绮艳的白日梦,不免取恨于他,所以自己在杨雄家里,有了不能安身之势了。

　　但如果仅仅为了这样的缘故,而不能再久住在杨雄家里,这在石秀,倒也是很情愿的。因为如果再住下去,说不定自己会真的做出什么对不住杨雄的下流事情来,那时候倒连懊悔也太迟了。

　　然而,使石秀底心奋激着,而终于按捺不下去者,是自己所深自引恨着以为不该看见的前天夜里的情形。其实,自己想想,如果早知要看见这种惊心怵目的情形,倒是应该趁着未看见之前洁身远去的。而现在,是既已清清楚楚目击着了,怀疑着何以无巧不巧地偏要给自己看见这种情形呢?这算是报仇么?还是一种严重的诱引呢?于是,石秀底心奋激着,即使要想走,也不甘心走了。

　　同时,对于杨雄,却有些悲哀或怜悯了。幻想着那美妇人对于那个报恩寺里的和尚海阇黎裴如海的殷勤的情状,更幻想着杨雄底英雄的气概,石秀不觉得慨叹着女人底心理的不可索解了。冒着生命之险,违负了英雄的丈夫,而去对一个粗蠢的秃驴结好,这是什么理由呢?哎!虽然美丽,但杨雄哥哥却要给这个美丽误尽了一世的英名了。

　　这样想着的石秀,在下意识中却依旧保留着一重自己的喜悦。无论如何,杨雄之不为这个美妇人潘巧云所欢迎,是无可否认的了。但自己呢,如果不为了杨雄的关系,而简直就与她有了苟且,那么,像裴如海这种秃驴恐怕不会得再被潘巧云所赏识罢。这样说来,潘巧云之要有外遇,既已是不可避免之事,则与其使她和裴如海发生关系,恐怕倒还是和自己发生关系为比较的可恕罢。

　　石秀从板凳上站了起来,结束了一下腰带,诧异着竟有这样诙谐的思想钻入他底头脑里,真是不可思议的。石秀失笑了。再一想,如果此刻去到潘巧云那儿,依着自然的步骤,去完成那天的喜剧,则潘巧云对于自己又将取何等态度呢?……但是,一想到今天潘公因为要陪伴女儿到报恩寺去还愿,故而早晨把当日的店务交托给石秀,则此时是不消说得,潘巧云早已在报恩寺里了。虽然无从揣知他们在报恩寺里的情况,但照大局看来,最后的决胜,似乎已经让那个和尚占上风了。

　　嫉妒戴着正义的面具在石秀底失望了的热情的心中起着作用,这使石秀感到了异常的纷乱,因此有了懊悔不早些脱离此地的愤激的思想了。而同时,潘巧云的美艳的,淫亵的姿态,却在他眼前呈显得愈加清楚。石秀不得不承认自己是眷恋着她的,而现在是等于失恋了一样地悲哀着。但愿她前天夜里对于那个海阇黎的行径是一种故意做给自己看见的诱引啊,石秀私心中怀着这样谬误的期望。

　　对于杨雄的怜悯和歉意,对于自己底思想的虚伪的诃责,下意识的嫉妒、炽热着的爱欲,纷纷地蹂躏着石秀的无主见的心。这样地到了日色西偏的下午,石秀独自个走向前院,见楼门,耳房门,统统都下着锁,寂静没一个人,知道他们都尚在寺里,没有回来,不觉得通身感到了寂寞。这寂寞,是一个飘泊的孤独的青年人所特有的寂寞。

石秀把大门反锁了,信步走上街去。打大街小巷里胡乱逛了一阵,不觉有些乏起来,但兀自不想回去,因为料想起来,潘公他们准还没有回家,自己就使回家去,连夜饭也不见得能吃着,左右也是在昏暮的小屋里枯坐,岂不无聊。因此石秀虽则脚力有些乏了,却仍是望着闹市口闲步过去。

不一会,走到一处,大门外挂满了金字帐额,大红彩绣,一串儿八盏大宫灯,照耀得甚为明亮。石秀仔细看时,原来是本处出名的一家大勾栏。里面鼓吹弹唱之声,很是热闹。石秀心想,这等地方,俺从来没有闯进去过。今日闲闷,何不就去睃一睃呢。当下石秀就慢步蹅了进去,揭起大红呢幕,只见里面已是挤满了人山人海。正中戏台上,有一个粉头正在说唱着什么话本,满座客人不停地喝着彩。石秀便去前面几排上觑个空位儿坐了。

接连的看了几回戏舞,听了几场话本之后,管弦响处,戏台上慢步轻盈地走出一个姑娘来,未开言先就引惹得四座客人们喝了一声满堂大彩。石秀借着戏台口高挂着的四盏玻璃灯光,定睛看时,这个姑娘好像是在什么地方看见过的,只是偏记不清楚。石秀两眼跟定着她底嘴唇翕动,昏昏沉沉竟也不知道她在唱些甚么。

石秀终于被这个姑娘底美丽,妖娇,和声音所迷恋了。在搬到杨雄家去居住以前,石秀是从来也没有发现过女人的爱娇过;而在看见了潘巧云之后,他却随处觉得每一个女人都有着她底动人的地方。不过都不能如潘巧云那样的为众美所荟萃而已。这戏台上的姑娘,在石秀记忆中,既好像是从前在什么地方看见过的,而她底美丽和妖娇,又被石秀认为是很与潘巧云有相似之处。于是,童贞的石秀的爱欲,遂深深地被激动了。

二更天气,石秀已昏昏沉沉地在这个粉头底妆阁里了。刚才所经过的种种事:这粉头怎样托着盘子向自己讨赏,自己又怎样的掏出五七两散碎的纹银丢了出去,她又怎样的微笑着道谢,自己又怎样的招呼勾栏里的龟奴指定今夜要这个娼妇歇宿,弹唱散棚之后,她又怎样的送客留髡,这其间的一切,石秀全都在迷惘中过去了。如今是非但这些事情好像做梦一般,便是现在身在这娼妇房间里这样实实在在的事,也好像如在梦中一般,真的自己也有些不相信了。

石秀坐在靠纱窗下的春凳上,玻璃灯下,细审着那正在床前桌子上焚着一盒寿字香的娼女,忽然忆起她好像便是从前在挑着柴担打一条小巷里走过的时候所吃惊过的美丽的小家女子。……可真的就是她吗?一向就是个娼女呢还是新近做了这种行业的呢?她底特殊的姿态,使石秀迄未忘记了的美丽的脚踝,又忽然像初次看见似地浮现在石秀眼前。而同时,仿佛之间,石秀又忆起了第一晚住在杨雄家里的那夜的梦幻。潘巧云底脚,小巷里的少女底脚,这个娼女底脚,现在是都现实地陈列给石秀了。当她爇着了银盒中的香末,用了很轻巧的姿态,旋转脚跟走过来的时候,呆望着出神的石秀真的几乎要发狂似地迎上前去,抱着她的小腿,俯吻她的圆致美好的脚踝了。

这个没有到二十岁的娼女,像一个老资格的卖淫女似的,做着放肆的仪容,终于挨近了石秀。石秀心中震颤着,耳朵里好似有一匹蜜蜂在鸣响个不住,而他底感觉却并不是一个初次走进勾栏里来的少年男子底胆怯和腼腆,而是骤然间激动着的一种意义极为神秘的报复的快感。

那有着西域胡人底迷魂药末的魅力的,从这个美艳的娼女身上传导过来的热气和香味,使石秀朦胧地有了超于官感以上震荡。而这种震荡是因为对于潘巧云的报复心,太满意过度了,而方才如此的。不错,石秀在这时候,是最希望潘巧云会得突然闯入到这房间里,并且一眼就看见这个美艳的娼女正被拥抱在他底怀里。这样,她一定会得交并着忿怒,失望,和羞耻,而深感到被遗弃的悲哀,掩着面遁逃出去放声大哭的吧? 如果真的做到了这个地步,无论她前天对于那个报恩寺里的和尚调情的态度是真的,抑或是一种作用,这一场看在眼里的气愤总可以泄尽了吧?

稍微抬起头来,石秀看那抱在手臂里的娼女,正在从旁边茶几上漆盘子里拣起一颗梨子,又从盘里拿起了预备着的小刀削着梨子皮。虽然是一个有经验的卖淫女,但眉宇之间,却还剩留着一种天真的姿态。看了她安心削梨皮的样子,好像坐在石秀怀里是已经感觉到了十分的安慰和闲适,正如一个温柔的妻子在一个信任的丈夫怀中一样,石秀底对于女性的纯净的爱恋心,不觉初次地大大的感动了。

石秀轻轻地叹了口气。

那娼女回过脸来用着亲热的眼色问:

"爷怎么不乐哪?"

石秀痴呆了似的对她定着眼看了好半天。突然地一重强烈的欲望升了上来,双手一紧,把她更密接地横抱了转来。但是,在这瞬息之间,使石秀惊吓得放手不迭的,是她忽然哀痛地锐声高叫起来,并且立刻洒脱了石秀,手中的刀和半削的梨都耆的堕下在地板上了。她急忘地跑向床前桌上的灯檠旁去俯着头不知做什么去了。

石秀便跟踪上去,看她究竟做些什么,才知道是因为他手臂一紧,不留神害她将手里的小刀割破了一个指头。在那白皙,细腻,而又光洁的皮肤上,这样娇艳而美丽地流出了一缕朱红的血。创口是在左手的食指上,这嫣红的血缕沿着食指徐徐地淌下来,流成了一条半寸余长的红线,然后越过了指甲,如像一粒透明的红宝石,又像疾飞而逝的夏夜之流星,在不很明亮的灯光中闪过,直沉下去,滴到给桌面的影子所荫蔽着的地板上去了。

诧异着这样的女人的血之奇丽,又目击着她苹着眉头的痛苦相,石秀觉得对于女性的爱欲,尤其在胸中高潮着了。这是从来所没有看见过的艳迹啊! 在任何男子身上,怕决不会有这样美丽的血,及其所构成的使人怜爱和满足的表象罢。石秀——这热情过度地沸腾着的青年武士,猛然的将她底正在拂拭着创口的右手指挪开了,让一缕血的红丝继续地从这小小的创口里吐出来。

<h1 style="text-align:center">五</h1>

自从石秀在勾栏里厮混了一宵之后,转瞬又不觉一月有余。石秀渐渐觉得潘巧云的态度愈加冷酷了,每遭见面,总没有好脸色。就是迎儿这丫鬟每次送茶送饭也分明显出了不耐烦的神情。潘公向来是怕女儿的,现今看见女儿如此冷淡石秀,也就不敢同石秀亲热。况且这老儿一到下午,整天价要出去上茶寮,坐酒店,因此上只除了上午同在店里照应卖买的一两个时辰之外,石秀简直连影儿都找不到他。当着这种情景,石秀如何禁受得下! 因此便不时地纳闷着了。

难道我在勾栏里荒唐的事情给发觉了,所以便瞧我不起吗? 还是因为我和勾栏里的姑娘有了来往,所以这淫妇吃醋了呢? 石秀怀着这样的疑虑,很想从潘巧云的言语和行动中得知一个究竟,叵耐潘巧云竟接连的有好几天没开口,甚至老是躲在房里,不下楼来。石秀却没做手脚处。实在,石秀对于潘巧云是一个没有忘情的胆怯的密恋者,所以这时候的石秀,是一半抱着羞怍,而一半却怀着喜悦。在梦里,石秀会得对潘巧云说着"要不是有着杨雄哥哥,我是早已娶了你了"这样的话。但是,一到白天,下午收了市,一重不敢确信的殷忧,或者毋宁说是耻辱,总不期然而然的会得兜上心来。那就是在石秀的幻像中,想起了潘巧云,总同时又仿佛看见了那报恩寺里的和尚裴如海底一派淫狎轻亵的姿态。难道女人所欢喜的是这种男人么? 如果真是这样的,则自己和杨雄之终于不能受这个妇人底青眼,也是活该的事。自己虽则没有什么关系,但杨雄哥哥却生生地吃亏在她手里了。哎! 一个武士,一个英雄,在一个妇人的眼里,却比不上一个和尚,这不是可羞的事么? 但愿我这种逆料是不准确的呀!

耽于这样的幻想与忧虑的石秀,每夜总翻来复去地睡不熟。一天,五更时分,石秀义陡的从梦里跳醒转来,看看窗棂外残月犹明,很有些凄清之感。猛听得巷外的报晓头陀敲着木鱼直走进巷里来,嘴里高喊着:

"普度众生,救苦救难,诸佛菩萨。"

石秀心下思忖道:"这条巷是条死巷,如何有这头陀连日来这里敲木鱼叫佛? 事有可疑——"这样的疑心一动,便愈想愈蹊跷了。石秀就从床上跳将起来,也顾不得寒冷,去门缝里张时,只见一个人戴顶头巾从黑影里闪将出来,和头陀去了,随后便是迎儿来关门。

看着了这样的行动,石秀竟呆住了。竟有这等事情做出来,看在我石秀底眼里吗? 一时间,对于那个淫荡的潘巧云的轻蔑,对于这个奸夫裴如海的痛恨,对于杨雄的悲哀,还有对于自己的好像失恋而又受侮辱似的羞怍与懊丧,纷纷地在石秀像心中扰乱了。当初是为了顾全杨雄哥哥一世的英名,没有敢毁坏了那妇人,但她终于自己毁了杨雄哥哥的名誉,这个妇人是不可恕的。那个和尚,明知她是杨雄底妻子,竟敢来做这等苟且之事,也是不可恕的。石秀不觉叹口气,自说道:"哥哥如此豪杰,却恨讨了这个淫妇,倒被这婆娘瞒过了,如今竟做出了这等勾当来,如何是好?"

巴到天明,把猪挑出门去,卖个早市。饭罢,讨了一遭赊账,日中前后,径到州衙前来寻杨雄,心中直是委决不下见了杨雄该当如何说法。却好行至州桥边,正迎见杨雄,杨雄便问道:

"兄弟哪里去来?"

石秀道:

"因讨赊账,就来寻哥哥。"

杨雄道:

"我常为官事忙,并不曾和兄弟快活吃三杯,且来这里坐一坐。"

杨雄把石秀引到州桥下一个酒楼上,拣一处僻静阁儿里,两个坐下,叫酒保取瓶好酒来,安排盘馔,海鲜,案酒。二人饮过三杯。杨雄见石秀不言不语,只低了头好像寻思什么要紧事情。杨雄是个性急的人,便问道:

"兄弟心中有些不乐,莫不是家里有甚言语伤触你处?"

石秀看杨雄这样地至诚,这样地直爽,不觉得心中一阵悲哀:

"家中也无有说话,兄弟感承哥哥把做亲骨肉一般看待,有句话敢说么?"

杨雄道:

"兄弟今日何故见外? 有的话,尽说不妨。"

石秀对杨雄凝看了半晌,迟疑了一会儿,说道:

"哥哥每日出来承当官府,却不知背后之事。……这个嫂嫂不是良人,兄弟已看在眼里多遍了,且未敢说。今日见得仔细,忍不住来寻哥哥,直言休怪。"

听着这样的话,眼见得杨雄黄的脸上泛上了一阵红色。呆想了一刻,才忸怩地说:

"我自无背后眼,你且说是谁?"

石秀喝干了一杯酒,说:

"前者家里做道场,请那个贼秃海阇黎来,嫂嫂便和他眉来眼去,兄弟都看见。第三日又去寺里还什么血盆忏愿心。我近日只听得一个头陀直来巷内敲木鱼叫佛,那厮敲得作怪。今日五更,被我起来张看时,看见果然是这贼秃,戴顶头巾,从家里出去。所以不得不将来告诉哥哥。"

把这事情诉说了出来,石秀觉得心中松动得多,好像所有的烦闷都发泄尽了。而杨雄黄里泛红的脸色,却气得铁青了。他大嚷道:

"这贱人怎敢如此!"

石秀道：

"哥哥且请息怒，今晚都不要提，只和每日一般；明日只推做上宿，三更后却再来敲门，那厮必定从后门先走，兄弟一把拿来，着哥哥发落。

杨雄思忖了一会，道：

"兄弟见得是。"

石秀又吩咐道：

"哥哥今晚且不要胡发说话。"

杨雄点了点头，道：

"我明日约你便是。"

两个再饮了几杯，算还了酒钱，一同下楼来，出得酒肆，撞见四五个虞侯来把杨雄找了去，当下石秀便自归家里来收拾了店面，去作坊里歇息。

晚上，睡在床上，沉思着日间的事，心中不胜满意。算来秃驴的性命是已经在自家手里的了。谁教你吃了豹子心，惚律肝，色胆包天，敢来奸宿杨雄底妻子？如今好教你见个利害呢。这样踌躇满志着的石秀忽然转念，假使自己那天一糊涂竟同潘巧云这美丽的淫妇勾搭上了手脚，到如今又是怎样一个局面呢。杨雄哥哥不晓得便怎样，要是晓得了又当怎样？……这是不必多想的，如果自己真的干下了这样的错事，便一错错到底，一定会得索性把杨雄哥哥暗杀了，省得两不方便。这样设想着，石秀不禁打了个寒噤！

明夜万一捉到了那个贼秃，杨雄哥哥将他一刀杀死了，以后又怎样呢？对于那个潘巧云，又应当怎样去措置的呢？虽然说这是该当让杨雄哥哥自己去定夺，但是看来哥哥一定没有那么样的心肠把这样美丽的妻子杀却的。是的，只要把那个和尚杀死了，她总也不敢再放肆了。况且，也许她这一回的放荡，是因为自己之不能接受她底宠爱，所以去而和这样的蠢和尚通奸的。石秀近来也很明白妇人底心理，当一个妇人好奇地有了想找寻外遇的欲望之后，如果第一个目的物从手里漏过，她一定要继续着去寻求第二个目的物来抵补的。这样说来，潘巧云之所以忽然不贞于杨雄，也许间接的是被自己所害的呢。石秀倒有些歉仄似地后悔着日间在酒楼上对杨雄把潘巧云的坏话说得太过火了。其实，一则我也够不上劝哥哥杀死她，因为自己毕竟也是有些爱恋着她的。再则就是替哥哥设想，这样美丽的妻子，杀死了也可惜，只要先杀掉了这贼秃，让她心下明白，以后不敢再做这种丑事就够了。

怀着宽恕潘巧云的心的石秀次日晨起，宰了猪，满想先到店面中去赶了早市，再找杨雄哥哥说话。却不道到了店中，只见肉案并柜子都拆翻了，屠刀收得一柄也不见。石秀始而一怔，继而恍然大悟，不觉冷笑道："是了。这一定是哥哥醉后失言，透漏了消息，倒吃这淫妇使个见识，定是她反说我对她有什么无礼。她教丈夫收了肉店，我若便和她分辩，倒教哥哥出丑，我且退一步了，却别作计较。"石秀便去作坊里收拾了衣服包裹,也不告辞,一径走出了杨雄家。

石秀在近巷的客店内赁一间房住下了,心中直是忿闷。这妇人好生无礼,竟敢使用毒计,离间我和哥哥的感情。这样看来,说不定她会得唆使那贼秃,害了哥哥性命,须不是耍。现在哥哥既然听信了她底话,冷淡于我,我却再也说不明白,除非结果了那贼秃给他看。于是杀海黎阇裴如海的意志在石秀的心里活跃着了。

第三日傍晚,石秀到杨雄家门口巡看,只见小牢子取了杨雄底铺盖出去。石秀想今夜哥哥必然当牢上宿,决不在家,那贼秃必然要来幽会。当下便不声不响地回了客店,就房中把一口防身解腕尖刀拂拭了一回,早早的睡了。挨到四更天气,石秀悄悄的起身,开了店门,径踅到杨雄后门头巷内,伏在黑暗中张时,却好交五更时候,西天上还露着一钩残月,只见那个头陀挟着木鱼,来巷口探头探脑。石秀一闪,闪在头陀背后,一只手扯住头陀,一只手把刀去脖子上搁着。低声喝道:

"你不要挣扎,若高则声,便杀了你,你只好好实说,海和尚叫你来怎样?"

那头陀不防地被人抓住了,脖子上冷森森地晓得是利器,直唬得格格地说道:

"好汉,你饶我便说。"

石秀道:

"快说!我不杀你。"

头陀便说道:

"海阇黎和潘公女儿有染,每夜来往,教我只看后门头有香桌儿为号,便去寺里报信,唤他入钹;到五更头却教我来敲木鱼叫佛报晓,唤他出钹。"

石秀听了,鼻子里哼了一声,又问:

"他如今在那里?"

头陀道:

"他还在潘公女儿床上睡觉。我如今敲得木鱼响,他便出来。"

石秀喝道:

"你且借衣服木鱼与我。"

只一手把头陀推翻在地上,剥了衣服,夺了木鱼,头陀正待爬起溜走,石秀赶上前一步,将刀就颈上一勒,只听得疙瘩一声,那头陀已经倒在地上,不做声息,石秀稍微呆了一阵,想不到初次杀人,倒这样的容易,这样的爽快。再将手中的刀就月亮中一照,却见刀锋上一点点的斑点,一股腥味,直攒进鼻子里来,石秀底精神好像受了什么刺激似地,不觉的望上一壮。

石秀穿上直裰,护膝,一边插了尖刀,把木鱼直敲进巷里来。工夫不大,只看见杨雄家后门半启,海阇黎戴着头巾闪了出来。石秀兀自把木鱼敲响,那和尚喝道：

"只顾敲什么！"

石秀也不应他，让他走到巷口，一个箭步蹿将上去，抛了木鱼，一手将那和尚放翻了。按住喝道：

"不要高则声！高声便杀了你。只等我剥了衣服便罢。"

海阇黎听声音知道是石秀，眼睛一闭，便也不敢则声。石秀就迅速地把他底衣服头巾都剥了，赤条条不着一丝。残月的光，掠过了一堵短墙，斜射在这裸露着的和尚的肉体上，分明地显出了强壮的肌肉，石秀忽然感觉到一阵欲念。这是不久之前，和那美丽的潘巧云在一处的肉体啊，仿佛这是自己的肉体一般，石秀却不忍将屈膝边插着的刀来杀下去了。但旋即想着那潘巧云底狠毒，离间自己和杨雄底感情，教杨雄逼出了自己；又想着她那种对自己冷淡的态度，咄！岂不都是因为有了你这个秃驴之故吗？同时，又恍惚这样海阇黎实在是自己底情敌一般，没有他，自己是或许终于会得和潘巧云成就了这场恋爱的，而潘巧云或许会继续对自己表示好感，但自从这秃驴引诱上了潘巧云之后，这一切全都给毁了。只此一点，已经是不可饶恕的了。嗯，反正已经杀了一个人了。……石秀牙齿一咬，打屈膝边摸出刚才杀过那头陀的尖刀来，觑准了海阇黎的脖子，只一刀直搠进去。这和尚哼了一声，早就横倒下去了。石秀再搠了三四刀，看看不再动弹，便站了起来，吐了一口热气。在石秀底意料中，恍惚杀人是很不费力的事，不知怎的，这样地接连杀了两个人，却这样地省事。石秀昏昏沉沉地闻着从寒风中吹入鼻子的血腥气，看着手中紧握着的青光射眼的尖刀，有了"天下一切事情，杀人是最最愉快的"这样的感觉。这时候，如果有人打这条巷里走过，无疑地，石秀一定会得很餍足地将他杀却了的。而且，在这一刹那间，石秀好像觉得对于潘巧云，也是以杀了她为唯一的好办法。因为即使到了现在，石秀终于默认着自己是爱恋着这个美艳的女人潘巧云的。不过以前是抱着"因为爱她，所以想睡她"的思想，而现在的石秀却猛烈地升起了"因为爱她，所以要杀她"这种奇妙的思想了。这就是因为石秀觉得最愉快的是杀人，所以睡一个女人，在石秀是以为决不及杀一个女人那样的愉快了。这是在石秀那天睡了勾栏里的娼女之后，觉得没有甚么意味，而现在杀了一个头陀，一个和尚，觉得异常爽利这件事实上，就可以看得出来的。石秀回头一望杨雄家的后门，静沉沉的已关闭，好像这个死了的和尚并不是从这门户里走出来的。石秀好像失望似的，将尖刀上的血迹在和尚底尸身上括了括干净。这时，远处树林里已经有一阵雀噪的声音，石秀打了个寒噤，只才醒悟过来，匆匆地将手里的刀丢在头陀身边，将剥下来的两套衣服，捆做个包裹，径回客店里来。幸喜得客人都未起身，轻轻地开了门进去，悄悄地关上了自去房里睡觉。

一连五七日，石秀没有出去，一半是因为干下了这样的命案，虽说做得手脚干净,别人寻不出什么破绽,但也总宁可避避锋头。一半是每天价沉思着这事情的后文究竟应当怎样办,徒然替杨雄着想,石秀以为这时候最好是自己索性走开了这蓟州城,让杨雄他们依旧可以照常过日子,以前的事情,好比过眼云烟,略无迹象。但是,如果要替自己着想呢,既然做了这等命案,总要彻底地有个结局,不然岂不白白地便宜了杨雄?况且自己总得要对杨雄当面说个明白,免得杨雄再心中有什么芥蒂。此外,那要想杀潘巧云的心,在这蛰伏在客店里的数日中,因为不时地又想起了那天晚上在勾栏里看见娼女手指上流着鲜艳的血这回事,却越发饥渴着要想试一试了。如果把这柄尖刀,刺进了裸露着的潘巧云底肉体里去,那细洁而白净的肌肤上,流出着鲜红的血,她底妖娇的头部痛苦地侧转着,黑润的头发悬挂下来一直披散在乳尖上,整齐的牙齿紧啮着朱红的舌尖或是下唇,四肢起着轻微而均匀的波颤,但想像着这样的情景,又岂不是很出奇地美丽的吗?况且,如果实行起这事来,同时还可以再杀一个迎儿,那一定也是照样地惊人的奇迹。

终于这样的好奇和自私的心克服了石秀,这一天,石秀整了整衣衫走出到街上,好像长久没有看见天日一般的眼目晕眩着。独自个呆呆的走到州桥边,眼前一亮,瞥见杨雄正打从桥上走下来,石秀便高叫道:

"哥哥,那里去?"

杨雄回过头来,见是石秀不觉一惊。便道:

"兄弟,我正没寻你处。"

石秀道:

"哥哥且来我下处,和你说话。"

于是石秀引了杨雄走回客店来。一路上,石秀打量着对杨雄说怎的话,听杨雄说正在找寻我,难道自己悔悟了,要再把我找回去帮他泰山开肉铺子么?呸!除非是没志气的人才这么做。倘若他正要找我帮同去杀他底妻了呢?不行,我可不能动手,这非得本夫自己下手不可。但我可是应该劝他杀了那个女人呢,还是劝他罢休了?不啊!……决不!这个女人是非杀不可的了,哥哥若使这回不杀她,总有一天她会把哥哥谋杀了的……

到了客店里的小房内,石秀便说道:

"哥哥,兄弟不说谎么?"

杨雄脸一红,道:

"兄弟你休怪我,是我一时愚蠢,不是了,酒后失言,反被那婆娘瞒过了,怪兄弟相闹不得。我今特来寻贤弟,负荆请罪。"

石秀心中暗想,"原来你是来请罪的,这倒说得轻容易。难道你简直这样的不中用么?"

待我来激他一激,看他怎生,当下便又道:

"哥哥，兄弟虽是个不才小人，却是个顶天立地的好汉，如何肯做这等之事？怕哥哥日后中了奸计，因此来寻哥哥，有表记教哥哥看。"

说着，石秀从炕下将过了和尚头陀的衣裳，放在杨雄面前，一面留心看杨雄脸色。果然杨雄眼睛一睁，怒火上冲，大声的说道：

"兄弟休怪。我今夜碎割了这贱人，出这口恶气。"

石秀自肚里好笑，天下有这等卤莽的人，益发待我来摆布了罢。便自己沉吟了一回，打定主意，才说道：

"哥哥只依着兄弟的言语，教你做个好男子。"

杨雄很相信地说：

"兄弟，你怎地教我做个好男子？"

石秀道：

"此地东门外有一座翠屏山好生僻静。哥哥到明日，只说道：'我多时不烧香，我今来和大嫂同去，'把那妇人赚将出来，就带了迎儿同到山上。小弟先在那里等候着，当头对面，把是非都对明白了，哥哥那时写与一纸休书，弃了这妇人，却不是上着？"

杨雄听了这话，沉思了好半歇，只是不答上来。石秀便把那和尚头陀的衣裳包裹好了，重又丢进炕下去。只听杨雄说道：

"兄弟，这个何必说得，你身上清洁，我已知了，都是那妇人说谎。"

石秀道：

"不然，我也要哥哥知道和海阇黎往来真实的事。"

杨雄道：

"既然兄弟如此高见，必然不差，我明日准定和那贱人同上翠屏山来，只是你却休要误了。"

石秀冷笑道：

"小弟若是明日不来，所言俱是虚谬。"

当下杨雄便分别而去。石秀满心高兴，眼前直是浮荡着潘巧云和迎儿底赤露着的躯体，在荒凉的翠屏山上，横倒在丛草中。黑的头发，白的肌肉，鲜红的血，这样强烈的色彩的对照，看见了之后，精神上和肉体上，将感受到怎样的轻快啊！石秀完全像饥渴极了似地眼睁睁挨到了次日，早上起身，杨雄又来相约，到了午牌时分，便匆匆的吃了午饭，结算了客店钱，背了包裹，腰刀，杆棒，一个人走出东门，来到翠屏山顶上，找一个古墓边等候着。

工夫不多，便看见杨雄引着潘巧云和迎儿走上山坡来。石秀便把包裹、腰刀、杆棒，都放下在树根前，只一闪，闪在这三人面前，向着潘巧云道：

"嫂嫂拜揖。"

那妇人不觉一怔，连忙答道：

"叔叔怎地也在这里？"

石秀道：

"在此专等多时了。"

杨雄这时便把脸色一沉道：

"你前日对我说：'叔叔多遍把言语调戏你，又将手摸你胸前，问你有孕也未。'今日这里无人，你两个对的明白。"

潘巧云笑着道：

"哎呀，过了的事，只顾说甚么？"

石秀不觉大怒，睁着眼道：

"嫂嫂，你怎么说？这须不是闲话，正要在哥哥面前对的明白。"

那妇人见神气不妙，向石秀丢了个媚眼道：

"叔叔，你没事自把鬐儿提做甚么？"

石秀看见潘巧云对自己丢着眼色，明知她是在哀求自己宽容些了。但是一则有杨雄在旁边，事实上也无可转圆，二则愈是她装着媚眼，愈勾引起石秀的奇诞的欲望。石秀便道：

"嫂嫂，你休要硬诤，教你看个证见。"

说了，便去包裹里，取出海阇黎和那头陀的衣服来，撒放在地下道：

"嫂嫂，你认得么？"

潘巧云看了这两堆衣服，绯红了脸无言可对。石秀看着她这样的恐怖的美艳相，不觉得杀心大动，趁着这样红嫩的面皮，把尖刀直刺进去，不是很舒服的吗？当下便飕地掣出了腰刀，一回头对杨雄说道：

"此事只问迎儿便知端的。"

杨雄便去揪过那丫鬟跪在面前，喝道：

"你这小贱人，快好好实说：怎地在和尚房里入奸，怎生约会把香桌儿为号，如何教头陀来敲木鱼，实对我说，饶你这条性命；但瞒了一句，先把你剁做肉泥。"

迎儿是早已唬做了一团，只听杨雄如此说，便一五一十的把潘巧云怎生奸通海和尚的情节统统告诉了出来。只是对于潘巧云说石秀曾经调戏她一层，却说没有亲眼看见，不敢说有没有这回事。

听了迎儿底口供，石秀思忖着：好利嘴的丫鬟，临死还要诬陷我一下吗？今天却非要把这事情弄个明白不可。便对杨雄道：

"哥哥得知么？这般言语须不是兄弟教她如此说的。请哥哥再问嫂嫂详细缘由。"

杨雄揪过那妇人来喝道：

"贼贱人，迎儿已都招了，你一些儿也休抵赖，再把实情对我说了，饶你这贱人一命。"

这时,美艳的潘巧云已经唬得手足失措,听着杨雄的话,只显露了一种悲苦相,含着求恕的眼泪道:

"我的不是了。大哥,你看我旧日夫妻之面,饶恕我这一遍罢。"

听了这样的求情话,杨雄的手不觉往下一沉,面色立刻更变了。好像征求石秀底意见似的,杨雄一回头,对石秀一望。石秀都看在眼里,想杨雄哥哥定必是心中软下来了。可是杨雄哥哥这回肯干休,俺石秀却不肯干休呢。于是,石秀便又道:

"哥哥,这个须含糊不得,须要问嫂嫂一个明白缘由。"

杨雄便喝道:

"贱人,你快说!"

潘巧云只得把偷和尚的事,从做道场夜里说起,直至往来,一一都说了。石秀道:

"你却怎地对哥哥说我来调戏你?"

潘巧云被他逼问着,只得说道:

"前日他醉了骂我,我见他骂得蹊跷,我只猜是叔叔看见破绽,说与他。到五更里,又提起来问叔叔如何,我却把这段话来支吾,其实叔叔并不曾怎地。"

石秀只才暗道,好了,嫂嫂,你这样说明白了,俺石秀才不再恨你了。现在,你瞧罢,俺倒要真的来当着哥哥的面来调戏你了。石秀一回头,看见杨雄正对自己呆望着,不觉暗笑。

"今日三面都说明白了,任从哥哥如何处置罢。"石秀故意这样说。

杨雄沉默了一会儿,终于咬了咬牙齿,说道:

"兄弟,你与我拔了个贱人的头面,剥了衣裳,我亲自服侍她。"

石秀正盼候着这样的吩咐,便上前一步,先把潘巧云发髻上的簪儿钗儿卸了下来,再把里里外外的衣裳全给剥了下来。但并不是用着什么狂暴的手势。在石秀这是取着与那一夜在勾栏里临睡的时候给那个娼女解衣裳时一样的手势。石秀屡次故意地碰着了潘巧云底肌肤,看她底悲苦而泄露着怨毒的神情的眼色,又觉得异常地舒畅了。把潘巧云的衣服头面剥好,便交给杨雄去绑起来。一回头,看见了迎儿,不错,这个女人也有点意思,便跨前一步把迎儿底首饰衣服也都扯去了。看着那纤小的女体,石秀不禁又像杀却了头陀和尚之后那样的烦躁和疯狂起来,便一手将刀递给杨雄道:

"哥哥,这个小贱人留她做什么,一发斩草除根。"

杨雄听说,应道:

"果然,兄弟把刀来,我自动手。"

迎儿正待要喊,杨雄用着他底本行熟谙着的刽子手的手法,很灵快地只一刀,便把迎儿砍死了。正如石秀所预料着的一样,皓白的肌肤上,淌满了鲜红的血,手足兀自动弹着。石秀稍稍震慑了一下,随后就觉得反而异常的安逸,和平。所有的纷乱,烦恼,暴躁,似乎都随着迎儿脖子里的血流完了。

那在树上被绑着的潘巧云发着悲哀的娇声叫道:

"叔叔劝一劝。"

石秀定睛对她望着。唔,真不愧是个美人。但不知道从你肌肤的裂缝里,冒射出鲜血来,究竟奇丽到如何程度呢。你说我调戏你,其实还不止是调戏你,我简直是超于海和尚以上的爱恋着你呢。对于这样热爱着你的人,你难道还吝啬着性命,不显呈你的最最艳丽的色相给我看看么?

石秀对潘巧云多情地看着。杨雄一步向前,把尖刀只一旋,先拉出了一个舌头。鲜血从两片薄薄的嘴唇间直洒出来,接着杨雄一边骂,一边将那妇人又一刀从心窝里直割下去到小肚子。伸手进去取出了心肝五脏。石秀一一的看着,每剜一刀,只觉得一阵爽快。只是看到杨雄破着潘巧云底肚子倒反而觉得有些厌恶起来,蠢人,到底是刽子手出身,会做出这种事来。随后看杨雄把潘巧云底四肢,和两个乳房都割了下来,看着这些泛着最后的桃红色的肢体,石秀重又觉得一阵满足的愉快了。真是个奇观啊,分析下来,每一个肢体都是极美丽的。如果这些肢体合并拢来,能够再成为一个活着的女人,我是会得不顾着杨雄而抱持着她的呢。

看过了这样的悲剧,或者,在石秀是可以说是喜剧的,石秀好像做了什么过份疲劳的事,四肢都非凡地酸痛了。一回头,看见杨雄正在将手中的刀丢在草丛中,对着这份残了的妻子底肢体呆立着。石秀好像曾经欺骗杨雄做了什么上当的事情似的,心里转觉得很歉了。好久好久,在这荒凉的山顶上,石秀茫然地和杨雄对立着。而同时,看见了那边古树上已经有许多饥饿了的乌鸦在啄食潘巧云底心脏,心中又不禁想道:

"这一定是很美味的呢。"

【阅读提示】

李欧梵在《上海摩登——一种新都市文化在中国(1930—1945)》中言:"施蛰存可以被视为是中国第一个弗洛伊德论作家"。这个评价不一定确切,但也道出施蛰存小说创作的独特之处,就是擅长人物的心理分析。施蛰存在《说说我自己》一文中交代:"一九三〇年代,西欧文学,正在通行心理分析、内心独白、和三个'克':Erotic,Exotic,Grotesque(色情的,异国情调的,怪奇的),我也大受影响,写出了各式仿制品。"

《石秀》这篇小说将现代都市男性对于女性的性变态心理放在古代文学人物身上演绎,其中对于女性放荡的批判是显,对于男性对于女性占有欲的批判是隐。都市文学中,女性身体的展示不可少,这里又提供了一个独特的例子。

梅雨之夕①

施蛰存

梅雨又淙淙地降下了。

对于雨，我倒并不觉得嫌厌，所嫌厌的是在雨中疾驰的摩托车的轮，它会得溅起泥水猛力地洒上我底衣裤，甚至会连嘴里也拜受了美味。我常常在办公室里，当公事空闲的时候，凝望着窗外淡白的空中的雨丝，对同事们谈起我对于这些自私的车轮的怨苦。下雨天是不必省钱的，你可以坐车，舒服些。他们会这样善意地劝告我。但我并不曾屈就了他们的好心，我不是为了省钱，我喜欢在滴沥的雨声中撑着伞回去。我底寓所离公司是很近的，所以我散工出来，便是电车也不必坐，此外还有一个我所以不喜欢在雨天坐车的理由，那是因为我还不曾有一件雨衣，而普通在雨天的电车里，几乎全是裹着雨衣的先生们，夫人们或小姐们，在这样一间狭窄的车厢里，滚来滚去的人身上全是水，我一定会虽然带着一柄上等的伞，也不免满身淋漓地回到家里。况且尤其是在傍晚时分，街灯初上，沿着人行路用一些暂时安逸的心境去看看都市的雨景，虽然拖泥带水，也不失为一种自己底娱乐。在濛雾中来来往往的车辆人物，全都消失了清晰的轮廓，广阔的路上倒映着许多黄色的灯光，间或有几条警灯底红色和绿色在闪烁着行人底眼睛。雨大的时候，很近的人语声，即使声音很高，也好像在半空中了。

人家时常举出这一端来说我太刻苦了，但他们不知道我会得从这里找出很大的乐趣来，即使偶尔有摩托车底轮溅满泥泞在我身上，我也并不会因此而改了我底习惯。说是习惯，有什么不妥呢，这样的已经有三四年了。有时也偶尔想着总得买一件雨衣来，于是可以在雨天坐车，或者即使步行，也可以免得被泥水溅着了上衣，但到如今这仍然留在心里做一种生活上的希望。

在近来的连日的大雨里，我依然早上撑着伞上公司去，下午撑着伞回家，每天都如此。

昨日下午，公事堆积得很多。到了四点钟，看看外面雨还是很大，便独自留下在公事房里，想索性再办了几桩，一来省得明天要更多地积起来，二来也借此避雨，等它小一些再走。这样地竟逗遛到六点钟，雨早已止了。

走出外面，虽然已是满街灯火，但天色却转清朗了。曳着伞，避着檐滴，缓步

---

①该篇曾收入作者自认为是"我正式的第一个短篇集"的《上元灯及其他》，上海水沫书店 1929 年 8 月初版，后抽出另与其他小说合集出版《梅雨之夕》，上海新中国书局 1933 年 3 月初版；现选自作者《梅雨之夕》初版本。

过去,从江西路走到四川路桥,竟走了差不多有半点钟光景。邮政局的大钟已是六点二十五分了。未走上桥,天色早已重又冥晦下来,但我并没有介意,因为晓得是傍晚的时分了,刚走到桥头,急雨骤然从乌云中漏下来,潇潇的起着繁响。看下面北四川路上和苏州河两岸行人的纷纷乱窜乱避,只觉得连自己心里也有些着急。他们在着急些什么呢?他们也一定知道这降下来的是雨,对于他们没有生命上的危险。但何以要这样急迫地躲避呢?说是为了恐怕衣裳给淋湿了,但我分明看见手中持着伞的和身上披了雨衣的人也有些脚步跟跄了。我觉得至少这是一种无意识的纷乱。但要是我不曾感觉到雨中闲行的滋味,我也是会得和这些人一样地急突地奔下桥去的。

何必这样的奔逃呢,前路也是在下着雨,张开我底伞来的时候,我这样漫想着。不觉已走过了天潼路口。大街上浩浩荡荡地降着雨,真是一个伟观,除了间或有几辆摩托车,连续地冲破了雨仍旧钻进了雨中地疾驰过去之外,电车和人力车全不看见。我奇怪它们都躲到什么地方去了。至于人,行走着的几乎是没有,但有店铺的檐下或蔽荫下是可以一团一团地看得见,有伞的和无伞的,有雨衣的和无雨衣的,全都聚集着,用嫌厌的眼望着这奈何不得的雨。我不懂他们这些雨具是为了怎样的天气而买的。

至于我,已经走近文监师路了。我并没什么不舒服,我有一柄好的伞,脸上绝不曾给雨水淋湿,脚上虽然觉得有些潮牐牐,但这至多是回家后换一双袜子的事。我且行且看着雨中的北四川路,觉得朦胧的颇有些诗意。但这里所说的"觉得",其实也并不是什么具体的思绪,除了"我该得在这里转弯了"之外,心中一些也不意识着什么。

从人行路上走出去,探头看看街上有没有往来的车辆,刚想穿过去转入文监师路,但一辆先前并没有看见的电车已停在眼前。我止步了,依然退进到人行路上,在一支电杆边等候着这辆车底开出。在车停的时候,其实我是可以安心地对穿过去的,但我并不曾这样做。我在上海住得很久,我懂得走路的规则。我为什么不在这个可以穿过去的时候走到对街去呢,我没知道。

我数着从头等车里下来的乘客。为什么不数三等车里下来的呢?这里并没有故意的挑选,头等座的车底前部,下来的乘客刚在我面前,所以我可以很看得清楚。第一个,穿着红皮雨衣的俄罗斯人,第二个是中年的日本妇人,她急急地下了车,撑开了手里提着的东洋粗柄雨伞,缩着头鼠窜似地绕过车前,转进文监师路去了。我认识她,她是一家果子店的女店主。第三,第四,是像宁波人似的我国商人,他们都穿着绿色的橡皮华式雨衣。第五个下来的乘客,也即是末一个了,是一位姑娘。她手里没有伞,身上也没有穿雨衣,好像是在雨停止了之后上电车的,而不幸在到目的地的时候却下着这样的大雨。我猜想她一定是从很远的地方上车的,至少应当在卡德路以上的几站罢。

　　她走下车来，缩着瘦削的，但并不露骨的双肩，窘迫地走上人行路的时候，我开始注意着她底美丽了。美丽有许多方面，容颜底姣好固然是一重要素，但风仪的温雅，肢体底停匀，甚至谈吐底不俗，至少是不惹厌，这些也有着份儿，而这个雨中的少女，我事后觉得她是全适合这几端的。

　　她向路底两边看了一看，又走到转角上看着文监师路。我晓得她是急于要招呼一辆人力车。但我看，跟着她底眼光，大路上清寂地没一辆车子徘徊着，而雨还尽量地落下来。她旋即回了转来，躲避在一家木器店底屋檐下，露着烦恼的眼色，并且蹙着细淡的修眉。

　　我也便退进在屋檐下，虽则电车已开出，路上空空地，我照理可以穿过去了。但我何以不即穿过去，走上归家的路呢？为了对于这少女有什么依恋么？并不，绝没有这种依恋的意识。但这也决不是为了我家里有着等候我回去在灯下一同吃晚饭的妻，当时是连我已有妻的思想都不曾有，面前有着一个美的对象，而又是在一重困难之中，孤寂地只身呆立着望这永远地，永远地垂下来的梅雨，只为了这些缘故，我不自觉地移动了脚步站在她旁边了

　　虽然在屋檐下，虽然没有粗重的檐溜摘下来，但每一阵风会得把凉凉的雨丝吹向我们。我有着伞，我可以如中古时期骁勇的武士似地把伞当作盾牌，挡着扑面袭来的雨的箭，但这个少女却身上间歇地被淋得很湿了。薄薄的绸衣，黑色也没有效用了，两支手臂已被画出了它们底圆润。她屡次旋转身去，侧立着，避免这轻薄的雨之侵袭她底前胸。肩臂上受些雨水，让衣裳贴着了肉倒不打紧吗？我曾偶尔这样想。

　　天晴的时候，马路上多的是兜搭生意的人力车，但现在需要它们的时候，却反而没有了。我想着人力车夫底不善于做生意，或许是因为需要的人太多了，供不应求，所以即使在这样繁盛的街上，也不见一辆车子底踪迹。或许车夫也都在避雨呢，这样大的雨，车夫不该避一避吗？对于人力车之有无，本来用不到关心的我，也忽然寻思起来，我并且还甚至觉得那些人力车夫是很可恨的，为什么你们不拖着车子走过来接应这生意呢，这里有一位美丽的姑娘，正窘立在雨中等候着你们的任何一个。

　　如是想着，人力车终于没有踪迹。天色真的晚了。此处对街的店铺门前有几个短衣的男子已经等得不耐而冒着雨，他们是拼着淋湿一身衣裤的，踏着大步跑去了。我看这位少女底长眉已颦蹙得更紧，眸子莹然，像是心中很着急了。她底忧闷的眼光正与我底互相交换，在她眼里，我懂得我正受着诧异，为什么你老是站在这里不走呢。你有伞，并且穿着皮鞋，等什么人么？而雨天在街路上等谁呢？眼睛这样锐利地看着我，不是没怀着好意？从她将钉住着在我身上打量我的眼光移向着阴黑的天空的这个动作上，我肯定地猜测她是在这样想着。

　　我有着伞呢，而且大得足够容两个人底荫蔽的，我不懂何以这个意识不早就

觉醒了我。但现在它觉醒了我将使我做什么呢？我可以用我底伞给她挡住这样的淫雨，我可以陪伴她走一段路去找人力车，如果路不多，我可以送她到她底家。如果路很多，又有什么不成呢？我应当跨过这一箭路，去表白我底好意吗？好意，她不会有什么别方面的疑虑吗？或许她会得像刚才我所猜想着的那样误解了我，她便会得拒绝了我。难道她宁愿在这样不止的雨和风中，在冷静的夕暮的街头，独自个立到很迟吗？不啊！雨是不久就会停的，已经这样连续不断地降下了……多久了，我也完全忘记了时间底在这雨水中间流过。我取出时计来，七点三十四分。一小时多了。不至于老是这样地降下来吧，看，排水沟已经来不及宣泄，多量的水已经积聚在它上面，打着漩涡，挣扎不到流下去的路，不久怕会溢上了人行路么？不会的，决不会有这样持久的雨，再停一会，她一定可以走了。即使雨不就停止，人力车是大约总能够来一辆的。她一定会不管多大的代价坐了去的。然则我应当走了么？应当走了。为什么不？……

这样地又十分钟过去了。我还没有走。雨没有住，车儿也没有影踪。她也依然焦灼地立着。我有一个残忍的好奇心，如她这样的在一重困难中，我要看她终于如何处理自己。看着她这样窘急，怜悯和旁观的心理在我身中各占了一半。

她又在惊异地看着我。

忽然，我觉得，何以刚才会不觉得呢？我奇怪，她好像在等待我拿我底伞贡献给她，并且送她回去，不，不一定是回去，只是到她所要到的地方去。你有伞，但你不走，你愿意分一半伞荫蔽我，但还在等待什么更适当的时候呢？她底眼光在对我这样说。

我脸红了，但并没有低下头去。

用羞赧来对付一个少女底注目，在结婚以后，我是不常有的。这是自己也随即觉得可怪了。我将用何种理由来譬解我底脸红呢？没有！但随即有一种男子的勇气升上来，我要求报复，这样说或许是较言重了，但至少是要求着克服她的心在我身里急突地催促着。

终归是我移近了这少女，将我底伞分一半荫蔽她。

——小姐，车子恐怕一时不会得有，假如不妨碍，让我来送一送罢。我有着伞。

我想说送她回府，但随即想到她未必是在回家的路上，所以结果是这样两用地说了。当说着这些话的时候，我竭力做得神色泰然，而她一定已看出了这勉强的安静的态度后面藏匿着的我底血脉之急流。

她凝视着我半微笑着。这样好久。她是在估量我这种举止底动机，上海是个坏地方，人与人都用了一种不信任的思想交际着！她也许是正在自己委决不下，雨真的在短时期内不会止么？人力车真的不会来一辆么？要不要借着他底伞姑且走起来呢？也许转一个弯就可以有人力车，也许就让他送到了。那不妨事么？……不妨事。遇见了认识人不会猜疑么？……但天太晚了，雨并不觉得小一些。

于是她对我点了点头，极轻微地。

——谢谢你。朱唇一启，她迸出柔软的苏州音。

转进靠西边的文监师路，在响着雨声的伞下，在一个少女底旁边，我开始诧异我底奇遇。事情会得展开到这个现状吗？她是谁，在我身旁同走，并且让我用伞荫蔽着她，除了和我底妻之外，近几年来我并不曾有过这样的经历。我回转头去，向后面斜着，店铺里有许多人歇下了工作对我，或是我们，看着。隔着雨底帡幪，我看得见他们底可疑的脸色。我心里吃惊了，这里有着我认识的人吗？或是可有着认识她的人吗？……再回看她，她正低下着头，拣着踏脚地走。我底鼻子刚接近了她底鬓发，一阵香。无论认识我们之中任何一个的人，看见了这样的我们的同行，会怎样想？……我将伞沉下了些，让它遮蔽到我们底眉额。人家除非故意低下身子来，不能看见我们底脸面。这样的举动，她似乎很中意。

我起先是走在她右边，右手执着伞柄，为了要让她多得些荫蔽，手臂便凌空了。我开始觉得手臂酸痛，但并不以为是一种苦楚。我侧眼看她，我恨那个伞柄，它遮隔了我底视线。从侧面看，她并没有从正面看那样的美丽。但我却从此得到了一个新的发现：她很像一个人。谁？我搜寻着，我搜寻着，好像很记得，岂但……几乎每日都在意中的，一个我认识的女子，像现在身旁并行着的这个一样的身材，差不多的面容，但何以现在百思不得了呢？……啊，是了，我奇怪为什么我竟会得想不起来，这是不可能的！我底初恋的那个少女，同学，邻居，她不是很像她吗？这样的从侧面看，我与她离别了好几年了，在我们相聚的最后一日，她还只有十四岁，……一年……二年……七年了呢。我结婚了，我没有再看见她，想来长成得更美丽了……但我并不是没有看见她长大起来，当我脑中浮起她底印象来的时候，她并不还保留着十四岁的少女的姿态。我不时在梦里，睡梦或白日梦，看见她在长大起来，我曾自己构成她是个美丽的二十岁年纪的少女。她有好的声音和姿态，当偶然悲哀的时候，她在我底幻觉里会得是一个妇人，或甚至是一个年轻的母亲。

但她何以这样的像她呢？这个容态，还保留十四岁时候的余影，难道就是她自己么？她为什么不会到上海来呢？是她！天下有这样容貌完全相同的人么？不知她认出了我没有……我应该问问她了。

——小姐是苏州人么？

——是的。

确然是她，罕有的机会啊！她几时到上海来的呢？她底家搬到上海来了吗？还是，哎，我怕，她嫁到上海来了呢？她一定已经忘记了我了，否则她不会允许我送她走。……也许我底容貌有了改变，她不能再认识我，年数确是很久了。……但她知道我已经结婚吗？要是没有知道，而现在她认识了我，怎么办呢？我应当告诉她吗？如果这样是需要的，我将怎么措辞呢？……

我偶然向道旁一望，有一个女子倚在一家店里的柜上。用着忧郁的眼光，看着我，或者也许是看着她。我忽然好像发现这是我底妻，她为什么在这里？我奇怪。

我们走在什么地方了。我留心看。小菜场。她恐怕快要到了。我应当不失了这个机会。我要晓得她更多一些，但要不要使我们继续已断的友谊呢，是的，至少也得是友谊？还是仍旧这样地让我在她底意识里只不过是一个不相识的帮助女子的善意的人呢？我开始踌躇了。我应当怎样做才是最适当的。

我似乎还应该知道她正要到那里去。她未必是归家去吧。家——要是父母底家倒也不妨事的，我可以进去，如像幼小的时候一样。但如果是她自己底家呢？我为什么不问她结婚了不曾呢……或许，连自己底家也不是，而是她底爱人底家呢，我看见一个文雅的青年绅士。我开始后悔了，为什么今天这样高兴，剩下妻在家里焦灼地等候着我，而来管人家的闲事呢。北四川路上。终于会有人力车往来的？即使我不这样地用我底伞伴送她，她也一定早已能雇到车子了。要不是自己觉得不便说出口，我是已经会得剩了她在雨中反身走了。

还是再考验一次罢。

——小姐贵姓？

——刘。

刘吗？一定是假的。她已经认出了我，她一定都知道了关于我的事，她哄我了。她不愿意再认识我了，便是友谊也不想继续了。女人！……她为什么改了姓呢？……也许这是她丈夫底姓？刘……刘什么？

这些思想底独白，并不占有了我多少时候。它们是很迅速地翻舞过我心里，就在与这个好像有魅力的少女同行过一条马路的几分钟之内。我底眼不常离开她，雨到这时已在小下来也没有觉得。眼前好像来来往往的人在多起来了，人力车也恍惚看见了几辆。她为什么不雇车呢？或许快要到达她底目的地了。她会不会因为心里已认识了我，不敢断认，所以故意延滞着和我同走么？

一阵微风，将她底衣缘吹起，飘漾在身后。她扭过脸去避对面吹来的风，闭着眼睛，有些娇媚。这是很有诗兴的姿态，我记起日本画伯铃木春信的一帧题名叫《夜雨宫诣美人图》的画。提着灯笼，遮着被斜风细雨所撕破的伞，在夜的神社之前走着，衣裳和灯笼都给风吹卷着，侧转脸儿来避着风雨底威势，这是颇有些洒脱的感觉的。现在我留心到这方面了，她也有些这样的丰度。至于我自己，在旁人眼光里，或许成为她底丈夫或情人了，我很有些得意着这种自譬的假饰。是的，当我觉得她确是幼小时候初恋着的女伴的时候，我是如像真有这回事似地享受着这样的假饰。而从她鬓边颊上被潮润的风吹来的粉香，我也闻嗅得出是和我妻所有的香味一样的。……我旋即想到古人有"担簦亲送绮罗人"那么一句诗,是很适合于今日的我底奇遇的。铃木画伯底名画又一度浮现上来了。但铃木底所画的美人并不和她有一些相像,倒是我妻底嘴唇却与画里的少女底嘴唇有些仿佛的。我再试一试对于她底凝视,奇怪啊,现在我觉得她并不是我适才所误会着的初恋的女伴了。她是另外一个不相干的少女。眉额,鼻子,颧骨,即使说是有年岁底改换,也绝对地找不出一些踪迹来。而我尤其嫌厌着她底嘴唇,侧着过去,似乎太厚一些了。

我忽然觉得很舒适,呼吸也更通畅了。我若有意若无意地替她撑着伞,徐徐觉得手臂太酸痛之外,没什么感觉。在身旁由我伴送着的这个不相识的少女的形态,好似已经从我底心的樊笼中被释放了出去。我才觉得天已完全夜了,而伞上已听不到些微的雨声。

——谢谢你,不必送了,雨已经停了。

她在我耳朵边这样地嘤响。

我蓦然惊觉,收拢了手中的伞。一缕街灯的光射上了她底脸,显着橙子的颜色。她快要到了吗?可是她不愿意我伴她到目的地,所以趁此雨已停住的时候要辞别我吗?我能不能设法看一看她究竟到什么地方去呢?……

——不要紧,假使没有妨碍,让我送到了罢。

——不敢当呀,我一个人可以走了,不必送罢。时光已是很晏了,真对不起得很呢。

看来是不愿我送的了。但假如还是下着大雨便怎么了呢?……我怨怼着不情的天气,何以不再继续下半小时雨呢,是的,只要再半小时就够了。一瞬间,我从她的对于我的凝视——那是为了要等候我底答话——中看出一种特殊的端庄,我觉得凛然,像雨中的风吹上我底肩膀。我想回答,但她已不再等候我。

——谢谢你,请回转罢,再会。……

她微微地侧面向我说着,跨前一步走了,没有再回转头来。我站在中路,看她底后形,旋即消失在黄昏里。我呆立着,直到一个人力车夫来向我兜揽生意。

在车上的我,好像飞行在一个醒觉之后就要忘记了的梦里。我似乎有一桩事情没有做完,我心里有着一种牵挂。但这并不曾很清晰地意识着。我几次想把手中的伞张起来,可是随即会自己失笑这是无意识的。并没有雨降下来,完全地晴了,而天空中也稀疏地有了几颗星。

下了车,我叩门。

——谁?

这是我在伞底下伴送着走的少女底声音!奇怪,她何以又会在我家里?……门开了。堂中灯火通明,背着灯光立在开着一半的大门边的,倒并不是那个少女。朦胧里,我认出她是那个倚在柜台上用嫉妒的眼光看着我和那个同行的少女的女子。我惝怳地走进门。在灯下,我很奇怪,为什么从我妻底脸色上再也找不出那个女子底幻影来。

妻问我何故归家这样的迟,我说遇到了朋友,在沙利文吃了些小点,因为等雨停止,所以坐得久了。为了要证实我这谎话,夜饭吃得很少。

【阅读提示】

施蛰存的小说节奏多是舒缓的,他的特色不在这里,而在捕捉都市人的微妙心理,并进行有层次的细腻分析,《梅雨之夕》就是一个很好的例子。繁重的日常工作,不变的家庭生活,使人物心理产生烦闷和压力,渴望新奇、变异,心灵的解放和飘飞,但是这种浪漫的情绪往往是无意识的,在这种情况下,遇到一个梅雨天需要帮助的少女,自然不愿意放弃机会。关键在于与少女的这一段相伴路程是过于短暂了,回家后仍然是日常繁琐的生活,不变的妻子的眼光。浪漫与现实、新奇与日常之间的矛盾,使大多数都市人(普通人)的情感和欲望都无法释放,浪漫也终于成为不能实现的传奇。

薄暮的舞女①

施蛰存

你知道,素雯每天必要到下午两点钟起身。趿着白绒的拖鞋梳洗,一小时;吃乖姐——这是她和六个同居的同伴所合雇的女侍——送上楼来的饭,我应当怎么样说呢,早餐还是午餐?但总之是一小时;于是,六个亲密的同伴挤进来了,这唯一的理由,是因为她底房间最大,从舞蹈的习练到诙谐的扑击,又一小时,或是,甚至兴高采烈地,二小时。以后呢,人们会得在每个晴天的夕暮,在从圣比也尔路经过圣母院路而通到西陵路这段弥漫着法国梧桐树叶中所流出来的辛辣的气息的朦胧的铺道上,看见七个幻异似地纤弱的女子,用魅人的,但同时是忧郁的姿态行进着,这就是素雯率领了她底同伴照例地到希华舞场去的剪影。

但今天却是两年来第一个例外。黄金的斜阳已经从细花的窗帘里投射出来,在纯白的床巾上雕镂了 Rococo 式的图案纹;六个亲密的同伴,已经同时怀着失侣的惆怅和对于她的佳运之艳羡这两种情绪在法国梧桐树叶中钻行了,而素雯还独留在她的房间里。正在她改变室内陈设的辛勤的三小时之后,她四面顾盼着新样式的房间,感觉到满心的愉快。几乎是同时的,她又诧异着自己,为什么自从迁入这个房间以来,永没有想到过一次把房内的家具移动一个位置呢?

一个灿烂的新生活好像已经开始了,她从她所坐着的软榻的彼端把牟莎抱了过来。牟莎从来没有在这时候受它主人爱抚过,所以它就呜呜地在喉间作弄出一种不可解的响音。为了感谢呢,还是为了奇异?没有人知道。即使它的主人也不知道。素雯底手虽然是在抚摩她底娇柔的小动物,但是她底眼睛却忏悔似地凝住在新换上去的纯白无垢的床巾上。贞洁代替了邪淫,在那里初次地辉耀着庄严的光芒。"是你这放浪的女子吗,敢于这样地正视着我?"能言的床巾从光芒里传出这样的诘问。暂时之间觉得有些惭愧的素雯,终于有一种超于本能的果敢来镇静了她,她微笑着,抱着她底娇柔的小朋友,当仁不让地去沉埋在这床巾的雪花中间,Rococo 式的金属细工便雕镂在她底裙裥上了。

如果不把牟莎当作是他底幻影,她为什么能这样柔顺,这样静寂,而又这样满足地躺在床上而不想起身呢?她感觉到一个文雅的鼻息,一个真实地爱着的心,一个永久占有了的肉体,还有,成为她底莫大之安慰者,她初次地感觉到她是在家里了。以一个习惯于放佚生涯的女子底全部的好奇心,耽于这种新奇的境

---

①原载 1932 年 6 月 1 日作者主编的《现代》第 1 卷第 2 期,后收入作者小说集《梅雨之夕》,上海新中国书局 1933 年 3 月初版;现选自该小说集初版本。

界之梦幻的享受,她觉得很愉快。

但床头茶桌上的电话机急促地呜响起来了。她稍微转侧了一下,腾出偎抱牟莎的右手来把听筒除了下来。

哈罗,——是的,——你是谁呢?——哦,我不用猜,我一听就听出来了,——我说我已经听出来了,你是老沈,沈先生,是不是?——我已经听惯了你的广东上海话了,——你忙吗?——哈罗,你忙吗?Manager——什么?——我想不是为了简单的缘故罢,你今天应该是很忙的。……那些水鬼来了没有?——是的,我没有忘记,我就因为没有忘记,所以今晚不来了。——是的,我现在很憎厌那些喝得烂醉的野蛮的水鬼——随他们罢,横竖这些人中间没有我的情人,我也不欢迎他们来,我也不……什么?你说什么?——情人?我的情人?你晓得是谁呢?——谁呢?——我并不守秘密呀——我并不否认呀——但是还没有到可以告诉你的时候呢——谁知道?说不定明天就会变花样的——我不喜欢在一桩事情没有实现之前就兜根结底地说出来——什么?——我吗?——我当然是在家里,要不是我怎么能和你讲话呢?——一个人,——真的,我不欺骗你——需要休息了……你难道忘记了我前天在跳舞的时候昏倒在地板上这事吗?——我……昏倒在地板上——可不是应该休息一下吗?——我现在躺着,——不等候什么人,——也许他会得来的,但是我并不是专诚在这里等候他,——对不起——我明天请你喝威士忌罢——请你不要勉强我罢——我就是为了今天没有精神啊——怎么说?——我的理由全都托阿汪带给你了。——难道你不许我请一天假的吗?我今年没有不到过。——喔,你说什么?——我不是不肯帮忙,我也晓得今天是很忙的,可是有什么用呢?我不愿意和这些要咬人家肩膀和手指的水鬼跳舞啊?——我何尝说这就是我不到的理由呢?——我的理由是:我身体不舒服。——什么!什么:你说什么?……"

素雯从床上坐了起来。牟莎便窜下到地板上,伸着锐利的前爪去抓弄一个栗子壳了。她调换了一只手抓着听筒,就用这只手的肘子靠在茶桌边上,把身子做成一个向外倾倚的姿势。她很激怒似地继续着说话:

你说合同吗,Manager?——你倒很有点厉害的。但是合同里写着不许人家生病吗?——哈哈,是的,我们的合同到明天就满期了。——我不想继续了。——是的,我不想再过这个生活了。——怎么说?——你劝我再继续半年吗?为什么?为了你们呢?为了我?——我想你如果看得起我的话,你一定会高兴我不再做舞女的。——难道你从来没有感觉到我对于这种生活的厌倦吗?——你不要嘲笑哪,我平常的行动就是为的要希望得到今天哪——不是,不是幸福,我不希望什么大的幸福,我只要有一天能够过得像今天这样平静而安稳就好了。——谁说不是呢,所以今天我无论如何不肯来了。——也许你底话不错的,但是我实在对于以前那样的自由生活厌弃了。我现在倒变成一个不需要

中国现代都市文学读本

自由的人了。我愿意被人家牢笼在一个房间里,我愿意我的东西从此以后是属于一个主人的,我愿意我的房间里只有一个唯一的人能时常进来,我愿意……什么? 你又在笑我了,——我承认的,但是我自己也不知道是什么意思。——或者是真的,因为我现在似乎是从心底里就发出这种希望来了;但是或者竟会被你猜中了,说是好奇心也未始不可以——是的,总之,现在,这一点是已经决定的,就是我一定要换换生活的样式了。倘若再是照老样的过活下去,我的头脑也会得要迟钝起来的,——怎么? 你们那边为什么这样闹热? 开场没有这样早哪——哦,你说什么? 谁? ——你说的是小秦吗? 她怎么样? 走上扶梯就摔倒了? ——哦! 可怜的! 她这几天也太辛苦了。你看,我们这些人全都把身子淘坏了。……我看你也就让她休息几天罢。她不比我,光身子。她还要靠这个去养兄弟呢。——哈罗,哈罗! 你怎么不响了? ——好,好,我明天来面谈罢……可是多半总不见得再愿意继续下去的了。……哈罗,我明天来的时候,不是在上午十二点钟,便在下午六点钟,请你等着我罢! 再会!

　　并没有再听对方的说话,素雯已经把听筒搁上了。仅仅只有一小块夕阳,还滞留在天花板上。室内已很幽暗了。她站起来在地板上,稍稍地整曳了一下衣裳,就漫步到窗边,撩开了一条窗幕,隔着玻璃看对面铺道上的行人。这是无意识的。她底心里实在是,正在温习方才与舞场经理的那些谈话。她已经不能详细地记得她自己所曾说的话了,但她觉得那是很杂乱的一堆。那些都是即席口占的应对。也许这里根本没有一句真实话的。可是经理的话,却都记得。他好像很不相信自己真的决心不做舞女了。他好像以为这是不可能的。为什么呢? 难道在他底眼光里看起来,我是一个决不能过规则生活的女子吗? 难道他看得定我现在的希望不过是一种欺骗吗? ……真的,这也不能怪他,舞女是生活本来并不见得怎样坏,一个人若是每天过一个新鲜的生活,倒很可以去做做舞女的。我不过是现在对于这种生活的兴味不及对于我所希望着的那种生活的兴味浓厚罢了。唉——这个人! 这不是他吗? 为什么低着头走过,帽子遮到眉毛边? 为什么这样? 难道他已经在那里巡行了好半晌了吗? 如果是要侦察我的话,哼,我倒有点不服气。我究竟还不是你的人呢。即使——即使是了,倘若要想这样地拘束我,我也是不甘心的,我至少应该有个人的自由啊。我不过是你的外室。我不是你正式的妻子。我没有必须要对于你守贞节的责任啊。只有我自己情愿忠实于你,但你却没有责成我忠实的权利。倘若我愿意,当你不在的时候,我要招呼一个朋友到这里来,谁可以反对我呢? ……哎,戴着一副眼镜的,那绝不是他,我原说他总不至于疑心我什么的。但是他为什么? ……

　　电话机又急促地鸣响起来了。

　　凝视着那充满了漫想的空间的眼光,突然震颤了一下。她回头向电话机瞥了一眼。好像立刻就从这里看出了打电话来的人,微笑着一扭身走到茶桌边,将听筒按在耳旁了。

　　哈罗,谁?——你是谁?她把牙齿咬着下唇。听筒暂时地离开了她底耳朵。流一瞥憎厌的眼波去抚触了一下供在屋隅的瓶中的牡丹花。——啊,真的,我们好几天没碰见了。——哦!哦!我有点不舒服,所以没有去。——老沈告诉你的吗?好的,这样多少总省了你白跑一趟。——谢谢你,不敢。——现在吗?——我很对不起,我不欢迎你呢。——没有别的缘故,就因为我今天生病,没有精神招待哪。——我现在躺着⋯⋯这样说了,真的,素雯就很轻敏地躺在床上了。恐怕这动作的响声会得被对方听见了,她用手掌把听筒掩着。——自然,一天工夫哪里会生出什么大病来,我不过有点伤风罢了。——我是不怕冷静的。——什么,我吗?我正在看小说书——什么?你说什么?——书的名字吗?⋯⋯她匆急地伸出空着的一只手去,在茶桌下的圆木上的一堆书籍中抽出了一本,看了看书面。⋯⋯《歌舞新潮》——什么?我刚才看第一页呢。——谁欺骗你?我刚才醒来,因为没有事情做,就翻开这个小说来看看。——就只是我一个人——你不信,可以来看,我情愿赌一打香槟。——谁?——没有来过,他也好几天没有看见了。——这几天我不大出去。——是的,一个人兴致不好的时候,就什么事都懒了。——喂,哈罗,哈罗,怎么了?给人家叉线了吗?——什么事情?——有的,不错。——我从明天起就不到希华了。——我的合同满期了。——我本来不愿意做舞女,现在乐得歇手了。——嗯?——不结婚的,你难道没有晓得他家里另外有正式妻子吗?——那有什么关系呢?——照你这样说起来,难道结了婚就永远不会得离婚了吗?——没有用处的。——怎么说?——明天或者后天。——为什么呢?——难道我嫁了人就连朋友都不许有了吗?——笑话,恐怕是你自己不愿意再来看我了吧。——我暂时仍旧住在这里,过两个月再搬。——当然,如果我不爱他,我怎么肯和他同居呢?——这可不好说了,总之,我的爱只有一个啊。——永久?——这是更不好说了,谁敢说我们是能够永久地爱着的呢?永久?到什么时候为止才可以算得永久呢?你有永久的爱吗?——傻瓜,我不稀奇这种爱情,没有的事。——好的,那么你可以去找小秦,她是希望有一个人永久地爱着的。——喂;——不是这样说的。在现在的情形里,我们当然互相很爱着的。但是,如果将来他不爱我了,那时我即使傻子似的爱着他,也是不中用的,我可以相信我自己将永远地爱着他,但是我不能相信他也一定能够永远地爱着我啊。——什么?这是另外一个问题了。——总之,我并不把这事情看得很郑重,正如我在想起吃橘子的时候就去买橘子一样,我现在很想过一点家常的生活,我要把我这个房间变成一个家庭,所以我就这样地做了。——什么?你问我有这种念头吗?——这是很简单的,因为我以前的生活太没有秩序了。白天为什么会睡觉,夜里忙着各式各样的步法,并且连吃东西都是无秩序的。你晓得,这是最耗费一个人底精神的。前天晚上我在跳却尔斯登的时候,竟昏晕得摔倒在地上,到现在还是神经很衰弱的,所以我决心不再做舞女了。——我希望永远不做了。——怎么?机会多着呢。难道我会板起脸儿来装作不认识么?——现在实在是要请你原谅的。——我打电话都觉得很费力。——喂,你说什么?——停一会儿吗?再说罢。——不成,说不定他要来,那我就不便招待你了。——好,再见。——什么?——啐!你别胡扯呀。

搁上了听筒,把电话机一推,素雯携着那本《歌舞新潮》走到软榻旁,脱了拖鞋,一横身躺了下去。两只丝织的脚踹着一个锦垫子,头搁在榻边上,有意无意地翻看着这本小说。但十秒钟之后,她立刻就用着一个纯熟的姿势,把手中的书反手一抛,恰好抛在原处的一堆书上。素雯看了看窗外昏冥的天,又看了看左腕所御的时针,好像不相信时间过得这般快似的,把时针举到耳朵边,仔细地倾听着。

于是,她轻轻地叹息了一声,又欠伸了一次。这时牟莎正蹲伏在软榻旁边,素雯伸一只手下去,刚好抚摩着它的柔毛。它依照着受主人恩惠时的老例,呜呜地响着。甚至仰起了头,伸出小小的红舌头来饕餮地舐着它主人底手指。

门上有了一个声音。她悠然回过头去,娇声地喊着 comein,但进来的却是阿乖姐。

"不出去吗?"

素雯点点头。

——买点什么东西做夜饭菜呢?

素雯又看看手腕上的时针,又倾听着。

——等一回儿。……你给我点一枝烟罢。

阿乖姐点了一枝卷烟,给她装上了她所用惯了的象牙长烟嘴,递了给她。她吸着烟,给烟纹缭绕着的眼睛向上凝望着天花板。跟着第一口烟喷出来的是:

接一个电话,四三五二七。

一手拈着烟嘴,一手把听筒接了过来。

——哈罗——我呀,听得出吗?——没出去吗?——为什么这两天这样规矩,难道你太太出来了?——嗯?怎么?——你此刻在忙些什么?——我听得出的,你今天的声音有些异样啊——怎么?哈罗——哈罗,你旁边还有客人吗?哈哈,他们的谈话也给我听出了。——是的,可是我听不出他们在说些什么。——我吗?我在家里。我今天就不到希华去了。——嗯?为什么不去,你问我为什么不去吗?——一则是因为我有点不舒服,二则是……难道你忘记了吗？喂，——喂——哈罗，哈罗——你是谁？——啊，不是的，不是的，先生，我们又线了，我要和四三五二七号谈话，对不起，挂上了罢——哈罗，四三五二七——我没有挂断呢。——哦，你是子平吗？——刚才给人家又线了。——我说你难道忘记了日子吗？——喂，子平，我在这里等你呀。——礼拜二晚上你不是说今晚来带我一同去吃麦瑞罗吗？——哈哈，所以我晓得你这两天一定又忙极了。——喂，子平，我想起来了，忙字是心字旁加一个亡字，忘字也是心字加上一个亡字；所以这两个字是一样的，所以忙的人一定很会忘记的，你说这个道理对不对？——唔，我这里吗？除掉我之外还有一个人在这里，——你要和他谈话吗？——你听他说话就会晓得的。——你听着，他来和你说话了……

她把烟嘴斜咬在嘴里，一手从地板上捉起了牟莎。让它底嘴正对着传话筒，她抚摩了一下牟莎底下颔，于是这娇懒的生物咪呜地叫起来了。她微微地扬起了嘴唇，示意给立在旁边的阿乖姐，让她把嘴里的烟嘴接了去，把残余的纸烟丢入痰盂中。

哈哈……听见了没有，它不是你的好朋友吗？——是的，它和我一块儿在这里，我们都在老等你啊。——喂，喂，子平，子平你在和什么人说话啊？——难道这样要紧？——究竟你今晚还能够来吗？——嗯？啊？我很失望！——子平，我现在想起从前我们在炮台饭店的那一夜了。你说，那一夜我们不是过得很快活吗？——喂！你怎么不响啊？子平，我听你的声音有些异样了。——你今天不是很不快活吗？——骗我，我听得出来的。——我想我或者会得使你快活的。你在我这里的时候从来没有烦恼过，可不是？——你来罢……嗯？——那么明天早上请你一早就过来，我希望着你呢！子平，要是你今晚真不能来的话，你知道，这一个晚上我将多么困难地过去呢？——怎么？明天你要回苏州去？——喂，子平，这是什么意思？什么意思？子平，你告诉我！这是什么意思呀？——什么？现在不能告诉我？——多人的秘密！——什么？说一句"对不起"就可以完事的吗？子平，我都明白了，哼……她冷笑着，把怀中的牟莎忿怒地推下在地板上。……什么话，不要误会，谁误会呢？我清清楚楚地懂得了。子平，我到料不到你这个人竟也会放出这种手段来的，……太不漂亮了。你就是说要脱离我，我也拖不住你的，……什么，破产？……谁要破产？——真的吗？——喂——喂——子平——谁？你是谁？——律师吗？——嗯，……嗯……嗯……你能担保这是真的吗？——那有这样快呢？——他前几天还说公债票的生意做得很顺当呢。——那么大约亏了多少呢？——什么？几万？——啊！那么现在怎么办呢？——他苏州的财产能不能抵得过呢？——哦，对不起，请你还是叫子平来和我谈话吧。

喂——你是子平吗？——刚才很对不起，我错怪你了。——那么你的事情大概容易解决吗？——你什么时候再到我这里来呢？——嗯，几时？——什么，

255

一个月吗？——那么……那么……子平，——子平，你知道我是爱你的……我们的事情怎么样呢？——嗯……什么？这真是你底意思吗？——啊，子平，这真使我觉得很伤心，你还记得吗？我们前天跳却尔斯登的时候，我兴奋得摔倒在地板上，那时候虽然很痛，但是我觉得很愉快。……子平，那时候不是你扶我起来的吗？我们一同到酒吧间里去休息，你对我说的许多话，我都记得的。……今天我已经把我的房间整理过了。我正专心地等你来，那里知道你会有这种变卦的呢——嗯？什么？不用这样说了，我只希望你赶快把事情弄清楚了再来看看我。——什么？什么话！我不是一定要用你的钱的，我本来已经打算从今天起不再去跳舞了，但是，你既然发生了这种事情，那么我明天不得不去继续和经理订合同了。——嗯？当然，我当然不会因此而疏淡你的。我只要能够生活就好了……不过，喂，子平，这样一来，我的希望又落空了。——你忘记了我的希望吗？——我就希望能改变一种生活的样式，我要让我的房间变成一个家庭啊。——什么，算了罢，现在我看我的房间虽然改变了样式，可还是一个寄宿舍，这是没有办法的事，没有改变，一点也没有改变，啊！我痛苦呢……子平，你今天决定不来了吗？——好的，我也这样想，也许你来了之后，我们都会更痛苦些的。——……再见。"

乖姐还立在旁边，在几乎已经完全黑暗的暮色中装着严肃的容颜。
——吃夜饭吗？
——不要吃了。你出去。
房间里好像没有人似的幽寂了半响。对着窗的外面马路上的街灯射进一缕白光来，照见一只纤细的发光的脚忽上忽下地摇动。牟莎蹲踞在一个怔忡的柔滑的胸膛上，它的在暮色中几乎要看不出的乌黑的脊背上，线条很瘦劲地勾绘出了一只美丽的女手。
但是这只手，在五分钟之后，就又伸到软榻背后的茶桌上去了。一个经过了努力地镇静，做作和准备而发出来的娇媚的声音锐利地突破了室内的凝静。

哈罗，一二七六九，……是的——哈罗，你们是一二七六九吗？——邵先生在家吗？——请他听电话。——喂，你是谁？你是式如吗？——喂，我，你听不出吗？——是的，你没出去吗？——谢谢你，我现在好得多了。——谁？子平吗？——他没有来。——什么事情？——我晓得了，我刚才从电话里晓得的。——喂，你怎么也晓得了，信息这样灵通吗？——嗯，我没有看见，难道晚报上已经登出来了吗？——什么，究竟怎么样会弄到如此地步的？——哦，太危险了。我早已说他胆子太大，这种投机事业是不容易做的。——什么？——正是为此，我觉得冷静极了。——你吃过夜饭吗？——那么我们一同去吃夜饭好不好？——我在麦瑞罗等你。我好久不到麦瑞罗了。——嗯？现在，我换了衣裳就走，一定要来的呀。……"

素雯伶俐地溜下了软榻，锦垫子和牟莎都被遗弃在地板上了。垂在天花板上的摩沙玻璃灯一亮，一个改变了式样的房间里充满着的新鲜的气息颤震地流动起来。在这种迷人的气息里，一堆白色的丝滑落在素雯底脚下。

【阅读提示】

这篇小说的特色在于用电话中的对话结构全篇，看似单调而意味深长。小说中对下层舞女的同情和对她们命运的揭示也别具一格。

【延伸阅读作品与参考文献】

1.《施蛰存文集·文学创作编·十年创作集（小说）》，华东师范大学出版社1996年版。

2.施蛰存:《沙上的脚迹》有关篇章，辽宁教育出版社1995年版。

3.杨迎平:《永远的现代——施蛰存论》，光明日报出版社2007年版。

4.贺昌盛:《从"新感觉"到心理分析——重审"新感觉派"的都市性爱叙事》，《文学评论》2006年第5期。

5.陶榕:《一个变态人格的心理流程——谈施蛰存的心理分析小说〈石秀〉》，《贵州民族学院学报》哲社版2002年第1期。

6.王爱松:《施蛰存的三篇小说与现代都市文化空间》，《福建论坛》（人文社科版）2012年第4期。

7.王一燕:《上海流连——施蛰存短篇小说中的都市漫游者》，《中国现代文学研究丛刊》2012年第8期。

【思考与练习】

1.分析《石秀》中石秀的心理畸变及其都市文化审美意义。

2.比较《梅雨之夕》与穆时英小说《公墓》在空间设置、主题内涵和艺术格调上之异同。

3.分析《薄暮的舞女》中电话手法的妙用。

寒　夜①

杜　衡

夜,虽然在冬天,黄浦江上却没有风;它平静地躺着,阴森的,沉寂的。

他自个儿低下头沿外滩向南走去,他从今年起没有固定的姓,从今天起没有名字。熄了一半的街灯下谁也看不清楚他底脸色和服装。反正是穿着长袍,而且长袍底袋里还有三五枚小银元在玱琅玱琅地响。显然地,这玱琅玱琅的声音很快就引起了注意。

"大买办,把一个铜板!"叫化的在他后面跟。

无论谁,在这样冷冰冰地夜里还肯满街跑,都一定有个道理。那叫化的,不用说:是为着他所顺口说惯了的三天没有吃饭。至于那个没有名字的,他底目的却不愿意告诉人;幸而我知道,我可以对你说——他要死。

那么他是一个自杀者? 不错,这猜度是聪明的。

你不能问一个自杀者:为什么要死呢? 因为他可以反问你一句为什么要活?这是两个同样地傻气而且难以答复的问题。

就是他自己也没有想到为什么;在这小小的行为里没有诗,更没有哲学。所想起的只是怎样一个死法。他活得不干净,背了一身翻不转的债,才去死,因此死倒要死得干净。他身边没有放绝命书。从欠上半个月房钱的小客栈里出来,眼前摆着的是浩浩荡荡的黄浦江,通海的。他愿意水波把自己送到海里去。这样,虽然做不成了棺材店底人人都预定好的一笔生意经,但是来无迹,去无踪,这个世界和他倒可以相互忘记。多干净!……

可是那个叫化的却不让他干净,死劲地钉住走。

"大老板,大买办,今年发大财,把……"用本地土白押韵地喊。

而一边,钱,愈是少,照例愈爱玱琅玱琅地响。

这种种起先一点也不引起他底注意;渐渐地,由于对方底毅力,注意是不得不注意了,但只有把他激怒。真当了买办便不会让你跟是不用说,就是发财今年也来不及,现在已经快到年脚边。不给。虽然明知道这几个毛带到酆都府里去花不了,可是偏不给。他差不多想骂一声:讨债的。他觉得这是世界上最恶毒的骂人的名词了。

---

①作者杜衡(1907—1964),原名戴克崇,笔名苏汶,浙江杭州人。20世纪30年代曾与施蛰存一起编辑《现代》,与刘呐鸥、穆时英、施蛰存等海派作家为同仁,与戴望舒等现代派诗人也接近。该篇作品原载《良友》1933年1月第13期;现选自该期《良友》。

夜渐渐地深，地方渐渐地冷僻，都市底喧嚣是过去了，因而"大买办，大老板"的呼声便渐渐地显得更清楚，它刺着他底耳朵，刺着他底心。

叫化的跟过了太古码头，跟过了十六铺，还是不放松。

好，——他想着，——你要跟，我倒可以指点你一条路走，随你跟我来吧。

他打定主意不理睬；不但不理睬，最好是想也不要再想起，只当没有这么回事情。他自己底事情正多，还管别人！要想，就得想自己底事情。譬如说，他要死，这一点当然并没有忘记。可是此外呢？此外——

"大老板……"

这声音又来了，而且不断地来，讨厌！不幸世界上的确有单靠别人底"讨厌"而活着的人。他看看江面，是个好地方。而此刻，那要饭的不是在要饭，简直是在监视他底行动了。难道这最后的自由都是要用钱来买？又想起让那叫化的再跟自己走是断断乎使不得，他心焦，一手伸进袋里去抓住了残余的几毛钱，不准它再玱琅玱琅着。

这一点也没有用；反之，那要饭的是越钉越紧了。

打定的主意不得不让步，他火冒千丈，把衣袋的手用劲地向外面甩，跟着这一甩，几枚小银元清脆地在马路上差不多滚到一丈远。

"妈的，你拿去吧。"

然而他还回过头去向叫化的看：他一壁走，一壁看那家伙拾起了钱，随后像一个鬼影似的失落在黑暗里。

他回头看，是因为他自己都觉得这行为有点反常。这样的慷慨在他生平是第一遭；往时，就是给个把铜板都是要踌躇一下的。今天那家伙真交运，他拿着这几毛钱怕不是可以吃上那么三五天；而自己，自己是有了这几毛钱还照样是活不下去。

但是为什么要活？活着有什么意思呢？

而且，而且为什么竟想旁人底事情，放着自己底事情不去想！

他抬头望望昏暗的天，没有星；望望江面，没有声息。他发现自己底脚步一点点地迟缓了。他蹩到码头边，四周围望望似乎没有人。他底脚步更慢了，慢到不像走，只像移。

活着有什么意思呢？他又一遍向自己说。然而有人为要活，却愿意跟他走一里多路来要一个铜板。这又是什么意思呢？

"大买办……"他仿佛觉得清朗的空气里还存在这样固执地叫。

怎么还跟着？他竖起耳朵再仔细听。经这一听，虽然"大买办"的呼喊是没有，但是跟，却显得是确切的。脚步声若隐若现。一点也逃不过。

江面上突然起了一阵风，吹得他打寒噤。

真糟糕，要是再来一个叫化的跟他走一里路！不，不会再是叫化的。那么究竟是什么人,什么东西呢? 他有点,不是怕,是奇怪。然而这奇怪也就把他"自己的事情"暂时地赶跑了。没奈何,只能赶快几步走。一走快,码头边的大货栈就立刻挡住了他底前路。靠货栈里边绕过去,在转弯的时候他想趁机会往后瞧,可是没有敢这样做。

后边的脚步声也显然地转了弯。

他心荡,然而他对自己说不害怕。的确,他有什么好怕呢? 在后边跟着的,无论是鬼也好,是人也好,都充其量不过要了他底命去,而他底命却是连自己都不要了。可惜的是又错过了一个好地方,他气愤。

替自己壮了胆,他才回过头去。是个人而且样子正像那个叫化的。他更气,简直想扑过去扭住了打一顿。

"你这家伙真讨厌,怎么又跟来了?"厉声地问。

那家伙三步并一步,抢到他前面一手抓住了他底臂膊。"把皮夹子拿出来!"命令的口音不是那叫化的,换了人。

因为事出仓猝他一时着了慌:"我……我没有,"吞吞吐吐地说。

"把衣服脱下来!"

一枝半尺长的手枪搁在他脚边,他看到了。

"救命"两个字差不多已经冲出口,又急忙地吞了下去。他怕那枝手枪。"我脱我脱"说着,那时候什么也来不及想,他就解纽了。"你别放,你别放。"

"吓,这么一件破袍子!"那家伙把衣服拿到手,还说,"算你老子倒运!"

而他,他却觉得懊悔;他想追上去。请你破费一粒子弹吧! 可是来不及,那家伙不等他懊悔就已经走远了。

同时,四周围阴寒的空气也唯恐不及地向他身上拥了过来;而他底身子至少在此刻,的确还是肉做的。冷冷得他开始发抖,这真难受,也许比吃人讨债更难受一点。他今天才尝到这滋味,虽然没有风,他却觉得东南西北都是风。他冷得一步也走不了,在寒风里缩做一团。

他懊悔,而懊悔实际上已经变做了失去棉袍的那种惋惜。

债,可以到水里去避;而冷;水里,是更冷怎么办呢!

正没办法,远远地望到一辆黄包车,不错,黄包车可以把他送回到小客栈底被窝里去。他便遇着救星似的喊起来。

车拖着他往北走。在车上,他猛可地记起那残余的几毛钱都已经给那个叫化的要了去。他真料不到自己还得付一回车钱,否则留两毛在棉袍袋里可不是正好。他无可奈何地望望车夫底背影:一刻钟之后的债主! 吁!

于是他底思想又从冷回到了债。想着想着便生气,他气那两个混蛋的家伙。人家干干净净的一件事,给他们耽误了过去,弄得个不干不净。

然而那两个家伙却教了他应当用怎样的胆量,怎样的固执去活。

他明天会懂的。

并且今天夜里,黄浦江却的确已经给撇下在后面了,平静的,没有声息,也没有谁来投下一块石子去。

【阅读提示】

杜衡是一个被人们有意无意忘却的作家。这篇小说的创新之处在于立意的独特和表达的合理控制。小说主人公是一个生活在上海的下层读书人,因为生活无着准备夜间去跳黄浦江,但是身后竟一连跟着两个乞丐型劫匪。正是劫匪的贪婪和执着使主人公感到生命的顽强,于是决定不自杀了。小说让我们感到现代都市对于人生造成的巨大压力,也让人感觉到现代都市给人释放了生命欲望,使每一个人都顽强地寻找着、攫取着。小说从一个独特的视角肯定了现代都市。

【延伸阅读作品与参考文献】

1. 杜衡:《怀乡集》(小说集),上海书店出版社 1986 年 12 月原版影印本。

2. 陈子善编选:《朱古律的回忆——文学〈良友〉》,浙江文艺出版社 2004年版。

3. 金理:《从兰社到〈现代〉——以施蛰存、戴望舒、杜衡及刘呐鸥为核心的社团研究》有关章节,东方出版中心 2006 年版。

4. 张生:《时代的万华镜——从〈现代〉看 20 世纪 30 年代初中国文学的现代性》有关章节,同济大学出版社 2008 年版。

【思考与练习】

从这篇小说的描写看都市给人生的启示。

鬼 恋

徐 讦

【阅读提示】

徐讦(1908—1980),浙江慈溪人,1936 年秋至 1937 年底曾留学法国巴黎。严家炎《中国现代小说流派史》称他为"新浪漫派",吴福辉《都市漩流中的海派小说》将之归入海派,李今《海派小说与现代都市文化》和李欧梵《上海摩登》又不赞成将之归入海派。可见他的复杂性。

该篇作品初为短篇小说,载 1937 年 1 月 1 日、16 日《宇宙风》第 32 期和第 33 期,后扩充为中篇小说,1940 年 5 月成都东方书社初版。推荐阅读上海文艺出版社 1990 年 12 月出版的《中国新文学大系》(1937—1949)第六集·中篇卷一中的文本。

《鬼恋》是徐讦的成名作,写一个美女革命者厌倦了社会人生,装鬼生存在上海西郊斜土路一带,偶尔的原因被"我"遇到,从此产生一段人鬼未了情。"我"被"鬼"的美貌和神秘所吸引,跟踪她,陪伴她,主动与她约会,向她表示爱情;甚至为她着魔,生病,住医院。"鬼"劝"我"去旅行。旅行回来,在龙华,忽然发现她又扮成了尼姑。跟踪。"我"追问:"鬼"为什么成了尼姑? 才告知真情:她过去也是一个入世很深的人,曾与战友一起做秘密革命工作,暗杀人有 18 次之多,13 次成功,5 次不成功。枪林弹雨中逃生,亡命国外,流浪,读书,回国之后,才知所爱的人差不多都死了,剩下的或卖友、告密、高升,或继续被捕、死。绝望之余便隐名埋姓,装鬼做人。之后,"我"更爱她,"我"要她重新做人,"我"要她与"我"在一起,但是第二天夜晚"我"去看她时,她又留下一信走了:"人,这是一段梦,不是人生,梦也无需实现,我再回来也许三年四年,愿你好好做人。"我又大病一场,她每天托人送花,"我"快病好,她又托人带来一信:"人,……现在你快康复了,我也该走了。留下千元支票作为医疗费。再会,再会。"之后,冬去春来,五年过去了,她却再也没有音讯。

小说命题不俗,写出混乱政治背景下正义的被压抑,人性的被压抑;同时揭示都市消费文化语境下美的被压抑,女性的被压抑,凸显"逝去之美"——凡美的东西都在空虚中、梦幻中,在远方,在慢慢的丢失中。但是小说又采用《聊斋志异》式的写法,刻意制造都市传奇(神秘气息),又不免滑入"俗"的窠臼。这是徐讦小说不能归之于鲁郭茅巴老曹之类新文学,又不能等同于新感觉派、苏青、张爱玲之类海派文学,也不能归之为张恨水、秦瘦鸥等通俗言情小说的重要原因之一。

风萧萧

徐　讦

【阅读提示】

《风萧萧》是徐讦最负盛名的长篇小说。1943 年开始在重庆《扫荡报》连载，轰动一时，以至于荣登当年全国畅销书榜首，该年也被称为"徐讦年"。1944 年春完成，1946 年 10 月分上下册由上海怀正文化社初版。推荐阅读 1988 年 12 月上海书店原版影印本。

《风萧萧》叙述的是中国地下特工和美国地下特工在上海联合对付日本高级间谍的故事，表达为国捐躯的大我精神，这是"雅"，但是他的写法还是传奇式的，居中是知识分子的唯美情怀，所以小说塑造的几个女性形象都是超级美女。如国民党女特工白萍，公开身份是百乐门名舞女，小说形容她如海底星光，如百合初放；美国女特工梅瀛子，公开身份是海上著名交际花，小说形容她如太阳光芒四射，集西方美与东方美于一体；海伦•曼斐儿，一美军家属的女儿，天真纯粹，多情温柔，爱沉思，如深夜的一盏灯光；史蒂芬太太，虽年龄稍大，但也是一个美人儿。

小说写白萍、梅瀛子和海伦都喜欢青年哲学家徐，即叙述者"我"（徐讦小说过于明显的自恋倾向）。"我"成为将她们几个联络在一起的线索，在与日本高级间谍宫间美子（也是一个美女）的斗争中，白萍壮烈牺牲，梅瀛子和"我"设计杀死宫间美子后，梅瀛子隐身郊外，"我"则决定去内地，这时表现出"风萧萧兮易水寒，壮士一去兮不复还"的情怀。

小说情节完整，叙述平实，人物心理的揭示注意曲折多变，渴望雅俗完美糅合，但因为采取的是畅销书的写法，所以得失互见。

【延伸阅读作品与参考文献】

1. 徐讦：《精神病者的悲歌》《吉普赛的诱惑》《赌窟里的花魂》《舞女》（小说），见《徐讦文集》第 4、6、7 卷，上海三联书店 2008 年版。

2. 金理：《逃逸"内面"的浪漫鬼魂——徐讦〈鬼恋〉与中国现代文学中的忧郁书写》，《中国现代文学研究丛刊》2015 第 12 期。

3. 王泽龙、余文镜：《论徐讦〈鬼恋〉的叙事审美特征》，《人文杂志》2003 年第 5 期。

4. 邹旭林、谭桂林：《论民国时期现代谍战叙事的发生》，《中国文学研究》2015 年第 2 期。

5.李旭玫:《穿越"此岸"与"彼岸"的艺术探索——徐讦小说艺术形象论》,华中科技大学 2008 年度硕士学位论文。

6.吴义勤、王素霞:《我心彷徨——徐讦传》,上海三联出版社 2008 年版。

【思考与练习】

1.分析《鬼恋》中女性的隐匿、漂泊及其都市文化审美意义。

2.以这两部小说为例说明徐讦小说的雅与俗。

属于夜①

徐　訏

一

她先在，他后来。

他搬进后一星期，才知道前楼住的是一位晚出早归的她，但是他住在亭子间里面的。

很少见面，有一两次，他进后门时，她正出去；也有一两次，他在开房门时，她在锁房门。

有时候早醒，听见汽车响，接着是门声，于是高跟鞋得得地上楼梯，在他门前转弯，于是抽水马桶声，于是房门声，于是关电灯声，接着就万籁俱寂——这就是她。

她是傲慢的，从未对他注意过。因为他在亭子间，她在前楼；住在前楼的男子会注意亭子间里的女子，住在前楼的女子不会注意亭子间里的男子。

房东是白俄，通话要用英语；英语，她比他好，他常常因为她在，他不愿多与房东说话。然而她，她常常会故意的加响一点，让他听见。

她有一两个朋友，常常来；他也有一两个朋友，常常来；她的朋友不注意他，他的朋友常常注意她。她们谈话不会谈到他，但是他们的谈话可是常常谈到她的。

他是一个学生；她呢，是一个舞女。

他们俩住在一处不谈话，朋友们怂恿他去认识她。要认识她不难，去跳几次舞不就认识了么？但是他不，他是一个用功的学生，星期日偶而看看电影，平常总是读书。

二

他是毕业了，现在，他进了一家报馆工作。

于是他同她一样，大家是属于夜的人。

第二夜就巧。当报馆的汽车送他到家时，另一辆汽车也接踵而到，这是她。汽车与车里的男子，去了。

---

①原载 1947 年 8 月《巨型》第 2 期，后收入作者小说集《幻觉》，夜窗书屋 1948 年 2 月初版；现选自该小说集初版本。

那是一个天未亮的早晨,空气是冷的;两个人差不多同时到门口,于是乎彼此注意了。

是他?——这样晚回,在她脑筋中以为除了去了舞场是没有这样晚回的事情了。

他已将门打开,让她先进去。

"你也从舞场回来吗?"她进去时候问。的确缺少几分客气,假如这是对一个陌生的人说的第一句话。

"你以为是同你一样吗?"

她笑了。大家上楼进房睡觉,静悄悄的。

第二天起就开始谈话,本来大家是熟的,不过现在是用言语来表示了。

她先被邀到他房里来,他房里是两个大书架,一只床,同一只写字台。她对于这许多书籍发生新鲜的感觉,对于这个轻视了好几年的男子,现在是发生了相反的情绪。于是他也进了她的房间了。

她的房间是两只大衣橱,一只大梳妆台,上面全是女子的化妆什物,此外是圆桌沙发等无关紧要的东西。

于是谈话开始了。

她知道了许多新鲜的事情,这一个陌生的邻居同她尽千的舞客是有这许多的不同。他同她谈的是极其平凡的话,然而在她的生活中,这些话是离远了,这些话,似乎是父母,姊妹,兄弟曾经听到过的,但是在多年以前呀。

夜饭是他请客的,简单得很;饭后大家离开,各人到各人该去的地方。

大家是天将亮时候回来,但是常常是有点参次,起初是参次了就等第二天再会面,后来是先到的一个等着,谈一回再睡;再后来是偶然地大家喝一点茶吃一点点心,于是大家计划着食物与糖果,预备第二天夜里来叙谈。这样,慢慢地成了习惯,天大亮时候再睡觉竟变成毫不希奇了。

其实那时候有什么话可以谈?一个是脑筋倦了,一个是身体倦了,茶点后大家面对面,吸着各色各样的纸烟,享受那夜的末尾,他们同是属于夜的人。

于是沉默了一两个钟头;直到厚窗幕的缝里有阳光爬到地板上时,于是一个说了:

"天大亮,该去睡了!"于是大家睡到傍晚再一同出去。

他们都已相互知道一切。

大家谈不到什么交情,但是也许交情就在谈不到之中;习惯他们俩每天同度那剩余的夜。

下午,他起来以后是读书或者写社评与其他著作,有时候去看朋友。她总是比他晚起,起来以后是费时的打扮。接着是吃饭,上工,除了他出去访友外,常常是同伴的。

他有未婚妻,在别处高中读书,她是知道的;他们俩的接近程度是可以谈到一切,他们俩的距离是能够谈到一切。

他有时也问到她的终身问题,她终是混了过去,她没有答案,这不是她没有想到,而是怕想到。

<h1 style="text-align:center">三</h1>

光阴像骆驼一样的走,毫不疲惫地把它的速度在坚忍方面表现出来。它是载走过许多的历史,于是也载着这位新闻记者的时评与著作到影响舆论的地方,同时也载着这位舞女苍老了。

他告诉她,他要结婚了。结婚以后当然要搬出,对于同那位十来年邻居的分离,表示一种无限的惆怅。

结婚的时候,她是去吃喜酒的。她羡慕那位新娘,那新娘活如十年前的她,是的! 她计算年龄,她比他长三岁,她比新娘是长五岁,这是他在她面前常说的。

婚后的他们住在不远,他约她常去玩,但是她只去过三四趟。

有一天,一个隐沉的薄暮,他一个人偶而经过旧居,顺便去看看她。敲前楼的门,开了,一个白种青年在看报,问二房东,知她已搬到他住的亭子间了。

她在床边坐着,他进去了,她很憔悴。他们的谈话很少,但是往年等待天亮时候默坐的情趣也早已消失。他感到一点悲哀,两支香烟以后,他告辞了。

接着是久久的暌隔。

那是他已经辞去新闻记者事件而执行律师事务以后,他又去看她,她正同一个收账的人谈话,他插进去问,知道是一笔六十多元的裁缝账,于是他签了一张支票将收账的人打发走;他刚要同她说话,她已经伏在枕上哭了。他没有话可以安慰她,他觉得她哭的一定是为钱,他签一张一百元的支票给她,悄悄的走了。

第二天下午,她来访他,一定要将那张支票还他。于是谈话开始了。

············

她只是哭。

他静静地分析她的环境,觉得最安全的解决还是结婚,而最安全的结婚是寻舞客以外的男子。

她要回去,他叫她带走那张支票,于是她拿着去了,眼睛仍是红红的。

以后是久久的暌隔。

四

一月后,她从乡下寄来一张结婚请帖,还有一百元的一张汇票。

他预备星期三同他太太去吃喜酒去。

一九三四,三,一六

【阅读提示】

这篇小说写得朴素无华,许多选本都没有,但是分量却不轻。整个构思与张爱玲的短篇名文《爱》有些相似,但是比《爱》内涵充实、丰富、深刻。

小说写了一个舞女对"我"的先倨傲、后接近、再爱恋及到失去"我"后的极度悲伤和失落。更深远的意味在于写出这是一个命运问题——人的一生有许多限制,许多阴差阳错,等到意识清醒的时候也是错愕中不可回头的时候,以后的生命都是遗憾,都是消磨,都是浪费,都是无法言说。

【延伸阅读作品与参考文献】

1. 徐讦:《丈夫》《笔名》《盖棺定论》(小说),见《徐讦文集》第6、8卷,上海三联书店2008年版。

2. 冯芳:《20世纪上半叶徐讦研究述评》,《中国现代文学研究丛刊》2014年第2期。

3. 杨阳:《徐讦小说研究述评》,《湖北经济学院学报》人文社科版2009年第4期。

【思考与练习】

从这篇小说看徐讦小说创作的另一副面孔。

亭子间嫂嫂

周天籁

【阅读提示】

周天籁(1906—1983),安徽休宁人。家贫,自学成才,著作等身,在上个世纪40年代上海文坛有广泛的影响。

《亭子间嫂嫂》是作家最负盛名的长篇小说。最初连载于1938年至1939年的《东方日报》,引起轰动,直接维持了《东方日报》的生存;1942年7月上海友益书局初版。新时期以来最早出现的版本是1997年6月安徽文艺出版社本,上下卷,同年12月学林出版社将之纳入"海派文化长廊"出版,也是上下卷。学林出版社本前面有陈思和撰写的"导言",所以推荐阅读这个版本。

小说洋洋洒洒百万字以上,调用"上海白"方言,以生动的叙述塑造了一个下层妓女顾秀珍的形象,因为她只能以亭子间为生存舞台,所以小说直接呼之为"亭子间嫂嫂"。小说既不像新文学作家那样写女人进城被迫做妓女,也不像一些趣味过于低下的通俗海派作家那样渲染女人过性欲生活的愉快,而是以一个"同是天涯沦落人"的普通人的眼光打量她,描写她。也写她的善良,对于生活的愿望,也写她怎样为了生存千方百计忍客、拉客、宰客,显示生存的艰难和亭子间嫂嫂难有的聪明、机智、活泼及旺盛的生命力。小说最后,还是写她因接客太多而患性病,患性病又无钱治疗,只好眼睁睁悲惨死去。通过这种叙述,小说控诉了那个黑暗、丑恶、残忍的城市社会。如作者在《卷前》所述:"现在且把我那册密密层层写着亭子间嫂嫂的生活记录打了开来,这里我告诉你一个卖淫妇的斑斑血泪,使你知道一切神女非人生涯的痛苦,亭子间嫂嫂只不过恒河沙数中砂砾之一粒而已。"

李楠在《晚清、民国时期上海小报研究——一种综合的文化、文学考察》中指出,这是通俗海派小说在人道思想意识上最有力的书写,所以也代表着现代以来通俗海派文学的最高水平。范伯群在《中国近现代通俗文学史》里称之为"黑暗王国中之一线人性的强光",实为"海派倡门压卷之作"。随着亭子间嫂嫂的行踪,小说还让我们看到上海底层许多藏污纳垢的社会图景和非正常人生,深化了人们对上海都市人生的认识,也为上海地方风土民情做了形象的记录。

【延伸阅读作品与参考文献】

1.周天籁:《亭子间嫂嫂续集》,安徽文艺出版社2000年版。

2.范伯群主编:《中国近现代通俗文学史》(上)关于《海上花列传》和《亭子间嫂嫂》的部分,该书于 2000 年 4 月由江苏教育出版社初版。

3.张梅:《上海租界的"亭子间"人物——对周天籁〈亭子间嫂嫂〉人物群像的解读》,《湖州师范学院学报》2013 年第 2 期。

4.金传胜:《周天籁文学创作论》,上海外国语大学 2013 年硕士学位论文。

5.刘传霞:《论现代文学叙述中妓女形象的谱系与话语模式》,《妇女研究论丛》2008 年第 1 期。

【思考与练习】

比较《亭子间嫂嫂》正续与韩邦庆《海上花列传》在女性形象塑造上的异同。

夜夜春宵

周天籁

【阅读提示】

这部小说 1947 年 5 月 5 日开始连载于上海小报《风报》，1949 年由上海世界书报社初版。陈子善先生将它与周天籁的另一海派通俗小说《欲》合在一起依然名《夜夜春宵》编入"民国海派绝版小说"，2010 年 7 月由文汇出版社出版。

小说写杭州某绸庄主人康莱臣携新婚夫人来上海蜜月旅行。夫妻都受过新式教育，两人实行互不干涉主义，分头去交际、娱乐。妻子主要是会见昔日女同学，参加各种妇女活动，丈夫则主要是接受男性朋友的宴请，被这些朋友邀请去各种色情娱乐场所观光、体验。如给高级妓院——书寓的"小先生"开苞；去西洋人开的秘密艳窟观看西洋女子跳裸体舞，与西洋女子共享两性欢娱；去咸肉庄碰到自己朋友的姨太太为了报复她的丈夫去做"俎上之肉"；去贵族门中了解一些红舞女名歌星大公司经理怎样来以色娱人自娱，还有一些好人家太太小姐或者为了报复丈夫花心，或者反对家庭专制，偷偷跑出来与人白相等等。小说描写这些地方建筑、装潢的气象高贵，美女如云，胜似皇宫，但是也需要巨额款项支撑，不是一般人所能光顾的，真不愧是东方的巴黎，但是小说也写康莱臣逐渐陷入，几乎导致妻子自杀，蜜月变成苦月，又揭示上海是一个邪恶和使人堕落的地方。

如果说《亭子间嫂嫂》表现了通俗海派的向雅倾向，那么，《夜夜春宵》显示通俗海派文学的本来面目。如陈子善在《夜夜春宵》"编者小序"所说："如果不过于狭隘的理解'海派文学'，那么这个通俗文学分支同样不可忽视，值得一读。同时，这两部小说也是展示四十年代后期上海市民日常生活的生动画卷，是可供社会学家、风俗学家研究的难得的资料。"

【延伸阅读作品与参考文献】

1. 周天籁：《欲》（小说），见周天籁《夜夜春宵》，文汇出版社 2010 年版。
2. 张登林：《上海市民文化与现代通俗小说》，上海文化出版社 2012 年版。

【思考与练习】

查找资料，分析为什么周天籁可称为海派作家，而 20 世纪 40 年代《秋海棠》的作者秦瘦鸥却难以归入海派的原因。

伞①

予　且

　　每遇到天气阴沉的时候,赵先生心里就愁着。但是只要那天空中浓云能以射出一点日光来,他的心也就立刻欢欣舞起来了。这不是赵先生的心房组织好像个晴雨表,实在因赵先生的伞过于破旧了。雨天出门,撑着伞就跟未撑着一般,伞的形状既已失去,那由伞上淋到脊上的雨水,尤给赵先生一种说不出的难过。

　　弄堂里不是没有来过修补洋伞的,而且每次来的时节都是在上午,赵先生又正是在家。房东太太也问过赵先生要不要修补他那把伞。开头的时候,赵先生总是笑眯眯的说:

　　"等一等罢,好在一时还不会下雨喔!"

　　但是赵先生究做不了天的主,没有两天,倒又下雨了。下雨他就发愁,愁了还是要夹那把破伞走出去,走到后门,房东太太总是向他说:

　　"修一修罢,你看这那里像一把伞呢!"

　　隔了两天,修补洋伞的声音又在弄堂中叫出来了,赵先生心里就没有以前舒适,他知道房东太太要问他,他得筹思怎样去回答,像"天雨的日子少呀! 我偏不修,看他下雨不下雨呀!"一类的话,已说过好几次。

　　最近,房东太太也不再问他了。下雨的事仍旧有,修伞的人也常来。可是赵先生从没有修伞的意思,心中的愁,也从未减除过。

　　到底赵先生是和自己反对还是和房东太太反对? 还是不喜欢自己这把伞还是恨那补伞的人? 赵先生自己也不知道,房东太太也不知道。在赵先生只怕见阴天,怕用伞,怕走那道后门,怕见房东太太。在房东太太只觉得在下雨天,赵先生下楼见了她,总是要回转身上楼,直等到她离开了之后,才重新夹伞出去,的确是一件很难过的事。

　　"这又何苦呢?"

　　有一天,房东太太默默地想着。

　　"看见我就走回去,大概是怕我问他为什么不修伞了。我歇了好多时没有问过,怎么……他还是这个样子?"

　　她听见楼梯响,便赶紧的避到房里去,直等到赵先生夹了伞出去之后才出来。

---

　　①作者予且(1902—1990),原名潘序祖,安徽泾县人,20世纪40年代海派作家。该篇作品原载1941年4月《小说月报》第1卷第7期,后收入《予且短篇小说集》,太平书局1943年7月初版;现选自该小说集初版本。

这样事偶然的做做,倒也不觉得怎样。无奈谁也做不了天的主。那知天天都看不见日光,常常有小雨下着。房东太太觉得实在太麻烦了。她觉得这种捉迷藏的生活,究竟不是像她这样几十岁老年人所乐做的。她把饭后洗锅碗的事让给女儿阿巧做,吃过饭后,自己索兴不到厨房里去。

阿巧为什么多加了一件洗锅碗的事,阿巧自己是知道的,虽然她妈没有和她明说。她把这件事看作雨天乐趣,洗锅碗倒不是首要,首要的乃是要看赵先生夹着他的破伞从后面急趋而出。

房东太太家中人事上的掉换,赵先生是不知道的。在下雨的那一天,他轻轻走下了楼,夹着破伞,伸头向厨房一望准备缩身回去的时候,阿巧扑哧一声笑起来道:

"妈不在这儿哩!"

在阿巧,不过是一句玩笑的话,同时她也看看赵先生复行上楼的事,过于麻烦了些,所以才这样说出的。可是赵先生出门之后,心里就不对了。他想:"她为什么要向我说妈不在这里?为什么妈不洗锅碗,让女儿洗呢?"

想着他的心却一面怦怦的跳,脸上也觉热剌剌的。微风细雨迎面扑着他,连伞带人都是一般儿的湿。他一径想着,竟走过了他那办事机关所在地好几个店面。

赵先生的办事处是个半日学校,是他一位老同学介绍给他的。这位老同学姓金,也在这个学校里做事。他今年已经有五十多岁了,人世的经验告诉他:"女子是危险的,尤其是在她故意要和男人说话的时候。"

当赵先生告诉了他这一切经过,他便正色的说:

"阿巧是危险的,她的妈……"

他又改口的问道:

"阿巧是不是很美貌的呢?"

这句话却把赵先生问住了。赵先生何尝注意到阿巧!他只是愁着天雨,怕拿那把伞,怕走那个后门而已。金先生的猜疑,实在是过分一些。

但是,社会上的事,不一定是按着情理发生的。许多事都是因为猜疑而发生,又有许多事因误会而发生,还有许多事因为没有发生的原因而发生。

像今天的事,就是没有发生的原因而发生,破伞决不是金先生猜疑赵先生的原因或是猜疑阿巧和阿巧的妈的原因。然而金先生竟是这样想着,他看着赵先生,赵先生一句话也没有说。金先生却忍不住的向他笑了一阵。

赵先生被他一笑,任凭他心里有话,他也不愿说了。他知道说出来也无济于事,不能消灭金先生原有的思想,也许会引出他更多的话。

晚间回去的时候,抬头望了望天,天上也没有雨了。今晚没有雨,赵先生觉得不大快活。伞的心思没有了,却给他换上了一个阿巧。"阿巧为什么说妈不在这里？阿巧和她的妈都危险吗？阿巧是不是很美丽？"一大串问题在他脑中兀自盘算着。

走在路中，他痴痴地念着。

"阿巧是不是很美丽呢？"一幅鲜明的印象，走入他的脑内了。一个年近二十岁的女孩子，鬈发的鬓边带了一朵小小的白花，她的父亲已经死去有好几个月了。

今晚，他希望将阿巧再看一次。他的下意识中神秘的东西似乎在向他说："阿巧究竟是不是美丽呢？"

和天雨一般样，阿巧的在不在厨房中也不是赵先生能以作主的。他走进后门，看不见阿巧，竟使他的心中起了无穷的怅惘。

当他走进了自己的卧室，精神似乎很兴奋。他看不见阿巧，觉得能听她说一句话也是好的。他注意的听，仔细注意的听。那楼下的轻笑声，已经起来了。

"伞为什么不修？这个人真是奇怪的。"

"管他修不修呢？你看我就不会再提他了。任凭它像个伞也罢，不像个伞也罢，横竖也不管我们的事！"这是房东太太向女儿说的，赵先生听得很清楚。

"可是他这个人究竟很有趣！"阿巧说着轻笑了一声，可把这位赵先生听呆了。

"有趣！"赵先生默默的念着。一阵快乐从他心田中发出来。他觉得自从他搬进这个屋子里来，阿巧的话也听过不少了。然而，没有今天这样的令人注意，这样的有趣，他对着房里那盏五支烛光的电灯望着，无意的取了一张纸一支铅笔，闲画着。他画的是一个人，一个女人，一个似是而非的阿巧。

巷中卖馄饨的梆子声响着，楼下十分的静寂。他懒懒的丢下了笔，脱衣上床去睡。无意中却把自己的一个痰盂踢翻了。

"楼上的先生！什么东西打翻了？我们床都给弄湿了！"房东太太在下面叫着。赵先生的心真透着慌了，他赶紧的用报纸去擦地板，一面嗫嗫着说：

"脸盘！脸盘！翻了！"

他心里十分的过意不去。心灵催迫他下楼去看看，兼向房东太太说几句赔罪的话。

他委实是太慌张了些，他忘记了他从来没有到房东太太房里去过，虽然他知道房东太太的房就在他的楼下。他一口气跑下了楼，一径奔到房东太太的房门口，话却未曾说，竟使他进退不得。原来他发现了房东太太只穿了内衣向他叽叽呱呱的说着，他一毫未曾听清楚。只见那箱旁靠着阿巧，一般的穿着内衣，她似笑非笑的红着脸低着头，这真是使赵先生不知所措了。

赵先生原是想说几句话，可是一句适当的话也没有说。房东太太虽说了好些，他又一句也不曾听清楚。在这为难的当中，他的心灵似乎在提醒他赶快上楼去！

上了楼，心情就越发的不对了。他虽然是静静地卧在床中，却无论如何睡不着。那阿巧的印象又走入他的脑内。

"阿巧究竟是不是很美丽呢？"

一位年青的姑娘正靠在箱子傍边，低头含羞的笑着。"内衣！内衣的确是很短的，淡红色？白色？有花边？红的纽扣还是白的纽扣？"一共也记不清楚了。他不敢说阿巧究竟美丽不美丽，可是他忘不了，睡不着，脑中一径有她盘踞着，他的心境，真不知是甜蜜还是痛苦。

"她妈为什么不到厨房里？"他想出一个答案来了。他想大概是因为这一把破伞的原故。所谓修也不修，拿还是要拿，而伞却不像伞。她实在看不过，所以不到厨房里去了。

"倘使明天下雨，我决计不拿伞。横竖都市的雨中，本可以不用伞的。走出弄堂不就有人家的屋檐吗？"

他决定了自己意旨，便沉沉睡去。

次晨，天上有浓云布着，他照例的出去泡水买点心。然后枯坐在房中，胡乱的想着"今天到底会不会下雨。"楼下阿巧的声音又起来了。

"妈！你还不去买小菜，怕天要下雨的。"

他听见楼下的房东太太走路的声音，一面还听见她说：

"我带一把伞去。可别忘了晒台上还有衣服。"

接着后门一声响，人声便完全静寂了。在平日，赵先生对于这些一毫都不注意。今天却不然，他觉得那后门砰然一响，好像是在他心房上打击一次。他开始感觉到关在这所屋子里的，是一个孤独的男子和一个年青的女孩子，那前楼的夫妻是一早出去晚上才回来的。亭子间中本是一对野合的男女，他们都是在外国人家服务的，也是早出晚归。只有自己，这时候还是在家里。

这种情景本不是今天开始的，而赵先生今天的刺激特别深，他无聊的在房内踱着，一大串模糊的印象，什么鬓边的小白花呀！内衣呀！含着的笑靥呀！一切等等，都在他的脑中幢幢往来着。结果仍被窗外一阵猛烈的大雨给他唤醒。

"下雨了！"

他不自觉的呼着，接住便听见楼梯上一阵响，他知道这是阿巧上晒台了。

"今天的阿巧是怎样装束呢？"赵先生的心灵敦促他探头去望一次。"不应该望的，这屋子里只有我们两个人。"他心头虽然也曾有过这样的浮思，然而这种浮思是顷刻就消灭的。那楼梯上越走越近的步声，卒使他探头去望阿巧一次。

阿巧的衣服在今天，似乎比往常更鲜明些。她脸上有了新敷的脂粉，头发有一半用发夹夹了起来，还有一半覆在腮边。她似乎是在下面刚梳了发，没有来得及夹发就跑上楼来的。她一眼看见赵先生，便微笑的说：

"赵先生！你早啊！"

转身便上了那段通晒台的楼梯,推开了通晒台的门。她的态度,真是十分活泼而玲珑的。当那晒台门推开的时节,雨声直贯入赵先生的耳,但是阿巧上了晒台,门就被风吹关了。这里留下了赵先生一颗彷徨的心,老是惦念着:

"阿巧怎么还不下晒台呢?"

因为赵先生的惦念,时光好像越发走得慢。赵先生越是急,阿巧越是不下来,风雨也似乎越发来得大。赵先生想着风雨,他知道雨淋在背上是怎样难过的。他想到以前背上的湿衣,想到了那把破伞。

"她没有伞,她家的伞被她的妈带出去买菜的。这样大的雨,焉能没有伞!"

他急急地拿了那把破伞冲上了晒台。

"赵先生!"

阿巧这样地叫了一声。

"我看雨太大了,给你送一把伞来。收衣服怎么要这样大的功夫呢?"

"原是呵! 我本来是可以连竹竿收了进去的,不想门被风吹关了。我一急,那一头的衣服几乎要掉下来。赵先生,倒难为你替我开了门。"

现在的风似乎也小了些,晒台的门也没有再关。赵先生的原意,是送伞来的。大雨中一把破伞要遮住两个人。两个人似乎不能不紧靠着。阿巧持了竹竿,抬头向赵先生微笑了一次。赵先生觉得这大雨中,破伞下,走上这一段极短的路程,真是别有意境。

两人到了晒台的门口,因为竹竿太长伞太高门太窄矮的原故,只好挤了进来。无如进门的时节,要照顾的地方太多,赵先生的长衫开岔的地方,被门框上一个弯钉挂住了,就这么咕吱一声撕了一个裂口。

"对不住你,赵先生!"

阿巧很天真的说着。

"你的衣服给挂破了!"

这是赵先生完全意料不到的,他尽管楞楞地连伞也不知道收。阿巧笑着说:

"不要紧,妈还有一会儿才回来呢,我把衣服晾好,就来给你缝。"

赵先生也不知道怎样回她的话,只呆呆的站在自己的门傍将伞收起来向她望着。

这晾衣的地点正是在赵先生的房门口,他的房门口是与上晒台的楼梯平行的。晾衣的竹竿一头搭在上晒台楼梯最上之一级,一头便搭在通前楼的门上木格中。以阿巧的熟练手段,顷刻便弄好了,但是在赵先生却是第一次注意。他注意到阿巧的背影,阿巧的头发,以及她的腰部臀部,腿和脚,他注意到她的手在理竿上的衣服正是阿巧的一件内衣,他惊觉了。现在他知道阿巧的内衣是白色起淡蓝条花纹的,没有粉红。扣子是白的,也没有红。领上缀着小黑花边,更没有红。他想起来,阿巧还带着孝,那里会有红色,自己昨晚的观察,似乎太不精细了。

阿巧扭头向他笑了一次,转身便跑向楼下去了。赵先生只觉得她十分的活泼,尤其是在一笑时,分外的美。他一个人痴呆地望着晾在竿上的衣服,他心里想笑,他独自一人笑一次。

楼梯上的脚步声又起了。这是阿巧取了针线来替他缝衣服的。

"到底要不要她缝?"

他这样地自己暗问着自己,在他未得显明的答案时。阿巧已经笑容可掬的站在自己的面前了。

"脱下来缝还是就在身上缝?"

阿巧带笑着问他。他真不知道怎样回答好。

"就在你的身上缝罢,好在破的地方并不大。"

她说着发出一串儿轻笑,便蹲身替他很快的缝好了。

"很对不住的,赵先生!"

这是阿巧下楼时的一句。赵先生携了破伞仍走到自己房里去。

今天,他在房里坐着似乎比往常更兴奋更有趣。他感觉到阿巧的一切都是非常好的,他想着,轻开了自己的房门,又望了望那晾在竿的衣衫。

他回身坐在桌前,画的那张女人仍在案头放着。他想,刚才雨中的情景,的确是太美了。他无聊地取出铅笔在纸上写了"雨中"两个字。他的笔就停了。下面安两个什么字好?他这样自问着,同时什么"情侣"呀!"送伞"呀!"阿巧"呀!"梨花"呀!什么什么的一大串字眼在他脑中旋转着。像一个小学生联句,尽管迟疑着写不下去。

后门的响声终于把赵先生从甜蜜之梦中唤回了。这是房东太太回来的信号。赵先生的精神非常兴奋的听着她们的话。

"妈!你的伞……!……?"

"伞!"

这一个字真能引起赵先生注意力的。他想着:"她们的伞又怎么样呢?"

"被一个冒失鬼给挂破了!"房东太太很失望的说着。

"以后你们也用不着笑我的破伞了吧!"赵先生很得意的想着。"看你们到底修不修呢!"他抬头望望天,天已经不下雨了。

"就是下雨,我也不怕拿这把破伞的。"他向就靠着墙边站在脸盆中的破伞看一次,破伞仍在那里点点滴滴的流着水珠,他不禁地笑起来了。

房东太太每日只吃两餐的,第一餐的时刻,约摸上午十一时左右。她每日买菜回来之后总得在厨房忙一阵。在平时赵先生总在房中的,今天他得意,他要提早出去。他很高兴对镜整理了一次,很闲在的走出了后门。

赵先生到校的时间是十一点一刻,他没有见到金先生。下午,金先生方才来,见面就笑着问他阿巧的事。在理,赵先生是可以和盘托出的,因为金先生是他的好朋友,无如他对于这件事,觉得太宝贵,最不可轻易向人家说的,他看着这一切是他生平最值得纪念的事,他要永远秘密的藏在心头。

"到底她是不是很美貌的?"金先生问他。他道:

"只要是一个女人,她总有一个时期是很美丽的。"金先生大笑起来说:

"大概她正是在很美丽的时期了。不过我始终为你担心,假定你觉得她是美貌的,便害了你又害了她了。"

赵先生不能完全明了他的意思。只回到他的桌前办他自己的事。

晚间,赵先生回到家里,心里想着"害她害我"的事绝对不会有的,金先生的话完全错了。可是他心里的阿巧仍是忘不了。门前的衣服,桌上的纸,墙边的破伞,在此都可以引起他的迷恋和追忆。

第二天,是个星期日。赵先生一早起来,心中彷徨着今天究竟有什么有趣的事发生。可是这也就和老天下雨一样,不能由赵先生作主的。早晨房东太太家中就来了一位客。房东太太自己不去买菜,却教阿巧去买菜了。如果赵先生是个豁达的人,不妨就到菜市场去周游一次,也许会和阿巧说几句话,无奈他不是这样的人,他没有这样的心思,也没有这样的胆量。他只是仍枯坐在楼上,那客人和房东太太的话隐隐约约的窜入他的耳鼓。他老是疑心着他们的谈话是和阿巧婚姻有关系。这位来客大概每逢礼拜日总要来一次的,而且常提到阿巧的婚姻。

"为什么叫阿巧去买菜?"

赵先生这样自问着。他倾耳的听楼下人讲话,可是始终听不清楚。今早他本来是等着有什么有趣的事发生的,结果变为干着急。

即使谈的是婚姻问题,又与赵先生有什么关系呢? 赵先生并不痴呆,也不会想不到。不过他始终丢不开。他以为像阿巧这样玲珑剔透的女孩子,决不是一个普通人的配偶。她的配偶,至少要受过中等教育,手头上有事做,赚百数十元一个月。换句话,就是至少要像赵先生自己这样的人,才配合。

这些都是赵先生的如意思想,事实是不尽如人意的。房东太太替女儿定人家,赵先生不得干涉。况且,阿巧究竟对于自己婚姻问题,是个什么意思,赵先生不敢说是他知道。如此,赵先生便感觉到痛苦了。

他兀自坐在房中悒悒不乐。阿巧回来之后也没有什么新奇的话入赵先生之耳。天色倒又沉下来预备下雨了。来的客人说:

"去了! 下次再谈吧!"

"吃了饭再去。"

"不! 恐怕天要下雨。"

"哟! 你连伞也没有带。我这儿一把破伞带去罢!"房东太太一串笑声,将客人送出了门。

午后,弄中格外来得静寂,虽然天色是阴沉沉的。瞎子三弦的声音仍旧提起人的兴趣,因为三弦的声浪,引起了房东太太母女的斗争。斗争的焦点便是一个要算命,一个不要算命。结果是母亲得了胜利,那弹三弦的瞎子,终于被叫了进来。

瞎子进来之后,隔壁的阿嫂也跟着进来了。阿巧似乎仍在房内,房门掩起声音正足以表示她不愿听瞎子的话。隔壁阿嫂进来便笑着说:

"今天我预备约你打个八圈牌,你倒请位先生来算命!"

"替阿巧算。"

"阿巧算,别是定人家罢!"接着笑了一次。

"算好了再来罢!"

这时瞎子和一些人已入了座。阿巧的生辰八字已经提出来了。她的八字是十九岁三月二十一日子时。瞎子一面嘴里咕了一阵,问道:

"女八字?"

"女八字。先生!"

"她是癸亥年丙辰月己卯日癸酉时,八字里水有三重,木有三重,土有二重,金火各一。三月木旺,旺木有水,就成水木清华之象。这位小姐,定然是很聪明伶俐的。况且春木得水,滋长发荣,一定是长脸不是圆脸了。"

"很对的!"

"推查她的命里,金火二气太少。命书上说,金衰寡断,火缺少礼。这位小姐遇事倒很随便,脾气未免骄纵。可是你好好待她,木旺的人,心底总是善的,人也是一个好人。不过丙火正印无根,母力不得。偏才过盛反衰,父寿难延。究竟现在是不是父母双全呢?"

"不全了!"房东太太很凄楚的回着。

"那定是父亲不是母亲了!"

"全对的,先生!"

"看女命最要紧是夫子二星……"

"先生,正是要请你来看她将来丈夫怎样?儿女怎样?"

瞎子又停了一刻说:

"说出来你不要见怪。论她这个命,本身是土,木克土,克我者为夫,理取卯木七杀。但是卯酉交冲幸子星食神坐于时支,又系长生。她这个命,旺子是可以算,助夫却不能算。说出来请你不要见怪。"

"请问先生还是要大配还是要小配呢?"

"大一岁大两岁都无碍的,小可就是要小四岁。小四岁又未免太小了些。"瞎子微笑着停了一刻,又接着说:

"再要大的话,就要大七岁才好了。"

瞎子说完了这一番话,就把三弦拿起来弹了一阵,又把上面的纲领编成了七字唱,唱了一阵。唱的时候,谁也没有懂。可是那最末了一句"金玉良缘大七春",在赵先生的脑中却印下了一段深痕。他想:"我今年不是二十六岁吗?她今年十九岁!"他微笑着,开始觉得中国的命理,着实有点道理。小四岁不去说它,大七岁也可以配,好得很!他想刚才瞎子的话,"聪明伶俐"呀,"遇事随便"呀,"脾气骄纵"呀,"心底慈善"呀,一切都像看见的一般。这些都是她的优点,赵先生所认作的优点。赵先生自己说不出,却被一个两目无光的瞎子说出来,他心里真是十分快慰。

他一径的想着,至于瞎子几时走的,到底拿了多少命金,一共不曾知道,还是隔壁阿嫂声音大,她的话倒有几句窜入赵先生的耳鼓。类如:

"阿巧呢?躲在房里做什么?如今是文明世界,没有什么怕丑的。"

"快走罢,不早了。不要梳头,都是几个天天见面的人,怕什么?"

"阿巧不去吗?看看牌,省得一个人在家里。"

"噢!收了衣服再去。也好,我等着你呀?……我叫阿英过来陪你谈谈,不要发愁发闷,弄坏了身子!"

这些话都在赵先生脑中存留着,尤其是"收了衣服再去"的那一句。他玄想着一会儿功夫,楼下便会静寂了。静寂之后,屋里仍旧只剩下两个人。而且阿巧还要上楼的,她不能不上楼,因为她要收衣服。

不一会,这屋子果然静寂了。静寂是最能使人追回以往之甜蜜的。在阿巧在赵先生,应该都是一样。但是事实上却不尽然。阿巧是有眼前刺激的。就拿算命说,在赵先生,已经增加了他以往的甜蜜。在阿巧,却增加了心头的憎恨。所以在这屋子静寂了之后,赵先生坐在房里笑眯眯的等阿巧。阿巧却坐在屋里嘤嘤哭泣起来了。

泣声本是最能引起人之同情的,尤其是在静寂的空间里。一个孤独的男子听见他所渴望一见的女子的泣声。赵先生的心,马上难过起来了。他确认了这是一个婚姻不自由的女子的哀鸣,他恨房东太太尤恨早晨的来客。

屋子里虽然是两个人,两个人的中间,似乎仍有一道鸿沟横亘着。礼教不容许先生下楼去和她说一番,心情又不容许阿巧上楼来收衣服,只留下赵先生在房里空着急。

哭泣本是人类一种要求同情的表示。万一没有同情,哭泣是不能支撑长久的。阿巧就在这条原则之下止了泣,无精打采的上楼收衣服了。

今天阿巧的步伐却非常的迟慢,可是她那一步一步的足音,好像正打在赵先生的心头。等她上了楼,赵先生已站在门口等着她了。

"赵先生!"阿巧勉强叫了他一声。

"你为什么伤心?"赵先生急急的问着她。

"你还有不知道的吗!"话还没有说完,她便伏在楼梯栏杆上哭起来了。这一次哭,正是她得着同情的时节。所以也不是序幕,也不是结幕,乃是高潮。她哭了好半天,简直使赵先生进也不是,退也不是,又不敢去抚慰她,又不能陪着她哭一场。直等着她倏然停止,去收衣服的时候,他嗫嚅了半天,方迸出一句话来:

"你总该爱惜你自己,不能过于伤心。"

阿巧陡然回过脸来,非常敏感的望着他。结果失望的对他说:

"先生! 人……活在世上是无味的。"

"无味的!"这几个字入赵先生的耳鼓,犹如研究人生哲学的学生,忽然听见老师宣示了他们人生的大道。他赶紧的说:

"像你和我昨天大雨在晒台上走下来……等等。我一生也忘不了的。"

阿巧的失望面容中,忽然露出笑容来了。她的热情,喜悦,希望,等等的心情全都浮在面上。可怜她虽然是面上充满了笑,那眼泪仍如断了线的珠子,簌簌的流了下来。

她好像已经回到昨天的生活,忘记了一切很热烈的说:

"就是那一把……"

她不顾一切的走进了赵先生的房,两只眼四下的寻着,终于看见那一把靠壁而又站在脸盆中的伞。她宛然一笑的说:

"就是一把伞呀!"

她现在把一切的愁思都丢开了。她只觉得她自己和赵先生间,没有任何的界限。她四面的看一看,赵先生房里的地,已经好些时都没有扫了。

"你一个人……"她笑着说,脸上浮起一层红晕。

"让我来给你扫一扫罢!"

她非常喜悦的将自己收下来的衣服放在赵先生的床上,一面下楼去取扫帚和畚箕。

地扫完了之后,很快的将他房中一切略略地整理了一次,鲜明的印象立刻便呈露于目前了。她笑着说:

"你看怎样?"

"非常的好! 叫我怎样来报答你呢!"

一句话倒又勾起了她的伤心。她的眼圈儿一红,泪珠倒又要落下来了。但是她不愿意给赵先生看见,她走到窗前望着窗外,泪珠终于挂下了腮边。

赵先生真急了。

"这全是我不好。"他默默地想着,"为什么说话,又引出了她的眼泪?"他情不自禁的走近她的身边。

对面邻家楼窗中的声音传过来了。

"阿巧姊！我妈叫我来陪你的。你既然有人陪,我就不来了。"

这是阿英的声音,他们一抬头,阿英和另外一个邻女倚窗望着他们笑。

这两句对他们如晴天一个霹雳,阿巧脸上绯红,夹了衣服拿了扫帚转身急奔下楼再也不上来了。赵先生更是觉得难过,他连连叽咕着:"这是什么话！这是什么话！"他也想像阿巧一样的哭一场,但是没有这个勇气。他觉得一点精神也没有了,一点快乐也没有了。

"人……活在世界上真是无味。"

他拉起被来,蒙着头,睡下去。也不知道是痛恨,还是羞耻。是悲哀,还是睡眠。

次早,雨又下个不住,当赵先生起身的时候,房东太太母女又在拌嘴。这一次的焦点是母亲叫女儿上街买菜去,女儿不去。理由是"昨天的那把伞,谁叫你借给人家?"这一场拌嘴,经过了好些时,结果到底是母亲战胜了女儿。阿巧宣言说:"不用伞上街买菜去。"

"不用伞上街去买菜！"

赵先生的心又动了,他知道菜场离此地还有一段路程,使阿巧冒着雨去买菜,做妈的心里忍,赵先生却不忍。他心灵指示他,拿了靠壁的那把破雨伞急急地下了楼。

"我这里还有一把伞,不妨拿去先用,雨不小咧！"

他搭讪的说着将伞递给了阿巧,阿巧便含笑着出了门。

房东太太仍在那里站着,任凭赵先生的态度如何和蔼,她脸上也不露出一丝儿笑容。在阿巧将后门砰的一声带上了之后,她的脸色就格外凶横。

"真谢谢你会照料我的女儿,大概照料的已好久了罢。这我可不敢当。从今天起,你那间房我得收回自用,你找房子替我搬走吧。"

这是赵先生所闻的第二个霹雳,他惊呆了好半天,终于很痴呆的说:"好,我去找房子。"

其实,赵先生不用找房子的。他那办事的学校的校长,早就有意叫他住校,理由是他的品行端正,为人诚实。他拒绝的理由是他接事未久,不知道能不能做下去,如果此后校长不嫌弃他的话,住校,是他极其情愿的。

如今,这个事实将被环境逼迫的不能不实现了。赵先生究竟要不要搬到校中去,便成了赵先生待决的大问题。

问题的解决,当然离不掉金先生。金先生倒是很简单的劝他到校里住。他说第一是校长很希望他来住,第二省得雨天跑来跑去的,过那破伞湿衣的生活。第三是"不见所欲,则其心不乱。"不乱方可以定意做事,得着更好的成绩。赵先生想了半天,什么话也没有说,只叹了一口气。

今晚,赵先生回家特别迟。因为他走到弄口便不想回家,反而转身去逛马路,他心里乱,但说不出所以然。急,也不知道为什么急。他只觉得彷徨孤独。马路上兜了好几个圈子,直等力尽筋疲,方回家来睡觉。

他上楼的时候,全屋子差不多都入了睡乡。他摸索着到自己的房门,却踢着靠在门旁的那把破伞。

"这是阿巧送还我的。看我不在家,便只好靠在这个门旁了。"

"到底是不是阿巧自己送来的呢?"他继续想着,"甜蜜的意境已经是过去了。自己和她只隔一层板,实际上却相隔得很远。"他想到古人说的"咫尺天涯",如今自己真的有了这种情境。

他懒洋洋开了门,扭开了那盏五支光的电灯,觉得五支光的灯只有三支光的明度,面对邻家的那扇窗掩闭着,阿英的笑话,早已消逝了。桌上的那张纸仍旧在那里,房里的灰尘,却已经没有了。他记得阿巧曾经替他理过被,被的那一角,他都记得清清楚楚的,被上似乎仍留着手的触痕,痕里似乎蕴藏着她密密的情意。

他慎重的将那把伞放在原处。

"就是那一把……"

阿巧的声音似乎仍在耳中绕着。

"你一个人……"

他真是不能再想下去了。他和衣倒在床上,让疲倦的身体催他去睡眠。

次晨,赵先生决意搬了。他一早起来便整理他的三五件行装。他想着:

"这一把破伞,留在此地做个纪念吧!自己今天虽看不见阿巧,阿巧也许会看见这一把伞的。"

他痴呆地拿起了这把伞,谨慎的开了窗门,闭目虔诚的祷告了一番。他为这把伞的前途祝福,愿它不为人丢弃,为人践踏,但愿它常被人怀念着,抚摩着,在风雨之夕,常为人所提念和追回。

祷告完毕,他谨慎的将伞放回了原地,然后下楼出门叫了一辆车便把家搬到学校里去,去的时候,房东太太站在门口,两个人中谁也没有说话。

赵先生到了学校之后,心虽然定了,可是人也呆了,他常常学着阿巧的口吻,对金先生说:"人……活在世上是无味的。"风雨之夕,常常睡不着觉,就是偶然上床就能睡着,必定被一串零乱的梦境缠绕着。

他每日照镜,就觉得自己消瘦了许多,但是在镜中的时节,他又常想着:

"阿巧怎么样?是不是也消瘦了呢?"他又想:

"我向她说过,你应该爱惜你自己,不能过于伤心,她一定会记着我的话的。"想到此,他就倏然地笑起来了。

过了好些天,阿巧真的跑来找他了。人虽然消瘦了一点,装饰的却比以前更美些。她说她从一个学生那里探得了他的住址,今天特地来送还他这把伞。

"是你妈叫你来的吗?"

"不，是我自己送来的。"阿巧说着露出无限的情意。

"这……把破伞，还要它……?"

阿巧抢着说：

"破？我已经将它修好了咧……"她将伞撑起了一半，低声的说：

"这是我自己的钱替你修的，趁我妈去打牌的时候，我私下叫补伞的来替你修的。我记得你下雨天回来时，背上总是潮湿的，那是多么难过！"

她十分有情的望了他一眼，头便低下去，说话的声音更低了。

"每逢下雨的天，我总是记起你。"

她尽把头低着不再说话，赵先生也没有话说。半晌，他嗫嚅说：

"你算的命……?"

"不许提！我一生一世都不嫁人的！"

她说着将伞向赵先生手中一塞，头扭下去，眼泪就掉下来了，她就一面拭泪一面走开。赵先生说：

"慢走，我送你一程吧！"

"不要你送！"

"这把伞送给你！"

"不要！"

"你带着，看，天又要下雨咧！"

两人已经走了一程，阿巧说：

"你回去吧，我不能要你送。"

"不送，你得拿了这把伞，不然，我定然送你到你家门口。"

阿巧向他瞪了一眼说：

"拿来吧！你这个人真麻烦！可是我拿了你不许再送！"

"不送！我站在这儿看你走好吗？"

她回眸一笑，夹着伞，急急的走开。如毛的雨果真随着微风洒下来了。

赵先生目不转睛望着阿巧过了街，望着她很幽闲撑起那把伞。这毛毛的雨洒满了赵先生一身，赵先生都没有觉得。

【阅读提示】

吴福辉《都市漩流中的海派小说》指出，予且是现代新市民小说的代表。这篇《伞》取材甚微，但以一把破伞为情节扭结点，将两个处于都市下层的男女的爱的特点和心灵的连接描画出来，格调压抑、沉实，而耐人寻味。从一个侧面揭示了上海沦陷区人们生存的艰难与挣扎的可贵。

一吻记[①]

予 且

　　高夫人今天浓妆艳服在舞场中坐着,在她还没有看见高先生的时候,高先生老早就看见她了。

　　高先生觉得这是一个危机,一个做主妇的人,不在家中坐着等丈夫,还跑到舞场里来,还浓妆艳服! 高先生真挟着一肚子的不高兴走过来坐下了。

　　高先生究竟是走惯交际场中的人,他虽然是一肚子不高兴,但他并不露出什么声色,他只向他的夫人说:

　　"我们回去吧!"

　　夫人倒也不违抗他,便和他相谐着走出了门。出了门之后,高先生的话可就出来了。他说:

　　"你今天到此地来是不相宜的。"

　　"不相宜,真的吗?"

　　夫人却带了胜利的笑容。

　　"我觉得你的行为有点反常!"

　　"你说我的行为不好?"

　　"不,我看那坐在你对面的年青小伙子的样子太不对了,这叫我怎能忍得下?"

　　夫人不说话,车子已经抵达了家。

　　家里是那样静静的,高先生已经好久没有在这甜蜜的灯光下和夫人谈话了。今晚看光景是有谈话可能的,高先生还没有找出话题。他想自己重要的意见,也只能吐露这些,剩下的就要夫人去补足了。他静静地坐在沙发上,取了一枝香烟闲抽着。一方面冥想:也许夫人因为自己提到那小伙子,会向自己解释着说:"我之到舞场不是为了别的,乃是去找你的。你答应我以后少去,我也就不去了。"

　　"她如果这样说就好了!"

　　他继续着这样想。

　　"我是容易答应她的,她焉能常常管着我? 口头上的允许又算什么呢?"

　　高先生靠在沙发上望着天花板,发出微微的笑容。他是在等着夫人换了衣服出来和他谈话的。他和夫人出去过多次,夫人在回家之后,总是立刻换上家常

_____

　　①予且在 1944 年 4 月《大众》4 月号发表了《寒窗七记》,其中《一吻记》是第六记。现选自该期《大众》。

衣服。因为她是一个勤恳的主妇,怕脏了衣服,怕费了钱。

"这样对于我这个家总是好的,至少不至于浪费,可是太呆板了。"

高先生仍在微笑着这样想,一面等待着夫人。

他等待,等待! 等待了好半天,那内室的门轻轻地开了。一阵香风送到高先生鼻子里,高先生回头一看,可真是使他惊讶了。高太太不但没有换上平常的衣服,反换了一件最鲜艳的衣服出来了。在这美丽融和的灯光下,真是鲜艳扑人,仪态万方。

她的美色实在使高先生爱悦,可是她的行动却太使高先生惊奇了。高先生问:

"怎么,还预备出去吗?"

"是呵! 你的游兴已经满足了。我还没有。"

"到什么地方去?"

"到你所喜欢的,也是别的男子所喜欢的地方去。"

高先生不能忍了。他说:

"那你怎么能这样做? 我还在家里?"

"你在家里? 我就不能出去? 我在家里……"

"你是家里的主妇……"

"主妇,我现在准备不做主妇了。做主妇于我有什么好处? 终日忙着家里的事,半夜等着你回来。"

高先生把脸放着,一句话也不说,在他的心里,却真怕高太太走出去。那知高太太并不走出去。她说:

"对于你,对于我……"

高先生望着她。

"对于你我两个人的一切,我已经想了好久了。在今年春天的时节,你曾经对我说,我的一切都很好,就是太主妇化了。你为什么要出去,就是因为我太主妇化! 主妇化,这是你说的,这是你最不喜欢的。"

"我不喜欢? 我刚才还说你是家里的主妇。"

"这里'主妇'是什么意思,我是彻底明了的。你要我做的,就是在家里坐着,不要管你的事,今年春天,你不是向我说过,我俩是礼教上的夫妻,不是真正爱情的结合吗? 你说爱情的结合,不会这样的呆板。"

"呆板? 那还是呆板的好!"

"我现在不呆板,你看我今晚的样子?"

接着她就哈哈的一阵笑。又道:

"我不是不会活泼的。可是你终究是个交际场中的人物,会说话。你嫌我呆板,还要说我呆板的好。你的意思,是要我们只存一个名义上的夫妻。对外,我们是很好的一对。回家,我们就相对冷冰冰的了。你只要我们保持这一种生活,是不是?"

高先生忙赔下一个笑脸。他赶紧的说:"我是说你今天太轻率了一点,恐怕惹外面的人说话。"

"我怕什么? 你能到舞场,我就不能! 舞场里,你有你的爱人我还没有呢? 我虽没有,我也预备找一个。"

高先生仍在笑着。

"太太,请你别说笑话,好不好?"

"谁说笑话? 这都是我从心里说出来的。你说的话,我全记得,并且已研究好久了。我想我也应该照你一样,去找一个可爱的人。"

"让我来向你解释……"

"你用不着解释,我已经是决定了的。"

"贞,你完全变了。我从来没有看见你有这样的态度。我不能让那年青的小伙子,对你有那种态度。就是你……"

"我怎么样? 老实说,我从现在起,不做你的夫人了……"

这是一个严重的问题,尤其是在今天,高太太这样严重的说出来。

高先生觉得自己真没有一点办法。他只在那里走来走去。高太太却在这时坐在靠近他的一张沙发上,向他飘了一个媚眼。他说:

"太太,你这一切,我真是看不惯。"

"这是没有关系的,你为什么这样的认真。"

太太真像喝醉了酒。她的媚态更加凶横了。她说:

"又新,你应该知道我的心。"

又新真不知道她怎么会变成这样。他向她看着,确比平常可爱得多。太太经他这一看,就格外的疯狂了。她放荡不羁的站起来道:

"你看我这样子,也足以勾引人么?"

"怎么不能!"

"年岁不嫌太大?"

"态度的美是不会被年龄限制的。"

"那就无怪乎那年青的小伙子……"

她又飘了一个媚眼,真是像疯狂了。

高先生有点迷,他走近她的身旁。太太放出"欲擒故纵"的态度来,花枝招展的奔到内室去。

内室是太太化妆的所在,里面触鼻的香味,很浓烈地存在着。她坐在她的妆台前,灯光,镜光相互的辉映着,真是越发的妖媚了。

高先生忍不住向前拥抱她,不图她从镜中看见他,便把一只充满了粉的粉扑,扑到高先生的脸上去。

这是高先生所想不到的。他让开了一步,看他肩头遍洒了粉末。

"你怎么这样?"

夫人咯咯的笑着站起了身。

"问心,我是十分爱你的,但不愿做你的夫人。夫人是个多讨厌的名词。女人被人一称作夫人,或是太太,起码要老二十岁。我们这个夫妇的名义从今天晚上起,整个儿地取消了。"

先生不说话。

"你心里不要介意,家里没有太太的男人们,该是有多么自由?我今天晚上真兴奋。你摸摸我的胸口,该是跳动的多么厉害。"

说着她就执了先生的手向她胸前一按,那温香柔滑的感觉,直打入先生心田深处。尤其那在先生眼前的耳和腮,诱惑力尤其来得大,那耳上一只猩红的宝石,配着那乌黑的发,淡红的腮。他真有些忍不住了。

他准备和她接个吻。

不意夫人非常的精明,立刻就闪开了。她说:

"我现在不是你的太太,怎能由得你,你……"

"我怎么样?"

"到底你觉得我好看吗?"

"好! 真是好,你的头发,你的眼睛,你的嘴。"

"还有?"

"你的衣服!"

"这衣服虽然是好看,可是穿在身上太拘束了。"

说时她就脱去身上的衣服。那富于诱惑性的身体完全显露出来了。

"还有你的身体!"

"身体?"

"让我和你亲近一次吧……"

"我不是你的太太,是你的情妇。"

"就做我的情妇吧!"

"你也要像我这样的情妇?"

"怎么不要,我真是求之不得。"

"让我想一想。"

她又向他飘了一个媚眼。那蝉翼的丝袜已经脱下来,先生看着她那美丽的腿和脚,尤其是那足下的拖鞋,更富于诱惑性。

"我想起来了,你曾经送你那情妇三千块钱。"

"不要提了! 那个丑女人!"

"和我比呢?"

"她哪能和你比? 你比她美得多了。"

"美和金钱是成正比例的。我现在允许你和我亲近,可是要给我六千块钱。"

"你昨天不是向我拿过一万块钱吗?"

"那是你太太的,你……你太不看重我了。"

说着她就重新化妆。

"你预备怎样?"

"出去!"

"你别说谎!"

"谁说谎? 我就不能出去拿这六千块钱?"

"那么大家出去好了。"

"大家出去好了。"

先生虽然这样说着,可是他并没有这个胆量。太太挂了一副冷笑的面孔,看着他的脸上还有粉存在着。先生那里敢出去,他果然笑着回来了。他说:

"我给你。"

说着他就从怀中掏出了钱。夫人便笑起来了。

这是一个极峰,高先生虽然是拿了钱,心里仍是蕴蓄着怒意的。他要用这批大量的钱来换取夫人的一个吻。他们像交易似的。钱出了手便开始拥抱了。

夫人挣扎着,先生的怒意,全都集中在两臂和他的面部。

"放手!"

"爱总是强烈的。"

"强烈?"夫人已摸着一个花瓶,向先生面部敲去了。

先生扪着脸,推开了她。她拿着钱,一面数着一面笑着道:"爱总是强烈的。来吧!"

她将钱放在皮夹里,还在笑着说:

"从今以后,我决计做你的情妇,我爱你,我已经爱到疯狂了。"

说着她真疯狂了似的,拥抱高先生。高先生也不知道是恨还是爱,第二天他出去的时候,朋友都疑心他面上怎会受了伤。他说:

"是开窗时自己不小心碰伤的。"

【阅读提示】

予且不少小说都以探讨普通都市家庭夫妻生活的艺术为旨归,这篇也是。小说写妻子不满意于丈夫整天在外边与别的女人厮混,就装扮成舞女、浪女的形象,有意出入于社交场所,让丈夫看见,引丈夫吃醋,激起丈夫的欲望,而又不让丈夫近身,以此表示对丈夫的惩罚。这里,有男女真正平等的诉求,也有对男人在圣女型女人与荡女型女人之间矛盾心理的揭示,发人深思。

【延伸阅读作品与参考文献】

1.予且:《考虑》《照相》(小说),见钱理群主编《中国沦陷区文学大系·新文艺小说卷》(上),广西教育出版社 1998 年版。

2.中国现代文学馆编:《予且代表作》,华夏出版社 1999 年版。

3.吴福辉:《予且小说论》,《中国现代文学研究丛刊》1993 年第 2 期。

4.李今:《海派小说与现代都市文化》有关章节,安徽教育出版社 2000 年版。

5.刘轶:《现代都市与日常生活的再发现——1942 年—1945 年上海新市民小说研究》,上海大学 2007 年度博士学位论文。

【思考与练习】

1.举例说明予且小说都市日常生活审美的意义。

2.分析《一吻记》中男性的心理及其都市文化审美意义。

结婚十年

苏 青

【阅读提示】

苏青(1914—1982),原名冯和议,字允庄,早年发表作品时曾署名冯和仪,后以苏青为笔名,浙江宁波人,与张爱玲一起,是上个世纪 40 年代上海沦陷时期最受读者青睐的女作家。

《结婚十年》是苏青最负盛名的长篇小说。1943 年 4 月至 7 月在《风雨谈》第 1 至 4 期连载,1944 年 7 月天地出版社初版,旋即引起轰动;1947 年 2 月又由四海出版社出版《续结婚十年》,也同样畅销。推荐阅读 1989 年 12 月上海书店根据 40 年代后期四海出版社出版的《结婚十年》和《续结婚十年》影印出版的《结婚十年正续》,为魏绍昌主编"海派小说专辑"之一。

《结婚十年》主要叙述南京女子苏怀青的涉世历程和心灵轨迹。她在新旧合璧的结婚仪式中与当地青年徐崇贤结婚了。但结婚第一天,苏怀青就遇到一个情敌——徐崇贤的一个新寡的表嫂。因为生了女儿不为公婆所喜。孤独之中,想起大学同学应为民,那个曾对她想入非非的年轻人。发现丈夫另有女人。偷偷写作投稿,被丈夫发现,矛盾升级。将家搬到上海,丈夫挂牌做律师,工作很忙,苏怀青在家做家务也很辛苦。丈夫与朋友之妻有染,朋友的丈夫又对苏怀青表示好感。最后两对青年人都离婚,徐崇贤与朋友之妻走到一起,而苏怀青为了孩子,走上独立的道路。

如吴福辉在《都市漩流中的海派小说》中所言,小说揭示了现代女性涉世的艰难历程,特别是揭示女性在从传统向现代转换过程中性心理的变化,惊世骇俗。如小说明言女人要的是爱,是快乐,而不是尊重;尊重有什么用呀。显而易见,这些话里揭穿了现代都市人生中的虚伪和真爱的匮乏,但也显示苏青思想意识中的软肋,所以如她自己言,总有给人说着的地方。

苏青在《结婚十年》"后记"里说,《结婚十年》是自传体的小说,而不是小说体的自传,但是因为她的小说与她的生活贴得太近,几乎成为直录,所以人们往往喜欢将小说当成她生活的自传,至于真假虚实都不重要了。

小说风格大胆直率,而又饱含酸苦。张爱玲说,把我与冰心、白薇放在一起,一点也不感到光荣,而与苏青"相提并论",倒是心甘情愿的,就是说苏青倒是有乱世浮华中一点独特的真诚和坚强。

蛾[①]

苏 青

　　幽幽的月光,稀疏的星,庭院静悄悄地。明珠站在窗口,心想今夜要防空,恐怕没有朋友会到这里来了吧。没有朋友来的时候是寂寞,朋友来得多了的时候会烦恼,来得少了的时候可无聊,而当他们回去之后却又使她感到无限的空虚。她对他们说:她爱静。于是他们都走了,走得干干净净。

　　她一面想,一面对着庭院痴痴望。只见门外有辆车子停下来,她的心里就一惊。接着她瞧见隐隐绰绰地飘进来二个影子,是男与女,手挽手儿,看上去像在交头接耳地谈话。他们走到明珠站着的窗前,男的忽然把嘴更加凑紧女的耳际去说了句话,于是女的就把头一偏,低声啐他道:"当心给人家听见!"可是明珠已听见了,而且听得很清楚,二个影子很快的又飘逝而去。

　　明珠瞧了眼幽幽的月光,稀疏的星,马上就把黑线窗帘放下来。厚的,重的,黑沉沉的帘幔,替她隔开了这静悄悄的庭院,隐隐绰绰的影子,以及外边的整个使她不安的世界。

　　她茫然站在房中央,房间黑黝黝地。是春天了啊,空气还是这么的阴凉。她看不清这房里的一切,但是嗅着,嗅着,她能够嗅出一切东西的所在:当中是一张床,床边有台灯,灯罩是绿玉色的,只要用手一扳开关机,它马上就会吐出幽幽的光辉来。"要不要开灯呢?"她暗暗问着自己。自己说:"不开灯真是太阴凉了。"但是她虽然找出了要开的理由,却仍旧没有勇气去实行,脚是僵冷的,手指也僵冷,动弹不得。

　　刹那间,黑暗与僵冷,寂静与恐惧,一齐袭击到她身上来了。她觉得自己的膝盖已经冷得发抖,但是她得用力支持着,深恐一不留心会乘势跪下去,向全世界的人类屈膝。她想:她是只肯向上帝求救,而决不肯向这个庸俗的世界屈膝的。

　　但是今夜里上帝似乎也冷酷得很。他像是冰块塑成的东西,晶莹洁白得连尘埃也染不上。他不能接触热情,她的热情才一流向他,他便溶化了,很快的变成水。她怕水。她常把自己的心境比做蔚蓝的天空,可以挂一轮红日,可以铺密密浓云,就是怕下雨,雨水冲洗过,一切都干干净净,便又空虚了。

　　她不能不怕空虚,犹如她不能逃避空虚一样。她走到那儿,空虚便追到那

---

　　①原载 1944 年 4 月《杂志》第 13 卷第 1 期,后收入作者小说散文集《涛》,上海天地出版社 1945 年 2月初版;现选自该小说散文集初版本。

儿,向她挑衅,把她包围,终于使她无以自在为止。她也知道,唯一解脱的办法,便是睡觉。她睡着了,空虚便给挡驾在外,不能追随她入梦,侵扰她的梦中的热闹。有时候,实在睡不着,她也想多做些事情来消遣时光,但是事情做完了,或者好梦醒转来之后,空虚又会找上她,冷冷地向她一笑道:"你总不能撇弃我吧?我的乖乖!"

她茫然站在房中央,瞧到的是空虚,嗅到的是空虚,感到的也还是空虚。没有快乐,没有痛苦,什么也没有,黑暗的房间冷冰冰地,只有她一人在承受无边的,永久的寂寞与空虚。

我要……!

我要……!

我要……呀!

她想喊,猛烈地喊,但却寒噤住不能发声,房间是死寂的,庭院也死寂了,整个的宇宙都死寂得不闻人声。她想:怎么好呢? 开了灯,一线光明也许会带来一线温暖吧? ……但是她的眼睛直瞪着,脚是僵冷的,手指也僵冷。

渐渐地房间门开启了,一个颀长的影子悄悄溜了进来。是鬼还是人,她也不暇细问,只向他做个手势,似乎在命令他速速开灯。拍的一声,绿幽幽灯光喷射到床上了,被单是洁白的,湖色织锦缎棉被折成小方块放在上面,显得单薄,也显得有些孤寒。

"你一个人住在这里很寂寞吧?"客人笑嘻嘻地说,样子有些轻薄。明珠更不答话,心里很恨他,同时也有些喜欢他。

"怎么? 你的脸色这样坏! 病了吧?"客人逼近问,伸开双臂,似乎想抱她,但马上就放下了。明珠仍不答话,身躯本能地颤动了一下,似乎有温暖从心内发散出来,弥漫到全身。

灯光幽幽地流着,流到洁白的被单上,流到湖色织锦缎的被面上,流到站在床前的客人身上。客人穿着黑漆光亮的皮鞋,笔挺的条子西装裤子,深蓝色,象征着庄严的美。渐渐地,灯光似乎集中了力气,一齐向他身上来,他也知道自己已成为焦点,. 于是便挺起前胸,肩膀显得更阔了。白衬衫领子硬绷绷地,高托着他的俊秀的面庞。他的皮肤是象牙色的,眼珠乌黑,眉毛很浓,头发有些儿卷曲。

"明珠!"他颤抖着叫唤一声,声音低而嘶哑。灯光强烈地刺着他的眼,他的眼睛带着迷惑,但却富有吸引力,终于把明珠牵过来了。"明珠!"他再喊一声,热情地,迫切地。明珠没有作声,她的颊上发热,眼睛再不敢瞧他,只默默对着床旁的灯。

于是房间里空气都换了样,阴冷是没有了,却有些陌生与新鲜刺激,各人的心里似乎都像火药般要爆炸起来,但却又恐惧爆炸,紧紧地按着使不许动。光与热,情欲与理智,在紧张地战斗着,灯望着客人,客人望着明珠,明珠又望着床旁的灯。

"今夜是防空呵！"客人说了声，明珠没有回答。深蓝色的条子西装裤移向床旁去了，拍的一声，电灯随着熄灭。明珠觉得很紧张，但是紧张更加逼近人来，顾长的身躯似乎就站在她面前，她的心里像马上要爆炸，但是手指却阴凉的。

阴凉的手指颤抖着，不知安放处，摸摸自己头发，却又滑到胸口下去了。另外一只手很快地就把它捉住，接着它感到那只手又热，又软，又有力。便是一阵无声的诉说，他的嘴已经凑紧在她的耳际了，她颤抖着，欲答无话，欲哭无泪。

房间是黑黝黝的，空气紧张得很。她嗅着，嗅着，便知道一切东西的所在。她知道他拥她到了床旁，洁白的被单，湖色织锦缎棉被，……一切的阴凉都消失了，火般的热情，手挽手儿，两人同入于疯狂的世界。

他说："我不会使你养孩子的。"她点点头，眼泪直流下来。她知道，她此刻在他的心中，只不过是一件叫做"女"的东西，而没有其他什么"人"的成份存在。欲望像火，人便像扑火的蛾，飞呀，飞呀，飞在火焰旁，赞美光明，崇拜热烈，都不过是自己骗自己，使得增加力气，勇于一扑罢了。

"请你……请你不要让我有孩子呀！"明珠垂泪恳求他，屈辱地似乎已经向这个庸俗的世界求饶了。但是他更不理会，只是猛烈地吮着她，她咬他耳朵，他也不退避，两个人身子贴得更近，心思却离得更远了。

黑暗的房间，更加黑暗了起来，明珠的心里充满着气恼，厌恶，恐怖，以及莫名其妙的新的空虚。他吻着她，轻轻说："恕饶了我吧，明珠！"但是听出这声音里没有温存，没有喜悦，只有无限的疲乏与冷漠。

"别同我敷衍！"她恨恨地说，猛力推开他。但是他更不靠近来，只是懒洋洋地摸一摸她的下巴，说道："不会有孩子吧，只这么一次。"

扑灯的蛾，为了追求热烈，假如葬身在火焰中，还算是死得悲壮痛快的。只怕是灼着而未死，损伤了翅膀，给人家笑话，飞又飞不动，跌落在阴冷的角落里，独个子委委屈屈地受苦。"不会有孩子吧……只这么一次……"明珠痛苦地反复辨味这句话。正是句不负责任的话，他说过后就要扬长而去了，她还能向他要求些什么？

她对他说：她爱静。

他想了一想回答道：他知道，以后再不敢多来吵扰。

于是他们便分了手，陌生的，平淡的，再也没有新鲜的刺激，他知道她不爱他，她也知道男女间根本难得所谓爱，欲望像火，人便是扑火的蛾！

于是她更加沉默了，即使在白天，也要放下黑绒窗帘，把房间遮得黑黝黝的。她不再咒诅空虚，只想解除痛苦，唯一的留在她身上的最大的痛苦。

她找到了一位产科女医生，女医生说，要解决这件事起码要两万元，手术是靠得住的。她犹疑着自己钱不够，但是那位女医生却不耐烦地嗤之以鼻说："何不向那位荒唐的先生去要呢？他做错了事，不该负责任吗？"

明珠退了出来，默默地更不说话。她想起教堂里碰见过的一位外科老医生，从来不结婚，性情相当怪僻，然而待她却好。她找到了他，羞惭地把一切经过说了出来，老医生更不多话，只把她引进手术室里，关上门，只让她一个人坐着。

当你笑的时候，

全世界向着你笑，

但在哭的时候，

却只有一个人了。

明珠默默地念着这两句话，空虚地，却又带些感伤。她想到了自己的房间：有床，床旁有台灯，灯罩是绿玉色的，拍的一声把它开了，它便吐出幽幽的光辉来，照耀着洁白的被单，湖色的织锦缎棉被，以及床周围的一切。但是眼前这些东西都不见了，就想嗅，也嗅不到，生命是值得留恋的，就是给火灼伤了翅膀，也还想活着。

手术室的门开了，老医生穿着白外套幽幽地进来。他严肃地握住明珠的手，说道："好孩子，不用怕，快睡到床上去。"

一阵阵剧痛，痛得明珠快晕了过去。她想不到不要养一个孩子也要受这番痛苦，痛苦得没有代价，穿竟是为了什么？老医生严肃地在旁边站着，瞧着她痛苦，似乎并没有不安。她的心里骤然起了阵反感，心想可恶的老东西，原来他不肯结婚，就是不愿女人有小孩，不想人类有后代……

但是老东西的脸也模糊起来了，瞧不清楚。她只痛得忘记了愤恨，忘记了恐惧，忘记了自己，也忘记了这个庸俗的世界。突然间，一阵热血直冲了出来，她知道这是一个小生命完结了，没有见过太阳，没有呼吸过空气，没有在人世上生存过一刻。

她觉得后悔起来，人世毕竟是可恋的，生命也应该宝贵。她杀了自己的孩子，为了顾全面子，为了怕麻烦，可耻的妇人呀。她现在才知道扑火般欲望为什么有这般强烈，有了孩子，便什么痛苦也可以忍受，什么损失也可以补偿，什么空虚也可以填满的了。

多愚笨呀，她自己！多残忍呀，那个老医生！于是她恨恨地瞧了他一眼，低声向他说：请你走开吧，我要静。

老医生默默地走开了，临去不敢再望她，脸色似乎很悲哀。

明珠独躺在手术室中，心里只感到后悔。假如有一个孩子能带回家去，放在当中的床上，捻开了绿玉色罩上的台灯，用幽幽的光辉照他小脸，那又该多么好。那时候，阴凉的房间便变成温暖，沉寂的空气便被咿哑的声音打破了，永远是春天，春天般兴奋。扑火般热情不是无目的的，它创造了美丽的生命，快乐的气氛。

但是现在呵！

老医生幽幽地进来了，两眼噙着泪。他颤着声音对明珠说："孩子，我害了你了，我早知你如此，便不该替你动手术。现在你是后悔了，我也后悔得很，这都是我的错误。但是你要知道，我是一个私生子，从小受人奚落，因此起了变态心理，一方面怨恨自己的母亲，一方面看轻一切的女人。自从我在教堂里遇见了你，孩子，我便觉得你的可爱。我是不想害你的。不料今天你犯了罪，我深恐那个孩子养下来要遭受同我一般的命运，因此我便把你引进手术室里来了。可是，孩子，如今我亲眼看见了你的痛苦，我便觉得后悔起来，我觉得以前我母亲……"

"你的母亲是不错的！"明珠流下泪，认真地说。

"是吗？"老医生替她拭去眼泪，一面额上直冒汗："我想不到你会如此痛苦，现在我是连后悔也来不及了。现在我只好先送你回家，替你安顿好，希望你早日康复，好好嫁个人吧，不要再胡闹了。"

明珠默默地听从老医生把她送到了家里，房间仍是黑魆魆地，因为老医生恐防她吹风，早已替她把黑绒窗帘全放下了。她侧卧在洁白的被单上，盖着湖色织锦缎薄被，眼睛只望着绿玉色的台灯，老医生歉疚地问："孩子，你在想些什么，可要告诉我吧？"于是明珠翕动着嘴唇低低地回答道："老医生，请你不要笑我，我是还想做扑火的飞蛾，只要有目的，便不算胡闹。"

【阅读提示】

这篇小说写出了女性对欲望的大胆渴求。一般人是不会这样写的，要是写也会找个合适的理由，但是苏青不管，直接名言："只要有目的，便不算是胡闹。"什么目的呢？保家卫国？忧国忧民？苏青的小说只能在日常生活审美和女性意识苏醒中找到其合理性，这在当时上海沦陷区已很难得，所以苏青因"大胆女作家"而得到广大读者的认同和欢迎。上个世纪 90 年代以来，研究者们称她为现代女性身体写作的先驱，原也有一定道理。

【延伸阅读作品与参考文献】

1. 苏青：《一张熟悉的面孔》《胸前的秘密》（小说），见于青等编《苏青文集》上卷，上海书店出版社 1994 年版。

2. 孟悦、戴锦华：《浮出历史地表——现代妇女文学研究》有关章节，河南人民出版社 1989 年版。

3. 余斌：《〈续结婚十年〉"索隐"》，《新文学史料》2010 年第 3 期。

【思考与练习】

1. 分析《结婚十年》中女主人公的心路历程及其都市文化审美意义。

2. 如何理解苏青小说对女性性欲的张扬？

沉香屑——第一炉香

张爱玲

【阅读提示】

张爱玲(1920—1995),河北丰润人,上海成长,从小父母不和,家庭不幸,求学命运多舛,身处乱世浮华上海都市文化语境,开始她大俗大雅的海派文学创作。

《沉香屑——第一炉香》连载于 1943 年 5－7 月《紫罗兰》第 2－4 期,1944 年 8 月收入作者的小说集《传奇》。推荐阅读 1986 年 2 月人民文学出版社出版的"中国现代文学作品原本选印"之一种,张爱玲《传奇》(实是原版《传奇》增订本)中的作品。

这是张爱玲正式发表的第一篇文学作品,其中有些因素具有原型作用,值得挖掘。如长辈女性与晚辈女性的关系问题,男性与女性的关系问题,女性的文化根性及其归宿问题等。小说中,受都市享受之风影响,不听哥嫂劝告,执意嫁豪门的梁太太最终嫁给香港的富商梁季腾做姨太太,梁死后继承大批遗产,关起门来做小型慈禧太后,享尽人间荣华富贵,但是女人的青春是经不起时间打磨的,而女人一旦红颜衰老,男人们便离她而去。这时,侄女葛薇龙为了完成在香港的学业来姑妈处借钱,结果又经受不住华美衣饰的诱惑,终于放弃学业,跟着姑妈学交际,很快成为男人们追逐的对象,也便遂了姑妈希望靠她继续吸引男人的心愿。在这里,姑妈体现出的不是牺牲和关爱,而是自私和坑害,深层是对侄女青春美貌的嫉妒,她一要靠葛薇龙继续吸引男人,二下意识地渴望葛薇龙也像她一样迅速老去。葛薇龙最后终于投降,嫁给乔琪乔,除了踏了姑妈的陷阱,应了男人的迷惑,还有就是自己的软弱。她很清楚她与妓女没有什么两样,但是她并不思考怎样改变。她终成了姑妈、男人、物质、虚荣的俘虏。

女性的软弱是许多中外文学经典都揭示和批判的,这里又是一个典型的例子。只是联系到上海沦陷区的语境,我们不难看出张爱玲的深层意识还在于揭示乱世浮华都市中人性的颓败和人生的颓废。

小说对《红楼梦》的模仿非常明显,人物曲折隐蔽心理的把握,语言意象的营造,已预示着作家日后创作的辉煌和局限。

金锁记

张爱玲

【阅读提示】

《金锁记》连载于 1943 年 11、12 月《杂志》第 12 卷第 2、3 期。1944 年 8 月收入作者的小说集《传奇》。推荐阅读 1986 年 2 月人民文学出版社出版的"中国现代文学作品原本选印"之一种,张爱玲《传奇》中的作品。

《金锁记》是张爱玲的成名作,也是代表作。1944 年,傅雷化名"迅雨"撰写《论张爱玲的小说》,对张爱玲当时已发表的其他小说给予严厉批评,但对《金锁记》却称赞有加,道:"毫无疑问,《金锁记》是张女士截至目前为止的最完满之作,颇有《狂人日记》中某些故事的风味。至少也该列为我们文坛最美的收获之一。"

《金锁记》叙述曹七巧原为北京郊区某麻油店店主的女儿,姿色出众,在哥哥嫂子的诱导下,嫁给北京城内某官宦人家姜家患骨痨病的二儿子为妻,后又升为正室。混乱年代,姜家迁到上海,曹七巧也有了一双儿女,丈夫却因气血很快亏损病情加重,失去了正常夫妻生活的能力,曹七巧年纪轻轻就遭遇"活守寡",引来一段备尝凄凉的女性挣扎与疯狂的故事。七巧觉得丈夫已成活死人,大房、三房的生活却正常,引来她嫉妒和恼怒。三叔姜季泽与她接近,引来她无限遐想,但是姜季泽打定主意,不招惹自己家里的人,刺激之下她的心理慢慢变态。十年后,丈夫死去,当家的婆婆也死去,她领着自己的一双儿女分到了一处公馆和一些地产,终于自由了,但是华年生命也结束了。姜季泽挥霍成性,来她这里撺掇她卖地,他好从中吃利,不想其中暧昧被曹七巧发觉,曹七巧将他打出家门,但是她生命中唯一可能给她爱的人也失去了,从此心灵的大门彻底关闭,心理也彻底变态。之后,为了不让儿子长白跟着姜季泽去嫖妓,就先诱导他抽鸦片,再给他娶妻子;娶了媳妇,她无法容忍自己的儿子(生命中最后一个男人啊)与媳妇的关系,再将媳妇折磨死。媳妇死去,丫鬟填房,但是丫鬟不久也被折磨死。从此儿子再也不敢娶妻子。另一面,拆散女儿长安与童世舫的订婚,她嫉妒女儿能嫁人,同时以为童世舫是在图她的钱。从此女儿也无法再议婚嫁。她带着一双黄金的枷锁劈杀了自己,也劈杀了自己的儿女,即毁人自毁。

小说写出都市语境中物欲、性欲对于普通市民人生的巨大诱惑,甚至可以说,到了《金锁记》,女性的欲望才堂堂正正地摆放出来,无论如何有世俗和邪恶的因素,但是考虑到她是处于"乱世、浮世、末世、男世"的环境中,处于被压抑状态,这欲望叙事依然惊心动魄。张爱玲常言:"因为懂得,所以慈悲。""懂得"前提下对人物命运的把握和书写必然渗透"苍凉"。张爱玲为都市物质男女树碑立传,填补了中国现代文学史的空白。小说对曹七巧变态心理的揭示和描写已成为现代文学史上的经典;小说的语言那样有磁性,有美感,比喻和意象迭出,造成审美的丰富性和新鲜感,结构、节奏和色彩也得到傅雷及其他文学史家们的盛赞,不愧为大俗大雅的峰巅之作。

倾城之恋（节选）①

张爱玲

……

铃又响了起来，她不去接电话，让它响去。"的铃铃……的铃铃……"声浪分外的震耳，在寂静的房间里，在寂静的旅舍里，在寂静的浅水湾。流苏突然觉悟了，她不能吵醒了整个的浅水湾饭店。第一，徐太太就在隔壁。她战战兢兢拿起听筒来，搁在褥单上。可是四周太静了，虽是离了这么远，她也听得见柳原的声音在那里心平气和地说："流苏，你的窗子里看得见月亮么？"流苏不知道为什么，忽然哽咽起来。泪眼中的月亮大而模糊，银色的，有着绿的光棱。柳原道："我这边，窗子上面吊下一枝藤花，挡住了一半。也许是玫瑰，也许不是。"他不再说话了，可是电话始终没挂上。许久许久，流苏疑心他可是盹着了，然而那边终于扑秃一声，轻轻挂断了。流苏用颤抖的手从褥单上拿起她的听筒，放回架子上。她怕他第四次再打来，但是他没有。这都是一个梦——越想越像梦。

第二天早上她也不敢问他，因为他准会嘲笑她——"梦是心头想"，她这么迫切地想念他，连睡梦里他都会打电话来说"我爱你"？他的态度也和平时没有什么不同。他们照常的出去玩了一天。流苏忽然发觉拿他们当做夫妇的人很多很多——仆欧们，旅馆里和她搭讪的几个太太老太太。原不怪他们误会。柳原跟她住在隔壁，出入总是肩并肩，深夜还到海岸上去散步，一点都不避嫌疑。一个保姆推着孩子车走过，向流苏点点头，唤了一声"范太太"。流苏脸上一僵，笑也不是，不笑也不是，只得皱着眉向柳原睃了一眼，低声道："他们不知道怎么想着呢！"柳原笑道："唤你范太太的人，且不去管他们；倒是唤你做白小姐的人，才不知道他们怎么想的呢！"流苏变色。柳原用手抚摸下巴，微笑道："你别枉担了这个虚名！"

流苏吃惊地朝他望望，蓦地里悟到他这人多么恶毒。他有意当着人做出亲狎的神气，使她没法可证明他们没有发生关系。她势成骑虎，回不得家乡，见不得爷娘，除了做他的情妇之外没有第二条路。然而她如果迁就了他，不但前功尽弃，以后更是万劫不复了。她偏不！就算她枉担了虚名，他不过口头上占了个便宜。归根结底，他还是没有得到她。既然他没有得到她，或许他有一天还会回到她这里来，带了较优的议和条件。

---

①原载 1943 年 9 月和 10 月《杂志》第 11 卷第 6 期和第 12 卷第 1 期，后收入作者小说集《传奇》，上海杂志社 1944 年 8 月初版；现选自作者《传奇》增订本，上海山河图书公司 1946 年 11 月初版。

她打定了主意,便告诉柳原她打算回上海去。柳原却也不坚留,自告奋勇要送她回去。流苏道:"那倒不必了。你不是要到新加坡去么?"柳原道:"反正已经耽搁了,再耽搁些时也不妨事,上海也有事等着料理呢。"流苏知道他还是一贯政策,唯恐众人不议论他们俩。众人越是说得凿凿有据,流苏越是百喙莫辩,自然在上海不能安身。流苏盘算着,即使他不送她回去,一切也瞒不了她家里的人。她是豁出去了,也就让他送她一程。徐太太见他们俩正打得火一般的热,忽然要拆开了,诧异非凡,问流苏,问柳原,两人虽然异口同声的为彼此洗刷,徐太太哪里肯信。

在船上,他们接近的机会很多,可是柳原既能抗拒浅水湾的月色,就能抗拒甲板上的月色。他对她始终没有一句扎实的话。他的态度有点淡淡的,可是流苏看得出他那闲适是一种自满的闲适——他拿稳了她跳不出他的手掌心去。

到了上海,他送她到家,自己没有下车。白公馆里早有了耳报神,探知六小姐在香港和范柳原实行同居了。如今她陪人家玩了一个多月,又若无其事的回来了,分明是存心要丢白家的脸。

流苏勾搭上了范柳原,无非是图他的钱。真弄到了钱,也不会无声无臭的回家来了,显然是没得到他什么好处。本来,一个女人上了男人的当,就该死;女人给当给男人上,那更是淫妇;如果一个女人想给当给男人上而失败了,反而上了人家的当,那是双料的淫恶,杀了她也还污了刀。平时白公馆里,谁有了一点芝麻大的过失,大家便炸了起来。逢到了真正耸人听闻的大逆不道,爷奶奶们兴奋过度,反而吃吃艾艾,一时发不出话来。大家先议定了:"家丑不可外扬",然后分头去告诉亲戚朋友,逼他们宣誓保守秘密,然后再向亲友们一个个的探口气,打听他们知道了没有,知道了多少。最后大家觉得到底是瞒不住,爽性开诚布公,打开天窗说亮话,拍着腿感慨一番。他们忙着这种种手续,也忙了一秋天,因此迟迟的没向流苏采取断然行动。流苏何尝不知道,她这一次回来,更不比往日。她和这家庭早是恩断义绝了。她未尝不想出去找个小事,胡乱混一碗饭吃。再苦些,也强如在家里受气。但是寻了个低三下四的职业,就失去了淑女的身份。那身份,食之无味,弃之可惜。尤其是现在,她对范柳原还没有绝望,她不能先自贬身价,否则他更有了借口,拒绝和她结婚了。因此她无论如何得忍些时。

熬到了十一月底,范柳原果然从香港拍来了电报。那电报,整个的白公馆里的人都传观过了,老太太方才把流苏叫去,递到她手里。只有寥寥几个字:"乞来港。船票已由通济隆办妥。"白老太太长叹了一声道:"既然是叫你去,你就去罢!"她就这样的下贱么?她眼里吊下泪来。这一哭,她突然失去了自制力,她发现她已经是忍无可忍了。一个秋天,她已经老了两年——她可禁不起老!于是她第二次离开了家上香港来。这一趟,她早失去了上一次的愉快的冒险的感觉。她失败了。固然,女人是喜欢被屈服的,但是那只限于某种范围内。如果她是纯粹为范柳原的风仪与魅力所征服,那又是一说了,可是内中还搀杂着家庭的压力——最痛苦的成份。

范柳原在细雨迷蒙的码头上迎接她。他说她的绿色玻璃雨衣像一只瓶,又注了一句:"药瓶。"她以为他在那里讽嘲她的孱弱,然而他又附耳加了一句:"你是医我的药。"她红了脸,白了他一眼。

他替她定下了原先的房间。这天晚上,她回到房里来的时候,已经两点钟了。在浴室里晚妆既毕,熄了灯出来,方才记起了,她房里的电灯开关装置在床头,只得摸着黑过来,一脚绊在地板上的一只皮鞋上,差一点栽了一跤,正怪自己疏忽,没把鞋子收好,床上忽然有人笑道:"别吓着了!是我的鞋。"流苏停了一回,问道:"你来做什么?"柳原道:"我一直想从你的窗户里看月亮。这边屋里比那边看得清楚些。"……那晚上的电话的确是他打来的——不是梦!他爱她。这毒辣的人,他爱她,然而他待她也不过如此!她不由得寒心,拨转身走到梳妆台前。十一月尾的纤月,仅仅是一钩白色,像玻璃窗上的霜花。然而海上毕竟有点月意,映到窗子里来,那薄薄的光就照亮了镜子。流苏慢腾腾摘下了发网,把头发一搅,搅乱了,夹叉叮吟咚啷掉下地来。她又戴上网子,把那发网的梢头狠狠地啣在嘴里,拧着眉毛,蹲下身去把夹叉一只一只拣了起来,柳原已经光着脚走到她后面,一只手搁在她头上,把她的脸倒扳了过来,吻她的嘴。发网滑下地去了。这是他第一次吻她,然而他们两人都疑惑不是第一次,因为在幻想中已经发生无数次了。从前他们有过许多机会——适当的环境,适当的情调;他也想到过,她也顾虑到那可能性。然而两方面都是精刮的人,算盘打得太仔细了,始终不肯冒失。现在这忽然成了真的,两人都糊涂了。流苏觉得她的溜溜转了个圈子,倒在镜子上,背心紧紧抵着冰冷的镜子。他的嘴始终没有离开过她的嘴。他还把她往镜子上推,他们似乎是跌到镜子里面,另一个昏昏的世界里去了,凉的凉,烫的烫,野火花直烧上身来。

第二天,他告诉她,他一礼拜后就要上英国去。她要求他带她一同去,但是他回说那是不可能的。他提议替她在香港租下一幢房子住下,等个一年半载,他也就回来了。她如果愿意在上海住家,也听她的便。她当然不肯回上海。家里那些人——离他们越远越好。独自留在香港,孤单些就孤单些。问题却在他回来的时候,局势是否有了改变。那全在他了。一个礼拜的爱,吊得住他的心么?可是从另一方面看来,柳原是一个没长性的人,这样匆匆的聚了又散了,他没有机会厌倦她,未始不是于她有利的。一个礼拜往往比一年值得怀念。……他果真带着热情的回忆重新来找她,她也许倒变了呢!近三十的女人往往有着反常的娇嫩,一转眼就憔悴了。总之,没有婚姻的保障而要长期的抓住一个男人,是一件艰难的、痛苦的事,几乎是不可能的。啊,管它呢!她承认柳原是可爱的,他给她美妙的刺激,但是她跟他的目的究竟是经济上的安全。这一点,她知道她可以放心。

他们一同在巴而顿道看了一所房子,坐落在山坡上,屋子粉刷完了,雇定了一个广东女佣,名唤阿栗,家具只置办了几件最重要的,柳原就该走了。其余都丢给流苏慢慢的去收拾。家里还没有开火仓,在那冬天的傍晚,流苏送他上船时,便在船上的大餐间里胡乱的吃了些三明治。流苏因为满心的不得意,多喝了几杯酒,被海风一吹,回来的时候,便带着三分醉。到了家,阿栗在厨房里烧水替她随身带着的那孩子洗脚。流苏到处瞧了一遍,到一处开一处的灯。客室里的门窗上的绿漆还没干,她用食指摸着试了一试,然后把那粘粘的指尖贴在墙上,一贴一个绿迹子。为什么不?这又不犯法!这是她的家!她笑了,索性在那蒲公英黄的粉墙上打了一个鲜明的绿手印。

她摇摇晃晃走到隔壁屋里去。空房,一间又一间——清空的世界。她觉得她可以飞到天花板上去。她在空荡荡的地板上行走,就像是在洁无纤尘的天花板上。房间太空了,她不能不用灯光来装满它,光还是不够,明天她得记着换上几只较强的灯泡。

她走上楼梯去。空得好,她急需着绝对的静寂。她累得很,取悦于柳原是太吃力的事,他脾气向来就古怪;对于她,因为是动了真感情,他更古怪了,一来就不高兴。他走了,倒好,让她松下这口气。现在她什么人都不要——可憎的人,可爱的人,她一概都不要。从小时候起,她的世界就嫌过于拥挤。推着,挤着,踩着,背着,抱着,驮着,老的小的,全是人。一家二十来口,合住一幢房子,你在屋里剪个指甲也有人在窗户眼里看着。好容易远走高飞,到了这无人之境。如果她正式做了范太太,她就有种种的责任,她离不了人。现在她不过是范柳原的情妇,不露面的,她应该躲着人,人也应该躲着她。清静是清静了,可惜除了人之外,她没有旁的兴趣。她所仅有的一点学识,全是应付人的学识。凭着这点本领,她能够做一个贤惠的媳妇,一个细心的母亲。在这里她可是英雄无用武之地。"持家"罢,根本无家可持,看管孩子罢,柳原根本不要孩子。省俭着过日子罢,她根本用不着为了钱操心。她怎样消磨这以后的岁月?找徐太太打牌去,看戏?然后姘戏子,抽鸦片,往姨太太们的路上走?她突然站住了,挺着胸,两只手在背后紧紧互扭着。那倒不至于!她不是那种下流的人。她管得住自己。但是……她管得住她自己不发疯么?楼上的品字式的三间屋,楼下品字式的三间屋,全是堂堂地点着灯。新打了蜡的地板,照得雪亮。没有人影儿。一间又一间,呼喊着空虚……流苏躺到床上去,又想下去关灯,又动弹不得。后来她听见阿栗踏着木屐上楼来,一路扑哧扑哧关着灯,她紧张的神经方才渐归松弛。

那天是十二月七日,一九四一年。十二月八日,炮声响了。一炮一炮之间,冬晨的银雾渐渐散开,山巅,山洼子里,全岛的居民都向海上望去,说:"开仗了,开仗了。"谁都不能够相信,然而毕竟是开仗了。流苏孤身留在巴而顿道,那里知道什么。等到阿栗从左邻右舍探到了消息,仓皇唤醒了她,外面已经进入酣战阶段。巴而顿道的附近有一座科学试验馆,屋顶上架着高射炮,流弹不停的飞过来,尖溜溜一声长叫,"吱呦呃呃呃呃……",然后"砰",落下地去。那一声声的"吱呦呃呃呃呃……"撕裂了空气,撕毁了神经。淡蓝的天幕被扯成一条一条,在寒风中簌簌飘动。风里同时飘着无数剪断了的神经的尖端。

流苏的屋子是空的,心里是空的,家里没有置办米粮,因此肚子里也是空的。空穴来风,所以她感受到恐怖的袭击分外强烈。打电话到跑马地徐家,久久打不通,因为全城装有电话的人没有一个不在打电话,询问哪一区较为安全,作避难的计划。流苏到下午方才接通了,可是那边铃尽管响着,老是没有人来听电话,想必徐先生徐太太已经匆匆出走,迁到平靖一些的地带。流苏没了主意。炮火却逐渐猛烈了。邻近的高射炮成为飞机注意的焦点。飞机蝇蝇地在顶上盘旋,"孜孜孜……"绕了一圈又绕回来,"孜孜……"痛楚地,像牙医的螺旋电器,直挫进灵魂的深处。阿栗抱着她的哭泣着的孩子坐在客室的门槛上,人仿佛入了昏迷的状态,左右摇摆着,喃喃唱着呓语似的歌曲,哄着拍着孩子。窗外又是"吱呦呃呃呃呃……"一声,"砰!"削去屋檐的一角,沙石哗啦啦落下来。阿栗怪叫了一声,跳起身来,抱着孩子就往外跑。流苏在大门口追上了她,一把揪住她问道:"你上哪儿去?"阿栗道:"这儿登不得了! 我——我带他到阴沟里去躲一躲。"流苏道:"你疯了! 你去送死!"阿栗连声道:"你放我走! 我这孩子——就只这么一个——死不得的! ……阴沟里躲一躲……"流苏拼命扯住了她,阿栗将她一推,她跌倒了,阿栗便闯出门去。正在这当口,轰天震地一声响,整个的世界黑了下来,像一只硕大无朋的箱子,拍地关上了盖。数不清的罗愁绮恨,全关在里面了。

流苏只道是没有命了,谁知还活着。一睁眼,只见满地的玻璃屑,满地的太阳影子。她挣扎着爬起身来,去找阿栗。一开门,阿栗紧紧搂着孩子,垂着头,把额角抵在门洞子里的水泥墙上,人是震糊涂了。流苏拉了她进来,就听见外面喧嚷着说隔壁落了个炸弹,花园里炸出一个大坑。这一次巨响,箱子盖关上了,依旧不得安静。继续的砰砰砰,仿佛在箱子盖上用锤子敲钉,捶不完地捶。从天明捶到天黑,又从天黑捶到天明。

流苏也想到了柳原,不知道他的船有没有驶出港口,有没有被击沉。可是她想起他便觉得有些渺茫,如同隔世。现在的这一段,与她的过去毫不相干,像无线电里的歌,唱了一半,忽然受了恶劣的天气的影响,劈劈拍拍炸了起来。炸完了,歌是仍旧要唱下去的,就只怕炸完了,歌已经唱完了,那就没得听了。

第二天,流苏和阿栗母子分着吃完了罐子里的几片饼干,精神渐渐衰弱下来,每一个呼啸着的子弹的碎片便像打在她脸上的耳刮子。街上轰隆轰隆驰来一辆军用卡车,意外地在门前停下了。铃一响,流苏自己去开门,见是柳原,她捉住他的手,紧紧搂住他的手臂,像阿栗搂住孩子似的,人向前一扑,把头磕在门洞子里的水泥墙上。柳原用另外的一只手托住她的头，急促地道："受了惊吓罢？别着急，别着急。你去收拾点得用的东西，我们到浅水湾去。快点，快点！"流苏跌跌冲冲奔了进去，一面问道："浅水湾那边不要紧么？"柳原道："都说不会在那边上岸的。而且旅馆里吃的方面总不成问题，他们收藏的很丰富。"流苏道："你的船……"柳原道："船没开出去。他们把头等舱的乘客送到了浅水湾饭店。本来昨天就要来接你的，叫不到汽车，公共汽车又挤不上。好容易今天设法弄到了这部卡车。"流苏哪里还定得下心整理行装，胡乱扎了个小包裹。柳原给了阿栗两个月的工钱，嘱咐她看家，两个人上了车，面朝下并排躺在运货的车厢里，上面蒙着黄绿色油布篷，一路颠簸着，把肘弯与膝盖上的皮都磨破了。

柳原叹道："这一炸，炸断了多少故事的尾巴！"流苏也怆然，半晌方道："炸死了你，我的故事就该完了。炸死了我，你的故事还长着呢！"柳原笑道："你打算替我守节么？"他们两人都有点神经失常，无缘无故，齐声大笑。而且一笑便止不住。笑完了，浑身只打颤。

卡车在"吱呦呃呃……"的流弹网里到了浅水湾。浅水湾饭店楼下驻扎着军队，他们仍旧住到楼上的老房间里。住定了，方才发现，饭店里储藏虽富，都是留给兵吃的。除了罐头装的牛乳，牛羊肉，水果之外，还有一麻袋一麻袋的白面包，麸皮面包。分配给客人的，每餐只有两块苏打饼干，或是两块方糖，饿得大家奄奄一息。

先两日浅水湾还算平静，后来突然情势一变，渐渐火炽起来。楼上没有掩蔽物，众人容身不得，都下楼来，守在食堂里，食堂里大开着玻璃门，门前堆着沙袋，英国兵就在那里架起了大炮往外打。海湾里的军舰摸准了炮弹的来源，少不得也一一还敬。隔着棕榈树与喷水池子，子弹穿梭来往。柳原与流苏跟着大家一同把背贴在大厅的墙上。那幽暗的背景便像古老的波斯地毯，织出各色人物，爵爷，公主，才子，佳人。毯子被挂在竹竿上，迎着风扑打上面的灰尘，拍拍打着，下劲打，打得上面的人走投无路。炮子儿朝这边射来，他们便奔到那边；朝那边射来，便奔到这边。到后来一间敞厅打得千创百孔，墙也坍了一面，逃无可逃，只得坐下地来，听天由命。

流苏到了这个地步，反而懊悔她有柳原在身旁，一个人仿佛有了两个身体，也就蒙了双重危险。一颗子弹打不中她，还许打中他。他若是死了，若是残废了，她的处境更是不堪设想。她若是受了伤，为了怕拖累他，也只有横了心求死。就是死了，也没有孤身一个人死得干净爽利。她料着柳原也是这般想。别的她不知道，在这一刹那，她只有他，他只有她。

停战了。困在浅水湾饭店的男女们缓缓向城中走去。过了黄土崖，红土崖，又是红土崖，黄土崖，几乎疑心是走错了道，绕回去了，然而不，先前的路上没有这炸裂的坑，满坑的石子。柳原与流苏很少说话。从前他们坐一截子汽车，也有一席话,现在走上几十里的路,反而无话可说了。偶然有一句话,说了一半,对方每每就知道了下文,没有往下说的必要。柳原道:"你瞧,海滩上。"流苏道:"是的。"海滩上布满了横七竖八割裂的铁丝网,铁丝网外面,淡白的海水汩汩吞吐淡黄的沙。冬季的晴天也是淡漠的蓝色。野火花的季节已经过去了。流苏道:"那堵墙……"柳原道:"也没有去看看。"流苏叹了口气道:"算了罢。"柳原走的热了起来,把大衣脱下来搁在臂上,臂上也出了汗。流苏道:"你怕热,让我给你拿着。"若在往日,柳原绝对不肯,可是他现在不那么绅士风了,竟交了给她。再走一程子,山渐渐高了起来。不知道是风吹着树呢,还是云影的飘移,青青的山麓缓缓地暗了下来。细看时,不是风也不是云,是太阳悠悠地移过山头,半边山麓埋在巨大的蓝影子里。山上有几座房屋在燃烧,冒着烟——山阴的烟是白的,山阳的是黑烟——然而太阳只是悠悠地移过山头。

到了家,推开了虚掩着的门,拍着翅膀飞出一群鸽子来。穿堂里满积着尘灰与鸽粪。流苏走到楼梯口,不禁叫了一声"哎呀。"二层楼上歪歪斜斜大张口躺着她新置的箱笼,也有两只顺着楼梯滚了下来,梯脚便淹没在绫罗绸缎的洪流里。流苏弯下腰来,捡起一件蜜合色衬绒旗袍,却不是她自己的东西,满是汗垢,香烟洞与贱价香水气味。她又发现许多陌生女人的用品,破杂志,开了盖的罐头荔枝,淋淋漓漓流着残汁,混在她的衣服一堆。这屋子里驻过兵么?——带有女人的英国兵?去得仿佛很仓促。挨户洗劫的本地的贫民,多半没有光顾过,不然,也不会留下这一切。柳原帮着她大声唤阿栗。末一只灰背鸽,斜刺里穿出来,掠过门洞子里的黄色的阳光,飞了出去。

阿栗是不知去向了,然而屋子里的主人们,少了她也还得活下去。他们来不及整顿房屋,先去张罗吃的,费了许多事,用高价买进一袋米。煤气的供给幸而没有断,自来水却没有。柳原拎了铅桶到山里去汲了一桶泉水,煮起饭来。以后他们每天只顾忙着吃喝与打扫房间。柳原各样粗活都来得,扫地,拖地板,帮着流苏拧绞沉重的褥单。流苏初次上灶做菜,居然带点家乡风味。因为柳原忘不了马来菜,她又学会了作油炸"沙袋",咖喱鱼。他们对于饭食上虽然感到空前的兴趣,还是极力的撙节着。柳原身边的港币带得不多,一有了船,他们还得设法回上海。

在劫后的香港住下去究竟不是长久之计。白天这么忙忙碌碌也就混了过去。一到了晚上,在那死的城市里,没有灯,没有人声,只有那莽莽的寒风,三个不同的音阶,"喔……呵……呜……"无穷无尽地叫唤着,这个歇了,那个又渐渐响了,三条骈行的灰色的龙,一直线地往前飞,龙身无限制地延长下去,看不见尾。"喔……呵……呜……"……叫唤到后来,索性连苍龙也没有了,只是三条虚无的气,真空的桥梁,通入黑暗,通入虚空的虚空。这里是什么都完了。剩下点断墙颓垣,失去记忆力的文明人在黄昏中跌跌绊绊摸来摸去,像是找着点什么,其实是什么都完了。

流苏拥被坐着,听着那悲凉的风。她确实知道浅水湾附近,灰砖砌的那一面墙,一定还屹然站在那里。风停了下来,像三条灰色的龙,蟠在墙头,月光中闪着银鳞。她仿佛做梦似的,又来到墙根下,迎面来了柳原。她终于遇见了柳原。……在这动荡的世界里,钱财,地产,天长地久的一切,全不可靠了。靠得住的只有她腔子里的这口气,还有睡在她身边的这个人。她突然爬到柳原身边,隔着他的棉被,拥抱着他。他从被窝里伸出手来握住她的手。他们把彼此看得透明透亮,仅仅是一刹那的彻底的谅解,然而这一刹那够他们在一起和谐地活个十年八年。

他不过是一个自私的男子,她不过是一个自私的女人。在这兵荒马乱的时代,个人主义者是无处容身的,可是总有地方容得下一对平凡的夫妻。

有一天,他们在街上买菜,碰着萨黑夷妮公主。萨黑夷妮黄着脸,把蓬松的辫子胡乱编了个麻花髻,身上不知从那里借来一件青布棉袍穿着,脚下却依旧趿着印度式七宝嵌花纹皮拖鞋。她同他们热烈地握手,问他们现在住在哪里,急欲看看他们的新屋子。又注意到流苏的篮子里有去了壳的小蚝,愿意跟流苏学习烧制清蒸蚝汤。柳原顺口邀了她来吃便饭,她很高兴的跟了他们一同回去。她的英国人进了集中营,她现在住在一个熟识的,常常为她当点小差的印度巡捕家里。她有许久没有吃饱过。她唤流苏"白小姐"。柳原笑道:"这是我太太。你该向我道喜呢!"萨黑夷妮道:"真的么? 你们几时结的婚?"柳原耸耸肩道:"就在中国报上登了个启事。你知道,战争期间的婚姻,总是潦草的……"流苏没听懂他们的话。萨黑夷妮吻了他又吻了她。然而他们的饭菜毕竟是很寒苦,而且柳原声明他们也难得吃一次蚝汤。萨黑夷妮没有再上门过。

当天他们送她出去,流苏站在门槛上,柳原立在她身后,把手掌合在她的手掌上,笑道:"我说,我们几时结婚呢?"流苏听了,一句话也没有,只低下了头,落下泪来。柳原拉住她的手道:"来来,我们今天就到报馆里去登启事。不过你也许愿意候些时,等我们回到上海,大张旗鼓的排场一下,请请亲戚们。"流苏道:"呸! 他们也配!"说着,嗤的笑了出来,往后顺势一倒,靠在他身上。柳原伸手到前面去羞她的脸道:"又是哭,又是笑!"

两人一同走进城去,走到一个峰回路转的地方,马路突然下泻,眼见只是一片空灵——淡墨色的,潮湿的天。小铁门口挑出一块洋瓷招牌,写的是:"赵祥庆牙医。"风吹得招牌上的铁钩子吱吱响,招牌背后只是那空灵的天。

柳原歇下脚来望了半晌,感到那平淡中的恐怖,突然打起寒战来,向流苏道:"现在你可该相信了:'死生契阔,'我们自己哪儿做得了主? 轰炸的时候,一个不巧——"流苏嗔道:"到了这个时候,你还说做不了主的话!"柳原笑道:"我并不是打退堂鼓。我的意思是——"他看了看她的脸色,笑道:"不说了。不说了。"他们继续走路。柳原又道:"鬼使神差地,我们倒真的恋爱起来了!"流苏道:"你早就说过你爱我。"柳原笑道："那不算。我们那时候太忙着谈恋爱了,哪里还有工夫恋爱?"

结婚启事在报上刊出了,徐先生徐太太赶了来道喜。流苏因为他们在围城中自顾自搬到安全地带去,不管她的死活,心中有三分不快,然而也只得笑脸相迎。柳原办了酒席,补请了一次客。不久,港沪之间恢复了交通,他们便回上海来了。

白公馆里流苏只回去过一次,只怕人多嘴多,惹出是非来。然而麻烦是免不了的。四奶奶决定和四爷进行离婚,众人背后都派流苏的不是。流苏离了婚再嫁,竟有这样惊人的成就,难怪旁人要学她的榜样。流苏蹲在灯影里点蚊烟香。想到四奶奶,她微笑了。

柳原现在从来不跟她闹着玩了。他把他的俏皮话省下来说给旁的女人听。那是值得庆幸的好现象,表示他完全把她当自家人看待——名正言顺的妻。然而流苏还是有点怅惘。

香港的陷落成全了她。但是在这不可理喻的世界里,谁知道什么是因,什么是果?谁知道呢,也许就因为要成全她,一个大都市倾覆了。成千上万的人死去,成千上万的人痛苦着,跟着是惊天动地的大改革……流苏并不觉得她在历史上的地位有什么微妙之点。她只是笑吟吟的站起身来,将蚊烟香盘踢到桌子底下去。

传奇里的倾城倾国的人大抵如此。

到处都是传奇,可不见得有这么圆满的收场。胡琴咿咿哑哑拉着,在万盏灯火的夜晚,拉过来又拉过去,说不尽的苍凉的故事——不问也罢!

(一九四三年九月)

【阅读提示】

这篇小说在傅雷那篇著名的《论张爱玲的小说》中被批得体无完肤,只是如有的研究者所言,傅雷也不免有误读的地方。

在一个颓败的时代,范柳原的玩世不恭含着一些公道,白流苏的不希求爱情而希求一个可靠的丈夫(谋爱)也确实符合生活的实际。考虑到千百年男权当道,白流苏最后终于陷入范柳原的圈套,而范柳原一个星期之后就想逃跑,作者挥令香港失陷,流苏终于暂时如愿以偿,一场独具内涵的"倾城之恋"就此完成。可以想见,女性的幸福建立在这样千载难逢的大灾难、大偶然上,那么女性真正幸福的实现该有怎样的不可能。如李今在《海派小说与现代都市文化》中所言,小说翻转了传统"倾城之恋"的含义,而赋予人生以现代主义和世俗主义的双重内涵。中西文化交错中,小说具有了"反传奇的传奇"的特点。

红玫瑰与白玫瑰①

张爱玲

振保的生命里有两个女人，他说一个是他的白玫瑰，一个是他的红玫瑰。一个是圣洁的妻，一个是热烈的情妇——普通人向来是这样把节烈两个字分开来讲的。

也许每一个男子全都有过这样的两个女人，至少两个。娶了红玫瑰，久而久之，红的变了墙上的一抹蚊子血，白的还是"床前明月光"；娶了白玫瑰，白的便是衣服上的一粒饭粘子，红的却是心口上的一颗朱砂痣。在振保可不是这样的。他是有始有终，有条有理的，他整个地是这样一个最合理想的中国现代人物，纵然他遇到的事不是尽合理想的，给他自己心问口，口问心，几下子一调理，也就变得仿佛理想化了，万物各得其所。

他是正途出身，出洋得了学位，并在工厂实习过，非但是真才实学，而且是半工半读赤手空拳打下来的天下。他在一家老牌子的外商染织公司做到很高的位置。他太太是大学毕业的，身家清白，面目姣好，性格温和，从不出来交际。一个女儿才九岁，大学的教育费已经给筹备下了。事奉母亲，谁都没有他那么周到；提拔兄弟，谁都没有他那么经心；办公，谁都没有他那么火爆认真；待朋友，谁都没有他那么热心，那么义气，克己。他做人做得十分兴头；他是不相信有来生的，不然他化了名也要重新来一趟。——一般富贵闲人与文艺青年前进青年虽然笑他俗，却都不嫌他，因为他的俗气是外国式的俗气。他个子不高，但是身手矫捷。晦暗的酱黄脸，戴着黑边眼镜，眉眼五官的详情也看不出所以然来。但那模样是屹然；说话，如果不是笑话的时候，也是断然。爽快到极点，仿佛他这人完全可以一目了然的，即使没有看准他的眼睛是诚恳的，就连他的眼镜也可以作为信物。

振保出身寒微，如果不是他自己争取自由，怕就要去学生意，做店伙，一辈子生死在一个愚昧无知的小圈子里。照现在，他从外国回来做事的时候，是站在世界之窗的窗口，实在很难得的一个自由的人，不论在环境上，思想上。普通人的一生，再好些也是"桃花扇"，撞破了头，血溅到扇子上，就这上面略加点染成为一枝桃花。振保的扇子却还是空白，而且笔醋墨饱，窗明几净，只等他落笔。

那空白上也有淡淡的人影子打了底子的，像有一种精致的仿古信笺，白纸上印出微凹的粉紫古装人像。——在妻子与情妇之前还有两个不要紧的女人。

①原载 1944 年 5 月至 7 月《杂志》第 13 卷第 2 期至第 4 期，后收入作者小说集《传奇》增订本，上海山河图书公司 1946 年 11 月初版；现选自《传奇》增订本初版本。

第一个是巴黎的一个妓女。

振保学的是纺织工程，在爱丁堡进学校。苦学生在外国是看不到什么的，振保回忆中的英国只限于地底电车，白煮卷心菜，空白的雾，饿，馋。像歌剧那样的东西，他还是回国之后才见识了上海的俄国歌剧团。只有某一年的暑假里，他多下了几个钱，匀出点时间来到欧洲大陆旅行了一次。道经巴黎，他未尝不想看看巴黎的人有多坏，可是没有内幕的朋友领导——这样的朋友他结交不起，也不愿意结交——自己闯了去呢，又怕被人欺负，花钱超过预算之外。

在巴黎这一天的傍晚，他没事可做，提早吃了晚饭，他的寓所在一条僻静的街上，他步行回家，心里想着："人家都当我到过巴黎了，"未免有些怅然。街灯已经亮了，可是太阳还在头上，一点一点往下掉，掉到那方形的水门汀建筑的房顶上，再往下掉，往下掉，房顶上仿佛雪白地蚀去了一块。振保一路行来，只觉得荒凉。不知谁家宅第里有人用一只手指在那里弹钢琴，一个字一个字揿下去，迟慢地，弹出圣诞节赞美诗的调子，弹了一支又一支。圣诞夜的圣诞诗自有它的欢愉的气氛，可是在这暑天的下午，在静静晒满了太阳的长街上，太不是时候了，就像是乱梦颠倒，无聊可笑。振保不知道为什么，竟不能忍耐这一只指头弹出的钢琴。

他加紧了步伐往前走，裤袋里的一只手，手心在出汗。他走得快了，前面的一个黑衣妇人倒把脚步放慢了，略略偏过头来瞟了他一眼。她在黑累丝纱底下穿着红衬裙。他喜欢红色的内衣。没想到这种地方也有这等女人，也有小旅馆。

多年后，振保向朋友们追述到这一档子事，总带着点愉快的哀感打趣着自己，说："到巴黎之前还是个童男子呢！该去凭吊一番。"回想起来应当是很浪漫的事了，可是不知道为什么，浪漫的一部份他倒记不清了，单拣那恼人的部份来记得。外国人身上往往比中国人多着点气味，这女人自己老是不放心，他看见她有意无意抬起手臂来，偏过头去闻一闻。衣服上，胳肢窝里喷了香水，贱价的香水与狐臭与汗酸气混和了，是使人不能忘记的异味。然而他最讨厌的还是她的不放心。脱了衣服，单穿件衬裙从浴室里出来的时候，她把一只手高高撑在门上，歪着头向他笑，他知道她又下意识地闻了闻自己。

这样的一个女人。就连这样的一个女人，他在她身上花了钱，也还做不了她的主人。和她在一起的三十分钟是最羞耻的经验。

还有一点细节是他不能忘记的。她重新穿上衣服的时候，从头上套下去，套了一半，衣裳散乱地堆在两肩，仿佛想起了什么似的，她稍微停了一停。这一刹那之间他在镜子里看到她。她有很多的蓬松的黄头发，头发紧紧绷在衣裳里面，单露出一张瘦长的脸，眼睛是蓝的罢，但那点蓝都蓝到眼下的青晕里去了，眼珠子本身变了透明的玻璃球。那是个森冷的，男人的脸，古代的兵士的脸。振保的神经上受了很大的震动。

出来的时候,街上还有太阳,树影子斜斜卧在太阳影子里。这也不对,不对到恐怖的程度。

嫖,不怕嫖得下流,随便,肮脏黯败。越是下等的地方越有乡土气息。可是不像这样。振保后来每次觉得自己嫖得精刮上算的时候便想起当年在巴黎,第一次,有多么傻。现在他是他的世界里的主人。

从那天起振保就下了决心要创造一个"对"的世界,随身带着。在那袖珍世界里,他是绝对的主人。

振保在英国住久了,课余东奔西跑找了些小事作着,在工场实习又可以拿津贴,用度宽裕了些,因也结识了几个女朋友。他是正经人,将正经女人与娼妓分得很清楚。可是他同时又是个忙人,谈恋爱的时间有限,因此自然而然的喜欢比较爽快的对象。爱丁堡的中国女人本就寥寥可数,内地来的两个女同学,他嫌过于矜持做作,教会派的又太教会派了,现在的教会毕竟是较近人情了,很有些漂亮人物点缀其间,可是前十年的教会里,那些有爱心的信徒们往往不怎么可爱的。活泼的还是几个华侨。若是杂种人,那比华侨更大方了。

振保认识了一个名叫玫瑰的姑娘。因为是初恋,所以他把以后的女人都比作玫瑰。这玫瑰的父亲是体面的商人,在南中国多年,因为一时的感情作用,娶了个广东女子为妻,带了她回国。现在那太太大约还在那里,可是似有如无,等闲不出来应酬。玫瑰进的是英国学校,就为了她是不完全的英国人,她比任何英国人还要英国化。英国的学生派是一种潇洒的漠然。对于最要紧的事尤为潇洒,尤为漠然。玫瑰是不是爱上了他,振保看不大出来,他自己是有点着迷了。两人都是喜欢快的人,礼拜六晚上,一跑几个舞场。不跳舞的时候,坐着说话,她总像是心不在焉,用几根火柴棒设法顶起一只玻璃杯,要他帮忙支持着。玫瑰就是这样,顽皮的时候,脸上有一种端凝的表情。她家里养着一只芙蓉鸟,鸟一叫她总算它是叫她,疾忙答应一声:"啊,鸟儿?"踮起脚背着手,仰脸望着鸟笼。她那棕黄色的脸,因为是长圆形的,很像大人样,可是这时候显得很稚气。大眼睛望着笼中鸟,眼睁睁的,眼白发蓝。仿佛望到极深的蓝天里去。

也许她不过是个极平常的女孩子,不过因为年青的缘故,有点什么地方使人不能懂得。也像那只鸟,叫那么一声,也不是叫哪个人,也没叫出什么来。

她的短裙子在膝盖上面就完了,露出一双轻巧的腿,精致得像橱窗里的木腿,皮色也像爆光油过的木头。头发剪得极短。脑后剃出一个小小的尖子。没有头发护着脖子,没有袖子护着手臂,她是个没遮拦的人,谁都可以在她身上捞一把。她和振保随随便便,振保认为她是天真。她和谁都随便,振保就觉得她有点疯疯傻傻的。这样的女人,在外国或是很普通,到中国来就行不通了。把她娶来移植在家乡的社会里,那是劳神伤财,不上算的事。

有天晚上他开着车送她回家去。他常常这样送她回家,可是这次似乎有些不同,因为他就快要离开英国了,如果他有什么话要说,早就该说了,可是他没有。她家住在城外很远的地方。深夜的汽车道上,微风白雾,轻轻拍在脸上像个毛毛的粉扑子。车里的谈话也是轻轻飘飘的,标准英国式的,有一下没一下。玫瑰知道她已经失去他了。由于一种绝望的执拗,她从心里热出来。快到家的时候,她说:"就在这里停下罢。我不愿意让家里人看见我们说再会。"振保笑道:"当着他们的面,我一样的会吻你。"一面说,一面他就伸出手臂去兜住她的肩膀,她把脸磕在他身上,车子一路开过去,开过她家门口几十码,方才停下了。振保把手伸到她的丝绒大衣底下面去搂着她,隔着酸凉的水钻,银脆的绢花,许许多多玲珑累赘的东西,她的年青的身子仿佛从衣服里蹦了出来。振保吻她,她眼泪流了一脸,是他哭了还是她哭了,两人都不分明。车窗外还是那不着边际的轻风湿雾,虚飘飘叫人混身气力没处用,只有用在拥抱上。玫瑰紧紧吊在他颈项上,老是觉得不对劲,换了一个姿势,又换一个姿势,不知道怎样贴得更紧一点才好,恨不得生在他身上,嵌在他身上。振保心里也乱了主意。他做梦也没想到玫瑰爱他到这程度。他要怎样就怎样,可是……这是绝对不行的。玫瑰到底是个正经人。这种事不是他做的。

玫瑰的身子从衣服里蹦出来,蹦到他身上,但是他是他自己的主人。

他的自制力,他过后也觉得惊讶。他竟硬着心肠把玫瑰送回家去了。临别的时候,他捧着她的湿濡的脸,捧着咻咻的鼻息,眼泪水与闪动的睫毛,睫毛在他手掌心里扑动像个小飞虫。以后他常常拿这件事来激励自己:"在那种情形下都管得住自己,现在就管不住了吗?"

他对他自己那晚上的操行充满了惊奇赞叹,但是他心里是懊悔的。背着他自己,他未尝不懊悔。

这件事他不大告诉人,但是朋友中没有一个不知道他是个坐怀不乱的柳下惠。他这名声是出去了。

因为成绩优越,毕业之前他已经接了英商鸿益染织厂的聘书,一回上海便去就职。他家住在江湾,离事务所太远了,起初他借住在熟人家里,后来他弟弟佟笃保读完了初中,振保设法把他带出来给他补书,要考鸿益染织厂附设的专门学校,两人一同耽搁在朋友家,似有不便。恰巧振保有个老同学名唤王士洪的,早两年回国,住在福开森路一家公寓里,有一间多余的屋子,振保和他商量着,连家具一同租了下来。搬进去这天,振保下了班,已经黄昏的时候,忙忙碌碌和弟弟押着苦力们将箱笼抬了进去。王士洪立在门首叉腰看着,内室走出一个女人来,正在洗头发,堆着一头的肥皂沫子,高高砌出云石塑像似的雪白的波鬈。她双手托住了头发,向士洪说道:"趁挑夫在这里,叫他们把东西一样样布置好了罢。要我们大司务帮忙,可是千难万难,全得趁他的高兴。"王士洪道:"我替你们介绍,这是振保,这是笃保,这是我的太太。还没见过面罢?"这女人把右手从头发里抽出来,待要与客人一握手,看看肥皂手上有肥皂,不便伸过来,单只笑着点了个头,把手指在浴衣上揩了一揩。溅了点肥皂沫子到振保手背上。他不肯擦掉它,由它自己干了,那一块皮肤便有一种紧缩的感觉,像有张嘴轻轻吸着它似的。

王太太一闪身又回到里间去了,振保指挥工人移挪床柜,心中只是不安,老觉得有个小嘴吮着他的手。他搭讪着走到浴室里去洗手,想到王士洪这太太,听说是星嘉坡的华侨,在伦敦读书的时候也是个交际花。当时和王士洪在伦敦结婚,振保因为忙,没有赶去观礼。闻名不如见面,她那肥皂塑就的白头发下的脸是金棕色的,皮肉紧致,绷得油光水滑,把眼睛像伶人似的吊了起来。一件条纹布浴衣,不曾系带,松松合在身上,从那淡墨条子上可以约略猜出身体的轮廓,一条一条,一寸寸都是活的。世人只说宽袍大袖的古装不宜于曲线美,振保现在方知道这话是然而不然。他开着自来水龙头,水不甚热,可是楼底下的锅炉一定在烧着,微温的水里就像有一根热的芯子。龙头里挂下一股子水一扭一扭流下来,一寸寸都是活的。振保也不知想到哪里去了。

王士洪听见他在浴室里放水放个不停,走过来说道:"你要洗澡么?这边的水再放也放不出热的来,热水管子安得不对,这公寓就是这点不好。你要洗还是到我们那边洗去。"振保连声道:"不用,不用。你太太不是在洗头发么?"士洪道:"这会子也该洗完了。我去看看。"振保道:"不必了,不必了。"士洪走去向他太太说了,他太太道:"我这就好了,你叫阿妈来给他放水。"少顷,士洪招呼振保带了浴巾肥皂替换的衣裳来到这边的浴室里,王太太还在那里对着镜子理头发,头发烫得极其蜷曲,梳起来很费劲,大把大把撕将下来。屋子里水气蒸腾,因把窗子大开着,夜风吹进来,地下的头发成团飘逐,如同鬼影子。

振保抱着毛巾立在门外,看着浴室里强烈的灯光照耀下,满地滚的乱头发,心里烦恼着。他喜欢的是热的女人,放浪一点的,娶不得的女人。这里的一个已经做了太太而且是朋友的太太,至少没有危险了,然而……看她的头发!到处都是!——到处都是她,牵牵绊绊的。

士洪夫妻两个在浴室说话,浴缸里哗哗放着水,听不清楚。水放满了一盆,两人出来了,让振保进去洗澡。振保洗完了澡,蹲下地去,把瓷砖上的乱头发一团团捒了起来,集成一嘟噜。烫过的头发,梢子上发黄,相当的硬,像传电的细钢丝。他把它塞到裤袋里去,他的手停留在口袋里,只觉浑身热燥。这样的举动毕竟太可笑了。他又把那团头发取了出来,轻轻抛入痰盂。

他携着肥皂毛巾回到自己屋里去,他弟弟笃保正在开箱子理东西,向他说道:"这里从前的房客不知是个什么样的人——你看,椅套上,地毯上,烧的净是香烟洞!你看桌上的水迹子,擦不掉的。将来王先生不会怪我们的罢?"振保道:"那当然不会,他们自己心里有数。而且我们多年的老同学了,谁像你这么小气?"因笑了起来。笃保沉吟片刻,又道:"从前那个房客,你认识么?"振保道:"好像姓孙，也是从美国回来的，在大学里教书。你问他做什么?"笃保未开口，先笑了一笑，道:"刚才你不在这儿，他们家的大司务同阿妈进来替我们挂窗帘，我听见他们叽咕着说什么'不知道待得长待不长'，又说从前那个，王先生一定要撵他走。本来王先生要到星嘉坡去做生意，早该走了，就为这桩事，不放心，非得他走他才走，两人进了两个月。"振保慌忙喝止道:"你信他们胡说! 住在人家家里，第一不能同他们佣人议论东家，这是非就大了!"笃保不言语了。

须臾，阿妈进来请吃饭，振保兄弟一同出来。王家的饭菜是带点南洋风味的，中菜西吃，主要的是一味咖喱羊肉。王太太自己面前却只有薄薄的一片烘面包，一片火腿，还把肥的部份切下了分给她丈夫。振保笑道:"怎么王太太饭量这么小?"士洪道:"她怕胖。"振保露出诧异的神气，道:"王太太这样正好呀，一点儿也不胖。"王太太道:"新近减少了五磅，瘦多了。"士洪笑着伸过手去拧了拧她的面颊道:"瘦多了? 这是什么?"他太太瞅了他一眼道:"这是我去年吃的羊肉。"这一说，大家全都哈哈笑了起来。

振保兄弟和她是初次见面，她做主人的并不曾换件衣服上桌子吃饭，依然穿着方才浴衣，头上头发没有干透，胡乱缠了一条白毛巾，毛巾底下间或滴下水来，亮晶晶缀在眉心。她这不拘束的程度，非但一向在乡间的笃保深以为异，便是振保也觉稀罕。席上她问长问短，十分周到，虽然看得出来她是个不善于治家的人，应酬工夫是好的。

士洪向振保道:"前些时没来得及同你说，明儿我就要出门了，有点事要到星嘉坡去一趟。好在现在你们搬了进来了，凡事也有个照应。"振保笑道:"王太太这么个能干人，她照应我们，还差不多，哪儿轮得到我们来照应她?"士洪笑道:"你别看她叽哩喳啦的——什么事都不懂，到中国来了三年了，还是过不惯，话都说不上来。"王太太微笑着，并不和他辩驳，自顾自唤阿妈取过碗橱上那瓶药来，倒出一匙子吃了。振保看见匙子里那白漆似的厚重的液汁，不觉皱眉道:"这是钙乳么? 我也吃过的，好难吃。"王太太灌下一匙子，半晌说不出话来，吞了口水，方道:"就像喝墙似的!"振保又笑了起来道:"王太太说话，一句是一句，真有劲道!"

王太太道:"佟先生，别尽自叫我王太太。"说着，立起身来，走到靠窗一张书桌跟前去。振保想了一想道:"的确王太太这三个字，似乎太缺乏个性了。"王太太坐在书桌跟前，仿佛在那里写些什么东西，士洪跟了过去，手撑在她肩上，弯腰问道:"好好的又吃什么药?"王太太只顾写，并不回头，答道:"火气上来了，脸上生了个疙瘩。"士洪把脸凑上去道:"在那里?"王太太轻轻的往旁边让，又是皱眉，又是笑，警告地说道:"嗳，嗳，嗳。"笃保是旧家庭里长大的，从来没见过这样的夫妻，坐不住，只做观看风景，推开玻璃门，走到洋台上去了。振保相当镇静地削他的苹果。王太太却又走了过来，把一张纸条子送到他跟前，笑道:"哪，我也有个名字。"士洪笑道:"你那一手中国字,不拿出来也罢,叫人家见笑。"振保一看,纸上歪歪斜斜写着"王娇蕊"三个字,越写越大,一个"蕊"字,零零落落,索性成了三个字,不觉扑嗤一笑。士洪拍手道:"我说人家要笑你,你瞧,你瞧!"振保忍住笑道:"不,不,真是漂亮的名字!"士洪道:他们那些华侨,取出名字来,实在欠大方。"

娇蕊鼓着嘴,一把抓起那张纸,团成一团,返身便走,像是赌气的样子。然而她出去不到半分钟,又进来了,手里捧着个开了盖的玻璃瓶,里面是糖核桃,她一路走着,已是吃了起来,又让振保笃保吃。士洪笑道:"这又不怕胖了!"振保笑道:"这倒是真的,吃多了糖,最容易发胖。"士洪笑道:"你不知道他们华侨——"才说了一半,被娇蕊打了一下道:"又是'他们华侨!'不许你叫我'他们!'"士洪继续说下去道:"他们华侨,中国人的坏处也有,外国人的坏处也有。跟外国人学会了怕胖,这个不吃,那个不吃,动不动就吃泻药,糖还是舍不得不吃的。你问她!你问她为什么吃这个,她一定是说,这两天有点小咳嗽,冰糖核桃,治咳嗽最灵。"振保笑道:"的确这是中国人的老脾气,爱吃什么,就是什么最灵。"娇蕊拈一颗核桃仁放在上下牙之间,把小指点住了他,说道:"你别说——这话也有点道理。"

振保当着她,总好像吃醉了酒怕要失仪似的,搭讪着便踱到洋台上来。冷风一吹,越发疑心刚才是不是有点红头涨脸的。他心里着实烦恼。才同玫瑰永诀了,她又借尸还魂,而且做了人家的妻。而且这女人比玫瑰更有程度了,她在那间房里,就仿佛满房都是朱粉壁画,左一个右一个画着半裸的她。怎么会净碰见这一类女人呢?难道要怪他自己,到处一触即发?不罢?纯粹中国人里面这一路的人究竟少。他是因为刚回国,所以一混又混在半中半西的社交圈里。在外国的时候,但凡遇见一个中国人便是"他乡遇故知"。在家乡再遇见他乡的故知,一回熟,两回生,渐渐的也就疏远了。——可是这王娇蕊,士洪娶了她不也弄得很好么?当然王士洪,人家老子有钱,不像他全靠自己往前闯,这样的女人是个拖累。况且他不像王士洪那么好性子,由着女人不规矩。若是成天同她吵吵闹闹呢,也不是个事,把男人的志气都磨尽了。当然……也是因为王士洪制不住她的缘故。不然她也不至于这样。……振保抱着胳膊伏在栏杆上,楼下一辆煌煌点着灯的电车停在门首,许多人上去下来,一车的灯,又开走了。街上静荡荡只剩下公寓下层牛肉庄的灯光。风吹着两片落叶踏啦踏啦仿佛没人穿的破鞋,自己走上一程子。……这世界上有那么许多人,可是他们不能陪着你回家。到了夜深人静,还有无论何时,只要是生死关头,深的暗的所在,那时候只能有一个真心爱的妻,或者就是寂寞的。振保并没有分明地这样想着,只觉得一阵凄惶。

士洪夫妇一路说着话,也走到洋台上来。士洪向他太太道:"你头发干了么?吹了风,更要咳嗽了。"娇蕊解下头上的毛巾,把头发抖了一抖道:"没关系。"振保猜他们夫妻离别在即,想必有些体己话要说,故意握住嘴打了个呵欠道:"我们先去睡了。笃保明天还得起个大早到学校里拿章程去。"士洪道:"我明天下午走,大约见不到你了。"两人握手说了再会,振保笃保自回房去。

次日振保下班回来,一揿铃,娇蕊一只手握着电话听筒替他开门。穿堂里光线很暗,看不清楚,但见衣架子上少了士洪的帽子与大衣,衣架子底下搁着的一只皮箱也没有了,想是业已动身。振保脱了大衣挂在架上,耳听得那厢娇蕊拨了电话号码,说道:"请孙先生听电话。"振保便留了个心。又听娇蕊问道:"是悌米么?……不,我今天不出去,在家里等一个男朋友。"说着,格格笑将起来,又道:"他是谁?不告诉你。凭什么要告诉你?……哦,你不感兴趣么?你对你自己不感兴趣么?……反正我五点钟等他吃茶,专等他,你可别闯了来。"

振保不待她说完,早就到屋里去,他弟弟不在屋里,浴室里也没有人。他找到阳台上来,娇蕊却从客室里迎了出来道:"笃保丢下了话,叫我告诉你,他出去看看有些书可能在旧书摊上买到。"振保谢了她,看了她一眼。她穿着的一件曳地长袍,是最鲜辣的潮湿的绿色,沾着什么就染绿了。她略略移动一步,仿佛她刚才所占有的空气上便留着个绿迹子。衣服似乎做得太小了,两边进开一寸半的裂缝,用绿缎带十字交叉一路络了起来,露出里面深粉红的衬裙。那过份刺眼的色调是使人看久了要患色盲症的。也只有她能够若无其事地穿着这样的衣服。她道:"进来吃杯茶么?"一面说,一面回身走到客室里去,在桌子旁边坐下,执着茶壶倒茶。桌上齐齐整整放着两份杯盘。碟子里盛着酥油饼干与烘面包。振保立在玻璃门口笑道:"待会儿有客人来罢?"娇蕊道:"咱们不等他了,先吃起来罢。"振保踌躇了一会,始终揣摩不出她是什么意思,姑且陪她坐下了

娇蕊问道:"要牛奶么?"振保道:"我都随便。"娇蕊道:"哦,对了,你喜欢吃清茶,在外国这些年,老是想吃没的吃,昨儿个你说的。"振保笑道:"你的记性真好。"娇蕊起身揿铃,微微瞟了他一眼道:"你不知道,平常我的记性最坏。"振保心里砰的一跳,不由得有些恍恍惚惚的。阿妈进来了,娇蕊吩咐道:"泡两杯清茶来。"振保笑道:"顺便叫她带一份茶杯同盘子来罢,待会儿客人来了又得添上。"娇蕊瞅了他一下,笑道:"什么客人,你这样记挂他?阿妈,你给我拿支笔来,还要张纸。"她飕飕地写了个便条,推过去让振保看,上面是很简捷的两句话:"亲爱的悌米,今天对不起得很,我有点事,出去了。娇蕊。"她把那张纸对折了一下,交给阿妈道:"一会儿孙先生来了,你把这个给他,就说我不在家。"

阿妈出去了,振保吃着饼干,笑道:"我真不懂你了,何苦来呢,约了人家来,又让人白跑一趟。"娇蕊身子往前探着,聚精会神考虑着盘里的什锦饼干,挑来挑去没有一块中意的,答道:"约他的时候,并没打算让他白跑。"振保道:"哦?临时决定的吗?"娇蕊笑道:"你没听见过这句话么?女人有改变主张的权利。"

阿妈送了绿茶进来,茶叶满满的浮在水面上,振保双手捧着玻璃杯,只是喝不进嘴里。他两眼望着茶,心里却研究出一个缘故来了。娇蕊背着丈夫和那姓

孙的藕断丝连,分明是嫌他在旁碍眼,所以今天有意的向他特别表示好感,把他吊上了手,便堵住了他的嘴。其实振保绝对没那心肠去管他们的闲事。莫说他和士洪够不上交情,再是割头换颈的朋友,在人家夫妇之间挑拨是非,也犯不着。可是无论如何,这女人是不好惹的。他又添了几分戒心。

娇蕊放下茶杯,立起身,从碗橱里取出一罐子花生酱来,笑道:"我是个粗人,喜欢吃粗东西。"振保笑道:"哎呀,这东西最富于滋养料,最使人发胖的!"娇蕊开了盖子道:"我顶喜欢犯法。你不赞成犯法么?"振保把手按住玻璃罐,道:"不。"娇蕊踌躇半日,笑道:"这样罢,你给我面包塌一点。你不会给我太多的。"振保见她做出那楚楚可怜的样子,不禁笑了起来,果真为她的面包上敷了些花生酱。娇蕊从茶杯口上凝视着他,抿着嘴一笑道:"你知道我为什么支使你? 要是我自己,也许一下子意志坚强起来,塌得极薄极薄。可是你,我知道你不好意思给我塌得太少的!"两人同声大笑。禁不起她这样稚气的娇媚,振保渐渐软化了。

正喝着茶,外面门铃响,振保有点坐立不定,再三地道:"是你请的客罢? 你不觉得不过意么?"娇蕊只耸了耸肩。振保捧着玻璃杯走到洋台上去道:"等他出来的时候,我愿意看看他是怎样的一个人。"娇蕊随后跟了出来道:"他么? 很漂亮,太漂亮了。"振保倚着阑干笑道:"你不喜欢美男子?"娇蕊道:"男人美不得。男人比女人还要禁不起惯。"振保半阖着眼睛看着她微笑道:"你别说人家,你自己也是被惯坏了的。"娇蕊道:"也许。你倒是刚刚相反。你处处克扣你自己,其实你同我一样的是一个贪玩好吃的人。"振保笑了起来道:"哦? 真的吗? 你倒晓得了!"娇蕊低着头,轻轻去拣杯中的茶叶,拣半天,喝一口。振保也无声地吃着茶。不大的工夫,公寓里走出一个穿西装的,从三层楼上望下去,看不分明,但见他急急地转了个湾,仿佛是憋了一肚子气似的。振保忍不住又道:"可怜,白跑了一趟!"娇蕊道:"横竖他成天没事做。我自己也是个没事做的人,偏偏瞧不起没事做的人。我就喜欢在忙人手里如狼似虎地抢下一点时间来——你说这是不是犯贱?"

振保靠在阑干上,先把一只脚去踢那阑干,渐渐有意无意地踢起她那藤椅来,椅子一震动,她手臂上的肉就微微一哆嗦,她的肉并不多,只因骨架子生得小,略为显胖一点。振保笑道:"你喜欢忙人?"娇蕊把一只手按在眼睛上,笑道:"其实也无所谓。我的心是一所公寓房子。"振保笑道:"那,可有空的房间招租呢?"娇蕊却不答应了。振保道:"可是我住不惯公寓房子。我要住单幢的。"娇蕊哼了一声道:"看你有本事拆了重盖!"振保又重重地踢了她椅子一下道:"瞧我的罢!"娇蕊拿开脸上的手,睁大了眼睛看着他道:"你倒也会说两句俏皮话!"振保笑道:"看见了你,不俏皮也俏皮了。"

娇蕊道:"说真的,你把你从前的事讲点我听听。"振保道:"什么事?"娇蕊把一条腿横扫过去,踢得他差一点泼翻手中的茶,她笑道:"装羊! 我都知道了。"振保道:"知道了还问?倒是你把你的事说点给我听罢。"娇蕊道:"我么?"她偏着头,把下颏在肩膀上挨来挨去,好一会,低低的道:"我的一生,三言两语就可以说完了。"半晌,振保催道:"那么,你说呀。"娇蕊却又不做声,定睛思索着。振保道:"你跟士洪是怎样认识的?"娇蕊道:"也很平常。学生会在伦敦开会,我是代表,他也是代表。"振保道:"你是在伦敦大学?"娇蕊道:"我家里送我到英国读书,无非是为了嫁人,好挑个好的。去的时候年纪小着呢,根本也不想结婚,不过借着找人的名义在外面玩。玩了几年,名声渐渐不大好了,这才手忙脚乱地抓了个士洪。"振保踢了她椅子一下:"你还没玩够?"娇蕊道:"并不是够不够的问题。一个人,学会了一样本事,总舍不得放着不用。"振保笑道:"别忘了你是在中国。"娇蕊将残茶一饮而尽,立起身来,把嘴里的茶叶吐到阑干外面去,笑道:"中国也有中国的自由,可以随意的往街上吐东西。"

门铃又响了,振保猜是他弟弟回来了,果然是笃保。笃保一回来,自然就两样了。振保过后细想方才的情形,在那黄昏的洋台上,看不仔细她,只听见那低小的声音,秘密地,就像在耳根底下,痒梭梭吹着气。在黑暗里,暂时可以忘记她那动人心的身体的存在,因此有机会知道她另外还有别的。她仿佛是个聪明直爽的人,虽然是为人妻了,精神上还是发育未完全的,这是振保认为最可爱的一点。就在这上面他感到了一种新的威胁,和这新的威胁比较起来,单纯的肉的诱惑简直不算什么了。他绝对不能认真哪!那是自找麻烦。也许……也许还是她的身子在作怪。男子憧憬一个女子的身体的时候,就关心到她的灵魂,自己骗自己说是爱上了她的灵魂。唯有占领了她的身体之后,他才能够忘记她的灵魂。也许这是唯一的解脱的方法。为什么不呢?她有许多情夫,多一个少一个,她也不在乎。王士洪虽不能说是不在乎,也并不受到更大的委屈。

振保突然提醒他自己,他正在这里挖空心思想出各种的理由,证明他为什么应当同这女人睡觉。他觉得羞惭,决定以后设法躲着她,同时着手找房子,有了适宜的地方就立刻搬家。他托人从中张罗,把他弟弟安插到专门学校的寄宿舍里去,剩下他一个人,总好办。午饭原是在办公室附近的馆子里吃的,现在他晚饭也在外面吃,混到很晚方才回家,一回去便上床了。

有一天晚上听见电话铃响了,许久没人来接。他刚跑出来,仿佛听见娇蕊房门一开,他怕万一在黑暗的甬道里撞在一起,便打算退了回去。可是娇蕊仿佛匆促间摸不到电话机,他便接近将电灯一捻。灯光之下一见王娇蕊,却把他看呆了。她不知可是才洗了澡,换上一套睡衣,是南洋华侨家常穿的沙笼布制的袄裤,那沙笼布上印的花,黑压压的也不知是龙蛇还是草木,牵丝攀藤,乌金里面绽出橘绿。衬得屋里的夜色也深了。这穿堂在暗黄的灯照里很像一节火车,从异乡开到异乡。火车上的女人是萍水相逢的,但是个可亲的女人。

她一只手拿起听筒,一只手伸到肋下去扣那小金核桃钮子,扣了一会,也并没有扣上。其实里面什么也看不见,振保免不了心悬悬的,总觉关情。她扭身站着,头发乱蓬蓬的斜掠下来,面色黄黄的仿佛泥金的偶像,眼睫毛低着,那睫毛的影子重得像有个小手合在颊上。刚才走得匆忙,把一只皮拖鞋也踢掉了,没有鞋的脚便踩在另一只的脚背上。振保只来得及看见她足踝上有痱子粉的痕迹,她那边已经挂上了电话——是打错了的,娇蕊站立不牢,一歪身便在椅子上坐下了,手还按着电话机。振保这方面把手搁在门钮上,表示不多谈,向她点头笑道:"怎么这些时都没有看见你?我以为你像糖似的化了去了!"他分明知道是他躲着她而不是她躲他,不等她开口,先抢着说了,也是一种自卫。无聊得很,他知道,可是见了她就不由得要说玩笑话——是有那种女人的。娇蕊笑道:"我有那么甜么?"她随随便便对答着,一只脚伸出去盲目地寻找拖鞋。振保放了胆子答说:"不知道——没尝过。"娇蕊噗嗤一笑。她那只鞋还是没找到,振保看不过去,走来待要弯腰拿给她,她恰是已经踏了进去了。

他倒又不好意思起来,无缘无故略有点悻悻地问道:"今天你们的佣人都到哪里去了?"娇蕊道:"大司务同阿妈来了同乡,陪着同乡玩大世界去了。"振保道:"噢。"却又笑道:"一个人在家不怕么?"娇蕊站起来,踢啦踢啦往房里走,笑道:"怕什么?"振保笑道:"不怕我?"娇蕊头也不回,笑道:"什么?……我不怕同一个绅士单独在一起的!"振保这时却又把背心倚在门钮的一只手上,往后一靠,不想走了的样子。他道:"我并不假装我是个绅士。"娇蕊笑道:"真的绅士是用不着装的。"她早已开门进去了,又探身过来将甬道里电灯啪的一关。振保在黑暗中十分震动,然而徒然兴奋着,她已经不在了。

振保一晚上翻来覆去的告诉自己这是不妨事的,娇蕊与玫瑰不同,一个任性的有夫之妇是最自由的妇人,他用不着对她负任何责任,可是,他不能不对自己负责。想到玫瑰就想到那天晚上,在野地的汽车里,他的举止多么光明磊落,他不能对不住当初的自己

这样又过了两个礼拜,天气骤然暖了,他没穿大衣出去,后来略下了两点雨,又觉寒飕飕的,他在午饭的时候赶回来拿大衣,大衣原是挂在穿堂里的衣架上的,却不看见。他寻了半日,着急起来,见起坐间的房门虚掩着,便推门进去,一眼看见他的大衣钩在墙上一张油画的画框上,娇蕊便坐在图画下的沙发上,静静的点着支香烟吸。振保吃了一惊,连忙退出门去,闪身在一边,忍不住又朝里看了一眼。原来娇蕊并不在抽烟,沙发的扶手上放着只烟灰盘子,她擦亮了火柴,点上一段吸残的烟,看着它烧,缓缓烧到她手指上,烫着了手,她抛掉了,把手送到嘴跟前吹一吹,仿佛很满意似的。他认得那景泰蓝的烟灰盘子就是他屋里那只。

振保像做贼似的溜了出去,心里只是慌张。起初是大惑不解,及至想通了之后还是迷惑。娇蕊这样的人,如此痴心地坐在他大衣之旁,让衣服上的香烟味来

笼罩着她,还不够,索性点起他吸剩的香烟……真是个孩子,被惯坏了,一向要什么有什么,因此遇见了一个略具抵抗力的,便觉得他是值得思念的。婴儿的头脑与成熟的妇人的美是最具诱惑性的联合。这下子振保完全被征服了。

他还是在外面吃了晚饭,约了几个朋友上馆子,可是座上众人越来越变得言语无味,面目可憎。振保不耐烦了,好容易熬到席终,身不由主地跳上公共汽车回寓所来,娇蕊在那里弹琴,弹的是那时候最流行的《影子华尔兹》。振保两只手抄在口袋里,在阳台上来回走着。琴上安着一盏灯,照亮了她的脸,他从来没看见她的脸那么肃静。振保跟着琴哼起那支歌来,她仿佛没听见,只管弹下去,换了支别的。他没有胆量跟着唱了。他立在玻璃门口,久久看着她,他眼睛里生出泪珠来,因为他和她到底是在一处了,两个人,也有身体,也有心。他有点希望她看见他的眼泪,可是她只顾弹她的琴,振保烦恼起来,走近些,帮她掀琴谱,有意的打搅她,可是她并不理会,她根本没照着谱,调子是她背熟的,自管自从手底悠悠流出来。振保突然又是气,又是怕,仿佛他和她完全没有什么相干。他挨紧她坐在琴凳上,伸手拥抱她,把她扳过来。琴声嘎然停止,她娴熟地把脸偏了一偏——过于娴熟地。他们接吻了。振保发狠把她压到琴键上去,砰訇一串混乱的响雷,这至少和别人给她的吻有点两样罢?

娇蕊的床太讲究了,振保睡不惯那样厚的褥子,早起还有点晕床的感觉。梳头发的时候他在头发里发现一弯剪下来的指甲,小红月牙。因为她养着长指甲,把他划伤了,昨天他朦胧睡去的时候看见她坐在床头剪指甲。昨天晚上忘了看看有月亮没有,应当是红色的月牙。

以后,他每天办完了公回来,坐在双层公共汽车的楼上,车头迎着落日,玻璃上一片光,车子轰轰然朝太阳驰去,朝他的快乐驰去,他的无耻的快乐——怎么不是无耻的? 他这女人,吃着旁人的饭,住着旁人的房子,姓着旁人的姓。可是振保的快乐更为快乐,因为觉得不应该。

他自己认为是堕落了。从高处跌落的物件,比他本身的重量要重许多倍,那惊人的重量跟娇蕊撞上了,把她砸得昏了头。

她说:"我真爱上了你了。"说这话的时候,她还带着点嘲笑的口气。"你知道么? 每天我坐在这里等你回来,听着电梯工东工东慢慢开上来,开过我们这层楼,一直开上去了,我就像把一颗心提了上去,放不下来。有时候,还没开到这层楼就停住了,我又像是半中间断了气。"振保笑道:"你心里还有电梯,可见你的心还是一所公寓房子。"娇蕊淡淡的一笑,背着手走到窗前,往外看着,隔了一会,方道:"你要的那所房子,已经造好了。"振保起初没有懂,懂得了之后,不觉呆了一呆。他从来不是舞文弄墨的人,这一次破了例,在书桌上拿起笔来,竟写了一行字:"心居落成志喜。"其实也说不上欢喜,许多唧唧喳喳的肉的喜悦突然静了下来,只剩下一种苍凉的安宁,几乎没有感情的一种满足。

　　再拥抱的时候,娇蕊极力紧匝着他,自己又觉羞惭,说:"没有爱的时候,不也是这样的么?若是没有爱,也能够这样,你一定看不起我。"她把两只手臂勒得更紧些,问道:"你觉得有点两样么?有一点两样么?"振保道:"当然两样。"可是他实在分不出。从前的娇蕊是太好的爱匠。

　　现在这样的爱,在娇蕊还是生平第一次。她自己也不知道为什么单单爱上了振保。常常她向他凝视,眼色里有柔情,又有轻微的嘲笑,也嘲笑他,也嘲笑她自己。

　　当然,他是个有作为的人,一等的纺织工程师。他在事务所里有一种特殊的气派,就像老是忙得不抬头。外国上司一迭连声叫喊:"佟!佟!佟在那儿呢?"他把额前披下的一绺子头发往后一推,眼镜后的眼睛熠熠有光,连镜片的边上也晃着一抹流光。他喜欢夏天,就不是夏天他也能忙得汗流浃背,西装上一身的皱纹,肘湾,腿湾,皱得像笑纹。中国同事里很多骂他穷形极相的。

　　他告诉娇蕊他如何能干,娇蕊也夸奖他,把手搓弄他的头发,说:"哦?嗯,我这孩子很会作事呢。可这也是你份该知道的。这个再不知道,那还了得?别的上头你是不大聪明的。我爱你——知道了么?我爱你。"

　　他在她跟前逞能,她也在他跟前逞能。她的一技之长是要弄男人。如同那善翻跟头的小丑,在圣母的台前翻筋斗,她也以同样的虔诚把这一点献给他的爱。她的挑战引起了男子们的适当的反应的时候,她便向振保看着,微笑里有谦逊,像是说:"这也是我份该知道的。这个再不知道,那还了得?"她从前那个悌米孙,自从那天赌气不来了,她却又去逗他。她这些心思,振保都很明白,虽然觉得无聊,也都容忍了,因为是孩子气。同娇蕊在一起,好像和一群拚拎訇隆正在长大的孩子们同住,真是催人老的。

　　也有时候说到她丈夫几时回来。提到这个,振保脸上就现出黯败的微笑,眉梢眼往下挂,整个的脸拉杂下垂像拖把上的破布条。这次的恋爱,整个地就是不应该,他屡次拿这犯罪性来刺激他自己,爱得更凶些。娇蕊没懂得他这层心理,看见他痛苦,心里倒高兴,因为从前虽然也有人扬言要为她自杀,她在英国读书的时候,大清早起没来得及洗脸便草草涂红了嘴唇跑出去看男朋友,他们也曾经说:"我一夜都没睡,在你窗子底下走来走去,走了一夜。"那到底不算数。当真使一个男人为她受罪,还是难得的事。

　　有一天她说:"我正想着,等他回来了,怎么样告诉他——"就好像是已经决定了的,要把一切都告诉士洪,跟他离了婚来嫁振保。振保没敢接口,过后,觉得光把那黯败的微笑维持下去,太嫌不够了,只得说道:"我看这事莽撞不得。我先去找个做律师的朋友去问问清楚。你知道,弄得不好,可以很吃亏。"以生意人的直觉,他感到,光只提到律师二字,已经将自己牵涉进去,到很深的地步。他的迟疑,娇蕊毫未注意。她是十分自信的,以为只要她这方面的问题解决了,别人总是绝无问题的。

娇蕊常常打电话到他办公室来,毫无顾忌,也是使他烦心的事。这一天她又打了来说:"待会儿我们一块到哪儿玩去。"振保问为什么这么高兴,娇蕊道:"你不是喜欢我穿规规矩矩的中国衣服么?今天做了来了。我想穿了出去。"振保道:"要不要去看电影?"这时候他和几个同事合买了部小汽车自己开着,娇蕊总是搭他们车子,还打算跟他学着开,扬言"等我学会了我也买一部。"——叫士洪买吗?这句话振保听了却是停在心口不大消化。此刻他提议看电影,娇蕊似乎觉得不是充份的玩。她先说:"好呀。"又道:"有车子就去。"振保笑道:"你要脚做什么用的?"娇蕊笑道:"追你的!"接着,办公室里一阵忙碌,电话只得草草挂断了。

这天恰巧有个同事也需要汽车,振保向来最有牺牲精神,尤其是在娱乐上。车子将他在路角丢了下来,娇蕊在楼窗口看见他站定了买一份夜报,不知是不是看电影广告,她赶出来在门口街上迎着他,说:"五点一刻的一场,没车子就来不及了。不要去了。"振保望着她笑道:"那要不要到别处去呢?——打扮得这么漂亮。"娇蕊把他的手臂一勾,笑道:"就在马路上走走不也很好么?"一路上他耿耿于心地问可要到这里到那里。路过一家有音乐的西洋茶食店,她拒绝进去之后,他方才说:"这两天倒是穷得厉害!"娇蕊笑道:"哎哟——先晓得你穷,不跟你好了!"

正说着,遇见振保素识的一个外国老太太,振保留学的时候,家里给他汇钱带东西,常常托她的。艾许太太是英国人,嫁了个杂种人,因此处处留心,英国得格外道地。她是高高的,骆驼的,穿的也是相当考究的花洋纱,却剪裁得拖一片挂一片,有点像个老叫花子。小鸡蛋壳藏青呢帽上插着双飞燕翅,珠头帽针,帽子底下镶着一圈灰色的鬈发,非常的像假发,眼珠也像是淡蓝磁的假眼珠。她吹气如兰似地,咈咈地轻声说着英语。振保与她握手,问:"还住在那里吗?"艾许太太:"本来我们今年夏天要回家去一趟的——我丈夫实在走不开!"到英国去是"回家",虽然她丈夫是生在中国的,已经是在中国的第三代;而她在英国的最后一个亲属也已经亡故了。

振保将娇蕊介绍给她道:"这是王士洪太太。王从前也是在爱丁堡的。王太太也在伦敦多年。现在我住在他们一起。"艾许太太身边还站着她的女儿。振保对于杂种姑娘本来比较最有研究。这艾许小姐抿着红嘴唇,不大做声,在那尖尖的白桃子脸上,一双深黄的眼睛窥视着一切。女人还没得到自己的一份家业,自己的一份忧愁负担与喜乐,是常常有那种注意守候的神情。艾许小姐年纪虽不大,不像有些女人求归宿的"归心似箭",但是都市的职业女性,经常地紧张着,她眼眶底下肿起了两大块,也很憔悴了。不论中外的"礼教之大防",本来也是为女人打算的,使美貌的女人更难到手,更值钱,对于不好看的女人也是一种保护,不至于到处面对着失败。现在的女人没有这种保护了，尤其是地位没有准的杂种姑娘。艾许小姐脸上露出的疲倦与窥伺，因此特别尖锐化了些。

娇蕊一眼便看出来，这母女二人如果"回家"去了也不过是英国的中下阶级。因为是振保的朋友，她特意要给她们一个好的印象，同时，她在妇女面前不知怎么总觉得自己是"从了良"的，现在是太太身份，应当显得端凝富泰。振保从来不大看见她这样的矜持地微笑着，如同有一种电影明星，一动也不动像一颗蓝宝石，只让梦幻的灯光在宝石深处引起波动的光与影。她穿着暗紫蓝乔其纱旗袍，隐隐露出胸口挂的一颗冷艳的金鸡心——仿佛除此之外她也没有别的心。振保看着她，一方面得意非凡，一方面又有点怀疑，只要有个男人在这里，她一定就会两样些。

艾许太太问候佟老太太，振保道："我母亲身体很好，现在还是一家人都由她照应着。"他转向娇蕊笑道："我母亲常常烧菜呢，烧得非常好。我总是说像我们这样的母亲真难得的！"因为里面经过这许多年的辛酸刻苦，他每次赞扬他的寡母总不免有点咬牙切齿的，虽然微笑着，心变成一块大石头，硬硬地"秤胸襟"。艾许太太又问起他弟妹们，振保道："笃保这孩子倒还好的，现在进了专门学校，将来可以由我们厂送到英国去留学。"连两个妹妹也赞到了，一个个金童玉女似的。艾许太太笑道："你也好呀！一直从前我就说：你母亲有你真是值得骄傲的！"振保谦虚了一回，因也还问艾许先生一家的职业状况。

艾许太太见他手里卷着一份报，便问今天晚上可有什么新闻。振保递给她看，她是老花眼，拿得远远的看，尽着手臂的长度，还看不清楚，叫艾许小姐拿着给她看。振保道："我本来预备请王太太去看电影的。没有好电影。"他当着人对娇蕊的态度原有点僵僵的，表示他不过是她家庭的朋友，但是艾许小姐静静窥伺着的眼睛，使他觉得他这样反而欲盖弥彰了，因又狎熟地紧凑到娇蕊跟前问道："下次补请——嗯？"两眼光光地瞅着她，然后一笑。随后又懊悔，仿佛说话太起劲把唾沫溅到人脸上去了。他老是觉得这艾许小姐在旁观看。她是一无所有的年青人，甚至于连个姓都没有，竟也等待着一个整个的世界的来临，而且那大的阴影已经落在她脸上，此外她也别无表情。

像娇蕊呢，年纪虽青，已经拥有许多东西，可是有了也不算数的，她仿佛有点糊里糊涂，像小孩子一朵一朵去采上许多紫罗兰，扎成一把，然后随手一丢。至于振保，他所有的一点安全，他的前途，都是他自己一手造成的，叫他怎么舍得轻易由它风流云散呢？阔少爷小姐的安全，因为是承袭来的，可以不拿它当回事，他这是好不容易的呀！……一样的四个人在街上缓缓走着，艾许太太等于在一个花纸糊墙的房间里安居乐业，那三个年青人的大世界却是危机四伏，在地底訇訇跳着春着。

天还没黑，霓虹灯都已经亮了，在天光里看着非常假，像戏子戴的珠宝。经过卖灯的店,霓虹灯底下还有无数的灯,亮做一片。吃食店的洋铁格子里,女店员俯身夹取甜面包,胭脂烘黄了的脸颊也像是可以吃的。——在老年人的眼中也是这样的么? 振保走在老妇人身边,不由的觉得青春的不久长。指示行人在此过街,汽车道上拦腰钉了一排钉,一颗颗烁亮的圆钉,四周微微凹进去,使柏油道看上去乌暗柔软,踩在脚下有弹性。振保走得挥洒自如,也不知是马路有弹性还是自己的步伐有弹性。

艾许太太看见娇蕊身上的衣料说好,又道:"上次我在惠罗公司也看见像这样的一块,桃丽嫌太深没买。我自己都想买了的。后来又想,近来也很少穿这样衣服的机会……"她自己并不觉得这话有什么凄惨,其余的几个人却都沉默了一会接不上话去。然后振保问道:"艾许先生可还是忙得很?"艾许太太道:"是呀,不然今年夏天要回家去一趟了,他实在走不开!"振保道:"哪一个礼拜天我有车子,我来接你们几位到江湾去,吃我母亲做的中国点心。"艾许太太笑道:"那好极了,我丈夫简直是'溺爱'中国东西呢!"听她那远方阔客的口吻,决想不到她丈夫是有一半中国血的。

和艾许太太母女分了手,振保仿佛解释似的告诉娇蕊:"这老太太人实在非常好。"娇蕊望望他,笑道:"我看你这人非常好。"振保笑道:"嗯? 怎么? ——我怎么非常好?"一直问到她脸上来了。娇蕊笑道:"你别生气,你这样的好人,女人一见了你就想替你做媒,可并不想把你留给自己。"振保笑道:"唔。哦。你不喜欢好人。"娇蕊道:"平常女人喜欢好人,无非是觉得他这样的人可以给当给他上的。"振保道:"嗳呀,那你是存心要给我上当呀?"娇蕊顿了一顿,瞟了他一眼,待笑不笑的道:"这一次,是那坏女人上了当了!"振保当时简直受不了这一瞟和那轻轻的一句话。然而那天晚上,睡在她床上,他想起路上碰见的艾许太太,想起他在爱丁堡读书,他家里怎样为他寄钱,寄包裹,现在正是报答他母亲的时候。他要一贯地向前,向上。第一先把职业上的地位提高。有了地位之后他要做一点有益社会的事,譬如说,办一个贫寒子弟的工科专门学校,或是在故乡的江湾弄个模范布厂,究竟怎样,还是有点渺茫,但已经渺茫地感到外界的温情的反应,不止有一个母亲,一个世界到处都是他的老母,眼泪汪汪,睁眼只看见他一个人。

娇蕊熟睡中偎依着他,在他耳根子底下放大了的她的咻咻的鼻息,忽然之间成为身外物了。他欠起身来,坐在床沿,摸黑点了一支烟抽着。他以为她不知道,其实她已经醒了过来。良久良久,她伸手摸索他的手,轻轻说道:"你放心。我一定会好好的。"她把他的手牵到她臂膊上。

她的话使他下泪,然而眼泪也还是身外物。

振保不答话,只把手摸到它去熟了的地方。已经快天明了,满城暗嗄的鸡啼。

第二天,再谈到她丈夫的归期,她肯定地说:"总就在这两天,他就要回来了。"振保问她如何知道，她这才说出来，她写了航空信去，把一切都告诉了士洪，要他给她自由。振保在喉咙里"噢"地叫了一声，立即往外跑，跑到街上，回头看那崔巍的公寓，灰赭色流线型的大屋，像大得不可想像的火车，正冲着他轰隆轰隆开过来，遮的日月无光。事情已经发展到不可救的阶段。他一向以为自己是有分寸的，知道适可而止，然而事情自管自往前进行了。跟她辩论也无益。麻烦的就是：和她在一起的时候，根本就觉得没有辩论的需要，一切都是极其明白清楚，他们彼此相爱，而且应当爱下去。没有她在跟前，他才有机会想出诸般反对的理由。像现在，他就疑心自己做了傻瓜，入了圈套。她爱的是悌米孙，却故意的把湿布衫套在他头上，只说为了他和她丈夫闹离婚，如果社会不答应，毁的是他的前程。

他在马路上乱走，走了许多路，到一家小酒店去喝酒，要了两样菜，出来就觉得肚子痛。叫了部黄包车，打算到笃保的寄宿舍里去转一转，然而在车上，肚子仿佛更疼得紧。振保的自制力一涣散，就连身体上一点点小痛苦都禁受不起了，发了慌，只怕是霍乱，吩咐车夫把他拉到附近的医院里去。住院之后，通知他母亲，他母亲当天赶来看他，次日又为他买了藕粉和葡萄汁来。娇蕊也来了。他母亲略有点疑心娇蕊和他有些首尾，故意当着娇蕊的面劝他："吃坏了肚子事小，这么大的人了，还不知道当心自己，害我一夜都没睡好惦记着你。我哪儿照顾得了这许多？随你去罢，又不放心。多咱你娶了媳妇，我就不管了，王太太你帮我劝劝他。朋友的话他听得进去，就不听我的话。唉！巴你念书上进好容易巴到今天，别以为有了今天了，就可以胡来一气了。人家越是看得起你，越得好好儿的往上做。王太太你劝劝他。"娇蕊装做听不懂中文，只是微笑。振保听他母亲的话，其实也和他自己心中的话相仿佛，可是到了他母亲嘴里，不知怎么，就像是玷辱了他的逻辑。他觉得羞惭，想法子把他母亲送去了。

剩下他同娇蕊，娇蕊走到他床前，扶着白铁阑干，全身姿势是痛苦的询问。振保烦躁地翻过身去，他一时不能解释，摆脱不了他母亲的逻辑。太阳晒到他枕边，随即一阵阴凉，娇蕊去把窗帘拉上了。她不走，留在那里做看护妇的工作，递茶递水，递溺盆。洋瓷盆碰在身上冰冷的，她的手也一样的冷。有时他偶然朝这边看一眼，她就乘机说话，说："你别怕……"说他怕，他最怕听，顿时变了脸色，她便停住了。隔了些时，她又说："我都改了……"他又转侧不安，使她说不下去了。她又道："我决不会连累你的，"又道："你离了我是不行的，振保……"几次未说完的话，挂在半空像许多钟摆，以不同的速度滴答滴答摇，各有各的理路，推论下去，各自到达高潮，于不同的时候嘡嘡打起钟来。振保觉得一房间都是她的声音，虽然她久久沉默着。

等天黑了，她趁着房里还没点上灯，近前伏在他身上大哭起来。即使在屈辱之中她也有力量。隔着绒毯和被单他感到她的手臂的坚实。可是他不要力量，力量他自己有。

她抱着他的腰腿嚎啕大哭。她烫得极其蓬松的头发像一盆火似的冒热气。如同一个含冤的小孩,哭着,不得下台,不知道怎样停止,声嘶力竭,也得继续哭下去,渐渐忘了起初是为什么哭的。振保他也是,吃力地说着"不,不,不要这样……不行的……"只顾聚精会神克服层层涌起的欲望,一个劲儿地说"不,不",全然忘了起初为什么要拒绝的。

最后他找到了相当的话,他努力躬起膝盖,想使她抬起身来,说道:"娇蕊,你要是爱我的,就不能不替我着想。我不能叫我母亲伤心。她的看法同我们不同,但是我们不能不顾到她,她就只依靠我一个人。社会上是决不肯原谅我的——士洪到底是我的朋友。我们的爱只能是朋友的爱。以前都是我的错,我对不起你。可是现在,不告诉我就写信给他,那是你的错了。……娇蕊,你看怎样,等他来了,你就说是同他闹着玩的,不过是哄他早点回来。他肯相信的,如果他愿意相信。"

娇蕊抬起红肿的脸来,定睛看着他,飞快地一下,她已经站直了身子,好像很诧异刚才怎么会弄到这步田地。她找到她的皮包,取出小镜子来,侧着头左右一照,草草把头发往后掠两下,用手帕擦眼睛,搌鼻子,正眼都不朝他看,就此走了。

振保一晚上都没睡好,清晨补了一觉,朦胧中似乎又有人爬在他身上哭泣,先还当是梦魇,后来知道是娇蕊,她又来了,大约已经哭了不少时。这女人的心身的温暖覆在他上面像一床软缎面子的鸭绒被,他悠悠地出了汗,觉得一种情感上的奢侈。

等他完全清醒了,娇蕊就走了,一句话没说,他也没有话。以后他听说她同王士洪协议离婚,仿佛都是离他很远很远的事。他母亲几次向他流泪,要他娶亲,他延挨了些时,终于答应说好。于是他母亲托人给他介绍。看到孟烟鹂小姐的时候,振保向自己说:"就是她罢。"

初见面,在人家的客厅里,她立在玻璃门边,穿着灰地橙红条子的绸衫,可是给人的第一印象是笼统的白。她是细高身量,一直线下去,仅在有无间的一点波折是在那幼小的乳的尖端,和那突出的胯骨上。风迎面吹过来,衣裳朝后飞着,越显得人的单薄。脸生得宽柔秀丽,可是,还是单只觉得白。她父亲过世,家道中落之前,也是个殷实的商家,和佟家正是门当户对。小姐今年二十二岁,就快大学毕业了。因为程度差,不能不拣一个比较马虎的学校去读书,可是烟鹂还是坏学校里的好学生,兢兢业业,和同学不甚来往。她的白把她和周围的恶劣的东西隔开来,像病院里的白屏风,可同时,书本上的东西也给隔开了。烟鹂进学校十年来,勤恳地查生字,背表格,黑板上有字必抄,然而中间总像是隔了一层白的膜。在中学的时候就有同学的哥哥之类写信来,她家里的人看了信总说是这种人少惹他的好,因此她从来没回过信。

振保预备再过两个月，等她毕了业之后就结婚。在这期间，他陪她看了几次电影。烟鹂很少说话，连头都很少抬起来，走路总是走在靠后。她很知道，按照近代的规矩她应当走在他前面，应当让他替她加大衣，种种地方伺候她，可是她不能够自然地接受这些份内的权利，因而踌躇，因而更为迟钝了。振保呢，他自己也不是生成的绅士派，也是很吃力地学来的，所以极其重视这一切，认为她这种地方是个大缺点，好在年轻的女孩子，羞缩一点也还不讨厌。

订婚与结婚之间相隔的日子太短了，烟鹂私下里觉得惋惜的，据她所知，那应当是一生最好的一段。然而真到了结婚那天，她还是高兴的，那天早上她还没十分醒过来，迷迷糊糊的已经仿佛在那里梳头，抬起胳膊，对着镜子，有一种奇异的努力的感觉，像是装在玻璃试验管里，试着往上顶，顶掉管子上的盖，等不及地一下子要从现在跳到未来。现在是好的，将来还要好——她把双臂伸到未来的窗子外，那边的浩浩的风，通过她的头发。

在一品香结婚，喜筵设在东兴楼——振保爱面子，同时也讲究经济，只要过得去就行了。他在公事房附近租下了新屋，把母亲从江湾接来同住。他挣的钱大部分花在应酬连络上，家里开销上是很刻苦的。母亲和烟鹂颇合得来，可是振保对于烟鹂有许多不可告人的不满的地方。烟鹂因为不喜欢运动，连"最好的户内运动"也不喜欢。振保是忠实地尽了丈夫的责任使她喜欢的，但是他对她的身体并不怎样感到兴趣。起初间或也觉得可爱，她的不发达的乳，握在手里像睡熟的鸟，像有它自己的微微跳动的心脏，尖的喙，啄着他的手，硬的，却又是酥软的，酥软的是他自己的手心。后来她连这一点少女美也失去了。对于一切渐渐习惯了之后，她变成一个很乏味的妇人。

振保这时候开始宿娼，每三个礼拜一次——他的生活各方面都很规律化的。和几个朋友一起，到旅馆里开房间，叫女人，对家里只说是为了公事到苏杭去一趟。他对于妓女的面貌不甚挑剔，比较喜欢黑一点胖一点的，他所要的是丰肥的屈辱。这对于从前的玫瑰与王娇蕊是一种报复，但是他自己并不肯这样想。如果这样想，他立即谴责自己，认为是亵渎了过去的回忆。他心中留下了神圣而感伤的一角，放着这两个爱人。他记忆中的王娇蕊变得和玫瑰一而二二而一了，是一个痴心爱着他的天真热情的女孩子，没有头脑，没有一点使他不安的地方，而他，为了崇高的理智的制裁，以超人的铁一般的决定，舍弃了她。

他在外面嫖，烟鹂绝对不疑心到。她爱他，不为别的，就因为在许多人之中指定了这一个男人是她的。她时常把这样的话挂在口边："等我问问振保看。""顶好带把伞，振保说待会儿要下雨的。"他就是天。振保也居之不疑。她做错了事，当着人他便呵责纠正，便是他偶然疏忽没看见，他母亲必定见到了。烟鹂每每觉得，当着女佣丢脸惯了，她怎么能够再发号施令？号令不行，又得怪她。她怕看见仆人眼中的轻蔑，为了自卫，和仆人接触的时候，没开口先就蹙着眉，嘟着嘴,一脸稚气的怨愤。她发起脾气来,总像是一时性起的顶撞,出于丫头姨太太,做小伏低惯了的。

只有在新来的仆人前面,她可以做几天当家少奶奶,因此她宁愿三天两天换仆人。振保的母亲到处宣扬媳妇不中用:"可怜振保,在外面苦奔波,养家活口,回来了还得为家里的小事烦心,想安静一刻都不行。"这些话吹到烟鹂耳中,气恼一点点积在心头。到那年,她添了个孩子,生产的时候很吃了些苦,自己觉得有权利发一回脾气,而婆婆又因为她生的不过是个女儿,也不甘心让着她,两人便呕起气来。幸而振保从中调停得法,没有抓破脸大闹,然而母亲还是负气搬回江湾了。振保对他太太极为失望,娶她原为她的柔顺,他觉得被欺骗了,对于他母亲他也恨,如此任性地搬走,叫人说他不是好儿子。他还是兴兴头头忙着,然而渐渐显出疲乏了,连西装上的含笑的皱纹,也笑得有点疲乏。

笃保毕业之后,由他汲引,也在厂里做事。笃保被他哥哥的成就笼罩住了,不成材,学着做个小浪子,此外也没有别的志愿,还没结婚,在寄宿舍里住着,也很安心。这一天一早他去找振保商量一件事,厂里副经理要回国了,大家出份子送礼,派他去买点纪念品。振保教他到公司里去看看银器。两人一同出来,搭公共汽车。振保在一个妇人身边坐下,原有个孩子坐在他位子上,妇人不经意地抱过孩子去,振保倒没留心她,却是笃保,坐在那边,呀了一声,欠身向这里勾了勾头。振保这才认得是娇蕊,比前胖了,但也没有如当初担忧的,胖到痴肥的程度;很憔悴,还打扮着,涂着脂粉,耳上戴着金色的缅甸佛顶珠环,因为是中年的女人,那艳丽便显得是俗艳。笃保笑道:"朱太太,真是好久不见了。"振保记起了,是听说她再嫁了,现在姓朱。娇蕊也微笑,道:"真是好久不见了。"振保向她点头,问道:"这一向都好么?"娇蕊道:"好,谢谢你。"笃保道:"您一直在上海么?"娇蕊点头。笃保又道:"难得这么一大早出门罢?"娇蕊笑道:"可不是。"她把手放在孩子肩上道:"带他去看牙医生。昨儿闹牙疼闹的我一晚上也没睡觉,一早就得带他去。"笃保道:"您在哪儿下车?"娇蕊道:"牙医生在外滩。你们是上公事房去么?"笃保道:"他上公事房,我先到别处兜一兜,买点东西。"娇蕊道:"你们厂里还是那些人罢? 没大改?"笃保道:"赫顿要回国去了,他这一走,振保就是副经理了。"娇蕊笑道:"哟! 那多好!"笃保当着哥哥说那么多的话,却是从来没有过,振保看出来了,仿佛他觉得在这种局面之下,他应当负全部的谈话的责任,可见娇蕊和振保的事,他全部知道。

再过了一站,他便下车了。振保沉默了一会,并不朝她看,向空中问道:"怎么样? 你好么?"娇蕊也沉默了一会,方道:"很好。"还是刚才那两句话,可是意思全两样了。振保道:"那姓朱的,你爱他么?"娇蕊点点头,回答他的时候,却是每隔两个字就顿一顿,道:"是从你起,我才学会了,怎样,爱,认真的……爱到底是好的,虽然吃了苦,以后还是要爱的,所以……"振保把手卷着她儿子的海军装背后垂下的方形翻领,低声道:"你很快乐。"娇蕊笑了一声道:"我不过是往前闯,碰到什么就是什么。"振保冷笑道:"你碰到的无非是男人。"娇蕊并不生气,侧过头去想了一想,道:"是的,年纪轻,长得好看的时候,大约无论到社会上去做什么事,碰到的总是男人。可是到后来,除了男人之外总还有别的……总还有别的……"

振保看着她,自己当时并不知道他心头的感觉是难堪的妒忌。娇蕊道:"你呢? 你好么?"振保想把他的完满幸福的生活归纳在两句简单的话里,正在斟酌字句,抬起头,在公共汽车司机人座右突出的小镜子里看见他自己的脸,很平静,但是因为车身的嗒嗒摇动,镜子里的脸也跟着颤抖不定,非常奇异的一种心平气和的颤抖,像有人在他脸上轻轻推拿似的。忽然,他的脸真的抖了起来,在镜子里,他看见他的眼泪滔滔流下来,为什么,他也不知道。在这一类的会晤里,如果必须有人哭泣,那应当是她。这完全不对,然而他竟不能止住自己。应当是她哭,由他来安慰她的。她也并不安慰他,只是沉默着,半晌,说:"你是这里下车罢?"

他下了车,到厂里照常办事。那天是礼拜六,下午放假。十二点半他回家去,他家是小小的洋式石库门衖堂房子,可是临街,一长排都是一样,浅灰水门汀的墙,棺材板一般的滑泽的长方块,墙头露出夹竹桃,正开着花。里面的天井虽小,也可以算得是个花园,应当有的他家全有。蓝天上飘着小白云,街上卖笛子的人在那里吹笛子,尖柔扭捏的东方的歌,一扭一扭出来了,像绣像小说插图里画的梦,一缕白气,从帐里出来,涨大了,内中有种种幻境,像懒蛇一般要舒展开来,后来因为太瞌睡,终于连梦也睡着了。

振保回家去,家里静悄悄的,七岁的女儿慧英还没放学,女仆到幼稚园接她去了。振保等不及,叫烟鹂先把饭开上桌来,他吃得很多,仿佛要拿饭来结结实实填满他心里的空虚。

吃完饭,他打电话给笃保,问他礼物办好了没有。笃保说看了几件银器,没有合式的。振保道:"我这里有一对银瓶,还是人家送我们的结婚礼,你拿到店里把上头的字改一改,我看就行了。他们出的份子你去还给他们。就算是我捐的。"笃保说好,振保道:"那你现在就来拿罢。"他急于看见笃保,探听他今天早上见着娇蕊之后的感想,因为这件事略有点不近情理,他自己的反应尤为荒唐,他几乎疑心根本是个幻像。笃保来了,振保闲闲地把话题引到娇蕊身上,笃保磕了磕香烟,做出有经验的男子的口吻,道:"老了。老得多了。"仿佛这就结束了这女人。

振保追想恰才那一幕,的确,是很见老了。连她的老,他也妒忌她。他看看他的妻,结了婚八年,还是像什么事都没经过似的,空洞白净,永远如此。

他叫她把炉台上的一对银瓶包扎起来给笃保带去,她手忙脚乱掇过一张椅子,取下椅垫,立在上面,从橱顶上拿报纸,又到抽屉里找绳子,有了绳子,又不够长,包来包去,包得不成模样,把报纸也搣破了。振保恨恨地看着,一阵风走过去夺了过来,唉了一声道:"人笨事皆难!"烟鹂脸上掠过她的婢妾的怨愤,随即又微笑,自己笑着,又看看笃保可笑了没有,怕他没听懂她丈夫说的笑话。她抱着胳膊站在一边看振保包扎银瓶,她脸上像拉上了一层白的膜,很奇怪地,面目模糊了。

笃保有点坐不住——到他们家来的亲戚朋友很少有坐得住的——要走。烟鹂极力想补救方才的过失,振作精神,亲热地挽留他:"没事就多坐一会儿。"她眯细了眼睛笑着,微微皱着鼻梁,颇有点媚态。她常常给人这么一阵突如其来的亲热。若是笃保是个女的,她就要拉住他的手了,潮湿的手心,绝望地拉住不放,使人不快的一种亲热。

笃保还是要走,走到门口,恰巧遇见老妈子领着慧英回来,笃保从裤袋里摸出口香糖来给慧英,烟鹂笑道:"谢谢二叔,说谢谢!"慧英扭过身子去,笃保笑道:"哟!难为情呢!"慧英扯起洋装的绸裙蒙住了脸,露出里面的短裤,烟鹂忙道:"嗳,嗳,这真难为情了!"慧英接了糖,仍旧用裙子蒙了头,一路笑着跑了出去。

振保远远坐着看他那女儿,那舞动的黄瘦的小手小腿。本来没有这样的一个孩子,是他把她由虚空之中唤了出来。

振保上楼去擦脸,烟鹂在楼底下开无线电听新闻报告,振保认为这是有益的,也是现代主妇教育的一种,学两句普通话也好。他不知道烟鹂听无线电,不过是愿意听见人的声音。

振保由窗子里往外看,蓝天白云,天井里开着夹竹桃,街上的笛子还在吹,尖锐扭捏的下等女人的嗓子。笛子不好,声音有点破,微觉刺耳。

是和美的春天的下午,振保看着他手造的世界,他没有法子毁了它。

寂静的楼房里晒满了太阳。楼下的无线电里有个男子侃侃发言,一直说下去,没有完。

振保自从结婚以来,老觉得外界的一切人,从他母亲起,都应当拍拍他的肩膀奖励有加。像他母亲是知道他的牺牲的详情的,即使那些不知道底细的人,他也觉得人家欠着他一点敬意,一点温情的补偿。人家也常常为了这个说他好,可是他总嫌不够,因此特别努力地去做份外的好事,而这一类的还是向来是不待人兜揽就黏上身来的。他替他弟弟笃保还了几次债,替他娶亲,替他安家养家。另外他有个成问题的妹妹,为了她的缘故,他对于独身或丧偶的朋友格外热心照顾,替他们谋事,筹钱,无所不至。后来他费了许多周折,把他妹妹介绍到内地一个学校里去教书,因为听说那边的男教员都是大学新毕业,还没结婚的。可是他妹子受不了苦,半年的合同没满,就闹脾气回上海来了。事后他母亲心疼女儿,也怪振保太冒失。

烟鹂在旁看着,着实气不过,逢人便叫屈,然而烟鹂很少机会遇见人。振保因为家里没有一个活泼大方的主妇,应酬起来宁可多花两个钱,在外面请客,从来不把朋友往家里带。难得有朋友来找他,恰巧振保不在,烟鹂总是小心招待,把人家当体己人,和人家谈起振保:"振保就吃亏在这一点——实心眼儿待人,自己吃亏!唉,张先生你说是不是?现在这世界是行不通的呀!连他自己的弟弟妹妹也这么忘恩负义,不要说朋友了,有事找你的时候来找你——没有一个不是这样!我眼里看得多了,振保一趟一趟吃亏还是死心眼儿。现在这时世,好人做不得的呀!张先生你说是不是?"朋友觉得自己不久也会被归入忘恩负义的一群,心里先冷了起来。振保的朋友全都不喜欢烟鹂,虽然她是美丽娴静的,最合理想的朋友的太太,可以作男人们高谈阔论的背景。

烟鹂自己也没有女朋友,因为不和人家比着,她还不觉得自己在家庭中地位的低落。振保也不鼓励她和一般太太们来往,他是体谅她不会那一套,把她放在较生疏的形势中,徒然暴露她的短处,徒然引起许多是非。她对人说他如何如何吃亏,他是原有她的,女人总是心眼儿窄,而且她不过是卫护他,不肯让他受一点委屈。可是后来她对老妈子也说这样的话了,他不由的要发脾气干涉。又有一次,他听见她向八岁的慧英诉冤,他没做声,不久就把慧英送到学校里去住读。于是家里更加静悄悄起来。

烟鹂得了便秘症,每天在浴室里一坐坐上几个钟头——只有那个时候是可以名正言顺地不做事,不说话,不思想;其余的时候她也不说话,不思想,但是心里总有点不安,到处走走,没着落的,只有在白色的浴室里她是定了心,生了根。她低头看着自己雪白的肚子,白皑皑的一片,时而鼓起来些,时而瘪进去,肚脐的式样也改变,有时候是甜净无表情的希腊石像的眼睛,有时候是突出的怒目,有时候是邪教神佛的眼睛,眼里有一种险恶的微笑,然而很可爱,眼角弯弯的,撇出鱼尾纹。

振保带烟鹂去看医生,按照报纸上的广告买药给她吃,后来觉得她不甚热心,仿佛是情愿留着这点病,挟以自重。他也就不管了。

某次他代表厂方请客吃中饭,是黄梅天,还没离开办公室已经下起雨来。他雇车兜到家里去拿雨衣,路上不由的回想到从前,住在娇蕊家,那天因为下了两点雨,天气变了,赶回去拿大衣,那可纪念的一天。下车走进大门,一直包围在回忆的淡淡的哀愁里。进去一看,雨衣不在衣架上。他心里砰的一跳,仿佛十年前的事又重新活了过来。他向客室里走,心里继续砰砰跳,有一种奇异的命里注定的感觉。手按在客室的门钮上,开了门,烟鹂在客室里,还有个裁缝,立在沙发那一头。一切都是熟悉的,振保把心放下了,不知怎的蓦地又提了上来。他感到紧张,没有别的缘故,一定是因为屋里其他的两个人感到紧张。

烟鹂问道:"在家吃饭么?"振保道:"不,我就是回来拿件雨衣。"他看看椅子上搁着的裁缝的包袱，没有一点潮湿的迹子，这雨已经下了不止一个钟头了。裁缝脚上也没穿套鞋。裁缝给他一看，像是昏了头，走过去从包袱里抽出一管尺来替烟鹂量尺寸。烟鹂向振保微弱地做了个手势道："雨衣挂在厨房过道里阴干着。"她那样子像是要推开了裁缝去拿雨衣，然而毕竟没动，立在那里被他测量。

振保很知道，和一个女人发生关系之后，当事人再碰她的身体，那神情完全是两样的，极其明显。振保冷眼看着他们俩。雨的大白嘴唇紧紧贴在玻璃窗上，喷着气，外头是一片冷与糊涂，里面关得严严地，分外亲切地可以觉得房间里有这样的三个人。

振保自己是高高在上，瞭望着这一对没有经验的奸夫淫妇。他再也不懂："怎么能够同这样的一个人？"这裁缝年纪虽轻，已经有点伛偻着，脸色苍黄，脑后略有几个癞痢疤，看上去也就是一个裁缝。

振保走去拿他的雨衣穿上了，一路扣钮子，回到客厅里来，裁缝已经不在了。振保向烟鹂道："待会儿我不定什么时候回来，晚饭不用等我。"烟鹂迎上前来答应着，似乎还有点心慌，一双手没处安排，急于要做点事，顺手捻开了无线电。又是国语新闻报告的时候，屋子里充满另一个男子的声音。振保觉得他没有说话的必要了，转身出去，一路扣钮子。不知怎么有那么多的钮子。

客室里大敞着门，听得见无线电里那正直明朗的男子侃侃发言，都是他有理。振保想道："我待她不错呀！我不爱她，可是我没有什么对不起她的地方。我待她不能算坏了。下贱东西，大约她知道自己太不行，必须找个比她再下贱的，来安慰她自己。可是我待她这么好，这么好——"

屋里的烟鹂大概还是心绪不宁，拍地一声，把无线电关上了。振保站在门洞子里，一下子像是噎住了气；如果听众关上无线电，电台上滔滔演说的人能够知道的话，就有那种感觉——突然的堵塞，涨闷的空虚。他立在阶沿上，面对着雨天的街，立了一会，黄包车过来兜生意，他没讲价就坐上拉走了。

晚上回来的时候，阶沿上淹了一尺水，暗中水中的家仿佛大为变了，他看了觉得很合适。但是进得门来，嗅到那严紧暖热的气味，黄色的电灯一路照上楼梯，家还是家，没有什么两样。

他在大门口脱下湿透的鞋袜，交给女佣，自己赤了脚上楼走到卧室里，探手去摸电灯的开关。浴室里点着灯，从那半开的门望进去，淡黄白的浴间像个狭长的立轴。灯下的烟鹂也是本色的淡黄白。当然历代的美女画从来没有采取过这样尴尬的题材——她提着裤子，弯着腰，正要站起身，头发从脸上直披下来，已经换了白地小花的睡衣，短衫搂得高高的，一半压在额下，睡裤臃肿地堆在脚面上，中间露出长长一截白蚕似的身躯。若是在美国，也许可以作很好的草纸广告，可是振保匆匆一瞥，只觉得在家常中有一种污秽，像下雨天头发窠里的感觉，稀湿的，发出溻郁的人气。

他开了卧室的灯,烟鹂见他回来了,连忙问:"脚上弄潮了没有?"振保应了一声道:"马上得洗脚。"烟鹂道:"我就出来了。我叫余妈烧水去。"振保道:"她在烧。"烟鹂洗了手出来,余妈也把水壶拎了来了。振保打了个喷嚏,余妈道:"着凉了罢! 可要把门关起来?"振保关了门独自在浴室里,雨还下得很大,忒啦啦打在玻璃窗上。

浴缸里放着一盆不知什么花,开足了,是娇嫩的黄,虽没淋到雨,也像是感到了雨气,脚盆就放在花盆隔壁,振保坐在浴缸的边缘,弯腰洗脚,小心不把热水溅到花朵上,低下头的时候也闻见一点有意无意的清香。他把一条腿搁在膝盖上,用手巾揩干每一个脚趾,忽然疼惜自己起来。他看着自己的皮肉,不象是自己在看,而像是自己之外的一个爱人,深深悲伤着,觉得他白糟蹋了自己。

他趿了拖鞋出来,站在窗口往外看。雨已经小了不少,渐渐停了。街上成了河,水波里倒映着一盏街灯,像一连串射出去就没有了的白金箭镞。车辆行过,"铺拉铺拉"拖着白烂的浪花,孔雀屏似地展开了,掩了街灯的影子。白孔雀屏里渐渐冒出金星,孔雀尾巴渐长渐淡,车过去了,依旧剩下白金的箭镞,在暗黄的河上射出去就没有了,射出去就没有了。

振保把手抵着玻璃窗,清楚地觉得自己的手,自己的呼吸,深深悲伤着。他想起碗橱里有一瓶白兰地酒,取了来,倒了满满一玻璃杯,面向外立在窗口慢慢呷着。烟鹂走到他背后,说道:"是应当喝口白兰地暖暖肚子,不然真要着凉了。"白兰地的热气直冲到他脸上,他变成火眼金睛,掉过头来憎恶地看了她一眼。他讨厌那样的殷勤罗唆,尤其讨厌的是:她仿佛在背后窥伺着,看他知道多少。

以后的两个礼拜内烟鹂一直窥伺着他,大约认为他并没有改常的地方,觉得他并没有起疑,她也就放心下来,渐渐地忘了她自己有什么可隐藏的。连振保也疑疑惑惑起来,仿佛她根本没有任何秘密。像两扇紧闭的白门,两边阴阴点着灯,在旷野的夜晚,拚命的拍门,断定了门背后发生了谋杀案。然而把门打开了走进去,没有谋杀案,连房屋都没有,只看见稀星下的一片荒烟蔓草——那真是可怕的。

振保现在常常喝酒,在外面公开地玩女人,不像从前,还有许多顾忌。他醉醺醺回家,或是索性不回来,烟鹂总有她自己的解释,说他新添上许多推不掉的应酬。她再也不肯承认这与她有关。她固执地向自己解释,到后来,他的放浪渐渐显著到瞒不了人的程度,她又向人解释,微笑着,忠心地为他掩饰。因之振保虽然在外面闹得不像样,只差把妓女往家里带,大家看着他还是个顶天立地的好人。

一连下了一个月的雨。有一天,老妈子说他的纺绸衫洗缩了,要把贴边放下来。振保坐在床上穿袜子,很随便的样子,说道:"让裁缝拿去放一放罢。"余妈道:"裁缝好久不来了。不知下乡去了没有。"振保心里想:"哦? 就这么容易就断掉了吗? 一点感情也没有——真是齷齪的!"他又问:"怎么? 端午节没有来收帐么?"余妈道:"是小徒弟来的。"这余妈在他家待了三年了,她把小褂裤叠了放在床沿上,轻轻拍了它一下,虽然没朝他看,脸上那温和苍老的微笑却带着点安慰的意味。振保生起气来了。

那天下午他带个女人出去玩,故意兜到家里来拿钱。女人坐在三轮车上等他。新晴的天气,街上的水还没退,黄色的河里有洋梧桐团团的影子。对街一带小红房子,绿树带着青晕,烟囱里冒出湿黄烟,低低飞着。振保拿了钱出来,把洋伞打在水面上,溅了女人一身水。女人尖叫起来,他跨到三轮车上,哈哈笑了,感到一种拖泥带水的快乐。抬头望望楼上的窗户,大约是烟鹂立在窗口向外看,像是浴室的墙上贴了一块有黄渍的旧白累丝茶托,又像一个浅浅的白碟子,心子上沾了一圈茶污。振保又把洋伞朝水上打——打碎它! 打碎它!

砸不掉他自造的家,他的妻,他的女儿,至少他可以砸碎他自己。洋伞敲在水上,腥冷的泥浆飞到他脸上来,他又感到那样恋人似的疼惜,但同时,另有一个意志坚强的自己站在恋人的对面,和她拉着,扯着,挣扎着——非砸碎他不可,非砸碎他不可!

三轮车在波浪中行驶,水溅潮了身边那女人的皮鞋皮夹子与衣服,她闹着要他赔。振保笑了,一只手搂着她,还是去泼水。

此后,连烟鹂也没法替他辩护了。振保不拿钱回来养家,女儿上学没有学费,每天的小菜钱都成问题。烟鹂这时候倒变成了一个勇敢的小妇人,快三十的人了,她突然长大了起来,话也说得流利动听了,滔滔向人哭诉:"这样下去怎么得了呵! 真是要了我的命——一家老小靠他一个人,他这样下去厂里的事情也要弄丢了……疯了心似的,要不就不回来,一回来就打人砸东西。这些年了,他不是这样的人呀! 刘先生你替我想想,你替我想想,叫我这日子怎么过?"

烟鹂现在一下子有了自尊心,有了社会地位,有了同情与友谊。振保有一天晚上回家来,她坐在客厅里和笃保说话,当然是说的他,见了他就不开口了。她穿着一身黑,灯光下看出忧伤的脸上略有些皱纹,但仍然有一种沉着的美。振保并不冲台拍凳,走进去和笃保点头寒暄,燃上一支香烟,从容坐下谈了一会时局与股票,然后说累了要早点睡,一个人先上楼去了。烟鹂简直不懂这是怎么一回事,仿佛她刚才说了谎,很难加以解释。

笃保走了之后,振保听见烟鹂进房来,才踏进房门,他便把小柜上的台灯热水瓶一扫扫下地去,豁朗朗跌得粉碎。他弯腰拣起台灯的铁座子,连着电线向她掷过去,她疾忙返身向外逃。振保觉得她完全被打败了,得意之极,立在那里无声地笑着,静静的笑从他的眼里流出来,像眼泪似的流了一脸。

老妈子拿着笤帚与簸箕立在门口张了张,振保把灯关了,她便不敢进来。振保在床上睡下,直到半夜里,被蚊子咬醒了,起来开灯。地板正中躺着烟鹂一双绣花鞋,微带八字式,一只前些,一只后些,像一个不敢现形的鬼怯怯向他走过来,央求着。振保坐在床沿上,看了许久。再躺下的时候,他叹了口气,觉得他旧日的善良的空气一点一点偷着走近,包围了他。无数的烦忧与责任与蚊子一同嗡嗡飞绕,叮他,吮吸他。

第二天起床,振保改过自新,又变了个好人。

一九四四年六月

【阅读提示】

张爱玲小说的基本主题就是为乱世浮华都市语境中"软弱的凡人"树碑立传,"软弱的凡人"又包括"物质女人"和"好男人"两个大的类别。这篇小说大体属于审视"好男人"之列。佟振保与《封锁》中的吕宗桢还不同,他是一个事业有成的男人,基本生存已不成问题,正应该放开手脚享受自由的生活,但是真正的爱到来,他还是不敢面对。因为他还是一个道德君子,社会习俗的守持者。这篇小说写男人受人类所谓文明之害更深。相比之下,王娇蕊大胆红杏出墙,人生中总算"撒过一回把",反见出一种女性特有的生命的闪亮和勇气。小说情理对话,悲喜互渗,愈见张力。

【延伸阅读作品与参考文献】

1.张爱玲:《传奇》,人民文学出版社 1986 年版。

2.张爱玲:《连环套》《色·戒》(小说),见《张爱玲集:郁金香》,北京十月文艺出版社 2006 年版。

3.傅雷:《论张爱玲的小说》,见陈子善编《张爱玲的风气——1949 年前张爱玲评说》,山东画报出版社 2004 年版。

4.柯灵:《遥寄张爱玲》,见柯灵《煮字生涯》,山西人民出版社 1986 年版。

5.乔向东:《反驳与偏离——张爱玲小说对新文学的反抗》,《中国现代文学研究丛刊》1996 年第 1 期。

6.刘锋杰:《创作个性与文学转型的误读——重读傅雷〈论张爱玲的小说〉》,《文艺理论研究》2000 年第 4 期。

7.陈思和:《都市里的民间世界:〈倾城之恋〉》,《杭州师范学院学报》社科版 2004 年第 4 期。

8.艾晓明:《反传奇——重读〈倾城之恋〉》,《学术研究》1996 年第 9 期。

9.蔡美丽:《以庸俗反当代——读张爱玲杂想》,见子通、亦清主编《张爱玲评说六十年》,中国华侨出版社 2001 年版。

10.金宏达:《〈红楼梦〉·鲁迅·张爱玲》,见子通、亦清主编《张爱玲评说六十年》,中国华侨出版社 2001 年版。

11.邵迎建:《传奇文学与流言人生》,生活·读书·新知三联书店 1998 年版。

12.陈晖:《张爱玲与现代主义》,新世纪出版社 2004 年版。

13.夏志清:《中国现代小说史》有关部分,广西师范大学出版社 2014 年版。

14.温儒敏、李宪瑜:《张爱玲的〈传奇〉与"张爱玲热"》,见温儒敏、赵祖谟主编《中国现当代文学专题研究》(第二版),北京大学出版社 2013 年版。

【思考与练习】

1.举例说明张爱玲笔下人物的不彻底性及其成因。

2.举例说明张爱玲小说"反传奇的传奇"的主要特征。

3.举例说明张爱玲小说的雅与俗。

郭老太爷的烦闷①

汤雪华

东天抹上一片浩亮的红光时，郭老太爷从梦中醒来了。他睁眼望望盖在身上的一条大红锦被，立刻记起四天前三个儿子二个女儿替他做七十大庆时的盛况：五十桌酒筵摆在灯烛辉煌的大厅上，儿孙们跪在他四周围拜……这条锦被，是在北京做官的大女婿特地寄下来恭贺他寿辰的礼物。

"老太爷真是福寿双全!"郭老太爷耳边还充满着那天亲友们对他的敬羡和恭祝。他侧身撩开白纱帐子，向床对面墙上挂着的一张合家欢看看，哦! 福气的确不差啊! 留一撮小髭的老大，一望而知是个大人物，到底在做厅长，浑身有一种厅长的威势；大腹便便穿西装的老二，则一看就是个大商人了，礼光洋行总经理! 呵! 这孩子实在能干；文质彬彬的老三，又是何等清秀干练，做着大陆书局的总编辑，地位也不能算小；立在后面二个笑眯眯的女婿，一个做官，一个是拥有数千亩田的大地主；还有那一群如花似玉的媳妇孙儿女们……啊! 郭老太爷拉开干皱的嘴唇笑了出来。

可是郭老太爷虽然嘴角在笑，心底里却仍感到有一种说不出话不出的烦闷。这烦闷好像是寂寞，但看看这一群围绕着他的儿孙们，照理不应该寂寞了；又好像是清冷，但摸摸这一床厚软的被褥，也是不应该感到清冷的了。可是不知怎的郭老太爷用脚踢踢自己空洞洞的被窝，在里面翻来覆去地说不出的烦闷着。

"咿啊，"突然房门轻轻一响，专门服侍老太爷的男仆阿福走了过来。他照例先轻轻的立到床前隔帐听听老太爷有否醒来。

"混账东西! 这么早就来吵醒我!"郭老太爷虽然早已醒了，但他总喜欢乘机在阿福面前出出心里的闷气，故意这样大声骂着。

"哦，老太爷! 大少奶奶说燕窝汤已炖好，叫我来看看老太爷有否醒，哦，现在就去端来给老太爷喝，好不好?"阿福受老太爷的骂，似乎已成家常便饭，一听见老太爷开口，就撩开帐子笑嘻嘻地若无其事的问。

"不要! 我现在吃不下!"郭老太爷厌烦地摇着头说。

"那末老太爷要不要吃一杯热茶?"阿福继续问。

"对你说不要吃什么! 烦些什么呢?"老太爷真的有些生气了，声音很粗暴，

---

①本篇作品发表时署名东方珞，即汤雪华的笔名之一。汤雪华(1915—1992)，浙江嘉善人，20 世纪 40 年代"东吴系女作家"的代表作家，其创作具有一定都市文学倾向。该篇作品原载 1943 年 11 月 10 日《紫罗兰》第 8 期；现选自该期《紫罗兰》。

阿福只得钩起帐门后就走出去,但他刚走,大媳妇突然跨进房来。

"爸爸! 什么事? 为什么不要吃东西? 今天人不舒服吗?"大媳妇岁数虽有四十开外,却依然红颜粉颈,十分年轻。她恰巧在房外走过,听见老太爷向阿福发怒的声音,所以走进来看看。

"不……不……我很好! 只是想等一会吃!"郭老太爷有些窘,他也发觉方才向阿福发怒得太无道理了。

"等一会吃也好,哦! 爸爸! 我来给你看样东西,不知道你喜欢不喜欢?"大媳妇随口说着,忽然想起什么似的向袋里一摸,摸出一只三四寸见方的纸袋,送到郭老太爷床前,笑着说。

郭老太爷从大红锦被里伸出两只干瘪的手,接过纸袋,喔! 突然他的老眼有些缭乱了,原来他抽出了一张美丽得像仙女一样的少女的照片!

"爸爸! 这位就是陆家的小姐,就是同阿风很要好的,不是很美丽吗? 你老人家对这样一位孙媳妇,总也满意的吧?"大媳妇得意地笑着说。

"唔……唔……唔……美丽! 真美丽!"郭老太爷皱纹满布的两颊上浮上一层兴奋的红色,捏着照片看个不停,嘴里含糊的赞着。

"爸爸! 老大想订婚的仪式就照阿风和陆小姐的意思,他们要新法,不用茶礼,说只请亲友们吃一顿丰美的茶点……"大媳妇仍轻轻的向他说着,说到后来,笑道:"爸爸! 这一个月我们家里真是够热闹了! 才闹过爸爸的七十大庆,又要闹一闹阿风的订婚了!"

郭老太爷不说什么,只点了点头。但当大媳妇走出去后,他望望帐顶叹着气道:"唉! 儿子有媳妇,女儿有女婿,连孙子阿风都有配偶了! 独有我老夫孤单单地每晚守一张大床!"

郭老太爷觉得心头冷冷的,被窝里也似乎越发空冷起来。这是真的,自从五年前郭老太太寿终正寝后,他便一直孤单地睡一张大床。

阿福报告大姑奶奶来了,郭老太爷心里立刻一松,因为大女儿是最孝顺的,郭老太爷逢到心里不舒畅时,总要叫阿福去喊她回来,每次回来她总给郭老太爷讲许多有趣的故事或新闻,常常把老太爷引得哈哈大笑起来。今天正在老太爷心头纳闷时,她又来了,不是很凑巧吗?

"好好好! 快去喊大姑奶奶到我房里来!"郭老太爷急忙从床上爬了起来,愉快地说。

不到二分钟,大女儿含笑进来了,她是郭老太爷的头生长女,所以年纪快到五十,裹着很小的脚,也已有了一大群儿女媳妇了。

"爸爸! 你好吗?"大女儿很亲昵地叫了一声,就坐在老太爷对面的椅子里。

郭老太爷没有回答,只向女儿轻轻的一笑,沉默着,今天不知是否为了看见孙子阿风的爱人陆小姐的照片,还是有什么别的缘故,郭老太爷胸头似乎格外烦躁。他想向女儿说一句话,但几次不敢说出口,仅将下颏骨抖了抖,很尴尬的笑了一下。这是难怪郭老太爷,因为平素他训诫儿女时,是出名谨严的。虽然中年后见老妻逐渐衰老时,也动过几次"娶妾"的念头,但一则为了老妻管束得紧,二则在儿女面前不能交代,终未敢实行。到现在,年已古稀,虽然大女儿是最亲切体贴的,但这"话"总有些难以出口。

不过今天也许郭老太爷的烦闷实在不能耐了,想之又想,终于给他想出了一个妥当的说法。

"爸爸这几天身体很不好!"郭老太爷沉默良久后,忽然这样说,一面把白发斑斑的头颅向椅背上靠去,显出很疲弱的样子。

"怎么不好? 伤风了吗?"大女儿非常关心。

"不是伤风,是那个倒运的阿福把我气坏了!"

"什么? 阿福不是很忠心的吗?"

"忠心! 一天到晚不知什么地方,要茶要水,再也喊不着他,而一早天未亮倒来吵醒我了……"老太爷说得很气愤。

"这样,就把阿福歇了,换一个佣人就是!"大女儿说。

老太爷叹着气道:"换来换去也是一样的,男佣人总是粗手粗脚,一些不会体贴人!"

大女儿想了一想,说道:"那末爸爸,换一个女佣人服侍你,怎么样?"

"女佣人? 好是好的……不过……老妈子服侍我有许多不方便……"郭老太爷觉得机会已到,略加犹豫后,便把心里的话说了出来:"我想……我想最好去买一个随身小丫头!"

"小丫头吗? 那是很容易的。如果爸爸要,我就去买一个来送给爸爸,但恐怕太小的女孩子不会服侍。买一个十六七岁的如何?"大女儿毫无疑虑的说,她是素来十分尊重老父的。

"不错不错,就要十六七岁的!"郭老太爷连连点头,而他又附带上一个小小的条件道:"最好拣皮色白皙,面貌端正些的,站在人面前要不被讨厌!"

大女儿答应着去了,郭老太爷用充满希望的老眼送着她。

这一夜郭老太爷做了一个秘密的梦,他梦见怀里已抱了一个美丽的女孩子,脸上生得像孙子阿风的爱人陆小姐一样动人,两段手臂白嫩如雪藕,把他老人家快乐得从梦里笑醒过来。

十天后,大姑奶奶带着一个十七岁的女孩子来孝敬父亲了。郭老太爷怀着一颗跳荡的心把那女孩子细细端详,觉得十分满意,果然像他梦见的差不多,红喷喷的双颊,圆嫩的手臂,而且最令老太爷私心里欢喜的,就是那腰肢体态,已显然是一个成熟的少女了。

"你叫什么名字?"郭老太爷笑嘻嘻的问她。

"我叫兰香!"那丫头羞答答地回答。

于是郭老太爷吩咐人在自己的后房为兰香搭床铺,说是晚上要茶水时,呼唤起来容易些。他又叫阿福来道:"本来大姑奶奶送了兰香来服侍我,我是要把你歇掉的,但顾念你一时无处可去,就仍留着你。不过现在你去做外边的事,我房里已用不到你,每天一早你也用不到来看我有没有醒了!"

阿福对兰香偷偷的瞟了一眼,答应着去了。一会儿老太爷的三个儿子媳妇也进来看看大姑奶奶送来的丫头,三个媳妇都说一声"好";但做厅长的大儿子鼻孔里哼了一声,咽下了一口唾沫,不说什么;做洋行经理的老二则向兰香略略一望,不很关心的去了;只有做编辑的老三,眉心里像做文章一样打着皱,轻轻的道:"大姊真无聊,现在买婢女是有罪的,怎么她不知道?"幸而老三说得很轻,郭老太爷并未听见。

这一天郭老太爷的得意真非言语所能形容。他很懊悔早些竟没有想到这一着,否则老妻死后的五年中,决不会那般的寂寞孤单了。

晚饭时,老太爷破例叫阿福去买了四两花雕,说要提提精神,花雕喝过,果然不一会老太爷的精神提起十倍,所以虽然后来兰香丫头涕泪满脸的哭了半夜,但老太爷在灯光下欣赏着她的"梨花带雨",越发爱怜沉醉起来!

孙子阿风订婚的那天,郭公馆里非常热闹,这一天郭老太爷显得格外清健,皱纹重重的脸上现着一层红光,所以有几位宾客笑着问他道:

"近来老太爷服些什么补品? 竟越老越健旺了!"

"呵呵! 没有什么……没有什么……只是……只是吃些……普通的……普通的……东西……呵呵……!"郭老太爷笑得格格格地说不出来。

当然啦,老太爷的笑是再也抑不住的了。因为自从每晚他秘密地叫兰香丫头替他"窝脚"以来,大红锦被里有了滑腻腻暖烘烘的一团,五年来藏在老人家心底里的烦闷早已解除无余,而且,老太爷还懂得一样很古老的常识,就是:老年人同年轻少女同床,是天下最妙的补品,能延年益寿。因此,郭老太爷竟暗暗的把兰香丫头比作桂圆银耳了。

可是郭老太爷在开心之余,竟忽略了一件事情,原来男佣人阿福从第一次向兰香瞟过一眼后,时常借题到老太爷房门口来张张望望,渐渐的眼风一眯一瞟,兰香正在情窦初开,而阿福恰是个年轻力壮的小伙子,所以不久二人竟时常瞒着老太爷在寂静的壁角里谈起爱情来了。

一个月光很好的秋夜,郭老太爷又喝了些酒,所以很早就拥着兰香睡了。但半夜里醒来,觉得有些口渴,就推身边的兰香道:

"兰香！起来倒杯茶给我！"

兰香没有动，也没有回答他。

"喂！兰香！叫你起来倒茶呀！怎么不听见？"郭老太爷又用力把兰香推推，大声喊。

她仍旧没有动，也没有回答。

老太爷有些恼怒了，难道这小妮子故意装聋吗？便狠命的将她扭了一把，可是不扭倒罢，一扭之后，老太爷猛地跳起来了，原来他发现睡在身边的不是滑腻腻的兰香，却是一个很大的木棉枕头！

他开亮电灯跳下床来，看见后房的门开得很大，所有兰香的衣服东西都不知去向了！

"不得了！兰香丫头逃走了呀！"郭老太爷奔到外面发狂地喊起来。

家里的人统统听见了声音起来查看，结果发现男仆阿福也同时带了所有的东西逃走了。

兰香的逃走，虽然三个媳妇都不甚关心的道："逃走个把佣人丫头，有什么关系，譬如大姊不送来就是！"可是郭老太爷却当作一件了不得的大事。

"快去找！快替我去找！非把这贼丫头找回不可！"他焦急的粗暴的吩咐着家里其余的佣人，所以当夜阿大阿二，甚至做饭的厨子都替他出去找了好久，但哪里找得到。

于是每晚大红锦被里又是冷冰冰空洞洞的了，说不出话不出的烦闷加倍地来钻刺老太爷的心。刚被大家赞着"近来脾气好些"的郭老太爷，这时起又突然变得无缘无故发怒了，骂佣人，甚至有一天大媳妇去报告她想今冬就替阿风完婚，可使老太爷早日抱曾孙时，也碰了一鼻子灰。

终于在兰香逃走后的第十天，郭老太爷又特地去喊了大女儿回来。

"你再替我去弄一个丫头！再替我去弄一个丫头！"老太爷这次一见大女儿就这样说，不再弯弯曲曲绕圈子了。

"丫头有时很讨厌，还不如弄一个男孩子来服侍爸爸，好不好？"大女儿因兰香的逃走，有了戒心，才这样建议说。

"男孩子不要，我要丫头！只是要小一些的，像兰香太大了，所以会跟人逃走，小一些的一定不会的！"老太爷很坚决的说。

"那末也好，我就再替爸爸买一个较小的丫头吧。"大女儿不忍再执拗，又答应下来。

果然，几天之后，一个拖小辫子的姑娘跟着大姑奶奶在郭老太爷房门口出现了。

"爸爸，这孩子你不嫌小吗？只有十三岁。"大女儿向他说。

"十三岁？"郭老太爷摸摸胡须，对那小姑娘一瞧，只见她身材矮小，虽然脸儿生得还算端正，但两眼骨落骨落地显然还是个未发育的女孩。"未免太小些吧？"老太爷心里这样想，可是一转念间，觉得正要这样小，才靠得住，所以很满意的道："不小不小，这孩子很好！"

于是老太爷又问了那女孩的名字，她说叫"阿小"，老太爷笑道："阿小太不雅，我来替你题一个，叫桂香吧？"

"桂香很好，同兰香相同的是很香的花！"大女儿笑着说。

"很香的花，"这话不觉把老太爷说得有些心痒。当晚，他又叫人去买了四两花雕，预备又要在灯光下大大的欣赏一下"桂花"的"香味"了。

桂香的确太小了些，那夜，当她害怕得哭叫起来时，并不像兰香一样"梨花带雨"般越发娇美，却张着大嘴"啊啊"的做出一副很难看的小孩子的哭相，把郭老太爷弄得有些不知所措。幸而老太爷毕竟年纪大了，有了经验，立刻从盖碗里抓了一把蜜枣给桂香，一会儿她就百依百顺了。

桂香替郭老太爷"窝脚"，实际上并不差于兰香，所以几天后，老太爷又笑嘻嘻地露着得意和满足之色，不过有件事，老太爷已叮嘱了桂香好几次，他说："桂香，你的困相真不好，夜里常把被头卷得不知去向，叫你窝脚，反而使我冻脚了！如果你下次再这样不当心，我要揍你了！"

"哦……哦……我知道了。"桂香瑟瑟的回答。

可是到了夜里，桂香睡着后，仍翻出翻进的卷被头，这怪不得她，因为他被老太爷的大女儿买来之前，还是每晚睡在慈母身边的小宝宝，只是为了穷，她母亲才忍痛卖了她！她的实足年龄还不到十二岁，当然不会有好困相的。

其实郭老太爷何尝不明白这一点；但他要弄丫头的唯一目的是"窝脚"，所以无论如何，舍不得叫桂香睡到别的床上去。

有一夜，发起了很大的西风，郭老太爷一觉醒来，感到浑身冷澈心肺，往身上一摸，那条大红锦被又卷得不知去向了。一时非常愤怒，竟把桂香拖起来打了一顿；结果桂香仅号咷大哭一场，而郭老太爷却就此生了病！

病是发热，咳嗽，气喘，医生诊断之下，说是受了凉，已患了严重的"肺炎"。

大女儿回来看父亲的病了，她在惊惶之余，问老太爷道："爸爸，你一直好好的，最会保重身体，这一次怎的会贪凉起来？"

老太爷对小丫头桂香看看，心有难言之隐，真是"哑子吃黄连，说不出的苦！"顿了好久，他才低低的道："都是……桂香不当心……晚上……忘记关窗……就受了凉……"

"可不是！爸爸一定要小丫头，我早料到小丫头是不会服侍的，好吧，明天桂香还是让我带了回去，我叫我们的老佣人张升来伺候你，张升年纪大，最有耐心，又最细心,以后就让他一直留在爸爸房里,千万不要弄什么丫头不丫头了!"大女儿很快的接上来说。

郭老太爷正在气喘咳嗽,非常痛苦,听了大女儿的话,一想这苦头全因为桂香之故,领去了也好,以后决定要安安静静独享几年清福;所以答道:"好的,你快把桂香领去!我不要她了!"

当初冬暖和和的太阳照进了郭老太爷的房间时,老人家的病体已渐渐复原了。不过因为仍无气力,所以还是天天睡在大红锦被里。

一天早晨,大媳妇亲自端进参汤来给他喝时,报告了他一个很好的消息:"爸爸,告诉你,阿风的婚期已拣定了,是下个月十六,那时你老人家一定有气力起来吃孙子的喜酒了!"

"吃孙子的喜酒",固然是一个好消息,然而不知怎的,这一天郭老太爷两脚在被窝里东晃西晃,突然好久没想到的空洞洞冷冰冰的烦闷的感觉又来了!他拼命翻着身,想把这烦恼驱散,但毫无用处。

"虽然饮食男女,人之大欲,然而自古以来,女人总是祸水,我到这般年纪,难道还不能解脱吗?"他想起兰香的逃走,记起这场大病的来由,恨恨的责问着自己。

但他找不到什么回答,只茫茫然感到烦闷在逐渐增大起来。

"张升!快到大姑奶奶处去叫桂香丫头回来!"最后郭老太爷终于这样吩咐着。

【阅读提示】

汤雪华是20世纪40年代上海"东吴系女作家"中艺术功底最扎实的一位。早在1944年,谭正璧就在《当代女作家小说选·叙言》(太平书局)里高度评价说,她真正达到了"在平淡中见深刻,在朴素中寓美丽"。她的作品"特别多,不但数量多,而且好的也多,取材又广普,笔调也老练,有些文章,竟然不像是一个年青的女作家写的"。她经常发表作品的报刊有《万象》《春秋》《小说月报》《紫罗兰》《大众》《茶话》《申报·春秋》《中央日报·文综》等,可惜以后时代的变动遮蔽了她的声音。

《郭老太爷的烦闷》是一件艺术的精品,值得珍藏。小说从一个士绅家庭的老爷子的角度写都市人生中欲望的作用,视角独特,心理挖掘和分析也入木三分,耐人寻味。人生从情感的角度体会,是悲剧,但是从理智的角度审察,又是喜剧。这篇小说典型的第三人称叙事,叙述者和审视者明显高于人物,理解、同情但不认同(理性的节制恰到好处),小说的悲喜剧因素就呼之欲出了。

【延伸阅读作品与参考文献】

1. 汤雪华:《投机》《烦恼丝》《墙门里的一天》(小说),见《小姐集》,人民文学出版社 2007 年版。

2. 王羽:《"东吴系女作家"研究(1938—1949)》,华东师范大学 2007 年度博士学位论文。

3. 陈青生:《年轮——四十年代后半期的上海文学》,上海人民出版社 2002年版。

【思考与练习】

从小说的叙述腔调看汤雪华的都市审美态度。

偶　像

张恨水

【阅读提示】

张恨水(1895－1967),原名心远,安徽潜山人。现代章回小说大家,鸳鸯蝴蝶派社会言情小说的最高代表作家。五十几年的写作生涯中,创作了一百多部通俗小说,其中绝大多数是中、长篇章回小说,总计三千万言左右,堪称著作等身。

《偶像》连载于 1941 年 11 月 1 日至 1943 年 3 月 28 日重庆《新民报》晚刊,1944 年 6 月由重庆新民报社初版。新时期以来较早出现的版本是 1993 年 1 月北岳文艺出版社出版的《张恨水全集》中的单行本,推荐阅读。

这部作品长期以来并不为人们所注意,但是华夏出版社初版的"中国现代文学百家——张恨水代表作"里有它,说明这部小说的分量。小说故事发生的地点是在重庆,抗战时期,著名雕刻艺术家、教育家、道德君子丁古云到各学校去演讲,呼吁大家为国家、为抗战积极工作,反对青年人随便谈恋爱,特别反对一些人利用家眷不在身边的机会擅自建立非法小家庭(他们戏称为"伪组织"),并且以自己为原型雕塑"偶像",目的在于砥砺民气,结果得罪了一个艺术家的女朋友夏小姐。夏小姐利用为来校演讲的丁古云承担招待工作的机会,带来一个貌美女骗子蓝田玉,蓝田玉谎称自己是丁古云北京时的学生,巧用诱惑术,引丁古云步步陷入她们的圈套,最后丁古云向抗战组织申请来的三十万元,加上其他五万元,都被蓝田玉骗走。羞愤交加,酒后入眠,旅馆燃起大火,他窗外逃生,可有人估计丁古云被烧死了,新闻纸一出,丁古云就成了"活死人"。这时,他儿子抗战有功,成为英雄,凯旋归来,艺术界和教育界趁机为丁古云办艺术展以示纪念,他得知后也偷偷进去,恰巧蓝田玉与她现在的男伴柴先生也来,并且用一万元的高价买走丁古云雕塑的"偶像"艺术品,而丁古云为了生存则不得不埋名隐姓流落他乡。

从一般道德角度,有人可能会说,丁古云是一个伪君子,但是从都市文化视角看,丁古云则代表了男人在美丽女子面前心理的脆弱。蓝田玉年青、貌美,打扮入时,举止大方,知道什么时候说什么话、做什么事、显示怎么样的风情,特别是小说对其身体诱惑手段的揭示让读者想起许多都市小说中的女性同类,如施蛰存《花梦》中的都市女子,《子夜》中的徐曼丽、刘玉英,《围城》中的鲍小姐、唐晓芙,杨绛《小阳春》中的胡若蕖等。小说从一个侧面丰富了现代都市文学。

【延伸阅读作品与参考文献】

　　1.《张恨水全集·现代青年》(小说),北岳文艺出版社 1993 年版。

　　2. 张占国、魏守忠编:《张恨水研究资料》,知识产权出版社 2009 年版。

【思考与练习】

　　从蓝田玉形象的塑造看张恨水的都市审美态度。

围　城

钱锺书

【阅读提示】

　　钱锺书(1910—1998),字默存,号槐聚,曾用笔名中书君,江苏无锡人。教育世家出身,大学时为"清华四杰"之首,现代著名作家、学者。

　　一生创作不多,仅一本薄薄的短篇小说集《人·兽·鬼》,一本薄薄的散文集《写在人生边上》,一部长篇小说,就是《围城》。《围城》1946 年 2 月开始连载于《文艺复兴》第 1 卷第 2 至 6 期,第 2 卷第 1、2、4 至 6 期;1947 年 5 月由晨光出版公司出版单行本。

　　《围城》也是现代文学作品中修改较多的一部。从《文艺复兴》连载本到出版单行本,从 1947 年初版本到 1980 年 10 月人民文学出版社本,均有较多的修改。到 1985 年还有三次较少的修改。推荐阅读 1990 年 12 月上海文艺出版社出版《中国新文学大系》(1937—1949)第九集·长篇卷二里收入的《文艺复兴》连载本,或 1991 年 5 月四川文艺出版社出版胥智芬的《〈围城〉汇校本》。也可与现在印行的人民文学出版社修改本(定本)对读。

　　对于原版小说,当时左翼批评家认为"小说里看不到人生,看到的只是……野兽般……低级的欲望"和"油腔滑调的俏皮话",更有甚者认为《围城》是"春宫画",包含毒素的"滋阴补肾丸"。(见陈思广《中国现代长篇小说编年》,四川大学出版社 2008 年版)今天看来,这些评论不能说没有一点道理,但是显然失之于偏颇。受海外研究的启发,经过新时期以来 30 多年的重新认识和评价,《围城》已成为研究者和普通读者公认的现代文学史上不可多得的经典之作。

　　小说是对传统英雄传奇和爱情传奇的戏仿,戏仿中达到对现代荒诞人生的反思和反讽。表面上男欢女爱、插科打诨,底子里提出一个重大问题,即人该如何面对现代的自由? 作为一个民族,该如何面对中西方文化交错碰撞所造成的人生困境? 就与现代都市的关系而言,小说塑造了一个迷茫于现代都市与传统乡村之间的青年留学生形象方鸿渐;围绕他,又塑造了几个性格各异的现代女性形象,各各显示都市女性人生的不同方面。鲍小姐代表都市女性肉欲和及时行乐的一面,苏文纨代表都市女性伪饰、做作和精神退化的一面,唐晓芙代表都市女性较完美和扑朔迷离的一面,孙柔嘉代表都市女性普通而又充满算计的一面,刘小姐代表部分都市女性的不解风情,范小姐又走向另一个极端,代表部分都市女性极端的矫揉造作和恶俗。

　　夏志清《中国现代小说史》论"《围城》是一部探讨人的孤立和彼此间的无法沟通的小说",杨联芬《中国现代小说导论》认为方鸿渐代表"人性的多余",解志熙《风中芦苇在思索——中国现代文学的现代性片论》则进一步将方鸿渐与西方现代派文学中的反英雄形象归入同一个序列。

【延伸阅读作品与参考文献】

　　1.钱锺书:《人・兽・鬼》(小说集),生活・读书・新知三联书店 2002 年版。

　　2.温儒敏:《〈围城〉的三层意蕴》,《中国现代文学研究丛刊》1989 年第 1 期。

　　3.解志熙:《风中芦苇在思索——中国现代文学的现代性片论》有关篇章,河南人民出版社 1994 年版。

　　4.《二十世纪道家文化的祭品——浅析方鸿渐性格的文化成因及其悲剧》,《名作欣赏》1993 年第 4 期。

　　5.左怀建:《〈围城〉与四十年代海派小说》,见左怀建《边缘游走——中国现代文学分析》,中央编译出版社 2010 年版。

【思考与练习】

　　1.如何理解小说主人公方鸿渐的逃避自由?

　　2.如何理解鲍小姐、苏文纨、唐晓芙、孙柔嘉的象征意义?

　　3.举例说明小说的讽刺艺术。

小阳春[①]

杨绛

其实是秋天,余斌博士心上只觉得像春天。谁说他老了？四十岁正是壮年有为。他皮底下,还流著青年的血。他的兴致,像刚去了盖的汽水瓶里的泡沫,骨都都直往上冒。他推开满书桌乱堆著的政治思想社会问题的世界名著。什么研究！什么著作！他只觉得一对脚尖儿,著了魔似的站立不定,不由自主的想跳舞。而俞斌从没功夫学过跳舞。他哼哼了一会,发现唯一会哼的半个调子——他小儿子唱的"小耗子"上半节——太单调些,不够传达胸中生意。跑向窗口,望望楼底下大门前的一小方草地:虽然绿得憔悴,还没枯黄。白石盆里的兰花,正晒在夕阳里,阳光中的绿叶,好像对他会心微笑。俞斌立刻决定要出去散散步。

他还没转身,听见太太的脚步声,便喊:"小宝贝呢?"

俞太太忙接口喊:"小弟！爸爸叫。"

俞斌听见她进来了,灵巧地用跳舞步伐,把身子一旋,——在一个四十岁稍微发胖的从不运动的人,实灵活得出人意外。他旋转身,拦腰一把,把太太搂住。在她丰腴的颊上,扑的贴上一个大肥吻。笑道:"这宝贝儿不认得自己！"

俞太太不耐烦地挣脱身,半嗔半恼瞅他一眼道:"你干么?"一面抽出小手绢儿来擦脸。

俞斌觉得没意思。推开他也罢了,还用手绢儿擦脸,不是分明嫌他?可是他这时的大圆脸儿,连皮连肉都在笑,没处容纳恼怒。只涎著脸道:"秋胡戏妻呀！"不等她回口,忙又拉住她说:"咱们出去走走。"

"走那儿去?回头裁缝要来,我想把你那件丝绵袍重翻一翻。还有半斤丝绵,不知搁那儿了。"她忙著开橱开柜子开抽屉——这屋是他们的卧室。俞斌喜欢在这里用功,比楼下兼做客厅的书房亮。

看光景,太太不会肯出门。俞斌故意大声怨叹道:"好,好。我是个老鳏夫,没人陪伴的！"一面跑到太太的梳装台前去打扮自己。笨拙地打开太太的杏仁蜜瓶,把瓶盖滚得老远。

"唉！你尽看中我的杏仁蜜！"俞太太拣起瓶盖,过来盖上。看丈夫翘著十个

①作者杨绛(1911—2016),原名杨季康,江苏无锡人,现代著名女作家、翻译家,其20世纪40年代在上海的创作具有鲜明的都市文学倾向。该篇作品原载1946年8月1日《文艺复兴》第2卷第1期,后经个别文字修改收入作者作品集《杂忆与杂写》,花城出版社1992年7月初版;现选自1946年8月《文艺复兴》第2卷第1期。

指头，两手心捧著脸颊搽蜜，不禁笑了。"好个老鲽夫！太美了！"

俞斌端详著镜中的自己，很满意地说："也满漂亮呀！也不算老呀！"

太太说："本来谁说你老！"

俞斌刷著头发，叹道："不过头发略为秃些，略为！"他故意对镜挤眉弄眼，表示自己很幽默。

太太笑道："什么秃，越显得脑门子高大呀！"她不耐烦地抢过刷子，替丈夫刷整齐了头发，又换给他一件干净手绢儿便催他快走。

下了楼，出门之先，他抬头看看卧室的窗口，再叫一声："惠芬！"（这回不再叫什么小宝贝了）太太探出头问什么事，俞斌只笑著对她挥挥手说："回头见。"太太怒道："人家有事呢！"缩进头就不见了。俞斌头上好像淋了一杯冷水。

表示不屈精神，他脚底下的弹簧，弹力越发振足。他不顾道上行人看他笑他，挺著脖子，挺著肚子，撅呀撅的走得真起劲。可是拐了两个弯，兴致泄了一半。像吊在沟水里的出了气的皮球；出掉几分气，灌进几分污水。俞斌渐渐觉得心上重滞得浮不大起。没趣么？真没趣！当然，惠芬是好太太，头等好太太。可是，一个女人，怎么做了太太便把其他都忘了？太太，便不复是情人，不复是朋友。多没趣！她这样就满足了。做个好太太，称心满意的发了胖，准备老了！俞斌觉得自己的发胖，全是太太传染给他的。胖不会传染啊？她心平气和，感情懒怠，影响了自己，便也发胖了。俞斌真不愿意胖呀！没人知道他多么嫌恨肥人。"给我瘦的！全身是筋的瘦人！"他指女人。皮肤白的他也不喜欢。"白有什么好？生面粉似的！给我太阳晒熟的颜色。宁可晒焦，不要生的！"这是俞斌的择妻条件。像一切开列了择妻条件的男人，他恰恰选择了和条件绝对相反的太太。俞斌并没有什么不满太太的，虽然和他的条件相反。只是有时候，对于现实不满，模糊地希冀著什么——譬如这时候，他就因发胖而联想到皮肤的黑白："白是没感情的颜色。黑，表示涵蕴著太阳的热——或者——像一朵乌云，饱含著电！"俞斌微微的笑了，知道自己在颂赞谁。反正，胡想想，又不是当了胡若�小姐的面恭维她！

他已经顺脚进了公园，走在僻静的乱石道上。踏著树影，慢慢的走，做著梦——也不是梦，不过在想著那俏丽轻健的身体，薄薄脸儿，灵巧的口鼻，修镊得细而弯的黑眉，浓黑的睫毛，乌黑的眼珠，一笑一亮——俞斌脚下一拌，险的摔交。就势坐在树下石条上，自己嘲笑自己：想不得！危险！——咄，想她！她眼睛生在头顶上呢！男同学那一个在她眼睛里！从前还虚心常上门向自己讨教，现在把先生都不放在眼睛里了——放在眼睛里又怎么？一个秃了顶的老头子——一阵风过，俞斌觉得冷。原来太阳不知什么时候已经下去了。满地斜长的树影儿都不见了，只剩些半青半黄的落叶，显得冷落可怜。他不觉连叹了两声气。"老了，老了，老了，"他无限感叹的踱回家去。

吃晚饭的时候，太太忽然说："刚才一个女学生来找你。"

小弟立刻道："胡若蘽！"

俞太太说："你知道什么，快吃饭。"

大哥很老成的说："是她。"

俞斌只觉得热烘烘的，不知是在心上，还是脸上。他装作满不在乎的问道："她来干么？"

俞太太毫无兴趣地说："谁知道她！"

"你没问问她？"

"我说你刚出门。"太太索然说。

俞斌再要追问，又觉得没什么可问的。看看太太的脸，找不出一丝表情，只得扯淡道："小弟怎么都认识？"小弟和大哥都忙著啃鸭翅膀。太太微笑道："我就一辈子也分不清谁叫什么。只记得一个乌黑乌黑的锅底脸，一脸黑毛，说话哼呀哼，像要哭出来似的。"

俞斌大声诧怪道："胡若蘽么？何至于像你说得那样！"

"也不知道胡若蘽不胡若蘽，就是才刚来的一个。"太太很冷静的放下筷子，起来洗脸。

俞斌满心愤慨。胡小姐黑是黑，可是离锅底还远著。她汗毛重些，又何曾一脸黑毛！人家年轻小姐一股子娇劲儿，怎么是"哼呀哼"！真真的女人全不懂审美，只把自己做标准。俞斌瞪视著热汽腾腾的热手巾后面的太太尊容：鼻子，嘴，脸颊，眼泡，全是油光光的嫩粉红色。半根毛都没有，连眉毛都没有。一个赤裸裸的胖大嫩粉红脸儿。当然，惠芬平时并不整个脸儿嫩红。谁都承认她相貌好。不过"美"也有休息的时候。俞斌不是不讲理的男人，一定要太太每一分钟都好看。可是说了人家一脸黑毛，叫人家不由自主的注意到她那无毛的脸，她真该照照镜子！

恰好这时候，门铃响，张妈开门请进来一位小姐。不是别人，正是那位"满脸黑毛"的胡若蘽。

俞斌丢下饭碗，哑著声急促地赶两个孩子："快，快，上去吧，上去。"因为他们吃饭的"饭厅"，不过是会客室凸出的一小四方。让客气的客人看见，俞斌总觉得很不体面。孩子们果然放下碗要跑了。可是俞太太很坚定的叫大哥小弟坐下慢慢吃。她高声请胡小姐坐坐，自己却坐到饭桌旁看孩子吃饭，替他们夹菜。

俞斌拉起湿毛巾抹了一下嘴，忙迎了出去。只见胡小姐站在灯底下，穿一件墨红呢夹旗袍，罩一件深灰色狭腰身的夹大衣。她黑得静，软，暖和。像一朵堆绒的墨红洋玫瑰花苞儿。她扇下浓密的睫毛，半含羞，半撒娇地笑道："我又来了。"

俞斌忙道歉方才失迎，请胡小姐坐，问胡小姐脱大衣么？胡小姐吃了晚饭么？他匆忙得一句句话都相互磕碰，意思都撞乱了。一阵不自在，忙搭讪著回头叫"惠芬"。可是俞太太不知和孩子谈著什么乐呢，押著他们俩说笑著上楼去了。

胡小姐慢慢的脱下大衣，一面撑起眉头，嘟起小嘴，如怨如慕的看着俞斌道："我真过意不去，一次两次来打搅俞太太。"俞斌只顾说："那里那里"，也没辨明人家是在道歉，是在告状。她接着很矜持地说：她是负着使命来的，要不然，决不敢一次两次上门。——她在编辑级刊，一定要俞先生大文，以光篇幅。俞斌得意地嘻着嘴道歉："没有好稿子。"胡小姐歪着脸怪调皮的笑着说："只怕太好。"俞斌翻着抽屉，踌躇了半天。胡小姐站到抽屉旁边，偷望着宝藏，更顽皮的说："俞先生舍不得，她就抢了。"俞斌挑了一篇旧文章，自谦"不好"。胡小姐捧着就读，读着坐下沙发。可是她知道俞先生在读她的脸。顶坏的俞先生！她收起稿子，很正经的道谢。于是——两人忽然觉得，没什么话说了。俞斌便问胡小姐近来看什么书？忙得怎样？胡小姐便问俞先生，近来有何新作？说完，两人更觉得没话说了。可是，胡小姐并不想起身，俞斌也生怕她告辞。

此时无言胜有言！俞斌只觉得这时会客室里，充满了"饱含着电的乌云"里流散出来的阴阳电子。他自己活像一支颤巍巍的紫铜丝，等候着触电。忽然，他灵机一动，拍着腿笑道："对了！胡小姐请坐一坐——"他跳起身时太剧烈，险些差些儿踹在胡小姐脚上，忙移开脚尖，身子一倾，正跌在胡小姐坐的沙发椅背上。她立刻两手扶住。没说什么，大家眼对著眼笑了一笑。俞斌这时真是触了电。道歉都忘了。像个害羞的女孩子，逃也似的往楼上跑。

冲进房间就喊惠芬，问她："小弟的糖呢？"俞太太正坐在梳装台前拢头发，镜子里，看见丈夫兴奋的脸。她手停在半空，也不回头，只看住了镜中的丈夫。她平时吃过饭不再打扮，今晚非但搽粉，还涂了胭脂。不过俞斌并没留意。他不等太太回答，便去开橱门取小弟的糖匣，知道两兄弟都在三楼玩，不会来抵抗。可是俞太太赶过来把他一把推开，关上橱门，再把身子倚在橱门上。她坚定的说："小弟的！"

想不到太太会这般小气。俞斌陪着笑道："我买还他一匣。"

太太越发铁青了脸："谁要你还！"她索性锁上橱门，自己下楼。

这又算什么呢！为一匣糖！俞斌怪冤屈的跟下去。

太太脸变得真快。她已经满脸堆下笑，对胡小姐道歉："简慢胡小姐了，不能早来陪你。"胡小姐怪甜醇的笑着，也一再道歉："打扰了俞太太。"俞斌忽然发现太太在笑的空隙中，两只眼睛里，放射着刀枪剑戟似的目光，在剁人刺人。"胡小姐真能干啊！"——一刀。

"那里，俞太太！"她满不在乎的笑着，垂下浓密的睫毛作盾牌。

"您真是能者多劳了。"——一枪。

"您笑话了，俞太太。"

"啊！！"俞斌恍然大悟。"怪不得！！胡小姐不来，是太太得罪了她，"他不由自主的对太太起了敌意。看她那敛了笑容的脸，实在替胡小姐难堪。人家那么个骄傲人，为老师一篇文章，平白无辜的受怠慢，看颜色。俞斌感愧之余，更增添了对胡小姐的怜惜。看她睫毛掩映着乌黑发亮的眼珠，装做不知不觉。难道她会不知觉！这么个活泼敏锐的脸！比了她，太太的脸，真呆滞黯淡得无光无色——俞斌把眼光转向太太，才知觉太太的眼光，一刀一枪的搠向自己脸上来了。俞斌既没本事和她交战，也没浓长的睫毛作盾牌，只把眼睛看着鼻子，不敢再欣赏胡小姐抵御的艺术。听太太小姐技巧纯熟地交换恭维，又插不进话去。呆坐着，傻笑了两次，不知这般局面，如何打破。

胡小姐预备告辞了，一只手慢慢地取过大衣。唉，真对不起人家。

她还没有起身，楼上两个孩子，一递一声的高叫着"妈妈"，越叫越响。胡小姐站起来说："该走了。"太太也站起来，忙得不及留她，匆匆说再见，她得上去看看那两个吵闹的孩子。就这样她先告辞退场。俞斌很抱歉地说："不再坐会儿？"胡小姐只疲乏地摇摇头，自己披上了夹大衣。

俞斌送她出门。懊悔没帮她穿外衣，又抱愧太太简慢，无从表白自己，只能利用洋规矩，临别热诚的握一握手。还不知是他太热诚了些儿，捏痛了胡小姐的手；还不知是他们没行惯这种洋礼貌，时间握得太长了些儿——也不知是怎么一回事，胡小姐一缩手，俞斌还不及放开，她往前一栽，恰好撞在俞斌怀里，俞斌恰吻着了这位堆绒的墨红花儿小姐。

俞太太打发两个孩子睡了觉，等着等着，怎么丈夫还不上来？她悄悄的蹑足下楼。只见客堂里雪亮的灯下，俞斌独自痴呆呆的坐着。半晌半晌，他没动一动。

钟打十下，俞斌如梦初醒的跳起来。方才打的"补血针"或"刺激针"反应已讨，药力已到。他浑身轻健的两步并作一步，哼着"小耗子，上灯台……"跑进房间，只见太太呆呆的坐在镜台前。他进来了，才假装着拆散头发，拿起刷子，慢慢地刷。俞斌吓了跳，怎么回事？她知道了么？

假装打两个呵欠，先表白一句："我看书看得眼睛都合下来了。"

太太不理。

"胡小姐对你楼窗上招手，看见么？"他再试探一句。

"没看见。"太太非常冷淡。

俞斌越发狐疑了。不敢再多问，怀着鬼胎到洗脸室去洗脸漱口，等待太太发作。可是太太只说："今儿暖和，少盖一床被吧。"难道这句话是双关？

他躺上床，合眼装睡。在半醉情绪中，一会儿就睡着了。沉沉一觉，醒来已天亮。睁眼一看，向来晏起的太太，已经不在房里。忙看钟，还不过七点。怪么？俞斌一奇怪，便想起了昨晚所有的事。恰如酒醒后回味，觉得没意思。假如惠芬为他气得一夜没睡,怎么对得起她。当初,他们俩不是恋爱而结婚的?半老的人了,还跟年轻小姐们胡闹什么?他的春天已经过去了。春天是别人的了。

俞斌披衣起来,一面下决心,一面又觉悲凄。春天是别人的了。自己的春天已经过去了。就没知觉怎么过去的。挣扎着,挣扎着,为生活,为学问。人生真和流水一般,不舍昼夜。他现在是有声望有成就的俞博士。可是,才站定脚跟,才有闲暇睁眼望望这世界,这世界已经枯黄憔悴,变了颜色。

这时,太太进来拿东西。她脸上有些浮肿,却粉刷得很鲜艳。俞斌关切地忙问:"怎么一清早就起来了?"太太很高兴的样儿说:"睡得熟,就起得早。"

"你也不叫我一声?"

太太笑道:"让你多做几个好梦呀!"她头也不回的一直出去了。

俞斌忙叫:"惠芬!惠芬!"太太又折回来,脸上冷冰。才刚的笑容,原来勉强的。她一双冰冷的眼睛,打着问号,停在他脸上。俞斌没看见太太这般冷过。很不舒服的避开了脸,强笑道:

"我说,假如我做的好梦,不跟你——"

太太摔手道:"有你自由。"

"你不吃醋?"

太太像一块冒着汽的冰。冰冻的眼睛里,腾腾地冒出忿怒。"我从来不爱吃醋。"她坚定地只说了这一句,紧抿着嘴,好像真有人要灌她喝醋似的。俞斌讨了老大没趣。原想借此招认求饶的,太太既然拒人于千里之外,叫他也无从亲近起。况且,俞斌想:"她在乎么?她还爱他么?她不过占有着丈夫罢了!逼他一同老,不许他再有春天,不许他在别人的春天里分一份。"

"该放心了!"太太看他半天不说话,心上抱歉起来,忙笑着叮上这一句。

俞斌不答理,也没看见太太陪笑的脸。他自言自语地说:"她才不在乎。"

太太赌气也不答应。乘他转背时,忙从自己枕头底下,挖出一团皱结成一块的手绢儿,拿去浸在水盆子里。

这一天俞斌不上学校。明天到校,却不见胡小姐。他心上纳罕,她生了气么?好糊涂!现在不能指望胡若蕖上门请教,该自己先看她去!两天浸沉在墨红堆绒花儿的回味中,饥渴着要再看见她。不知道再见她时,该怎么个态度。她在避不见面么?恼了么?俞斌不安得很。打定主意要冒昧到胡小姐家里去一次。

胡小姐住在某街某弄,他早在无意中留心过。这天上完课,且不回家,先到理发店去剃头刮面。修饰整洁了,鼓足勇气到胡小姐家去。借口是:上次那篇稿子有几处要修改——假如需要借口。他找到了弄堂,找到了出入的后门。可是应门的女佣说:"这儿是丁家。"俞斌忙退出来,心想:"糟了!搅错了号头了。"那女佣却很灵俐地打量俞斌道:

"您找胡小姐么？"

俞斌忙应："是。"

"您贵姓啊？"

俞斌说了姓俞，那女佣越发把他细细地上下端详了好几眼。笑道：

"您是俞博士先生啊？胡小姐不在家，可是有一封信给您的。"她进去拿信，俞斌莫名其妙的站在厨房里等着。一会儿，那女佣拿着一封信来了；信面上没有地名，只有"俞斌先生台启"几个字。

"是您吧？胡小姐没在家。"她再申说一遍。

俞斌很失望。人家不请他进去坐，总不成强赖在厨房里。退出后门，再抬头向楼窗上望望，希望看见胡小姐伸头看他，可以证实他的疑心。但是胡小姐即使偷望，决不肯让他看见。俞斌快快的走出弄堂。

他对于情书，早已不感兴趣。好几年前，偶然翻阅自己和惠芬结婚前的通信，使他脸上热得发烧，身上冷得起栗。不敢想惠芬之外，有谁偷看过。乘太太不在家，一顿火烧个干净。叫他再干这一套傻事，他可没本事了。不过他怕胡若蕖这信，还不是情书。十九是埋怨他或是和他决绝的信。

信很简短："俞先生：我不知道该快活还是该害怕，请你教了我。——若蕖。×月×日"月日旁边，名字底下，两行细字："这位小姐今晚没洗脸就睡了，猜，为什么？"

为什么？俞斌步出弄堂，恍然大悟。"啊！她怕擦掉了——她愿意留着——"羞愧感激，俞斌恨不能把她搂在怀中挤挤。这孩子可爱，"美人才调太玲珑"，正是为她说的。俞斌又抽出信来，看看日期，正是那天晚上。好糊涂，两天冷落了她，这孩子一定气坏了。"该快活还是该害怕？"这句话他不喜欢。"请你教了我。"语气是严冷的还是撒娇的？总觉得有些儿咄咄逼人。并且，她怎么预定他会上门去取这信？

俞斌对于恋爱，恰像老年人对于生命，只企求安逸的享受，赖得再赔上苦恼挣扎。"我亦阴符满腹中"，的确；可是要他再运用机智，太麻烦些。然而胡小姐这信不能不复。他得搁开正经，费神好好儿回复她。

对着太太写信不方便，借端一人在楼下写。偏偏的太太不识趣，说是节省电灯，抱了一包绒线活儿来坐在对面。俞斌对着手不停织的太太，一个字都落不下纸。

床上翻腾着，又觉写信太落痕迹，不如写一首诗，飘忽，灵动，还可以缚住了胸中捉拿不定的情感。他闭上眼睛，抓住这个字，嵌下那个字，把半个恬静的夜，涂抹成一幅字迹模糊的诗稿。末后，合上的眼睛前也模糊了。诗稿像白布幕上的电影，停了电，只剩下一幅白布。俞斌睡着了。

醒来立刻记起，难题还未解决。还是当面讲吧，比动笔省力。可是俞斌虽然有机会看见胡若蕖,却从没机会跟她说半句话。在俞斌面前,她眼皮儿都不抬一抬,分明是恼了。怎么办呢? 早知是寻烦恼,那天晚上——可是,那是不可避免的偶然呀!

俞斌毕竟是个有学问的人。他知道哪里去找参考书本。像学生做论文,他抄袭修改,制成了很长的一封情书,这般交了卷。

明天早上,夫妇俩正吃早饭——孩子们早已吃了上学了——忽然前门有人按铃,女佣接进来一封俞先生的信。俞斌一看笔迹,就知道是谁的。信封上也分明写著胡缄。他只觉一颗心直往下沉,然后又左右上下乱撞乱跳。这孩子太莽撞,还是她故意捣乱? 忙抢过信,觉得脸在发烧,不知怎么好,硬装出一阵咳嗽。下文如何,还没想出来,只得咳个不停,假咳变成了真咳。太太停箸道:"怎么了? 米到了鼻子里去了?"他借此抓了信直咳到楼上。把信妥藏在里面口袋里,忙在自己书桌上另拿一封同样信封的旧信,一路看下来。一面笑著说:

"我要紧说话,偏罚我说不出话来。可不是一颗粥米跑到鼻子里去了!"

"谁的信?"太太样子很随便。

"没关系的。"他把信一扬,随便放在一旁。

太太偷偷儿斜过眼去看信,于是她问:"你刚才要说什么?"

"忘了。"他把指头擦著太阳堂,笑道:"忘得一干二净。"他拍拍胸口,表示还咳得痛。

太太要说什么,一顿,没说。继续吃她的饭。俞斌疑疑惑惑放下半个心。

哄过了太太么? 他不敢探问,只忙忙的吃完上楼,换了衣裳出门。怀了信,躲到公园僻静处,准备在到校之前把这信细读一过。

信却短得不经一读。只两句:"谢谢你的信。我今天下午在家。你的——"

只有"你的"下一竖,能使他反复玩味,能使他把各式称呼填嵌进去。俞斌试填了几种,觉得在自哄自,觉得失望,无趣。他更怀疑她故意送信上门,是对他太太宣战。可是,除了他家,叫她往哪儿寄信呢。

明天下午,胡小姐在丁家客堂里接待他:很自然,很大方,不太冷,也不太热。她穿著一件软绸夹袍,很清楚地衬出浑身轮廓。怪精致的脚,穿一双半新的绣花鞋。这般动人打扮,使俞斌踽踽不安,不敢看她。她却自在地酬答,告诉他许多细碎的事,放任他吹牛,谈他"自己"。她说,她笑,她静听,她谄媚:好像他们中间,从没有过那一晚的事———那事好像是俞斌的幻想,他背了人做的梦。只在临别时,胡若蕖把她瘦小的手,钻入了俞斌肥厚的手掌中,俞斌心醉地捏紧了这一只可怜的彷徨的小手,又跑进了那晚的梦境。他凑近时——可是,门外的脚声,把俞斌从那梦中直拖出来。他笨拙地站起来告辞。胡小姐好像什么都很自然。她送俞斌出门,请他再来。

原来胡小姐课余在丁家处馆。她自己的家在乡下。胡小姐和东家相处得好，能随时借用客厅。俞斌从此做了这客堂里的惯客。这里，幻想是实在，梦是真。白水是酒。谈笑是诗。"你们平庸人，忠实的丈夫，循规蹈矩的公民，你们知道什么叫人生！什么是恋爱！"俞斌胜利地自觉不平凡。他非但年青了，并且尝到了人生真滋味。他常在图书馆"写稿子"，他从胡小姐那儿收到的"稿子"，藏在贴身衬衣口袋里的，也愈积愈厚。

俞斌整个人，已经从"散文"改变成"诗"。因此，常嫌恨他的"稿子"（俞太太奇怪丈夫近来灵感之富，写那么多稿子）。不配传达自己。诗中间还嫌有文字渣滓，最好用音乐。可是他不能抱一堆音乐送人，所以俞斌到花店去选了一大束紫红玫瑰，买了一大匣非常体面的巧克力糖，等不及胡小姐指定的日期，兴匆匆的去寻他的"梦"，他的"幻想"。

照规矩从常开着的后门进去，穿过厨房进客堂。俞斌一只脚才踏进客堂，便冻结住在门口。套着青布套的长沙发上，胡若葉扭著腰扬著脸坐着，恰好是他看惯的姿势。只是，离她脸不到三寸的另一个脸，不是俞斌的。这位先生，正是俞斌的另一个得意高足陈谦。

胡小姐立刻跑过来，两手护着花，把脸颊偎上去嗅著笑道："好美的花儿！"

陈谦把礼貌都忘了。只四四方方的坐着。一脸威严，两眼义愤，把俞斌收缩成一个赤手就擒的小偷儿。

所谓情急智生，俞斌捏着花不放手，笑道："不错吧？这是送我内人的生日礼。"

胡小姐立刻改演另一角色，顽皮地笑道："师母生么？啊呀，俞先生，不请我们吃面！陈谦，咱们立刻买了寿礼叮俞先生回去！"陈谦咕噜了一声不知什么话。俞斌紧捏着花儿，挟着糖匣，也不坐下，只含糊说：

"我路过，进来通知你一声，稿子排好了，让我自己校样。"

胡小姐踢踢陈谦的脚道："听见没有？"

陈谦懒怠地移动一下座位，眼看著地下道："好吧。"

胡小姐礼貌周到的送老师出门，陈谦也懒拖拖的跟着送出来。俞斌捧着花，挟著糖匣，尴尬的笑著告辞回去。

可怜俞斌，活像一只雨淋的大公鸡。快到家了，才想起手里的东西怎么处置，扔了？舍不得。送别人？没别人送。好在上面不写着胡若葉名字，尽可以将错就错，送了太太。只是老夫妇忽然送起花来，未免突兀。而且做家的太太，一定还要怪他不买便宜的菊花，却买珍贵的玫瑰；不买称磅散装的糖，却买匣子。她一定埋怨一顿，留下糖匣送人情。

俞太太非但不嫌突兀，也没怪他浪费。傻女人，傻得不可思议。你把情人待她，她便情人自居；珍重的接过这一束玫瑰，嗅嗅，笑笑，还摘下一朵，戴在鬂上。抱著糖匣，脸上糖一般甜蜜。这不是丈夫向自己请罪的意思么！俞太太懊悔连

357

日心上冷淡了丈夫,把他撇得老远。原来他都觉得,原来他跟自己还是好好的。是自己太小心眼儿;冤他厌弃自己。其实,还不是自己冷落了他! 俞太太怪有意思的看了丈夫一眼,打开糖盒子,自己先吃一块——不像太太,不像母亲,小女孩儿一般,她咬著糖——俞斌偷看太太,确定她不在赌气,才放心陪吃,也叫孩子们来分享。

胡若蕖原约俞斌明晨大清早在公园僻静处等她,昨天没取消这约会,当然他还得赴约。他急要听胡小姐的解释。她有许多男朋友,俞斌早知道。可是他并不必吃醋争风,因为胡若蕖对他的感情,只安慰他,增添了他的自信,原来他远在这群追随者之上。可是胡若蕖没欺哄他么? 她不过是帮助自己欺哄陈谦么? 她没有误会自己的花和糖的原意么? 俞斌心上像有蚂蚁在爬。天没亮他就起来了,惊醒了太太。

"起来了?"

"好天气,想到公园走走去——你去不去? 看菊花?"俞斌稳知太太决不肯去。万不料太太吃了情人糖也变成了情人,她一骨碌从被窝中钻了出来。俞斌忙按住她,叫她再睡一会儿。可是,他越体贴,太太越巴结。立刻下床,立刻梳洗,立刻穿衣打扮。俞斌偷不出一分钟的空隙,能让他思索个对付良策。大哥小弟还没吃早饭,他们夫妇俩已经并肩出门了。

俞斌心里直在急:"糟糕! 糟糕!"嘴里不停的和太太说话。太太今天的话偏多,兴致偏好。她要到池边去看鱼,她要站在桥上照水看自己影子,她要走那条小路,看青苔多厚……

胡小姐远远看见,实在不能相信自己的眼睛。他们迎面走近来了。可不是俞先生,臂上挂著个鲜妍愉快的俞太太! 这分明是俞先生对自己的侮辱。她迎上去笑道:

"俞先生,俞太太,你们早呀!"

俞太太再想不到,他们夫妇游园,正好让"她"瞧见,太称心满意了! 她满脸骄傲的笑道:"您也早啊!"

"在等人。"胡小姐说。

俞太太不愿意为胡小姐所耽搁,她笑著一点头,扯扯丈夫衣袖。俞斌没说一句话。傻笑著给太太带走了。走过几步,俞太太鄙夷地说:"一老清早,在等什么情人呢!"一面不由自主的回过头去看她。恰好胡小姐也在回头,忙回过脸来恶笑著道:"她在看你呢!"

俞斌掏出大手绢来,抹著汗道:"咱们到那边儿看菊花去。"

"哼!"太太想,"这回开了眼吧! 人家在等人!"俞太太的胜利,满了一百分。

她那里知道,情人间的误会,好比木柴上的根节,著了火,燃烧得分外旺。两汪泪,一个吻,俞斌和胡若蕖的交情,又斩进了一关。俞太太还自满自傲的兀坐在"太太"宝座上。

这个建筑在错误上的快活，也依照盈虚消长的原则，满了就亏损。她这天偶然尽心，在丈夫换下的衬衣口袋里掏摸一下，防里面有遗忘的钞票。没想到袋里厚厚一大叠纸，正是胡小姐的"稿子"。她心上一抽紧，饿鹰抓小鸡似的攫取了这叠情书。看了一封，两封，简直不能相信。怕丈夫赶回来抢，又怕张妈撞来看见，索性躲进浴室，锁上了门。

假如她读到丈夫的"稿子"，也许会伤心。可是，读到胡小姐写给自己丈夫的信，只使她无限鄙夷。使她几次对信纸狠狠地"啐！"一下。"不要脸的贱坯！讲神圣爱情！讲心！讲灵魂！偏有这种糊涂下流男人把她当真，反把太太蒙在鼓里。"她气愤地倚坐在浴缸边上。事实渐渐儿沁入意识，她一下子发现自己完全孤独，她被欺骗，她被遗弃了。她成了无人需要的多余的东西。没有一滴眼泪，润泽她心上的干枯烦躁，只觉自己是脱了仁的壳，去了酒的渣滓。

"好哇！跟你那黑毛女人去吧！我希罕！"真的，有了这般个好太太而不知珍贵，他也只配跟那黑毛女人混去！可是，俞太太切实的头脑，立刻又把这话推翻。"为什么？倒让她！没那么容易！我做弃妇免她做姘妇！"单为叫人家不洽意，她也绝不退让。实行伊索寓言中占据马槽的恶狗。并且，她还得为孩子们著想。

忽然，她敏锐地听得下面开门声。是丈夫记起情书赶回来了么？俞太太警告自己，千万留心，装不知道，别跟他闹。胡小姐不妨当她是个没头脑的当家女人，她可有她的心眼儿，才不闹离婚便宜别人。俞太太很快的把一叠信塞进原来口袋，扭开水龙头，把脏衣裳连带情书冲了又冲，再在口袋上用力乱捏，让水进去，把那叠肉麻东西溶成一块墨糕。这是件快意的事，她擦著手，恶笑著开了浴室的门。

她等待著，故意拣起绒线活，闲闲地编织。只听得张妈滞缓的脚声，一级级上楼。说是卖酱油的来问要不要送酱油。打发了张妈下去，俞太太觉得紧张后的松弛，挟著无限烦厌。做一个太太有什么好？还怕别人抢了地盘去？她得占住这地盘，把自己搅拌在柴米琐碎中间。丈夫的世界，她走不进。孩子的世界，她走不进。用剩了，她成了累赘。俞太太觉得不服气。什么地方错了？也许错的是她自己，女人自己。

可是俞太太没力量理论，只觉得无限烦倦。厨下饭菜的味儿在往上浮。一会儿孩子们就回家了，丈夫也就要回来了。俞太太忽然觉得不愿意看见他们。她要独自一个人。已经十一点了。她也不打扮，披上大衣，拿了钱袋，下楼告诉张妈她不在家吃饭，一个人走出门去。

那儿去呢？出了门又踌躇。一阵风来，冷得很。俞太太抬头看看天，像要下雨。早晨的太阳冷冷淡淡，这时完全给黑云遮没了。她无目的地走了一会，买了点儿东西，觉得乏了，便到平日丈夫常带她吃点心的地方去吃饭，赌气自己款待一下。可是她把菜单读了半天，只叫了一碗面。对著一碗面，没缘由的伤心起来，簌落落眼泪直抛。这时不愿意哭，偏又泪多。勉强恁恿自己，一个人看戏去。无聊无赖的在街上闲荡了一阵，跑进戏院去呆等。上了戏，看了一半，觉得实在没味，没看完便出来了。外面，天已经黑沉沉的在下雨了。斜斜的细雨，下得很认真。俞太太只能雇了车回家，一路上冷得直哆嗦。

大哥小弟早已吃完热点心，在偷空玩儿。丈夫呢？"刚回家，"张妈笑著道，"老爷淋得一身是水。"她正忙著打热水。

俞斌光著一双脚坐在床上。地下是湿了的鞋袜。头发上全是雨水。他看著自己的两个大脚趾头，在发呆。

"该死的！你要著冷了！"俞太太还是习惯地怜惜丈夫。

俞斌抬起脸，从雨湿模糊的眼镜里，雾中看花似的看著太太。他有几分虚心，却厚皮涎脸的笑著说："我说，惠芬，咱们到杭州去。"

"杭州去？"俞太太眼睛都睁圆了，她只想破口骂他发疯。可是管束住自己，掩饰着心上的怀疑，装作冷静的问道："干么？"

"玩儿去。"俞斌看著太太，把两个大脚趾对碰著。

"杭州去？玩儿？跟谁？"

"咱们俩啊！"

俞太太冷笑了。"咱们俩！到杭州！看菊花去吧？"提起这事，她一肚子怨愤，再也按捺不住。"当我不知道！我跟你上杭州！听你们星呀月呀灵魂儿呀的谈神圣的恋爱去！"

俞斌尴尬著脸在笑。他回家吃饭时，已经发现了那块墨糕了。他手扳著脚，往后一倒，滚了一个元宝。

俞太太越发生气了。原先决定假作痴聋的决心都撇开，她一连串的冷笑道：

"你乐呀！带了你的姸头新娘子度蜜月去，何必再拿我开心！"

俞斌床上爬起来道："你说谁？"

"说谁？说谁！还要人家多说几遍你心上人儿的芳名？说谁？我就知道红莲白莲青莲紫莲，就没听见过黑荷花！"

俞斌认真大笑了："你说胡若蕖么？你放心，人家已经订了婚了。"

"跟谁？跟你？"

"跟陈谦。"

俞太太不言语。猜疑地看著丈夫。然后恍然道："所以气得你失魂落魄，把自己弄成个雨淋鬼似的。"

俞斌骄矜的自夸道："我气么！就是我劝她的。"

"为什么要你劝！"太太冷笑了。"你是她的谁？"

"我，我，我决不肯对不起你——我怎么能够呢。"他一把拉过太太，"你不相信么？我——"

太太摔开手背过脸去。俞斌赤脚下地又拉她回来。

"她自己要跟我谈,她说陈谦对她怎么怎么,顶有意思,我就劝她——我——我劝她——"他想起方才胡小姐探问他时眼睛里的表情,劝她后,她伏在桌上呜咽哭泣,使他觉得自己真是个懦夫,对不起胡小姐。幸而事情都过去了,不愿意再想起,便大声唤张妈怎么热水还不来。

张妈等他们夫妇间风平浪静了,立刻提了热水上去。俞斌手指微微在抖,眼看著鼻子,正襟危坐的洗脚。太太挂好自己的大衣,呆站著,长长的吐口气。张妈走了,俞斌强笑著问道:"怎么?"

"什么怎么?"

"我说,咱们杭州去玩儿呀。只许年轻人乐,咱们不乐!"

俞太太强笑著应道:"好呀。"

"咱们明后天就走。"

俞太太叹了一声说:"好呀。"可是她知道,他们决不会去。

因为毕竟是深秋天气了。十月小阳春,已在一瞬间过去。时光不愿意老,回光返照地还挣扎出几个春天,可是到底不是春天了。窗外的风雨,只往屋里打。俞太太觉得冷,她一手护著肩,过来关上了窗子。

【阅读提示】

杨绛写的小说不多,但是都很有特色。这篇小说特别揭示了中年男性的"小阳春"心理,及其不可避免的失落。小说对于这种男性有同情也有讽刺。同情是因为这种"小阳春"心理是人生命中的一种自然现象,它表明人青春的最后闪光,而其必然失落又显示了人生命的脆弱和无奈,它体现人生命存在的悲剧性。讽刺是因为有这种"小阳春"心理的男性忽视了自己太太的感受,也暂时忘却了这种"小阳春"心理之实现的不可能,表现出一种"痴"和"傻",结果混乱了生活的时序,也给自己带来尴尬。小说中的胡若蕖代表都市人生的聪明处、迷人处,也代表都市人生的伪饰处、危险处。

如果将这篇小说所写与钱锺书《围城》对比着阅读,将会有新的意义敞开。

【延伸阅读作品与参考文献】

1. 杨绛:《玉人》(小说),见《杨绛全集》第1卷,人民文学出版社2014年版。

2. 徐岱:《大智慧与小文本——论杨绛的小说艺术》,《文艺理论研究》2002年第1期。

3. 黄志军:《论钱锺书杨绛小说的婚恋模式与互文性》,《泉州师范学院学报》2009年第5期。

4.吴学峰:《论杨绛小说中的男性形象》,《中北大学学报》社科版 2014 年第 1 期。

5.徐玉玲:《论杨绛小说的喜剧风格》,《安徽师范大学学报》人文社科版 2001 年第 2 期。

6.孔庆茂:《钱锺书与杨绛》,凤凰出版社 2001 年版。

7.蓝棣之:《现代文学经典:症候式分析》"围城"篇,清华大学出版社 1998 年版。

【思考与练习】

如何理解小说男主人公的"小阳春"心理及其都市文化审美意义?

寒　夜

巴　金

【阅读提示】

巴金(1904—2005),原名李尧棠,四川成都人,现代文学巨匠。

《寒夜》是巴金建国前所写的最后一部长篇小说,1946 年 8 月始连载于《文艺复兴》第 2 卷第 1 至第 6 期;1947 年 3 月由晨光出版公司出版单行本。1960年由人民文学出版社出版修改本,1983 年 4 月再版时又做个别修改。推荐阅读1990 年 12 月上海文艺出版社出版《中国新文学大系》(1937—1949)第九集·长篇卷二中收入的《文艺复兴》连载本。

学术界对《寒夜》评价甚高,认为它是巴金艺术上最成熟的小说。小说叙写“五四”时成长的知识分子汪文宣和曾树生是大学同学,自由恋爱,并生了儿子小宣。一晃十多年了,现在是抗战时期,一切艰难,国民党反动派统治下社会更加黑暗,安分的汪文宣不受上级青睐,收入不敷家庭支出,曾树生不得已去某银行做花瓶,被银行陈经理看中,被要求天天陪他去交际,往往深夜未归,便引来汪文宣的痛苦与汪母的鄙夷和痛骂。日本人加强对重庆的轰炸,矛盾之中曾树生随陈经理乘飞机移行兰州。抗战胜利之日便是汪文宣得肺病吐血而死的日子,汪母带着孙子回云南老家,曾树生寒夜只身回到重庆,已无家可依了。

巴金总是反复强调《寒夜》的政治批判意义,认为是在暴露国民党反动派统治下中国的黑暗(《后记》《谈〈寒夜〉》等)。其实,这部小说的内涵丰富得多。除政治批判意义外,还有家庭伦理意义、思想文化意义,当然也有都市文化审美意义。小说最深刻之处,也是一直不为人们所关注的地方是它通过汪文宣与曾树生的分手写出了“五四”理性精神在女性自然欲望面前的败北。汪文宣是懦弱的,但也是坚强的;是糊涂的,但也是清醒的——他再痛苦都尊重妻子曾树生的自由,这个意义上讲,他代表着“五四”理性精神的强大;与此同时,要求活泼的生命、选择的自由的曾树生反而不自觉地走入了人生的歧途。

【延伸阅读作品与参考文献】

1. 巴金:《家》(小说),人民文学出版社 1981 年版。

2. 宋剑华:《〈寒夜〉:巴金精神世界苦闷的象征》,《名作欣赏》2009 年第24 期。

3. 翟应增:《〈寒夜〉与巴金的“创伤性”记忆》,《中国现代文学研究丛刊》2010

年第 4 期。

4.陈国恩:《文本的裂隙与风格的成熟——论巴金的〈寒夜〉》,《西南民族大学学报》人文社科版 2005 年第 11 期。

5.张民权:《从〈家〉和〈寒夜〉看巴金小说创作风格的演变》,《中国现代文学研究丛刊》1984 年第 1 期。

6.刘艳:《情感争夺背后的乱伦禁忌——巴金〈寒夜〉新解》,《东方论坛》(《青岛大学学报》)1995 年第 2 期。

7.陈少华:《二项冲突中的毁灭——〈寒夜〉中汪文宣症状的解读》,《文学评论》2002 年第 2 期。

8.陈思广:《民国经典长篇小说接受研究》,台北市:花木兰文化出版社 2013 年版。

【思考与练习】

1.如何认识小说中汪文宣的软弱和曾树生的自由?

2.比较这部小说与巴金《家》在艺术风格上的不同。

凤仪园

施济美

【阅读提示】

施济美(1920—1968),曾用笔名方洋、梅寄诗、薛采蘩等,祖籍浙江绍兴,在北京出生并长大,在上海走上文学创作道路。

施济美是 20 世纪 40 年代上海"东吴系女作家"中影响最大的一个。谭正璧在《当代女作家小说选·叙言》中说她是"'为创作而创作'的纯文艺作家"。1947年 5 月由上海大众出版社出版小说集《凤仪园》,次年 5 月由上海大地出版社出版小说集《鬼月》,1951 年 6 月由香港大众出版社出版长篇小说《莫愁巷》。之后,《莫愁巷》还由沈寂以《水红菱》为名改编成电影剧本,由朱石麟导演、李清和陈娟娟担任主角搬上银幕。

中篇小说《凤仪园》是施济美的代表作,1946 年 11 月 10 日刊载于《幸福》第1 年第 4 期,后收入小说集《凤仪园》。推荐阅读魏绍昌主编"海派小说专辑"之一,施济美《凤仪园》中的文本,该书为上海书店出版社 1989 年 12 月原版影印本。

小说故事发生的地点是苏州,但是小说所塑造的人物形象的内涵和小说的艺术情调均具有鲜明的都市文学倾向。小说叙写冯太太大学未毕业就婚嫁,但不久丈夫就因为海难而身亡。冯太太无法接受这样的打击,就依然在家里等待丈夫的归来,一晃十三年过去。冯太太身上有中国古代节妇、贞女的影子,但这并不表明冯太太就是一个完全传统的女子,相反她对现代人生有宽广而深刻的理解,也有强烈的现代追求。她也渴望现代式的肉体爱。无奈之下,她就聘请上海一个工科大学生谢康平来给两个遗腹子做家庭教师。康平为凤仪园的神秘气息吸引,更被冯太太的风情万种所征服,很快不管自己已有未婚妻的事实,频频向冯太太发起爱的进攻。在康平的疯狂冲动下,两人终于有了一夜情。但第二天,冯太太又安排人将他辞退。因为冯太太很清楚,他们两个是不会有结果的,一因为两人年纪差别太大,康平对冯太太并无真正的理解;二康平有未婚妻,他对未婚妻都不忠诚,那么他对作为半老徐娘的冯太太也难以忠诚,好奇、新鲜之后,他还会移情别恋。冯太太既渴望有肉体爱,也渴望坚守女性人格、尊严,二者不可兼得,她还是痛苦地放弃了前者,而选择了后者。康平走后,她打开封锁了十三年的钢琴,反复悲情弹奏 In the gloaming 中的那一句:It was best to leave you thus,best for you,ard best for me.(这样离开你,对你,对我都最好。)

左怀建在《边缘游走——中国现代文学分析》中强调,"乱世、末世、浮世、男世"背景下,康平代表都市人心灵的不安定和感情的游移,冯太太则代表不愿意沉沦于世俗欲望人生的现代女性"最后"的精神守望。吴福辉《都市漩流中的海派小说》中指出,该小说在艺术情调和艺术表达上也具有当时新市民文学的某些审美特征。

【延伸阅读作品与参考文献】

1.施济美:《紫色的罂粟花》《秦湘流》《三年》(小说),见施济美《凤仪园》,上海书店出版社 1989 年 12 月影印本。

2.左怀建:《论施济美的小说创作》,《中国现代文学研究丛刊》2002 年第 1 期。

3.左怀建:《现代情怀与古典操守——再读〈凤仪园〉》,《湛江师范学院学报》2013 年第 2 期。

4.张曦:《古典的余韵:"东吴系"女作家》,《书屋》2002 年第 9 期。

5.王羽:《施济美传》,上海远东出版社 2009 年版。

【思考与练习】

1.同是写"一夜情",这篇小说具有怎样的特点?

2.综合分析小说中冯太太形象的独特内涵。

莆罗拉①

令狐彗

　　我又遇见莆罗拉了。我简直有些惊奇,半年以来,我们分别得远远的,毫无音讯来往。我猜想她已可能离开上海,往香港或是南洋去,这多天来,我既没有上她的家去,也没有打一个电话去问问,说实话,我是完全忘却她了。

　　可是我却遇见她了。这是在上海的一家最高贵的百货公司里。偶然,我的朋友想到那里去购一些照相器材,我跟他一同进去,让我惊奇的是,立在柜后与我们招呼的正是莆罗拉。

　　我们都相互奇怪地喊出声来。

　　她显然是长得更大更美丽了。她整个身上有更成熟的少女风韵了,而且我忘了告诉你,她原是一个西班牙与中国的混血儿。

　　"真想不到在这里遇见你,莆罗拉,"我喜欢地伸出手。"我以为你不在上海了,我以为再也不会遇见你了。"

　　她迷人的一笑。

　　"我在这里工作。我进来还只两个星期呢!"

　　我想我最好先说说我跟莆罗拉相识经过的故事。大概是二年以前的一个冬天里,当时我跟斐依正非常接近。我们老是在一起,可是斐依的一付若即若离的样子老使我难受。有一天我约她去跳舞,斐依拒绝了,可是她说:

　　"我能介绍一个跳得非常好的朋友去陪你跳舞。"

　　这样,我由十七岁的斐依认识了十七岁的莆罗拉。我是一直在年龄较幼的女孩子群中打圈子的,也许正是为了这个,正是为了她们似懂非懂,半知不解,使我陡然的多了许多烦恼。

　　给我留下第一个较深印象的是莆罗拉的一双美丽匀称的小腿。在面部的轮廓上,斐依更端整,更甜蜜。她们两个都有极好的身材。而莆罗拉的腿的塑形比斐依的更美一些,也许是她从小学习芭蕾舞的缘故。当时我有一个遐想,如果我能把她们两个都占有,我大概是世界上最幸福的人了。

　　当我第一眼看见莆罗拉,我就向斐依承认她的腿踝的美丽,斐依并不有一丝妒意,她说:

---

　　①作者令狐彗(1922—2015),即著名美籍华人作家、学者董鼎山,浙江宁波人,20 世纪 40 年代后期海派代表作家。该篇作品原载 1946 年 9 月 10 日《幸福》第 1 卷第 3 期,后收入作者小说集《幻想的地土》,上海正风文化出版社 1947 年 6 月初版;现选自该小说集初版本。

"我希望你们成为一对很好的舞伴。"

不久以后我跟斐依的关系有了很好的进展。我们也常一同到荞罗拉家里去玩，有一个时期她很沉默，看见我，很少说话，可是她跟斐依还是有说有笑。一次，又是在荞罗拉家里，我们三个在一起玩，我和斐依坐在一只沙发上，她在对面椅上。我时时很亲热的拉住斐依的手。我强吻了她一下，她不能抗拒我的热力，我们紧紧抱住有数分钟之久，然后斐依推开我，红着脸对荞罗拉说：

"很对不起，荞罗拉，全是他不好。"

我看见荞罗拉并不说什么，只是她的脸色变得很不安，一会儿她突的站起来，手蒙着面哭着跑到楼上去了。当时斐依恨恨的瞧了我一眼，也追上去。我觉得无聊，偷偷的抽了一支香烟沉思。然后我得到一个答案，我以为我如果把她们当作完全不懂事的孩子或完全懂事的成人看待，都错了。我本有些喜欢荞罗拉，这时我的感情更加强了些。

过了半晌，斐依从楼上下来了，她瞪了我一眼，说：

"荞罗拉说恨透你。"

"为什么？"

"你还不知道？你怎会做出这般恼人的举动？"

我不响，可是我又抱住斐依吻了。我的怀里是斐依，我的脑中想着的却是荞罗拉。

我明白了荞罗拉的感情之后，下次相见时，不但是她对我，连我对她也沉默起来。我热爱的是斐依，可是我喜欢荞罗拉。这"爱"与"喜欢"不同，所以当有一次在跳舞时我对荞罗拉说：

"荞罗拉，我很喜欢你。"

荞罗拉答道：

"别喜欢我，我们正是朋友，这样不是很好吗？"

我相信她把这个"喜欢"弄错了。虽是如此，她看见我静默，便把脸贴上来，至少是她对我表示好感的。可是有一桩事情发生了。斐依大概看出我们的情形，当从舞池走回位子坐下时，她对我表示不高兴。我轻轻把我和荞罗拉谈的二句话说给她听，并且向她解释"喜欢"的二种意义。我不管她是否了解我。在这时期，斐依已经时常使我痛苦了。

也许为了女孩子的气量狭窄，尽管斐依自己不管我的难受，去和别的男孩子来往，一面却时常不愿我与别的女孩子接近。为了这，斐依自己也有长长的时期不去荞罗拉家。我在缺少舞伴的时候，时常打电话给荞罗拉，每次总遭拒绝。有一次我在斐依处受了气，亲自上荞罗拉家去，她来接见了我，还是默默寡言，冷冷的表情。我表示着歉意的说：

"为什么要这般呢，荞罗拉？我们如能恢复像从前那种情形该多好。"

"请别这么说,我受不住。为了你,我连斐依这样好的朋友都失去了。"

她转过脸去,流下泪来。我去扶住她,然后她伏在我的肩上哭。这时我不能禁止我自己的热情,斐依不时使我受苦,为了她的随便,我也不能替她守忠信。我和莘罗拉很热烈的吻在一起了。说来是我自己不懂,我所谓"喜欢",其实还是"爱"。

"不!不!"一时莘罗拉似乎从梦中醒来,她用足气力推开我。她注视了我一会,又是说恨透我。从那一次以后,我们没有碰见过。

其时我跟斐依的关系仍时冷时热地继续着。这中间我流过泪,计划过自杀,也没有能使斐依把恋爱的事情看得正经些。同时我听说莘罗拉交了许多美国G'I'做朋友。也不是我有自卑感,不过我总觉得我还是不去看她的好。

就是这样的,半年以来我们没有碰见。我在心底里失去莘罗拉同时也失去斐依。每一次我看见斐依,她总用淡淡的神色对待我。我为她忠诚好一时,我的代价是没有的。好久没有接近斐依了,不想我在这里又遇见莘罗拉。

"我真高兴遇见你,莘罗拉。今天的机缘太巧了。"

莘罗拉在我面前似乎有些忸怩。她微笑了一会,然后她的问话是:

"斐依好吗?你们时常在一起的吧。"

我苦笑,向她摇一摇头。我自己也不知这里面藏着些什么,不过我觉着有些辛酸,我相信她也觉着的,我们不久就转过话题谈别的。我问她的工作时间。她每天要工作五时,只有星期日她是休息的。

"那末就是这个星期日好了,"我说。

"星期日,什么?"她愕然的问。

"难道我们不能在星期日一起玩吗?"

"不能,"她坚决地摇摇首。

"为什么?"我奇怪了。

"不为什么。可是我每个星期难得有一个星期日的。"

"你是说要把它留下来?"

她点点头。

"留给谁?"

"朋友们。"她特别着重在多数的"S"音上。

可是我却被迷惑了。

"莘罗拉,"我说。"你以为朋友的定义是怎样的?"她漠然的看着我,等我说下去。

"我们是老朋友,很久不见了。此外,我很想和你谈谈关于斐依的事,也许你还能帮助我。"

她迟疑了一会,然后点头应许我的约会。我们就约在下一星期日下午,在西

369

区的一家幽静的咖啡馆里。

我自己也不知道那天是带着怎么样的心情去赴约的。在心理上我有一种胜利的感觉，不过我也难保斐依今天不和别人在一起玩。

我在咖啡店的门口就碰巧看见莆罗拉，我非常看重一个人的守时刻。莆罗拉今日极为漂亮，特地穿了中国式的短旗袍，把她美丽的小腿更显著地露出来了。我先是带着爱羡的眼光看了她几秒钟，然后挽了她的臂进去。她有点羞意，靠了我的臂膀格格的笑。我们挑了一个较深的角落坐下了。

靠西是一个正在幽静地吹奏着的乐队。舞池中有几对外国人在跳舞。我和莆罗拉对坐在火车座里，在向侍者要了饮料以后，我正面看住莆罗拉，不久她的面颊红起来，红得跟她的嘴唇一样。

"我不想你也会怕羞，"我开玩笑的说。

"难道只有斐依会？"

"连斐依也不会了，"我摇摇头说。"我不喜欢一个年轻的女孩子变得这么老练。"

"究竟是怎么一回事，你跟斐依？"

"很长的，难以讲得完的。"

"我喜欢听听她的近况。"

"近况？连我也不知道了。"

"我以为斐依的心太活跃。"

"我喜欢女孩子是活泼的，可是不喜欢她同时是老练，活泼是跟天真连在一起的。活泼如果也老练，天下的男孩子都是她的了。"

莆罗拉格格的笑出来说："你说得可爱。"

"现在我要说到可爱的你了。"

"你说吧。"

"我真想不到在你们两人之间你更拘谨一些，我是说斐依竟会比你更活跃。"

"难道不应该的吗？"

"不是这么说的，莆罗拉。你的身上流着西洋人的血液，在情理上说起来，你是应该比一个纯粹东方人更像西洋人的。"

"我不懂你说些什么。"其实莆罗拉在表示一种满意。

"很美丽，"我继续说下去，"可是你认为一个男子应追求的单只是美丽吗，莆罗拉？"

"我不以为如此。"

"那末，请让我再放肆的问一句，女孩子是不是单靠着她的美丽作资本到处招引男孩子呢？"

"更不是了，你太侮辱女人了。"

"我虽然自己也年轻,可是我很可笑现在一批二十岁不到的女孩子们(Teen age Girls)学大人样。这可是不是美国传来的风气?"

莆罗拉按住我放在桌上的手,表示不愿再听下去了。

"我不喜欢听你这些话,"她说。"你完全把从斐依处受来的气,向我发泄。"

我从斐依处受着气吗?我问我自己。莆罗拉不允许我再沉湎在这种思索里。她牵住我的手,我们到舞池中去跳舞。

"我们很久没有跳舞了。我还记得我们怎样跨开第一个舞步的。"

"是的,那时你有些笨拙。"她调皮的说。

"你现在也说老实话了。在那时你说我跳得挺好的。"

"可是我决不是说谎。"

"说谎与客气之间当然有些区别。"

她笑了。

"你忘了今天你约我的原意了。"她说。

"有了你在身旁,我真个把我的原意忘了。"

"是什么?"

"不记得。"

"真的?"

"真的。"

"不要我提醒你?"

"你说吧。"我吁一口气。

"你说你很想和我谈谈关于斐依的事,你并且说,也许我还能帮助你。"

"我不是和你谈过斐依了?"

"下面呢?"

"我不知你能怎样来帮助我,可是我不相信斐依会舍弃了新的,再回到我身边来了。"

她看了我一眼,这中间只有好奇,没有同情。

"你真的这样相信吗?"过了一会她说。

"我不得不这样相信。"

"那末你要我怎样帮助你?"

"除了她,只有你可以安慰我。"

她突的停了步,音乐也恰在这时停住,我们走回座位去。

"我觉得我过去好笑,"她坐定后对我说。"我和你吻过,当时我也哭过。我自己也不知为什么。我现在想想我在那时真孩子气。"

"现在呢?"

"现在没有孩子气,正如你所说,老练了。"

"你们都老练了,我呢?"

"说实话,我同情斐依。"

我相信我的脸色立时变了。

"跳舞吗?"

"我想时间到了?"

"什么时间?"

"我预先约好一个人来接我的。"

莤罗拉引我到门口,一辆美国 GI 所开的吉普刚巧停下。那个高大的兵士下来迎接莤罗拉。

"再会,"莤罗拉拉着手说。"我原不是一个纯粹的东方人,我的西洋血液在流动了。"

我似乎觉得受了侮辱。我又茫然地,回入咖啡馆去,啤酒之外,我又向白俄侍者要了一瓶伏特加。

一九四六年七月成

【阅读提示】

令狐彗是 20 世纪 40 年代后期海派文学的代表作家之一。1947 年 6 月由上海正风文化出版社出版小说集《幻想的地土》,同年赴美,以后一直在美国工作、生活。以后,作品有小说集《最后的罗曼史》(包括《幻想的地土》中诸篇),散文评论集《天下真小》《纽约客书林漫步》《西窗漫记》等多种。

马克斯、恩格斯在《共产党宣言》里说,到了现代,"一切固定的东西都烟消云散了"。鲍曼直接用这句话作为他一部著作的正标题,充分显示了现代人生的流动性,在都市男女的感情交流上也是这样。令狐彗的小说最突出的特点就是用稍带忧郁的调子写现代都市男女"即时"式的爱情。人物都有很强的"现在"感,"即时"感,即都明白过去不再来,未来不可测,人所具有的只有现在,能把握的只有现在,这样短暂的时光反而压缩地承载人物更现代更强烈的人生意愿。这就是波德莱尔所谓"现代性"、法国学者伊夫·瓦岱所谓"瞬时诗学"所对应的人生内蕴。于是人们差不多都迅速地成熟了。

令狐彗这篇小说就是写都市女孩心灵的早熟。男孩在"老练"的女孩面前惊慌失措,问题是这些女孩的"老练"除了都市男女揣测、迎逢的手段日益高明之外,更令人遗憾地是在把握世俗现代性人生方面日益清醒和镇静。我们不难发现,这些女孩既是这流动性的人生的创造物,也是这流动性的人生的牺牲品。

【延伸阅读作品与参考文献】

1. 令狐彗:《白色的矜持》《残缺的遇合》《故事的结束》(小说),见董鼎山《最后的罗曼史》,百家出版社 2001 年版。

2. 沈寂:《说不完的爱情故事》,见董鼎山《最后的罗曼史》,百家出版社 2001 年版。

3. 吴福辉:《都市漩流中的海派小说》有关章节,湖南教育出版社 1995 年版。

4. 王海龙撰写:《董鼎山口述历史》,江苏凤凰文艺出版社 2016 年版。

【思考与练习】

小说中,男孩子说:"你们都老练了,我呢?"结合都市文化背景,谈谈你对都市青年男女心理、性格过早成熟之文化成因的理解。

春　愁[①]

东方蝃蝀

没有接过仆欧的菜单子，成亚丽就点了冰结淋圣旦："我要 Country club。"信玉看了仆欧一眼说："二客 Country club。"仆欧把伸过来的菜单，又收了回去，掉头要走，亚丽喊牢他："多加一份奶油。"说着娇甜地，顽皮地对信玉弯了弯她菱形的嘴角。

信玉笑着说："怨不得人家说你特别，你跟别的女孩子总不同。她们都怕胖，把奶油挑给我，你反而……"

亚丽睁大了滴溜的眼珠，凝视了信玉说："人生得矮小；太瘦了，可怜势势的。——不过，太胖了，像外国老太太似的，也不好。不过（又是一个不过！）还是胖点儿福相！"

颤巍巍来了两杯圣旦，又二杯冰水，多一杯奶油放在亚丽面前，亚丽静静地啜一口冰水，用银匙去挑外加的奶油，像吃饭时拣一口菜。口红落在银匙上，腻答答的，有点褺秽，虽然是亚丽的——信玉看来也一样褺秽。亚丽是惊鸿一瞥的女子，坐着也浑身长了翅膀在蠕动，满身的肌肉往外挤。吃冰结淋的一霎那是静止的，让信玉看清楚了。真的，第一次看得那末清楚，一丝丝的乌发也木刻那样分明……

大家都不打前刘海，亚丽卫道似的打了前刘海，剪得齐，乌油油的头发像八九岁的童花式，又像埃及媚人的女皇克丽奥派屈拉那样古风可传。都市的风吹散了她的鬘发，民初女学生白丝围巾那样临风飘荡，只有前刘海丝毫不动，一如簪缀在额前的饰物，寿阳公主的梅花妆也不过这样偶成，混脱。女同学见了亚丽打趣道："亚丽，你几时才肯把额上心爱的'奶油朴夫'请客？"亚丽笑而不答，动问得次数一多，亚丽反驳一句："囤着，等你出嫁时，也好凑个数，物价这样涨，说不定奶油也会断了档。"打趣的人碰了个橡皮钉子，脸涨通红。亚丽的利嘴是不饶人的，只说一句二句，就鞭辟入理，叫人顿时哑口无言。

未见亚丽，先看见她的大眼珠，骨溜溜的，诗人查了一下午词源，考出了球，瑛，瑜，珏，璎，……一堆玑珠的字来形容它，文学批评家说："这些字眼都死去了，如果把这些字眼浸到捷克镂花玻璃水缸中洗一个澡，冲得绿油油的，再拿出来应

---

①作者东方蝃蝀(1922—2015)，原名李君维，浙江慈溪人，20 世纪 40 年代后期海派代表作家。该作品原载 1946 年 8 月《小说》第 2 号，后收入作者小说集《绅士淑女图》，上海正风文化出版社 1948 年 8 月初版；现选自该小说集初版本。

用,那末虽不中,也不远了。"亚丽父亲吃了晚饭没事,有亲戚来串门子,谈起了亚丽的眼珠问题,也提了孟小冬,黎明晖,貂斑华一串美人,证明:"画龙点睛,一双眼睛,对于女子的一生比什么也重要……"就凭这乌黑的前刘海相映着黑得透明的眼睛,劈面即给你一阵光彩,来不及详细品评就下了匆忙的结论:成亚丽是美人胚子。男子不做后悔之事,碰见了美丽的女子,难保不破例。

亚丽不想叫她自己安谧一忽儿,一张嘴也派了两个用处,一边挑圣旦里的胡桃吃,一边有意无意对信玉找话说:"你呀!就不是一个现代人,生到你祖父时代就好,要不,生在你父亲时代也合适点,穿了雪青的夹衫,罩了一件对襟的小马夹,卍字织金滚边,金纽扣,白得没有血色的小脸,唇红齿白,油松大辫,一摇三摆去上书塾,屁股后跟了一大群底下人,高兴还骑了小白马。回家去,表姐表姨宠得你像心肝宝贝。"

信玉红了红脸说:"敢情现在就不是个样儿?……"

亚丽赶快辩正道:"现在也好,不穿整套的西装,穿一件羊毛衫,颜色可以鲜艳一点。因为你善于脸红,你可以多穿棕色,紫酱,咖啡,藤黄,偶然穿穿墨绿,深的色彩一律碰也不可碰一碰,老里老气像小老头儿似的。西装上了你身,也显得有点中国气派,冬天好穿皮袍,丝绵袍也好,一直可以穿到衬绒袍子,夏天只好裁了白纺绸短衫裤子在家里当宝二爷,千万不能走出大门一步。"

信玉大感兴趣道:"你倒会替别人出主意!"

亚丽眉梢挑了挑说:"妈咪出门总得征求我的同意,我不喜欢她穿得太花哨,太花哨了反显得老。妈咪老了,旦爹就嚷嚷着我好——出嫁。"说到最后二字变了有口无声,突然话题一跳:"跟你说了也没关系,妈咪是没心没意的享福人,倒是旦爹看出了破绽,悄悄地教训我一顿说:你不好那末自私。说真个的,旦爹也喜欢妈咪穿得老实一点,就是没有敢说破罢了。我是肚子里藏不住话的,有什么说什么。"

信玉是忠实的听众,多用了耳朵,就会冷落了嘴巴,只说:"我怕爸爸!"

亚丽接着她自己的话说:"妈咪不讲理——女人都不讲理!一样骂,我情愿被旦爹骂几声,再说,他也不骂我。有时他偷偷地捎一封信给我,还跟我道歉什么的,不留神夹在书里,带了上学,那班缺德的女同学,抢去了要我请吃糖。我说呀说的,说不过她们,她们说,哪有父亲的手谕,写得那样低声下气的?妈咪就不是这样想了,她说,旦爹这样宠坏了我,怎末到别人家去当媳妇呢?旦爹听了就教我做人,买了一副小泥茶壶,沏了茶,献给公公一杯,双手捧上——公公就是旦爹当——又献婆婆一杯,又磕头,又见礼,又说好话,一不留神泼翻了一地的茶水,妈咪嚷嚷着:新打蜡的地板!"

信玉不习惯这样太洋派新式的家庭教育,相形之下,自己贝家也太固步自封了一点。

付了账,信玉不会给小账,亚丽抓了一把找头,代他付了,又把余款还给他。信玉喜欢她这点爽快,但又觉得不像样子,那有陪了女朋友出门,而自己不会打主意的。信玉替亚丽披上了湖色的春大衣,亚丽把大衣像披风那样披在肩上,露出了圆滚滚的二只玉臂,拉一拉领口,二只拐手似的空袖子,一摔一摔,都是她控制下的世界了。信玉抢先一步给她推开了大门,亚丽理直气壮走在前头,信玉对老成的亚丽觑一眼,有点窘,这种欧美礼仪实行起来总感到自己太嫩了。

对着下山的太阳余晖,亚丽睁不开眼,手搭凉棚遮一遮。

信玉说:"太阳眼镜没有带?"

亚丽唔了一声,又道:"也不知谁行出来的大太阳眼镜,一遮遮去了大半个脸,脸大的,真是面目可憎;脸小的也搁不下那么大一副眼镜,活脱就是铁公鸡里的向大人——"

信玉说:"戴了黑眼镜一遮半个脸,底下露出粉白的半个脸,抹了血盆口,不是美人也成了绝色!"

亚丽俏眼睃了他说:"不是很好吗?"

信玉微笑道:"好是好,可惜容易上当!"

亚丽忖了忖,撩起拳头打他胳巴,叱道:"你那儿学来的这些坏话,准是交上了下流朋友!"

劈面来了信玉的远房表姊,一手挽了个小女孩,一手挽了网线袋,袋里横七竖八塞满了罐头食品,花花绿绿的装潢。老远,那位太太就尖利地瞪着他们,走近了,信玉满脸通红上前招呼,那位太太停在墙边说话:"那两个小的,就爱吃罐头货,我是碰也不去碰它,不新不鲜的,有一股子味儿。他们不……"指指手挽着的小女孩,"他们爸爸也帮着他们,迷信什么外国货,好在这些东西也便宜,又省得我烧……"边说边对亚丽看一眼,又看一眼,像要吞下去似的;亚丽搭讪着去看橱窗。那位太太善观气色,话题突转:"信玉,你上我家来呀,怎么一晃,有半年没来了吧? 敢莫是进了大学忙着用功?"

信玉接嘴道:"要来的,赶明儿跟表叔表姊请安。"

"再会,再会。来玩儿!"对亚丽也笑了笑,亚丽也含糊作复。那位太太走了一箭之路,又回首对亚丽背影瞪了一眼。

亚丽挨近了问:"谁?"

信玉说:"表姊。反正,我们贝家多的是亲眷,现在是打仗分散了,当年在北平的时候,有字号的人家都关到一点半点亲。曾祖母收了一批干女儿,祖母又收了一批,单是姑字头的亲就得用大代数计算了。"

亚丽笑了,有她在是不会寂寞的,他们有说有笑地回到家。

成家住的公寓房子,中国人叫它四层,其实第一层不住人家。没有电梯,他们走上去,一级一级,用"拾级而登"四字是最确当了,玩了半天回家,拖了疲倦的身子,正如上一级去拾一件东西那样沉了头,折了腰。信玉送到四楼,正好亚丽母亲成太太送裁缝出门,频频叮嘱:"暧,尺寸勿要做错,做错仔要侬赔格。"回头见了信玉笑道:"你看,我的上海话也过得去吗!"信玉恭敬回答:"伯母说得很好。"亚丽笑得像一朵盛放的芍药道:"妈咪的上海话,说得一快,人家还以为她是江北人呢!"成太太无可奈何,手指了亚丽对信玉说:"你看,她旦爹把她教成了这个样子!"

成太太又吩咐了几句,送走了裁缝。亚丽走进内房,信玉独自坐在老坐的一张单人沙发上,抽了本旧杂志消遣。成太太进来问及亚丽,信玉赶快回言:"她去换衣裳了。"

成太太穿了一件家常的黑毛葛旗袍,当胸围裙式钉了一排蟠花红水钻,裁得不太短,在脚踝下二三寸,黑丝袜,黑缎红花绣鞋,穿了鞋子走路,缓步轻移,另有一副婷婷风姿。刚洗的头发,中挑纹,随意披在两肩,亚丽一样的大眼珠,眼皮上的擦三花牌香粉,就像搓好的面粉团,风中一吹起了皱纹,嘴唇薄小,嘴一抿就瘪了进去,不跟亚丽比较,想不到她有这末大的一个女儿——纵使比一比,人家也当她们姐妹花。成太太说:"人家老把我当作亚丽姐姐。"初聆之下,觉得有几分道理,她多说了,细辩其味也是苦涩的。

成太太含笑坐在信玉对面:"那天去买鞋,我说:怎末这样脏?伙计说,不壮不壮,你看:他们上海人也算听得来普通话的了,那伙计还说:我格国语来得格好,也会听勿懂。"她把下摆往下拉一拉,怕旗袍太短:"我要说上海话吧,亚丽说的也不错,他们难保不当我江北人!"

信玉把一本杂志卷在手里说:"伯母广东人,也说得一口京片子……"

成太太忙摇手说:"才不是广东人呢。我妈是广东人,爸爸一直在北方做官,说起来,我的祖籍是常熟,还是南方人呢!"又换了一种口气,"成先生倒是广东人,前天走了一个厨子,找来一个不会烧广东菜的,他们都不赞成,我把他辞了。一时找不到人手,今天的饭就是我做的,待会儿你在我们这儿便饭,试试我的广东菜。"

信玉客气地婉谢:"不,我……"

成太太提高了嗓子,朝内室操了广东话说:"亚丽?我留你朋友在这儿吃饭,你赞成吗?"

亚丽也回了她两句广东话,一面扭着纽扣一面迈了出来,她换了一身家常的裤袄,翠绿的圆寿织花缎子,套了一双软底麂皮鞋,笑道:"妈咪是马来人才好,六月里好穿沙笼。"挨了成太太坐下,一手挽了成太太脖子撒娇道:"今年夏天,我可以做一身露腰的裤衫了。"

成太太双手推开她说:"当了客人也不害臊。我是无所谓的,难道穿了露腰的裤衫出来见客吗?恐怕旦爹就是第一个看不惯。男人呀都自私得要命,对别人家太太小姐可以讲摩登,对自己家里的,就是百分之百的顽固!"

说话之际，成太太已站起来开了电灯，信玉要动身，成太太挽留，亚丽也帮着留客，信玉却不过她们，少不得打一个电话回家。女佣阿宝来接电话，信玉关照一声，又问太太在家不，阿宝说："太太陪了客人在打牌，老爷没有回来。"

成先生也回家吃饭，饭后，他就拿了本书坐在灯光下，默不作声。亚丽的哥哥朝自己房里一蹿，成太太在厨房里跟女佣人算伙食。亚丽看信玉无聊，拉了他朝楼上屋顶跑。

屋顶铺了碎石子，隔了皮鞋也脚痛，亚丽一纵，跳上了石栏杆，信玉嚷嚷着："留神，留神！"亚丽顽神地一笑，"不要紧，纵使跌了下去还有天棚挡着。"

上海都在信玉的下面，黑暗里一家家的窗孔，一盏盏黄恹恹的电灯，远处的天空是透红的，像一天倦劳的人一样生活，早睡的忠厚之家，灯火关得黑漆漆一片。亚丽那样的家，还有一盏温柔的落地长灯，亚丽那样的人，与信玉高高在上，像登泰山而小天下，他们的天下，就是那一盏盏的电灯，一户户的人家。

信玉说："下礼拜我爸爸六十岁生日……"

亚丽鼻子里的声音："唔……"等他说下去。

信玉看了亚丽的眼瞳说："爸爸带我们出去吃饭，我哥哥带了嫂子，两个姐姐，两个姐夫，我……我想请你。"

亚丽不动声色道："不好呀，我跟他们不熟，你们一家团团圆圆的。"

信玉解释道："我哥哥，你见过几面了，姐姐她们都是好人，会说会笑的，保你不会窘，你想……"

亚丽忙辩道："不好，不好！"

信玉一鼓作气说了出来："爸爸今儿早晨说，哥哥姐姐娶的娶了，嫁的嫁了，就剩了我……他说……他说……你想，你想你会做我的终身伴侣吗？""终身伴侣"四字信玉用英文说了，不像新文艺那末肉麻。

亚丽铁板了脸道："你也这末想！我当你不是这样的人。我们都还年轻，你要这样想，你就找错了人，往后也不敢跟你出去了……且爹说正当的社交是可以的，男孩子请我出去跳舞，我要是有空总答应他的。要是他以为我就爱上了他，那他自己太多自信力了！"

亚丽只管说得痛快，羞得信玉沉了头，眼看了他自己手掌直冒虚汗，一言不发。亚丽把手里那块小手帕搓成一圈，又拉直了，又缠住了自己的食指。勉强找些话题出来与信玉解围，可是心神不定，越说越不投机，顿时二人像隔了半世纪没谋面的老朋友，那样熟悉，又那样生疏隔阂。正在为难之际，广东老妈子拖了大辫子上来传话："小姐，有一位少爷在底下等你回话。"亚丽回头对信玉说："那末，我们到底下去坐一会吧！"信玉巴不得借此把空气疏通一下，随了亚丽下楼。

信玉回到成家的起坐间，只见灯下摇椅中躺着的成先生，还是出神地在读英文晚报，成先生对面沙发上坐着一个与信玉年龄相仿的少年，穿着很是随便落拓,可是式样却很讲究。深咖啡戤白丁的小裤管裤子,米色羊毛线衫,衬了他一脸棕红的肤色,越发显得他是个粗野的运动健将。亚丽上前一步与信玉介绍道:"你一定认识的杰米冯,"又回首对信玉手一摊:"贝信玉先生——杰米也是我们的同学,你们没见过?"信玉说:"我们学校里同学多,我又不大交际,就是本系的同班生也有一大半叫不出名字。"杰米很会交际地问:"蜜丝脱贝是哪一系?"信玉道:"我是念物理的。"杰米接着笑道:"念理科的自然瞧不起我们念文科的人了,哈哈!"

信玉没有搭理,沉默了好一会,空气是僵硬的。信玉不是真的没有见过杰米冯,信玉而且很晓得一点杰米的历史,因为他不屑与他为伍,落得自负地假作陌路人了。杰米在学校里是出名的纨绔子弟,冯家是上海著名的大商家,据说他结交了成打的女朋友,当他把女孩子骗上了手,他就送她一双高跟皮鞋,这双皮鞋就是判决书,以后那个女孩子即此打入冷宫,有苦说不出。信玉以为天真未凿的成亚丽与这样一只豺狼混在一起,亚丽的前程从此毁了。信玉搭讪着走到钢琴旁边,拿起了一本"一百另一首名歌集",随意翻阅,那边亚丽与杰米的说话飘过来一句二句,信玉听得格外清晰。起先好像是杰米请亚丽去参加一个舞会,亚丽一口回绝道:"不去! 不去!"杰米凑近亚丽,手一摊一摊地说了好些理由,调门很低,只有"你看是吗? 你说这样好吗?"这些话还听得出。亚丽有些回心转意了,问道:"还有些什么人去?"杰米道:"丽泰沈,海蒂吴,白勃拉陆,南雪顾……都是你相熟的。"亚丽说:"南雪去,我不去了。"杰米赶紧问:"为什么?"亚丽说:"也不知怎么的,我跟她总合不拢。"杰米粗里粗气地说:"那就不算她好了。"亚丽撅了小嘴说:"这又何必呢? 为了我,得罪了人家千金小姐,我可担当不起!"杰米说:"饶了我吧,小姐!"亚丽捉弄了杰米一顿,觉得好玩,带了笑声用广东话问成先生:"且爹,明天晚上我可以出去吗? 杰米请我。"成先生像听也没有听,回答说:"好的,早点回来。"

杰米任务完成似地站了起来道:"明天,我七点半开车来接你。"亚丽唷道:"这么早干吗? 我不喜欢一个人老早去了干等,起码也得过了九点钟!"杰米道:"不成呀,晚饭是我去定的,你不去看看我的办事能力吗?"亚丽道:"那我更不去了,好像都是为了我的样子,这样我要折寿的。"

杰米临走对信玉说:"蜜丝脱贝多坐一会,我有点事先走一步了。"信玉说:"我也要走了。"

亚丽送他们下楼。在走廊里亚丽把电灯开关撳了进去,这是自动开关,他们走到半扶梯,开关自动弹了出来,顿时成了黑暗世界。亚丽叫了一声"Oh,boy!"一手挽牢了杰米说:"不成呀,我一步也不会走了。"杰米还要吓唬她道:"你不怕鬼吗?"亚丽使劲拉了杰米不放松,声音差一点要哭了:"不要说! 不要说!"

信玉一向厌恶过分做作的女子,尤其亚丽今天与杰米那种太亲密的态度,叫他看不顺眼,他就抢先了几步走下楼去,把下一层的电灯打开了,好像未恐他们做出不端的行为来。

杰米骑了机器脚踏车朝西而去，信玉临行还向亚丽道歉："方才跟你说的，你当它没有那回事，我们还是好朋友。"亚丽笑道："以后不许拐弯抹角地说话了。"

到家，贝太太还陪了信玉姨妈等几个女客在打牌，开了日光灯，把满房子照耀得如同白昼。信玉揭了绣花夹门帘进去，打了个照面，姨妈华太太忙问道："信玉，你倒回来了，你妈在念着你呢？我说不要紧的，信玉是个大学生了，难保不交几个女朋友。说真个的，你几时也把你那挑前刘海，香扇坠似的女朋友给姨妈开开眼呀！"信玉听华太太说得生龙活虎，一如已经看见过亚丽似的，心想：糟了，一定是白天路碰到的那位远房表婶来通风报讯了。那些太太们真是闲得慌，管管闲事来解闷。

信玉低了头没有作声，又退了出来，放下了门帘，只听见自己母亲的声音："这孩子丢魂落魄似的，也不知哪儿来什么天坍的心事。"华太太的声音："年纪到巴了，二十几了？"

信玉一路摸着黑上楼，自己家扶梯走熟了，开灯反倒多事。扶梯上的广漆全踏移了，乌黑洞洞中只显得一块又一块的白地板。房子也老了，木头吱嘎吱嘎在嘶叫。哥哥嫂子没有分出去住，占了一个三层通楼，屋子里没有火光，大概出去玩乐了。信玉回到亭子间，就睡了。半夜醒来，依稀听得楼下贝太太的哭声，夜深人静，听得格外分明，也许输了赌帐在跟贝先生吵嘴。信玉把半个身子坐了起来，仔细听听底下也没有声音了，好像方才是南柯一梦。连今天一天的遭遇也像是个梦一样遥远。

底下又传来贝太太的哭声，好像哥哥嫂子也在解劝，信玉怔了好一会，这样一个家呀。

一九四六年七月

【阅读提示】

李嵘明《浮世代代传——海派文人说略》里说，东方蝃蝀与穆时英一样是早熟的天才。吴福辉在《都市漩流中的海派小说》中评，《绅士淑女图》中的七篇小说，篇篇都在水平线以上。《春愁》准确地抓住 20 世纪 40 年代中国传统日益颓败，现代资产阶级生活风尚迅速兴起的历史脉络，将聪明、活泼、阳光而又自私、务实和势利的资产阶级小姐成亚丽与老成、抑郁、颓暗、沉思的传统士绅家庭少年相比，各各照亮其文化属性的优缺点，最大程度地彰显历史的复杂性和时代的荒诞性，一份不安的气氛也始终徘徊于小说所创造的艺术空间，使读者在欣赏其小说精粹、简洁和唯美的语言风格时也掩卷深思，欲罢不已。

花卉仕女图[①]

东方蝃蝀

乘了公寓的电梯上了四层楼，按了门铃，我和石承珍走进了梅太太的家。在脱大衣时，隔了玻璃门的累丝，依稀看见里面盛装的男女，一阵阵的笑声传将出来，我脸上有点发烧，才想起这公寓是烧水汀的。

石承珍第一次到这里来，我拉了她来充一名不速之客，她回头乞求地看了我一眼，像是说："我上了你的大当，悔不该到这儿来的！"我在她背上轻轻地拍了一下，安慰她道："不要紧的——"说时，我已推开了玻璃门，让承珍当前走了进去。

梅太太正站着在说一件笑话，说得大家笑做一团，见我们进来，索性走了过来与我握手道："幸亏在你新闻记者来之前，我们早把故事讲完了，否则又是你的好材料。"我和着她笑了笑，赶快把石承珍介绍上去。梅太太冻住了嘴角上的一点笑，保持距离地，礼貌地和承珍握了握手。凭我和梅太太五六年师生之谊，更加上我那如女人头发对气候一般敏感的第六感觉，我晓得梅太太一见承珍就显得不喜欢她的。梅太太自然不会喜欢这样一个女子的，她身边的女子都是洋派的闺阁名媛，而承珍不过是一个杭州师范出身的普通女学生，在我们报馆里跑社会局新闻，到了上海也一二年了，可是她的打扮与梅太太身边的女学生相形之下，只显出她的土气，寒蠢。她不敢穿比较艳丽的颜色，今天穿了一件墨绿的旧呢旗袍，还小家子气地罩了一件咖啡色绒线背心，底下是黑皮的半统鞋，沿边露出了一圈白羊皮。

梅太太扭过头来对一个穿翠绿旗袍的戴金丝边眼镜的戚偎绿说："以后我们说话可得当心了，当了这二位新闻记者，说到什么不足为外人道的事，我们就得下一个注脚：暂缓发表！"

我一个个地替承珍介绍，先从戚偎绿介绍起，她好似我们的大姐，体态风流，未言先笑，好像你心里有什么诡计她都猜透了。我们有时送一束郁金香去探她，她笑嘻嘻地说："你们跟我少来这一套，我看还是到别人那里去献殷勤吧，在我看来只是白糟蹋了有用的钞票！"有时我和季玉树约她同去跳舞，那年夏天因为我们失业无聊，常到"阿凯地"去纳凉，晚上我们步行送她回家，她总打开了白皮包要和我们算账，口里嚷着："下次出去，我们一定要劈硬柴才好，以前我们女同学老是这样的。"我说："可是我们不是女同学呀！"她说："你们要这样想，那我只好不奉陪了。"于是她请我们到冰结涟店里去吃三客冰结涟，付账时悄悄地把钱塞

①原载 1948 年 6 月《宇宙》复刊第 1 期；现选自该期《宇宙》。

到我的手里。

她是个乐观主义者,至少表面上很乐观,雅量很大,经得起幽默的打趣,有一次她在梅太太家拿了一个美国苹果,说带回家去孝敬弟弟,有人说:"怎末?你已有了弟弟了。"这样的打趣,在一个小女孩型的女子是受不了的,但她会得随了你们一起轰然笑将起来,最多就是一句口头禅:"恶形得来。"

坐在她下手的是我的好朋友季玉树,他的年龄比我大,而看上去最是年青,他穿了一身人字花呢的西装,长长的上装,三只袋子上都装了袋盖;狭小的裤管,一双名叫"闲荡"的麂皮鞋。有人说,他没有去香港是可惜的,香港人见了他一定会叫他"靓者",靓字是最好的形容字了,因为他正如清水漂过一样飘逸。在校中,我们同时爱上了一个叫伊莱黄的女同学,我们总是三个人同出同进,早晨玉树骑了脚踏车到我家来叫我,我们同候在西摩路口,等伊莱从跑马厅路骑车来,一同赴校。我把手搁在玉树的肩上,一脚撑住了自由车,同学们一个个骑车走过了,对我们招招手笑道:"等人吗?"日子久了,他们只笑一笑就溜走了,无限深意的一笑,说明了许多不必说的言语。我们三人一起去跳舞,我和伊莱跳舞时就对玉树说:"你看皮包!"他下舞池就对我说了句英语:"这次轮到你了。"(Tt's your turn)

后来我和伊莱比较亲近一点,玉树算慷慨地退让了,我很恨他那种"大国风度"。终于我与伊莱也发腻告吹了,这里有一段相当感情的故事,我不想重诉!伊莱今天穿了一件柠檬黄底子大红花朵的绸旗袍,一头的浓发都梳上了去,手腕上新置的"汉密尔登夫人"的金表,脚上一双"克丽奥派屈拉"的黑麂皮鞋,疏疏落落两根带子,像等着出货暂且赶出来的"急就章"。她出了学校在洋行里做女书记,薪水以美金折合,有足够的钱给她做大衣,买皮鞋。这样的女子是需要装饰来衬托的;到今日为止,她在我眼中还是一个美丽的影子。当我把石承珍介绍给她的时候,我觉得她有点忸怩不安。她又特地挨了玉树旁边的福漆小凳上坐下,与玉树大谈近日开映的几部美国影片,故意高声笑出声来,我想她有点妒忌了。不过,玉树不该借此献殷勤,乘虚而入,他那"大国风度"的恋爱哲学,说穿了还不是想抄小路的掩护罢了。

长灯下沙发上坐着的是凤氏双胞胎姊妹,姊姊凤露露斜签坐在沙发中间,穿了尼龙玄色丝袜的纤腿横在一旁,黑色的高跟鞋上影影绰绰钉了闪烁的水钻,身上是黑呢的旗袍,独粒的珠环,春蚕那样一只的珠别针,扣在领子底下。她的打扮像一个成熟的小妇人,可是由她稚气的眼珠中看破了她的年龄。扶手上坐着妹妹凤佩佩,她和露露是一个鲜明的对照,她穿了一袭血牙红的呢旗袍,发式是在美国卷土重来的童花式,一排整齐的留海,底下的长发贝壳那样卷了进去,她们这高等社会中典型的千金小姐,斯文典雅地坐着,不用开口,普通的男子也没有胆量上前与她们交谈。佩佩到底年纪小了些,不时会露出她的过分天真,她喜欢跳舞,因为她正学着跳舞,只要谁与她跳舞,她就会把她坚持的"社交礼仪"暂时通融一下了,一曲终了,她不待你陪侍,自顾自走到沙发上坐下来了。无线电播出下一支是她素来讨厌的中国唱片:《讨厌的早晨》,她会悄悄地问我:"你想跳这个舞吗?"可是,这样的情形是很少很少的,我只碰到过一次——不胜荣幸啊!

戚偎绿笑对信托说:"你怎么不去催催派屈茜,打个电话去问问裁缝走了没有?"信托是他的诨号,因为他的中文名字念起来太像英文里信托一词,我们就管他叫信托。

梅太太补充偎绿的话道:"你们知道,派屈茜在家等裁缝,说今天要试衣服样子,我四点钟打电话去说裁缝没有来,五点钟打去还回说没有来,我说我们中国人有痴汉等老婆一句俗话,你们外国人换一个说法叫:痴婆等裁缝了。"

"叫信托去接一接不就省事多了,难保派屈茜在家不是等裁缝,而是等信托呢!"这声音从写字台一角发出来。他们是将要结婚的一对,男的张造时不大说话,女的胡灿云我们叫她"大嫂"。他们虽然每次和我们一起玩乐,同是梅太太的弟子,可是他们恋爱已宣告成功,一似好莱坞流线型喜剧片,演到接吻团圆的末一景,热闹场面都过去了。戏也演到二三轮小剧院了,他乐得退出红尘,做一对看戏的旁观者。

信托回击灿云道:"噢! 这么一说,你以前是等惯造时的!"

灿云嘴上不肯让人,翻出信托的旧账来说:"好,待会儿告诉派屈茜,那天你到'国泰'去看电影。"又对梅太太说:"先生,那天他和一个十七八岁的女孩到'国泰'去看电影,我们看见了,他介绍也舍不得替我们介绍,拉了她就跑掉。"

偎绿笑道:"信托还是乖乖地去接一接吧,要不,信托就变成不可信托了。"

梅太太笑得前仰后合,低声对偎绿说:"这样派屈茜怎会把终身'托'给他呢?"偎绿也笑道:"先生,先生,你说得也太快了一点吧?"伊莱走过来问偎绿什么可笑,偎绿告诉了伊莱,伊莱的中文程度差了点,不能领会其中三昧,梅太太少不得用英文解释了一下。

她正在解释时,派屈茜·摩希甸已经走了进来,一进门就恭贺道:Happy-birthday,Happy birthday!"回头对梅太太问道:"到底谁的生日呀? 我弄糊涂了。"梅太太佯装虎了脸不理她,算是罚她迟到,派屈茜料到这一计,对了梅太太说:"我的上帝,裁缝还是没有等着。"

偎绿忍不住说:"还说呢,先生在生你的气了,快跪下来拜寿罢,我们都早拜过了。"

派屈茜从沙发上拉了一个绒垫子,朝了梅太太真拜了下去,梅太太挽起不迭,扑刺笑了出来。才对派屈茜说:"你还问谁的生日,你自己的生日也给忘了吗?"派屈茜把手一摆道:"我不是说过不要把我算进去吗? 噢,密雪丝梅!"梅太太又说:"玉树也是寿公,他是廿三生日,我是廿二,你是廿八,相差没几天,就并在一起做了，"派屈茜连忙嚷道："不，谁的生日呀，可不是我的生日。密雪丝梅，不要把我算在里面好吗？"

梅太太对派屈茜这一半客套，一半撒娇的模样，也不知怎样回答才好，只得拉起了派屈茜腰间的橙黄流苏，扬着对众人说："你们瞧，派屈茜的流苏多美！"顺手又把它搁在电炉上，对派屈茜说："我真恨不得把它烧了！"派屈茜哇的一声叫了起来。"你把它烧了，保你赔也赔不出，我到画锦里去看了八九家铺子才觅到这个，他们说小的还有，像我这样长的全上海也找不出第二条了。"梅太太轻声对偎绿说："不要紧，寿器店里有。"派屈茜正要追问什么叫寿器店，伊莱上前捧了她的头发对梅太太说："你看派屈茜分头发怎么梳的？"原来派屈茜沿头顶心山脉似地做了一圈，当中成了个盆地，盆地之中簪了一朵大红圆寿字绒花。底下的头发仍旧垂了下来，远望一似西洋女子装的帽子。身上虽穿了苹果绿西式裙子，上面却罩了一件橙黄软缎绣牡丹的上装，完全中国款式，当胸盘了五对大纽扣。在苹果绿的裙腰中束了一条蛮大蛮长的橙黄流苏。她父亲是印度人，母亲是中国人，她有时算大英帝国臣民，有时喜欢做中国人，还好，我们称她为东方人总不错的。

梅太太把人算了算道："一个个都来了，派屈茜是梅兰芳最后上场，还等谁呢？吃饭吧！"说道梅兰芳，叫派屈茜想起了一件公案，问信托道："你说陪我去看梅兰芳，怎么又舍不得了？"信托道："你穿了旗袍，我才敢陪你去。"

偎绿问道："梅先生今晚不回来吃饭？"梅太太说："他今天留美同学开会，开了会又去桥牌俱乐部，一时也不会回来。关照我们别等他的。"

这时，餐室里已放好一张大圆桌，桌上陈列了全套的银器叉匙，居中放了一对洋红烛。梅太太对于食道，一向色重于味的，譬如明明不喜吃番茄、胡萝卜，可是为了那橙红的色彩可爱，总得把它搁在煎鱼的旁边，自己看著悦目。她怕胖，什么也不吃，只吃点臭豆腐、咸白菜，可是这些菜不登大雅，在快吃残的局面下，她才命老妈子拿出来。平时我们人多，往往分食Buffet，今天梅太太出了个主意说："今天就十二个人，却巧一大桌子，我们坐着吃，正如老式人家办寿酒一样。"位置也是梅太太指派的：季玉树、凤露露、凤佩佩、张造时、胡灿云、戚偎绿、信托、派屈茜、梅太太、我、石承珍、伊莱黄，这样排下来，后来伊莱要求派屈茜调一个位置，我晓得她不愿意和承珍坐在一起，可是信托却天真地问道："为什么要掉位置呢？"梅太太赶快掩饰道："她喜欢和我坐在一起，亲昵点儿。"派屈茜看她蹦蹦跳跳，有时非常世故，爽气地和伊莱掉了一个位子。

梅太太叫老妈子筛"琴"酒，她说："这个酒是给女人喝的，保你们不会喝醉，大家凑着热闹全喝一点。"凤露露最怕喝酒，搁了眼泪那样一点，就叫遏止，连忙羼了一大杯的苏打水。佩佩不解事，倒了二个手指，咯笃咯笃喝了下去，又问我道："我从没有喝过酒，喝这些下去碍事不碍事？"我看她那样无邪的眼光，就回说："慢慢地喝，不打紧。"她伸手就倒了大半杯给我，承珍不怀好意地对我笑了笑。

梅太太说:"为我们正月里生日的人喝——一口。"露露捧起了杯子,非但没有喝,反把口红沾了一点上去,玉树说:"你的杯子里反而多了点出来了。"露露静静地笑了一笑,二手叉在胸前,她是不大言语的。

派屈茜举了杯子说:"为我们的新朋友干杯!"大家的目光都集中在承珍身上,承珍苦涩地笑着对我瞅着,我说:"你就喝一口。"灿云高声叫道:"不行! 我们这儿有规矩的,第一次来得喝一大杯,算是进门礼!"我还没有来得及注意,承珍真的一大杯喝了下去,我晓得她有点男性的豪迈,不过我没有想到她会豪迈到这个地步。承珍的神经一紧张,脸色就发白,喝了杯酒脸色更惨白得可怕。我看见偎绿在嘴边噢了一声,好似说:"哎哟! 这么大的酒量。"伊莱也悄悄地和梅太太在私语,梅太太一面点头一面在笑。

接着派屈茜又替承珍满满地筛了一杯,我要阻拦,她们七嘴八舌都叫了起来:"关你什么事?"我说:"她不会喝的!"派屈茜对承珍道:"他说你不会喝酒,明明是侮辱你。"派屈茜虽然洋味,却善于辞令,又会说得合于东方情调的得体。

梅太太深怕石承珍这样喝下去,真会闹出事来倒不好,于是把打趣中心转到另一个方向,她佯作叹了口气说:"今天我是失败的慈禧太后了。"说着对季玉树无限深意地抿着嘴笑了笑。有人在叫:"不懂,不懂。"而季玉树的的脸却透红了。戚偎绿漏了漏笑道:"我这里倒懂。"梅太太说:"到底她演过《清宫怨》,这点典故总晓得的。"于是胡灿云,伊莱黄,派屈茜这几个比较热忱的女子,都钉住了偎绿要追究葫芦里的药。偎绿埋怨地笑对梅太太说:"先生,你怎么想得出的?"

原来这个笑话是这样的:凤露露,佩佩是梅太太的远房侄女,梅太太洋味十足,介绍起来总说:"我两个'腻死'Niece!"她们不常与我们一群玩乐的,这次季玉树要梅太太去请凤氏姊妹,梅太太没有答话,而季玉树却人不知,鬼不觉地把她请了来。如果说玉树比作光绪帝的话,梅太太就成了失败的西太后了。

这时冷盆收了下去,正在上汤的时候,派屈茜突然想起:"密雪丝梅,今年是闰年,今天又是闰日。"梅太太说:"果然不错!"又怕我们不懂西洋习俗,解释道:"照西洋规矩,女孩子在闰年可以有权利向男孩子求婚。"信托第一个叫了起来:"我正等着呢!"我就向派屈茜挑战道:"为什么平时女子不好向男子求婚呢,如果她喜欢他的话?"派屈茜正在找寻答案的当口,造时抢着说:"我看起来,求婚往往是女的主动的,男的不过受命而已。所谓闰年不过叫女孩子开开金口,平常年月就连口也不用开得了。"几个女的都群起反感,要造时解释清楚,方才折服。而我与玉树却异口同声道:"如此说来,灿云一定向造时下令求婚过了,不然造时怎会如此透彻领悟。"这时我看见寡言笑的露露也透露了一口细白的牙齿,佩佩天真地在轻轻鼓掌。

造时说:"我未见捕鼠器会捕老鼠的,我只知道老鼠自投网罗。这就是为什么,女子向男子求婚是不用开口的。"我不待造时说完,又盯了灿云问:"你是不是捕鼠器?"

灿云看也不看我,直向承珍单刀直入道:"石小姐,你第一次到我们这儿来,你的意见也许新鲜一点!"说着,大家都笑了。

承珍不懂幽默,放下了脸说:"我对这个问题从没有想过,也没有新鲜意见。"

我觉得我的脸发烧了,反攻灿云道:"我问的是你,不是她!"灿云道:"是呀,我问的是她,不是你!"大家也大声笑了,我觉得承珍不习惯于这样打趣,像穿了湿衣,坐在火炉前等着烘干一样的不好受。回首一看,只见伊莱二只不屑的大眼睛直盯了承珍不放松,空气差不多静止了半分钟,我们的饭也吃得差不离了,今天特别讲究,最后一道冰结涟换了菠萝蜜圣代。梅太太不吃奶油,她把一客圣代让给灿云,因为梅太太晓得灿云喜欢那个,玉树顺手就盛了两大匙在自己的份内,灿云嚷道:"不对,这儿失窃了。"说着,她拿了两只玻璃杯就朝门外走。不留神"察朗"一声,一只铜匙丢在地下,信托喜欢凑热闹,也赶了出来要抢,灿云索性躲进了厨房,把门关得紧紧地。偎绿说:"你们兴致愈来愈好了,简直童心未泯!"

这样一来,大家陆续都站了起来,派屈茜第一个到盥洗室去重新化妆,伊莱跟了进去,这是女人的脾气,她们在里面一直可以谈上半个钟头。我侍候着承珍,和她在双人沙发上坐了下来,承珍看了一下表,问我:"什么时候回报馆?"我说:"现在还只有七点三刻呢。"我准备九点钟才回报馆,虽然我晓得她在不耐烦了,可是我舍不得就这样离开,有时我不为了什么,就爱上了这个气氛,背景。

凤氏姊妹又合坐在那只单人沙发上,各自拿出了金质的粉盒,在抹口红,佩佩从小镜子的一边透出了一只眼珠,看见我和承珍在说话,不怀好意地对我微笑。她真是一个孩子,信托上前搭讪了,佩佩瞪了他一眼,损了他一句,信托只好自讨没趣去开无线电,无线电正好是点唱节目,报告小姐卷了舌头的英语:"From 开蒂胡 to 强耐王,From 海伦陈 to 脑门许……"一连叫着洋名的中国人。派屈茜与伊莱正好一前一后走了出来,信托上前与派屈茜跳舞,派屈茜对我们几个男的说:"站着干什么,跳舞呀!"我请承珍跳舞,承珍脸铁青道:"你要跳舞,尽管跟她们跳去,我是今晚上一动也不想动!"

我讪答答地与偎绿跳了第一支舞,第二次与派屈茜跳吉透勃,她喜欢男孩子宠着她,我不得不赶紧抢着与她跳舞。她问我:"为什么不与伊莱跳舞?她不肯与你跳?"我为了男性的傲慢,连忙问道:"忙着应付你也来不及,我又没有分身术。"底下是华尔兹,我不大会跳,可是为了挽回自尊心,我请伊莱跳了,我们离得远远地,她突然变成一个十八世纪的古典美女,恨不得下了帘子和我寒暄。我再也不相信,她从前会把半个脸偎在我的肩头,她的鬈发刺得我痒徐徐,我在她发际轻轻地说话,她一声也不响,享受者我男性的温存。这已是一个童话开始一样:"从前有一个……",从前是那么短促荒诞,又那么近在眼前。我与她跳得有点格格不入,没话找话,我说:"今天的地板真滑。"她说:"嗯,大概刚打过蜡。"我记得有一个典故：两个老练的外交家碰在一起，就只风雅地谈谈葫芦。我们也许是老练的恋爱家了，见了面只谈谈打蜡地板。我真怕我会做一个伤感的傻瓜。

我在跳舞时，看见玉树礼貌地请承珍跳舞，也遭受承珍婉辞拒绝了。后来又发现承珍孤独地去坐在里套间里，那里只开了一盏小台灯，她低了头在想什么心事。我又请她跳舞，她惨然对我一笑，我蹲在她身边说："要不，我们走吧！"她又虎了脸说："我晓得你不到九点钟也不想回报馆，我这里也用不着你这一套殷勤劲儿，趁早留着去哄那些高贵的小姐吧！"

我碰了个橡皮钉子，只好蹲在她那儿厮守着，她的自卑感发足了，我想只有不惹她是最好的办法。

这时正唱着一张忧郁的曲子："To Each His Own"，我走向凤露露，正要开口，她说："千万别教我跳舞，我喜欢静静地坐着，听完这个曲子。"于是我只好转请佩佩，佩佩盯了我一眼，才带了幼稚的笑容站起来。

"你不是存心要跟我跳舞的！"她用英语对我说。

"不，该这样说：你嫌我跳得不好。"我投其所好，也说着英语。

"我看你今天也够忙了，这位小姐看样子是怪难伺候的。"

"你这话是什么意思？她是我的同事罢了。"

"同事够了，我又没说别的。"她胜利地笑了。我突然感到了佩佩的关注，感受了她的无知的可爱。我冒险地对她说："我可以有一个约会吗？"

她先一怔，毫不思索地说："从来没有与一个男子单独出去过！"

我知难而退了，心里有点不好受，其实我只想与佩佩在一起是一种逃避，逃避这个成人的尘世，回到幻想的童年梦里，可是被她这样一招架，我反倒有说不清的纷乱。我突然发觉，只剩了我们一对在跳舞，他们都围了梅太太在写字桌边谈话，梅太太对我说："我说，我们愈来愈像一家子了，以前你们饭后总爱跳舞，现在舞也懒得跳了，倒是坐着说说，愈说愈说不尽。"

我与佩佩走过去听派屈茜的说话："我不懂为什么，我从未爱上过一个人！"我说："从未？"她说："嗯！"我说："那末，以后你这儿也不必来了，反正我们这四个人都落选了。"

派屈茜说："你常到这里来，当然是爱上了谁？"我说："当然！"说着，我看了佩佩一眼。

派屈茜说："有人说我怪，他请我出去，我老不肯，他又说另一个女的老请他出去，但是他不喜欢她。我说：我才不怪，你们男人真是怪：讨厌他，他喜欢你；喜欢他，他讨厌你。你不想出去，他叫你出去；你要出去，他又不来请你。"

造时说："女人才怪呢：不送糖送花，她说你吝啬；送花送糖，她骂你傻子。吃得太多了，她说你粗气；吃得太少了，她又怪你娘娘腔！"派屈茜问造时："你是不是把什么都告诉灿云的？"造时正犹豫之间，派屈茜抢着说："要告诉，原本西厢统统告诉她，要隐瞒就别提一个字，最糟的是：说了一半，藏了一半，叫她尽猜尽猜，猜到临了也不知加上多少多少可怕的想像。"玉树说："派屈茜，你哪儿来这一套知识？"派屈茜忙答道："书上读来的。"梅太太抢着说："我可没教过你这些书本。"

露露独坐在一角，偎绿把她拉了过来说话，派屈茜抓住了她问："要是——我这里全是假设——要是你爱上一个男的，你相信放任他是对的吗？"露露悄悄一笑，不言语。她虽洋化，到底她是属于闺秀一派，不好意思参加这个测验——虽然是个假设。派屈茜只好问偎绿，偎绿带笑道："这个答案是正面的。"派屈茜把手指一捻道："对了，站在女性立场这是对的，说实话男性是主动的，他要是诚心爱你，丢丢扔扔，他还是迷着你的。可是反过来说就不对了：要是你爱一个女人，你就不能放任，一放任，她就跟了献殷勤得最起劲的人跑了，因为她以为你不再爱她了。"我插言道："这也是书本上的？"她睨了我娇嗔道："你一定要我说是经验之谈，才甘心吗？"

我想该走了，不该让承珍冷落了这些时候，我正在想时，门铃响了，梅先生带了笑出现在房门口，大家一窝蜂似地拥了上去。伊莱说："梅先生，你一定多嫌我们了，我们约好了来陪你打桥牌，你有意避而不见！"

梅先生不知说什么好，只是笑。他生就五短身材，啤酒喝大了肚皮，十足一个摩登老爷。急中生智，他说："好，你们不怕陪我老头子，我们就来桥牌，好在我今晚没有去桥牌总会，手心直发痒。"说着，他在桥牌桌前坐了下来，指着造时，伊莱，灿云，又指了我，忽说："你又不会打！"我说："我会，也得回报馆了。"梅太太忙着留我，叫我请假一天，我坚持要回去。梅太太说："如果你另有缘故的话，我也不便留你了。不过，无论如何你今晚也出了口气，叫人看看失之东隅，收之桑榆。"我出去时但见柔合灯光下，围了一桌子人，他们已在分牌了。

我和承珍跳上了三轮车，催着车夫踏得快一点，因为赶到北四川路底起码九点三刻，再写稿子，编辑先生一定哭丧了脸，在打鸡骂狗了。

在车上，我告诉承珍，我与玉树第一次到梅太太家的窘境，那时我刚读大一，梅太太请了中西女校几个女学生，又请了我们学校三四个男生，我与玉树就是其中之二。那时我真怕羞，见了穿得漂漂亮亮的小姐，一句话也不敢说，这一次真是作客，大热天还穿了海罩蓝的上装，衬衫冒透了汗，像下了锅的馄饨皮子，这样连上装也不敢脱下吹一口风。梅太太特地做了二色的冰块，柠檬黄碟子里放橘红冰块，橙红碟子里放柠檬冰块，梅太太家就是这样一个色彩调和的地方，在我记忆中是一幅法国现代派的油画。这几年仗打下来，打老了人，打碎了文明，打得我们都成了破落户，只有梅太太家是一页青春灿烂的纪念册。我已经从一个怕羞的大学生，经过了两年的浪荡，总算踏进破破烂烂的社会。我像以后再也不会再去梅太太家一样，与这种娇嫩的生活，已隔去了一大段时间上和心境上的距离。石承珍就是隔离我过去的一块里程碑。

　　承珍吹了冷风，打了个喷嚏道："她们对你都很有好感。"我追问她："我那个好朋友季玉树呢？"她说："他太老实了，比较起来，还是你配做一个花花公子。不过，这也得看你以后的生活条件了，你以为单凭了你那点才气，就赢得动小姐们的心了。你怨我不穿尼龙袜子，不露大腿，你要晓得这是要代价的，汽车，水汀，你家备了没有？"我苦笑着脸，也不想分辨。

　　"你只有过去，只有将来，没有现在。这样，你老是痛苦的。"她隔了一忽又数落道。

　　"这不是痛苦，痛苦一半还是物质上的；这是不满，心理上的不满足，要想得到的，得不到；得到的，又不是想要的。"

　　"呸！别往脸上贴金了，别提什么心理，精神这些字眼了，你要的还是一辆汽车，一层公寓，这些简单的物质享受。就是得不到的苦，再不去怨怨你为什么没有一个做银行总裁的舅舅？"

　　"你读过《幸福之路》吗？这是罗曼蒂克的忧郁感。"

　　"罗曼蒂克也好，泼莱蒂克也好，反正你在发嗲，要一个人哄你，骗你，逼你，苦你，宠你，那个人最好是——必须是女人！"

　　正因为她说了真话，我有点气愤，我狠狠地说："你不能满足我的虚荣心。"

　　"我又不是供在水汀屋子里的花瓶，"她咬牙切齿道："我能满足你的虚荣心，也不会跟你这个破刷笔杆子的混在一起了！我是无所谓的，你只管跟那些高贵小姐去交际好了，只要你有本领。不过，言明在先，你玩弄了我，有一天我会报复的。"

　　你看了她炯炯的两眼，吞得下人似的，我真有点寒心了，我说了实话："你现在是一剂药，也许会医治了我的病，不过，病治好了，药也就成了药渣。"

　　"我只要一点点现在也不可能？"

　　"你不是说我没有的吗？"我冷冷地说。

　　"你的心不在这里！"

　　我不言语了，我牢记着："我只有过去，只有将来，没有现在"这句话。三轮车踏过了外滩，黄浦江边起了一层轻雾，一盏盏的路灯都成了一个个的朦胧月，行人稀少，像是深更午夜了。我们一直没有再说一句话，直到报馆，走上扶梯，听见编辑室里按铃声，谈话声，我才恍然大悟，我还得赶写稿子。

【阅读提示】

　　这篇小说没来得及收入《绅士淑女图》，但深得作者喜爱。通信中，李君维先生曾专门询问过笔者的阅读感受。与《春愁》比，这篇小说又增加了一种更传统的女性人物，而都市少年就在更现代、更时髦的资产阶级小姐与更传统、更阴郁的普通人家女儿之间犹豫、徘徊。都市少年知道那些现代而不免浮浅的资产阶级小姐未必是他中意的对象,但是她们显示一种自由、开放、流转的美,而看似真诚、执着、专一的传统女性却显示一种可怕的僵硬、执拗、不开通。传统女性责怨都市少年:"你只有过去,只有将来,没有现在"。确实如此,都市少年总是向传统中更好的一面和未来更令人向往的一面眺望,而与现实(即此刻、现在)发生了更大的不和谐。理想主义者注定是悲剧性的,也是最痛苦的。

【延伸阅读作品与参考文献】

1.《东方蝃蝀小说系列之一:伤心碧》,人民文学出版社 2005 年版。

2.钱理群、温儒敏、吴福辉:《中国现代文学三十年》(修订本)有关部分,北京大学出版社 1998 年版。

3.李嵘明:《浮世代代传——海派文人说略》有关章节,华文出版社 1997 年版。

4.左怀建:《评东方蝃蝀〈绅士淑女图〉》,《中国现代文学研究丛刊》2003 年第 1 期。

5.左怀建:《论东方蝃蝀〈绅士淑女图〉——兼与钱锺书〈围城〉和张爱玲〈传奇〉比较》,《郑州大学学报》哲社版 2003 年第 3 期。

6.李楠:《海派文学、现代文学的通俗化走向》,《文学评论》2008 年第 3 期。

【思考与练习】

1.分析东方蝃蝀小说中男主人公的忧郁、失望及其文化成因。

2.分析东方蝃蝀小说的语言之美。

退职夫人自传

潘柳黛

【阅读提示】

潘柳黛（1920—2001），北京旗人家庭出身，先在南京求职，后在上海成名，晚年在澳大利亚生活。

在 20 世纪 40 年代的上海文坛，潘柳黛的文名仅次于张爱玲、苏青。其最著名的作品就是长篇小说《退职夫人自传》，1949 年 5 月由上海新奇出版社初版。推荐阅读魏绍昌主编"海派小说专辑"之一，潘柳黛《退职夫人自传》，上海书店出版社 1989 年 12 月原版影印本。

小说采用女性文学常有的自传体，叙述北京小姐柳思琼出身在一个夫妻不和的家庭。因为父亲吃喝嫖赌将家产败坏，自己的长相又酷似父亲，从小失去母亲的疼爱。师范学校毕业后，为了独立，曾经到河北教过小学、初级师范，酒醉后被自己的老师陈浩玷污。逃到南京，在另一老师纪先生的引荐下，经某社长施先生同意，到一家报馆做记者。开始频繁撰稿，发表作品。为求发展，又到上海，又到日本大阪新闻社"每日中文"版做编辑，回国后仍在上海某报馆做记者，文名日盛。这中间认识青年吴，两人发生关系，吴在她面前炫耀自己是童男，引起她反感，两人很快分手。认识报社同事的同学、交通大学毕业现在圣约翰大学任物理教员的阿乘，恋爱、同居，感到前所未有的小女人的幸福，但是很快发现阿乘与他的叔婶有非同寻常的关系。在她眼里，阿乘迅速成为一条"热带蛇"，他带着"热带蛇"的聪明、热情、神秘、润泽去包围她，但"热带蛇"的爱又是有毒的。小说特别写女子的矛盾心理，知道他有毒，但还是离不开他，就决定做一个"舞蛇"高手，并写成文章发表，立马引起轰动。20 世纪 40 年代有些小报就将潘柳黛画成一个"弄蛇"人。最后为了自己的尊严，柳思琼还是与阿乘离婚分手，从此成为"退职夫人"。

小说扉页上引英国唯美派作家王尔德言："男女以误会而结合，以了解而分开。"因而显示了一定的现代主义倾向。

小说塑造了阿乘这一"热带蛇"的形象，对现代都市文学可谓一重要贡献。阿乘有知识有修养有智慧，很会讨女性的欢心，又是高个子，有男性丰仪，但是生长在富贵又破败的家庭，从小没有独立、吃苦精神，就答应接济他的叔叔家的婶婶的要求，与她保持不清不白关系。需要爱，他去与妻子柳思琼生活在一起，需要钱，他去与叔婶生活在一起。在妻子与叔婶之间，他最后还是选择了叔婶。这里面有一种非常现实的上海文化精神。

　　小说也关乎"女性涉世"，对柳思琼生命成长过程的叙述，对其在真爱与欲望之间矛盾心理的揭示，都让人想起"五四"以来丁玲为代表的女性文学传统，但更多的是与苏青《结婚十年》《续结婚十年》等创作的相似之处。特别是小说叙述柳思琼为了生存与多个男人发生暧昧关系，叙述人物受到当时敌伪统治下高官、新贵、名人的帮助沾沾自喜，不禁显示女主人公个人政治操守上的混沌不清、人格有污，而且作家也不好逃脱干系。小说笔调不如苏青直露，稍有节制和文采，但抒情性不如施济美，现代表现手法不如张爱玲。

【延伸阅读作品与参考文献】

　　1.潘柳黛：《黑瞳》《昨日之恋》(小说)，均见钱理群主编《中国沦陷区文学大系·新文艺小说卷》(上)，广西教育出版社 1998 年版。

　　2.潘柳黛：《一个女人的传奇》(长篇小说)，文汇出版社 2010 年版。

　　3.周文杰：《柳黛传奇：民国上海四才女之潘柳黛传》，安徽文艺出版社 2011 年版。

　　4.王晓云：《沧海遗珠，和语柳黛——以〈退职夫人自传〉为例论女性私人化写作》，《名作欣赏》2015 年第 22 期。

【思考与练习】

　　比较这部小说与苏青《结婚十年》的异同。

霍去非^①

柯 灵

    酒阑了,席散了,主人霍去非夫妇,恭恭敬敬,一直把客人送到大门口,连他的老太爷霍有财也跟在后面连连拱手,表示情意的隆重。

    要看上海的丰足与和平,酒席筵前的确是理想的所在。而肚皮吃得太饱,闲闲地散步一会,对于不上不下的中等阶级来说,又不失为一种最好的运动,如果有同行者随便聊聊,言不及义,自然更合乎卫生。

    我一面走,一面在心里嘀咕。听说霍去非很久了,这一晚跟他却还是初会,温文而潇洒,俨然是一个有修养的少年绅士,虽然他不过是一个商人的儿子。奇怪的是他父亲,比照着看更显着差劲,一张拔长的特号马脸,白里带青,暴着牙,鼻梁上却架着一副墨晶眼镜,老像在黑镜里窥人;形容委琐得不顺眼。他不像霍去非的父亲。据说他在上海拥有很多地产房屋,虽不出名,算得上有数的殷实之家。如果谁看了他这样子能相信,我敢打赌。亏他还是个颜料商!请想想两次世界大战期间,颜料在市场上的身价罢。特别得很,这个人身上毫无光彩,有的只是过多的幽默感。

    不知道谁在问:

    "今儿霍家请客到底为什么?"

    被问的是老杭。姓杭,又是杭州人,大家就管他叫杭铁头。他跟霍家是同乡。

    "为什么?"他重复了一句,充满嘲笑地说,"瞧你们!刚啃了人家的,背过身子就猜疑。要怕不干净,不是晚了吗?"

    老杭说话爱痛快,而并无恶意,说完他笑,大家也笑了。客人是他代邀的,主人事先声明,旨在"联络",没有别的意思。在讲情面的社会,多少宴会都是这么来的。要追究作用,说有呢,它是没;说没呢,可又不见得。当时政治协商会议正在重庆开的一团春风,大局眼看要有个变化,风尚所趋,我们这些穷文人、新闻记者、杂志编辑之流也就沾了光,被认为有联络的资格,可以被请到富贵人家的大客厅里作客,谈谈有关时局的话题了。

    又有人问:

---

    ①作者柯灵(1909—2000),原名高季琳,浙江绍兴人,生于广州。20世纪三四十年代上海著名作家、编辑,其创作具有严正的左翼都市文学倾向。该作品原收入作者短篇小说集《同伴》,上海文化生活出版社 1956 年 2 月初版;现选自该小说集初版本。

"听说霍家好客不是?"

"才怪呢!"老杭说。"霍有财在家乡有个诨名,叫'断六亲'。因为他戚族本家,既不往来,春秋祭祀,也只斋上三代的直系祖宗。霍去非倒是爱找朋友上他家里去吃便饭,只是以学者名流为多,意在装点风雅,跟斋祖宗的味道差不多。今儿父子同盟,似乎还是开天辟地第一回。我看年月是在变了。"

我们来到了四川路桥,苏州河的黑流闪烁着灯彩,摇曳而恍惚。老杭回过他的铁头看了看邮政大厦的大钟,那钟已经快指着十点。

"霍家父子俩,都够瞧的! 父亲悭吝,儿子懦弱。故事说不完。"老杭说。"时辰到了,我得上报馆了。咱们有空再谈吧。"

说着他就自己匆匆忙忙地走了,他的身上永远有新闻记者那种张皇迫促的神色。

没想到,霍去非第二天就来登门拜访。态度很谦恭,没有一般大少爷的标劲,谈吐也相当地好,上下古今,无所不谈,说明他是颇读一点书的。以后他又找机会连来了几次,慢慢地厮熟了。他一再说他对政治不感兴趣,可是他显然很关心当前的政治情势,常常以将来共产党上了台如何如何为问。

"王先生",有一次霍去非忽然郑重地说,"我想拜托您,您给我找个事做好不好? 大小不拘,公务员什么的,都行。"

"你要找事?"我至少有点惊讶。

"真的,真的!"他急迫地申说。"我确实想找事。"

沉默了半晌,他忸怩地笑了笑:

"您准听人说过我父亲。照我家里的情形,按说我不必急于找职业。可是您不知道我父亲的性情,他只给我五千块钱的月规,不够坐几趟三轮车的。我不找事怎么成? 再说在这种时代,有个职业,也省得人把我看成小开。"

我说:"哦。"我不能够再多说一个字。

"没办法,我父亲是个商人,他什么都不懂。他的生活里只有两件事,抽鸦片和买金刚钻。先前家里有烟枪,后来叫人暗算,敲了一竹杠,从此一直就在外面躺小烟馆,多脏的地方他都躺得下去。到了深夜,瘾过足了,照例在家里一个人玩他的钻石,在定造的台灯底下,用显微镜细细地看。他认为钻石永远值钱,还有个好处,轻巧,容易收藏。他藏在什么地方,我母亲常常不知道。店务他倒是不大管的,那儿有一位老账房,还是我祖父手里的人,是个孤老头子,忠心可靠,所以父亲相信他。"霍去非顿了顿才接着说,"您知道我爱买书,我父亲可最恨这个,自然决不肯给钱。我好容易说通了账房,找了两家书店记账,逢年逢节到店里收钱。可是太多了也不行,父亲知道了更大吵大闹;没办法的时候,只好由母亲出来打圆场。我那几架子书,就不知道有多少故事!"

他的可惊的坦白打动了我。他激动地说话的神气,似乎就揣着无穷的痛苦,并且是这世纪老一代人所加于年轻一代的共同的痛苦。

"这样的父亲,您想想,怎么受得了! 所以我想找事——"他加重语气,表示他的决心,"我想离开这个家,我腻透了它!"

忽然,平空掉下来似的,从哪儿抛过来一句话:

"你有这个种吗?"

霍去非没有提防,仿佛神经上受了一箭,仓皇四顾,非常惊讶的样子。听那充满讥嘲的口吻,我却早已明白了是老杭。这个杭铁头,人还没进屋子,话却已经走在他头里了。

果然,进来的正是他,笑嘻嘻地问着霍去非:

"你尽管牢骚有什么用! 你敢动你父亲一根汗毛?"

"这不是牢骚,这——"霍去非分辨说。

老杭一屁股坐在霍去非旁边,看着那种狼狈的样子,似乎动了一点怜悯之情,剔除了嘲笑的成份,声气就恳切得多了:

"去非,我不知道说过你多少次了。咱们自小是朋友,不怕你生气。你的生活态度实在有问题。这么大个子,还老向父亲手里要几个小钱,买点不痛不痒的书,吃吃小馆子,对付着混日子;要不就发发牢骚,背后骂骂老头子,这算什么!"

霍去非似乎被击中了要害,许久没有回答。老杭忽然又换了一种口气,一本正经地问道:

"你要用钱是不是? 你要不要借麻衣债?"

"什么?"霍去非吃惊地问。

"你不懂? 上海有些小开们,遇着老头子手紧,就找人借这种债,到老头子死了才还,不过利息重一点。"老杭说得不动声色,连我也看不出他是真心还是假意:"你要借麻衣债,我有路子,万把美金不成问题。"

霍去非更加吃惊,他的尊严显然受了伤害,脸色变了,声音都变了。

"这,这不是开玩笑!"他结结巴巴地,只说了这一句。

"不是玩笑,我这是真话。"老杭平静地说。"我要是你,你猜我会怎么办? 老头子不给钱,我就跟他闹,家宅都给翻个身。"顿了顿,又补充说,"我要像你这样家里有钱,如果不能放开手,拿钱做点有意思的事,你猜我怎么着? ——我要想尽方法把钱弄到手,玩也玩个痛快,至少把钱散出去一点。"

霍去非容不下这种偏激,无论在感情上,在道德观念上。从那微妙的表情,我看得出来。他先是一惊,接着竭力容忍,然后嗫嚅地,微红着脸,提出怯弱的抗议:

"这算什么!"

"你这样不死不活的算什么?"

这场无趣味的争辩，没有展开，就僵死了。不久霍去非搭讪着抽了身，临走又重提了要我替他找事的话。站在主人地位上，我对他未免有点歉意。并且平心而论，老杭说话有点过火，没有人能忍受他这种态度。可是老杭不承认。

"我一点也不过分，你不明白他多么小，并且多么乏！"他说。"你别忘了他是小开，本质上跟他父亲没有什么不同。不过他还年轻，人挺聪明，也读点书，写点什么的，所以我还希望他有点长进。"

老杭的急躁与敢言无忌，根源于他对霍去非的友谊，这是我能够了解的。可是我不明白为什么友谊中间又夹着这么多轻蔑与嫌厌的成份，好像一说话就故意要激对方吵架似的。老杭不屑争辩地笑着，忽然跑过来跟我坐在一边，拍拍我的肩膀……

"我说个笑话你听，也许可以给你做个参考。"他说。"霍有财虽然五十上下的人了，可是他好色，沾的又常常是放荡的穷人家妇女。他玩女人，美丑不计，只有一个戒律，就是不惹交际花红舞女一类的名件，因为她们不好对付，花钱也多。有一时他跟一个跑单帮的女人沾上了，风言风语，传到了霍太太的耳朵里。霍太太是个能干人，把儿子叫来，悄悄地商量对付的办法。霍去非对父亲的桃色事件，并不看得严重，就说：'由他去吧，妈。您也这么大年纪了，犯不着再跟爹为这伤和气。'他很明白，跟老头子闹的结果无非招来经济的封锁，他犯不上。谁知霍太太睁大了眼，叫着他的小名儿说：'大狗，你犯糊涂了！他搅女人不要紧，万一有了孩子怎么办？咱们这点家私，本来是你跟你妹妹两个的，你愿意多出个野种来分一份吗？'一句话点醒了霍去非，他这才急了，母子商量，决定捉父亲的奸。

"你想想这奸怎么捉？这才叫绝！先是买小流氓钉梢，有一晚确定了霍有财跟他的情妇在旅馆里幽会，霍去非就率领全家出发。到了旅馆里，他自己躲在外面，却由霍太太带着女儿媳妇敲门进去。——为什么？还有两层好处：一则霍去非怕老头子，避开了，省得当面冲突，彼此下不了台；这样他将来可以置身事外，假装不知道。房间里万一出事，他还可以在外面叫警察接应。二则呢，老头子当着女儿媳妇的面，尽管羞恼，自然不好意思打太太，闹得太凶。

"霍太太跟她的女儿媳妇，一色素朴的平常人家打扮。她们叫开门，进了房，老头子慌了手脚，而那个可怜的跑单帮的女人，吓得只是在一边发抖。

"霍太太拉开嗓门，就指着老头子带哭带骂起来：'你个老不死的呀，你这么大年纪了，害了我们一家子不算，还在外面害人哪！你在外头充阔气玩女人，可把我一家大小撇得好苦，冷暖饥饱都没人管。你还有良心没有啊？'数落够了，这才向那个跑单帮的女人说：'这位大嫂，看你也是好人家的妇道，怎么那么犯贱！老头子准说他家里有钱不是？那是骗你的，这个人专爱吹牛。我们家连吃都吃不饱。你快别糊涂了！这回我不跟你计较，往后你再跟他在一起，可别怪我不好！'那女的一溜烟走了。霍有财看着她出去，一声儿都没响。

"事情就这么抹掉了,一点痕迹都没有。出这个好主意的,就是我们这位大狗少爷。"

听完这个故事,我只剩了笑的份儿。

"你看!"老杭从容地下着他的结论,"卑怯,自私,霍家父子就是这么一票货!别看霍去非风流,一副吐属不凡的派头,他恨父亲,可是决不敢反叛。他还是他父亲的种,所以他没有出息!"

但不久却发生了一件大出意外的事故。

一天上午,我去找老杭,他因为报馆作晚班,还没有下床。刚起来披上衣服,霍家却派来了一个人,神情紧张,在那一览无余的小房间里东张西望了一会,讷讷地问道:

"杭先生,我们少爷,少爷他——不在你这儿吗?"

这人穿一袭旧的蓝长衫,光头,细眼,一张古板脸,冷得泼上水就会结冰似的。霍家请吃饭那晚我曾经见过他,却闹不清他的身份。看他那个严重的样子,我忍不住心里想笑。

老杭告诉他没看见,他这才说,霍去非跟他父亲大吵了一架,一晚没回家,各处找遍都没有,失踪了。霍太太急得没办法,请老杭过去商量商量。

这新闻似乎把自信力极强的杭铁头也弄糊涂了,"咱们一起看看去。奇怪,怎么会有这种事。"他又像对我又像自语一样嘀咕了这几句以后,到霍家去的路上一直就没有开口。我心里捉摸,这位小开准是那天教老杭的冷嘲热讽伤了心,逼上梁山,闹起娜拉式的家庭革命来了。这幕戏轰轰烈烈地开了场,往后是怎么个发展呢? 我想不出来。

霍太太年纪不大,颇有一点丰韵。对了,难怪霍去非不像他父亲。有钱人娶漂亮太太,下一代至少外表上可以合乎进化原则,这倒是很有道理的。这时候霍太太精明的眼睛发着红,霍去非的夫人坐在一边垂泪;霍有财则气得躲在房里不肯出来见客。

"您瞧,这个家! 拢总是几个人,一手都抓不满的,还闹这种事!"霍太太叹着气:"有财就是这个偏脾气,孩子这么大了,还不让他三分,当他七岁八岁的。现在,可不逼出了乱子! 去非自小胆子小,不中用,这一出去可怎么了哇?"

老杭跟我宽慰了她几句,问父子俩吵嘴究竟为了什么。霍太太掖出彩边小白手绢,用兰花指儿抹了抹鼻尖,伤心地说:

"还不为了钱吗! 小的嫌少,老的又怪他花多了,争吵几句,也是常事儿,也不知怎么,这回就闹凶了,去非一句接一句地顶撞,针针见血的,气得老的拍桌打凳赶他滚蛋,谁知他真就走了。杭少爷,王先生,你们看看怎么办? 去非一口气憋不过来,他会不会——?"

她指的自然是寻短见。老杭虽然连说"不会的",去非的夫人却在一边呜咽起来了。

大家磋商了半天,霍太太一面急儿子,一面怕张扬出去丢人,又怕穷本家借事生非,结果定出三大解决办法:第一,除了霍有财,霍家主仆大小总动员,分地段到大小旅馆查看,老杭跟我也帮同办理。第二,由老杭出面,明天去登个注目的代邮,说明有急事相商,请他"火速命驾一谈"。第三,前两条如不生效,再报警察局请求查访。

说办就办,大家预备立刻分头出发。我跟老杭刚站起身,那个光头却三脚两步进来,冷森森地当门一站,用力冷笑了一鼻子,说:

"哼!——来了。"

我像丈二和尚摸不着头脑,外面却懒洋洋地跑进来一个人。正所谓说时迟,那时快,霍太太和霍少奶立刻发出一声十分紧张而又轻松的欢呼,刹那间场面整个儿变了!他替这家子带来了活气,带来了意外的惊喜。可是奇怪,他的脸上竟是毫无表情,像个没事人儿。只不过好像因为隔夜没睡好,脸上微带清寒,身上感着发凉而已。——霍去非!真想不到他会这么开玩笑!

霍太太的埋怨充满着爱怜,霍去非只是文雅地皱了皱眉头,淡淡地说:"你急什么呢!"他看了看我和老杭,也不说一句话。

光头不知道在什么地方不见了,霍有财却突如其来地奔了进来,衣履不整,可依然戴着他的出色的黑眼睛,用他那焦黄的指头戳指着,跳上跳下地骂道:

"畜生!你这么坏!我养大了你倒会吓唬我,会讹诈我了!"

霍太太立刻喝住了他;霍去非冷静地看着父亲,行若无事。表情最复杂的,要数那楚楚动人的霍少奶奶。

对于这一出合家串演的精彩的妙剧,我们自然只好放弃参观。

第二天,霍去非来找我和老杭,表示谢意,同时倾吐了他的许多苦闷,颓唐地说,对于这个家庭,他自己不知道怎样才好。他深怪自己没有脱离的勇气。这一回,老杭对他的批判只有一句:

"去非,我对你简直绝望了!"

霍去非惶恐而又感动地看看他。

但霍去非还是不断地找我和老杭闲谈,也常把我和老杭热心地邀到他家里去,还常常说他要振作一类的话。

一接近,就慢慢看清了这个人的道地的小和乏,老杭的判断是不错的。

他的家庭呢,也实在配备得标准非凡,深合于他们一家的人生哲学。他们自造的住宅,有花园而无花木,特点是建筑结实,门窗特别笨重,看去毫无情趣,但在实用上至少可以流传十代,而不至于坍毁。最妙的是,这幢四四方方匣子一样的大洋房,地位一直缩在弄底,正面是平常的黑漆墙门,开在横弄底里的后门也是既狭且小，从外表看，跟普通简陋的弄堂房子毫无异致。汽车间在弄口，因为原来这整弄的房子都是霍家的产业；但无汽车，因此备而不用，成了管弄人的住宅。

家里用人，也经济到了极点。管弄人在霍家兼跑腿打杂，带便放哨，有什么意外事件发生，或有主人不愿接见的客人在弄口出现，他会先行悄悄出去通风报信。这只能算是极有用的半个人。专职的呢，除了一个女佣人，就是那个光头。——后来我才弄清楚那光头的地位，原来他还是霍家的三朝元老，职司厨子兼带裁缝，人生衣食住行四大项目，他给解决了一半。平常除了烹饪时间，总看见他在廊前低头缝纫。他究竟是由厨子升迁，还是由裁缝扩充业务，因而得到如此重要的地位的，那就不得而知了。只是从他省略合用的名字上有些线索可寻，因为他就被叫做"裁缝"，或者这就是他的本行罢？霍家有什么重要的事情，裁缝都以元老的身份参与。对于霍氏父子，小开虽常常得到他的偏爱，但一遇父子冲突，他就站在老板的一面，觉得小开离经叛道，大不以为然起来。遇有此等情形，即使当着客人的面，他也会对小开极不客气。以他的忠心和耿直，我想，如果置身于帝王之家，虽然政治上未必能握什么实权，却准有拿打王金鞭的资格的。

要一个人脱胎换骨，的确是一件难事。霍去非生长在这样的环境里，却看不出这个环境的特别，自然而然，只好作霍家的孝子贤孙，书再读得多也没有用。但霍去非显然不明白这个道理。

有一次，我和老杭在霍去非的书房里翻阅他的藏书，他一本又一本地拿他新置的珍本送给我们玩赏，照例带着炫耀和陶醉，非常满足地背着他的书经。忽然老杭发出一阵怪笑，在宁静的午后，那笑声在高而坚实的屋子里一直回荡了许久。

什么事使得他这么好笑呢？我接过老杭手里的影印本《唐宋名画选》，一看，扉页上有着霍去非的楷书题词："本书购于一九四六年孟夏，向往既久，乃于沪西旧书肆中无意得之，计斥资法币五万元。后世子孙永永宝爱，珍藏毋失。"字写得很漂亮，并且用色泽鲜润的上等印尼盖着他的藏书章。

"笑死我了！"老杭简直笑得前仰后合，捧着肚子说。"好家伙！你太太刚怀孕，你就想到了孙子。我问你，你有了多少岁数，就用得这么老气横秋的？"

霍去非发着楞。很明显，他是用极其严肃的心情题这个词的，理所当然，认为毫无可笑之处。

老杭却笑到如此！他大声地说：

"去非，你这个人脑袋怎么长的？买一本画集，你就想得这么远。你还不够！你要你的子孙都像你？"

"这有什么不好？"霍去非抗议道。"你以为子孙不应该宝爱藏书吗？有些败家子，把家产败完了不算，连上代辛苦收藏的书都当废纸卖出去，你不觉得痛心吗？你也是读书人！"

"这是你的糊涂想法！"老杭说。"你以为藏书就风雅，就跟守财奴不同？都是因为自私，因为吝啬。败家子肯卖书的反倒好！"

"反倒好？"霍去非简直不相信他的耳朵了。

"很简单，"老杭决然地说，"钱是拿来花的，书是拿来用的。败家子卖书，也许对不起他的祖宗，可是对社会功德无量。把书散出来，使它们有机会到世上流通流通，比老锁在有钱人家的藏书楼里，侯门一入深如海的，好多了。"

霍去非没有话说了。可是我敢相信，他心里并不服气。——彼此交往了这些时候，我观察他，唯一的好处，就是还能了解老杭对他的好意，所以老杭尽管唇枪舌剑地伤他，他还是对老杭表示感激，并且相当的真诚。这也就是我们还可以跟他来往的理由，至于他对老杭的意见能接受多少，那是另一问题。可这又有什么办法呢？

虽然如此，要认识一个人，下正确的结论却并不容易。真正表现了霍去非的性格的事件还在后头。

政治气候不断地在变，政治协商会议的协定早就被撕破了。共产党要求民主和平，各党各派要求民主和平，人民要求的也是民主和平；国民党政府要求的却是"美援"，是武力统一。

各处的炮声又响起来了，老百姓的嘴又被封起来，不许说话，甚至不许吃饭了。——我们的朋友霍去非先生也很久见不着面了。

但这不能怪人家；许久以来，我们就压根儿没有想到他。

老杭觉得上海呆下去没意思，立意要走。星期天，我们在清静的贝当路上散步，正谈着这个问题的时候，不知怎么一来，我无意中提起了霍去非。

"别提了，这废物！"老杭懒洋洋地说，"现在他要'明哲保身'了，再也不敢沾我了。"

接着他讲了他新近在一个同乡那儿听到的话：

"这霍家父子，真是一对宝贝！听说上海沦陷，日本人进租界的时候，四处张贴布告，要抗日分子出面自首，皇军宽大为怀，不咎既往；如果隐匿不报，查了出来，就是严惩不贷。霍去非因为写过一首'抗日大鼓'，登在报上；他父亲又出过一笔救国捐，也是在报上公布过名字的。这一下父子俩都慌了！抗日罪名固然可怕，万一有人借此诬陷，图谋他们的财产更不得了。结果霍家老头子到处托人，花钱疏通好了，竟由霍去非到日本宪兵队里去自首，写悔过书……"

"真有这种事？"这回是我非常惊讶了。

"信不信由你，妙的还有呢。"老杭说。"后来抗战胜利了，父子俩又怕这件事成了把柄，冒了汉奸嫌疑，再说霍有财在战争期间，难免不发点国难财。这一下他们可真狠:霍老头子选了一粒上海最大的金刚钻,镶成项链,献给了'军统局'里一位特务头子的太太,并且叫他女儿去认了干妈。霍去非呢,利用他在文化界有点熟人,到处联络,拉交情。……"

我不觉笑了起来,说:

"这回连杭铁头都给利用了。"

"我没有给利用。"老杭认乎其真:"谁也利用不着我! 不过我要早知道这些事,可绝不代他邀朋友啃那一顿。说到临了,我们这种人还是太老实。"

说着我们到了教堂门口,蓝天下整齐发光的灰褐瓦,镶着朴素的图案,满墙都爬着翡翠片似的常春藤,门口还种着飘拂的杨柳,这是一个很漂亮的教堂。而它的对面是美国学堂,宽阔的大草地,成列高耸的白杨,轩敞的建筑,也就是沦陷期间令人谈虎色变的日本宪兵队所在地。无巧不巧,教堂里正好做完礼拜,陆续散出来高贵的中西仕女,其中有一对,就是霍去非夫妇。

"你们做礼拜吗?"我问。想着他从前在那一面向"皇军"自首,现在又在这一面跟上帝打交道,心里暗暗说:这家伙真是个天才,会创造奇迹!

"闹着玩儿的,"他不大好意思,连补说了两个"无聊"。

大家沉默地向前走,谁也想不起来说话。

"这时局——共产党能打赢吗?"霍去非用手兜着嘴,轻轻地问我。

我含笑看了看他,心想:这怎么回答他呢?

"文化人都走了,"他转过去向着老杭,敏感地说,"你不打算走吗?"

"嗯,就走了,"老杭的回答非常干脆。"等共产党打赢了再回来!"

霍去非愣了。他赶紧机警地拿眼锋向四面扫射,看看没有人,这才放心,傻里瓜叽地睁大了眼向老杭看,半天才缓过这口气。

"定了日子没有? 我请你吃便饭。"他诚恳地说,"你有什么事要我做的吗? 不用客气。"

老杭摇摇头。但提起了走,似乎又引起了他的兴致,他茫然地望着前面,我知道他心里盘算着的是什么,眼睛里望见的又是什么。

隔了一天,霍去非果然专诚跑到老杭家里,热心地请他去吃知味观。老杭正在理书,推说忙,谢绝了。那些书正使老杭发愁,不知怎么处理,霍去非又自告奋勇,表示愿意代为保存,他可以立刻叫那个管弄人来搬,他家汽车间楼上有的是地方。

当老杭把这件事告诉我的时候,我踌躇了半晌。想起了霍去非自首的故实,我以为老杭是不该把走不走的事告诉他的。

"你太看得起他了。"老杭很轻蔑地说。"他是个脓包,有胆量害人倒好了!"

但局势恶化的真快,老杭还来不及走,他那家报馆就以"为匪张目"的罪名,竟然被查封了。警备司令部和警察局各派军警,占据了报馆,编辑部所有办公桌子抽屉都被打开,所有的信稿文件都被带走,片纸不留,同时夤夜出动特务抓人,血腥气充溢着上海。老杭只差一步,没有遭毒手。

我算是个公务员,写文章又不过是客串性质,总算侥天之幸,没有什么问题。老杭仓皇出走,就在我家的亭子间里暂时躲避起来。

当夜,霍去非就慌慌张张地来了。

"你没看见老杭吗?"他颤颤地说。"我派裁缝去找,他搬走了。二房东说警备司令部派人去抄过。"

说着他尽用手帕频频向额头揩汗。

"听说报馆也给抄查了,他那儿有很多我的信,怎么办呢?"他坐下去,接着立刻站起来,迫切地问道。"你有没有办法,有没有办法找老杭?"

我摇摇头:

"你找他干么?"

"那些书,那些书!"他声音喑哑,语无伦次,急的像是要哭。"我家里的书,不,老杭寄在我家的书,那些书不好,有问题。那天搬回家,我父亲就直骂混蛋,是骂我混蛋,不是骂老杭。谢谢你告诉他,谢谢他,快点搬走,立刻就搬走吧。"

看着他那副怪相,我不知道是什么滋味,腻味,近于怜悯的滑稽感,可是再也笑不出来,我才算体会出一个人真正厌恶到极点时的心情。

"我没法找他。"我冷冷地说。

"那,那怎么好?"他突然攀住我的胳膊,哀肯地说,"老杭的书寄在你这儿吧,你不要紧。我去搬来,就把书搬来。"

"那怎么成!"我猛然地摔脱他的手,大声斥责,我实在忍不住了:"你怎么想的?你怕危险,我就不怕危险吗?"

他吓得发了呆,懊丧而烦苦地站着,就像钉在地板上一样,很久很久都没有办法动静。

可是,他忽然像看见什么了,他的脸色苍白了,可怕的苍白!而眼睛闪电一样发着亮,仿佛简直就要打雷。

我顺着他的眼光看去,五斗柜上放着一顶破呢帽,帽圈上有铜元大小的红墨水渍,一个鲜明的标识,这是老杭经常带的帽子。

不知为什么,这帽子竟使他惊吓到这样。他立刻寒着声音说了声"再会",就一溜烟地跑了出去。

可走了!我缓过一口气。看那个样子,以后大概再也不会来了。好吧,永远别再看见他了。

要紧的是老杭的事,他得赶快离开这个鬼地方,吸口自由空气去,几个朋友替他在外面奔走,弄钱,办交通。忙了几天,总算张罗停当。明儿个一早就可以上船了。

晚上,经过了十点多,我跟老杭坐在亭子间里,老半天相对无言。帆布床底下搁着一只破皮箱,一个小小的铺盖卷,这就是老杭的全部行装。近十年来,这位热情洒脱的朋友,行路何止万里,现在又得借水遁,浮海而去了。我呢,背着奴隶的命运,在沦陷区困了整整八年,现在还得安分守己的再来"等天亮"。世上有什么语言可以形容这种心境的呢?

见了鬼似地,我忽然发觉门口站着一个人,静寂中也不知道他是什么时候进来的。——霍去非!想不到又是他!

他是来作什么的?——当我看清他的脸色的时候,我吃惊得几乎叫出来了,那样的惨淡,那样的灰白,而灰白底下又透着腐肉似的一抹青紫!他两眼发直,像两个坑,深潜地藏着崩陷与溃烂,完全是死灭的象征。我一辈子没有见过这样可怕的令人浑身发冷的表情!

我在他的意识里似乎并不存在,他两只眼死死盯着老杭,嘴唇蠕动像是要说话,却又不出声音来。等老杭尖锐地看着他的时候,他又恐惧地低下了头。

"你有事吗?"老杭平静地问道。

"你——还——不走?"

老杭不响。

我不觉提高声音,带着恼意问:

"你到底来干吗的?"

他无限惊恐地掉转头来看我,好像什么秘密被揭穿了似的,完全是中了邪魔一样的眼色。

"我是好心,一片好心。"他喃喃地说。"我当他走了,时局不好,危险。"

这样,他不安地把眼光在我和老杭之间游移着,终于支撑不住了似的,连连道着"对不起",顾自己走了。

这样迷离的访问是什么意思?真的出于好意吗?或仅仅由于抱歉,觉得对不起老杭,藉此表示他的居心无他?我不敢想,也不敢相信的是,莫非背后竟有什么阴谋,老杭却还是单纯得不染纤尘,他认为霍去非只是一种荏弱的、苍白的动物,是并没有生命的,压根儿就不必当他一回事。

可是我们错了。

我们这种忽略是应该痛心的,当老杭正预备向这个黑暗的时代和黑暗的地方乃至像霍去非那样寄生在黑暗里的人渣永远告别的时候,他却先为黑暗所吞喵。——那夜我们睡得很迟,天还没有亮,朦胧中被敲门声所惊醒,门外自称是"民盟"派来的人,说有要紧事跟我商量,我明知这是一个诡计,却不得不挺身而出。一开门,来人一语不发,由两个监视着我,两个一直奔向亭子间,不久老杭就被用手枪指胁着下了楼,微笑地向我点点头,出门被推上汽车,向黑暗的街头消失了。

我茫然地望着子夜的暗空,心里无比的沉重。老杭无疑是勇士,而勇士往往为他一往无前的气概所蒙蔽,忘了这个社会里随处有陷阱,敌人无所不在。不错,霍去非是懦怯的,不幸我们忘记了"唯懦怯者最为残酷"的名言。

老杭被绑架了一个多月,一点消息都没有,跟当时无数的受难者一样,连被拘禁在什么地方都不知道。

为着各自的安全,朋友们见面的机会非常少。我的多余的时间,多数用到了旧书摊上。

可是旧书摊也并不能逃世,我竟在那儿发现了老杭的藏书,由他自己签了名的,一连有好几本。翻着那些书,我只觉得周身的血液在沸腾。真有他的,霍去非!他出卖了老杭,现在连他的书都给卖了。把"危险品"从家里送出去,却换了钱回来,真是举世无双的好算盘!

我再也忍不住这口气,决定去找霍去非,我要看看他究竟拿什么脸见人。好在我没有政治问题,不怕他告密。我怀着满腔的愤怒去敲门。

那扇四方小门打开了,里面出现一个光头。一看见我,"少爷不在家!"啪啦一声,一下子就关得密不通风。

像兜头一盘冷水,我从头顶直凉到脚心。我本能地举起拳,预备用力擂门;但旋即放了下来。我的气愤濒于爆裂,也很快地退了潮。哦,这个完美无疵的市侩,他设想得真周到!可笑的是我。看见了他,又拿他怎么样呢!

我去坐电车,却偏又在三等电车里遇见了霍有财,他竟能同我招呼得那么轻灵和自然,好像他压根儿不知道他儿子干的好事。

"法币越来越不值钱了!"他举一举手里的小纸包,"这么一点点的糖果,就是靠十万!"

看着他那出色的黑眼镜,我满心的憎厌。

"我们去非倒好,他找到事了,也是在报馆里。"

这倒是新闻。我问:

"报馆吗?"

"嗯,'和平日报'。"他得意地说。"也有百把万一个月,总算不错!"

"哦。"我生硬地恭维。"你们霍府上是有人才,这个买卖很不错!"

我心里翻滚着一种强烈的欲望,直向喉咙口涌上来,我真想用力狠狠唾他一脸。

一九四九年四月十六—二十日香港

【阅读提示】

柯灵是一个典型的左翼作家。这篇小说具有鲜明的政治倾向,它借用人物鞭挞没有民族立场和政治原则的人生选择,但是小说更大的魅力还在于写出了人物之所以如此的更复杂更深层的原因,这就与都市人性和都市人生挂上了钩。霍去非父亲的保守、固执、愚蠢、沉着和自私、贪婪、腐化、胆小搅合在一起,彻底限制了霍去非的成长和发展。都市环境给年轻人提供了更多的做梦的机会和更多物质享受的机会,但是因为胆小和这许多物质的诱惑使霍去非始终无法精神成型,最后终于以出卖朋友来维持自己的"光辉"前程。小说以沉痛、惋惜的艺术笔触塑造霍去非这个糊涂的青年形象,同时冷峻地批判传统与现代的消极面所具有的巨大的腐蚀力量,振聋发聩,引人深思。

【延伸阅读作品与参考文献】

1. 柯灵:《湮》《浮士画》(小说),《柯灵文集》第 2 卷,文汇出版社 2001 年版。

2. 姚芳藻:《柯灵传》,上海教育出版社 2001 年版。

3. 李子云:《柯灵小说集序》,《文学自由谈》1996 年第 1 期。

【思考与练习】

分析霍去非这一形象与现代都市的关系。

第二部分

诗歌

天　狗①

郭沫若

（一）

我是一条天狗呀！

我把月来吞了，

我把日来吞了，

我把一切的星球来吞了，

我把全宇宙来吞了。

我便是我了！

（二）

我是月底光，

我是日底光，

我是一切星球底光，

我是 X 光线底光，

我是全宇宙的 Energy 底总量！

（三）

我飞奔，

我狂叫，

我燃烧。

我如烈火一样地燃烧！

我如大海 ·样地狂叫！

我如电气一样地飞跑！

我飞跑，

我飞跑，

我飞跑，

我剥我的皮，

---

①原载 1920 年 2 月 7 日上海《时事新报·学灯》，后收入作者第一部诗集《女神》，上海泰东书局 1921 年 8 月版；现选自该诗集初版本。

我食我的肉，
我嚼我的血，
我啮我的心肝，
我在我神经上飞跑，
我在我脊髓上飞跑，
我在我脑筋上飞跑。

（四）

我便是我呀！
我的我要爆了！

1920 年 2 月初作

【阅读提示】

　　一般理解这首诗，都说是表现了五四除旧布新的狂飙突进革命精神，岂不知这首诗也表征了现代科学精神，凸显了现代都市人生"动"的神律。闻一多在《〈女神〉之时代精神》里就说，《女神》表现了"二十世纪动的精神"，可惜由于中国人现代都市观念淡薄，人们对于这种先见之明总是有意无意地忽略。

笔立山头展望①

郭沫若

笔立山在日本门司市西。登山一望,海陆船麇,了如指掌。

大都会底脉搏呀!

生底鼓动呀!

打着在,吹着在,叫着在,……

喷着在,飞着在,跳着在,……

四面的天郊烟幕蒙笼了!

我的心脏呀,快要跳出口来了!

哦哦,山岳底波涛,瓦屋底波涛,

涌着在,涌着在,涌着在,涌着在呀!

万籁共鸣的 Symphony,

自然与人生底婚礼呀!

弯弯的海岸好像 Cupid 底弓弩呀!

人底生命便是箭,正在海上放射呀!

黑沉沉的海湾,停泊着的轮船,进行着的轮船,数不尽的轮船,

一枝枝的烟筒都开着了朵黑色的牡丹呀!

哦哦,二十世纪底名花!

近代文明底严母呀!

【阅读提示】

这首诗直接表现日本现代大都市的生活律动。不过诗歌将对自然的歌颂与对现代工业革命的歌颂结合在一起,带有浪漫主义文学和启蒙主义文学的双重特点。结尾处将今天看来属于环境污染的煤烟看作是"二十世纪的名花,近代文明的严母",更是明显带有工业革命早期的特色。

---

①原载 1920 年 7 月 11 日上海《时事新报·学灯》,后收入作者第一部诗集《女神》,上海泰东书局1921 年 8 月版;现选自该诗集初版本。

歌笑在富儿们的园里①

郭沫若

歌笑在富儿们的园里，
那小鸟儿们的歌笑。
啊，我愿意有一把刀，
我要割断你们的头脑。

歌笑在富儿们的园里，
那花木们的歌笑。
啊，我愿意有一把刀，
我要割断你们的根苗。

你厚颜无耻的自然哟，
你只在谄媚富豪！
我从前对于你的赞美，
我如今要一概取消。

1923 年 5 月 27 日

【阅读提示】

这首诗表明浪漫主义诗人郭沫若开始由歌颂自然转为诅咒自然，问题就在于为何要诅咒自然呢？因为这时的自然也向富人邀宠谄媚。诗歌从一个独特的视角写出了现代都市人生环境里一切都丧失本真。

【延伸阅读作品与参考文献】

1. 郭沫若：《女神》《前茅》（诗集），见《郭沫若全集》文学编第 1 卷，人民文学出版社 1982 年版。

2. 闻一多：《〈女神〉之时代精神》，见杨匡汉、刘福春编《中国现代诗论》上编，花城出版社 1985 年版。

3. 孙玉石：《论郭沫若的城市意识与城市诗》上、下，《荆州师范学院学报》

---

①原收入作者第四个诗集《前茅》，创造社出版部 1928 年 2 月初版；现选自该诗集初版本。

2002 年第 3、4 期。

4.鲍昌宝:《郭沫若〈笔立山头展望〉的诗学意义——兼论现代诗歌中的生命新形态》,《郭沫若学刊》2003 年第 3 期。

5.杨春时:《现实主义、浪漫主义还是启蒙主义——现代性视野中的五四文学》,《厦门大学学报》哲社版 2003 年第 5 期。

【思考与练习】

结合所选诗歌,谈谈郭沫若早期诗歌现代都市审美的复杂性。

花一般的罪恶①

邵洵美

那树帐内草褥上的甘露，
正像新婚夜处女的蜜泪；
又如淫妇上下体的沸汗，
能使多少灵魂日夜迷醉。

也像这样个光明的早晨，
有美一人踏断了花头颈；
她不穿衣衫也不穿裤裙，
啊，是否天际飞来的女神？

和石像般跪在白云影中，
惫倦地看着青天而祈祷。
她原是上帝的爱女仙妖，
到下界来已二十二年了。

她曾跟随了东风西方去，
去做过极乐世界的歌妓；
她风吹波面般温柔的手，
也曾弹过生死人的铜琶。

她咽泪的喉咙唱的一曲，
曾冲破了夜的静的寂寞；
曾喊归了离坟墓的古鬼；
曾使悲哀的人听之快乐。

她在祈祷了，她在祈祷了，
声音战颤着，像抖的月光，

①原载 1928 年 1 月 5 日《一般》月刊第 4 卷第 1 号，后收入作者第二部诗集《花一般的罪恶》，金屋书店 1928 年 5 月初版；现选自该诗集初版本。

414

又如那血阳渲染着粉墙，
红色复上她死白的脸上。

"啊，上帝，我父，请你饶恕我！
你如不饶恕，不如惩罚我！
我已犯了花一般的罪恶，
去将颜色骗人们的爱护。

人们爱护我复因我昏醉，
将泪儿当水日夜地灌溉；
又买弄风骚吓对我献媚，
几时曾想到死魔已近来。

"啊死魔的肚腹像片汪洋，
人吓何异是雨珠的一点；
啊，死魔的咀嚼的齿牙吓，
仿佛汹涌的浪涛的锋尖。

"我看着一个个卷进漩涡，
看着一个个懊悔而咒咀，
说我是蛇蝎心肠的狐狸，
啊，我父，这岂是我的罪过？

但是也有些永远地爱我，
他们不骂我反为我辩护；
他们到死他们总是欢唱，
听吧，听他们可爱的说诉：

"世间原是深黑漆的牢笼，
在牢笼中我犹何妨兴浓：
我的眉散乱，我的眼潮润，
我的脸绯红，我的口颤动。

"啊，千万吻曾休息过了的
嫩白的醉香的一块胸膛，

夜夜总袒开了任我抚摸，
抚摸倦了便睡在她乳上。

"啊，这里有诗，这里又有画，
这里复有一刹那的永久，
这里有不死的死的快乐，
这里没有冬夏也没有秋。

"朋友，你一生有几次春光，
可像我天天在春中荡漾？
怕我只有一百天的麻醉，
我已是一百年春的帝王。

"四片的嘴唇中只能产生
甜蜜结婚痛苦分离死亡？
本是不可解也毋庸解释，
啊，这和味入人生的油酱。"

上帝听了，吻着仙妖的额，
他说：烦恼是人生的光荣；
啊，一切原是"自己"的幻想，
你还是回你自己的天宫。

仙妖撒脱了上帝的玉臂，
她情愿去做人生的奴隶；
啊，天宫中未必都是快乐，
天宫中仍有天宫的神秘。

【阅读提示】

　　诗歌写一个天使情愿在地上过世俗的欲望生活，而不愿回到天宫过神仙的精神生活，从一个侧面肯定现世欲望人生。诗歌说"世间原是深黑漆的牢笼，在牢笼中我犹何妨兴浓"，追求"刹那的永久，不死的死的快乐"，具有一定的唯美—颓废精神，但是由于没有深刻揭示之所以这样唯美—颓废的思想根源和生活基础，所以这种唯美—颓废就不免轻率、浅薄。

　　解志熙在《美的偏至——中国现代唯美—颓废主义文学思潮研究》里指出：

"他率先将美感降低为官能快感，并藉唯美之名将本来不乏深刻人生苦闷的'颓废'庸俗化为'颓加荡'的低级趣味。"罗岗在《想象城市的方法》里也说邵洵美诗歌的"颓废"徒有其表，"形成不了'反现代性'的美学现代性"，"反而完善了某种主导的'现代性'的想象和设计"。

我们的皇后①

邵洵美

为甚你因人们的指摘而愤恨？
这正是你跳你肚脐舞的时辰，
净罪界中没有不好色的圣人。
皇后，我们的皇后。

你这似狼似狐的可爱的妇人，
你已毋庸将你的嘴唇来亲吻，
你口齿的芬芳便毒尽了众生。
皇后，我们的皇后。

管什么先知管什么哥哥爸爸？
男性的都将向你的下体膜拜。
啊将我们从道德中救出来吧。
皇后，我们的皇后。

【阅读提示】

这首诗明显受王尔德《莎乐美》的影响，或者说，就是莎乐美精神的中国化。可惜，诗歌直白的欲望表达和直露的人身指涉，一定程度上降低了作品的艺术质量。

---

①原收自作者第二部诗集《花一般的罪恶》，金屋书店 1928 年 5 月初版；现选自该诗集初版本。

蛇[①]

邵洵美

在宫殿的阶下，在庙宇的瓦上，
你垂下你最柔嫩的一段——
好像是女人半松的裤带
在等待着男性的颤抖的勇敢。

我不懂你血红的叉分的舌尖
要刺痛我那一边的嘴唇？
他们都准备着了，准备着
这同一个时辰里双倍的欢欣！

我忘不了你那捉不住的油滑
磨光了多少重叠的竹节：
我知道了舒服里有伤痛，
我更知道了冰冷里还有火炽。

啊，但愿你再把你剩下的一段
来箍紧我箍不紧的身体，
当钟声偷进云房的纱帐，
温暖爬满了冷宫稀薄的绣被！

【阅读提示】

这是邵洵美最有代表性的一首诗。诗歌想象清冷的庙宇里一条神秘的蛇探出身来，其曲折油滑的身段，妖娆的身姿，仿佛一个迷人的女子在求爱，为了那瞬时的狂欢，她情愿"舒服里有伤痛，冰冷里还有火炽"。问题在于这也是抒情主人公的追求，所以他渴望与这被视为不吉利的蛇拥抱。诗歌在表现唯美—颓废精神时想象大胆，形象鲜明，艺术上确实独具魅力。

———————————

①原载 1931 年《声色》杂志第 1 期，后收入诗人第三个诗集《诗二十五首》，上海时代图书公司 1936 年 4 月初版；现选自该诗集初版本。

冬 天①

邵洵美

你怕冷？那我可不怕；
棉的不够有皮的，皮的不够有火炉——
任你有双倍的冬天，
双倍的西北风也吹不糙我的皮肤。

这才是！你说是羊脂？
管他！看，反正是白的嫩的又软又滑的。
你爱？你真爱？你就摸——
得留神，他怕会炙伤了你的。也值得？

这不是刀痕，也不是
火疤。咳，你还看不出是皮鞭的印子？
就为了上一个冬天，
我不叫那天杀的来打开我的帐子。

事情是过去了，先生，
我们吃这样的饭，就得做这样的人。
你别管，管也管不了；
摸你的，你爱，再嗅上一嗅吻上一吻。

【阅读提示】

这首诗模拟一个下层舞女的口吻，表示她们青春年少，美丽出众，吸引大批男子围绕着她们，以此维持生活，但是挡不住遭受男人的毒打和侮辱。她们也认同刹那主义，但是她们的刹那主义是为了生活，而不是单纯的审美。这首诗显示邵洵美诗歌的多元化倾向，也一定程度上抵消了他诗歌的"浮纨"气。

【延伸阅读作品与参考文献】

1.《邵洵美作品系列·诗歌卷·花一般的罪恶》，上海书店出版社 2008 年版。

---

①原载 1929 年 2 月《雅典》第 2 期；现选自该期《雅典》。

2.苏雪林:《论邵洵美的诗》、沈从文:《我们怎么样去读新诗》(节选),均见张伟编《花一般的罪恶——狮吼社作品、评论资料选》,华东师范大学出版社 2002年版。

3.解志熙:《美的偏至——中国现代唯美—颓废主义文学思潮研究》有关章节,上海文艺出版社 1997 年版。

4.李欧梵:《漫谈中国现代文学中的颓废》,见李欧梵《中国现代文学与现代性十讲》,复旦大学出版社 2002 年版。

5.费冬梅:《花一般的罪恶——论邵洵美的唯美主义艺术实践》,《现代中文学刊》2014 年第 1 期。

【思考与练习】

1.如何理解诗《花一般的罪恶》中天女所犯的罪恶与都市的关系?

2.比较邵洵美诗《蛇》与冯至诗《蛇》的异同。

纽约城^①

孙大雨

纽约城纽约城纽约城
白天在阳光里垒一层又垒一层
入夜来点得千千万万盏灯
无数的车轮无数的车轮
卷过石青的大道早一阵晚一阵
那地道里那高架上的不是潮声
打雷却没有这般律吕这般匀整
不论晴天雨天清晨黄昏
永远是无休无止的进行
有千斤的大铁锥令出如神
有锁天的巨链有银铛的铁棍
辘轳盘着辘轳摩达赶着引擎
电火在铜器上没命的飞——飞——飞奔
有时候魔鬼要卖弄他险恶的灵魂
在那塔尖上挂起青青的烟雾一层

【阅读提示】

　　这首诗以形象而又高度概括的笔触写出纽约作为钢铁机械城、高楼大厦城和高速运转城其动态、物化的特点。朱自清在《诗与建国》里说这首诗具有"现代史诗"的品格。

---

　　①作者孙大雨(1905—1997),浙江诸暨人,20世纪20年代中后期曾留学美国多个大学。新月派著名诗人,其20世纪30年代纽约题材诗歌是现代都市文学中的重要收获。该诗原载1928年10月2日《朝报副刊·辰星》第3期。现选自该期《朝报副刊》。

自己的写照[①]

孙大雨

一

森严的秩序，紧乱的浮嚣。
今天一早起街顶上的云色
呈著鸽桃灰，满街人脸上
有一抹不可思议的深蓝。
我说你这个大都会呵，大都会！
（太阳在云堆里往复地爬，
那是进了个不漏光的大袋。）
你起了这无数巨石压巨石，
又寂寞又骇人的建筑底重山，
外山围绕着内山，外山外
再圈一层连天的屏障；——
我说你这个丛山似的大都会呵！
两山间，三山间，千山万山间，
你不准那川流不息的轮轴们
去休劳，也不让它们去睡，
一清早，就有百万个树胶
轮子碾压着笔直的市街，
晚上满耳朵雄浑的隧道车
咬紧了铁轨通宵歌唱：——
元气浩浩的大都会呵！你望静镇
和你要镇也镇不住的骚扰，
正和我胸肺间志愿底庄严
和情感底莽苍一般模样。

要说痛苦，我是全纽约

---

①该诗作者原拟写千行左右，后因故未能完稿。第一部分原载 1931 年 4 月《诗刊》第 2 期，第二部分原载 1931 年 10 月《诗刊》第 3 期，第三部分原载《新新月报》1936 年 1 月号；现选自以上两种刊物。

居民痛苦底精华：我收聚
犹太波兰意大利底移民
黑人和黄帝子孙每一丝
毛发和一支血管里的悲伤，
凝成两朵闪青的电火
在胸膛里胸膛外同时荼毒。
说起快乐来，法兰西赠与
此邦的自由神石像，此刻
站在港口底影曦里，还不抵
我底胸襟开朗；那派克路
和赫贞江畔的豪富千家
做着百万条黄金的好梦，
他们是赢得了黄金，输给我
那出梦里的光华；此外
所有那成万的电匠机师，
塔尖上的铁工，隧道里的车手，
洗涤全城中汗臭的支那人，
和蚂蚁一般繁的打字女工，
（她们打字机震动的总量
能轰坍纽约球任何一座
高楼，）——我可以想像他们
眼见自己神工的创造
矗立在天光下，磐石上，顷刻间
欢腾的愉快。
　　　　　那密布的电流，
那可以绕地的明线，可以
通天的暗线，还有以太中
箫鼓呀呀的电浪：它们
高呕急唱中都带着几分
我底含辉的志望但是——
假如这无数千唱的歌喉
方能诉出我底情欲，我底理想；
什么才能申序清楚
我底大失望？
　　　　　哦！我不知道。

悲哀尽管用绿火来煎，
用赤火去熬，那站在人生
烟火里冲锋夺阵的黑人，
他们底衣衫尽管褴褛，
肤色尽管焦黄；可是，
他们红钢似的意志，沉潜里
总涵着一脉可惊奇的悲壮。
这清晨第一批南行的隧道
列车便载着这些不鸣
号鼓不唱战歌的勇士。
黑种的女子，黑种的男儿！
五百年前你们底大无畏的祖先们，
背负着可以熔金的烈日，
在烟瘴封锁的尘荒上死，
生生：——斑马，沙狼，食蚁兽，
花鳞的蟒蛇，长喙的青鳢，
犀牛，狮子，和茂林中呼天
唤地的猿猩，是他们底伴侣；
他们底战争是游戏，舞蹈
是宗教；他们削一截乌木
做命运神，洗剥一只头颅
作馈礼；他们底少年男女
在浓绿里裸着紫酱的精肌，
和两颗丰腴的小鹿，舞一番
交阳，便缔结百年的爱好；——
五色的朋友们！我问，你们
祖先当年的啸傲和自由，
那里去了？你们底尊严
是否被大英西班牙底奸商
卖给了"上帝"，你们底宴安
是否被盎格罗撒克逊大嘴
炎炎的妄人们吞噬尽了？
我不信，我不信。
　　在你们凄凉

沉默的眉宇间，深得好比
森林里一对星光似的眸子中，
雄健的肩头，伟梧的身上，
我能窥见你们将来
最后一天的全盘凯旋。
你们底哀痛在美国史书里
是几页血浸了的篇章：男子
在树上受着群众底非刑
直到死，女人遇惯了强暴
不敢呻吟，异种底血液
因此便跟着时日底推移，
渐渐混淆。我指望再过
五百年，他们纯白种底人口
要莫可奈何的减少一半。
朋友们，朋友们！你们此时
烧煤火，凿沟渠，造路和充当
仆役的众人，你们底后裔
那时候追想起你们底辛苦
天样高，和你们海样深底，义愤，
怎能不赞颂，怎能不祈祷！
早晨曳着不掉的长尾
一枝，在屋巅上懒懒地蛇行；
地阴下东西二线的隧道车
却同两队喷火的虬龙
一般，当头是红灯两盏，
赶着节洞里的黑暗飞驰。
快列车，慢列车，列车快，列车快。
一行开花的电火沿着
铁轨从球北画直线一条，
（一路上钢轮底队伍大踏步，
踏出一道贯耳的喧哗，）
穿过泰姆士方和十四街，十四街；
同时另一支欢呼的电火
护卫着南来的车辆和车下
响雷似的喧哗，喧哗，飞渡

一座铁桥,向大中央进发。
这两行人工驾御的弘雷
要说它们是现代人向自己
证实权威的大话一篇,
那繁骚的句读便是大站
小站上急雨嘈嘈般的鼓噪。
钢轮底队伍,黑铁的车辆!
所有全身底躯干尽都是
一付肩骨的轨道先生!
你们任何时在黑影里,在桥梁上,
想歌颂你们撼天的愤怒
和牢骚,只须幽幽地召我
一声,我即使在天东,在海北,
在梦中或是在黑土里给蚂蚁
蝼蛄争逐,也要差遣
我底潜意识,或潜意识底那两瓣
花纹的贝壳,赶到纽约城来
应和一曲少年人底古调。
连珠断线的红灯熄处,
我发现了自己已经在人槽内
填补一个不须要的缺空。
车掌把机轮口轻轻一扭,
车行的速力抽我的幻想,
赛过早春天土里的沉冰
抽引一棵山树的根芽。
我想起海涛海浪海风中,
有一艘神勇凌天的轮楫
冒着黄夜,前向前向;
我想起一声霹雳射出
紫箭十余根,刺透一对
比肩的乌云狮子;我想起
人类草创文明的才智,
从地球结成一片硬壳后,
到太阳化作一线烟之前,
虽说是一时,总也打破了

星河里亿兆沉沉年底岑寂。
现实底影子褪去了颜色
八分,第四量镀上一身金;
我但见人生的剧本重重
叠叠地在我眼前来往。
青瞳黄发的姑娘,粉颈
紫披肩的姑娘,这大汉八尺高。
可惜了,徐娘,可惜了! 张飞,
你的尊胡睥睨着一车
大姐:且不管她大姐,小姐,
大奶,时候还差十三分。
谁说今日是发薪天? 这早报
分明印的是星期五,有阵头,
因为昨夜里约翰压得我
满身酸快,可是不要紧,
雇一只大船把全城底打字机
香烟,香烟,他说明晚上
所得有一瓶上好的膏粱。
阿姐说过的,我要是有病
可以打电话,如今那祸水
已经不来了两次,卫廉,
星星火火的夜明天,昨儿
早上那恶鬼,又是你在掌柜
面前做鬼戏! 母亲说是
要从加州来,自己还得靠
晚上走街去贴补,那来钱
你这个孩子,可是再过
两年,她眯着一只眼睛
笑。……大站到了,大站
到了,全车的乘客好比
风前的偃草。谁说圣书
旧约里吓死圣人的大蝗灾,
过路处绿野化作焦原,
有站上的群众这般密!
大站到了,大站到了。

海水感应着月亮的银情，
每天有两回守信的潮澜。
但是这里是纽约城，是一片
人海，——人海底潮头涨上
四通八达的长街，纵使
也按着节度每天早一番
晚一番地来，可是同月亮
不相干，太阳也只当作一个
浮泛的标准：此间早晚
两次的潮澜，乃是人众
意志底神通在里边吸引！
老少男女从南北东西
来：小波卷进了大波，
七采花开的锦浪，那便是
迎风招展的女人的裙衫。
阳光泼满了长街第五条；
清晨底云色此时已经
消散得痕迹全无。二十
以上卅下的健女和康男
每一人都是裙履修齐，
和整洁的衣冠，浴在阳光
如流水的通衢中发亮，——远望
街尖，那一幅迷离的紫幕
分明是万众杂沓的尘埃；
临窗俯瞰时，好比有长帛
挂在机头，新雕的梭子
三千枚不绝的参差来往。
其间女人！戴着花冠
如燕翅的女人，绕着嫩腰
如拂枝的女人！如狂醉的春花
如雨后抽芽的竹笋！蜜腊
杏黄，晴天一碧的淡蓝，
锈铁底殷红，炙人的大朱，
百合花衫打着百合褶：

不尽的女子，不尽的丝衣。
健康在她们眉眼间开光，
健康在她们挺秀的长身
当捷足的向导；健康的双肩
主持着她们如花的行动；
健康在她们圆浑的乳峰上
说句话，能点破五千年来倡言
禁欲者的巨诳；健康抱着
她们底厚臀，在她们阴唇里
开一朵慑人魂魄的鲜花。
可是她们健康的脑白
向外长，灰色的脑髓压在
颅骨和脑白之间渐：
缩扁，——所以除了打字
和交媾之外，她们无非
是许多天字一等的木偶。

二

鬻水两行冲洗著一尊
石岛：时间底扈从呵，东江
与赫贞！ 你们尽自载满了
人事底沧桑去从容流泻
去罢。红人，不知在多少
年前，搂紧了不透风的神秘，
春花似的开着来，又霜天的木叶
一般，全然退去：他们
当时成千的战士和姣娃，
禽装羽氅地密集在林原间，
（鹰羽底高冠，雕翘的大帽，）
在捎捎震耳的擂鼓中，舞畅了
报喜鸣丧和祭天的社舞，
追猎野牸羚羊和新花
小鹿的百兽姿，还有那药草
老人承担天命的大典；

如今是去了去了，不留
一瞥儿刀光，半蹄的马迹。
伤今吊古的诗人们，这两行
江水虽然送别了前人
又迎迓后来者，你们尽可以
不必如此哀怜或嘲诮
人众命脉底无常！我们
人间的深远同河山底经久
不相似：我们刹那间几注
焦红的经历，（一坑沉痛，
一阵没遮拦的狂喜，百十朵
古今来才士哲人们磅礴
星辰之妙想，）要胜过山中
顽石底千年静默或海岬旁
终古的喧哗不知多少倍。
哦！灰青青的"既往"不过是
"现在"底阴影，嫩青青的"未来"
也无非是意识头上的蜗角
虫须：我们若停止了每一刻
"现在"底探讨与追求与塑造，
不叫意识去对着周围
烛照，——那莫说迟迟的江水
不足向我们逞骄，就是
造化整个神灵也会
顿时散失！
　　　　　我眼前是两座半
钢绳织脉络，铁塔作胫踝
肩膊的大桥，横跨着江水
二支。我不知他们（赫贞桥
只完成了一半）一体满弯着
整只弓，半只弓，绷紧了黑影
两条有半，凭临那江中
一片天色底回光，弦上
好像都有一半支箭簇
在倾听天边的消息，——呵，

你们正待射放的是纽约
市民对于人生的几箭
综合的肯定，还是这万众人
锋铓的疑问两三支？还竟许
没有弓，没有矢，也无意义
和象征，一切都是大雨
一人底憧憬，在无中生有？

桥梁们嘿嘿，造桥的机师
工匠也不给我一句回答。
全市一个人，一个人，一个人，
都锁着眉在开辟自己的泉源，
或匆匆挖掘着自身的墓穴，
疑问的浪花在我的意识界
沙滩上滚：——一排又一排。

三

海风来，海风来，清畅的咸风
从口外拂过了镜波万顷
连翩地迎进湾中来；这一览
平阳的港口，在晴天俯瞰下，
浑如个企盼着情郎快来到，
情郎方始来入抱的姑娘，
欢愉习习抹上了睫际
眼梢头，巧笑轻呼间隐现着
安详，哎，安详无限。
想当年哥伦布飘着他那艘
画彩的楼船"圣母玛利亚"，
西来探访"印度"，又何曾
梦幻到在西印列岛之西，
还自有大洲一双并峙在
水中心，至于那北洲底东岸
某处会有这样子一天：
层楼生得比松菌还要密，

那对他却更无入梦的机缘。
圆天覆盖着白水，白水
托起圆天，自古来那个
风飔底出处，恶浪底老家，
从未有半角蓬帆敢偷渡；
但自经那番亡命的西航
以后，继去连来的舟楫
便按着几何式的进行程序，
增加了又复增加：到如今，
"欧罗巴"，"勃蓝盟"，……一个个浮海
飘洋的城镇，穿渡爬梳，
把海陬山隅的人天财富
和役使那财富的主人自己，
交相更换个不停，好比作
信天翁逐浪争生地来往，
司空恬不怪。哦，望着你
这位虎踞龙蟠在大西洋
两岸上的港中之王，近代
崛兴的巴比伦，长安不夜，
（种族和种族，你擦肘，我擦肩，
人情相漩合，思想互萦洄，
大动脉，大静脉，交流而沸溢，）！
我凝眸未定，斯待登岛后
腾起了遐思一片，冉冉
飞来，蓦然投入我襟怀。
就在那波唇哜喋得旦暮
无休的码头后背（我想啊）
那斩齐的仓库，广厦几千楹，
蚁聚了自此邦各地来的麦黍
棉毛牲口木材和烟草，
精钢炼镍白铝苍铅
和结块成液的燃料——总之是
诸凡沃地里，丛林间，水泽中，
和深山脊髓内的天赐的弘恩，——
连同自荒村只三五人家

到对面也不闻人语的烟囱
林下的那种种劳力和心机
与熟技底经营擘划,都那么
一包包,一篓篓,一袋袋,一箱箱,
堆上了踉跄迈步的载重车,
向人造的巨鲸腹壑间装卸。
可是巨鲸啊(我又想),它们
各自每一次入港出港时
那三声困顿或扬长的呼啸,
每一次中途的风到任风颠,
雾降发惶惶的警报,还有
每一次拢岸时的警报停喘,
全都满载了更丰饶的生底梦,
梦底澜:那生离共死诀底伤悲
敌对与喜逐颜开的欢快,
希望变荣枯,运命逢隆衰,
亲人圆镜,浪子蓬飘,
临终时那一息轻微的嘱咐
和绞肠的惨怛,乃至乌云
覆额而来,回乡时已皓首
皑皑,觅得黄金归去也,……。
这转换变更,这徙移荟萃,
如此如此的频繁(我又想,
我又想),怎么会不使这帝都
像古代意琴海周遭的希腊
诸邦之雄长,那明丽的雅典城,
也披上昭示百世的灵光,
正如她披着这晴光一样?

【阅读提示】

这首诗是现代诗歌史上的奇迹,引来许多诗评家的盛赞。

诗刚刚在《诗刊》首发一部分,主编徐志摩就在《诗刊·前言》里高度评价:"我个人认为是十年来(这就是说有新诗以来)最精心结构的诗作。第一他的概念先就阔大,用整个纽约城的风光形态来托出一个现代人的错综意识,这需要的不仅是情感的深厚与观照的严密,虽则我们不曾见到全部,未能下时审的按语,但单就这起势,作者的笔力的雄浑与气魄的莽苍已足使我们浅尝者惊讶。"邵洵美在《〈诗二十五首〉自序》里也认为这首诗"捉住了机械文明的复杂","确定了每一个字的颜色与分量","发现了每一个句断的时间与距离,这种技巧是为胡适之等所不能了解的;因为他们已经达到了诗的最特殊的境界,尽有丰富的常识还是不容易去理会。"这首诗使人确信,"新诗已不再是由文言诗译成的白话诗,新诗已不再是分行写的散文。"1982 年,孙大雨在致蓝棣之的信中也颇为自负地说:"我那首《自己的写照》长诗是只开了个头的未完成的残篇,诗行脉搏里冲击着一个现代人在一个现代化的大都市中的意识、感受和遐思,奔腾飞扬,磅礴浩瀚,气象万千,化恣肆纷扰为绵密的协调,在严峻的和谐中见杂乱繁芜,正如第一行所总括的:'森严的秩序,紧乱的浮嚣。'""它有西方哲学史、西方音乐交响乐章、西方歌德式(Gothic)建筑、西方绘画艺术的壁画、西方歌剧、舞蹈艺术等等的影响在内……因为意识和感觉是思维的起点,从我所目睹耳闻及亲身的经历中,我生出各种感受和遐想,进而感触到古往今来的未来的种种联想和幻念。——这一切都是我当时在二十四小时内的感觉、联想和纪念的写照,故曰《自己的写照》。"(见蓝棣之《若干重要诗集创作与评价上的理论问题》)

诗篇以更开阔的视野、更大的气魄、更错综复杂的意识和感情态度,表现纽约城的钢铁机械性、高速运转性,时空的巨大创造,物质产品的无比丰富,空前的生命活力,给人类带来的最新憧憬;同时,诗歌抉发纽约城在英伦、西班牙等"奸商"的控制、掠夺下现代人人性的机械化、物质化,外来移民的贫困化,原来土著民族生命力的退化及其对现代纽约城的臣服。相比之下,这首诗更具"现代史诗"品格。

【延伸阅读作品与参考文献】

1. 黄健、雷水莲:《孙大雨评传》,中国社会科学出版社 2012 年版。

2. 李丹:《留学经验与中国现代都市诗——以孙大雨为中心》,《上海师范大学学报》哲社版 2008 年第 3 期。

3. 黄昌勇:《孙大雨与中国现代诗》,《诗探索》1995 年第 4 期。

4. 陆耀东:《论孙大雨的诗》,《重庆师范大学学报》哲社版 2006 年第 4 期。

【思考与练习】

分析这些诗歌的纽约书写。

都市的颂歌①

陈梦家

你有那不死的精力在地壳上爬，
日长夜长不曾换一口气，你走
走厌了一个年头，又是一个年头，
一切的事情你都爱做，你不怕
要这海填成了陆，陆地往海里沉，
尽管是十八层石屋要你承担，
你全不曾有一点犹豫，什么为难？
大步的踏，不分昼夜，不分阴晴
那圆的圆的转动，一声吼，一股烟，
终日粗暴的咆哮着那些人手
太慢，为什么还要有思想在心头？
不许你憩下气找取一点安闲，
这真是荒唐不经的妄想；这儿有
赛过雷雨风暴奇伟的大乐响，
指挥的不叫它有一刻寂寞；海洋
也有风浪平的时候，这儿永久
永久是一个疯子不会碰到瞌睡；
赤火火的眼睛，烧着，一双凶爪
只是飞走找各样好玩的把戏要；
不用问那一刻他才觉到要累——
要累？除非是走没了光，天掉下来，
什么都没有；只剩下一个糊涂，
一个昏暗，一个渺茫，永远的迷雾。
但毕竟这日子还远着，你睁开
眼睛，看见纵不是青天，也是烟灰
积成厚绒，铺开一张博大的幕，

---

①作者陈梦家(1911—1966)，浙江上虞人。新月派后期代表诗人，其部分作品是现代都市文学的重要收获。该诗原载 1930 年 5 月 10 日《新月》第 3 卷第 3 期，后收入 1931 年 1 月新月书店出版的《梦家诗集》；现选自《梦家诗集》新月书店 1933 年 3 月第 3 版。

不许透进一丝一毫真纯的光波，
关住了这一座大都市的魔鬼。
你还能见到落下地的一天繁星，
不论是飞雪，是刮风，还是落雨，
正好是太阳给赶走了；——（一群黑鱼
游上了一缸清水上面）在尖顶，
在鱼鳞中间，长蛇的背脊上发亮。
这里少一个月亮，这里并不要，
这里有着时针指着时候，报昏晓，
一根水银告诉人季候的炎凉。
可是那秋春的凉爽永年吹不到
一大队昏湿的地窖里，没有风，
没有阳光也没有一个幸福的梦
扰乱他们的节奏，不变的急燥。
上帝造下这一群耐苦善良的人，
是生来为这灿烂的世界效劳，
受着安排好的"权威"大力的开导，
完成一个幸福的花园的工程。
尽管你是受着苦难，你没有一刻
好叹一口气，只赶你烧起汽锅
开唱那部插入云霄进行的高歌，
带走那流水一般"创造"的皮革。
尽管是另外一些人他们只做声，
叫你做下这工程的一段，别怨
不公平，是不同的种，原也是上天
安排好，只用心计，创始的功臣。
但天是无偏你们同在一个世界，
不分人我，看着日子一步一步
走近你们，又让日子一层层弥补
这人类的历史不紧要的存在。
这都是从极远的西方渡过大海，
带来了这事业，让自己去经营
一座天堂长年长日的放出光明，
却不是一盏灯点亮人的脑袋；
有的是机器油罐满了一盘心磨

流利的，不会有一天走到迟钝，
都在一杯酒一场笑里静静的等
计划中的天堂那落成的开幕。
这儿才是新的世界，建筑的天堂，
不停的嘈杂，一切圆轴的飞轮，
一回一回旋进了那文明的大圈，
你听啊，那高声颂扬着的歌唱！

八月三十一日，上海

【阅读提示】

　　作为后期新月派诗人，陈梦家的代表作是《一朵野花》那样细腻委婉幽深的作品，但是这里所选的诗篇却打破了对陈梦家诗歌面貌的简单归类。胡适在《新月》发文《评〈梦家诗集〉》，其中论短诗《一朵野花》乃"一流"的作品，长诗《都市的颂歌》也是"最成功"之作。诗篇大气魄地书写现代都市，并为之唱赞歌，实在难得。诗歌写出了现代都市的强力扩张，随之而来的是广大工人阶级创造力量的发挥。与新月派其他作家创作一样，这首诗也显示了对广大下层劳动人民的理解和同情，凸现人道主义情怀。

【延伸阅读作品与参考文献】

　　1.《梦家诗集》，中华书局 2006 年版。
　　2.陈山：《陈梦家论》，《中国现代文学研究丛刊》1988 年第 3 期。
　　3.吴家荣：《论陈梦家的诗美追求》，《江海学刊》1994 年第 6 期。

【思考与练习】

　　同是歌颂都市工人阶级的劳动，这首诗与殷夫的诗相比，有何特点？

血　字①

殷　夫

血液写成的大字，
斜斜地躺在南京路，
这个难忘的日子——
润饰着一年一度……

血液写成的大字，
刻划着千万声的高呼，
这个难忘的日子——
几万个心灵暴怒……

血液写成的大字，
记录着冲突的经过，
这个难忘的日子——
狞笑着几多叛徒……

五卅哟！
立起来，在南京路走！
把你血的光芒射到天的尽头，
把你刚强的姿态投映到黄浦江口，
把你的洪钟般的预言震动宇宙！

今日他们的天堂，
他日他们的地狱，
今日我们的血液写成字，
异日他们的泪水可入浴。

---

①作者殷夫(1909—1931)，原名徐白，又名白莽，浙江象山人。"左联五烈士"之一，20 世纪 30 年代最著名的无产阶级革命诗人，也是现代左翼都市诗人的代表。该诗和以下诗人的其他三首诗都原载 1930 年 5 月《拓荒者》第 4、5 期合刊，后收入《殷夫选集》，开明书店 1951 年 7 月初版；现选自 1930 年 5 月《拓荒者》第 4、5 期合刊。

我是一个叛乱的开始，
我也是历史的长子，
我是海燕，
我是时代的尖刺。

"五"要成为报复的枷子，
"卅"要成为囚禁仇敌的铁栅，
"五"要分成镰刀和铁锤，
"卅"要成为断铐和炮弹！……

四年的血液润饰够了，
两个血字不该再放光辉，
千万的心音够坚决了，
这个日子应该即刻消毁！

【阅读提示】

殷夫是 20 世纪 30 年代左翼都市诗人的代表。与艾青的诗歌比，其创作具有鲜明的政治文化倾向。不过，工人阶级的斗争也正需要人来表现，而且与茅盾的创作一样，也具有对普遍意义上的现代性的肯定，如对现代机械文明的赞颂等。

一个红的笑

殷　夫

我们要创造一个红色的狞笑，
在这都市的纷嚣之上，
牙齿与牙齿之间架着铜桥，
大的眼中射出红色光芒。
他的口吞没着全个都市，
煤的烟雾熏染着肺腑，
每座摘星楼台是他的牙齿，
他唱的是机械和汽笛的狂歌！

一个个工人拿起斧头，
摇着从来没有的怪状的旗帜，
他们都欣喜的在桥上奔走，
他们合唱着新的抒情诗！
红笑的领颚在翕动，
眼中的红光显得发抖，
喜悦一定使心儿疼痛，
这胜利的光要照到时空的尽头。

1929,4,9。

【阅读提示】
　　这首诗将对机械文明的书写与对工人阶级斗争精神的赞颂融合在一起。要知道，工人阶级的苦难有一部分正是由现代机械带来的，但是现代机械文明也为工人阶级展示自己的伟力，彰显工人阶级的创造精神、斗争精神提供了平台和契机。所以工人阶级的"红笑"既是"狂歌"的笑，也是信念的笑，越越于现实的笑。与未来主义有一定关联。

上海礼赞

殷　夫

上海，我梦见你的尸身，
摊在黄浦江边，
在龙华塔畔，
这上面，攒动着白蛆千万根，
你没有发一声悲苦或疑问的呻吟。

这是，一个模糊的梦影，
我要把你礼赞，
我曾把你忧患，
是你击破东方的谜雾，
是你领向罪恶的高岭！

你现在，是在腐烂，
有如恶梦，
万蛆攒动，
你是趋向颓败，
你是需经一次诊探！

你是中国无产阶级的母胎，
你的罪恶，
等于你的功业
你做下了一切的破坏，
到头还须偿还。

五卅，四一二的血不白流，
你得清算，
你得经过审判，
我们礼赞你的功就，
我们惩罚你的罪疣。

伟大的你的生子，
你的审判主，
他能将你罪恶清数，
但你将永久不腐不死，
但你必要诊探一次。

1929,4,23。

【阅读提示】

这首诗既看到现代都市的罪恶,也看到现代都市的功劳。因为诗歌认识到,现代都市是现代无产阶级的母胎,伟大的将来也必将在这样的都市里实现。

都市的黄昏

殷　夫

街上卧坠下白色暮烟，
空气中浮着工女们的笑声，
都市是入夜——电灯渐亮，
连续地驰过汽车长阵。

Motor 的响声嘲弄着工女，
Gasoline 的烟味刺人鼻管，
这是从赛马场归来的富翁，
玻璃窗中漏出博徒的高谈。

灰色的房屋在路旁颤战，
全盘的机构威吓着崩坍，
街上不断的两行列，工人和汽车；
蒙烟的黄昏更暴露了都市的腐烂。

富人用赛马刺激豪兴，
疲劳的工女却还散着欢笑，
且让他们再欢乐一夜，
看谁人占有明日清朝？

1929，4，27。

【阅读提示】

　　这首诗对比中写出有钱阶级也是堕落腐化阶级，他们必将随现代都市旧的肌体死去，而现代都市新的主人必将是无产阶级。所以诗歌表现出一种无产阶级的乐观精神。

【延伸阅读作品与参考文献】

　　1. 殷夫：《我们的诗》《诗三篇》(诗)、《小母亲》(小说)，见丁景唐、陈长歌编《殷夫集》，浙江文艺出版社 1984 年版。

444

2.张潇:《诗坛骄子——殷夫传》,浙江人民出版社 2001 年版。

3.张屏瑾:《摩登与先锋》有关章节,同济大学出版社 2011 年版。

4.张林杰:《都市环境中的 20 世纪 30 年代诗歌》有关章节,中国社会科学出版社 2007 年版。

5.张婧:《略论殷夫诗歌的都市影响》,《名作欣赏》2013 年第 12 期。

6.孙兰花、简圣宇:《红色思潮下的鼓动诗篇——试析殷夫诗歌中的未来主义艺术内质》,《哈尔滨学院学报》2006 年第 1 期。

7.段小军:《街道:殷夫诗歌中的空间意义生产》,《长江师范学院学报》2013年第 5 期。

【思考与练习】

从殷夫的诗看 20 世纪 30 年代左翼都市诗歌的特点。

肉和酒①

姚蓬子

你脸上堆满笑，请我们
上馆子喝黄酒，吃大块肉大碗的煎炒。
好，多谢你的殷勤，你的笑，
（进厂以来这是第一遭
有和蔼挂在你眼角，眉梢，）
可我们没福气收受那摩混的美意，
你的花言巧语全盘的奉还你。
我们知道你的狡猾你的毒，
　　有蜂刺藏在酒，
　　有尖刀横在肉，
你利用我们比较不会闹，比较弱，
想拿金钱收买我们底灵魂跟躯壳。
可是谁也不是瞎子，不曾傻，
怎会不知道你是厂主的走狗？
知道罢工风潮震碎了资本家底心，
虽然躲在洋楼里也不像平日的安静，
看看主人底苦脸你也老大的心酸，
才想到再用这老法分化我们的集团。
可是我们那里会上当，会受你的骗，
你看，三天前你还乱挥着得意的皮鞭。
告诉你，我们只信任罢委会，
就是叫我们踏上火或者去跳水
也不会推辞，不会悔。
你，不要再来和我们啰嗦和夹缠，
要晓得老拳正想找一个出气的机会。

---

①作者姚蓬子(1891—1969)，浙江诸暨人。20世纪30年代初期"左联"作家、诗人，后脱党也脱离"左联"。其"左联"时期部分作品有一定左翼都市文学倾向。该作品原载1932年7月《文学月报》第1卷第2期；现选自该期《文学月报》。

【阅读提示】

因为一些历史原因,姚蓬子被有意无意遗忘了。其实,在 20 世纪 30 年代初期,他是相当活跃的左翼作家。这首诗写工人阶级不受资本家的欺骗,表现出难得的清醒意识和团结斗争精神。诗篇文笔朴素,气势活泼,有一定的艺术价值。

【延伸阅读作品与参考文献】

1. 姚蓬子:《颂歌》(诗歌)、《一幅剪影》《雨后》(小说),见徐俊西主编、陈子善编《海上文学百家文库·李金发、姚蓬子、邵洵美卷》,上海文艺出版社 2010 年版。

2. 姚蓬子:《〈银铃〉自序》,见徐俊西主编、陈子善编《海上文学百家文库·李金发、姚蓬子、邵洵美卷》,上海文艺出版社 2010 年版。

3. 散木:《多余人姚蓬子》,《同舟共进》2014 年第 11 期。

【思考与练习】

阅读《海上文学百家文库·李金发、姚蓬子、邵洵美卷》中"姚蓬子"部分,谈谈"左联"初期姚蓬子创作的特点。

百合子①

戴望舒

百合子是怀乡病的可怜的患者，
因为她的家是在灿烂的樱花丛里的；
我们徒然有百尺的高楼和沉迷的香夜，
但温煦的阳光和朴素的木屋总常在她缅想中。

她度着寂寂的悠长的生涯，
她盈盈的眼睛茫然地望着远处；
人们说她冷漠的是错了，
因为她沉思的眼里是有着火焰。

她将使我为她而憔悴吗？
或许是的，但是谁能知道？
有时她向我微笑着，
而这忧郁的微笑使我也坠入怀乡病里。

她是冷漠的吗？不。
因为我们的眼睛是秘密地交谈着；
而她是醉一样地合上了她的眼睛的，
如果我轻轻地吻着她花一样的嘴唇。

【阅读提示】

刘呐鸥在通信中，认为戴望舒距离现代都市远了，劝他再近些。此言不虚。戴望舒总是不愿意认同世俗都市，而在它边缘审视、徘徊。《雨巷》所写外在情景是江南小镇，但其内在情景却是现代都市，诗歌实际是要吟唱现代语境中古典梦幻的毁灭。而这里的《百合子》可以看做《雨巷》的续篇。百合子"徒然有百尺的

---

①作者戴望舒（1905—1950），浙江杭州人，曾留学法国巴黎。20世纪30年代现代诗派代表诗人，部分作品显示一定程度的都市文学倾向。该诗原题为《少女》，载1929年12月15日《新文艺》第1卷第4号，后改为《百合子》，并经多处修改，收入作者第二个诗集《望舒草》，上海现代书局1933年8月初版；现选自该诗集初版本。

高楼和沉迷的香夜",但仍是孤独、寂寞的,仍感觉到这都市不是她的家。她表面上冷漠的,但内心是炽热的。她是聪明活泼的,也就是具有都市女性的一切优点,但是她并不认同这个都市,所以她终是痛苦的,忧郁的。诗歌取与人物同样的感受,咏叹的调子,开创出一个辽远而沉思的艺术空间,显示"诗坛尤物"创作的特色。

梦都子①

致霞村

戴望舒

她有太多的蜜饯的心——
在她的手上,在她的唇上;
然后跟着口红,跟着指爪,
印在老绅士的颊上,
刻在醉少年的肩上。

我们是她年青的爸爸,诚然,
但也害怕我们的女儿到怀里来撒娇,
因为在蜜饯的心以外,
她还有蜜饯的乳房,
而在撒娇之后,她还会放肆。

你的衬衣上已有了贯矢的心,
而我的指上又有了纸捻的约指,
如果我爱惜我的秀发,
那么你又该受那心愿的忤逆。

【阅读提示】

　　这首诗与上一首诗都是写在上海的日本舞女的。这首诗写作的具体背景是诗人在要跳楼自杀的情况下,施蛰存的妹妹施绛年终于答应婚约。诗人知道这样的婚约是不牢靠的,所以诗中说"我的指上又有了纸捻的约指"。诗人内心的痛苦和忧郁一点也没有减少,所以也偶尔与朋友一起到欢场孟浪。诗歌给我们提供了一个个聪明活泼、撒娇放肆、巧与舞客周旋的日本舞女形象,但是看得出抒情主人公与他的朋友并不真正下水,因为他们内心有对爱情的信诺的坚守。

---

　　①原收入戴望舒第二个诗集《望舒草》,上海现代书局 1933 年 8 月初版;现选自该诗集初版本。

单恋者①

戴望舒

我觉得我是在单恋着，
但是我不知道是恋着谁：
是一个在迷茫的烟水中的国土吗，
是一枝在静默中零落的花吗，
是一位我记不起的陌路丽人吗？
我不知道。
我知道的是我的胸膛胀着，
而我的心悸动着，像在初恋中。

在烦倦的时候，
我常是暗黑的街头的踯躅者，
我走遍了嚣嚷的酒场，
我不想回去，好像在寻找什么。
飘来一丝媚眼或是塞满一耳腻语，
那是常有的事。
但是我会低声说：
"不是你！"然后踉跄地又走向他处。

人们称我为"夜行人"，
尽便吧，这在我是一样的；
真的，我是一个寂寞的夜行人。
而且又是一个可怜的单恋者。

【阅读提示】

　　这首诗写置身都市的"我"却处于"夜行""流浪""单恋"的状态，显示抒情主人公内心世界的强大与对世俗都市的不认同。

---

　　①原载 1931 年 2 月《小说月报》第 22 卷第 2 号，收入戴望舒第二个诗集《望舒草》时有较多修改，上海现代书局 1933 年 8 月初版；现选自《望舒草》初版本。

【延伸阅读作品与参考文献】

1.梁仁编:《戴望舒诗全编》,浙江文艺出版社 1989 年版。

2.北塔:《雨巷诗人:戴望舒传》,浙江人民出版社 2003 年版。

3.刘呐鸥:《致戴望舒函二通》,见孔另境编《现代作家书简》,花城出版社 1982 年版。

4.施蛰存:《中国现代主义的曙光——答台湾作家郑明娳、林耀德问》,见施蛰存《沙上的脚迹》,辽宁教育出版社 1995 年版。

5.段从学:《雨巷:古典性的感伤,还是现代性的游荡?》,《山西大学学报》哲社版 2014 年第 3 期。

6.左怀建:《都市文化语境下戴望舒〈雨巷〉新论》,《浙江工业大学学报》社科版 2017 年第 1 期。

7.张林杰:《都市环境中的 20 世纪 30 年代诗歌》有关章节,中国社会科学出版社 2007 年版。

【思考与练习】

举例说明戴望舒诗作与现代都市的关系。

夏日小景①

施蛰存

一　蛏子

夜的极司斐儿公园，
满是缄默的蛏子。
在月光的海水里，
投露了纤瘦的素足，
来来往往地
浮沉在荇藻上。

二　沙利文

我说，沙利文是热的，
连它底刨冰的雪花上的
那个少女的大黑眼，
在我不知道的时候以前，
都使我的 Fancy Suudaes 融化了。
我说，沙利文是很热的。

【阅读提示】

　　蛏子是一种生活在浅海边泥里的软体动物，就是人们常常在菜市场或超市看到的那种长条形、介壳淡褐色、肉在一头露出且白玉般温润可喜、做成菜味极鲜美的那种。"上海是个海"，公园仿佛海滩，夜的月光下，公园里有那么多像蛏子这样的女子走动，观察者和叙述者的审美取向也就颇值得玩味。这就是戴望舒不可以称为海派，而施蛰存一定是海派的地方。

　　沙利文是 20 世纪 30 年代上海一个倍受作家青睐的咖啡店，那里的冰激凌全上海第一，还有冷气等设施，但是因为它服务周到，特别是作为侍者的少女黑色的大眼睛放射的热情的光，反使客人感到奇特的热，连"我"的审美想象力都融化了。什么"热"呢？想象力融化到哪里去呢？审美意象与世俗欲求再次结合。

---

　　①该诗与下面的《银鱼》、《卫生》都原载 1932 年 6 月 1 日作者主编的《现代》第 1 卷第 2 期，为作者此次发表的"意象抒情诗"之后三首；现选自该期《现代》。

银　鱼

施蛰存

横陈在菜市里的银鱼，
土耳其风的女浴场。

银鱼，堆成了柔白的床巾，
魅人的小眼睛从四面八方投过来。

银鱼，初恋的少女，
连心都要袒露出来了。

【阅读提示】

　　施蛰存在《〈域外诗抄〉序引》中言，1928 年至 1935 年间，世界还是流行意象诗的时候，那时，他与戴望舒等一起翻译了不少英美法意象诗，写诗也受其影响。这首《银鱼》，中心意象是"银鱼"，但是"银鱼"与"女——少女"明显联系起来了：以鱼喻女，以女比鱼，煊染出当时上海滩银鱼之丰富与银鱼似少女之众多。上海滩"初恋的少女"像银鱼，不怕袒露自己，"连心都要袒露出来了"，显示上海女性之开放。不过以女喻鱼，鱼见新鲜，而以鱼比女，则女立马物质化了。

卫 生

施蛰存

玄色的华尔纱，
遂做了夜的一部分吗？

以陨星的眼波投射过来的
那个多血质的少妇
是只有两支完全的藕
和一个盛在盘里的林檎。

已经是丰富的 Dessert 了，
对于我知足的眼的嘴。
如果华尔纱的夜透了曙光，
我是要患急性胃加答儿的。

愿玄色的华尔纱
永远是夜的一部分罢。

【阅读提示】

这首诗也是意象诗，写出穿着玄色的华尔纱的女性给观察者和叙述者带来的美感冲击，这种美感冲击还不完全是身体的，所以观察者和叙述者愿意夜色将这美色淹没，以求心理的平静。

嫌　厌①

施蛰存

回旋着，回旋着，
永久环行的轮子。
一只眼看着下注的
红的绿的和白的筹码，
一只眼，无需说，是看着
那不敢希望它停止的轮子。
但还有——还有一只眼，
使我看见了
那个瘦削的媚脸，
涌现在轮子的圆涡里。

回旋着，回旋着，
她底神秘的多思绪的眼，
紧注着我——
红的绿的象牙，
遂忘情地被抛撇了，
像花蕊缤纷地堕下流水。
嗫讷的嘴唇
吹不出习惯的口哨，
浆挺的胸褶
才给我以太硬的感觉。

回旋着，回旋着，
我是在火车的行程里，
绕着圆圈退隐下去的
异乡的田园，城郭，
村舍，河流，与陵阜
全不觉得可恋哪

①原载 1932 年 11 月 1 日《现代》第 2 卷第 1 期；现选自该期《现代》。

去！让它们退去，
万水千山，悠远的途程哪！

回旋着，回旋着，
惟有这瘦削的媚脸，
永远在回旋的风景上。
我要向她附耳私语：
"我们一同归去，安息
在我们的木板房中，
饮着家酿的蜂蜜，
卷帘看秋晨之残月。"
但是，我没有说，
夸大的"桀傲"禁抑了我。

回旋着，回旋着，
我是在无尽的归程里。
指南针虽向着家园，
但我希望它是错了，
我祈求天，永远地让我迷路。
对于这神异的瘦削的脸，
我负了杀人犯的隐慝，
虽然渴念着，企慕着，
而我没有吩咐停车的勇气。

【阅读提示】

这首诗写归家的火车上"我"与一"瘦削的媚脸"的女子相遇，她的表情和姿容引来"我"的好奇、想象、恋爱，乃至愿意迷失归程，但"我"又不像刘呐鸥小说中主人公真的浪漫起来，大胆邀约女性下车完成浪漫之恋，而是只愿火车的轮子永远"回旋着，回旋着"，转下去。张生在《时代的万华镜》里说，这暴露了诗人内心的矛盾。本雅明在《发达资本主义时代的抒情诗人》中引西美尔言："在汽车、火车、电车得到发展的19世纪以前，人们是不能相视数十分钟，甚至数小时而不攀谈的"，但是到了19世纪成为常见的事实。19世纪之后，人类空间的开拓，使眼睛的功用常常大于耳朵。施蛰存这首诗就表现了文化的这种视觉转向。

【延伸阅读作品与参考文献】

1.《施蛰存全集》第十卷《北山诗文丛编》,华东师范大学出版社 2012 年版。

2.罗振亚:《意象抒情——评施蛰存 20 世纪 30 年代的诗》,《云梦学刊》2004 年第 6 期。

3.孙玉石:《中国现代主义诗潮史论》有关章节,北京大学出版社 1999 年版。

4.张同道:《探险的风旗:论 20 世纪中国现代主义诗潮》有关章节,安徽教育出版社 1998 年版。

【思考与练习】

分析施蛰存诗歌中的都市审美元素。

都会的满月^①

徐　迟

写着罗马字的
Ⅰ Ⅱ Ⅲ Ⅳ Ⅴ Ⅵ Ⅶ Ⅷ Ⅸ Ⅹ Ⅺ Ⅻ 代表的十二个星；
绕着一圈齿轮。

夜夜的满月，立体的平面的机件。
贴在摩天楼的塔上的满月。
另一座摩天楼低俯下的都会的满月。

短针一样的人，
长针一样的影子，
偶或望一望都会的满月的表面。

知道了都会的满月的浮载的哲理，
知道了时刻之分，
明月与灯与钟的兼有了。

【阅读提示】

　　徐迟在《二十岁人》"序"里预测："将来的另一型态的诗，是不是一些伟大的Epic(史诗)，或者，象机械与工程师，蒸气，铁，煤，螺旋钉，铝，利用飞轮的惰性的机件，正是今日的国家所急需的要物，那些唯物得很的诗呢？"这里所选诗篇将南京路跑马厅建筑物上的一只大钟比成满月，又将满月比成"立体的平面的机件"。人工的钟表与自然的满月意义相互指涉，说明现代都市里第一自然与第二自然的重合。层次感、立体感的时空下，人也物化了，且显得那样被重重包围，那样的渺小。夜来了，灯明了，在都市生活的道理也知晓了。对于机械化、物化都市的到来，诗篇既没有表示出明显的欣赏态度，也没有表示明显的批判态度，而是一种机械认同，也可视为迷茫。

---

　　①作者徐迟(1914—1996)，浙江吴兴(今湖州)人，20世纪30年代影响较大的现代派诗人，其创作具有鲜明的都市文学倾向。该诗和下面的《七色之白昼》原载1934年5月1日《现代》第5卷第1期，后收入作者第一个诗集《二十岁人》，上海时代图书公司1936年10月初版；现都选自该诗集初版本。

七色之白昼

徐 迟

给我的昼眠炫耀了的
七色之白昼。

饲养了七种颜色了吧，
很美丽的白昼里。

变为七种颜色的女郎，
七个颜容的酮体的女郎。

都这样富丽的！
七色旋转起来。

幽会或寻思只是两人的事呢，
七色即昼眠也是太多了。

七色旋转了起来，
我在单色的雾里旋转了。

【阅读提示】

　　这首诗写现代都市的繁华、浮华、艳丽多彩和物质化给抒情主人公带来的心理上、精神上的感染和眩晕。女性是都市的象征性符码，都市的繁华、浮华、艳丽多彩和物质化因为女性的张扬而格外扎眼，作为一个青年男子势必要在这样的都市环境里被诱惑，同时感到孤独和孤单。所以，诗篇将个人的单色旋舞与都市的七色炫舞相比，兴奋、刺激与孤独、焦虑都不言而喻。诗篇中有都市的色彩，都市的动感及其在人心理、精神上的映照，其艺术情趣的感觉化表达和自我观照的艺术姿态与新感觉派小说有某些相同之处。

年轻人的咖啡座[①]

徐 迟

年轻人的步伐，
年轻人的旅行，
年轻人的幻梦，

缓缓的是年轻的骆驼似的步伐，
街上，星光闪耀。

何处是……谁知道吗？
年轻人筑造的乌托邦啊，
作着在幽暗之夜
幽然的旅行呢。

衔在土耳其的烟味上，
是年轻人轻松松的幻梦。

咖啡座的精致的门是终夜的，
咖啡座是咖啡的颜色，
咖啡座的年轻的烟灰啊。

倏然亮了起来，
沙漠上，咖啡座一本。

【阅读提示】

　　20 世纪 30 年代，徐迟与当时上海滩头许多作家一样爱去咖啡馆。据李欧梵《上海摩登》记载，徐迟最喜爱去的咖啡馆是南京路上的新雅、静安寺路上的 D. D. Café 和霞飞路上的俄商复兴馆等。

　　这首诗写现代都市能给年轻人提供新的生活梦想，但也愈使年轻人感到焦渴、孤独、不满足的。在这种情况下，咖啡馆显示了特殊的意义。咖啡馆适合少

---

　　① 原收入作者诗集《二十岁人》，上海时代图书公司 1936 年 10 月初版；现选自该诗集初版本。

数人幽静闲谈或一个人瞑目遐想。这里有雅致的环境,可口的咖啡,美丽的少女,惬意的招待,令人倍感温馨,精神放松,灵光闪现,几可称之为"精神梦乡"。咖啡馆成为都市精神沙漠上的一块绿洲,人生黑暗中的一片亮光。诗歌最惊人之处在于结尾将咖啡座比作"一本",想象实在奇特,引人多方遐思。

隧道隧道隧道[①]

徐 迟

我，掘隧道人，
有掘隧道的下午的，夜的。

既非古生物学的研究人
岩石学亦非主修。
层位学呢，亦非我的途径。

我只是掘着隧道而已，
不及黄泉，毋相见也，
左传第一章
而这，又是近世恋爱的科学化。

隧道是弯弯曲曲的，
隧道的文字是晦涩的。

构成金属矿床的恋女的心
得由矿物学家
凭了高等线的详细地图去开采的。

她掘了一条隧道，
我掘了一条隧道。

掘隧道的苦工是愉快的，
而我是有着所谓地质学的研究的。

可是，我却不知道
这宝贵的矿床的剖视图上，

---

　①原载 1935 年 7 月《妇人画报》第 30 期，后收入作者诗集《二十岁人》，上海时代图书公司 1936 年 10 月初版；现选自 1935 年 7 月《妇人画报》第 30 期。

两道隧道是否相见呢?

【阅读提示】

诗篇将现代都市里青年男女的恋爱比作在崇山峻岭上挖掘隧道,凸显其物质化、艰难、沉重。最重要的是"我"有地质学的研究,却不太懂得矿物学,那么"我"能否抵达那"构成金属矿床的恋女的心"? 特别是她也在挖掘、寻找,那么双主体语境下,两条隧道能否一定相遇呢? 答案显然是不确定的,或者干脆就说是否定性的。徐迟的诗总能创造奇特的艺术效果。

【延伸阅读作品与参考文献】

1. 徐迟:《二十岁人》(诗集),见《徐迟文集》第一卷,作家出版社 2014 年版。

2. 王凤伯、孙露茜编:《徐迟研究专集》,浙江人民出版社 1985 年版。

3. 罗振亚:《都市放歌——评徐迟 20 世纪 30 年代的诗》,《北方论丛》2001 年第 1 期。

4. 徐迟:《江南小镇》(自传),作家出版社 1993 年版。

【思考与练习】

分析《都会的满月》中的机械审美。

夜的舞会①

钱君匋

一丛三丛七丛，
柏枝间嵌着欲溜的珊瑚的电炬，
五月的通明的榴花呀？

Jazz 的音色染透了舞侣，
在那眉眼，鬓发，齿颊，心胸和手足。
是一种愉悦的不协和的鲜明的和弦的熔物。

又梦沉沉地离魂地，明炯炯地清醒地。
但散乱的天蓝，朱，黑，惨绿，媚黄的衣饰幻成的几何形体，
若万花镜的拥聚惊散在眼的网膜上。

并剪样的威斯忌。
有膨胀性的 Allegro 三拍子 G 调。
飘动地有大飞船感觉的夜的舞会哪。

【阅读提示】

苏雪林在评价穆时英时说："要……想做一个都市作家，第一要培养一个都市的灵魂，再将五官的感觉，练到极其细腻，极其灵敏，对于声、色、香、味、触……虽极细微均能感觉。再以典丽的字法，新鲜的言语，复杂变化的文句，以立体的方式表现之。"应该说，用这话评价写作此诗的钱君匋也一样适用。这首诗极力渲染舞场中舞女的装束、打扮、姿色，但更重要的是形象地描绘了舞女的精神状态，所谓"又梦沉沉地离魂地，明炯炯地清醒地。"这又让人想起刘呐鸥的散文《现代表情美的造型》里所说现代女性对于周围男性世界的复杂态度。这种女性是可以让男性欣赏、迷恋的，但又是有自己主体性、不可亵渎的；是魅惑的，又是清醒的；是可以给人爱的，但也是可以给人伤害的。诗中所谓"剪样的威斯忌"，就是形象地表达这样的都市女性感觉。但也正是这样的都会女性才给男性带来特

---

①作者钱君匋(1907—1998)，浙江桐乡人，现代著名篆刻家、书画家、诗人。该篇作品原载 1934 年 7 月 1 日《现代》第 5 卷第 3 期；现选自该期《现代》。

有的兴味、刺激,给男性精神上带来更大的眩晕。所以诗的最后一句展开更丰富的想象,说在这样的"夜的舞会"好像是在"飘动的大飞船"上。诗歌调动各种感觉和修辞手段,写出了"夜的舞会"所代表的大都市的声色、动静、情调和魅惑。

【延伸阅读作品与参考文献】

1. 李心若:《音乐风》(诗歌),见上海大学文学院中文系新文学研究室编《现代诗综》,江西人民出版社 1988 年版。

2. 黄乐琴:《永续的光辉——读钱君匋的诗集〈水晶座〉》,见上海鲁迅纪念馆《钱君匋纪念集》,中国福利会出版社 2007 年版。

3. 昭游:《钱君匋诗歌研讨会》,《中文自修》1994 年 Z1 期。

4. 钟桂松:《钱君匋:钟声送尽流光》,大象出版社 2006 年版。

【思考与练习】

分析这首诗对都市动态美的把握和描写。

画者的行吟①

——A YOW. RAN.

艾 青

沿着塞纳河，
我想起：
昨夜锣鼓咚咚的梦里
生我的村庄的广场上，
跨过江南和江北的游艺者手里的
那方凄艳的红布，……
——只有西班牙的斗牛场里
有和这一样的红布啊！
爱茀勒铁塔
伸长起
我惆怅着远方童年的记忆……
由铅灰的天上
我俯视着闪光的水的平面，
那里
画着广告的小艇
一只只的驶过……
汽笛的呼嚷一阵阵的带去了
我这浪客的回想
从蒙马特到蒙巴那司，
我终日尢目的的走着……
如今啊
我也是一个 Bohemien 了！
——但愿在色彩的领域里
不要有家邦和种族的嗤笑。

---

①作者艾青(1910—1998)，原名蒋海澄，浙江金华人，1929 至 1932 年曾留学法国巴黎。现代最杰出的诗人之一，其现代城市题材诗歌显示鲜明的左翼都市文学倾向。该诗原载 1934 年 10 月 20 日《新诗歌》第 2 卷第 3 期，后收入作者第一个诗集《大堰河》，上海群众杂志公司 1936 年 11 月初版；现选自该诗集初版本。

在这城市的街头
我痴恋迷失的过着日子，看哪
chagall 的画幅里
那病于爱情的母牛，
在天际
无力的睁着怀念的两眼，
露西亚田野上的新妇
坐在它的肚下，
挤着香洌的牛乳……
噫！
这片土地
于我是何等舒适！
听呵
从 Cendrars 的歌唱，
像 T. S. F 的传播
震响着新大陆的高层建筑般
簇新的 Cosmopolite 的声音…
我——
这世上的生客，
在他自己短促的时间里
怎能不翻起他新奇的忻喜
和新奇的忧郁呢？
生活着
像那方悲哀的红布，
飘动在
人可无懊丧的死去的
　蓝色的边界里，
永远带着骚音
我过着采色而明朗的时日；
在最古旧的世界上
唱一支锵锵的歌，
这歌里
以溅血的震颤祈祷着：
愿这片暗绿的大地
将是一切流浪者们的王国。

【阅读提示】

　　艾青说，他在巴黎度过了"精神上自由，物质上贫困的三年"。这首诗一方面写面对巴黎的社会现代性，诗人表示出陌生、不适、对故乡和童年的回忆及由此造成的"新奇的忧郁"，一方面又写面对巴黎的审美现代性（艺术现代性），诗人又表示出舒适、认同和"新奇的忻喜"。19 世纪后期至 20 世纪初期的巴黎是世界文化艺术中心，后来被公认为世界文学大师的波德莱尔、魏尔伦、兰波、马拉美、阿波利内尔、桑德拉尔（诗中的 Cendrars）、左拉、莫泊桑、王尔德、海明威、马雅可夫斯基和被公认为绘画大师的莫奈、马奈、高更、梵高、塞弗里尼、夏加尔（诗中的 Chagall）、毕加索、达利等都曾长期在巴黎生活，而这些人又都多少带有波希米亚人的精神气质。美国好莱坞著名电影《红磨坊》《午夜巴黎》里对于这些文学艺术家的生活有一定的表现。艾青说："如今啊/我也是一个 Bohemien 了！"这里，诗人显然渴望自己也像这些文学艺术家一样被巴黎接纳。

ORANGE[①]

艾 青

圆圆的——燃烧着的
像燃烧的太阳般点亮了圆圆的玻璃窗——
Orange,是我心的比喻
Orange,使我想起了:

一辆公共汽车
   闪过了
纪念碑
十字街口的广场
公路边上的林荫路,
捧着白铃兰花的小女的五月的一个放射着喷水池的翩翩的
放射着爱情的水花的节日······
Orange——像那
整个海非热的机械饮食处里
大麦酒的雪白的泡沫
    所映出的
红色蓬帐的欢喜,
  太阳的欢喜······
Orange——
像拉丁女的眼瞳子般无底的
热带的海的蓝色
    那上面撩起了
听不清的歌唱
异国人的 Melancholie,
Orange。

圆圆的——燃烧着的

---

①原载 1934 年 3 月 1 日《春光》创刊号,后收入作者诗集《落叶集》,浙江人民出版社 1982 年 10 月初版;现选自 1934 年 3 月 1 日《春光》创刊号。

Orange

像燃烧着的太阳般点亮了圆圆的

玻璃窗——

Orange

使我想起了：

我的这 Orange 般的地球

和它的另一面的

我的那 Orange 般快乐的姑娘，我们曾在

靠近离别的日子

分吃过一个

圆圆的——燃烧着的

Orange。

Orange——是我心的比喻。

一七号·七月·三三。

【阅读提示】

据说，这首诗的写作与艾青在巴黎结识的一位波兰姑娘有关。这位波兰姑娘原是艾青同室的俞福祚的法文教师。一次，俞福祚不在住室，艾青接待了她，从此两人交往频繁，感情很好，可是不久这位波兰姑娘回国成婚去了。艾青与她的交往只好暂时中断。1932 年 7 月，艾青因参加春地画展遭国民党反动派搜捕。之前，波兰姑娘曾寄来一张照片，被捕时收去，之后艾青还曾托人再向波兰姑娘要照片。新中国成立以后，艾青也曾向波兰住中国大使馆打听过她。这一只橙子的诗大概就写当年在巴黎艾青与这位姑娘交往时的情景。诗篇以新感觉派和象征主义的笔法勾画明媚、艳异、热情的巴黎，实际是表达诗人对巴黎、对波兰姑娘的深情记忆。

巴 黎①

艾 青

巴黎
在你的面前
黎明的，黄昏的
中午的，深宵的
——我看见
你有你自己个性的
愤怒，欢乐
悲痛，嬉戏和激昂！
整天里
你，无止息的
用手捶着自己的心肝
捶！捶！
或者伸着颈，直向高空
嘶喊！
或者垂头丧气，锁上了眼帘
沉于阴邃的思索，
也或者散乱着金丝的长发
澈声歌唱，
也或者
解散了绯红的衣裤
赤裸着一片鲜美的肉
任性的淫荡……你！
尽只是朝向我
和朝向几十万的移民
送出了
强韧的，诱惑的招徕……
巴黎，
你患了歇斯的里亚的美丽的妓女！

---

① 原收入作者诗集《大堰河》，上海群众杂志公司 1936 年 11 月初版；现选自该诗集初版本。

…………

看一排排的电车

往长道的顶间

逝去……

却又一排排地来了！

听，电铃

叮叮叮叮叮的飞过……

群众的洪流

从大街流来

分向各个小弄，

又从各个小弄，折回

成为洪流，

聚集在

大街上

广场上

一刻也不停的

冲荡！

冲荡！！

一致的呼嚷

徘徊在：

成堆成垒的

建筑物的四面，

和纪念碑的尖顶

和铜像的周围

和大商铺的门前……

手牵手的大商场啊，

在阳光里

电光里

永远的映照出

翩翩的

节日的

Severini 的斑斑舞踏般

辉煌的画幅……

从 Radio

和拍卖场上的奏乐，

和冲击的

巨大的力的

劳动的

叫嚣——

豪华的赞歌，

光荣之高夸的词句，

钢铁的诗章——

同着一篇篇的由

公共汽车，电车，地道车充当

响亮的字母，

柏油街，轨道，行人路是明快的句子，

轮子＋轮子＋轮子是跳动的读点

汽笛＋汽笛＋汽笛是惊叹号！——

所凑合拢来的无限长的美文

张开了：一切 Ismes 的 Istes 的

多般的嘴，

一切的奇瑰的装束

和一切新鲜的叫喊的合唱啊！

你是——

所有的"个人"

和他们微妙的"个性"

朝向群众

像无数水滴，消失了

和着万人

汇合而成为——

最伟大的

最疯狂的

最怪异的"个性"。

你是怪诞的，巴黎！

多少世纪了

各个年代和各个人事的变换，

用

它们自己所爱好的彩色

在你的脸上加彩涂抹；

每个生命，每次行动

每次杀戮,和那跨过你的背脊的战争,
甚至于小小的婚宴,
都同着
路易十四的走上断头台
革命
暴动
公社的诞生
攻打巴司提尔一样的
具有不可磨灭的意义!
而且忠诚的记录着:
你的成长
你的年龄,
你的性格和气质
和你的欢喜以及悲哀
巴黎
你是健强的!
你火焰冲天所发出的磁力
吸引了全世界上
各个国度的各个种族的人们,
具着冒险
奔向你
去爱你吻你
或者恨你到透骨!
——你不知道
我是从怎样的遥远的草堆里
跳出,
朝向你
伸出了我震颤的臂
而鞭策了自己
直到使我深深的受苦!
巴黎
你这珍奇的创造啊!
直叫人
勇于生活像勇于死亡一样的鲁莽!
你用了

春药,拿坡仑的铸像,酒精,凯旋门
铁塔,女性
Louvre,歌剧院
交易所,银行
招致了:
整个地球上的——
白痴,赌徒,淫棍
酒徒,大腹贾,
野心家,拳击师
空想者,投机者们……
啊,巴黎!
为了你的嫣然一笑
已使得多少人们
抛弃了
深深的爱着他们的家园,
迷失在你的暧昧的青睐里,
几十万人
都花尽了他们的精力
流干了劳动的汗,
去祈求你
能给他们以些须的同情
和些须的爱怜!
但是
你——
庞大的都会啊
却是这样的一个
铁石心肠的生物!
我们终于
以痛苦,失败的沮丧
而益增强了
你放射着的光采
你的傲慢! 而你
却抛弃众人在悲忉里,
像废物一般的
毫无惋惜!

巴黎，

我恨你像爱你似的坚强！

莫笑我将空垂着两臂

走上了懊丧的归途，

我还年轻！

而且

从生活之沙场上所溃败了的

决不只是我这孤单的一个！

——他们实在比为你所宠爱的

人数要多得可怕！

我们都要

在远离着你的地方

——经历些时日吧

以磨炼我们的筋骨

等时间到了

就整饬着队伍

兴兵而来！

那时啊

我们将是攻打你的先锋，

当克服了你时

我们将要

娱乐你

拥抱着你

要你在我们的臂上

癫笑歌唱！

巴黎，你——噫，

这淫荡的

淫荡的

妖艳的姑娘！

【阅读提示】

　　这是艾青书写巴黎最有名的一首诗。诗篇以 192 行的篇幅,恢弘、磅礴的气势,调动浪漫主义、象征主义和未来主义的某些手法歌吟世界上最繁华的现代都市——巴黎的活力、动力、个性;物质的丰富,人性的堕落;阶级的差异、民族的不公,大革命和巴黎公社的革命精神;时空的重新创造。诗篇最大胆而奇特的是,结尾处书写:巴黎虽然如一妖艳淫荡的女子,但抒情主人公还是要迷恋她、拥抱她。诗篇充分表达了审美现代性与社会现代性之间的张力,而且具有较为鲜明的唯美—颓废色彩,所以一些较为保守的研究者总是有意无意地回避它。

马　赛[①]

艾　青

如今
无定的行旅已把我抛到这
陌生的海角的边滩上了。

看城市的街道
摆荡着，
货车也像醉汉一样颠扑，
不平的路
使车辆如村妇般
连咒带骂的滚过……
在路边
无数商铺的前面，
潜伏着
期待着
看不见的计谋，
和看不见的欺瞒……
市集的喧声
像出自运动场上的千万观众的喝采声般
从街头的那边
冲击的
播送而来……
接连不断的行人，
匆忙的，
跄踉的，
在我这迟缓的脚步旁边拥去……
他们的眼都一致的
观望他们的前面

---

①原载 1936 年 4 月诗歌月刊《前奏》创刊号，收入诗集《大堰河》时又有续写和修改；现选自诗人《大堰河》初版本。

——如海洋上夜里的船只

朝向灯塔所指示的路，

像有着生活之幸福的火焰

在茫茫的远处向他们招手

…………

在你这陌生的城市里，

我的快乐和悲哀，

都同样的感到单调而又孤独！

像唯一的骆驼，

在无限风飘的沙漠中，

寂寞的寂寞的跨过……

街头群众的欢腾的呼嚷，

也像飓风所煽起的砂石，

向我这不安的心头

不可抗的飞来……

午时的太阳，

是中了酒毒的眼，

放射着混沌的愤怒

和混沌的悲哀……

它

嫖客般

凝视着

厂房之排列与排列之间所伸出的

高高的烟囱。

烟囱！

你这为资本所奸淫了的女子！

头顶上

忧郁的流散着

弃妇之披发般的黑色的煤烟……

多量的

装货的麻袋，

像肺结核病患者的灰色的痰似的

从厂旁的门口，

不停地吐出……看！

工人们摇摇摆摆地来了！

如这重病的工厂
是养育他们的母亲——
保持着血统
他们也像她一样的肌瘦枯干！
他们前进时
溅出了沓杂的言语，
而且
一直把繁琐的会话，
带到电车上去，
和着不止的狂笑
和着习惯的手势
和着红葡萄酒的
空了的瓶子。

海岸的码头上，
堆货栈
和转运公司
和大商场的广告，
强硬的屹立着，
像林间的盗
等待着及时而来的财物。
那大邮轮
就以熟识的眼对看着它们
并且彼此相理解的喧谈。
若说它们之间的
震响的
冗长的言语
是以钢铁和矿石的词句的，
那起重机和搬运车
就是它们的怪奇的嘴。
你这大邮轮啊
世界上最堂皇的绑匪！
几年前
我在它的肚子里
就当一条米虫般带到此地来时，

已看到了
它的大肚子的可怕的容量。
它的饕餮的鲸吞
能使东方的丰饶的土地
遭难得
比经了蝗虫的打击和旱灾
还要广大，深邃而不可救援！
半个世纪以来
已使得几个民族在它们的史页上
涂满了污血和耻辱的泪……
而我——
这败颓的少年啊，
就是那些民族当中
几万万里的一员。
今天
大邮轮将又把我
重新以无关心的手势，
抛到它的肚子里，
像另外的
成百成千的旅行者们一样。
马赛！
当我临走时
我高呼着你的名字！
而且我
以深深了解你的罪恶和秘密的眼，
依恋的
不忍舍去的看着你，
看着这海角的沙滩上
叫嚣的
叫嚣的
繁殖着那暴力的
无理性的
你的脸颜和你的
向海洋伸张着的巨臂，
因为你啊

你是财富和贫穷的锁孔，

你是掠夺和剥削的赃库。

马赛啊

你这盗匪的故乡

可怕的城市！

【阅读提示】

这首诗写马赛虽没有巴黎的繁荣和光华，但仍有巨大的物质能量，仍有社会不公，诗篇将它比作一个"为资本所奸淫了的女子"，仍表达了迷恋而拒绝的姿态。

【延伸阅读作品与参考文献】

1.《艾青全集》第1、2卷其他都市题材诗歌，花山文艺出版社1991年版。

2.汪亚明：《论艾青的都市诗及其文化成因》，《文艺理论与批评》2002年第5期。

3.周翔华、张海明：《"巴黎"的时光流转——论艾青诗歌中的巴黎意象》，《云南大学学报》社科版2013年第3期。

4.左怀建：《开放的现代意识与严肃的左翼立场——论艾青早期诗歌中的巴黎书写》，《中国现代文学研究丛刊》2017年第3期。

5.常文昌：《艾青与波德莱尔》，《中国现代文学研究丛刊》1996年第4期。

6.管冠生：《关于艾青研究的一篇资料》，《鲁迅研究月刊》2008年第11期。

【思考与练习】

1.分析艾青早期诗歌中的巴黎形象。

2.同是左翼都市诗，比较殷夫诗与艾青诗在审美价值取向上的不同。

巴黎旅意①

辛　笛

游女坐在咖啡座
星街是她日常的家
天空的云沉入那一杯黑色咖啡
闪烁在她灵魂的泥淖深处
大开的窗子
正静静地对着
古色斑斓的塞纳河
初秋的空气明透如水
缎子衣裳无心在轻盈中触着了
凉意又何独惜于远来客

花城好比作一株美丽耐看的树
可是欧罗巴文明衰颓了
簇生着病的群菌
而且《巴黎夜报》的声音太紧压了
谁能昧心学鸵鸟
一头埋进波斯舞里的蛇皮鼓
就此想瞒起这世界的动乱

没来你一味嚷着来
来了，又怎样呢？
千里万里
我全不能为这异域的魅力移心
而忘怀于故国的关山月
随便你罢给我一堵墙一方地
我会立即就坐下来

---

①作者辛笛(1912—2004)，祖籍江苏淮安，天津出生，20世纪40年代九叶诗派诗人，其部分诗歌显示一定都市文学倾向。该作品原载1946年6月25日《大公报·文艺》，后收入作者诗集《手掌集》，上海星群出版公司1948年1月初版；现选自《手掌集》初版本。

重新捏土为人

涅槃为佛

虔诚肃穆地工作

像一个待决的死囚

但我是以积极入世的心

迎接着新世纪

1937 年 4 月春旅在巴黎

【阅读提示】

1936 年,辛笛赴英国爱丁堡大学研究英国文学,1939 年秋第二次世界大战爆发前回国。这期间,写有一组"异域诗",《巴黎旅意》便是其中有名的一首。诗篇写诗人在巴黎旅游时对巴黎的感受。第一节以"游女"、"咖啡馆"、"塞纳河"和"缎子衣裳"等中心意象表征美丽巴黎、浪漫巴黎,但是"黑色咖啡"、"灵魂的泥淖深处"、"初秋的凉意"又意味着繁盛巴黎的没落。第二节就直接点出"欧罗巴的文明衰颓了"。尽管如此,巴黎还"一头埋进波斯舞里的蛇皮鼓"声里,想躲避即将掀起的第二次世界大战的动乱、浩劫。所以,第三节开头就表达了对巴黎的失落。不过,九叶派诗人的处世态度和艺术态度在这首诗里也看得出来,即无法"忘怀于故国的关山月"、"积极入世"、直面人生、辩证思考。诗人反从欧洲文明的衰落里看到了"新世纪"的曙光。在这里,"现实、象征、玄学"有了一个很好的结合。

【延伸阅读作品与参考文献】

1. 辛笛:《手掌集》,浙江文艺出版社 1996 年版。

2. 孙玉石:《现代诗的意象创造之美——重读辛笛的诗集〈手掌集〉》,《诗探索》2004 年第 Z1 期。

3. 张建智:《吹动着智慧的影子——"九叶"诗人辛笛和他的〈手掌集〉》,《博览群书》2001 年第 4 期。

4. 徐讦:《漫谈巴黎》,见《徐讦文集》第 9 卷,上海三联书店 2008 年版。

【思考与练习】

比较这首诗与艾青对巴黎书写之不同。

上 海①

袁可嘉

不问多少人预言它的陆沉，
说它每年都下陷几寸，
新的建筑仍如魔掌般上伸，
攫取属于地面的阳光、水分

而撒落魔影。贪婪在高空进行：
另一场绝望的战争扯响了电话铃：
陈列窗中的数字如一串错乱的神经，
散步地面则是饥馑群真空的眼睛。

到处是不平。日子可过得多么轻盈，
从办公房到酒吧间铺一条单轨线，
人们花十二小时赚钱，花十二小时荒淫。

绅士们每天捧着大肚子走进写字间，
迎面是打字小姐红色的呵欠，
拿张报，遮住脸：等待南京的谣言。

【阅读提示】

袁可嘉是"九叶诗派"理论上的代表，20多岁就写成了《论新诗现代化》，影响深远。这首诗以十四行诗的形式写出了现代都市的贪婪扩张，上层人的富有和罪恶生活与下层人的贫穷和不幸命运，并暗示这种不正常的人生与国民党反动统治有关。诗歌带有点叙事诗的味道，诗歌的戏剧化倾向也在此表现出来。

【延伸阅读作品与参考文献】

1.袁可嘉：《半个世纪的脚印——袁可嘉诗文选》，人民文学出版社1994年版。

---

①作者袁可嘉(1921—2008)，浙江慈溪人，20世纪40年代九叶诗派诗学理论家、诗人，其部分诗歌显示较鲜明的都市文学倾向。该诗原载1948年7月《中国新诗》第2集；现选自该期《中国新诗》。

2.袁可嘉:《论新诗现代化》,生活·读书·新知三联书店 1988 年版。

3.廖四平:《袁可嘉研究》,中国社会科学出版社 2015 年版。

【思考与练习】

分析诗歌中的上海形象及诗人对当时上海的审美态度。

城市的舞①

穆 旦

为什么？为什么？然而我们已跳进这城市的回旋的舞，
它高速度的昏眩，和街中心的郁热。
无数车辆都怂恿我们动，无尽的燥音
请我们参加，手拉着手的巨厦教我们鞠躬：
呵，钢筋铁骨的神，我们不过是寄生在你玻璃窗里的害虫。

把我们这样切，那样切，等一会就磨成同一颜色的细粉，
死去了不同意的个体，和泥土里的生命；
阳光水份和智慧已不再能够滋养，使我们生长的
是写字间或服装上的努力，是一步挨一步的名义和头衔，
想着一条大街的思想，或者它灿烂整齐的空洞。

那里是眼泪和微笑：工程师，企业家，和钢铁水泥的文明，
一手展开至高的愿望，我们以葳小，匆忙，挣扎来服从
许多重要而完备的欺骗，和高楼指挥的"动"的帝国。
不正常是大家的轨道，生活向死追赶，虽然"静止"有时候高呼：
为什么？为什么？然而我们已跳进这城市的回旋的舞。

1948 年 4 月

【阅读提示】

秦林芳在《"荒原"上的沉思与憧憬》中论道："只有到了四十年代，在九叶等人的诗歌中，才克服了都会诗歌直露浅陋的弊端，他们深刻地把握住了现代都市的神韵，完成了对表现对象的纵深开掘。"

在九叶派里，穆旦应该是最能把握住"现代都市的神韵"的诗人，这首诗就可作为一个例证。诗篇写现代都市的机械化、物化。其高楼巨厦和庞大结构使生活在其间的人感到软弱和渺小。人离开生命母亲大地，都成了"钢筋水泥的神"

---

①作者穆旦(1918—1977)，原名查良铮，浙江海宁人，九叶诗派最有代表性的诗人，其部分诗歌显示较鲜明的都市文学倾向。该诗原载 1948 年 9 月《中国新诗》第 4 集；现选自该期《中国新诗》。

支配下的"玻璃窗里的害虫"。各种人间浮华和名利诱使都市人享受着"灿烂整齐的(思想)空洞"。都市的动态不是造成人生的生动,而是造成人快速地奔向死亡。人虽有疑惑和追问,但是已冲不出"这城市回旋的舞"。当年鲁迅所说的万难毁破的"铁屋子"在这里又有了新的含义和表述方式。诗歌理性思辨的特色如此鲜明,体现了诗人所主张的"新的抒情"的面貌。

【延伸阅读作品与参考文献】

1.穆旦:《蛇的诱惑——小资产阶级的手势之一》《绅士和淑女》(诗歌),见李方编《穆旦诗全集》,中国文学出版社 1996 年版。

2.袁可嘉:《诗人穆旦的位置》,见《穆旦诗文集》(下),人民文学出版社 2007年版。

3.陈伯良:《穆旦传》,浙江人民出版社 2004 年版。

4.卢桢:《都市文化与中国现代诗歌的语体建构》,《黑龙江社会科学》2014年第 3 期。

5.尹燕、朱娅:《九叶诗派抗战时期诗歌的城市化倾向与艾略特诗歌之比较》,《重庆电子工程职业学院学报》2013 年第 3 期。

【思考与练习】

比较这首诗与 30 年代徐迟都市诗审美价值取向上的不同。

第三部分

散文

新女性中心论[①]

张竞生

　　一个美的社会必当以情爱，美趣，及牺牲的精神为主。可是，这些美德不能从男子方面求得的。男子对于这些美德本来无多大禀受，故自从男子为社会中心之后，把情感代为理智，美趣代为实用，牺牲的精神代为自利的崇拜了。这样的偏重于理智与经济的营求，结果，一面虽能产生了科学的光明，而一面免不了资本的流毒。至于女子本性最富有情爱，美趣，及牺牲的精神，但自女子不为社会中心之后，失了这三种美德的统御，同时而使男子不能受其影响，以致男子不能不专门从理智，实用，及自利，诸方面讨生活，由是女子的地位一落千丈，人类的生趣也弄到不堪问了。今后进化的社会，女性必定占有莫大的势力，但与先前女性所得的权威不相同。先前女子为社会的中心仅在性交的选择，母性的保护，及家庭的经济，诸范围之内而已。今后女性的影响则在于普遍的情爱，真正的美趣，及广义的牺牲精神。这些道理，我们已在上三段说明好些了，究竟新女性与新社会的趋势不得不如此的因由应当于下再说一说。

　　第一，今后进化的社会当以情爱为要素。可是，惟有以女子为中心，然后始能使社会的人彼此相亲相爱。但女子能不能为将来美的社会的中心，须视其用爱的方法如何。有一时代，女子虽占社会的势力，但不晓得用爱的方法，只因女性为男子所追逐之故，也能在性交上占了一部分的权威。可惜伊们对于性交的人并无何种恋爱，仅求其具有生趣及强有力能保护伊就够了。由此，男子对待这些不会用爱的女子，也无须去讲究情爱，只有强力及奸诈能欺骗女子就好了。这样社会的结果自然充满了一班卑怯被动的女子与一班凶狠奸诈的男子。今后的新女性则大大不然：伊必以性交为一种艺术与一种权柄借此以操纵男子，又必以性交为表情的一种，必要与其人有情爱，然后才能与她交媾。这样的影响甚大：第一，男子知道非先有情爱不能与女子交媾，则因性欲的驱遣，势不能不勉力为情爱之人。第二，女子既以情爱为号召，则男子的理智不能不情感化，而女子的情感因为有男子理智所制裁，也不能不理智化，如此相互影响，则理智的不至于枯槁无聊，而情感的也不至于任意独断。

　　其次，先前的女子也尝为母权的中心，可惜对于交媾之人既无何等情爱，对

---

　　①作者张竞生（1888—1970），广东饶平人，曾留学法国，获哲学博士学位。现代著名哲学家、美学家、性学家、教育家。其回忆性散文具有一定都市文学倾向。该篇作品为其《美的社会组织法》中的一节，该书于1926年1月由北新书局初版；现选自该书初版本。

于避孕又无科学知识,关于生子一事不免纯粹立于被动的位置,终因生育太多的负累,反失却女子的价值了。今后新女性固然着重母权,但完全出于自动及情爱的结果。出于自动的则凡不要生子者均需设法避孕,以免因孕育之累受了男子所欺负。出于情爱的,则凡为人母者始能尽为母之爱,而使子女得到爱的幸福及养成为有情爱之人。

总之,新女性对于男子及子女皆当有操纵情爱的权力,这个我想非从情人制入手不可:即第一,女子不可如古时一样与男子乱交,成为性欲的奴隶。第二,若为人妻及为人母者须要有情爱及能操纵情爱的权柄为主。第三,当勉力为情人不可为人妻及人母,最少也当于一定期内不可做这样的事情。我意谓女界须有"情人社"的组织,于其中研究如何为情人的艺术,并如何对于精神及经济上的互相帮助与避孕的方法。社员人人当宣誓三十岁前不嫁,最多只能做"情人",如此,则男子方面当然也不能早娶,最多于三十岁前后仅能做女子的情人,自然可以免却如我国今日的早婚与小孩子就做人父的怪状。这样社会又可以免有蓄妾及娼妓的存在:彼此须是情人才能结合,自然一班男子不能以金钱强人做妾,人人皆可以为情人,则精神上已有慰藉,万不得已时,肉欲上也可发泄,人人有事业,则经济上免相依赖,凡无情无义的娼妓现状当然不能存在了。从消极说,废除娼妓可用法律,但其效甚少,上海工部局抽签废娼的前例可鉴,其结果,不过使妓女变为暗娼而已。故不如从积极上著想,即以情人制剿灭娼妓较为清本治源的方法。

第二,今后进化的社会当以美趣为要素。这个希望更当以女子为中心始能达到。一个美的社会当如剧场一样,一切女子皆当为其艺员。伊们虽有正旦,青衣与丑旦种种的不同,但伊们皆有一种艺员的神气:或为林黛玉,或是薛宝钗,或当崔莺莺,或成杨玉环,或如刘姥姥,或似孟母的教子与明妃的出塞。人生本是戏,可惜从前的剧场与艺员太丑劣与太下作了。今后的舞台,当演出了儿女英雄那样慷慨激昂温柔缠绵的状态。故女子今后的责任就在研究怎样而后才成为美人的艺员。我在上已说过女子应该担任那些具有美趣的事业了,担任那样美趣的事业,自然能成为美人。我又在上头说及女子应该为情了,做了情人,也就能养成有美趣之人。可是此外女子要做为美人尚应有相当的努力,最好的则在多开"美人会",使女子于其中如学做艺员一样:眉如何画,发如何理,眼神如何勾摄,面貌如何修整,装饰如何讲究,说话怎样使人动听,动作如何成为雅趣。世无生来的十足美人,全凭如何打扮及表情去养成的。中等人材,若肯从事于装饰及讲究风范与表情,则皆可以变成为美人了。美是情爱的根源,凡要为情人,当先学美人,美了自然不怕无情爱了。

若使女子皆成为美人,又使伊所做的皆为有趣的事情,则其影响于男子甚大。女艺员既出台,男艺员也必一同跟上了:女子扮美人,男子就成佳士了;女子为虞姬,男子就要为霸王了;女子为击鼓的梁夫人,男子就成为骑驴玩西湖的韩蕲王了。总之,女子讲究装饰,男子也必讲究装饰;女子讲风范,男子讲态度;女子重活泼,男子重刚强;女子善温柔,男子贵缠绵;女子贵体贴,男子尚精致;凡女人如能从各种美趣着想,男子就不能不从各种美趣努力了。这样社会随处皆如剧场一样的玩耍,娱乐,及表情,与欢悦,和美趣。这个社会的精神当然全靠女子晓得美趣及风范所造成,至于组织的制度,待我们在下章再去讨论。

第三,今后进化的社会当以具有牺牲的精神为要素,这个若能使女子为中心就不怕不能做到了。女子生来有二端的牺牲精神:一端,总不会如男子一样看铜臭过重。伊们所要的为名誉,为情感,为美趣,而看金钱则在可有可无之间。在现在男子为中心的社会,伊们受经济的压迫,虽不免有些同流合污,可是伊们一种为公服务的心事随时发现,贱如妓女,在我国尚有爱俏不爱钞的口碑。纵在古时女子为家庭经济的管理人,其目的也全不为己,乃为伊的子女及丈夫。我以为,今后的社会若使女子管理,则凡孜孜为利的职业必定逐渐减少,而凡为公服务及为情爱与美趣的事业必定日见加多。例如慈善及装饰的事业必定日见扩展,因为这二种事业皆是女性的。他如艺术及玩意儿的事,也必日见发达,因为这些皆属于女性的缘故。诚然,慈善,装饰,艺术,及玩意儿,与为公服务的种种事情,不能不花费。但正因女性喜欢花费,所以为这些事情最好的动机。别一面,又可见出花费与爱钱截然为两事,可以说,花费就是不爱钱的证明。男子喜欢金钱而不肯花费,反之,女子则喜欢花费而不肯爱钱。喜欢钱,故资本愈积而愈多,以致今日铜臭熏天,资本遗毒遍地皆是。喜欢花费,则努力于心情,装饰,与奢华,的创造,换句话说,一切艺术及美趣品就因此大有发明了。今后社会,若女子占了势力,必能把从前男子所蓄的资本利用去经营艺术,美趣,装饰,慈善,及情爱的事业,可无疑义,而男子必因此影响而变更从前经济的观念,即不以金钱为重,而以艺术,美趣,装饰,慈善,及情爱,的事为有价值了。故我以为女子天性的肯花费,与肯牺牲金钱,即是改革男子嗜金如命最好的暗示。今后的社会如不进化则已,如要进化,则男子的占有性不能不改除,而女子的侠气与创造性不能不代兴,这个希望,惟有努力使女子为社会的中心才能达到。

又有一端,比上的牺牲金钱更关重要的,则是女子肯为情爱而牺牲。伊们系情爱的人类,故当为情爱时,则虽性命也肯牺牲,试看伊们为了子女的缘故则虽赴汤蹈火,也所不辞,就可知了。今后的女子虽对于母性看轻了些,但对于情人则比前格外加重,先前女子偶有一二为情人而牺牲,但终是不普遍的。若以后实行情人制,则女子为情爱而牺牲必是惯例了。女子最是心慈面软,禁不住人一求,就不免"难乎为情"起来,伊们的短处固然在此,但伊们不可几及处也正在此。能受人骗及肯为人牺牲,正是英雄的本色。故我想惟女子才配受这个英雄的名字。世人所称的英雄,不过一些会杀人及会骗人的屠狗之辈罢了。若说女子,伊们肯为丈夫，子女，及情人的幸福而牺牲，其次，肯为美趣等事而牺牲，最后又肯为公服务而牺牲，这些皆是值得挂上英雄的徽号。

总上说来，新女性如要占社会的中心势力，第一，当养成为情人，第二，为美人，第三，为女英雄，这样结果，男子受其影响也必成为情人，为佳士，与为英雄了。这样的社会男女彼此皆有情感、美趣及牺牲的精神，那怕还不会变成为美的么？

可是，女子受了数千年压制之毒，大都已变成为奴隶了，尤其是我国的女子。今要使这般奴隶去干主人的事务，势必不能胜任，或则奴性未除不免滥用其威权，就我所知的，我国新女子已不少犯了这些流弊了。故在这个过渡时代，怎样使女子成为情人，美人及女英雄，与怎样使伊们能够影响男子，把他们也一齐变为情人，佳士，及英雄，这些皆须有一种练习与养成的准备，故我们于后三章特地从这些要点多多去留意。

【阅读提示】

《张竞生评传》的作者张培忠这样评价张竞生："他是民国三大博士之一、北京大学哲学系教授、中国现代民俗学的先驱、中国第一位翻译卢梭《忏悔录》的译者、中国第一个提出逻辑学概念的学者、中国乡村建设运动的先驱者之一、中国性学第一人、中国计划生育第一人、中国发起爱情大讨论第一人。他当年重点关注和率先研究的计生问题、'三农'问题、婚姻问题、性健康问题等，都是当前中国亟待解决的重大现实问题。"张竞生 1921 年到 1926 年在北京大学哲学系任教授，撰写出版《美的人生观》和《美的社会组织法》，提倡人和社会的"美治主义"，特别是向社会征文，出版《性史》，主张婚恋彻底自由（情人制）、女性性高潮（"第三种水"）、女性"大奶复兴"，引起社会舆论大哗。鲁迅说，张竞生的主张虽好，但是那要到 25 世纪才有可能变为现实。

本文所选是作者 1926 年出版的《美的社会组织法》第一章"情爱与美趣的社会"中的第四节。前三节分别是"一、使女子担任各种美趣的事业"，"二、情人制"，"三、外婚制"。在所选这一节里，作者指出，以往人类的社会是男性中心的社会，"把情感代为理智，美趣代为实用，牺牲的精神代为自利的崇拜了。这样的偏重于理智与经济的营求，结果，一面虽能产生了科学的光明，而一面免不了资本的流毒"。为使人类社会走上健全的道路，当以女性为中心，充分发挥"女子本性最富有情爱、美趣及牺牲的精神"。"以情爱为要素"，就要实行情人制，就要使女性人人成为情人（怀孕了可打胎，不可被迫成为传统的妻子）；"以美趣为要素"，就要使女性个个懂得成为美人的艺术；"以具有牺牲的精神为要素"，就是要发挥女性"喜欢花费而不肯爱钱"和"肯为情爱而牺牲"的特长，使女性个个成为富有牺牲精神的女英雄。这样，男子要想获得女性的爱，也必须是情人、佳士和英雄了。张竞生的理解和想象不免天真之处,但读者从此可窥探出张竞生思想文化追求受巴黎影响之深。

【延伸阅读作品与参考文献】

1. 张培忠辑:《美的人生观——张竞生美学文选》,生活·读书·新知三联书店 2009 年版。

2. 张培忠:《文妖与先知——张竞生传》,生活·读书·新知三联书店 2008 年版。

3. 桂劲松、张占军:《走向美的乌托邦——张竞生美学思想的现代性审视》,《湛江师范学院学报》2004 年第 1 期。

4. 苏志宏、郝丹立:《张竞生的女权主义思想及其特征》,《四川大学学报》哲社版 2011 年第 5 期。

5. 关威:《五四时期张竞生关于性文化的主张》,《广州大学学报》社科版 2007 年第 1 期。

6. 彭小妍:《性启蒙与自我的解放——"性博士"张竞生与五四的色欲小说》,《文艺理论研究》1995 年第 4 期。

7. 吴昊:《中国妇女服饰与身体革命(1911—1935)》,东方出版中心 2008 年版。

【思考与练习】

你认同张竞生的"女性中心论"吗?请谈谈理由。

巴黎的鳞爪（节选）①

徐志摩

咳巴黎！到过巴黎的一定不会再希罕天堂；尝过巴黎的，老实说，连地狱都不想去了。整个的巴黎就像是一床野鸭绒的垫褥，衬得你通体舒泰，硬骨头都给熏酥了的——有时许太热一些。那也不碍事，只要你受得住。赞美是多余的，正如赞美天堂是多余的；咒诅也是多余的，正如咒诅地狱是多余的。巴黎，软绵绵巴黎，在你临别的时候轻轻地嘱咐一声"别忘了，再来！"其实连这都是多余的。谁不想再去？谁忘得了？

香草在你的脚下，春风在你的脸上，微笑在你的周遭。不拘束你，不责备你，不督饬你，不窘你，不恼你，不揉你。它搂着你，可不缚住你：是一条温存的臂膀，不是根绳子。它不是不让你跑，但它那招逗的指尖却永远在你的记忆里晃着。多轻盈的步履，罗袜的丝光随时可以沾上你记忆的颜色！

但巴黎却不是单调的喜剧。赛因河的柔波里掩映着罗浮宫的情影，它也收藏着不少失意人最后的呼吸。流着，温驯的水波；流着，缠绵的恩怨。咖啡馆：和着交颈的软语，开怀的笑响，有踞坐在屋隅里蓬头少年计较自毁的哀思。跳舞场：和着翻飞的乐调，迷醇的酒香，有独自支颐的少妇思量着往迹的怆心。浮动在上一层的许是光明，是欢畅，是快乐，是甜蜜，是和谐；但沉淀在底里阳光照不到的才是人事经验的本质：说重一点是悲哀，说轻一点是惆怅：谁不愿意永远在轻快的流波里漾着，可得留神了你往深处去时的发见！

一天，一个从巴黎来的朋友找我闲谈，谈起了劲，茶也没喝，烟也没吸，一直从黄昏谈到天亮，才各自上床去躺了一歇，我一阖眼就回到了巴黎，方才朋友讲的情境惝恍的把我自己也缠了进去；这巴黎的梦真醇人，醇你的心，醇你的意志，醇你的四肢百体，那味儿除是亲尝过的谁能想象！——我醒过来时还是迷糊的忘了我在那儿，刚巧一个小朋友进房来站在我的床前笑吟吟喊我"你做什么梦来了，朋友，为什么两眼潮潮的像哭似的？"我伸手一摸，果然眼里有水，不觉也失笑了——可是朝来的梦，一个诗人说的，同是这悲凉滋味，正不知这泪是为那一个

---

① 作者徐志摩（1897—1931），浙江海宁人，20 世纪 20 年代初期曾先后留学美英。新月派两大代表诗人之一，其个别作品具有鲜明的都市文学倾向。该篇作品原刊载 1925 年 12 月 16、17、24 日的《晨报副刊》，后收入作者散文集《巴黎的鳞爪》，上海新月书店 1927 年 8 月初版；其中第二节《先生，你见过香艳的肉没有？》后改为《肉艳的巴黎》收入作者小说散文集《轮盘》，上海中华书局 1930 年 4 月初版。现选自作者《巴黎的鳞爪》初版本。

梦流的呢！

下面写下的不成文章，不是小说，不是写实，也不是写梦，——在我写的人只当是随口曲，南边人说的"出门不认货"，随你们宽容的读者们怎样看罢。

…………

二 "先生，你见过艳丽的肉没有？"

我在巴黎时常去看一个朋友，他是一个画家，住在一条老闻着鱼腥的小街底头一所老屋子的顶上一个 A 字式的尖阁里，光线暗惨得怕人，白天就靠两块日光脬子大小的玻璃窗给装装幌，反正住的人不嫌就得，他是照例不过正午不起身，不近天亮不上床的一位先生，下午他也不居家，起码总得上灯的时候他才脱下了他的外褂露出两条破烂的臂膀埋身在他那艳丽的垃圾窝里开始他的工作。

艳丽的垃圾窝——它本身就是一幅妙画！我说给你听听。贴墙有精窄的一条上面盖着黑毛毡的算是他的床，在这上面就准你规规矩矩的躺着，不说起坐一定札脑袋，就连翻身也不免冒犯斜着下来永远不退让的屋顶先生的身分！承着顶尖全屋子顶宽舒的部分放着他的书桌——我捏着一把汗叫它书桌，其实还用提吗，上边什么法宝都有，画册子，稿本，黑炭，颜色盘子，烂袜子，领结，软领子，热水瓶子压瘪了的，烧干了的酒精灯，电筒，各色的药瓶，彩油瓶，脏手绢，断头的笔杆，没有盖的墨水瓶子，一柄手枪，那是瞒不过我花七法郎在密歇耳大街路旁旧货摊上换来的，照相镜子，小手镜，断齿的梳子，蜜膏，晚上喝不完的咖啡杯，详梦的小书，还有——还有可疑的小纸盒儿，凡士林一类的油膏，……一只破木板箱一头漆着名字上面蒙着一块灰色布的是他的梳妆台兼书架，一个洋磁面盆半盆的脬子水似乎都叫一部旧版的卢骚集子给饕了去，一顶便帽套在洋瓷长提壶的耳柄上，从袋底里倒出来的小铜钱错落的散着像是土耳其人的符咒，几只稀小的烂苹果围着一条破香蕉像是一群大学教授们围着一个教育次长索薪……

壁上看得更斑斓了：这是我顶得意的一张庞那的底稿当废纸买来的，这是我临蒙内的裸体，不十分行，我来撩起灯罩你可以看清楚一点，草色太浓了，那膝部画坏了，这一小幅更名贵，你认是谁，罗丹的！那是我前年最大的运气，也算是错来的，老巴黎就是这点子便宜，挨了半年八个月的饿不要紧，只要有机会捞着真东西，这还不值得！那边一张挤在两幅油画缝里的，你见了没有，也是有来历的，那是我前年趁马克倒霉路过佛兰克福德时夹手抢来的，是真的孟察尔都难说，就差糊了一点，现在你给三千佛郎我都不卖，加倍再加倍都值，你信不信？再看那一长条……在他那手指东点西的卖弄他的家珍的时候，你竟会忘了你站着的地方是不够六尺阔的一间阁楼，倒像跨在你头顶那两只斜着下来的屋顶也顺着他那艺术谈法术似的隐了去，露出一个爽恺的高天，壁上的疙瘩，壁蟢窠，霉块，钉疤，全化成了哥罗画帧中"飘飘欲化烟"的最美丽林树与轻快的流涧；桌上的破领带及手绢烂香蕉臭袜子等等也全变形成戴大阔边稻草帽的牧童们，偎着树打盹的，牵着牛在涧里喝水的，手反衬着脑袋放平在青草地上瞪眼看天的，斜眼溜着那边走进来的娘们手按着音腔吹横笛的——可不是那边来了一群娘们，全是年岁青青的，露着胸腔，散着头发，还有光着白腿的在青草地上跳着来了？……唵！小心札脑袋，这屋子真扁纽，你出什么神来了？想着你的 Bel Ami 对不对？你到巴黎快半个月，该早有落儿了，这年头收成真容易——呃，太容易了！谁说巴黎不是理想的地狱？你吸烟斗吗？这儿有自来火。对不起，屋子里除了床，就是那张弹簧早经追悼过了的沙发，你坐坐吧，给你一个垫子，这是全屋子顶温柔的一样东西。

不错，那沙发，这阁楼上要没有那张沙发，主人的风格就落了一个极重要的元素。说它肚子里的弹簧完全没了劲，在主人说是太谦，在我说是简直污蔑了它。因为分明有一部分内簧是不曾死透的，那在正中间，看来倒像是一座分水岭，左右都是往下倾的，我初坐下时不提防它还有弹力，倒叫我骇了一下；靠手的套布可真是全霉了，露着黑黑黄黄不知是什么货色，活像主人衬衫的袖子。我正落了坐，他咬了咬嘴唇翻一翻眼珠微微的笑了。笑什么了你？我笑——你坐上沙发那样儿叫我想起爱菱。爱菱是谁？她呀——她是我第一个模特儿。模特儿？你的？你的破房子还有模特儿，你这穷鬼化得起……别急，究竟是中国初来的，听了模特儿就这样的起劲，看你那脖子都上了红印了！本来不算事，当然，可是我说像你这样的破鸡棚……破鸡棚便怎么样，耶稣生在马号里的，安琪儿们都在马矢里跪着礼拜哪！别忙，好朋友，我讲你听。如其巴黎人有一个好处，他就是不势利！中国人顶糟了，这一点；穷人有穷人的势利，阔人有阔人的势利，半不阑珊的有半不阑珊的势利——那才是半开化，才是野蛮！你看像我这样子，头发像刺猬，八九天不刮的破胡子，半年不收拾的脏衣服，鞋带扣不上的皮鞋——要在中国，谁不叫我外国叫化子，那配进北京饭店一类的势利场；可是在巴黎，我就这样儿随便问那一个衣服顶漂亮脖子搽得顶香的娘们跳舞，十回就有九回成，你信不信？至于模特儿，那更不成话，那有在巴黎学美术的，不论多穷，一年里不换十来个眼珠亮亮的来坐样儿？屋子破更算什么？波希民的生活就是这样，按你说模特儿就不该坐坏沙发，你得准备杏黄贡缎绣丹凤朝阳做垫的太师椅请她坐你才安心对不对？再说……

别再说了！算我少见世面，算我是乡下老戆，得了；可是说起模特儿，我倒有点好奇，你何妨讲些经验给我长长见识？有真好的没有？我们在美术院里见著的什么维纳丝得米罗，维纳丝梅第妻，还有铁青的，鲁班师的，鲍第千里的，丁稻来笃的，箕奥其安内的裸体实在是太美，太理想，太不可能，太不可思议；反面说，新派的比如雪尼约克的，玛提斯的，塞尚的，高耿的，弗朗刺马克的，又是太丑，太损，太不像人，一样的太不可能，太不可思议。人体美，究竟怎么一回事，我们不幸生长在中国女人衣服一直穿到下巴底下腰身与后部看不出多大分别的世界里,实在是太蒙昧无知,太不开眼。可是再说呢,东方人也许根本就不该叫人开眼的,你看过约翰巴里士那本沙扬娜拉没有,他那一段形容一个日本裸体舞女——就是一张脸子粉搽得象棺材里爬起来的颜色,此外耳朵以后下巴以下就比如一节蒸不透的珍珠米!——看了真叫人恶心。你们学美术的才有第一手的经验,我倒是……

你倒是真有点羡慕,对不对? 不怪你,人总是人。不瞒你说,我学画画原来的动机也就是这点子对人体秘密的好奇。你说我穷相,不错,我真是穷,饭都吃不出,衣都穿不全,可是模特儿——我怎么也省不了。这对人体美的欣赏在我已经成了一种生理的要求,必要的奢侈,不可摆脱的嗜好;我宁可少吃俭穿,省下几个佛郎来多雇几个模特儿。你简直可以说我是著了迷,成了病,发了疯,爱说什么就什么,我都承认——我就不能一天没有一个精光的女人耽在我的面前供养,安慰,喂饱我的"眼淫"。当初罗丹我猜也一定与我一样的狼狈,据说他那房子里老是有剥光了的女人,也不为坐样儿,单看她们日常生活"实际的"多变化的姿态——他是一个牧羊人,成天看着一群剥了毛皮的驯羊!鲁班师那位穷凶极恶的大手笔,说是常难为他太太做模特儿,结果因为他成天不断的画他太太竟许连穿裤子的空儿都难得有!但如果这话是真的鲁班师还是太傻,难怪他那画里的女人都是这剥白猪似的单调,少变化;美的分配在人体上是极神秘的一个现象,我不信有理想的全材,不论男女我想几乎是不可能的;上帝拿着一把颜色望地面上撒,玫瑰,罗兰,石榴,玉簪,剪秋罗,各样都沾到了一种或几种的彩泽,但决没有一种花包涵所有可能的色调的,那如其有,按理论讲,岂不是又得回复了没颜色的本相? 人体美也是这样的,有的美在胸部,有的腰部,有的下部,有的头发,有的手,有的脚踝,那不可理解的骨胳,筋肉,肌理的会合,形成各各不同的线条,色调的变化,皮面的涨度,毛管的分配,天然的姿态,不可制止的表情——也得你不怕麻烦细心体会发见去,上帝没有这样便宜你的事情,他决不给你一个具体的绝对美,如果有我们所有艺术的努力就没了意义;巧妙就在你明知这山里有金子,可是在那一点你得自己下工大去找。阿! 说起这艺术家审美的本能,我真要闭着眼感谢上帝——要不是它,岂不是所有人体的美,说窄一点,都变了古长安道上历代帝王的墓窟,全叫一层或几层薄薄的衣服给埋没了! 回头我给你看我那张破床底下有一本宝贝,我这十年血汗辛苦的成绩——千把张的人体临摹,而且十分之九是在这间破鸡棚里钩下的,别看低我这张弹簧早经追悼了的沙发,这上面落坐过至少一二百个当得起美字的女人! 别提专门做模特儿的,巴黎那一个不知道俺家黄脸什么,那不算希奇,我自负的是我独到的发见:一半因为看多了缘故,女人肉的引诱在我差不多完全消灭在美的欣赏里面,结果在我这双"淫眼"看来,一丝不挂的女人就同紫霞宫里翻出来的尸首穿得重重密密的摇不动我的性欲,反面说当真穿着得极整齐的女人,不论她在人堆里站着,在路上走着,只要我的眼到,她的衣服的障碍就无形的消灭,正如老练的矿师一瞥就认出矿苗,我这美术本能也是一瞥就认出"美苗",一百次里错不了一次;每回发见了可能的时候,我就非想法找到她剥光了她叫我看个满意不成,上帝保佑这文明的巴黎,我失望的时候真难得有!我记得有一次在戏院子看着了一个贵妇人,实在没法想(我当然试来)我那难受就不用提了,比发疟疾还难受——她那特长分明是在小腹与……

够了够了!我倒叫你说得心痒痒的。人体美!这门学问,这门福气,我们不幸生长在东方谁有机会研究享受过来?可是我既然到了巴黎,又幸气碰着你,我倒真想叨你的光开开我的眼,你得替我想法,要找在你这宏富的经验中比较最贴近理想的一个看看……

你又错了!什么,你意思花就许巴黎的花香,人体就许巴黎的美吗?太灭自己的威风了!别信那巴理士什么沙扬娜拉的胡说;听我说,正如东方的玫瑰不比西方的玫瑰差什么香味,东方的人体在得到相当的栽培以后,也同样不能比西方的人体差什么美——除了天然的限度,比如骨骼的大小,皮肤的色彩。同时顶要紧的当然要你自己性灵里有审美的活动,你得有眼睛,要不然这宇宙不论它本身多美多神奇在你还是白来的。我在巴黎苦过这十年,就为前途有一个宏愿:我要张大了我这经过训练的"淫眼"到东方去发见人体美——谁说我没有大文章做出来?至于你要借我的光开开眼,那是最容易不过的事情,可是我想想——可惜了!有个马达姆朗洒,原先在巴黎大学当物理讲师的,你看了准忘不了,现在可不在了,到伦敦去了;还有一个马达姆薛托漾,她是远在南边乡下开面包铺子的,她就够打倒你所有的丁稻来笃,所有的铁青,所有的箕奥其安内——尤其是给你这未入流看,长得太美了,她通体就看不出一根骨头的影子,全叫匀匀的肉给隐住的,圆的,润的,有一致节奏的,那妙是一百个哥蒂蔼也形容不全的,尤其是她那腰以下的结构,真是奇迹!你从意大利来该见过西龙尼维纳丝的残像,就那也只能仿佛,你不知道那活的气息的神奇,什么大艺术天才都没法移植到画布上或是石塑上去的(因此我常常自己心里辩论究竟是艺术高出自然还是自然高出艺术,我怕上帝僭先的机会毕竟比凡人多些);不提别的单就她站在那里你看,从小腹接榫上股那两条交会的弧线起直往下贯到脚著地处止,那肉的浪纹就比是——实在是无可比——你梦里听着的音乐:不可信的轻柔,不可信的匀净,不可信的韵味——说粗一点,那两股相并处的一条线直贯到底,不漏一屑的破绽,你想通过一根发丝或是吹度一丝风息都是绝对不可能的——但同时又决不是肥肉的黏著,那就呆了。真是梦!唉,就可惜多美一个天才偏叫一个身高六尺三寸长红胡子的面包师给糟蹋了;真的这世上的因缘说来真怪,我很少看见美妇人不嫁给猴子类牛类水马类的丑男人!但这是支话。眼前我招得到的,够资格的也就不少——有了,方才你坐上这沙发的时候叫我想起了爱菱,也许你与她有缘分,我就为你招她去吧,我想应该可以容易招到的。可是上那儿呢?这屋子终究不是欣赏美妇人的理想背景,第一不够开展,第二光线不够——至少为外行人像你一类着想……我有了一个顶好的主意,你远来客我也该独出心裁招待你一次,好在爱菱与我特别的熟,我要她怎么她就怎么;暂且约定后天吧,你上午十二点到我这里来,我们一同到芳丹薄罗的大森林里去,那是我常游的地方,尤其是阿房奇石相近一带,那边有的是天然的地毯,这一时是自然最妖艳的日子,草青得滴得出翠来,树绿得涨得出油来,松鼠满地满树都是,也不很怕人,顶好玩的,我们决计到那一带去秘密野餐吧——至于"开眼"的话,我包你一个百二十分的满足,将来一定是你从欧洲带回家最不易磨灭的一个印象!一切有我布置去,你要是愿意贡献的话,也不用别的,就要你多买大杨梅,再带一瓶橘子酒,一瓶绿酒,我们享半天闲福去。现在我讲得也累了,我得躺一会儿,我拿我床底下那本秘本给你先揣摩揣摩……

　　隔一天我们从芳丹薄罗林子里回巴黎的时候,我仿佛刚做了一个最荒唐,最艳丽,最秘密的梦。

十四年十二月二十一日

【阅读提示】

　　徐志摩是英国留学生,但是也免不了去巴黎旅游观光。这篇作品就是写巴黎的和平精神和艺术精神的。巴黎人不势利,不会看衣饰待人;巴黎人都热爱艺术,特别是巴黎的漂亮女人,都愿意做艺术家的模特儿。在这样艺术的巴黎,作者叙写自己的朋友养成了一双一眼就能发现美的矿苗的"淫眼"。这位朋友希望今后能带着这双眼睛发现东方女性的人体美,并且把这种美一一艺术地表现出来。作品将对女性身体美的欣赏与艺术创造的雄心壮志结合在一起了。作品充满灵性,行文如此流畅,感情如此充沛,读来真是令人解颐、荡人心扉。

【延伸阅读作品与参考文献】

　　1. 张竞生:《巴黎猎艳》《玻璃宫》(散文),见张培忠辑《浮生漫谈——张竞生随笔选》,生活·读书·新知三联书店 2008 年版。

　　2. 徐訏:《蒙摆拿斯的画室》(散文),见《徐訏文集》第 12 卷,上海三联书店 2008 年版。

【思考与练习】

　　从这篇作品看巴黎的开放程度。

娼妓赞颂[①]

章克标

在目下高呼废除娼妓的时候，我写出了这样的一个题目来，未免不合时流吧。也许免不得被忧时爱国的士女，申斥为狂谬的妄人，而赐以痛骂呢。然而我还是要把这一篇文章写完的。因为我确实觉得娼妓的可以敬颂可以礼赞的。一句从心深处的话，吐露出来，不能受人赞许，至少能受人唾骂，也是痛快的。为什么我不写呢？怕什么我不写呢？啊，娼妓，我先虔诚地赞颂你们——

可爱可敬可颂可赞的娼妓呀！

你街上去走过没有？百货店里去逛过没有？绸缎铺银楼的门口望过一眼没有？若是你曾经做过其中之一的，你知道中国社会上，那一类人最美？我的意思，是要你回答"娼妓"两字的。所谓美就是穿著得好的意思。穿著得好，是美的全部。娼妓穿得好，你总承认吧。这好是好看的意思，好看就是漂亮，漂亮时髦，时髦新名词叫做流行。在中国一切衣饰束装的流行，从上海发出，上海的流行，是由娼妓去翻新花样的。所以娼妓永远站在流行的第一线，无论大家闺秀，小家碧玉，太太，小姐，学生，党员，在衣饰一端，都是跟了她们走的。因此她们始终穿著顶时髦的衣服，所以她们始终是顶好看的人。好看就是美呀！美是可爱的，你总承认吧。（若不，你看近来社会上爱美两字是怎样流行！有爱美的剧，爱美的跳舞，爱美的什么，你总不能说美不是可爱的吧。）

你再实地观察去。跟了老于花柳丛中的朋友，去观光一次，你便要相信我的话不曾错，若是你没有这种朋友，或者你不敢去，你晚上到马路上去看也可以。在电杆底下，弄堂门口，墙脚边，转弯角子上，那一朵朵夜夜开的野花。你若是仔细看去，定会发见她们打扮得如何美丽。倘使你再留心看来往的车子，留心那很整洁而电光烨然的车子，你若能接二连三地注意去观察，你必然会相信我的话了。或者你破几文钞到菜馆吃饭去，每逢隔室歌喉响处，你可以在板壁的缝隙中张张，或者假意错到别室的门口，或者去守住通路的甬道上，你可以觉得许多美人，在你的脑里留下永不磨灭的印象了。这样观察过之后，你必信我的话是十二分的不错。

在政府国家未曾立法废娼以前，当娼妓是一种堂皇正当的职业，这是和大学教授公司经理等等，在职业一点上是同等的。而且她们这一种行业，而缴纳高率的营业税的，和国家的财政上很有补益，是和卖酒、卖烟等等同样是不可少的商

业。她们当娼妓，卖她们的媚笑，卖她们的皮肉，由这一种行商，去维持她们的生活。她们是一种有职业的人，比之坐在家里吃父祖遗产的贵公子，或者一事不做而剥削工农的资产阶级，或真正本牌荡马路的无业流氓，地位都是高得多。农人用他们的汗血去谋生，工人用他们的技术劳力去谋生，智识阶级绞他们的脑汁去谋生，那原都是可敬的，为什么用她们的媚笑用她们的皮肉去谋生，便不值得去崇敬了呢？从前或者因为说是女子除了管家以外，不应当有什么职业的缘故，目今正在女权扩张时代，，为什么要禁止这女人的正当职业呢？都同是国家所认为正当的职业，决不该有这一种的歧视。我以为娼妓有她们的正当职业，总是可敬的。

但是平常的人，往往歧视娼妓，蔑视娼妓，甚至贱视娼妓，这实在太不公平了。娼妓没有芝麻一般大的污点，足以被人们贱视的，传统思想是中毒者，却总说当娼妓是大堕落，而且和娼妓接近也是堕落，这真是笑话。即是我们退一步说，娼妓是一种堕落，但是使得她们堕落到去当娼妓的，不是由于一种社会的病吗？而且娼妓的存在，已经是很有历史的事实了。那么这一种病，又是社会的根本疾患呢。在人类社会中，有造成此类事实的根本疾患，那一类可怜的女子，只是一种牺牲，却还要给她们受尽世间的凌虐，不太罪过相吗？世界上有那一个女子肯无缘无故为了一个她所不爱的人提供她的色相和肉体呢？但是娼妓这一种职业的性质是怎样的？她们可有一点的自由去支配她们的身体吗？那么，她们的在当娼妓，不是含辛茹苦地忍受吗？我佛为了众生入地狱，耶稣为了人的罪而背十字架，是受着万人膜拜和崇敬的。现在，娼妓做了社会组织上缺点的牺牲，不是同时该崇敬吗？说起来她们的忍受和对于苦难的态度，决不比释迦牟尼耶稣基督弱小的，实在，她们是该受热烈敬崇的一类人。

而且娼妓的确还是社会上不可少的一类人。现下是民主主义流行时代，又当三民主义正在发扬的时候，工农神圣，平民万岁高唱的时候，资本家比狗都要卑贱，富人是比猪都要龌龊的时候。因为资本家，富人，把金钱收积起来，集中在一人的支配之下，是和钱的本义在于流通违反了；钱不流通，是和人身上血不流动一样，是一种致命的病，能结果出和民生主义相反的民死，所以有钱的人是这样被贱视了，被敌视了。但是这病的结徵，是在于积滞，并非在可贵的金钱，也不是可爱的人类。所以要补救只把那积滞化流通就行了。娼妓就有这一种本领，而且也是她们的专长，所以说是社会上不可少的一类人。她们运用聪敏的头脑和灵妙的手段，在极短时间内，能使巨富变成赤贫，和耶稣用一片面包，做了几千人的食粮，是同样的奇迹。而且她们的技术高超，纵使是爱钱如命的守财奴，由她们指导，也能很愉快而像泥水一般花钱的。我们中国，据说是没有什么人可以够得上称为资本家或大地主的，或许就是由于她们的恩赐吧。因为从古以来，娼妓对于这一件节调资本的工作，一向就非常努力的。从这一个观点，我们又找到了娼妓可颂的一件美德。

娼妓又是振兴商业的一帖万应灵药。我记得日本的某内阁曾经因为大阪某处游廊（娼寮）的设置问题，出了一件受贿几百万元的大贿案的，这件犯罪发现之后，查出有政府的许多高官和著名的议员多人，很有关系，我们只从这纳贿数目之大，可以想到影响商业之大了。在中国也可以找到不少实例，娼妓聚集的地方，商业一定繁昌，是没有例外的。你想若使全上海一个娼妓都没有了，那么，那百货店，银楼，绸缎铺，化妆品店，中西菜馆等等顶做大生意的店铺，一定要变到门前冷落车马稀哩。我们很可以妄言，一切顶漂亮的店，都是为了娼妓而开的。大的店铺场面大了开支也大，货价自然卖得高些，而娼妓是顶喜欢价贵的物。一半因为她们有高度的审美之情，一见布置装饰之美，就感觉得同样货物也会增高品质。一半是她们的职业是在于多耗费钱。桂芬兰芳的香妆品，灿烂炫耀的装饰物，一切的奢侈品，一切的嗜好物，是差不多专销给她们的。除了她们自身之外，她们所带起的生意更加大，这也不必多说的。因之间接她们是在促进工业，而维持工人生机的。因为若使没有她们，商务停顿，货物不销，工厂倒闭，岂不是就使得工人失业了吗？

还有很重要的，是娼妓多么能体贴人意呀！你倘使不曾经验过，你总可想像得到。你若不能想像，你可以听你朋友谈他的嫖经，他说话中是如何露出夸耀的神情呀！若使娼妓不是人们羡慕的标的，何至于使他这样？这一点你总承认吧。人们所以如此喜欢娼妓，不是因为她们很会招待等等的缘故吗？其实的确娼妓的态度是优雅，娼妓的说话是清脆，娼妓的行为是伶俐，娼妓的举动是娇爱，娼妓的穿着是丽华，娼妓的招待是周到，娼妓的应酬是圆活，娼妓的交际是灵妙，娼妓的一切都是好中的顶好。很有许多人，家里有婉和的妻，娇美的妾，却仍是沉溺在花街柳巷之中，这可以知道娼妓有比平常高的地方。你的爱人，或者你的爱妻，有时会给你怄气，有时会给你不爽快，娼妓便不是这样，她们始终只使你沉醉在混陶陶的欢乐里。所以只有娼妓，才真可称为女人，别的女人若仍是女人，她们该是女人中的女人了。歌德所企仰咏赞的永远的女性，她们也许是具有的。为什么可以不赞美娼妓呢？

写到这里，我觉得有再进一步讲话的必要，根据了上述娼妓的种种好处美德，我觉全女子都该是娼妓才好。这样不但全部女子都可以发扬她们的长处，而且目下社会上所成问题的种种两性问题妇女问题，都消灭了。这实在是很畅快的。所以我大胆地提议须设法从速达到全部女人娼妓化的成功。当然因为这事已经进行到了某种程度所以我这样说的。

十七年，二月，八日。

【阅读提示】

看到这篇文章的题目,就想起周作人的小品文《娼妓礼赞》。其实,这两篇文章确实有相通之处,即都是说反话,只不过周作人说的是"寄沉痛于悠闲"的话,章克标说的是讥讽现实的"风凉话"。

文章命题为"娼妓赞颂",行文中也确实赞颂了娼妓的几种"美德",如娼妓是女人中最爱美的,能促进社会各种美业(特别是服装业)的发达;娼妓能大量花费资本家阔佬的钱财,促进社会资本流通,促进商业发展,给穷人制造生活的机会;娼妓懂得体贴人的艺术,能给人家中娇妻不能给予的身体和心理安慰。文章最后甚至大胆地提倡,让全社会的女子都去做娼妓,这样还可以解决两性问题、妇女问题。文章越写仿佛越不像话,但是再看中间几段的行文,就发现,娼妓原不是自己想做的,而是社会逼迫的。在旧社会,容忍娼妓存在,是因为可以从娼妓身上抽取高额税金,现在也是一样。她们拿自己的身子与人交换,靠劳动吃饭,"比之坐在家里吃父祖遗产的贵公子,或者一事不做而剥削工农的资产阶级,或真正本牌荡马路的无业流氓,地位都是高得多"。阅读到这里,我们很容易想起张爱玲在《谈女人》中所说的:"以美好的身体取悦于人,是世界上最古老的职业,也是极普遍的妇女职业。为了谋生而结婚的女人全可以归在这一项下。这也无庸讳言——有美的身体,以身体悦人;有美的思想,以思想悦人;其实也没有多大分别。"这是一种抗议的声音,也是一种嘲弄的声音,而无论是抗议还是嘲弄,对象都是男性中心社会。如此,文章的格调就是复杂的。

南京路十月里的一天下午三点钟①

章克标

半空里满飞着大减价的旗帐。已经深染了秋色的太阳光在红白的旗帐上掩映。玻璃窗橱上也射着倾斜七十度的斜阳。窗玻璃里面被布置得花妙奇怪地引人眼目。许多过路人的脚跟都被吸住了停着。响着单调声音的喇叭,军笛,铜鼓,铁杆,乱奏着催眠的曲调。全南京路上来来往往的人,都变成无目的而乱动着的梦游病者了。

从黄埔滩起到西藏路横断去路的地点,走走是二千一百九十八步的路程,现在排列了不知数目的行人。是三个一行,四个一列地排,还是背挨肩,肩挨背地拥挤。三层,四层,五层,六层,七层的高房的墙下,蠕蠕地蠢蠢地像蚁虫一般地动着。为了生活,为了衣着,在这路上营营逐逐的不知多少。

一个漂亮,特别穿得漂亮的少妇,像花猫一般在路中通过,她要表现她的富丽,她如同观音的现她色相。口里喊着"大小姐做做好事,把个铜板"的乞丐,他乌青的烟脸和污破的衣裳,跟了他动着的张开的手掌,追逐去。在人波的推动中,水门汀马路上一个铜板的叮当一响,乞丐停脚步,女人自前去,她的衣角在人丛里披拂。

西装一少年,烟衔在嘴里,手插在袋里,眼睛游在人群里,踏着皮鞋走去。两肩膀摆动他披着的大衣。在卖报人前面站住了,摸出铜板来换了几张小报。他伸手正一正头上的呢帽,又大步向前去了,捏着小报纸的手,一摇摇地。

"没有法子,先生。"原来也是要钱的伸手将军。"黄包车! 先生。"掉头走过了不理。六十三元半。宝塔捐。金的,银的,太阳光里闪闪,女人的眼亮晶晶,小窃的手痒痒地。皮鞋,丝袜,旗袍角,曲线美集中的腰肢。老头子好长的胡须。奇怪的黄马褂。黄金色的头发,绿眼睛,血红的唇。好一个肥美的屁股。放光的中指上的钻戒。放光的水钻扣子。做梦一般的诗人,很长的头发,向着天的眼。脚下的香蕉皮,掺着灰尘的手,注集到一点的眼光。动,乱动的人头。

五角八分,五角八分,五角八分,五角八分,七角,七角二分,七角八分,一元二角五分……二角四分,二角四分,二角四分,……一元,一元,一元,一元,红,红,红,青,青,青。帽子,帽子,帽子,帽子,帽子。女人,女人,女人。一个媚眼。头发的飘动。香水,香水,香粉,手套,袜子,围巾,手套,袜子,绒线衫,香水,七

---

①原载 1929 年 12 月《金屋月刊》第 1 卷第 7 期;现选自该期《金屋月刊》。

点,六点,十二点三十分,一点五十分。金,白金,镍,铜。火车。

糖,糕,点心,蛋糕,肉,火腿,火腿。女人,女人,男人,男人。烟,雪茄,纸卷烟,一元四听,一元一盒,二千九百五十文。十角四百七十文。亮,亮。青,紫,绛,桃,碧,绀。一元二角半,一元四角。饭碗,匙,壶。饭碗,总理遗嘱,屏架,人,男,女,笑。路,走。天,地,车子,车子,车子,车子,车子。女人,男人,男女,老太婆。狗,洋鬼子,女洋鬼子。印度人,巡捕。玻璃窗橱。

二边的人行道,阔四步半,中央的车道十八步。电车轨道,双轨,车子来,车子去,飞,飞,飞一般的,司蒂倍克,雪佛兰,欧斯康,奥斯汀,道奇,发施登,派卡,飞霞509,克雷斯勒,黑泼麻鼻尔……。大塌车,人力车,马车,小车,货车,运货汽车,搬场汽车,无轨电车,下来,下来,下来,人,男,女,上去,上去,开。走,脚踏车,人力车,人力车。人力车,汽车,汽车。

南京路上的动,像一个处女初见了她心爱的男人心头怦怦乱跳时大血管中血液的奔波。像几千条金银蛇窜过一道飞沫的流泉。南京路是上海的大动脉。下午三时都会从死里回醒转来的时候,血液的奔流,好比长江在出峡当时的水流。男人,女人,猪和狗,畜生和圣人,猩猩和洋鬼子,外国人同开路神同大出丧,搅混在一起。

香气,音声,光彩,三种大军纷纷地布开了各自的阵势,要捉捕他们的俘虏。来,来,去,去。三点钟。书,书,文房具,碑帖,小说。银楼,银子。看门巡捕,强盗,江北人,车夫,汽车夫,白俄罗斯,乌利文,青红帮,便衣侦探,黄麻皮。叫花子,方壶酒店。绍兴,蔡元培。邮票四分。水果店。桂花。梨子。栗子。名片,名片,请帖,结婚,衔头,出风头,女人,女人,老太婆,靠不住。布店,一元五码,水饺子,汤圆。电柱上红头阿三。红,红,红,红,绿。日升楼!先施公司,永安公司。

拖车出轨,停,停,停。红,红,红。人,人,人。前面去。人,人,人。电车:停。汽车,汽车,停。人,人,人。男人,男,女人,女,停,停,停,停,停,停,停。车子——人力车,汽车,汽车,汽车,停。人,人,人。男人,男人,女人,停。走,走,走。退,退,退,不动。停,停,停。开车。卖票。查票,不动。停。电车,停。电车,停。电车,停。电车,停。……石路。新新公司。偷鸡桥。四马路。停,停,停,停。死,死了一般地。人,人,人,眼睛,眼睛,眼睛。人,男人,女人,手,脚。停,停,停。

拖车死一样横卧在轨道中央。

呜,呜,呜!来了。钢索。系。开。动,动,动。行了,行。去。巡捕站高去,红,绿,红,绿,红,绿。开,开,开。停。开。开,开。走,走,走。动,动。开,开,开。停。开,开,开。动,动,动。走,走,走。人,男人,女人。开,开,开。电车,电车,电车。汽车,汽车,汽车。人,男人,女人。开,开,开。动,动,动。

509

全南京路二千一百九十八步。只有一个字:动。

十八年十月记

【阅读提示】

这篇文章是中国现代文学史上的一大创造。文章抓住"南京路十月里的一天下午三点钟"这一特定时刻,写在这一时刻南京路上的繁华、拥挤、躁动。文章后半部分用名词、形容词、数量词直接并置排列的方式,极力凸显南京路上人、物、车、声音、动作、颜色、光影、气味等给叙写者带来的全感觉的重压和冲击。从一个侧面映照出面对大上海的繁华和骚动,一个人感觉能力的有限性。表达上又有意识流的印痕。而在这繁华中,夹杂着叫花子祈求施舍的声音和形态,使人们对上海的了解和感觉一下子又立体起来。

【延伸阅读作品与参考文献】

1. 章克标:《风凉话》(杂文集),见《章克标文集》(上),上海社会科学院出版社 2003 年版。

2. 方爱武:《言说的意味——章克标散文创作谈兼论当代散文创作》,《浙江工业大学学报》社科版 2012 年第 3 期。

3. 陈啸、梅道兰:《哈哈镜里的人世影像——民国时期上海章克标都市散文创作论》,《郑州师范教育》2016 年第 2 期。

4. 陈学勇:《章克标二题》,《出版广角》2004 年第 11 期。

【思考与练习】

1. 如何理解《娼妓赞颂》中对娼妓的礼赞?

2. 分析《南京路十月里的一天下午三点钟》的艺术特点。

Cooktail 的时代[①]

玄　明

　　我们不能把战后的整个巴黎来分类：她是一个混沌。太阳下无论那一个国籍和无论那一个阶级的男男女女共同地造成了这个世界性的巴黎。虽然在这里，我们只打算追述一些关于文坛和艺坛的形形式式，可是当作开场白，在事前先琐碎地说一些巴黎的一般状况，似乎也有相当的必要吧。

　　近二十年来，巴黎有一个多么大的变动啊！以前，只要花一法郎二十五生丁就可以舒服地在拉丁区喝一点咖啡和酒；而现在，那至少要花上二十到四十法郎的数目了。由可怜的小马拖了在大街上得得地走着的马车，现在是，纵然不能说已经绝迹，却只敢在夜里偶然地出现了。代替了它们的是装着自动里程计的，被称为 taxi 的那一种飞风似的街车。就是这一点便已经尽够改变了街上的卖相。还有，曾经一时非常地流行着的决斗的风气也渐次地消沉了：有一次，一位旧派的歌舞喜剧（Vaudeville）的作者，名字叫做彼尔·维勃尔（Pierre Veber），为了一点极小的侮辱，向爱德蒙·罗斯当（Edmond Rostand）的儿子莫里斯·罗斯当（Maurice Rostand 也像他父亲一样地是一位诗剧家）挑起战来。要是换了老罗斯当，那当然是义不容辞，不得不力疾应战了；可是小罗斯当却竟拒绝了，并且还关照维勃尔，叫他不要傻。小罗斯当的这种举动，在当时不但不受到非难，并且竟受了大众的赞美。也许战事所造成的大规模的屠杀，已经使人们厌倦了私人的斗争也未可知。

　　曾经在每一个院子里奏着太长的手风琴到那里去了？四班跳舞（Quadrille）到那里去了？波西米亚乐队（Tzig-anes）到那里去了？裸体替代着拖泥带水的裙裾。从南美洲的下流地方来的黑人的 jazz 和 tango 征服着 waltz 和 polka。舞男已经由警厅承认为了一种男子的正当职业；这种人在巴黎是被称为 gigolo 的。这些把头发梳得精光，把腰肢束得像蜜蜂般细的青年人，是只要抱着愚蠢的老妇人在地板上拖来拖去就可以获得很多的钱了。

　　关于女性的问题，只要一句话就可以包括了：现在是男子也可以剃光了胡须让女人来向他求爱的时代。

　　地下铁道，立体派的图画，打字机，布尔希维克主义，足球，拳术，留机声，五彩照片，电影，庞大的广告牌，夜总会，古加音，丝袜，安全剃刀，空头支票，弗罗伊

---

　　①玄明，生平经历不详。该篇作品为作者发表在 1932 年 5 月《现代》创刊号上的《巴黎艺文逸话》一文的第一节；现选自该期《现代》。

特主义,快而没有痛苦的离婚,英文报纸,第一流音乐都可以在家里听到的无线电,飞机,和 cooktail。

Cooktail! 这真是我们这时代的大发现。有一位最巴黎式的荷兰画家,凡·唐根(Van Dongen),曾经这样地说过:

"我们的时代是 cooktail 的时代! Cooktail! 它们是各种颜色的。它们什么东西都包含一点。不,我并不是单说那我们所喝的 cooktail。它们是其他一切的象征。现代社会的女人也是一种 cooktail。她是一种闪光的混合物。社会本身也是一种闪光的混合物。你可以把各种玩味和各种阶级的人都调和在一起。Cooktail 的时代啊!"

【阅读提示】

这篇短文用生动的文笔为读者描画了 20 世纪 30 年代初期巴黎的形象。巴黎是国际化的,充分现代性的。文章用鸡尾酒来形容巴黎的人生和文化,确实妙极。鸡尾酒的时代即多元的时代,包容的时代,调和的时代,也是更含混的时代,更动荡的时代,更难以把握的时代。在这个时代里,男女都发生了不可思议的变化,而传统是更加失落了。

【延伸阅读作品与参考文献】

1. 玄明:《巴黎艺文逸话》(文艺随笔),见 20 世纪 30 年代上海《现代》杂志第 1 至 3 期。

2.(法)帕特里斯·伊戈内:《巴黎神话——从启蒙主义到超现实主义》,喇卫国译,商务印书馆 2013 年版。

3.(法)马尔尚:《巴黎城市史(19—20 世纪)》,谢洁莹译,社会科学文献出版社 2013 年版。

【思考与练习】

从这篇文章看西方时代精神的变迁。

俄商复兴馆^①

张若谷

　　同事中,有三个向给人家称做为"三大滑稽"底不良青年,在下午五点钟下写字间时候,大家不约而会走进敬德门盥手间里,镜子里映出三只容光焕发的面孔。梳发,打领结,刷衣襟,擦完皮鞋,那自称为"都会三剑客"的壮士,钻到"纳喜"汽车肚里,向着黄昏的霞飞路,共同出发。

　　车子经过巴黎大戏院的门口,"美人关"的招贴下,站着一个穿蝉翼般透明罗裳的南国少女,吉士牌香烟广告上美女型的脸儿,装上一双长睫毛的大黑眼睛,伸着涂着蔻丹的手指,向汽车招手,汽车刹停了,三个青年,走下车来,扶伊到车厢里去。

　　LA RENA-SSANCE 几个斗大用霓虹灯装成的法国字,在一家咖啡馆的屋顶上闪着动着,一件华尔纱巴黎长女袍,二套米色法兰绒和一件咖啡色哔叽西装,从汽车的腰门,吐进到临高居下的大玻璃窗里面去了。

　　"钟小姐,喜欢什么?"穿咖啡色西装的青年问。

　　——来一个"白与黑"罢。

　　——冷的还是热的?

　　——最好放几块冰。

　　四杯搀牛奶的冷咖啡从一个绿衣女侍者的古铜盘里,陈列在四个人的前面。

　　他们坐在靠霞飞路的窗口一只小方桌边,桌上铺着一幅细巧平贴的白布,一只水晶小瓶,几朵胭脂般的康玲馨花,一只 Job 烟盘,一匣高加索牌锡箔卷烟,四盏白磁盘,盛着四杯没有热气的棕色流液。

　　黄莺般的娇声,操着不规则的上海话,对着三个同伴说:"坐拉此地,我又想起从前法国巴黎个情形来了,此地有些像是香赛丽色路边个露天咖啡摊,不过那里,是看不到黄包车,也没有满街乱飞叫卖《晚报》的报贩。"

　　"钟小姐,在巴黎的时候,是不是常常喜欢到咖啡馆去小坐?"一个穿米色法兰绒的浓眉毛的青年,插问了一句。

　　"唯,唯,麦歇安黄,我是差不多天天去的,啊!到巴黎的咖啡馆去小坐,是多

　　①作者张若谷(1905—1960),江苏南汇(今属上海)人,现代作家、翻译家,20世纪30年代上海《真美善》作家群成员。以下三篇均原收入张若谷《战争·饮食·男女》,上海良友图书印刷公司1933年3月初版;现均选自该散文集初版本。

么有趣的生活吓!坐在那里,正好像是坐在一本有趣味的小说面前一样,客厅里,坐满了人,大家自由交谈,任意欢笑,看各种言语的报纸,听各种方言的说话,你不必倾心细听,但是仍旧可以听见一切,在座间,有时很偶然的可以看见极美丽的极使人注意的人物,在一刹那间,使你的耳目心灵,发生一种快感,但是这种有的一刹那间的邂逅吓,以后是永远不会再重逢的了。"

另一个穿米色法兰绒的戴白金边眼镜的青年,也对着那位来自巴黎的南国少女问道:

"刚才钟小姐说起的露天咖啡摊,是怎么一回事?"

"麦歇安姚,那时法国一种特色的咖啡店,巴黎的天气,差不多一年四季是温暖的三春天气,到了夏天的黄昏,咖啡馆的老班,恐怕客人坐在屋子里气闷,便把桌子椅子都搬到门外广阔的街沿上去,在路灯底下,闲眺街头的风景和人物,这种可爱的陶醉氛围气,从黄昏开始,直可以维持到第二天的清晨,一直等到两轮重笨日粮车子推到小菜场去的时候,咖啡摊才开始收拾完事。"

咖啡色西装的青年接近着道:"坐咖啡馆里的确是都会摩登生活的一种象征,单就我们的上海而言,有几位作家们,不是常在提倡'咖啡座谈'的生活吗?大家一到黄昏,便会不约而同踏进他们走惯的几家咖啡馆。这里的'俄商复兴馆'和那边的'小沙利文',是他们足迹常到的所在,他们一壁慢吞吞分呷着浓厚香醇亚拉伯人发明的刺激液质;一壁倾泻出个人心坎里积蓄着的甜蜜,彼此交换快乐的印象,有时在红灯绿酒之下,对面坐了一个十七八岁的少女,向他们细细地追述伊的已往的浪漫事迹;轻听一句二句从钢琴和提琴上发出来的旋律……"

麦歇安姚,不待他说完,忽插口说道:"钟小姐你看那从门外进来的希腊鼻子式的长颈巴青年,那是上海有名的唯美诗人。"

"旁边一位穿翡翠色长旗袍的姑娘是谁呢?"钟小姐很关心地问。

"那是忧郁女诗人谭小姐。"

"他们上楼到那里去呢?"

"楼上有一间幽密的房间,这是为推敲诗句最合宜的一个地方,他们俩大约是到那个房间,又要解决什么难题目吧。"

麦歇安黄问麦歇安姚:"是不是里面放着一架钢琴,二只摩登椅,和一张双人沙发的那一间吗?"

"正是那有双重房门的小房间。"

钟小姐说:"在法国这种特设的房间叫做'隔离房间'Chambre Spearee,这种别致的房间,在上海也有了,上海的都会真进步得快吓。"

一对男女诗人,慌慌张张地从楼梯走下去,又匆匆忙忙地走出门外去了。

咖啡色西装的青年,开口了:"大约那间'隔离房间',已经给人家预定去了……"

约摸一点钟后,三个都会青年,一个摩登少女,满面春风,走出'俄商复兴馆'的金漆哥谛克式的大玻璃门,一个装扮得像泥偶小洋兵的童子,穿了一套金线边的红制服,候在纳喜汽车的旁边,开门,关门,汽车呜呜地滑在平坦的霞飞路上,隐没在汽车队里去了。

"红孩儿"笑嘻嘻把一张辅币券藏到裤袋里,推进玻璃门,从里面送出一阵震撼人心的西班牙的小夜曲的乐声。

【阅读提示】

张若谷于上海震旦大学文学法政科毕业,笃信天主教,是 20 世纪 20 年代末 30 年代初颇为活跃的海派作家、翻译家和文学批评家,与晚清著名小说《孽海花》的作者曾朴及其儿子曾虚白交往频繁,与当时狮吼社成员邵洵美和章克标也过从甚密。创作除散文集《战争·饮食·男女》外,还有散文集《异国情调》(世界书局,1929)、《咖啡座谈》(真美善书店,1929)、《新都巡礼》(金屋书店,1929)、《游欧猎奇印象》(中华书局,1936)和小说集《都会交响曲》(真美善书店,1929)等。

张若谷在《咖啡座谈》里总结了去咖啡馆的三种乐趣:首先,咖啡本身的刺激,效果"不让于鸦片醇酒类之下",乃"文艺灵感的助长扬";其次,咖啡馆提供了与朋友长谈的地方,诵读和公开自己作品的地方,此乃"人生最快乐之事";最后,也很重要的是,咖啡馆里有动人的女侍"。所选作品以欣赏的口吻叙写了当时四个摩登青年男女一起去霞飞路上俄国人开的咖啡馆——俄商复兴馆喝咖啡、消闲的生活情景;过程中,通过其中一摩登女郎的回忆,表现了巴黎的现代化和露天咖啡馆的盛况,又通过他们四人的眼光看到了当时一著名唯美诗人(从描写看有可能是邵洵美)与另一女诗人来咖啡馆特殊房间——"隔离房间"切磋诗艺未果的情景。算是为那时这一脉海派文人留下一个难得的剪影。

刺激美与破调美

张若谷

"各种的时代,各种的阶级都在它的历史的发达的各阶段中发见又创造了各种的'美'。有时候所发见的是人间裸形的美,静物的美,更有时候是悲壮之美,色情之美,妖怪之美。而这些美,有些跟时代一同消失,有些跟时代一同变了姿态,而到现在那是大都会和机械的美,俱各反映在近代艺术中。"

以上是日本无产阶级文艺理论介绍专家藏原惟人氏在《新艺术形式的探求》一文中的一段议论,现在借引在这里,当作本文的冒头语,以指示美的基准是有其移动性的,特别是近代的文艺作品中。除了讴歌都会的美与机械的美以外,晚近又新发见了刺激美,破调美,野蛮美以及黑人文明的美……等等。关于"野蛮美"与"黑人文明的美"等暂且不说,我们先来检讨一下"刺激美"与"破调美"的问题。

美的基准是具有活动性而非固定不移的,或徐缓,或急激,虽其推移不同,但要而言之,绝对固定的美之基准是没有的。

以大体而论,美可分为两大类型,一为动的美,一为静的美,前者是凭借着现存的生活而进取,后者仅受支配于人的头脑与心脏。在动的美一方面,最生动活跃的莫过于刺激美,其强度至高烈,实为近代美中最顶点的一种。

东方人的生活与思想,向来好求安定平静,所以在文艺上所表现的,都拘囿于静的美一方面,西方人的生活与思想,都承继希腊艺术文化的道统,所以一切都要求追求狂热与动摇,他们的生活美,就是极度的动摇与不安,他们的艺术美,就是锐敏的感受与泼刺的刺激。

现在撇开抽象的空洞的讲议式文字,拿出现实的证据,来示刺激美影响于近代人生的一斑。

打开每天的报纸来看,三分之一都是戏院大幅的广告,统计上海三十多家戏院开映的影片,那一家不是榜着"浪漫肉感""诱惑刺激"一类的号召标语。本来看影戏就是代表近代刺激生活的一种,化少许金钱的代价,在一二小时内,可以看到许多可歌可泣,悲欢离合或是滑稽突梯的人生缩影。试问仰首坐在银幕前的一般观客,那一个不是为了求精神上的兴奋,神经上的刺激而去的呢?

再就晚近盛行的足球呀,赛马呀,跑狗呀,这许多点缀都会生活的狂热运动,那一种不是可以使人得到刺激快感的游戏吗?

咖啡店与跳舞场的林立,不用说得,都是强烈刺激的场所。园林式的幽雅茶馆,弹词唱曲的书场,都将渐渐的成为淘汰的东西。现在流行的,是由妙龄女郎招待的(Café at Restaurant)奏演速力旋律的 Jazz 音乐,与活泼风骚的舞女明星……总之一切的生活享受,那一件不是动的美与刺激美的表现呢?

现在再说几句关于"破调美"的问题。

过去的艺术,与美的基准,是倾向于"调和"与"均齐"二大特征。自从封建主义崩坏以后,古典派的艺术也跟着破产,近代的艺术家们都不能享受安定的生活秩序,大家都没有余暇去琢磨"调和"与"均齐"的作品,于是"破调美"的艺术就应时而产生了。

艺术文化到了烂熟的时期,渐次倾向于破调方面,原来是历史上进化移进所应有的现象。

古典派音乐的要素,就是"谐和",近代的音乐,却转换了一大方向,流行杂乱的狂噪曲。破弃传统的作曲规范,导入刺激的野蛮民谣,这是"破调美"占居近代艺术的一大征象。

又绘画方面,废除了洗炼性的色彩,倾向到单纯的原色,赤,青,黄,白,黑等最富于强烈刺激性的色彩,都为近代一般画家所乐用。在女性装饰方面,更可以乩见单纯原色的膨胀势力,黑乌绒的旗袍,肉色的丝袜,其他若苍白的美容粉,眉黑,口红等等,都是表露单纯化刺激化的"破调美"。

在女性装饰方面,最显明的破调美,莫过于剪发,裸脚,及冬季风靡一时的半统袜套三件时髦了。

研究近代艺术的,对于"刺激美"与"破调美"这两大倾向,无论如何,是不应该疏忽的。

这就是这篇随笔的一个结论。

【阅读提示】

这篇短文揭示了传统美与现代美的重要区别:传统美是乡村的静态的诉之于情绪和情感的,现代美是都会的动态的诉之于感官和神经的。传统美是以和谐为旨归的,现代美是以刺激和破调为旨归的。无疑,最能休现现代美的是大都会的生活和艺术。文章揭示了现代美的一些趋势,显示出明显的物质化和颓废倾向,虽不免轻薄之意,但是也让人想起本雅明所谓"传统光晕的丧失"。所以也不妨一读。

现代艺术的都会性

张若谷

在日本《新潮》杂志三月号上，刊着新居格氏的一篇评论《现代艺术的都会性》，那篇论文的大旨是说明都会性的文学与艺术，已成为现代艺术的主要素分。作者先引证电影艺术，倾向于都会生活描写的现象，高层的建筑，街道的景观，群众的行人，交通的机关等等，都变成现代电影必不可少的都会描写背景了。"柏林大都会交响乐"那一张巨片，与其他表现纽约或巴黎生活的影片，备受世界各大都会人士的热烈欢迎。

所有一切以都会生活当作中心表现的文艺作品，都能给现代人以相当的蛊惑及满足。都会间许多形形色色的享乐机关，若：剧场，戏院，音乐会，跳舞场，游艺场，旅馆，运动场，游泳池……等等都经一般作家视为电影，绘画，或通俗小说的绝好题材了。"都会生活"，"都会享乐"，"都会色彩"，"都会感觉"，"都会恋爱"，"都会忧郁"，"都会文学"……一大串的新名词，也于是乎应运而产生出来了。

新居格式还讨论到都会文学与农民文学的对待性及其比较区别。都会性的快速调，科学的明彻利便性，新感觉的扩充，适度的享乐，试验结婚，以及结婚破产各项问题，理论精致，限于篇幅，不及在这里一一详译列举，深为抱歉。

晚近日本的文艺界，掀起了对于都会文艺倾向的一大波浪，预料这一种新兴的文艺，不久即将在日本文艺坛上抬起头来，那是必然的事实。

已故世的日本著名批评家片上伸氏，做过一篇《都市生活与现代文学》，他肯定在人类生活里，最有人间臭味的，是都会生活，婆娑气味最浓厚的，生之欲望最强烈的，也是都会生活。所以在这一点上说来，都会生活是人类生活的象征，爱慕都会生活，也就是热恋最浓厚的人间生活。

都会生活，总是一个国家一个民族或者国际民族的活动中心，所以在各方面，必定有生命之光在那里活跃运动。都会生活有的是锐敏的情调，而没有缓迟悠闲的趣味，并且还是刺激性最强烈的，正好像午餐时分的太阳一样，是有光明，有热力，有色彩的生分，但在另一方面，自然也免不了有一种烂熟靡腐的阴影，与罩着倦怠疲劳的暗象。

都会生活既有了他美丽丰富光明的优点，同时自然也有丑恶单调黑暗的地方，所以有人礼赞着都会生活，也有人诅咒着都会生活。

在都会间所产生的文学艺术，就是把官能的纤细锐敏为夸耀，把强烈的刺激与幽婉的情绪为生命。所谓都会艺术的特色及其价值，就是在即使在官能的颓靡里,或者精神的困惫里,仍旧有一种对于"生之要求",即使在失败的叹息中,仍旧有一种对于生活强烈的欲望与爱恋。

凡是诅咒都会生活,都会艺术的人们,决不是因为他们的身心都困惫的缘故,而却是因为他们对于爱恋生活,歆羡人世的心早枯干了,同时他们对于自己生命的那一种惊异,与神秘的感觉都失掉了的缘故。我们对于他们这种莫大的损失,不能不致相当的悲悼。

最近的艺术,像未来派表现派等的艺术,都是表现那种动乱的,不安的,刺激的都市的情调,用了那电车,汽车,活动电影,淫荡的妖妇这些东西来替代那些田畴,乡村,水面,帆影,纯洁的处女等等,作为画面的题材。一切的艺术家都从山水怀里跳了出来,积聚在大都会里……大都会里娱乐的地方异常的复杂,这许多娱乐的地方,可以使你尝到不尽的趣味,得到无限的灵感,你若是坐在咖啡馆里,定可遇着那十七八岁的处女,在红灯酒绿之下,细细的对你追述她以往的 RO-MANCE。……

在日本文坛上,最近有了所谓新感觉派的作家,他们的创作都是根据了现代日本的都会生活而新创出来的。刘呐鸥君曾选译成集,题名《色情文化》,里面每篇都很新锐而且生动可爱,其中要算横光利一的《七楼的运动》,与池谷信三郎的《桥》,两篇为最优美。

刘呐鸥君,还第一个把法国现代都会文学的领袖作家保尔穆杭(Paul Morand ABC)氏介绍到中国来,(有戴望舒君的选译集《天女玉丽》),穆杭在文学上的努力得到的是文章的新法,话术的新形式,新调子,外国文字趣味的改革,风俗研究的更新,使人会笑又会微笑的方法。他的文章的陆离曲折,虽然有点太新奇,太过多,但其实都是很有趣的,丝毫不会使人生起厌恶。穆杭文章的绘画的特征,和那色和线的巧妙的构成法,是很值得详细供我们研究的。

刘呐鸥君既然这样地推重法国与日本的新感觉派的作家,他自己的创作都是很可观的作品,篇篇充溢着浓厚的都会色彩与很新锐的都市感觉。

在我私人方面,除了爱读法国十九世纪浪漫派作家们的热情作品以外,对于上面所说的几位新感觉派的作品,也颇觉得有兴趣。

但与其说我赞叹新感觉派作品的内容,毋宁说我是钦佩它们的形式与作风。穆杭的小说,虽则善于表现出都会生活里面人类悲痛的精神与状态,但是那种缺少同情心的冷笑讽刺态度,我很表示不满。我只爱他技巧的作风,他的笔致很是清新可爱,是电影般的闪光法,感情分析的总合秩序法,略辞法,分离法,列举法,他的零星人物的搜集伎俩,只有巧妙聪明的艺术家所能运用。但是假使就作品的本质及内容上看来,穆杭的作品,不能列入世界第一流作家之林,池谷信三郎《桥》中关于百货公司写真的片段,虽也异常生动可爱,而且那篇《桥》的艺术品质也颇卓绝,但不是我要抹煞日本的作家,我终觉得刘呐鸥的作品,更为可爱得多,因为在呐鸥的几篇作品中,不但在技术方面很工致精密,最使我感赏的,就是他并没有冷淡的态度。他的作品,不但富于东方都会的色彩,厚于东方人间的氛围气,而且有一种中国民族所特有的宽容气质,远非日本民族的琐屑,法国民族的讽刺所能望及的。

现代艺术的倾向都会性,正在方兴未艾,作者此文还不过是叙其大概,但中国旧艺术者,对于这种潮流,一点也没有觉得。最近某国画展览会开幕,似乎有这样的几句宣言:"春光骀荡,风景宜人,黄浦江头,触目皆声色货利之场,绝少高尚娱乐之地,爰集斯会,以遣雅兴。"云云,这真是从何说起。

【阅读提示】

这篇作品首先借日本人的话指出最能反映现代艺术的都会性的就是电影,它"倾向于都会生活描写的现象,高层的建筑,街道的景观,群众的行人,交通的机关等等,都变成现代电影必不可少的都会描写背景了。"其次,指出:"在都会间所产生的文学艺术,就是把官能的纤细锐敏为夸耀,把强烈的刺激与幽婉的情绪为生命,所谓都会艺术的特色及其价值,就是在即使在官能的颓靡里,或者精神的困惫里,仍旧有一种对于'生之要求',即使在失败的叹息中,仍旧有一种对于生活强烈的欲望与爱恋。最后,文章比较法国都会小说家保尔·穆杭、日本新感觉派小说家横光利一、池谷信三郎与刘呐鸥小说在表现都会性上的优劣。作品语调平实,但抓住了都会生活与都会文学艺术的某些实质。

【延伸阅读作品与参考文献】

1. 许道明、冯金牛选编:《张若谷集·异国情调》,汉语大词典出版社 1996 年版。

2. 陈啸、徐勇:《民国时期上海张若谷都市散文创作论》,《大理学院学报》2014 年第 5 期。

3. 费冬梅:《沙龙与知识分子系列(之二)曾朴沙龙的文化活动》,《社会科学论坛》2015 年第 7 期。

4. 王琼、王军珂:《咖啡馆:上海二十世纪初的现代性想象空间》,《粤海风》2006 年第 4 期。

5. 赵鹏:《多元混杂的唯美之风:〈真美善〉作家群》,见赵鹏《海上唯美风:上海唯美主义思潮研究》,上海文化出版社 2013 年版。

【思考与练习】

查找资料,谈谈咖啡馆在都市文化审美中的意义。

我的生活①

穆时英

　　我是过着二重，甚至于三重，四重……无限重的生活的。当做作家的我，当作大学生的我，当作被母亲孩子似地管束着的我，当作舞场里的流浪者的我，当作农村小学教员的我——这许多复杂的人格是连自己也没有方法去分析，去理解的。我只要举个例，把人家对我的称呼写了出来，就可以见到我的做人难与支配生活的不易了。比我高一级的同学叫我小穆，比我低一级的同学叫我老穆，有一次我跑到某月刊的编辑部去，那位编辑先生是德国留学生，有了胡髭，而且在社会上有了地位，在言论界上有了权威的人，他请我抽烟，喝茶，讲了五分钟的话，他叫了我许多穆先生，我觉得我是一秒钟比一秒钟老了，讲完了话，他送我到电梯那儿，直鞠躬到地上，说："穆先生，再会！"我觉得我真应该也预备身后之事了。那天我碰到了一位批评家，他把我的意识分析了以后，问我："Mr. 穆，你的意见怎么样？"问我意见还可以，再加上 Mr. 穆，我只得说声儿："对不起！"走啦。回到家里，一转身又想出去，母亲说："英儿！"我只得坐了下来，听她谈家常话。如果听到父亲叫我："时英，你过来！"我马上知道一定又要指摘我的大字写得不好了，马上装着脑袋疼。如果是妹妹叫我："大哥，你来！"那一定是我秘密藏着的照片又叫她给查出来咧。我的称呼实在太多，多到也许可以联起绕地球一圈。在每一个称呼下面，有一个我的生活，所以要我叙述自己的生活，简直是不可能的事。可是，话又说回来了，综合地讲一讲日常生活总还可以。

　　我每天早上七点半起来，（那也不一定，如果第一课没有，就得九点钟起身，）费半个钟头梳洗，吃早饭，上课，上完了课就和同学们谈天。这是我的公式化了的大学生的生活。在这生活之外，还有我的私生活，那是生活的变化与新奇。每天下午，我没有课，消费时间的方法大概是骑马，打篮球，郊外散步，参加学生会，或是坐到校园里吃栗子；一坐下去，我可以引了许多人来谈天，因为大部份的同学我是认识的。星期六便到上海来看朋友，那是男朋友，看了男朋友，便去找个女朋友偷偷地去看电影，吃饭，茶舞。

　　我的生活就是那么的，可是这还只一个方面。有时我也上乡镇里的茶馆上去喝茶，或是去访乡村小学的学生们的家长。恕我再说一遍，要我写出我的生活来，实在是不可能的事。

　　因为是那么复杂矛盾的生活，我的心理，人格等也是在各种份子的冲突下存

————————
①原载 1933 年 2 月 1 日《现代出版界》第 9 期；现选自该期《现代出版界》。

在着。我是顶年青的,我爱太阳,爱火,爱玫瑰,爱一切明朗的,活泼的东西;我是永远不会失望,疲倦,悲观的。对一切世间的东西,我睁着好奇的,同情的眼,可是同时我却在心的深底里,蕴藏着一种寂寞,海那样深大的寂寞,不是眼泪,或是太息所能扫洗的寂寞,不是朋友爱人所能抚慰的寂寞,在那么的时候我只有揪着头发,默默地坐着;因为我有一颗老了的心。我拼命地追求着刺激新奇,使自己忘了这寂寞,可是我能忘了它吗? 不能! 有时突然地,一种说不出的憎恨,普遍的对于一切生物及无生物的憎恨;我不愿说一句话,不愿看一件东西,可是又不愿自杀——这不是懦怯,因为我同时又是挚爱着世间的。我是正,又是反;是是,又是不是;我是一个没有均衡,没有中间性的人。

【阅读提示】

穆时英出身宁波农村,但又从小在上海长大;其家庭一度兴旺,但是父亲生意的破产,特别是父亲不久去世,又使家庭遭受巨大打击,从生活的高处沦到生活的下处。又生活在中国从传统向现代转换最剧烈、最典型的上海,作家人格的再也难以统一,而呈分裂状态,其历史意义实不限于他个人,而说明整整一个时代的人的精神状况。20 世纪 20 年代中期,郁达夫就曾指出,郭沫若的人格存在二重性,其实郁达夫又何尝不是二重人格患者呢? 本文的可贵在于作家认识到自己的症候所在,而且在真实的思考、探索,这应是穆时英的文学作品浪漫、摩登而又不失之于肤浅的主要原因。

【延伸阅读作品与参考文献】

1. 穆时英:《关于自己的话》《我的墓志铭》(散文),见严家炎、李今编《穆时英全集》第三卷(散文、理论与评论、译文卷),北京十月文艺出版社 2008 年版。

2. 迅俟:《穆时英》《三十年代文坛上的一颗彗星——叶灵凤先生谈穆时英》、黑婴:《我见到的穆时英》,见严家炎、李今编《穆时英全集》第三卷(散文、理论与评论、译文卷),北京十月文艺出版社 2008 年版。

【思考与练习】

分析穆时英这种多重人格与现代都市生存环境的关系。

现代表情美造型^①

刘呐鸥

　　以前女的心地对于万物都是退让的,决不主张。于是娇羞便被列为女性美之一。这现象是应男子底要求而生的。那个时候的男子都是暴君,征服者,所以他底加虐的心理要求着绝对柔顺的女子。但情形变了。在现在的社会生存竞争里能够满足征服欲的男子是百分之九十九没有的。他一次,两次,累次地失败着,于是惯于忍受的他的心里便起了一种变化,一种享乐失败,被在迫得被虐心理。应着这心理而产生的女人型就是法国人之所谓 garsonne。短发男装的 sport 女子便是这一群之代表。她们是真正的 go-getter。要,就去拿。而男子们也喜欢终日被她们包围在身边而受 digging。然而男子这两种相反的性质却是时常浑合在一块儿,喜欢加虐同时也爱被虐。这当然是社会的及生理的原因各半。这一来女子方面却难了。这儿需要从来所没有的新型。

　　这个新型可以拿电影明星嘉宝,克劳馥或谭瑛做代表。她们的行动及感情的内动方式是大胆,直接,无羁束,但是在未发的当儿却自动地把它抑制着。克劳馥的张大眼睛,紧闭着嘴唇,向男子凝视的一个表情型恰好是说明着这般心理。内心是热情在奔流着,然而这奔流却找不着出路,被绞杀而停滞于眼睛和嘴唇间。男子由这表情所受的心理反动是:这孩子似乎恨不能一口儿吞下去一般地爱着我,但是她却怪可怜地不敢说出来。这里她有着双重的心理享受。现代的男子是爱着这样一个不时都热热地寻找着一个男人来爱,能似乎永远地找不到的女子。把这心理无停地表露于脸上,于是女子在男子的心目中便现出是最美,最摩登。

廿三·六·八

【阅读提示】

　　刘呐鸥的观察确实细致,感受也确实都市化。他从法国的男孩型女性谈到现代另一新型女性。这种新型女性保持了传统女性在男性面前的矜持,但是她们又有现代女性的开放和自主性,这二者矛盾对立,构成张力,形成现代女性最大魅力,所以在现代男性看来也是"最美,最摩登"的一型。刘呐鸥这种观察和表达受美国好莱坞电影艺术影响明显,他自己也提倡过"软性电影",但是不能不说他确实

---

①原载 1934 年 5 月《妇人画报》第 18 期;现选自该期《妇人画报》。

抓住了现代女性心理、精神上的某些微妙变动和新质,从而折射出时代的变迁。

【延伸阅读作品与参考文献】

1.陈子善选编:《脂粉的城市——〈妇人画报〉之风景》,浙江文艺出版社2004年版。

2.代迅:《压抑与反抗:身体美学及其进展》,《西南大学学报》人文社科版2006年第5期。

【思考与练习】

查找资料,谈谈女性表情的变化对于时代变迁的意义。

都市文学[①]

茅盾

中国第一大都市,"东方的巴黎",——上海,一天比一天"发展"了。

这发展在什么地方看出来的呢?

喏,喏！您看调查户口的记录不是说上海有三百万人口么？人口密度高,这是上海发展的第一征象。

还有地产价格也在飞涨呀！上海的西区地价,涨的多么快！梵皇渡以西,快到北新泾,可说完全是"乡下"了,现在每亩荒地也值到三千两！不,现在废两改元了,那就是四千二百元罢！近大西路的地皮,一万元一亩还是顶便宜,大家要抢。

再看建筑吧。且不说二十几层高的四行储蓄会一类的大厦,单看预备小家庭居住的新式住宅。公共租界越界筑路的西区以及法南区,常年的在建造住宅,从前是荒地,现在都是新式的什么村什么坊了。

银行到处开着支店或办事处,家家有储蓄部,而且家家的储蓄部生意热闹。

海关每天的税收是关金三十万光景。

这一切都是上海发展的真凭实据,一点不撒谎！

然而,然而两年前上海有一百零六家丝厂,现在开工的只有十来家。"五卅"那时候,据说上海工人总数三十万左右,现在据社会局的详细调查,也还是三十万挂点儿零。上海是"发展"了,但发展的不是工业的生产的上海,而是百货商店的跳舞场电影院咖啡馆的娱乐的消费的上海！上海是发展了,但是畸形的发展,生产缩小,消费膨胀！

这畸形的现象也反映在那些以上海人生为对象的都市文学。

消费和享乐是我们的都市文学的主要色调。大多数的人物是有闲阶级的消费者,阔少爷,大学生,以至流浪的知识分子;大多数人物活动的场所是咖啡店,电影院,公园;跳舞场的爵士音乐代替了工场中机械的喧闹,霞飞路上的彳亍代替了码头上的忙碌。

自然也有参加生产的劳动者在我们的都市文学中出现。可是很少。并且这些劳动者的出现并不在他的机器旁边,甚至不在他所工作的工场;却写成为一个和生产组织游离的单独的劳动者了。我们有很多坐在咖啡杯旁的消费者的描写,但是站在机器旁边流汗的劳动者的姿态却描写得太少;我们有很多的失业知

---

①原收入《茅盾散文集》,天马书店 1933 年 7 月初版;现选自该散文集初版本。

识分子坐在亭子间里发牢骚的描写,但是我们太少了劳动者在生产关系中被剥削到只剩一张皮的描写。

虽然畸形发展的上海是生产缩小,消费膨胀,但是我们的都市文学如果想作全面的表现,那么,这缩小的"生产"也不应该遗落。从这缩小的生产方面,不是可以更有力地表现了都市的畸形发展,表现了畸形发展都市内的劳动者加倍的被剥削,而且表现了民族工业的加速没落么?

然而都市文学新园地的开拓者必先有作家的生活的开拓。我们目前的都市文学实在也是作家一部分生活的反映。到作家的生活能够和生产组织密切的时候,我们这畸形的都市文学才能够一新面目。

1933.3.22

【阅读提示】

在中国现代都市文学史上,这篇文章应该属于头脑最清醒、思想最敏锐之作。在当时无数的都市文学作家都在消费、享乐的空间浪费自己的才华的时候,茅盾提出"生产的"都市文学与"消费的"都市文学的概念,并且呼吁作家多到劳动空间寻找灵感,多创作"生产的"都市文学,实代表了广大下层劳动阶级的思想情感和利益,也是对中国现代都市文学理论和实践的一大贡献。

证券交易所①

茅 盾

　　门前的马路并不宽阔。两部汽车勉强能够并排过去。门面也不见得怎么雄伟。说是不见得怎么雄伟，为的想起了爱多亚路那纱布交易所大门前二十多步高的石级。自然，在这"香粉弄"一带，它已经是惟一体面的大建筑了。我这里说的是华商证券交易所的新屋。

　　直望进去，一条颇长的甬道，两列四根的大石柱阻住了视线。再进一步就是"市场"了。跟大戏院的池子仿佛。后方上面就是会叫许多人笑也叫许多人哭的"拍板台"。

　　正在午前十一时，紧急关头，拍到了"二十关"。池子里活是一个蜂房。请你不要想象这所谓池子的也有一排一排的椅子，跟大戏院的池子似的。这里是一个小凳子也不会有的，人全站着，外圈是来看市面准备买，或卖的——你不妨说他们大半小本钱的"散户"，自然也不少"抢帽子"的。他们不是那吵闹得耳朵痛的数目字潮声的主使。他们有些是仰起了头，朝台上看，——请你不要误会，那卷起袖子直到肩胛边的拍板人并没有什么好看，而且也不会看出什么道理来的；他们是看着台后像"背景"似的显出"×××库券"，"×月期"……之类的"戏目"（姑且拿"戏目"作个比方罢），特别是这"戏目"上面那时时变动的电光记数牌。这高高在上小小的嵌在台后墙上的横长方形，时时刻刻跳动着红字的亚剌伯数目字，一并排四个，两个是单位"元"以下。像我们在普通账单上常常看见的式子，这两个小数下边有一条横线。红色，字体可也不小，因而在池子里各处都可以看得明明白白。这小小的红色电光的数目字是人们创造，是人们使它刻刻在变，但是它掌握着人们的"命运"。

　　不——应当说是少数人创造那红色电光的记录，使它刻刻在变，使它成为较多数人的不可测的"命运"。谁是那较多数呢？提肝吊胆望着它的人们，池子外圈的人们自然是的，——而他们同时也是这魔法的红色电光记录的助成者，虽然是盲目的助成者，可是在他们以外还有更多的没有来亲眼看着自己的"命运"升沉的人们，他们住在上海各处，在中国各处，然而这里台上的红色电光的一跳会决定了他们的破产或者发财。

　　被外圈的人们包在中央的，这才是那吵得耳朵痛的数目字潮声的发动器。

---

　　①原载 1936 年 2 月 15 日《良友》第 114 号，后改为"交易所速写"收入散文集《印象·感想·回忆》，文化生活出版社 1936 年 10 月初版；现选自该期《良友》。

很大的圆形水泥矮栏,像一张极大的圆桌面似的,将他们范围成一个人圈。他们是许多经纪人手下做交易的,他们的手和嘴牵动着台上墙头那红色电光数目字的变化。然而他们跟那红色电光一样本身不过是一种器械,使用他们的人——经纪人,或者正交叉着两臂站在近旁,或者正在和人咬耳朵。忽然有个伙子匆匆跑来,于是那经纪人就赶紧跑到池子外他的小房间去听电话了,他挂上了听筒再跑到池子里,说不定那红色电光就会有一次新的跳动,所有池子里外圈的人们会有一次新的紧张——掌不住要笑的,咬紧牙关眼泪往肚子里吞的,谁知道呢,便是那位经纪人在接电话以前也是不知道的。他也是程度上稍稍不同的一种器械罢了。

池子外边的两旁,——上面是像戏院里"包厢"似的月楼了,摆着一些长椅子,这些椅子似乎从来不会被同一屁股坐上一刻钟或二十分的,然而亦似乎不会从来没有人光顾,做了半天冷板凳的。这边,有两位咬着耳朵密谈;那边,又是两位在压低了嗓子争论什么。靠柱子边的一张椅子里有一位弓着背抱了头,似乎转着念头:跳黄浦呢,吞生鸦片烟? 那边又有一位,——坐在望得见那魔法的红色电光记录牌的所在,手拿着小本子和铅笔,用心地记录着,像画"宝路"似的,他相信公债的涨落也有一定的"路"的。

也有女的。挂在男子臂上,太年青而时髦的女客,似乎只是一同进来看看。那边有一位中年的,上等的衣料却不是顶时式的裁制,和一位中年男子并排站着,仰起了脸。电光的红字一跳,她就推推那男子的臂膊;红字再跳一,她慌慌张张把男子拉在一边叽叽喳喳低声说了好一大片。

一位胡子刮得光光的,只穿了绸短衫裤,在人堆里晃来晃去踱方步,一边踱,一边频频用手掌拍着额角。

这当儿,池子里的做交易的叫喊始终是旋风似的,海潮似的。

你如果到上面月楼的铁栏干边往下面一看,你会忽然想到了旧小说里的神仙"只听得下面杀声直冲,拨开云头一看"。你会清清楚楚看到中央的人圈怎样把手掌伸出缩回,而外圈的人们怎样钻来钻去,像大风雨前的蚂蚁。你还会看见时时有一团小东西,那是纸团,跟钮子一般模样的,从各方面飞到那中央的人圈。你会想到神仙们的祭起法宝来罢?

有这么一个纸团从月楼飞下去了。你于是留心到这宛然各在云端的月楼那半圆形罢。这半圆圈上这里那里坐着几个人,在记录着什么,肃静地一点声音都没有。他们背后墙上挂着些经纪人代表的字号牌子。谁能预先知道他们掷下去的纸团是使空头们哭的呢还是笑的?

无稽的谣言吹进了交易所里会激起债券涨落的大风波。人们是在谣言中幻想,在谣言中兴奋,或者吓出了灵魂。没有比他们更敏感的了。然而这对于谣言的敏感要是没有了,公债市场也就不成其为市场了。人心就是这么一种怪东西。

【阅读提示】

现在的研究者们都看到了茅盾创作的经济视角,这篇文章就直接叙写20世纪30年代上海的经济景观,而且是当时的上海才有的经济景观。上海是全中国最早有证券交易所的地方,也是证券交易所发展最成熟的地方。尽管如此,由于政治环境的不清明,经济环境的不上轨道,各种人为的阴谋和造谣,导致当时上海的证券价格忽高忽低,难以把握,这就造成很多人突然发财突然破产。围绕于此,人们的精神、心理也要承受巨大的压力和刺激,甚至于丢掉性命。文章表面上写的是证券交易所的漩流、海潮、风云突变,实际上是写都市人命运的漩流、海潮、风云突变。马克思、恩格斯在《共产党宣言》里说:"一切固定的东西都烟消云散了。"那么,证券交易所里人生的变化是最极端的例子。

【延伸阅读作品与参考文献】

1. 茅盾:《人造丝》(散文),见《茅盾全集》第11卷,人民文学出版社1986年版。

2. 钟桂良、刘宏日:《论茅盾小说的"经济视角"及其当代意义》,《文艺争鸣》2009年第1期。

3. 方铭:《论茅盾的散文创作》,《江淮论坛》1984年第3期。

【思考与练习】

举例说明左翼都市文学与海派都市文学的异同。

纺车的轰声[①]

——生产阵虔礼之一

楼适夷

汽车在兰路转了弯,沿着一条污秽的小河,急急的向着前面驰去;满街道都是枯黄的泥土,像浪花一般的在车窗外滚翻;一株方形的电杆柱子呆呆的在路边站着,上面歪歪斜斜的写着几个粉笔的大字:

"实行工作八小时!"

"你看,那不是么?"

车子驰过一条木桥的桥边,桥头站着两个巡捕,桥下的污水河里停靠着几只装棉花包的木船,几个苦力正在搬棉花包。

同车的 X,指着一座灰色的阴森森的建筑,大声的喊了起来。

"到了!"

大家从困倦的旅行中透了一口气,汽车悠然地停下,几个人跳到了地上。立刻,每个人的气分又被眼前的一所大建筑压倒了。

像城门一样高大的建筑的大门,紧紧地闭锁着,只在旁边打开一扇小小的口子,恰恰可以通过一个人的样子。这口子上,巍然的站着几个印度人的门卫,华捕,黑大褂的包打听,几只刺一样的眼睛,注视着我们跳下来的一群。如果没有隐隐的传出来的机器的轰声,我真会疑心自己是走到满关着政治犯的巴士的监狱,或是中古诸侯的堡垒前了;但是这中间正进行着庞大的资本主义的生产,整几千人类的汗和血的劳动。

"好,你们在这儿等一等!"

L 手里战战兢兢地捧着两封介绍信,和门卫交涉了好一会,才被带领着走进小口子里去了。

面前镇压着这灰色的沉重的大铁门,和锐利的监视的眼,四周包围着飞扬的尘沙,大家都噤住不作声。连今天显得特别亮眼的密司 T,说话的声音也是悄悄儿的:

"S,你的样子总不大对。"

受了这警告,我不禁低头看看自己这条没有折痕的西装裤,懊悔起昨天晚上没用洋装书压一压。

---

①作者楼适夷(1905—2001),浙江余姚人,20 世纪 30 年代左翼作家、翻译家,其部分作品显示左翼都市文学倾向。该篇作品原载《良友》1933 年 9 月第 80 期;现选自该期《良友》。

"好,进来!"

L像完成了大使命似的在小口子上出现,向我们挥一挥,我们便接连着一个一个的走进口子里去。

展开在我们眼前的是一条又窄又长的甬道,左边的门卫室里,坐着几个黑大褂之类的人,右边高高的石阶沿上,一带铁的栅栏,围着一条狭狭的走廊,走廊的里面,有一个上面写着"工帐房"的小小的窗洞。想着整几千人的男女工人,从这小洞里领取他们每日的口粮,我不禁重复一次向这洞口回了一眼。

小小的一队循着这甬道前进,甬道的尽头是一座木造的小屋子,大概有警察站岗的岗亭那么大,一个门,两个窗洞,门框上一块横的白牌子,上面写着"哺乳处"三个大字,但是从开着的门口望进去,里面却堆着许多零乱的黄麻袋,并没有在给孩子哺乳的女工。

但是队伍在哺儿处的门前转了弯,这儿展开了一个小小的花圃,穿进这花圃,走上了进会客室的石阶,我们就围叙在一只大餐台子的四周。

会客室的壁上,挂着一方玻璃的镜橱,映出颜色鲜美的布条和纱团等样品。左边两扇半开着的门,写明着"厂长室"和"办公室"。这儿的阶廊下散放着花草的清香,连机器的轰声也隔离得远远的。

"在工厂中,也有着不阴暗的地方呢。"

"请等一等,厂长还没有来。"

一个穿中山装的矮胖子,这样的招呼了一声,又从廊下消去了。

"会不会吃碰头?"

领导的L担心起来。

大家在沉闷的气压底下等着。没有一个人敢高声的谈话。

五分钟,十分钟,十五分钟过去了。

"好,请诸位赐教赐教吧。"

依旧是那个矮胖子,手里还拿着那两封介绍信,大伙儿又跟着他走过堆黄麻袋的哺乳处,向一条冷冰冰的水门土梯走上。

会客室和厂长室的清幽立刻在我们的耳朵边消失,机器声和火油气,一阵阵的从一个门口送出来,我们走进了一个另外的世界。

半间房子堆放了许多已经拆开的棉花包,半间是放着五六架机器,皮带在头顶上急急的转动,机器慢慢的转动着。五六个像乡下的农民一样的工人,有的拿着一把竹帚子拂机器旁边的棉屑,有的拿着一个铁皮畚箕把棉花一堆一堆地放在推进架上。

"这是花包间。"

矮胖子把手搁在嘴上,在我们的耳朵旁边说明。

散放在半间房子里的棉花包,麻袋上印着许多外国文字。矮胖子随手抓起

了一把棉花,用手指撕着给我们看:

"这些都是美棉和印度棉,丝头长,中国出的棉,都不能纺细纱。"

这些被压榨得跟桑纸皮一样的美棉和印度棉,在竹制的推进架上,慢慢的向着松花机的铁口子里推进去。机器嘈嘈的轧动着,通过一条铁的大管子,直绕到屋顶上;管子的大口向着下开着,飘落一朵一朵还了原的白棉花,下面是一口井似的方洞,通到楼下的弹花间里。

在楼下,阴沉沉的大广间里,许多弹花的机器挤得像公墓里的坟墓,从花包间里落下来的原棉,又分成许多小铁管,配达到每一架弹花机里,被几条铁杆碰朗朗朗的打着,从别一边里,变成了厚厚的棉絮,卷成圆圆的棉卷。棉卷渐渐的粗大起来,工人便搬下来到磅称上去磅。沿窗下的一带,已整整的竖列了许多棉卷,使人想起那些兵工厂里的炮弹。

这些棉絮的炮弹被运到另一间里,在一种叫做钢丝车的机器里,通过车上的一条上面满绕着钢丝刷子的罗拉,厚的棉絮立刻变成一层薄薄的云纱,云纱被几个钳子似的东西轧开,便绞成两条白蛇一样的棉条,向着机器边的红色圆筒里急急的流进去,盘成很美丽的花纹。

大家出神的,望着这机器的奇迹,在这奇迹旁边蠢然的活动着的工人,在机器和机器之间,仅留着一条狭狭的小弄,工人在这小弄中来来去去的活动着,满身染着雪一样的棉屑。连呼吸到鼻子中去的都是带着棉屑的空气,这空气里又跟暴风雨中的海波一样,喧腾着轰隆的机声。

近代产业工人的英爽的气概,在他们的面上是丝毫也找不到的,他们都是些笨拙的乡下佬,没有人会相信,他们是每一根神经末梢,都在受着近代大生产机械的洗礼的。显然的,他们都是刚从破产农村中逃亡出来的失耕农民,很速成的就代替了都市熟练工人的地位。那些熟练工人已经被投到失业的海里去了,因为我们的资本主,宁使雇佣了这批非熟悉的,既廉价而又温顺的破产农民。

矮胖子又领我们到了粗纱间和细纱间里,在这儿蛇一样的棉条,开始变成一团一团的棉线,一团一团的棉纱。纺机像大图书馆里的大书架一样的密密层层的排列着,白的纱团,像牛奶瓶一样的整然的在架子上列着队。转旋,转旋,万万千千的纱团,在同一节拍底下急急的旋舞着。

万万千千的白衣的仙女在作天魔曼舞,万万千千的爵士乐队在疯狂的合奏。但是这儿不是太太小姐们的享乐的宫殿,这儿是劳动妇女的生产的阵营。在两架长及十丈的纺机之间,形成一条狭长的弄子。每架机器旁边只有两个还没有脱离孩童时代的少女;她们的祖母在她们的时代,恐怕还不能摇动手摇的纺车,但现在她们一对小小的眼睛,一对小小的手,却得管住整百整千条雨点一样的纱头,和急急的转动着的几百个绿色的罗拉。

"罗拉一撇歪,生活就难做。"

眼睛,手,手,眼睛,人类的力,和机器的力,在这儿作着无限的角逐,无休止的竞赛。机器的力是用电动的,而动人类的力的,却只有每天三毛四毛的工钱,需一样的震撼着头脑的轰声,满飞着棉絮的,又潮湿,又黏热的空气,和两边窗子中射进来的,灰暗暗的光线。

没有休息,也没有坐的凳子,疲劳在这儿是被禁止的,据最近总工会"五一"所发的宣言,她们是应该这样地每天十二、十三,十四个钟头,与跳舞场,花园别墅,林肯牌汽车中的主人,共同协力,谋国家生产的发展的。

为着这重大的使命,她们都静默得像一只哑口动物,诗人们所歌颂的少女的微笑,在这儿是找不到的。她们如果有笑的自由,她们就只能到四马路或八仙桥作劳力以外的别一种出卖。

"二二六九号嬉戏,罚工资五角。"

这样的通告,在黑牌上用白粉笔写着。如果她们是一架机器,机器也应有喧骚的自由吧。其实机器吵得这样厉害,连说话的自由都完全埋没了,我们互相用手拱着嘴在耳朵上说话,还是没法听取的。

少女们抬着眼向我们望望,好似动物园兽槛中的松鼠眺望游客一样。我急急的想离开这里,这不单是感觉得对她们不起,同时也怕乱了她们的注意,一不小心会把手指轧在机器里的。不是连我们在通道上走过的,都这样的战战兢兢,怕带住了衣角的么?

在通路上,我们还不得不遇到另一种眼光,这是带着怀疑的监视性的,和刚在厂门口遇到的一样。但这不是巡捕或黑大褂的包打听。这也是些青年的女子,肩上斜挂着一条红色和绿色的绸带子。她们向我们这一群望望,又向纺机边的女工们望望,始终带着发气的样子,好像正要找人吵架似的。

"这些叫领班!"矮胖子这样告诉我们。

"二三三一号,隐不见人,今日工资不计。"

另一块黑板上这样写着,使我想起那些红绿带女人的权威。

另一间的机器完全停着。矮胖子没有对我们说明,我们就记到了报纸上写着的"减工"。减工听说是为了东洋纱的倾销,影响了华纱的市面。但接着华厂的减工,东洋纱厂也减工了。真正的原因大概是为了纱产得太多了,但是没有衣服穿的人却还这样的多。

一方面减工,一方面却还要增加生产的效率:

"回丝多一磅,纱线少一磅。"

在通路上挂着这样的标语牌。纱线多一磅或少一磅,对于每天以三毛四毛出卖十几个钟头劳力的人,有什么关系呢?

但是资本主人一定要你感觉得关系。

"张小妹,纱头断了,你眼睛瞎了么?"

拍的一个耳光。

打过耳光的张小妹的脸红里泛着白,张小妹低着头默默的接纱头。

在最后的摇纱间里,这些那摩温(领班)的队伍里更热闹。摇纱机的轰声比较小,工人们有一个坐的地位,除了一些女孩子,还有不少老太婆,大家叽叽喳喳的一边讲话,一边一个人管着两部车。

红绿带子在白的摇纱机中像金鱼似的,突出着两只眼睛,不歇地向四周瞭望。

她们大都是十八九岁的青年女子,披着长长的头发,穿的也比较美些,但是对着一些年纪小些的姑娘,和显着老迈的老太婆,已显得无上的威严。

队伍中的一个密司,老是落在后面,她告诉我,她偷偷地跟一个女工谈话,问她一天可以得到多少工钱,但是女工没有回答她。只是望着密司那件苹果绿的长旗袍,也许萌芽了隐隐的敌忾。

"很惭愧,规模很小的。"

矮胖子很客气的领我们出了工房,我们已经很满足了这一次的虔礼。

机器是美的,急速度的动,力,奔驰的运转,规律性,巧致性。发动机轻轻的一开,整千整万条的皮带,节奏地舞动,整千整万个轮子,转旋,整千整万个大小小小的罗拉,滚翻,动的力,一切乐器奏不出的豪壮的乐曲,使污秽的棉花变成了洁白的纱团,这是一个多么复杂的而且精巧的过程。

但是悲惨的失耕的农民,小女孩子,老太婆,污浊的空气,剧烈的十二小时的劳动,汗水,尘灰,黯淡的光线,三毛四毛的工资,"罚工钱大洋五角",那摩温领班的怒骂和耳光。

这中间无论如何使人感得一种老大的矛盾,不调和。怎样能够把他们调和起来呢?开始吸到了工房外的新鲜空气时,我们都被这问题噎住了胸头。

"中国纺织的事业还很幼稚,希望诸位有兴味的能够提倡提倡。"

矮胖子又把我们送进了会客室,独自跑去了。

会客室里的谈话立刻热闹起来。

"注意,注意!"

我轻轻的敲着桌子,叫许多高谈的注意会客右边的空房子里那个黑大褂的高大汉子。密司们的绿旗袍和我们这些没折缝的西装裤,我们是到处被监视着的。休息了一会,我们又被矮胖子送着,走过甬道,哺乳处的黄麻袋上的尘灰中,有一个中年的妇人正在给孩子哺乳。工账房的廊沿下,两个少女在小窗洞口等待着什么。听见我们一群的皮鞋声,她们都回过头来看。

在阳光底下,我才开始觉得她们面色的黄瘦,想起了吸在她们肺叶中的恶浊的带棉屑的空气。

门卫室口的巡捕,包打听,把刀一样的眼睛刺在我们的背上。

我们一个一个的走出那扇铁门的小口子。吐了一口大气,开始觉到自己已经突破了一重防垒,耳朵边渐渐的远去了,纺车的轰声。

1933,夏

【阅读提示】

按照茅盾的都市文学理论,这篇作品是典型的生产的都市文学。作品叙写几个报社记者去参观一片中国人开办的纺纱厂,在这里见到中国工人恶劣的工作环境和艰苦的工作状态,并引发了一些深刻的思考。生产明明过剩,但是工厂主还在催逼工人日日夜夜不休息的生产、劳动。工厂的机械是先进的,效率是高的,但是对于工人来说,却是灾难,因为它要把工人拖垮了。工人是生产的主人,但却被当做囚犯似的严密看守。工人付出那么多劳动,但却只能得到极少的报酬。文章最撼动人心的是,它写出了如此艰苦劳动下工人们精神的变化。工人们的眼光是冷漠的,但是从这冷漠中你又能感觉到他们内心的愤懑和炽热。作品运用压抑的调子,沉实的笔触,惊叹的心情,写出了一座即将爆发的火山。在处理静与动之间的关系方面,作品做到了恰到好处,因此具有久远的艺术力量。

【延伸阅读作品与参考文献】

1.楼适夷:《漫步四马路》《都市的脉搏》《银跐躅》《工场街》(散文),见《适夷散文选》,人民文学出版社1994年1版。

2.李秀卿:《革命文艺的拓荒者:楼适夷》,四川大学出版社2012年版。

【思考与练习】

1.查找资料,结合这篇作品看20世纪30年代上海纺织女工的生存环境及她们的精神状态。

2.分析作品的叙事艺术。

上海的少女①

鲁　迅

在上海生活,穿时髦衣服的比土气的便宜。如果一身旧衣服,公共电车的车掌会不照你的话停车,公园看守会格外认真的检查入门券,大宅子或大客寓的门丁会不许你走正门。所以,有些人宁可居斗室,喂臭虫,一条洋服裤子却每晚必须压在枕头下,使两面裤腿上的折痕天天有棱角。

然而更便宜的是时髦的女人。这在商店里最看得出:挑选不完,决断不下,店员也还是很能忍耐的。不过时间太长,就须有一种必要的条件,是带着一点风骚,能受几句调笑。否则,也会终于引出普通的白眼来。

惯在上海生活了的女性,早已分明地自觉着这种自己所具的光荣,同时也明白着这种光荣中所含的危险。所以凡有时髦女子所表现的神气,是在招摇,也在固守,在罗致,也在抵御,像一切异性的亲人,也像一切异性的敌人,她在喜欢,也正在恼怒。这神气也传染了未成年的少女,我们有时会看见她们在店铺里购买东西,侧着头,佯嗔薄怒,如临大敌。自然,店员们是能像对于成年的女性一样,加以调笑的,而她也早明白着这调笑的意义。总之:她们大抵早熟了。

然而我们在日报上,确也常常看见诱拐女孩,甚而至于凌辱少女的新闻。

不但是《西游记》里的魔王,吃人的时候必须童男和童女而已,在人类中的富户豪家,也一向以童女为侍奉,纵欲,鸣高,寻仙,采补的材料,恰如食品的餍足了普通的肥甘,就想乳猪芽茶一样。现在这现象并且已经见于商人和工人里面了,但这乃是人们的生活不能顺遂的结果,应该以饥民的掘食草根树皮为比例,和富户豪家的纵恣的变态是不可同日而语的。

但是,要而言之,中国是连少女也进了险境了。

这险境,要使她们早熟起来,精神已是成人,肢体却还是孩子。俄国的作家梭罗古勃曾经写过这一种类型的少女,说是还是小孩子,而眼睛却已经长大了。然而我们中国的作家是另有一种称赞的写法的:所谓"娇小玲珑"者就是。

八月十二日

---

①作者鲁迅(1881—1936),原名周树人,浙江绍兴人,现代文学的奠基人,其后期杂文显示一定左翼都市文学倾向。该篇作品原载 1933 年 9 月 15 日《申报月刊》第 2 卷第 9 号,后收入作者杂文集《南腔北调集》,上海同文书局 1934 年 3 月初版;现选自该杂文集初版本。

【阅读提示】

　　你无法不佩服态度严肃的作家对于社会人生的观察和表现就是深刻、到位。鲁迅这篇小文就是一个很好的例子。文章揭露上海的势利和以貌取人,揭露在消费氛围下,上海男人对女人的性趣欣赏和上海女人的以风骚悦人。特别是在这种氛围和环境中,上海的少女过早地成熟了——她在自尊与堕落两端徘徊,精神上已是成人,肢体上还是孩子。文章以生动的笔墨表现了上海文化早熟的畸形,也表达了作者对这种畸形都市人生的批判和忧虑。

"商定"文豪①

鲁　迅

笔头也是尖的,也要钻。言路的窄,现在也正如活路一样,所以(以上十五字,刊出时作"别的地方钻不进")只好对于文艺杂志广告的夸大,前去刺一下。

一看杂志的广告,作者就个个是文豪,中国文坛也真好像光焰万丈,但一面也招来了鼻孔里的哼哼声。然而,著作一世,藏之名山,以待考古团的掘出的作家,此刻早已没有了,连自作自刻,订成薄薄的一本,分送朋友的诗人,也已经不大遇得到。现在是前周作稿,次周登报,上月剪贴,下月出书,大抵仅仅为稿费。倘说,作者是饿着肚子,专心在为社会服务,恐怕说出来有点要脸红罢。就是笑人需要稿费的高士,他那一篇嘲笑的文章也还是不免要稿费。但自然,另有薪水,或者能靠女人奁资养活的文豪,都不属于这一类。

就大体而言,根子是在卖钱,所以上海的各式各样的文豪,由于"商定",是"久已夫,已非一日矣"的了。

商家印好一种稿子后,倘那时封建得势,广告上就说作者是封建文豪,革命行时,便是革命文豪,于是封定了一批文豪们。别家的书也印出来了,另一种广告说那些作者并非真封建或真革命文豪,这边的才是真货色,于是又封定了一批文豪们。别一家又集印了各种广告的论战,一位作者加上些批评,另出了一位新文豪。

还有一法是结合一套脚色,要几个诗人,几个小说家,一个批评家,商量一下,立一个什么社,登起广告来,打倒彼文豪,抬出此文豪,结果也总可以封定一批文豪们,也是一种的"商定"。

就大体而言,根子是在卖钱,所以后来的书价,就不免指出文豪们的真价值,照价二折,五角一堆,也说不定的。不过有一种例外:虽然铺子出盘,作品贱卖,却并不是文豪们走了末路,那是他们已经"爬了上去",进大学,进衙门,不要这踏脚凳了。

十一月七日

---

①原载 1933 年 11 月 11 日《申报·自由谈》,后收入作者杂文集《准风月谈》,上海兴中书局 1934 年 12 月初版;现选自该杂文集初版本。

【阅读提示】

1933年10月,沈从文在天津《大公报》中发表《文学者的态度》和《论"海派"》等文,指出上海文坛存在"'名士才情'与'商业竞卖'相结合"的不良现象,具体表现就是弄虚作假、粗制滥造、投机取巧、冒充风雅、不重创作、只重宣传等,从此挑起京海论争,之后现代文学史上也就有了"京派文学"与"海派文学"的称谓。细心观察,鲁迅对京派文学与海派文学的看法还是有些微区别的,如那篇著名的《"京派"与"海派"》中犀利地谈论道:"'京派'是官的帮闲,'海派'则是商的帮忙而已。但从官得食者其情状隐,对外尚能傲然,从商得食者其情状显,到处难于掩饰,于是忘其所以者,遂据以有清浊之分。而官之鄙商,固亦中国旧习,就更使'海派'在'京派'的眼中跌落了。"这里,鲁迅明显对"海派"给以更多的理解,对所谓"京派""忘乎所以"地据此给文学分"清浊"表示不那么认同。尽管如此,鲁迅对上海文学界的庸俗化、商业化、浮躁化现象还是不留情面地给以审视和批判。

鲁迅的高明之处在于,文中他批判了海派的不良现象,特别讥讽邵洵美是"靠女人的妆资养活的文豪"(原晚清邮传部大臣盛宣怀的孙女婿),但是在文末他也毫不留情面地撕破那些根本不把文学当回事,只把文学当成做官的敲门砖(文中所谓"踏脚凳"),一旦"官成名就",他便把文学"贱卖"(减价处理)的政治掮客。鲁迅1934年还写有名文《"京派"和"海派"》),直接揭露当时南北文坛的勾结(所谓"京海杂烩"),指出他们都不是文学真诚的卫士,而是把文坛搞得更加乌烟瘴气罢了。

【延伸阅读作品与参考文献】

1.鲁迅:《南腔北调集》《准风月谈》(杂文集),见《鲁迅全集》第4、5卷,人民文学出版社2005年版。

2.马逢洋编:《上海:记忆与想象》,文汇出版社1996年版。

3.丁颖:《1930:鲁迅的都市写作及其对"假知识阶级"的批判》,《齐鲁学刊》2011年第2期。

4.郜元宝:《从"'商定'文豪"到"寻找大师"》,《文艺争鸣》2014年第4期。

5.费冬梅:《1933年海上文坛的"女婿"风波》,《现代中文学刊》2014年第3期。

6.李永东:《租界文化与30年代文学》有关章节,上海三联书店2006年版。

【思考与练习】

1.分析《上海的少女》中所言少女"早熟"的文化意义指涉。

2.如何理解鲁迅所言"商定文豪"的内涵?又如何认识鲁迅对这种"商定文豪"的态度?

包身工①

夏　衍

　　已经是旧历四月中旬了,上午四点多一刻,晓星才从慢慢地推移着的淡云里面消去,蜂房般的格子铺里的生物已经在蠕动了。

　　——拆铺啦!起来!

　　穿着一身和时节不相称的拷皮衫裤的男子,像生气似的叫喊。

　　——芦柴棒!去烧火。妈的,还躺着,猪猡!

　　七尺阔、十二尺深的工房楼下,横七竖八的躺满了十六七个"猪猡"。跟着这种有威势的喊声,在充满了汗臭粪臭和湿气的空气里面,很快的就像被搅动了的蜂窝一般地骚动起来。打伸欠,叹气,寻衣服,穿错了别人的鞋子,胡乱的踏在别人身上,在离开别人头部不到一尺的马桶上很响地小便。成人期女孩所共有的害羞的感觉,在这些被叫做"猪猡"的生物中间已经很钝感了。半裸体的起来开门,拎着裤子争夺马桶,将身体稍稍背转一下就会公然的在男人面前换替衣服。

　　那男人虎虎的将起身得慢一点的"猪猡"身上踢了几脚,回转身来站在不满二尺阔的楼梯上面,向着楼上的另一群生物呼喊。

　　——揍你的!再不起来?懒虫!等太阳上山吗?

　　蓬头,赤脚,一边扣着钮扣,几个睡眼惺忪的"懒虫"从楼上冲下来了。自来水龙头边挤满了人,用手捧些水来浇在脸上;芦柴棒着急地要将大锅子里的稀饭烧滚,但是倒冒出来的青烟引起了她一阵猛烈的咳嗽。十五六岁,除出老板之外大概很少有人知道她的姓名,手脚瘦得像芦棒梗一样,于是大家就拿芦柴棒当作了她的名字。

　　这是杨树浦福×路东洋纱厂的工房。长方形的,用红砖墙严密地封锁着的工房区域,被一条水门汀的弄堂马路划成狭长的两块。像鸽子笼一般的分得均匀,每边八排,每排五户,一共是八十户一楼一底的房屋。每间工房的楼上楼下,平均住宿着三十二三个"懒虫"和"猪猡",所以,除出"带工"老板,老板娘,他们的家族亲戚,和穿拷皮衣服的同一职务的打杂,请愿警,⋯⋯之外,这工房区域的墙圈里面还住着二千左右穿着褴褛而专替别人制造纱布的"猪猡"。

　　但是,她们正式的集合名称却是"包身工"。她们的身体,已经以一种奇妙的

　　①作者夏衍(1900—1995),浙江余杭人,20世纪三四十年代上海左翼作家、电影艺术家,其作品具有鲜明政治文化倾向,但也有一定左翼都市文学色彩。该篇原载1936年6月《光明》创刊号,后经过修改收入作者著译集《包身工》,广州离骚出版社1938年4月初版;现选自1936年6月《光明》创刊号。

方式,包给了叫做"带工"的老板。每年——特别是水荒旱荒的时候,这些在东洋厂里有"脚路"的带工,就亲身或者派人到他们家乡或者灾荒区域,用他们多年熟练了的可以将一根稻草讲成金条的嘴巴,去游说那些无力"饲养"可又不忍让他们的儿女饿死的同乡。

——还用说,住的是洋式的公司房子,吃的是鱼肉荤腥,一个月休息两天,咱们带着到马路上去玩耍,嘿,几十层楼的高房子,两层楼的汽车,各种各样,好看好玩的外国东西,老乡! 人生一世,你也得去见识一下啊。

——做满三年,以后赚的钱就归你啦,块把钱一天的工钱,嘿,别人跟我扣了头我也不替她写进去! 我们是同乡,有交情。

——交给我带去,有什么三差二错,我还能回家乡吗?

这样说着,咬着草根树皮的女孩子可不必说,就是她们的父母,也会怨悔自己没有跟去享福的福分了。于是,在预备好了的"包身契"上画上一个十字,包身费大洋念元,期限三年,三年之内,由带工的供给食宿,介绍工作,赚钱归带工者收用,生死疾病,一听天命,先付包洋十元,人银两交,"恐后无凭,立此包身契据是实"!

福×路工房的二千左右的包身工人,隶属在五十个以上的"带工"头手下。她们是顺从地替带工赚钱的"机器",所以每个"带工"所带包工的人数也就表示了他们的手面和财产。少一点的三十五十,多一点的带到一百五十个以上。手面宽的"带工"不仅可以放债,买田,起屋,还能兼营茶楼,浴室,理发铺一类的买卖。

东洋厂家将这红砖墙封锁着的工房以每月五元的代价租给"带工","带工"就在这鸽子笼一般的"洋式"楼房里面装进没有固定车脚的三十几部活动的机器,这种工房没有普通弄堂房子一般的"前门",它们的前门恰和普通房子的后门一样。每扇前门槛上,一律的钉着一块三寸长的木牌,上面用东洋笔法的汉字写着:"陈永田泰州""许富达维扬"等等带工头的籍贯和名字。门上,大大小小的贴着退了色的红纸的春联,中间,大都是红纸剪的元宝,如意,八卦,或者木板印的"姜太公在此,百无禁忌"的图像。春联的文字,大都是"积德前程远","存仁后步宽"之类。这些春联贴在这种地方,好像是在对别人骄傲,又像是对自己讽刺。

四点半之后,没有影子和线条的晨光胆怯地显现出来的时候,水门汀路上和弄堂里面,已被这些赤脚的乡下姑娘所挤满了。凉爽而带有一点湿气的朝风,大约就是这些生活在死水一般的空气里面的人们的仅有的天惠。她们嘈杂起来,有的在公共自来水龙头边舀水,有的用断了齿的木梳梳掉拗执地沾在头发里的棉絮。陆续地,两个一组两个一组地用扁担抬着平满的马桶,吆喝地望着人们身边擦过。带工的"老板"或者打杂的拿着一叠叠的"打印子簿子",懒散地站在正门出口——好像火车站轧票处一般的木栅子的前面。楼下那些席子,破被之类收拾掉之后,晚上倒挂在墙壁上的两张板桌放下来了。十几只碗,一把竹筷,胡乱放在桌上,轮值烧稀饭的就将一洋铅桶浆糊一般的薄粥放在板桌的中央。她们的定食是两粥一饭,早晚吃粥,中午的干饭,由老板差人给她们送进工厂里去。粥!它的成分可并不和一般通用的意义一样。里面是较少的籼米,锅焦,碎米,和较多的乡下人用来喂猪的豆腐的渣粹!粥菜?这是不可能的事了,有几个慈祥的老板到小菜场去收集一些莴苣菜的叶瓣,用盐卤渍一浸,这就是她们难得的佳肴。

只有两条板凳,——其实,即使有更多的板凳,这屋子里面也没有同时容纳三十个吃粥的地位,她们一窝蜂的抢一般的盛了一碗,歪着头用舌头舐着淋漓在碗边外的粥叶,就四散地蹲伏或者站立在路上和门口。添粥的机会,除了特殊的日子——比如老板、老板娘的生日,或者发工钱的日子之外,通常是很难有的,轮着揩地板,倒马桶的日子,也有连一碗也轮不到的时候。洋铅桶空了,轮不到盛第一碗的人们还捧着一只空碗,于是老板娘拿起铅桶,到锅子里去刮下锅焦,残粥,再到自来水龙头边去冲上一些清水,用她那双方才在梳头的油手搅拌一下,气烘烘地放在这些廉价的,不需要更多维护费(Maintain Cost)的"机器"们的前面。

——死懒!躺着死不起来,活该!

十一年前内外棉的顾正红事件,尤其是五年前的"一二八"战争之后,东洋厂家对于这种特殊的廉价"机器"的需要突然的增加起来。据说,这是一种极合经营原则和经济原理的方法。有括弧的机器,终究还是血和肉构成起来的人类。所以当他们忍耐的最大限度超过了的时候,他们往往会很自然的想起一种久已遗忘了的人类所该有的力量。有时候愚蠢的奴隶会理会到一束箭折不断的理论,再消极一点他们也还可以拼着饿死不干。产业工人的"流动性",这是近代工业经营最嫌恶的条件,但是,他们是决不肯追寻造成"流动性"的根源的。一个有殖民地人事经验的"温情主义者"在一本著作的序文上说:"在这次争议(五卅)里面,警察力没有任何的威权。在民众的结合力前面,什么权力都是不中用的了!"可是,结论呢?用温情主义吗?不,不!他们所采用的,只是用廉价而没有"结合力"的"包身工"来替代"外头工人"(普通的自由劳动者)的方法。

第一,包身工的身体是属于带工的老板的,所以她们根本就没有"做"或者"不做"的自由,她们每天的工资就是老板的利润,所以即使在生病的时候,老板也会很可靠地替厂家服务,用拳头,棍棒或者冷水来强制她们去做工作。就拿上面讲到过的芦柴棒来做个例吧,——其实,这样的事倒是每个包身工都有遭遇的机会:有一次在一个很冷的清晨,芦柴棒是害了急性的重伤风而躺在床(?)上了,她们躺的地方,到了一定的时间是非让出来做吃粥的地方不可的,可是在那一天,芦柴棒可真的不能挣起来了,她很见机地将身体慢慢的移到屋子的角上,缩做一团,尽可能的不占屋子的地位,可是,在这种工房里面,生病躺着休息的例子,是不能任你开的。很快的一个打杂的走过来了。干这种职务的人,大半是带工头的亲戚,或者"在地方上"有一点势力的"白相人",所以在这种法律的触手及不到的地方,他们差不多有生杀自由的权利。芦柴棒的喉咙早已哑了,用手做着手势,表示身体没力,请求他的怜悯。

——假病!老子给你医!

一手抓住了头发,狠命的往上一举,芦柴棒手脚着地,很像一只在肢体上附有吸盘的乌贼。一脚,踢在她的腿上,照例,第二第三脚是不会少的,可是打杂的很快的就停止了,后来据说,那是因为芦柴棒"露骨"地突出的腿骨,碰痛了他的足趾!打杂的恼了,顺手的夺过一盆另一个包身工正在揩桌子的冷水,迎头的泼在芦柴棒的头上。这是冬天,外面在刮寒风。芦柴棒遭了这意外的一泼,反射的跳起身来,于是在门口擦牙齿的老板娘笑了:

——瞧!还不是假病!好好的会爬起来,一盆冷水就医好了。

这只是常有的例子的一个。

第二,包身工都是新从乡下出来,而且她们大半都是老板的乡邻,这一点,在"管理"上是极有利的条件。厂家除出在工房周围造一条围墙,门房里置一个请愿警,和门外钉一块"工房重地,闲人莫入"的木牌,使这些"乡下小姑娘"和别的世界隔绝之外,完全的将管理权交给了带工老板。这样,早晨五点钟由打杂的或者老板自己送进工场,晚上六点钟接领回来,她们就永没有和"外头人"接触的机会。所以,包身工是一种"罐装了的劳动力",可以"安全地"保藏自由地取用,绝没有因为和空气接触而起变化的危险。

第三,那当然是工价的低廉;包身工由"带工"带进厂里,于是她们的集合名词又变了,在厂方,她们叫做"试验工"或者"养成工"两种。试验工的期间表示了厂家在试验你有没有工作的能力,养成工的期间那就表示了准备将一个"生手"养成为一个"熟手"。最初的工钱是每天十二小时,大洋一角乃至一角五分,最初的工作范围是不需要任何技术的扫地,开花衣,扛原棉,送花衣之类,一两个礼拜之后就调到钢丝车间,条子间,粗纱间去工作。在这种工厂所有者的本国,拆包间,弹花间,钢丝车间的工作,通例是男工做的,可是在殖民地,不必顾虑到社会的纠缠和官厅的监督,就将这种不是女性所能担任的工作加到工资不及男工三分之一的包身工们身上去了。

五点钟,第一回声很有劲地叫了。红砖罐头的盖子——那扇铁门一推开,就像放鸡鸭一般的无秩序地冲出一大群没锁链的奴隶。每人手里都拿一本打印子的簿子,不很讲话,即使讲话也没有什么活气。一出门,这人的河流就分开了,第一厂的朝东,二三五六厂的朝西。走不到一百步,她们就和另一种河流——同在东洋厂家工作的"外头工人"们汇在一起。但是,住在这地域附近的人,这河流里面的不同的成分,是很容易看得出的。外头工人的衣服多少的整洁一点,很多穿着旗袍,黄色或者淡蓝的橡皮鞋子,十七八岁的小姑娘们有时爱搽些白粉。甚至也有人烫过头发;包身工,就没有这种福气了,她们没有例外的穿着短衣,上面是褪色和油脏了的湖绿乃至青莲的短衫,下面是元色或者柳条的裤子,长头发,很多还梳着辫子。破脏的粗布鞋,缠过而未放大的脚,走路也就有点蹒跚的样子。在路上走,这两种人类很少有谈话的机会。脏,乡下气,土头土脑,言语不通,这都是她们不亲近的原因。过分的看高自己和不必要的看不起别人,这种心理是在"外头工人"的心里下意识的存在着的。她们想我们比你们多一种自由,多一种权利——这就是宁愿饿肚子的自由,随时可以调厂和不做的权利。

红砖头的怪物,已经张着嘴巴在等待着它的滋养物了。经过红头鬼(她们叫印度人的通称)把守着的铁门,在门房间交出准许她们贡献劳力的凭证,包身工只交一本打印子的簿子,外头工人在这簿子之外还有一张沾着照片的入厂凭证。这凭证,已经有十一年的历史了。顾正红事件之后,内外棉摇班(罢工)了,可是其他的东洋厂还有一部分在工作,于是,在沪西的丰田厂,有许多内外棉的工人冒混进去,做了一次里应外合的英勇的工作。从这时候起,由丰田的提议,工人入厂之前就需要这种有照片的凭证。——这种制度,是东洋厂所特有的,中国厂当然没有,英国厂,譬如怡和,工人进厂的时候还可以随便地带个把亲戚或者自己的儿女去学习(当然不给工资),怡和厂里随处可以看见七八岁甚至五六岁的童工,这当然是不取工钱的"赠品"。

织成衣服的一缕缕的纱,编成袜子的一根根的线,穿在身上都是光滑舒适而愉快的,可是在从原棉制成这种纱线的过程,就不像穿衣服那样的愉快了。纱厂工人的三大威胁,——就是音响,尘埃和湿气!

到杨树浦的电车经过齐齐哈尔路的时候,你就可以听到一种"沙沙的急雨"和"隆隆的雷响"混合在一起的声音。一进厂,猛烈的骚音,就会消灭——不,麻痹了你的听觉,马达的吼叫,皮带的拍击,锭子的转动,齿轮的轧轹……一切使人难受的声音,好像被压缩了的空气一般的紧装在这红砖墙的厂房里面,分辨不出这是什么声音,也决没有使你听觉有分别这些音响的余裕,纺纱间里的"落纱"(专管落纱的熟练工)和"荡管"(巡回管理的上级女工)命令工人的时候,不用言语,不用手势,而用经常衔在嘴里的口哨,因为只有口哨的锐厉的高音,才能突破这种紧张了的空气。——尘埃,那种使人难受的程度,更在意料之外了。精纺粗纺间的空间,肉眼也可看得出一般的飞扬着无数的"棉絮",扫地的女工经常的将扫帚的一端按在地上像揩地板一样的推着,一个人在一条"弄堂"(两部纺机的中间)中间反复的走着,细雪一般的棉絮依旧眼睛可以看出般的积在地上! 弹花间,拆包间,和钢丝车间更可不必讲了。拆包间的工作,是将打成包捆的原棉拆开,用手扯松,拣去里面的夹杂成分;这种工作,现在的东洋厂差不多已经完全派给包身工去做了,因为她们"听话",肯做别的工人不愿做的工作。在那种工场里面,不论你穿什么衣服一刻儿就会变成一律的灰白,爱作弄人的小恶魔一般的在室中飞舞着的花絮,"无孔不入"地向着她们的五官钻进,头发,鼻孔,睫毛,和每一个毛孔,都是这些纱花寄托的场所;要知道这些花絮粘在身上的感觉,那你可以假想一下——正像当你工作到出汗的时候,有人在你面前拆散和翻松一个木棉絮的枕芯,而使这些枕芯的灰絮遍粘在你的身上!纱厂女工没有一个有健康的颜色,做十二小时的工,据调查每人平均要吸入零·一五 gr 的花絮!

湿气的压迫,也是纱厂工人——尤其是织布间工人最大的威胁,他们每天过着黄霉,每天接触着一种饱和着水蒸气的热气。依棉纱的特性,张力和湿度是成正比例的,说得平直一点,棉纱在潮湿状态,比较的不容易扯断,所以车间里必需有喷雾器的装置,在织布间,每部织机的头上就有一个不断地放射蒸汽的喷口,伸手不见五指,对面不见他人!身上有一点被蚊虱咬开或者机器碰伤而破皮的时候,很快的就会引起溃烂,盛夏一百十五六度的温度下面工作的情景,那就决不是"外面人"所能想像的了。

这大概是自然现象吧,一种生物在这三种威胁下面工作,加速度的容易疲劳,尤其是在做夜班的时候,打瞌睡是不会有的,因为野兽一般的铁的暴君监视着你,只要断了线不接,锭壳轧坏,皮棍摆错方向,乃至车板上有什么堆积,就会有遭"拿莫温"(工头)和"小荡管"毒骂和殴打的危险。这几年来,一般的讲,殴打的事实已经渐渐的少了,可是这种"幸福"只局限在"外头工人"的身上。拿莫温和小荡管打人,很容易引起同车间工人的反对,即使当场不发作,散工之后往往会有"喊朋友""品理"和"打相打"的危险,但是,包身工是没有"朋友"和帮手的!什么人都可以欺侮,什么人都看她们不起,她们是最下层的"起码人"。她们是拿莫温和小荡管们发脾气和使威风的对象。在纱厂,做了"烂污生活"的罚规,大约是殴打,罚工钱和"停生意"三种,那么,在包身工所有者——带工老板的立场,后面的两种当然是很不利了。罚工钱就是减少他们的利润,停生意非特不能赚钱,还要贴她二粥一饭,于是带工头不假思索地就爱上了殴打这办法了。每逢端午重阳年头年尾带工头总要对拿莫温们送礼,那时候他们总是卑屈地讲:

——总得请你帮忙,照应照应,咱的小姑娘有什么事情尽管打!打死不干事,只要不是罚工钱,停生意!

打死不干事!在这种情形之下,"包身工"当然是"人人得而欺之"了。有一次,一个叫做小福子的包身工整好了的烂纱没有装起,就遭了拿莫温的殴打,恰恰运气坏,一个"东洋婆"走过来了,拿莫温为着要在别人面前显出她的威风,和对"东洋婆"表示她管督的严厉,打得比平常格外着力。东洋婆望了一会,也许是她不欢喜这种不"文明"的殴打,也许是她要介绍一种更合理的惩戒方法,走近身来,揪住小福子的耳朵,将她扯到太平龙头的前面,叫她向着墙壁立着,拿莫温跟着过来,很懂得东洋婆的意思似的拿起一个丢在地上的皮带盘心子(Driving Shaft),不怀好意的叫她顶在头上,东洋婆会心地笑了:

——地个小姑娘坏来西,懒惰!

拿莫温学着同样生硬的调子说:

——皮带盘心子顶拉头浪,就勿会打瞌睏!

这种文明的惩罚,有时候会叫你继续到两小时以上。两小时不做工作,赶不出一天该做的"生活",那么工资减少而招致带工老板的殴打,也就是分内的事了,殴打之外,还有饿饭,吊,关黑房间等等方法。

实际上,拿莫温对待外头工人,也并不怎样客气,因为除出打骂之外,还有更巧妙的方法,譬如派给你难做的"生活",或者调你去做不愿意做的工作,所以外头工人里面的狡猾分子就常常用送节礼巴结拿莫温的手段,来保障自己的安全。拿出血汗换来的钱来孝敬工头,在她们当然是一种难堪的负担,而包身工,那是连这种送礼的权利也没有的!外头工人在抱怨这种额外的负担而包身工却在羡慕这种可以自主的拿出钱来贿赂工头的权利!

在一种特殊优惠的保护之下,摄收着廉价劳动力的滋养,在中国的东洋厂飞跃地膨大了。单就这福×路的东洋厂讲,光绪二十八年三井系的资本收买大纯纱厂而创立第一厂的时候,锭子还不到两万,可是三十年之后,他们已经有了六个纱厂,五个织厂,二十五万个锭子,三千张布机,八千工人,和一千二百万元的资本。美国哲人艾玛生的朋友,达维特·索洛(David Thoreau)曾在一本书上说过,美国铁路的每一根枕木下面,都横卧着一个爱尔兰劳动者的尸首。那么我也这样联想,东洋厂的每一个锭子上面,都附托着一个支那奴隶的冤魂!

一二八战争之后,他们的政策又改变了,这特征是资本攻势的劳动强化。统计的数字表示着这四年来锭子和布机数的增加,和工人人数的减少,在这渐减的工人里面,包身工的成分却在激剧地增加。举一个例,杨树浦某厂的条子车间,三十二个女工里面,就有二十四个包身工。全般的比例,大致相仿,即使用最少的约数百分之五十计算,全上海三十家东洋厂的四万八千工人里面,替厂家和带工头二重服务的包身工,总在二万四千人以上!

科学管理和改良机器,粗纱间过去每人管一部车的,现在改管一"弄堂"了,细纱间从前每人管三十木管的(每木管八个锭子)现在改管一百木管了,布机间从前每人管五部布机,现在改管二十几至三十部了。表面上看,好像论货计工,产量增多就表示了工价的增大,但是事实并不这样简单。工钱的单价,几年来差不多减了一倍。譬如做粗纱,以前每"享司"(八百四十码)单价八分,现在已经不到四分了,所以每人管一部车子,工作十二小时,从前做八"享司"可以得到六角四分,现在管两部车做十六"享司"而工钱还不过四角八分左右。在包身工,工钱的多少和她"本身"无涉,那么当然这剥削就上在带工头的账上了。

两粥一饭,十二小时工作,劳动强化。工房和老板家庭的义务服役,猪猡一般的生活,泥土一般的作践,——血肉造成的"机器",终于和钢铁造成的机器不一样的;包身契上写明的三年期间,能够做满的大概不到三分之二;工作,工作,衰弱到不能走路还是工作,手脚像芦柴棒一般的瘦,身体像弓一般的弯,面色像死人一般的惨,咳着,喘着,淌着冷汗,还是被逼着在做工作。比如讲芦柴棒吧,她的身体实在瘦得太可怕了,放工的时候,厂门口的"抄身婆"(抄查女工身体的女佣人)也不愿意用手去接触她的身体:

——让她扎一两根油线绳吧!骷髅一样,摸着她的骨头会做怕梦!

但是带工老板是不怕做怕梦的!有人觉得太难看了,对她的老板说:

——譬如做好事吧,放了她!

——放她? 行! 还我二十块钱,两年间的伙食、房钱。——他随便地说,回转头来对她一瞪:

——不还钱,可别做梦! 宁愿赔棺材,要她做到死!

芦柴棒现在的工钱是每天三角八,拿去年的工钱三角二做平均,两年来在她身上已经收入了二百三十块了!

还有一个,什么名字记不起了,她熬不住这种生活,用了许多工夫,在上午的十五分钟休息时间里面,偷偷地托一个在补习学校念书的外头工人写了一封给她父母的家信,邮票,大概是那同情她的女工捐助的了。一个月,没有回信,她在焦灼,她在希望,也许,她的父亲会到上海来接她回去,可是,回信是捏在老板手里了。散工回来的时候,老板和两个当杂的站在门口,横肉的面上在发火了,一把头发扭住,踢,打,掷,和爆发一般的听不清的轰骂!

——死娼妓! 你倒有本领,打断我的家乡路!

——猪猡,一天三餐将你喂昏了!

——揍死你,给大家做个榜样!

——信谁给你写的? 讲,讲!

血和惨叫使整个工房都怔住了,大家都在发抖,这好像真是一个榜样。打倦了之后,再在老板娘的亭子楼里吊了一晚。这一晚上,整屋子除出快要断气的呻吟一般的呼唤之外,绝没有别的声息,屏着气,睁着眼,十百千个奴隶在黑夜中叹息她们的命运。

人类的身体构造,有时候觉得确实有一点神奇。长得结实肥胖的往往会像折断一根麻梗一般的很快的死亡,而像芦柴棒一般的偏能一天一天的磨难下去!每一分钟都有死的可能,可是她还有韧性地在那儿支撑。两粥一饭,十二小时骚音尘埃和湿气中的工作,默默地,可是规则地反复着,直到榨完了残留在她皮骨里的最后的一滴血汗为止。

看着这种饲养小姑娘营利的制度,我禁不住想起孩子时候看到过的船户养墨鸭捕鱼的事了。和乌鸦很相像的那种怪样子的墨鸭,整排的停在舷上,它们的脚,是用绳子吊住了的,下水捕鱼,起水的时候船户就在它的颈子上轻轻的一挤!吐了再捕,捕了再吐,墨鸭整天的捕鱼,卖鱼得钱的却是养墨鸭的船户。但是,从我们孩子的眼里看来,船户对墨鸭并没有怎样的虐待,而现在,将这种关系转移到人和人的中间,便连这一点施与的温情也已经不存在了!

在这千万的被饲养的中间,没有光,没有热,没有温情,没有希望,——没有法律,没有人道。这儿有的是二十世纪的烂熟了的技术,机械,体制,和对这种体制忠实地服役着的十六世纪封建制下的奴隶!

黑夜,静寂的死一般的长夜,没有自觉,没有团结,没有反抗,——她们住在一个伟大的锻冶场里面,闪烁的火光常常在她们身边擦过,可是,在这些被强压强榨着的生物,好像连那可以引火,可以燃烧的火种也已经消散掉了。

不过,黎明的到来还是没法可推拒的;索洛警告美国人当心枕木下的尸骸,我也想警告某一些人,当心呻吟着的那些锭子上的冤魂。

一九三六,六,三,清晨

【阅读提示】

这篇作品像夏衍的其他创作一样具有鲜明的政治意识形态性质,在书写历史上可能有所遮蔽,但是无论如何,从总的大历史框架和中国底层人民的普遍诉求看,作品依然没有丧失其对生活的批判力量。作品善于抓取典型细节和典型人物,运用形象描写法,看似客观的调子里流淌着对日本帝国主义的仇恨,对工厂压迫者的仇恨,对现代机械工业负面作用的揭示,所以思想价值和艺术价值都不容低估。

【延伸阅读作品与参考文献】

1. 夏衍:《〈包身工〉余话》《从〈包身工〉所引起的回忆》《关于〈包身工〉与中学语文教材组的通信》,均见袁鹰、姜德明编《夏衍全集》⑧文学(上),浙江文艺出版社 2005 年版。

2. 王火:《夏衍〈包身工〉的三种文本》,《中国现代文学研究丛刊》2015 年第11 期。

3. (美)艾米莉·洪尼格:《姐妹们与陌生人:上海棉纱厂女工,1919—1949》,韩慈译,江苏人民出版社 2011 年版。

【思考与练习】

以这篇作品为例,分析左翼都市文学的阶级性和民族性。

都市的棚户[①]

柯　灵

在上海的边陲,有些仿佛被这辉煌的都市所摈弃了的地方,它们污秽,荒僻,局促可怜地蹲在高耸云霄的工厂的烟囱底下,显得特别的陋小寒伧,从都市人眼睛里看来,这简直不是人住的地方。

然而那些地方,却的确住着许多也被称为"人"的贫苦生物。作为这些生物的安息之所的,自然不是钢骨水泥的近代建筑,甚至不是中国式古旧的砖瓦房子,那是在蔓烟衰草,没有人烟的荒地上,十家一区,几十家一堆拖簇聚在一处的草棚。——这种草棚,都是由住着的人自己建筑起来的,泥的墙,草的屋顶,薄得像纸板一样的门,窗子是一个开在泥墙上的小小的洞。棚子自然是没有楼的,它的高度,大概长一点的人站直了一手可以搭着屋顶。

大家挤在一起

这些房子的建筑费(连材料费在内)呢,大一点的,每间约二十元;小一点的,每间大约五六元。——和一般弄堂房子里面的一间前楼或亭子间的一个月租金相仿。但假如这棚子没有意外的灾难,他们一建筑起来以后,就要子子孙孙,永远住下去。

普通一份人家,是一间草棚,境况好一点的有两间。住在草棚里面的生物——这就是所谓"棚户",大概全是有家庭的,没有一个是单身汉。一家人大都是上下三代,年老父或母,年青的儿子和媳妇,下边两个三个甚或四五个"小把戏",大家都挤在一间五六方尺地位的房子里,衣于是,食于是,性交养孩子于是。而房子太小,光线太暗,木板门很少关闭的时候。遇着风风雨雨,住在草棚里面就只跟露宿差了一口气。现在是夏天,只要不下雨,他们成日成夜过的都是"户外生活"。男男女女都打着赤膊,青年女子偶然穿衣服,多数都只在胸前系一个布肚兜,裤脚管常常卷到大腿以上,因为便于做事。"廉耻"这字样,他们好像压根儿不懂,"新生活运动"是运不到草棚区域的。

苦生活的一般

"棚户"是怎么生活着的呢!他们在做着什么职业?

我们不是常常在马路上看见一些因犯一般穿着红背心的路工吗?他们有的拿着鹤嘴锄,在拼命掘地;有的拉着硕大无朋的石头滚子在压路,有的混身泥污,

---

①原载 1936 年《特写》第 6 期,署名"大晚报记者特写",后经修改收入《柯灵文集》第一卷,并改名为"棚户"。《柯灵文集》第一卷,文汇出版社 2001 年 7 月版。现选自 1936 年《特写》第 6 期。

终日钻在地底下挖阴沟；有的是在打撬……这些，就多数是"棚户"里边的福人。因为他们有工作做，可以赚钱养家。有的是推独轮车的，一个人负了千把斤重的东西，咿咿唔唔向前推去，累得满头大汗。此外，还有少数拉人力车的以及许多在工厂那做工的。男的赚钱不够用，女的也上工厂，"小把戏"除了真是太小没办法，一上十三岁，也送到工厂里去做工了。总之，待遇最低，工作最苦的苦工，多数是棚户的职业，他们就这样靠着娘胎里带来的一点体力，养活了自己的性命。除了这以外，他们还有别的生活方法，这就是在草棚附近租了地皮来种植，并且在棚里养猪，增加生产。

可是大家不要忘记：以上所说的，还不过是一二八沪战以前的"旧话"。如今的情形，已经大大不同了。

跟着上海兴起

上海的棚户，据不正确的统计，大概有二万五千余家，计算人数，大约总在六七万以上。分布的区域，东区是在兰路，齐齐哈尔路……一带；西区是在曹家渡一带；北区是在闸北一带。有棚户的地方，必定有工厂；这些棚户里面的生物，实在太像被吸过血的"人渣"！

至于棚户的历史——这就是说草棚棚是什么时候才有的。这不很容易稽考。可是年老的棚户却可以肯定地告诉你：有了"上海"，就有了棚户的。棚户百分之九十九是江北人，他们从贫瘠的故乡，带了饥寒的威胁流浪到上海来，这都市是辉煌的，但没有方法解决他们住处，于是就在那都市边陲的荒地上，自己动手，搭起草棚来作为栖身之所。所以，草棚的历史是简单的，这就是：上海有许多农民出身的流浪汉他们要活，草棚是由他们要求生活的坚强意志所解决的住的问题。

棚户这样的生活下来，至少也就有着二三十年的时间了。

一二八的劫数

在一九三二年一月二十八日，因为"友邦"的军事侵略，我们的民族自卫战争在上海爆发了。罢市，罢工，罢课，商店关门，工厂倒闭……邻近战事区域的东区棚户拜受"友邦"之赐，就遭了一回大大的劫数！

太阳牌的飞机每天在头上飞，而且常常对准老百姓的住房掷炸弹，逃难吧，没有费用；

就是稍为有几个钱吧，逃到那里去？于是只好干等在草棚里面，死里求生，大家掘个把地洞，就算是避乱的桃源。工作是没有做的了，幸而以前生活比较好，还不至于挨饿的，可是粮食店关门了，大家只好都去掘取野菜来充饥。但外面又不能乱闯乱跑，弄得不好，就要被"友邦"的军队拉了去，从此石沉大海，杳无音信。……

不景气压榨着

一二八以后,这世界却完全走了样。第一是上海的市面,从此一蹶不振,生活肩在身

上变成了重重的担子,渐渐的荷不住了。景况一天天萧条,草棚区却一天天变得热闹。在上海生活不下去的,在乡间度日为难漂到上海来的,都挤进了草棚区。一下子上海的棚户,就增加了一大半。

不景气的狂风卷没了多少事业,最先受影响的就是出卖劳力的苦百姓。市况不佳,工部局不再添辟新马路了,于是使鹤嘴锄的,挖阴沟的,拉石磙的,一下子失了业,在草棚里闲顿起来。许多纱厂在打仗的时候关了门,从此不再见开起来;有的开厂了,可是节省开支,缩小范围,于是一大批男女工人被裁掉了;侥幸没有裁的,从前做全工,现在只做三日工;全工大约每月可赚十元钱的,目前就减少了一半。女工呢,裁的多,留的少,东洋纱厂看看失业的工人一多,条件立刻严格起来;怀了孕的不要,过了二十几岁的不要,擦,擦,擦,大批的削,严格的减,只剩下十八九岁年青力强的姑娘在劳动。工作时间延长了一些,工资仍然是三角几分钱一天。十三岁到十五岁的童工,其实做的是和成人差不多的工,可是工资只有每月两元,拉车推车的,生意一天比一天清。拉人力车的还好一点;推小车的,从前每天能赚二千钱的,自下只能赚六百,短缩了三分之二强。种地的呢,地亩捐比从先加了一倍,而物价反而狂跌,譬如一斤菜,以前卖十个铜板还不算贵,如今卖四个铜板,买主还要便宜。设法点钱,在家里养养猪吧!可是工部局忽然禁止了。理由是不卫生。

倒不禁饿肚皮

"天下还有比饿肚皮不卫生的事吗?可是他们要禁养猪猡"。一位告诉这个情形的中年人,当时对我发了这样的感慨。

经过这许多风波,生活的路几乎全部断绝了。不过人是一出世就有着天赋的生活的权利的,他们自然还要挣扎着生活下去的。这一年来,棚户多数连饭也吃不饱了。一天两餐饭的时代,已成为可依恋的逝去的梦影。目前他们的每天的饮食,是一顿小米饭,一顿稀饭,菜蔬是盐,一二个铜板的萝卜干,有些女的因为要到纱厂做夜工,做到半夜三更,肚子要饿得难受,就往往白天睡觉省一顿,晚上带了一碗小米饭上工厂,肚饿时就用冷水淘着吃。

"总而言之,草棚里的人是痛苦,痛苦,痛苦!"

这又是那位中年人沉痛的呼声。

斗不过也抵抗

但这样的生活好像不能维持得长久,工部局要勒令迁移了。什么原因,棚户是不明白的。他们说:"我们每年都向地主出租钱的(每年三元),我们不懂得他们为什么要逼我们搬?他们外国人势力大,我们斗不过他们,也没有什么话说。可是一搬家,叫我们到那里去?我们是'回不得家乡,见不得爹娘',反正活不下

去了，只好拼一拼性命。工部局如果一定要我们搬，我们就男男女女都把性命交给他……"。所以，当前几天工部局派人勒逼迁移，要代为拆卸草棚的时候，便有全体棚民男的执帚，女的携带便桶，孩子拿着扫便桶的竹帚向工部局的员工大举包围的悲喜剧。但这消息在报上发表时，那位记者先生却说是"亦未免恶作剧"矣！

"恶作剧"的确是"恶作剧"，但这又有什么方法呢？谁不愿意在这世上活着，虽然他活着未必有乐趣。现在他们的拼命的"恶作剧"是终于得到胜利，工部局已经允许棚户暂时不搬了！

【阅读提示】

这篇文章是作者做《大晚报》记者时的一篇特写。当时，租界工部局勒令上海的棚户迁移，引起棚户们的不满，发生反抗行为。文章从左翼立场出发，给读者提供了另一个上海，一个地狱般的世界，这里有最差的生存条件，最大的吃苦耐劳，实在忍受不住国内国外的重重压迫和剥削，他们必然团结起来，形成反抗的风暴。文章粉碎了一些人对于上海繁华的想象，材料充分，文笔平实而又饱含力量，当时引起巨大反响。

罪恶开着娇艳的花①

柯 灵

在沪西可以得到保障，滋长得蓊蓊郁郁，犹如茂林丰草的，是一切罪恶的事业。

没有亲历其境的人，任是怎样的天才，怕也想象不出那是一种什么光景。

首先是赌，你到沪西各马路巡回一次，最鲜明的印象必然是各种各样的赌场。俨然装成店铺式样，招牌上画着奇形怪状的财神，还挂出三十六门"林太平""张九官"之类人物画像的，是花会。它们几乎遍布在每一条弄堂，有些地方望衡对宇，一处簇聚着几家。这是一种最低级的赌博机关，无数小贩，苦力，佣妇，黄包车夫，用辛苦换来的一点代价，常常被蛊惑似的送进这些场合去。门前搭着电灯牌楼，光耀如同白日，人影栗乱，车马杂沓的是一些大小赌台。其中最大的几家，一夜进出几十万，有着足以使人惊奇的组织和设备，大菜间，烟花间，理发所，……一切声色享受它都完全，可以使沉迷的人在这中间终老。有一家新开赌场，还有游艺场吸引顾客。据说它初开时候，不知怎么事业并不兴盛，于是有人向老板建议，在游艺节目中加添了模特儿表演一项。这一着成效不坏，赌客居然蜂拥而来。不但是赌场，有几家戏院主人，也正靠着模特儿走运发财。

目前在沪西专门以女性生殖器官号召观众的"戏院"，据我们知道，至少就有三四家。海格路有一家——那是一个姓黄的电影商办的，现在关门了——屋顶用的是芦席天棚，设备的简陋可以跟难民收容所媲美。这家"戏院"开幕第一次贡献，广告上说是"德国出品专供贵族观赏"的影片，座价分为二元，三元，四元，开映的几天，真是"侍女如云"，芦席棚前停满了雪亮的汽车，棚里棚外由便衣带枪的什么"团""队"员之类守卫着，仿佛里边在开什么重要会议。

这类影片既然得到自由公开的环境，看的人又那么踊跃热心，于是凡属有女性生殖器官出现的影片都搜罗出来了。《健美运动》，意义明白，一望而知；《夫妇之道》，其实不过是《医验人体》，正正经经的医学影片，都被歪曲得天花乱坠，邋遢不堪。

这还不够刺激，于是有真的女人赤精精的登台。

最初是一个，拉开幕，惊鸿一瞥似的在观众眼前一现，又即刻闭幕了。观众照例是鼓噪，拍掌，顿脚，尖声的吹口哨，高叫"再来一个"，于是再来那么一下。

---

① 本文为柯灵散文特写《魔鬼的天堂》的第三节，1940 年代发表于香港的《星岛日报》；现选自《柯灵文集》第一卷，文汇出版社 2001 年 7 月初版。

到后来人数增加了,从一个加到两个,三四个,乃至六七个,盘丝洞里的妖精似的一群。时间延长了,从一分钟到两分钟,逐步增加,按照目前情形,她们在台上自立着给观众欣赏的时间,长至五分钟到十分钟,有的还一面唱歌,或者团团的跳舞——用他们的名词说来,是"玻璃草裙舞"。

而那种场合,看客却总是那么拥挤,且多数是从租界里不辞跋涉而去的。在这件事上,我得替我们中国规模最大历史最久的上海两家大报表扬表扬,因为替这些"戏院"尽宣传和介绍之劳的,正是他们。"标准身体雪雪白","全身工夫刮刮叫"之类不及备录的广告妙句,就全在报上皇皇登载着。

可以跟沪西赌台的发达争一日之短长,而且超过了它的,是林立的烟行、白面馆、燕子窠。

在白利南路,伪"市政府"有"禁烟局"的组织。这"禁烟局"所禁的是什么,却谁也无法想象。它的任务是放开手扶植烟馆,放开手脚征收捐税。这么一来,烟市繁盛了,搜刮丰腴了。因为榨得太凶,今年初秋曾引起沪西烟馆的全体罢市。

在沪西,烟馆的存在完全是公开的,烟行门口照例有伪警保护;燕子窠的新名词是"谈话室",大门敞开,一览无余,车厢似的整整齐齐排列着榻位,许多瘾君子就排队似的悠然打着卧枪,灯火荧荧,密如繁星,在吱吱作响的声音里,鸦片烟结成轻雾,远远的吹送着香风。它们的数目之多,除了"禁烟局"里的税收员,怕谁也无法统计。

祸害最烈的,却是白面,下层市民受着很深的荼毒。在上月下旬,西伯利亚寒流袭沪,一夜凛冽的北风,到第二天早上,马路上露宿者的尸体恰如落叶满地。"朱门酒肉臭,路有冻死骨",不错!可是请注意一件值得关心的事实,那些冻死者中间,占半数以上的正是有白面瘾的苦力!

【阅读提示】

柯灵是坚守在"孤岛"上海和沦陷区上海的少数进步作家之一。这里所选是作者散文特写《魔鬼的天堂》的第三部分,揭示日伪统治下上海西部"越界筑路"区域种种罪恶事业如吸毒、赌博、色相、卖淫等都畸形地繁荣,字里行间流淌着作家对民族、国家命运的关切和对愚昧人们的愤怒。由于作家鲜明的反日倾向,两度被日本宪兵队逮捕,并惨遭毒打和折磨。

【延伸阅读作品与参考文献】

1.柯灵:《罪恶之花》《魔鬼的天堂》(散文),见《柯灵文集》第1卷,文汇出版社2001年版。

2.张理明:《柯灵评传》,中国社会科学出版社2008年版。

3.唐金海、张晓云:《论柯灵的散文》,《文学评论》1994年第1期。

4.赵军花:《柯灵散文语言特色浅论》,《河南师范大学学报》哲社版 2003 年第 4 期。

【思考与练习】

从所选作品看柯灵观察和书写上海时的独特眼光及柯灵散文的艺术风貌。

海上的月亮[①]

苏 青

茫无边际的黑海,轻漾着一轮大月亮。我的哥哥站在海面上,背着双手,态度温文而潇洒。周围静悄悄地,一些声音也没有;溶溶的月色弥漫着整个的人心,整个的世界。

忽然间,他笑了,笑着向我招手。天空中起了阵微风,冷冷地,飘飘然,我飞到了他的身旁。于是整个的宇宙变动起来:下面是波涛汹涌,一条浪飞上来,一条浪滚下去,有规律地,飞滚着无数条的浪;上面的天空似乎也凑热闹,东面一个月亮,西面一个月亮,三五个月亮争着在云堆中露出脸来了。

"我要那个大月亮,哥哥!"我心中忽然起了追求光明的念头,热情地喊。一面拉起哥哥的手,想同他一齐飞上天去捉,但发觉哥哥的手指是阴凉的。"怎么啦,哥哥?"我诧异地问。回过头去,则见他的脸色也阴沉沉地。

"没有什么,"他幽幽回答,眼睛望着云天远处另一钩淡黄月,说道:"那个有意思,钩也似的淡黄月。"

于是我茫然了,一钩淡黄月,故乡屋顶上常见的淡黄月哪!我的母亲常对它垂泪,年轻美丽的弃妇,夜夜哭泣,终于变成疯婆子了。我的心只会往下沉,往下沉,身子也不由的沉下去了,摔开哥哥的阴凉的手,只觉得整个宇宙在晃动,天空月光凌乱,海面波涛翻滚。

"哎唷!"我恐怖地喊了一声,惊醒过来,海上的月亮消失了,剩下来的只有一身冷汗,还有痛。痛在右腹角上,自己正患着盲肠炎,天哪!

生病不是好事,病中做恶梦,尤其有些那个。因此平日虽不讲究迷信,今夜也不免要来详梦一番了。心想,哥哥死去已多年,梦中与我携手同飞,难道我也要逝亡了吗? 至于捉月亮……

月亮似乎是代表光明的,见了大光明东西便想去捉住,这是人类一般的梦想。但是梦想总成梦想而已,世上究竟有没有所谓真的光明,尚在不可知之间,因此当你存心要去捉,或是开始去捉时,心里已自怀疑起来,总于茫然无所适从,身心往下沉,往下沉,堕入茫茫大海而后已。即使真有勇往直前的人,飞上去把月亮真个捉住了,那又有什么好处? 人还是要老,要病,要痛苦烦恼,要做啰哩啰嗦事情的,以至于死,那么捞什子月亮于他究竟有什么用处呢?

[①]原载《大众》1944 年 1 月号,后收入作者第一部散文集《浣锦集》,上海天地出版社 1944 年 4 月初版;现选自该期《大众》。

说得具体一些,就说我自己了吧。在幼小的时候,牺牲许多游戏的光阴,拚命读书,写字,操体操,据说是为了将来幸福,那是一种光明的理想。后来长大了,嫁了人,养了孩子,规规矩矩的做妻子,做母亲,天天压抑着罗曼谛克的幻想,把青春消逝在无聊岁月中,据说那是为了道德,为了名誉,也是一种光明的理想。后来看看光是靠道德与名誉没有用了,人家不爱你,虐待你,遗弃你,吃饭成了问题,于是想到了独立奋斗。但是要独立先要有自由,要有自由先要摆脱婚姻的束缚,要摆脱婚姻的束缚先要舍弃亲生的子女——亲生的子女呀!那时所谓光明的理想,已经像一钩淡黄月了,淡黄月就淡黄月吧,终于我的事业开始了:写文章,编杂志,天天奔波,写信,到处向人拉稿,向人献殷勤。人家到了吃晚饭时光了,我空着肚子跑排字房;及至拿了校样稿赶回家中,饭已冰冷,菜也差不多给佣人吃光了,但是饥不择食,一面狼吞虎咽,一面校清样,在廿五烛光的电灯下,我一直校到午夜。户口米内掺杂着大量的砂粒,尘垢,我终于囫囵吞了下去,终于入了盲肠,盲肠溃烂了。

我清楚地记着发病的一天,是中午,在一处宴会席上,主人殷勤地劝着酒,我喝了,先是一口一口,继而一杯一杯的吞下。我只觉得腹部绞痛,但是说出来似乎不礼貌,也有些欠雅,只得死进着一声不响。主人举杯了,我也举杯,先是人家央我多喝些,我推却,后来连推却的力气也没有了,腹中痛得紧,心想还是喝些酒下去透透热吧。于是酒一杯杯吞下去,汗却一阵阵渗出来了,主人又是怪体贴的,吩咐开电扇。一个发寒热,患着剧烈腹痛的人在电扇高速度的旋转下坐着吃,喝,谈笑应酬,究竟是怎样味儿我委实形容不出来,我只记得自己坐不到三五分钟就继续不下去,跑到窗口瞧大出丧了。但是大出丧的灵柩还没抬过,我已经病倒在沙发上。

"她醉了!"我似乎听见有人在说。接着我又听见主人替我雇了车,在途中我清醒过来,便叫车夫向 XX 医院开去。

医生说是吃坏了东西,得服泻剂。

服了泻药,我躺在床上,到了夜里,便痛得满床乱滚起来。于是我哭着喊,喊了又哭。我喊妈妈,在健康的时候我忘记了她,到了苦难中想起来就只有她了。但是妈妈没有回答,她是在故乡家中,瞧着一钩淡黄月流泪哪!我感到伤心与恐怖,喃喃对天起誓,以后再不遗忘她,再不没良心遗忘她了。

腹痛是一阵阵的,痛得紧的时候,肚子像要破裂了,我只拚命抓自己的发。但在松下来痛苦减轻的时候,却又觉得伤心,自己是孤另另的,叫天不应,喊地无灵,这间屋子里再也找不出一个亲人。我为什么离开了我的母亲?她是这样老迈了,神经衰弱,行动不便,在一个愚蠢无知的仆妇照料下生活着。我又为什么离开我的孩子?他们都是弱小可怜,孤苦无告地给他们的继母欺凌着,虐待着。

想到这里,我似乎瞧见几张愁苦的小脸,在海的尽头晃动着齐喊:"妈妈!"他们的声音是微弱的,给海风吹散了,我听不清楚。我也瞧见在朦胧的月光下,一个白发伛偻的老妇在举目四瞩的找我,但是找不到。

"妈妈!"我高声哭喊了起来,痛在我的腹中,更痛的在我心上:"妈妈呀!"

一个年青的姑娘站在床前了,是妹妹,一张慌张的脸。"肚子痛呀,妈妈!"我更加大哭起来,撒娇似的。

她也抽抽噎噎的哭了,口中连声喊"哎哟!"显得是没有主意。我想:我可糟了,一个刚到上海来的女孩子,半夜里是叫不来车子,送不来病人上医院的,急坏了她,还是治不了我的腹痛哪!于是自己拭了泪,反而连连安慰她道:"别哭哪,我不痛,此刻不痛了。"

"你骗我,"她抽噎得肩膀上下耸:"怎么办呢?妈妈呀。"

"快别哭,我真的不痛。"

"你骗我。"

"真的一些也不痛。"

"怎么办呢?"她更加抽噎不停,我恼了,说:

"你要哭,我就要痛。——快出去!"

她出去了,站在房门口。我只捧住肚子,把身体缩做一团,牙齿紧咬。

我觉得一个作家,一个勇敢的女性,一个未来的最伟大的人物,现在快要完了。痛苦地,孤独地,躺在床上,做那个海上的月亮的梦。海上的月亮是捉不到的,即使捉到了也没有用,结果还是一场失望。我知道一切光明的理想都是骗子,它骗去了我的青春,骗去了我的生命,如今我就是后悔也嫌迟了。

在海的尽头,在一钩淡黄月下的母亲与我的孩子们呀,只要我能够再活着见你们一面,便永沉海底也愿意,便粉身碎骨也愿意的呀!

盲肠炎,可怕的盲肠炎,我痛得又晕了过去。

【阅读提示】

一般的印象中,苏青是个"俗人",她也写过鼓吹"俗人哲学"的文章,但是你阅读过这篇文章后,就应该知道,苏青与多数人一样,年轻时都做过梦,都有过理想,只是这理想在严酷现实打击下,一点一点的褪色、消失,终于被现实所征服。"海上的月亮",这是一个蕴含丰富的意象,一方面暗示上海所代表的现代物质文化对于月亮所代表的传统审美情绪和意象的侵蚀,一方面表明往日美好想象的时光都建立在大海一样的波涛流水上,终于是一个虚幻,当然不可能实现。生活对于人性的嘲弄于此可见一斑。

谈女人①

苏　青

许多男子都瞧不起女人,以为女人的智慧较差,因此只会玩玩而已;殊不知正当他自以为在玩她的时候,事实上却早已给她玩弄去了。没有一件桃色事件不是先由女人起意,或是由女人在临时予以承认的。世界上很少会有真正强奸的事件,所以发生者,无非是女人事后反悔了,利用法律规定,如此说说而已。

女人所说的话,恐怕多不可靠,因为虚伪是女人的本色。一个女人若不知虚伪,便将为人所不齿。甚而至于无以自存了。譬如说:性欲是人人有的,但是女人就决不肯承认;若是有一个女人敢自己承认,那给人家听起来还成什么话?

又如在装饰方面,女人知道用粉扑似的假乳房去填塞胸部,用硬绷绷的紧宽带去束细腰部,外面再加上一袭美丽的,适合假装过后的胸腰部尺寸的衣服来掩饰一切。这是女人的聪明处。愚笨的女人只知道暴露自己肉体的弱点,让两条满是牛瘟疤的手臂露在外面,而且还要坦胸,不是显得头颈太粗,便是让人家瞧见皱缩枯干的皮肤了,真是糟糕!

女人是神秘的!神秘在什么地方,一半在假正经,一半在假不正经。譬如说:女人都欢喜坏的男人,但表面上却佯嗔他太不老实,那时候若男子若真个奉命惟谨的老实起来了,女子却又大失所望,神色马上就不愉快起来,于是男人捉摸不定她的心思,以为女人真是变幻莫测了,其实这是他自己的愚蠢。又如以卖色情为职业的女人,却又不得不用过份的淫辞荡态去挑拨男子,男子若以为真的这类女人有绝大刺激,这也是错误的。

有人说:女人要算堂子里的姑娘最规矩了,这话也有一部分理由。性的欲望是容易满足的,刺激过度了反而感到麻木,因此一个下流女人所企求的除钱以外其实还是精神安慰。而上流女人呢?饱暖则思,思亦不得结果,盖拉"夫"固所不能,送上门来又往往恐怕醉翁之意不在也。

这里又该说到婚姻问题了。女人与男人不同:男人是地位愈高,学问愈好,金钱愈多,则娶亲的机会也与此等成正比例;而女人却必须成反比例。因为在性的方面,男人比女人忠实,男人只爱女人的青春美貌,而与其他的一切无关。

美貌是天生的,青春是短促的,不能靠人的努力去获得,甚至于愈努力愈糟糕,结果女人是吃亏了。女人只能听命于天,但天也并未完全让女人受痛苦,唯

---

①原载 1944 年 3 月《天地》第 6 期,后收入作者第一部散文集《浣锦集》,天地出版社 1944 年 4 月初版;现选自该散文集初版本。

一补救的办法,就是予她们以孩子。她们有了孩子,爱便有了着落,即遇种种缺陷与失望,也能勇敢地生活下去。没有孩子的女人是可怜的,失去孩子的女人是凄惨的,但是失去总比从来没有过的好一些,因为前者还有甜蜜的回忆与渺茫的期待。

我不懂为什么许多女子会肯因讨好男人而自服药或动手术消灭自己生育的机能,女子不大可能爱男人,她们只能爱着男子遗下的最微细的一个细胞——精子,利用它,她们于是造成了可爱的孩子,永远安慰她们的寂寞,永远填补她们的空虚,永远给予她们以生命之火。

女子不能爱男人,因为男人很少是忠实的,她们总必会恨他们。女人的爱情太缠绵,最初的缠绵会使男子留恋,愈到后来便愈使他们感到腻烦与厌恨了。因此许多女人都歇斯底里的,终日在家里疑神疑鬼,觉得丈夫一出门便是同别个女人去胡闹,回来得稍晚又疑心他会做下不正当的事。一方面心里恨他,一方面又放心不下他,当面至于觉得每一个来访的女客都是引诱她男人来的,而男客则又有引诱她丈夫出去为非作歹的嫌疑。男人受不住这些麻烦与吵闹,终于不理她了,她便赶紧闹离婚,这便大概是虚荣心作祟,以为被遗弃乃可耻的事。这种歇斯底里症要等男人真的跑开了才能渐渐复原,因为女人此刻反死心塌地,横竖没有男人,便不怕别人侵夺我的,而只有我去侵夺别人的了。

失恋的女人,与同残废者心理一般,因缺陷而发生变态心理。瞎子拧起孩子来特别凶,即此一例。而拿破仑的好勇斗狠,也许与他的浑身生癣有关。一个痛苦着的女人更加容易嫉恨别人幸福。据一位绍兴老太太告诉我说:她的故乡有一个中年寡妇,每逢族中有男子归家时,她必涂脂抹粉,打扮得妖精似的向那家穿过穿出;到了夜里,又到人家窗外去偷听;听之不够,还要把窗纸舐个小洞,以便窥视。于是在窗外站得久了,愈听愈难过,只得自回家去,穿起白衣白裙,披散头发,在房中焚香跪拜,口口声声咒骂神道太不公平,别人家女人分明轻狂,却仍让她夫妇团聚,像我这样从来没有做过恶事的,却要鸳鸯拆开。一面诉说,一面叩头如捣蒜,直到天明,额上乌青一大块都是了。

还有一种老处女,她们的变态心理是别人都知道的,但她们自己却不知道。这不知道的原因,是她们听了别人虚伪的宣传,以为性爱是猥亵的,而自己则是纯洁非凡,殊不知饮食男,女人之大欲存焉,天然的趋势决非人力所能挽回。据说从前有一个小和尚跟着下山来,见了女人就忍不住连连回头看,师父告诉他这是吃人的老虎,后来回到山上,师父又问他一路中究竟什么东西最可爱,他便不假思索的回答道:是吃人的老虎最可爱。可见得一个处女过了发育期还口口声声说抱独身主义,或者是一个妇人把养六个孩子的事实说此乃出于不得已,都是自欺欺人的天大谎话。

无理的责难佣仆,与过份的溺爱儿童,都是变态心理之一种。扭扭捏捏得出乎常情也可说属于此类。一个善于脸红的女子并不是因为正经,也许她的心里更加迫切需要,而脸上表情就不免讪讪的。同时非常明朗化的女子也并不见得因为她的脾气如同男人,也许她是有欲望的,她想缩短男女间距离,而得容易同男人接近。

女子不能向男人直接求爱,这是女子的最大吃亏处:从此女人须费更多的心计去引诱男人,这种心计若用在别的攒谋上,便可升官;用在别的盘算上,便可发财;用在别的侦探上,便可做特务工作;用在别的设计上,便可成美术专家。——可惜是这些心计都浪费了,因为聪明的男人逃避,而愚笨的男人不懂。有些聪明的女子真是聪明得令人可畏,她们知道男人多是懦怯的,下流的,没有更多欲望的,于是她们不愿多花心血去取得他们庸俗的身心,她们寂寞了。懂得寂寞的女人,便是懂得艺术;但是艺术不能填塞她们的空虚,到了后来,她们要想复原还俗也不可能。

我知道上流女人是痛苦的,因为男子只对她们尊敬,尊敬有什么用?要是卖淫而能够自由取舍对象的话,这在上流女人的心目中,也许倒认为是一种最能够胜任而且愉快的职业。

有卖淫制度存在,对于女人是一种重大的威胁。从此男子可以逃避,藐视,以及忽略女人正当的爱情,终于使女人一律贬了身价,把自己当作商品看待,虽然在交易时有明价与黑市之别。上等女人一经大户选定便如永不出笼的囤货,下等女人则一再转手,虽能各尽其功用,但总嫌被浪费得太利害,很快就破旧了。青春只是一刹那的光辉,在火焰奇丽时受人欣赏而自己不懂得光荣快乐,转瞬间火力衰歇,女人也懂得事了,但已势不能猛燃,要想大出风头也做不成了。因此刚届中年的女人往往有一次绝艳惊人的回光返照,那是她不吝惜把三倍的生命力来换取一度光辉,之后,她便凄惨地熄灭下去了。

有人说:女人有母性与娼妇两型,我们究竟学母性型好呢?还是怎么样?我敢说世界上没有一个女人不想永久学娼妇型的,但是结果不可能,只好变成母性型了。在无可奈何时,孩子是女人最后的安慰,也是最大的安慰。

为女人打算,最合理想的生活,应该是:婚姻取消,同居自由,生出孩子来则归母亲抚养,而由国家津贴费用。倘这孩子尚有外祖母在,则外婆养外孙该是更加合适的了。

【阅读提示】

苏青这篇文章让读者了解到,张爱玲为什么以与苏青"相提并论"为荣。文章写得真的大胆、率直,把许多其他女作家从来不敢写出的女性的性心理和生活欲求都和盘托出,特别是那句"饮食男,女人之大欲存焉",已经被当代女性文学批评家称之为现代女性生命意识觉醒的宣言。苏青向以"俗人"自居,但这篇文章写得并不庸俗,反而因为她的率真、朴素而有一种清脱、潇洒之风,读来自有一种特殊的韵味。

【延伸阅读作品与参考文献】

1.于青等编:《苏青文集》(下),上海书店出版社 1994 年版。

2.程亚丽:《"娜拉走后"究竟怎么样?——论苏青 40 年代散文中的女性意识》,《中国现代文学研究丛刊》2012 年第 8 期。

3.黄科安:《为着生活而写作——苏青散文创作的言说姿态与表现方式》,《青海师范大学学报》哲社版 2007 年第 6 期。

【思考与练习】

1.如何看待苏青的女性观?

2.如何理解苏青散文的市民品格?

谈女人①

张爱玲

西方人称阴险刻薄的女人为"猫"。新近看到一本专门骂女人的英文小册子叫《猫》，内容并非是完全未经人道的，但是与女人有关的隽语散见各处，搜集起来颇不容易，不像这里集其大成。摘译一部分，读者看过之后想必总有几句话说，有的嗔，有的笑，有的觉得痛快，也有自命为公允的男子作"平心之论"，或是说"过激了一点"，或是说"对是对的，只适用于少数的女人，不过无论如何，有则改之，无则加勉"等等。总之，我从来没见过在这题目上无话可说的人。我自己当然也不外此例。我们先看了原文再讨论罢。

《猫》的作者无名氏在序文里预先郑重声明："这里的话，并非说的是你，亲爱的读者——假使你是个男子，也并非说的是你的妻子，姊妹，女儿，祖母或岳母。"

他再三辩白他写这本书的目的并不是吃了女人的亏借以出气，但是他后来又承认是有点出气的作用，因为："一个刚和太太吵过嘴的男子，上床之前读这本书，可以得到安慰。"

他道："女人物质方面的构造实在太合理化了，精神方面未免稍差，那也是意想中的事，不能苛求。

一个男子真正动了感情的时候，他的爱较女人的爱伟大得多。可是从另一方面观看，女人恨起一个人来，倒比男人持久得多。

女人与狗唯一的分别就是：狗不像女人一般地被宠坏了，它们不戴珠宝，而且——谢天谢地！——它们不会说话！

算到头来，每一个男子的钱总是花在某一个女人身上。

男人可以跟最下等的酒吧间女侍调情而不失身份——上流女人向邮差遥遥掷一个飞吻都不行！我们由此推断：男人不比女人，弯腰弯得再低些也不打紧，因为他不难重新直起腰来。

一般的说来，女性的生活不像男性的生活那么需要多种的兴奋剂，所以如果一个男子公余之暇，做点越轨的事来调剂他的疲乏，烦恼，未完成的壮志，他应当被原恕。

对于大多数的女人，'爱'的意思就是'被爱'。

男子喜欢爱女人，但是有时候他也喜欢她爱他。

①与苏青《谈女人》同时刊载于1944年3月《天地》第6期，后收入作者散文集《流言》，五洲书报社1944年12月初版；现选自该散文集初版本。

如果你答应帮一个女人的忙，随便什么事她都肯替你做；但是如果你已经帮了她一个忙了，她就不忙着帮你的忙了。所以你应当时时刻刻答应帮不同的女人的忙，那么你多少能够得到一点酬报，一点好处——因为女人的报恩只有一种：预先的报恩。

由男子看来，也许这女人的衣服是美妙悦目的——但是由另一个女人看来，它不过是'一先令三便士一码'的货色，所以就谈不上美。

时间即是金钱，所以女人多花时间在镜子前面，就得多花钱在时装店里。

如果你不调戏女人，她说你不是一个男人；如果你调戏她，她说你不是一个上等人。

男子夸耀他的胜利——女子夸耀她的退避。可是敌方之所以进攻，往往全是她自己招惹出来的。

女人不喜欢善良的男子，可是她们拿自己当做神速的感化院，一嫁了人之后，就以为丈夫立刻会变成圣人。

唯独男子有开口求婚的权利——只要这制度一天存在，婚姻就一天不能够成为公平交易；女人动不动便抬出来说当初她'允许了他的要求'，因而在争吵中占优势。为了这缘故，女人坚持应由男子求婚。

多数的女人非得'做下不对的事'，方才快乐。婚姻仿佛不够'不对'的。

女人往往忘记这一点：她们全部的教育无非是教她们意志坚强，抵抗外界的诱惑——但是她们耗费毕生的精力去挑拨外界的诱惑。

现代婚姻是一种保险，由女人发明的。

若是女人信口编了故事之后就可以抽版税，所有的女人全都发财了。

你向女人猛然提出一个问句，她的第一个回答大约是正史，第二个就是小说了。

女人往往和丈夫苦苦辩论，务必驳倒他，然而向第三者她又引用他的话，当做至理名言。可怜的丈夫……

女人与女人交朋友，不像男人与男人那么快。她们有较多的瞒人的事。

女人们真是幸运——外科医生无法解剖她们的良心。

女人品评男子，仅仅以他对她的待遇为依归，女人会说：'我不相信那人是凶手——他从来也没有谋杀过我！'

男人做错事，但是女人远兜远转地计划怎样做错事。

女人不大想到未来——同时也努力忘记她们的过去——所以天晓得她们到底有什么可想的！

女人开始经济节约的时候，多少'必要'的花费她可以省掉，委实可惊！

如果一个女人告诉了你一个秘密，千万别转告另一个女人——一定有别的女人告诉过她了。

无论什么事,你打算替一个女人做的,她认为理所当然。无论什么事你替她做的,她并不表示感谢。无论什么小事你忘了做,她咒骂你。……家庭不是慈善机关。

多数的女人说话之前从来不想一想。男人想一想——就不说了!

若是她看书从来不看第二遍,因为她'知道里面的情节'了,这样的女人决不会成为一个好妻子。如果她只图新鲜,全然不顾及风格与韵致,那么过了些时,她摸清楚了丈夫的个性,他的弱点与怪僻处,她就嫌他沉闷无味,不复爱他了。

你的女人建造空中楼阁——如果它们不存在,那全得怪你!

叫一个女人说:'我错了',比男人说全套的急口令还要难些。

你疑心你的妻子,她就欺骗你。你不疑心你的妻子,她就疑心你。"

凡是说"女人怎样怎样"的话,多半是俏皮话,单图俏皮,意义的正确上不免要打个折扣,因为各人有各人的脾气,如何能够一概而论? 但是比较上女人是可以一概而论的,因为天下人风俗习惯职业环境各不相同,而女人大半总是在户内持家看孩子,传统的生活典型既然只有一种,个人的习性虽不同也有限。因此,笼统地说"女人怎样怎样",比说"男人怎样怎样"要有把握些。

记得我们学校里有过一个非正式的辩论会,一经涉及男女问题,大家全都忘了原先的题目是什么,单单集中在这一点上,七嘴八舌,嬉笑怒骂,空气异常热烈。有一位女士以老新党的口吻侃侃谈到男子如何不公平,如何欺凌女子——这柔脆的,感情丰富的动物,利用她的情感来拘禁她,逼迫她作玩物,在生存竞争上女子之所以占下风全是因为机会不均等……在男女的论战中,女人永远是来这么一套。当时我忍不住要驳她,倒不是因为我专门喜欢做偏锋文章,实在是听厌了这一切。一九三〇年间女学生们人手一册的《玲珑》杂志就是一面传授影星美容秘诀,一面教导"美"了"容"的女子怎样严密防范男子的进攻,因为男子都是"心存不良"的,谈恋爱固然危险,便结婚也危险,因为结婚是恋爱的坟墓……

女人这些话我们耳熟能详,男人的话我们也听得太多了,无非骂女子十恶不赦,罄竹难书,惟为民族生存计,不能赶尽杀绝。

两方面各执一词,表面上看来未尝不是公有公理,婆有婆理。女人的确是小性儿,娇情,作伪,眼光如豆,狐媚子,(正经女人虽然痛恨荡妇,其实若有机会扮个妖妇的角色的话,没有一个不跃跃欲试的。)聪明的女人对于这些批评并不加辩护,可是返本归原,归罪于男子。在上古时代,女人因为体力不济,屈服在男子的拳头下,几千年来始终受支配,因为适应环境,养成了所谓妾妇之道。女子的劣根性是男子一手造成的,男子还抱怨些什么呢?

女人的缺点全是环境所致,然则近代和男子一般受了高等教育的女人何以常常使人失望,像她的祖母一样地多心,闹别扭呢? 当然,几千年的积习,不是一朝一夕可以改掉的,只消假以时日……

可是把一切都怪在男子身上，也不是彻底的答复，似乎有不负责任的嫌疑。"不负责"也是男子久惯加在女人身上的一个形容词。《猫》的作者说：

"有一位名高望重的教授曾经告诉我一打的理由，为什么我不应当把女人看得太严重。这一直使我烦恼着，因为她们总把自己看得很严重，最恨人家把她们当做甜蜜的，不负责任的小东西。假如像这位教授说的，不应当把她们看得太严重，而她们自己又不甘心做'甜蜜的，不负责任的东西'，那到底该怎样呢？

她们要人家把她们看得很严重，但是她们做下点严重的错事的时候，她们又希望你说：'她不过是个不负责任的小东西'。"

女人当初之所以被征服，成为父系宗法社会的奴隶，是因为体力比不上男子。但是男子的体力也比不上豺狼虎豹，何以在物竞天择的过程中不曾为禽兽所屈服呢？可见得单怪别人是不行的。

名小说家爱尔德斯·郝胥黎在《针锋相对》一书中说："是何等样人，就会遇见何等样事。"《针锋相对》里面写一个年轻妻子玛格丽，她是一个讨打的，天生的可怜人。她丈夫本是一个相当驯良的丈夫，然而到底不得不辜负了她，和一个交际花发生了关系。玛格丽终于成为呼天抢地的伤心人了。

诚然，社会的进展是大得不可思议的，非个人所能控制，身当其冲者根本不知其所以然。但是追溯到某一阶段，总免不了有些主动的成份在内。像目前世界大局，人类逐步进化到竞争剧烈的机械化商业文明，造成了非打不可的局面，虽然奔走呼号闹着"不要打，打不得"，也还是惶惑地一个个被牵进去了。的确是没有法子，但也不能说是不怪人类自己。

有人说，男子统治世界，成绩很糟，不如让位给女人，准可以一新耳目。这话乍听很像是病急乱投医。如果是君主政治，武则天是个英主，唐太宗也是个英主，碰上个坏皇帝，不拘男女，一样天下太平。君主政治的毛病就在好皇帝太难得。若是民主政治呢，大多数的女人的自治能力水准较男子更低。而且国际间闹是非，本来就有点像老妈子吵架，再换了货真价实的女人，更是不堪设想。

叫女子来治国平天下，虽然是"做戏无法，请个菩萨"，这荒唐的建议却也有它的科学上的根据。曾经有人预言，这一次世界大战如果摧毁我们的文明到不能恢复原状的地步，下一期的新生的文化将要着落在黑种人身上，因为黄白种人在过去已经各有建树，惟有黑种人天真未凿，精力未耗，未来的大时代里恐怕要轮到他们来做主角。说这样话的，并非故作惊人之论。高度的文明，高度的训练与压抑，的确足以斫伤元气。女人常常被斥为野蛮，原始性。人类驯服了飞禽走兽，独独不能彻底驯服女人。几千年来女人始终处于教化之外，焉知她们不在那里培养元气，徐图大举？

女权社会有一样好处——女人比男人较富于择偶的常识，这一点虽然不是什么高深的学问,却与人类前途的休戚大大有关。男子挑选妻房,纯粹以貌取人。面貌体格在优生学上也是不可不讲究的。女人择夫,何尝不留心到相貌,只是不似男子那么偏颇,同时也注意到智慧健康谈吐风度自给的力量等项,相貌倒列在次要。有人说现今社会的症结全在男子之不会挑拣老婆,以至于儿女没有家教,子孙每况愈下。那是过甚其词,可是这一点我们得承认,非得要所有的婚姻全由女子主动,我们才有希望产生一种超人的民族。

"超人"这名词,自经尼采提出,常常有人引用,在尼采之前,古代寓言中也可以发现同类的理想。说也奇怪,我们想像中的超人永远是个男人。为什么呢?大约是因为超人的文明是较我们的文明更进一步的造就,而我们的文明是男子的文明。还有一层:超人是纯粹理想的结晶,而"超等女人"则不难于实际中求得。在任何文化阶段中,女人还是女人。男子偏于某一方面的发展,而女人是最普遍的,基本的,代表四季循环,土地,生老病死,饮食繁殖。女人把人类飞越太空的灵智拴在踏实的根桩上。

即在此时此地我们也可以找到完美的女人。完美的男人就稀有,因为我们根本不知道怎样的男子可以算做完美。功利主义者有他们的理想,老庄的信徒有他们的理想,国社党员也有他们的理想。似乎他们各有各的不足处——那是我们对于"完美的男子"期望过深的原故。

女人的活动范围有限,所以完美的女人比完美的男人更完美。同时,一个坏女人往往比一个坏男人坏得更彻底。事实是如此。有些生意人完全不顾商业道德而私生活无懈可击。反之,对女人没良心的人尽有在他方面认真尽职的。而一个恶毒的女人就恶得无孔不入。

超人是男性的,神却带有女性的成分,超人与神不同。超人是进取的,是一种生存的目标。神是广大的同情,慈悲,了解,安息。像大部分所谓智识分子一样,我也是很愿意相信宗教而不能够相信。如果有这么一天我获得了信仰,大约信的就是奥涅尔"大神勃朗"一剧中的地母娘娘。

"大神勃朗"是我所知道的感人最深的一出戏,读了又读,读到第三四遍还使人心酸泪落。奥涅尔以印象派笔法勾出的"地母"是一个妓女,"一个强壮,安静,肉感,黄头发的女人,二十岁左右,皮肤鲜洁健康,乳房丰满,胯骨宽大。她的动作迟慢,踏实,懒洋洋地像一头兽。她的大眼睛像做梦一般反映出深沉的天性的骚动。她嚼着口香糖,像一条神圣的牛,忘却了时间,有它自身的永生的目的。"

她说话的口吻粗鄙而热诚:"我替你们难过,你们每一个人,每一个狗娘养的——我简直想光着身子跑到街上去,爱你们这一大堆人,爱死你们,仿佛我给你们带了一种新的麻醉剂来,使你们永远忘记了所有的一切。(歪扭地微笑着)但是他们看不见我,就像他们看不见彼此一样。而且没有我的帮助他们也继续地往前走,继续地死去。"

人死了,葬在地里。地母安慰垂死者:"你睡着了之后,我来替你盖被。"

为人在世,总得戴个假面具,她替垂死者除下面具来,说:"你不能戴着它上床。要睡觉,非得独自去。"

这里且摘译一段对白:

"勃朗　（紧紧靠在她身上,感激地）土地是温暖的。

地母　（安慰地,双目直视如同一个偶像）嘘！嘘！（叫他不要做声）睡觉吧。

勃朗　是,母亲,……等我醒的时候……?

地母　太阳又要出来了。

勃朗　出来审判活人与死人！（恐惧）我不要公平的审判。我要爱。

地母　止有爱。

勃朗　谢谢你,母亲。"

人死了,地母向自己说:

"生孩子有什么用? 有什么用,生出死亡来?"

她又说:

"春天总是回来了,带着生命！总是回来了！总是,总是,永远又来了！——又是春天！——又是生命！——夏天,秋天,死亡,又是和平！（痛切的忧伤）可总是,总是,总又是恋爱与怀胎与生产与痛苦——又是春天带着不能忍受的生命之杯（换了痛切的欢欣）,带着那光荣燃烧的生命的皇冠！（她站着,像大地的偶像,眼睛凝视着莽莽乾坤。）"

这才是女神。"翩若惊鸿,宛若游龙"的洛神不过是个古装美女,世俗所供的观音不过是古装美女赤了脚,半裸的高大肥硕的希腊石像不过是女运动家,金发的圣母不过是个俏奶妈,当众喂了一千余年的奶。

再往下说,要牵入宗教论争的危险的漩涡了,和男女论争一样的激烈,但比较无味。还是趁早打住。

女人纵有千般不是,女人的精神里面却有一点"地母"的根芽。可爱的女人实在是真可爱。在某种范围内,可爱的人品与风韵是可以用人工培养出来的,世界各国各种不同样的淑女教育全是以此为目标,虽然每每歪曲了原意,造成像《猫》这本书里的太太小姐,也还是可原恕。

女人取悦于人的方法有许多种。单单看中她的身体的人,失去许多可珍贵的生活情趣。

以美好的身体取悦于人,是世界上最古老的职业,也是极普遍的妇女职业,为了谋生而结婚的女人全可以归在这一项下。这也无庸讳言——有美的身体,以身体悦人;有美的思想,以思想悦人;其实也没有多大分别。

【阅读提示】

其实,张爱玲的出身、学养、聪明和才华都非苏青可比。她说苏青的"理性不过是常识",而她的理性则远超常识之上,深具历史文化蕴含。这篇文章对于苏青的《谈女人》是个呼应,所以也充分肯定女性的自然欲望,所谓女性"以身体悦人"与男性"以思想悦人",其实也没有多大分别;"正经女人虽然痛恨荡妇,其实若有机会扮个妖妇的角色的话,没有一个不跃跃欲试的"。但是张爱玲并没满足于此。作品对于女性思想、情感、心理、性格及其命运的谈论更具深广的历史文化意蕴。文章从摘译一个英文小册子《猫》对女性聪明而不乏偏见的议论谈起,指出女性确有许多思想、心理、性格缺陷,虽是千年男权社会威逼而成,但也不能"全怪在男子身上",而在女性也有属于自己的劣根性。尽管如此,女性又始终处于男性历史教化之外,保持着更多的生命元气,她们代表着生老病死、四季轮回,代表着人生的安稳和爱。"女人纵有千般不是,女人的精神里面却有一点'地母'的根芽。""超人是男性的,神却带有女性的成分,……神是广大的同情,慈悲,了解,安息。"她认为真正的"女神"应是美国剧作家奥尼尔笔下那个带有妓女色彩的地母形象。地母代表爱和安稳,妓女代表女性的自然欲望和对男性规范的反叛、蔑视。作品引经据典、远兜远转,正面肯定了女性生命存在的积极性,也没有回避女性生命存在的消极性。吴福辉在《中国现代文学三十年》(修订本)里说,张爱玲是最了解女性及其命运的作家,原因就在于此。

自己的文章①

张爱玲

我虽然在写小说和散文,可是不大注意到理论。近来忽然觉得有些话要说,就写在下面。

我以为文学理论是出在文学作品之后的,过去如此,现在如此,将来恐怕还是如此。倘要提高作者的自觉,则从作品中汲取理论,而以之为作品的再生产的衡量,自然是有益处的。但在这样衡量之际,须得记住在文学的发展过程中作品与理论乃如马之两骖,或前或后,互相推进。理论并非高高坐在上头,手执鞭子的御者。

现在似乎是文学作品贫乏,理论也贫乏。我发现弄文学的人向来是注重人生飞扬的一面,而忽视人生安稳的一面。其实,后者正是前者的底子。又如,他们多是注重人生的斗争,而忽略和谐的一面。其实,人是为了要求和谐的一面才斗争的。

强调人生飞扬的一面,多少有点超人的气质。超人是生在一个时代里的。而人生安稳的一面则有着永恒的意味,虽然这种安稳常是不安全的,而且每隔多少时候就要破坏一次,但仍然是永恒的。它存在于一切时代。它是人的神性,也可以说是妇人性。

文学史上素朴地歌咏人生的安稳的作品很少,倒是强调人生的飞扬的作品多,但好的作品,还是在于它是以人生的安稳做底子来描写人生的飞扬的。没有这底子,飞扬只能是浮沫。许多强有力的作品予人以兴奋,不能予人以启示,就是失败在不知道把握这底子。

斗争是动人的,因为它是强大的,而同时是酸楚的。斗争者失去了人生的和谐,寻求着新的和谐。倘使为斗争而斗争,便缺少回味,写了出来也不能成为好的作品。

我发觉许多作品里力的成份大于美的成份。力是快乐的,美却是悲哀的,两者不能独立存在。"死生契阔,与子成说;执子之手,与子偕老"是一首悲哀的诗,然而它的人生态度又是何等肯定。我不喜欢壮烈。我是喜欢悲壮,更喜欢苍凉。壮烈只有力,没有美,似乎缺少人性。悲壮则如大红大绿的配色,是一种强烈的对照。但它的刺激性还是大于启发性。苍凉之所以有更深长的回味,就因为它

---

①原载 1944 年 7 月《新东方》月刊,后转载于 1944 年 11 月《苦竹》第 2 期,之后又收入散文集《流言》,五洲书报社 1944 年 12 月初版;现选自该散文集初版本。

像葱绿配桃红，是一种参差的对照。

我喜欢参差的对照的写法，因为它是较近事实的。《倾城之恋》里，从腐旧的家庭里走出来的流苏，香港之战的洗礼并不曾将她感化成为革命女性；香港之战影响范柳原，使他转向平实的生活，终于结婚了，但结婚并不使他变为圣人，完全放弃往日的生活习惯与作风。因之柳原与流苏的结局，虽然多少是健康的，仍旧是庸俗；就事论事，他们也只能如此。

极端病态与极端觉悟的人究竟不多。时代是这么沉重，不容那么容易就大彻大悟。这些年来，人类到底也这么生活了下来，可见疯狂是疯狂，还是有分寸的。所以我的小说里，除了《金锁记》里的曹七巧，全是些不彻底的人物。他们不是英雄，他们可是这时代的广大的负荷者。因为他们虽然不彻底，但究竟是认真的。他们没有悲壮，只有苍凉。悲壮是一种完成，而苍凉则是一种启示。

我知道人们急于要求完成，不然就要求刺激来满足自己都好。他们对于仅仅是启示，似乎不耐烦。但我还是只能这样写。我以为这样写是更真实的。我知道我的作品里缺少力，但既然是个写小说的，就只能尽量表现小说里人物的力，不能代替他们创造出力来。而且我相信，他们虽然不过是软弱的凡人，不及英雄有力，但正是这些凡人比英雄更能代表这时代的总量。

这时代，旧的东西在崩坏，新的在滋长中。但在时代的高潮来到之前，斩钉截铁的事物不过是例外。人们只是感觉日常的一切都有点儿不对，不对到恐怖的程度。人是生活于一个时代里的，可是这时代却在影子似地沉没下去，人觉得自己是被抛弃了。为要证实自己的存在，抓住一点真实的，最基本的东西，不能不求助于古老的记忆，人类在一切时代之中生活过的记忆，这比瞭望将来要更明晰，亲切。于是他对于周围的现实发生了一种奇异的感觉，疑心这是个荒唐的，古代的世界，阴暗而明亮。回忆与现实之间时时发现尴尬的不知谐，因而产生了郑重而轻微的骚动，认真而未有名目的斗争。

Michael Angelo 的一个未完工的石像，题名"黎明"的，只是一个粗糙的人形，面目都不清楚，却正是大气磅礴的，象征一个将要到的新时代。倘若现在也有那样的作品，自然是使人神往的，可是没有，也不能有，因为人们还不能挣脱时代的梦魇。

我写作的题材便是这么一个时代，我以为用参差的对照的手法是比较适宜的。我用这手法描写人类在一切时代之中生活下来的记忆。而以此给予周围的现实一个启示。我存着这个心，可不知道做得好做不好。一般所说"时代的纪念碑"那样的作品，我是写不出来的，也不打算尝试，因为现在似乎还没有这样集中的客观题材。我甚至只是写些男女间的小事情，我的作品里没有战争，也没有革命。我以为人在恋爱的时候，是比在战争或革命的时候更素朴，也更放恣的。战争与革命，由于事件本身的性质，往往要求才智比要求感情的支持更迫切。而描写战争与革命的作品也往往失败在技术的成份大于艺术的成份。和恋爱的放恣相比,战争是被驱使的,而革命则有时候多少有点强迫自己。真的革命与革命的战争,在情调上我想应当和恋爱是近亲,和恋爱一样是放恣的渗透于人生的全面,而对于自己是和谐。

我喜欢素朴,可是我只能从描写现代人的机智与装饰中去衬出人生的素朴的底子。因此我的文章容易被人看做过于华靡,但我以为用《旧约》那样单纯的写法是做不通的。托尔斯泰晚年就是被这个牺牲了。我也并不赞成唯美派。但我以为唯美派的缺点不在于它的美,而在于它的美没有底子。溪涧之水的浪花是轻佻的,但倘是海水,则看来虽似一般的微波粼粼,也仍然饱蓄着洪涛大浪的气象的。美的东西不一定伟大,但伟大的东西总是美的。只是我不把虚伪与真实写成强烈的对照,却是用参差的对照的手法写出现代人的虚伪之中有真实,浮华之中有素朴,因此容易被人看做我是有所耽溺,流连忘返了。虽然如此,我还是保持我的作风,只是自己惭愧写得不到家。而我也不过是一个文学的习作者。

我的作品,旧派的人看了觉得还轻松,可是嫌它不够舒服。新派的人看了觉得还有些意思,可是嫌它不够严肃。但我只能做到这样,而且自信也并非折衷派。我只求自己能够写得真实些。

还有,因为我用的是参差的对照的写法,不喜欢采取善与恶,灵与肉的斩钉截铁的冲突那种古典的写法,所以我的作品有时候主题欠分明。但我以为,文学的主题论或者是可以改进一下。写小说应当是个故事,让故事自身去说明,比拟定了主题去编故事要好些。许多留到现在的伟大作品,原来的主题往往不再被读者注意,因为事过境迁之后,原来的主题早已不使我们感觉兴趣,倒是随时从故事本身发见了新的启示,使那作品成为永生的。就说《战争与和平》罢,托尔斯泰原来是想归结到当时流行的一种宗教团体的人生态度的,结果却是故事自身的展开战胜了预定的主题。这作品修改七次之多,每次修改都使预定的主题受到了惩罚。终于剩下来的主题只占插话的地位,而且是全书中安放得最不舒服的部份,但也没有新的主题去代替它。因此写成之后,托尔斯泰自己还觉得若有所失。和《复活》比较,《战争与和平》的主题果然是很模糊的,但后者仍然是更伟大的作品。至今我们读它,依然一寸寸都是活的。现代文学作品和过去不同的地方,似乎也就在这一点上,不再那么强调主题,却是让故事自身给它所能给的,而让读者取得他所能取得的。

《连环套》就是这样子写下来的,现在也还在继续写下去。在那作品里,欠注意到主题是真,但我希望这故事本身有人喜欢。我的本意很简单:既然有这样的事情,我就来描写它。现代人多是疲倦的,现代婚姻制度又是不合理的。所以有沉默的夫妻关系,有怕敢负责,但求轻松一下的高等调情,有回复到动物的性欲的嫖妓——但仍然是动物式的人，不是动物，所以比动物更为可怖。还有便是姘居，姘居不像夫妻关系的郑重，但比高等调情更负责任，比嫖妓又是更人性的。走极端的人究竟不多，所以姘居在今日成了很普遍的现象。营姘居生活的男人的社会地位，大概是中等或中等以下，倒是勤勤俭俭过日子的。他们不敢大放肆，却也不那么拘谨得无聊。他们需要活泼的，着实的男女关系，这正是和他们其他方面生活的活泼而着实相适应的。他们需要有女人替他们照顾家庭，所以。他们对于女人倒也并不那么病态。《连环套》里的雅赫雅不过是个中等的绸缎店主，得自己上柜台去的。如果霓喜能够同他相安无事，不难一直相安下去，白头偕老也无不可。他们同居生活的失败是由于霓喜本身性格上的缺陷。她的第二个男人窦尧芳是个规模较好的药材店主，也还是没有大资本家的气派的。和霓喜姘居过的小官吏，也不过仅仅沾着点官气而已。他们对霓喜并没有任何特殊心理，相互之间还是人与人的关系，有着某种真情，原是不足为异的。

姘居的女人呢，她们的原来地位总比男人还要低些，但多是些有着泼辣的生命力的。她们对男人具有一种魅惑力，但那是健康的女人的魅惑力。因为倘使过于病态，便不合那些男人的需要。她们也操作，也吃醋争风打架，可以很野蛮，但不歇斯迭里。她们只有一宗不足处：就是她们的地位始终是不确定的。疑忌与自危使她们渐渐变成自私者。

这种姘居生活中国比外国更多，但还没有人认真拿它写过，鸳鸯蝴蝶派文人看看他们不够才子佳人的多情，新式文人又嫌他们既不像爱，又不像嫖，不够健康，又不够病态，缺乏主题的明朗性。

霓喜的故事，使我感动的是霓喜对于物质生活的单纯的爱，而这物质生活却需要随时下死劲去抓住。她要男性的爱，同时也要安全，可是不能兼顾，每致人财两空。结果她觉得什么都靠不住，还是投资在儿女身上，囤积了一点人力——最无人道的囤积。

霓喜并非没有感情的，对于这个世界她要爱而爱不进去。但她并非完全没有得到爱，不过只是摭食人家的残羹冷炙，如杜甫诗里说："残羹与冷炙，到处潜酸辛。"但她究竟是个健康的女人，不至于沦为乞儿相。她倒像是在贪婪地嚼着大量的榨过油的豆饼，虽然依恃着她的体质，而豆饼里也多少有着滋养，但终于不免吃伤了脾胃，而且，人吃畜生的饲料，到底是悲怆的。

至于《连环套》里有许多地方袭用旧小说的词句——五十年前的广东人与外国人，语气像《金瓶梅》中的人物；赛珍珠小说中的中国人，说话带有英国旧文学气息，同属迁就的借用，原是不足为训的。我当初的用意是这样：写上海人心目中的浪漫气氛的香港，已经隔有相当的距离；五十年前的香港，更多了一重时间上的距离，因此特地采用一种过了时的辞汇来代表这双重距离。有时候未免刻意做作,所以有些过分了。我想将来是可改掉一点的。

【阅读提示】

  1944 年,著名翻译家傅雷隐居沦陷区上海,但也一直关心着当时上海文艺界的发展变化。他为异军突起的张爱玲而惊喜,但也看到张爱玲创作中的一些危机,于是撰写《论张爱玲的小说》,以"迅雨"发表,引起当时文坛乃至以后文学界持续不衰的争论。为回答傅雷的批评,张爱玲就写了《自己的文章》等文。傅雷称张爱玲是天才作家,其《金锁记》"是我们文坛最美的收获之一",但批评《倾城之恋》等作品是"贫血"之作,是"调情"艺术,是"精神游戏",是玩技巧,是中了王尔德唯美主义的毒。张爱玲在这篇文章中,则解释自己写的是"软弱的凡人"的"安稳"的生活,这些人的生活虽不彻底,但代表着时代的总量。认为,目前还没有可写的革命题材,而且恋爱比革命更能考验人性。她说她不喜欢唯美,因为唯美没有底子,也表明她对王尔德也是敬谢不敏。她借此梳理了自己的文学观,申明了自己"参差对照"的美学原则,为今后人们研读她的作品提供了理论参照,可惜的是,经过傅雷严厉的批评,她的《连环套》真的写不下去了。不知道这是现代都市文学的幸,还是不幸?

我看苏青①

张爱玲

苏青与我,不是像一般人所想的那样密切的朋友,我们其实很少见面。也不是像有些人可以想像到的,互相敌视着。同行相妒,似乎是不可避免的,何况都是女人——所有的女人都是同行。可是我想这里有点特殊情形。即使从纯粹自私的观点看来,我也愿意有苏青这么一个人存在,愿意她多写,愿意有许多人知道她的好处,因为,低估了苏青的文章的价值,就是低估了现地的文化水准。如果必需把女人作者特别分作一栏来评论的话,那么,把我同冰心白薇她们来比较,我实在不能引以为荣,只有和苏青相提并论我是甘心情愿的。

至于私交,如果说她同我不过是业务上的关系,她敷衍我,为了拉稿子,我敷衍她,为了要稿费,那也许是较近事实的,可是我总觉得,也不能说一点感情也没有。我想我喜欢她过于她喜欢我,是因为我知道她比较深的缘故。那并不是因为她比较容易懂。普通认为她的个性是非常明朗的,她的话既多,又都是直说,可是她并不是一个清浅到一览无余的人。人可以不懂她好在哪里而仍旧喜欢同她做朋友,正如她的书可以有许多不大懂它的好处的读者。许多人,对于文艺本来不感到兴趣的,也要买一本《结婚十年》看看里面可有大段的性生活描写。我想他们多少有一点失望,但仍然也可以找到一些笑骂的资料。大众用这样的态度来接受《结婚十年》,其实也无损于《结婚十年》的价值。在过去,大众接受了《红楼梦》,又有几个不是因为单恋着林妹妹或是宝哥哥,或是喜欢里面的富贵排场? 就连《红楼梦》大家也还恨不得把结局给修改一下,方才心满意足。完全贴近大众的心,甚至于就像从他们心里生长出来的,同时又是高等的艺术,那样的东西,不是没有,例如有些老戏,有些民间故事,源久流长的;造形艺术一方面的例子尤其多。可是没法子使这个来做创作的标准。迎合大众,或者可以左右他们一时的爱憎,然而不能持久。而且存心迎合,根本就写不出苏青那样的真情实义的书。

而且无论怎么说,苏青的书能够多销,能够赚钱,文人能够救济自己,免得等人来救济,岂不是很好的事么?

我认为《结婚十年》比《浣锦集》要差一点。苏青最好的时候能够做到一种"天涯若比邻"的广大亲切,唤醒了往古来今无所不在的妻性母性的回忆,个个人都熟悉,而容易忽略的。实在是伟大的。她就是"女人","女人"就是她。(但是

---

① 原载 1945 年 4 月《天地》第 19 期;现选自该期《天地》。

我忽然想到有一点：从前她进行离婚，初出来找事的时候，她的处境是最确切地代表了一般女人。而她现在的地位是很特别的，女作家的生活环境与普通的职业女性，女职员，女教师，大不相同，苏青四周的那些人也有一种特殊的习气，不能代表一般男人。而苏青的观察态度向来是非常的主观，直接，所以，虽然这是一切职业文人的危机，我格外为苏青顾虑到这一点。）也有两篇她写得太潦草，我读了，仿佛是走进一个旧识的房间，还是那些摆设，可是主人不在家，心里很惆怅。有人批评她的技巧不够，其实她的技巧正在那不知不觉中，喜欢花哨的稚气些的作者读者是不能领略的。人家拿艺术的大帽子去压她，她只有生气，渐渐的也会心虚起来，因为她自己也不知其所以然。她是眼低手高的。可是这些以后再谈罢，现在且说她的人。她这样问过我："怎么你小说里从来没有一个人像我的？我一直留心着，总找不到。"

我平常看人，很容易把人家看扁了，扁的小纸人，放在书里比较便利。"看扁了"不一定是发现人家的短处，不过是将立体化为平面的意思。就像一枝花的黑影在粉墙上，已经画好了在那里，只等用墨笔勾一勾。因为是写小说的人，我想这是我的本份，把人生的来龙去脉看得很清楚。如果原先有憎恶的心，看明白之后，也只有哀矜。眼中所见，有些天资很高的人，分明在哪里走错了一步，后来怎么样也不行了，因为整个的人生态度的关系，就坏也坏得鬼鬼祟祟。有的也不是坏，只是没出息，不干净，不愉快。我书里多的是这等人，因为他们最能够代表现社会的空气，同时也比较容易写。从前人说"画鬼怪易，画人物难"，似乎倒是圣贤豪杰恶魔妖妇之类的奇迹比较普通人容易表现，但那是写实工夫深浅的问题。写实工夫进步到托尔斯泰那样的程度，他的小说里却是一班小人物写得最成功，伟大的中心人物总来得模糊，隐隐地有不足的感觉。次一等的作家更不必说了，总把他们的好人写得最坏。所以我想，还是慢慢地一步一步来吧，等我多一点自信再尝试。

我写到的那些人，他们有什么不好我都能够原谅，有时候还有喜爱，就因为他们存在，他们是真的。可是在日常生活里碰见他们，因为我的幼稚无能，我知道我同他们混在一起，得不到什么好处的，如果必需有接触，也是斤斤较量，没有一点容让，总要个恩怨分明。但是像苏青，即使她有什么地方得罪我，我也不会记恨的。——并不是因为她是个女人。她起初写给我的索稿信，一来就说"叨在同性"，我看了总要笑。——也不是因为她豪爽大方，不像女人。第一，我不喜欢男性化的女人，而且根本，苏青也不是男性化的女人。女人的弱点她都有，她很容易就哭了，多心了，也常常不讲理。譬如说，前两天的对谈会里，一开头，她发表了一段意见关于妇女职业。《杂志》方面的人提出了一个问题，说："可是……"她凝了一会，脸色慢慢地红起来，忽然有一点生气了，说："我又不是同你对谈——要你驳我做什么？"大家哄然笑了，她也笑。我觉得这是非常可爱的。

即使在她的写作里,她也没有过人的理性。她的理性不过是常识——虽然常识也正是难得的东西。她与她丈夫之间,起初或者有负气,到得离婚的一步,却是心平气和,把事情看得非常明白简单。她丈夫并不坏,不过就是个少爷。如果能够一辈子在家里做少爷少奶奶,他们的关系是可以维持下去的。然而背后的社会制度的崩坏,暴露了他的不负责。他不能养家,他的自尊心又限制了她职业上的发展。而苏青的脾气又是这样,即使委曲求全也弄不好的了。只有分开。这使我想起我自己,从父亲家里跑出来之前,我母亲秘密传话给我:"你仔细想一想。跟父亲,自然是有钱的,跟了我,可是一个钱都没有,你要吃得了这个苦,没有反悔的。"当时虽然被禁锢着,渴望着自由,这样的问题也还使我痛苦了许久。后来我想,在家里,尽管满眼看到的是银钱进出,也不是我的,将来也不一定轮得到我,最吃重的最后几年的求学的年龄反倒被耽搁了。这样一想,立刻决定了。这样的出走没有一点慷慨激昂。我们这时代本来不是罗曼蒂克的。

生在现在,要继续活下去而且活得称心,真是难,就像"双手辟开生死路"那样的艰难巨大的事,所以我们这一代的人对于物质生活,生命的本身,能够多一点明了与爱悦,也是应当的。而对于我,苏青就象征了物质生活。

我将来想要一间中国风的房,雪白的粉墙,金漆桌椅,大红椅垫,桌上放着豆绿糯米瓷的茶碗,堆得高高的一盆糕团,每一只上面点着个胭脂点。中国的房屋有所谓"一明两暗",这当然是明间。这里就有一点苏青的空气。

这篇文章本来是关于苏青的,却把我自己说上许多,实在对不起得很,但是有好些需要解释的地方,我只能由我自己出发来解释。说到物质,与奢侈享受似乎是不可分开的。可是我觉得,刺激性的享乐,如同浴缸里浅浅地放了水,坐在里面,热气上腾,也得到昏蒙的愉快,然而终究浅,即使躺下去,也没法淹没全身。思想复杂一点的人,再荒唐,也难求得整个的沉湎。也许我见识得不够多,可以这样想。

我对于声色犬马最初的一个印象,是小时候有一次,在姑姑家里借宿,她晚上有宴会,出去了,剩我一个人在公寓里,对门的逸园跑狗场,红灯绿灯,数不尽的一点一点,黑夜里,狗的吠声似沸,听得人心里乱乱地。街上过去一辆汽车,雪亮的车灯照到楼窗里来,黑房里家俱的影子满房跳舞,直飞到房顶上。

久已忘记了这一节了。前些时有一次较紧张的空袭,我们经济力量够不上逃难,(因为逃难不是一时的事,却是要久久耽搁在无事可做的地方,)轰炸倒是听天由命了,可是万一长期地断了水,也不能不设法离开这城市。我忽然记起了那红绿灯的繁华,云里雾里的狗的狂吠。我又是一个人坐在黑房里,没有电,瓷缸里点了一只白蜡烛,黄瓷缸上凸出绿的小云龙,静静含着圆光不吐。全上海死寂,只听见房间里一只钟滴嗒滴嗒走。蜡烛放在热水汀上的一块玻璃板上,隐约照见热水汀管子的扑落,扑落上一个小箭头指着"开",另一个小箭头指着"关",

577

恍如隔世。今天的一份小报还是照常送来的,拿在手里,有一种奇异的感觉,是亲切,伤恸。就着烛光,吃力地读着,什么郎什么翁,用我们熟悉的语调说着俏皮话,关于大饼,白报纸,暴发户,慨叹着回忆到从前,三块钱叫堂差的黄金时代。这一切,在着的时候也不曾为我所有,可是眼看它毁坏,还是难过的——对于千千万万的城里人,别的也没有什么了呀!

　　一只钟滴嗒滴嗒,越走越响。将来也许整个的地面上见不到一只时辰钟。夜晚投宿到荒村,如果忽然听见钟摆的滴嗒,那一定又惊又喜——文明的节拍!文明的日子是一分一秒划分清楚的,如同十字布上挑花。十字布上挑花,我并不喜欢,绣出来的也有小狗,也有人,都是一曲一曲,一格一格,看了很不舒服。蛮荒的日夜,没有钟,只是悠悠地日以继夜,夜以继日,日子过得像军窑的淡青底子上的紫晕,那倒也好。

　　我于是想到我自己,也是充满了计划的。在香港读书的时候,我真的发奋用功了,连得了两个奖学金,毕业之后还有希望被送到英国去。我能够揣摩每一个教授的心思,所以每一样功课总是考第一。有一个先生说他教了十几年的书,没给过他给我的分数。然后战争来了,学校的文件记录统统烧掉了,一点痕迹都没留下。那一类的努力,即使有成就,也是注定了要被打翻的罢?在那边三年,于我有益的也许还是偷空的游山玩水,看人,谈天,而当时总是被逼迫着,心里很不情愿的,认为是糟蹋时间。我一个人坐着,守着蜡烛,想到从前,想到现在,近两年来孜孜忙着的,是不是也是注定了要被打翻的……我应当有数。

　　后来看到《天地》,知道苏青在同一晚上也感到非常难过。然而这末日似的一天终于过去了。一天又一天。清晨躺在床上,听见隔壁房里嗤嗤嗤拉窗帘的声音;后门口,不知哪一家的男佣人在同我们阿妈说话,只听见嗡嗡的高声,不知说些什么,听了那声音,使我更觉得我是深深睡在被窝里,外面的屋瓦上应当有白的霜——其实屋上的霜,还是小时候在北方,一早起来常常见到的,上海难得有——我向来喜欢不把窗帘拉上,一睁眼就可以看见白天。即使明知道这一天不会有什么事发生的,这堂堂的开头也可爱。

　　到了晚上,我坐在火盆边,就要去睡觉了,把炭基子戳戳碎,可以有非常温暖的一刹那;炭屑发出很大的热气,星星红火,散布在高高下下的灰堆里,像山城的元夜,放的烟火,不由得使人想起唐宋的灯市的记载。可是我真可笑,用铁钳夹住火杨梅似的红炭基,只是舍不得弄碎它。碎了之后,灿烂地大烧一下就没有了。虽然我马上就要去睡了,再烧下去于我也无益,但还是非常心痛。这一种吝惜,我倒是很喜欢的。

　　我有一件蓝绿的薄棉袍,已经穿得很旧,袖口都泛了色了,今年拿出来,才上身,又脱了下来,唯其因为就快坏了,更是看重它,总要等再有一件同样的颜色的,才舍得穿。吃菜我也不讲究换花样。才夹了一筷子,说:"好吃,"接下去就说:"明天再买,好么?"永远蝉联下去,也不会厌。姑姑总是嘲笑我这一点,又说:"不过,不知道,也许你们这种脾气是载福的。"

我做了个梦,梦见我又到香港去了,船到的时候是深夜,而且下大雨。我狼狈地拎着箱子上山,管理宿舍的天主教尼僧,我又不敢惊醒她们,只得在黑漆漆的门洞子里过夜。(也不知为什么我要把自己刻画得这么可怜,她们何至于这样地苦待我。)风向一变,冷雨大点大点扫进来,我把一双脚直缩直缩,还是没处躲。忽然听见汽车喇叭响,来了阔客,一个施主太太带了女儿,才考进大学,以后要住读的。汽车夫砰砰拍门,宿舍里顿时灯火辉煌,我趁乱向里一钻,看见舍监,我像见晚娘似的,陪笑上前称了一声"Sister"。她淡淡地点了点头,说:"你也来了?"我也没有多寒暄,径自上楼,找到自己的房间。梦到这里为止。第二天我告诉姑姑,一面说,渐渐涨红了脸,满眼含泪;后来在电话上告诉一个朋友,又哭了;在一封信里提到这个梦,写到这里又哭了。简直可笑——我自从长大自立之后实在难得掉眼泪的。

我对姑姑说:"姑姑虽然经过的事很多,这一类的经验却是没有的,没做过穷学生,穷亲戚。其实我在香港的时候也不至于窘到那样,都是我那班同学太阔了的缘故。"姑姑说:"你什么时候做过穷亲戚的?"我说:"我最记得有一次,那时我刚离开父亲家不久,舅母说,等她翻箱子的时候她要把表姐们的旧衣服找点出来给我穿。我连忙说:'不,不,真的,舅母不要!'立刻红了脸,眼泪滚下来了。我不由得要想:从几时起,轮到我被周济了呢?"

真是小气得很,把这些都记得这样牢,但我想于我也是好的。多少总受了点伤,可是不太严重,不够使我感到剧烈的憎恶,或是使我激越起来,超过这一切;只够使我生活得比较切实,有个写实的底子;使我对于眼前所有格外知道爱惜,使这世界显得更丰富。

想到贫穷,我就想起有一次,也是我投奔到母亲与姑姑那里,时刻感到我不该拖累了她们,对于前途又没有一点把握的时候。姑姑那一向心境也不好,可是有一天忽然高兴,因为我想吃包子,用现成的芝麻酱作馅,捏了四只小小的包子,蒸了出来。包子上面皱着,看了它,使我的心也皱了起来,一把抓似的,喉咙是一阵阵哽咽着,东西吃了下去也不知有什么滋味。好像我还是笑着说"好吃"的。这件事我不忍想起,又愿意想起。

看苏青文章里的记录,她有一个时期的困苦的情形虽然与我不同,感情上受影响的程度我想是与我相仿的。所以我们都是非常明显地有着世俗的进取心,对于钱,比一般文人要爽直得多。我们的生活方式有很多不同的地方,但那是个性的关系。

姑姑常常说我:"不知道你从哪里来的这一身俗骨!"她把我父母分析了一下,他们纵有缺点,好像都还不俗。有时候我疑心我的俗不过是避嫌疑,怕沾上了名士派;有时候又觉得是天生的俗。我自己为《倾城之恋》的戏写了篇宣传稿子,拟题目的时候,脑子里第一个浮起的是:"倾心吐胆话倾城",套的是"苜蓿生涯话廿年"之类的题目,有一向是非常时髦的,可是被我一学,就俗不可耐。

苏青是——她家门口的两棵高高的柳树,初春抽出了淡金的丝。谁都说:"你们那儿的杨柳真好看!"她走出走进,从来就没看见。可是她的俗,常常有一种无意的隽逸,譬如今年过年之前,她一时钱不凑手,性急慌忙在大雪中坐了辆黄包车,载了一车的书,各处兜售。书又掉下来了,《结婚十年》龙凤帖式的封面纷纷滚在雪地里,真是一幅上品的图画。

对于苏青的穿着打扮,从前我常常有许多意见,现在我能够懂得她的观点了。对于她,一件考究衣服就是一件考究衣服;于她自己,是得用;于众人,是表示她的身份地位,对于她立意要吸引的人,是吸引。苏青的作风里极少"玩味人间"的成分。

去年秋天她做了件黑呢大衣,试样子的时候,要炎樱帮着看看。我们三个人一同到那时装店去,炎樱说:"线条简单的于她最相宜。"把大衣上的翻领首先去掉,装饰性的折裥也去掉,方形的大口袋也去掉,肩头过度的垫高也去掉。最后,前面的一排大钮扣也要去掉,改装暗钮。苏青渐渐不以为然了,用商量的口吻,说道:"我想……钮扣总要的罢? 人家都有的! 没有,好像有点滑稽。"

我在旁边笑了起来,两手插在雨衣袋里,看着她。镜子上端的一盏灯,强烈的青绿的光正照在她脸上,下面衬着宽博的黑衣,背景也是影幢幢的,更显明地看见她的脸,有一点惨白。她难得有这样静静立着,端相她自己,虽然微笑着,因为从来没这么安静,一静下来就像有一种悲哀,那紧凑明倩的眉眼里有一种横了心的锋棱,使我想到"乱世佳人"。

苏青是乱世里的盛世的人。她本心是忠厚的,她愿意有所依附;只要有个千年不散的筵席,叫她像《红楼梦》里的孙媳妇那么辛苦地在旁边照应着,招呼人家吃菜,她也可以忙得兴兴头头。她的家族观念很重,对母亲,对弟妹,对伯父,她无不尽心帮助,出于她的责任范围之外。在这不可靠的世界里,要想抓住一点熟悉可靠的东西,那还是自己人。她疼小孩子也是因为"与其让人家占我的便宜,宁可让自己的小孩占我的便宜"。她的恋爱,也是要求可信赖的人,而不是寻求刺激。她应当是高等调情的理想对象,伶俐倜傥,有经验的,什么都说得出,看得开,可是她太认真了,她不能轻松。也许她自以为是轻松的,可是她马上又会怪人家不负责。这是女人的矛盾么? 我想,倒是因为她有着简单健康的底子的缘故。

高级情调的第一个条件是距离——并不一定指身体上的。保持距离,是保护自己的感情,免得受痛苦。应用到别的上面,这可能说是近代人的基本思想,结果生活得轻描淡写的,与生命之间也有了距离了。苏青在理论上往往不能跳出流行思想的圈子,可是以苏青来提倡距离,本来就是笑话,因为她是那样的一个兴兴轰轰火烧似的人,她没法子伸伸缩缩,寸步留心的。

我纯粹以写小说的态度对她加以推测,错误的地方一定很多,但我只能做到这样。

有一次我同炎樱说到苏青,炎樱说:"我想她最大的吸引力是:男人总觉得他们不欠她什么,同她在一起很安心。"然而苏青认为她就吃亏在这里。男人看得起她,把她当男人看待,凡事由她自己负责。她不愿意了,他们就说她自相矛盾,新式女人的自由她也要,旧式女人的权利她也要。这原是一般新女性的悲剧;可是苏青我们不能说她是自取其咎。她的豪爽是天生的。她不过是一个直截的女人,谋生之外也谋爱,可是很失望,因为她看来看去没有一个人是看得上眼的,也有很笨的,照样地也坏。她又有她天真的一方面,轻容易把人幻想得非常崇高,然后很快地又发现他卑劣之点,一次又一次,憧憬破灭了。

于是她说:"没有爱,"微笑的眼睛里有一种藐视的风情。但是她的讽刺并不彻底,因为她对于人生有着太基本的爱好,她不能发展到刻骨的讽刺。

在中国现在,讽刺是容易讨好的。前一个时期,大家都是感伤的,充满了未成年人的梦与叹息,云里雾里,不大懂事。一旦懂事了,就看穿一切,进到讽刺。喜剧而非讽刺喜剧,就是没有意思,粉饰现实。本来,要把那些滥调的感伤清除干净,讽刺是必须的阶段,可是很容易停留在讽刺上,不知道在感伤之外还可以有感情。因为满眼看到的只是残缺不全的东西,就把这残缺不全认作真实:——性爱就是性行为;原始的人没有我们这些花头不也过得很好的么?是的,可是我们已经文明到这一步,再想退到兽的健康是不可能的了。

从前在学校里被逼着念《圣经》,有一节,记不清了,仿佛是说,上帝的奴仆各自领了钱去做生意,拿得多的人,可以获得更多;拿得少的人,连那一点也不能保,上帝追还了钱,还责罚他。当时看了,非常不平。那意思实在很难懂,我想在这里多解释两句,也还怕说不清楚。总之,生命是残酷的。看到我们缩小又缩小的,怯怯的愿望,我总觉得无限的惨伤。

有一阵子,外间传说苏青与她离了婚的丈夫言归于好了。我一向不是爱管闲事的人,听了却是很担忧。后来知道完全是谣言,可是想起来也很近情埋,她起初的结婚是一大半家里做主的,两人都是极年青,一同读书长大,她丈夫几乎是天生在那里,无可选择的,兄弟一样的自己人。如果处处觉得,"还是自己人!"那么对他也感到亲切了,何况他们本来没有太严重的合不来的地方。然而她的离婚不是赌气,是仔细想过来的。跑出来,在人间走了一遭,自己觉得无聊,又回去了,这样地否定了世界,否定了自己,苏青是受不了的。她会变得暗哑了,整个地消沉下去。所以我想,如果苏青另外有爱人,不论是为了片刻的热情还是经济上的帮助,总比回到她丈夫那里去的好。

然而她现在似乎是真的有一点疲倦了。事业,恋爱,小孩在身边,母亲在故乡的匪氛中,弟弟在内地生肺病,妹妹也有她的问题,许许多多牵挂。照她这样生命力强烈的人,其实就有再多的拖泥带水也不至于累倒了的,还是因为这些事太零碎,各自成块,缺少统一的感情的缘故。如果可以把恋爱隔开来作为生命的一部,一科,题作"恋爱",那样的恋爱还是代用品吧?

苏青同我谈起她的理想生活。丈夫要有男子气概,不是小白脸,人是有架子的,即使官派一点也不妨,又还有点落拓不羁。他们住在自己的房子里,常常请客,来往的朋友都是谈得来的,女朋友当然也很多,不过都是年纪比她略大两岁,容貌比她略微差一点的,免得麻烦。丈夫的职业性质是常常要有短期的旅行的,那么家庭生活也不至于太刻板无变化。丈夫不在的时候她可以匀出时间来应酬女朋友(因为到底还是不放心)。偶尔生一场病,朋友都来慰问,带了吃的来,还有花,电话铃声不断。

绝对不是过份的要求,然而这里面的一种生活空气还是早两年的,现在已经没有了。当然不是说现在没有人住自己的小洋房,天天请客吃饭。——是那种安定的感情。要一个人为她制造整个的社会气氛,的确很难,但这是个性的问题。越是乱世,个性越是突出,人与人之间的差别是很大的。难当然是难找。如果感到时间逼促,那么,真的要说逼促,她的时间已经过去了——中国人嘴里的"花信年华",不是已经有迟暮之感了吗?可是我从小看到的,尽有许多三四十岁的美妇人。《倾城之恋》里的白流苏,在我原来的想象中决不止三十岁,因为恐怕这一点不能为读者大众所接受,所以把她改成二十八岁。(恰巧与苏青同年,后来我发现)我见到的那些人,当然她们是保养得好,不像现代职业女性的劳苦。有一次我和朋友谈话之中研究出来一条道理,驻颜有术的女人总是(一)身体相当好,(二)生活安定,(三)心里不安定。因为不是死心塌地,所以时时注意到自己的体格容貌,知道当心。普通的确是如此。苏青现在是可以生活得很从容的,她的美又是最容易保持的那一种,有轮廓,有神气的。——这一节,都是惹人见笑的话,可是实在很要紧——有几个女人是为了她灵魂的美而被爱。

我们家的女佣,男人是个不成器的裁缝。然而那一天空袭过后,我在昏夜的马路上遇见他,看他急急忙忙直奔我们的公寓,慰问老婆孩子,倒是感动人的。我把这个告诉苏青,她也说:"是的……"稍稍沉默了一下。逃难起来,她是只有她保护人,没有人保护她的,所以她近来特别地胆小,多幻想,一个惯坏了的小女孩在梦魇的黑暗里。她忽然地会说:"如果炸弹把我的眼睛炸坏了,以后写稿子还得嘴里念出来叫别人记,那多要命呢——"这不像她平常的为人。心境好一点的话,不论在什么样的患难中,她还是有一种生之烂漫。多遇见患难,于她只有好处;多一点枝枝节节,就多开一点花。

本来我想写一篇文章关于几个古美人,总是写不好。里面提到杨贵妃。杨贵妃一直到她死,三十八岁的时候,唐明皇的爱她,没有一点倦意。我想她决不是单靠着口才便利和一点狡智,也不是因为她是中国历史上唯一的一个具有肉体美的女人。还是因为她的为人的亲热,热闹。有了钱就有热闹,这是很普遍的一个错误的观念。帝王家的富贵,天宝年间的灯节,火树银花,唐明皇与妃嫔坐在楼上像神仙,百姓人山人海在楼下参拜;皇亲国戚攒珠嵌宝的车子,路人向里窥探了一下,身上沾的香气经月不散;生活在那样迷离惝恍的戏台上的辉煌里,越是需要一个着实的亲人。所以唐明皇喜欢杨贵妃,因为她于他是一个妻而不是"臣妾"。我们看杨妃梅妃争宠的经过,杨妃几次和皇帝吵翻了,被逐,回到娘家去,简直是"本埠新闻"里的故事,与历代宫闱的阴谋,诡秘森惨的,大不相同。也就是这种地方,使他们亲近人生,使我们千载之下还能够亲近他们。

杨贵妃的热闹,我想是像一种陶瓷的汤壶,温润如玉的,在脚头,里面的水渐渐冷去的时候,令人感到温柔的惆怅。苏青却是个红泥小火炉,有它自己独立的火,看得见红焰的光,听得见哔栗剥落的爆炸,可是比较难伺候,添煤添柴,烟气呛人。我又想起胡金人的一幅画,画着个老女仆,伸手向火。惨淡的隆冬的色调,灰褐,紫褐。她弯腰坐着,庞大的人把小小的火炉四面八方包围起来,围裙底下,她身上各处都发出凄凄的冷气,就像要把火炉吹灭了。由此我想到苏青。整个的社会到苏青那里去取暖,拥上前来,扑出一阵阵的冷风——真是寒冷的天气呀,从来,从来没这么冷过!

所以我同苏青谈话,到后来常常有点恋恋不舍的。为什么这样,以前我一直不明白。她可是要抱怨:"你是一句爽气话也没有的!甚至于我说出话来你都不一定立刻听得懂。"那一半是因为方言的关系,但我也实在是迟钝。我抱歉地笑着说:"我是这样的一个人,有什么办法呢?可是你知道,只要有多一点的时间,随便你说什么我都能够懂的。"她说:"是的。我知道……你能够完全懂得的。不过,女朋友至多只能够懂得,要是男朋友才能够安慰。"她这一类的隽语,向来是听上去有点过份,可笑,仔细想起来却是结实的真实。

常常她有精彩的议论,我就说:"你为什么不把这个写下来呢?"她却睁大了眼睛,很诧异似地,把脸色正了一正,说:"这个怎么可以写呢?"然而她过后也许想着,张爱玲说可以写,大约不至于触犯了非礼勿视的人们,因为,隔不了多少天,这一节意见还是在她的文章里出现了。这让我觉得很荣幸。

她看到这篇文章,指出几节来说:"这句话说得有道理。"我笑起来了:"是你自己说的呀——当然你觉得有道理了!"关于进取心,她说:"是的,总觉得要向上,向上,虽然很朦胧,究竟怎样是向上,自己也不大知道。……你想,将来到底是不是要有一个理想的国家呢?"我说:"我想是有的。可是最快也要许多年。即使我们看得见的话,也享受不到了,是下一代的世界了。"她叹息,说:"那有什么好呢?到那时候已经老了。在太平的世界里,我们变得寄人篱下了吗?"

她走了之后,我一个人在黄昏的洋台上,骤然看到远处的一个高楼,边缘上附着一大块胭脂红,还当是玻璃窗上落日的反光,再一看,却是元宵的月亮,红红地升起来了。我想着:"这是乱世。"晚烟里,上海的边疆微微起伏,虽没有山也像是层峦叠嶂。我想到许多人的命运,连我在内的;有一种郁郁苍苍的身世之感。"身世之感",普通总是自伤,自怜的意思罢,但我想是可以有更广大的解释的。将来的平安,来到的时候已经不是我们的了,我们只能各人就近求得自己的平安。然而我把这些话来对苏青说,我可以想像到她的玩世的,世故的眼睛微笑望着我,一面听,一面想:"简直不知道你在说些什么!大概是艺术吧?"一看见她那样的眼色,我就说不下去,笑了。

【阅读提示】

在这篇文章里,张爱玲提供了三个观察文学的支点。一个是冰心白薇所代表的。在张爱玲看来,冰心白薇的创作貌似情深意高,实际不免做作和虚假,所以海派作家常常称她们所代表的文学风格为"新文艺腔"。一个是苏青所代表的,诚实的但是常识的,而她自己所代表的则是诚实的又超越于常识之上的。鸳鸯蝴蝶派的更是常识的过于平俗的。作家自然感到孤独了。但惟其如此,作家也感到自信与骄傲。李君维说张爱玲形成了自己的风气,王晓明说张爱玲是填补文学史空白的作家,都表明她对现代文学做出了独特的贡献。文章以幽微的语调,细致的笔触,对比的手法,为读者提供了遗世独立的民国才女形象,特别是她对自己所处环境的清醒认识,预示了今后她的走向,读来令人感佩而惆怅。

【延伸阅读作品与参考文献】

1. 张爱玲:《流言》,上海书店出版社1987年3月原版影印本。

2. 刘晓虹:《非常时期的"平常"取向——张爱玲与苏青的生存观与文学观剖析》,《中国现代文学研究丛刊》2005年第1期。

3. 陈艳玲:《琐细生活的女性言说——张爱玲苏青散文比较论》,《肇庆学院学报》2003年第4期。

【思考与练习】

比较张爱玲、苏青散文艺术品格的不同。

我怎样写七女书[①]

予 且

（一）《解凌寒》（二）《夏华丹》（三）《黄心织》（四）《向曲眉》（五）《过彩贞》（六）《郭雪香》（七）《钟含秀》

记得《夏华丹》一篇，用《移情记》的名字在刊物发表的时节，编者曾写过下面的话：

"本篇中的道德问题，更是非常有兴味！夏太太到底算是有罪吗？予且先生本来把它题名《诛心记》，也许可以帮助我们想一想吧。"

他虽然是提醒读者去想，却更能提醒我自己想的。在本书所搜集的七篇里，如果我用道德问题去想，我真不知如何去解答。夏丹华姑且不去说她。像郭雪香，解凌寒，向曲眉，黄心织，过彩贞以及钟含秀，都可以被人认为懦弱，愚鲁，轻率，狂妄的人。但是她们谁也没有做过大逆不道的事。甚至有时还处处替人着想，替家庭着想，替社会着想，牺牲自己，成就别人。怎样叫做有道德，怎样叫做无道德，真是变成一个难以解答的问题了。

我觉得有些对不起书中的人。像她们有这样的聪明，却把她们放在一个与她们不适合的环境里。可是我们再反观自己，谁又是在一个最适合的环境里呢？我们只是这样的做了，说了，用了我们认为比较好的方法。结果我们还是愚笨，懦弱，轻率，狂妄。在清晨，在夜间，当我们回想着自己所做的一件得意事的时节，其中仍免不了含着一把辛酸泪！

人生好像一只船。这船是在茫茫黑夜中渡着的。我们凭着自己的一点光，去照明这黑暗的路。我们觉得自己总算是清醒的了。但是自己清醒，觉不了别人的迷。清醒人仍在迷茫群中，还不是随着他们去叫嚣，呼喊，歌舞，颠狂么？

时光是不待人的，它用大力去推动我们的船。前进着！前进着！借问这前途是"风平浪静"呢？还是"白浪滔天"呢？究竟是谁在做着主？上帝吗？还是你，我，他？还是你们我们和他们呢？

人到世上来，似乎每人手中都有一个"幸福杯"，这幸福杯中的酒，是甜，是酸，是辣，又只有亲尝的人，才知其中况味了。但是这一杯幸福之酒，我们怎样去饮它？是独酌还是共饮？是用幽闲的态度，还是一口吞入？似乎还不能让我们自由决定。这是生活上的波澜，还是生活上的苦闷？是上帝的命令，还是我们自己的境遇？

---

①原载 1945 年 6 月《风雨谈》第 19 期；现选自该期《风雨谈》。

585

　　我们是人，人是被称为万物之灵的。这被称为万物之灵的人，是可以有崇高伦理思想的。但有时为了吃一碗饭，爱一个人，什么都会做出来，想出来，我们有百倍的勇气，但是也会万分的怯弱。一分聪明里还含了半分的愚笨。

　　我们既难以做到苏格拉底所说的"知道自己"，又找不到柏拉图的"理想国"。更不能照亚里士多德把世界一切事物排成一个等第推升的序别，而自己在上面做一个理智的主宰。我们还是照斯托亚派去做一个"无情的圣贤"呢？还是照伊壁鸠鲁派连"死亡"都看成一种感觉呢？

　　我们每个人都是有个灵魂的，宗教家特别把灵魂看得重。祈祷上帝予我们以大力，我们的灵魂不致沦落于深渊。但有时因为物质上的需要，我们无暇顾及我们的灵魂了。而灵魂却又忘不了我们，它轻轻地向我们说："就堕落一点罢！"于是我们就堕落一点。它还是用上帝的面孔安慰着我们，说这一点不要紧，这是"生存的道路呵！"诚然的。上帝所要救的是活人，决不是等活人成为死者再行拯救的。于是我们为保存我们这个宝贵的"生"，我们就堕落一点罢！这是灵魂向我们说的话，而且是个好魂灵，好魂灵用好面孔叫我们堕落一点，我们于是就堕落一点罢！

　　我们不要以为在堕落的程途中充满了快乐的，魔鬼虽然能引导我们去看那满眼的繁华，但不能保证我们在繁华的当中能享受着快乐。所以在堕落一点点的当儿，是会感得到痛苦的。这种苦痛每使我们感到是无边无际。佛家的话，于是显现在我们心头了。回头罢，回头罢！"苦海无边，回头是岸。"但岸上是不是桃花林呢？不是的，那是鲁滨孙所说的"荒岛"呵！鲁滨孙是可以生活的，你又为什么不能呢？但是鲁滨孙的聪明，智慧，毅力，勇气，技巧以及他那种生活向上的热情，你缺了一件终究是弄不好的。于是你在岸上还是感到孤独和空虚。"下海，还是下海！"你的好灵魂，仍旧用上帝的脸向你说的。你在身疲力倦之余，还是想到海中去飘流一次。结果你又开始堕落一点点了。但是苦海无边的话，仍在你脑中飘浮着，只怕你不回头，回头仍是有个岸，这岸并不是桃花林，还是鲁滨孙的"荒岛"。

　　除去了灵魂，我们还有所谓"内心生活"。这"内心生活"之培养，又是何等重要的事呵！学者告诉我们人格之形成，端赖乎内心生活之培养。这话是对的，不过所养成者，只是"镜中人格"而已。在镜子里面，你要他怎样他就怎样。一旦离了镜子，究竟是个什么样，你就不知道了。最悲哀的事，莫不过于你走入社会，见的不是镜子，却全是人。你以为这样，他却以为是那样。你以为如此如此，他必会这般这般，不想他竟会把这般改成那般。你以为言语和行动是足以表示你的思想而无余的，而他却偏作多方的推测，把你的原意看走了样。这时你怒了，你说他愚笨，不了解，知识浅薄，不足与语。而你的"内心生活"，就在这时被人家侵略了。倘使你还想保全的话，那你只好仍旧走回家里，关上了门，对着镜子，庶几可以获得所需要的精神慰安。

但是创造这个"内心生活"的是什么？当然是你的头脑了。头脑是需要营养的。换句话说就是在精神食粮之外，更要物质的食粮。物质食粮虽不为人所重视，实际却比精神食粮更重要。"君子谋道不谋食"，但也止于"食毋求饱"，并不是绝食的。所以为了物质上的需要，你又不得不开了你的房门，去到社会上找你所应得的利益了。

所谓"应得的利益"，并不像商店的货品，标明价目在橱中窗内陈列着，更没有标明你的姓名说你该得哪一份。你应得的利益，像满天的繁星，向你闪烁不定的望着；像白茫茫的一片云雾，使你看不出它的界限。于是你迷惘、忧伤、烦闷、怀疑。虽然有人明白地指示你："获得的门路真是多得很，宽大正直的有如努力工作，弯曲窄小的有如一颦一笑。"可是你怎样准备去选择那个门，无疑地是一个最难的问题了。

我们常有一种想法，以为人与人之间是有怜悯和同情的。为了一点同情，牺牲自己性命的也都有。但这只是片面的希求。倘使我们向另一方面想，有没有人利用人类的同情心来作自己获利的张本呢？

于是我们又想着："力恶其不出于身，不必为己。"利用由他利用，只要我有力量，利用一点算什么？但社会上谁是有力量的人？我们当中，有谁又没有力量？力量表现出来的方法，真是太多了。拳头之外，还有金钱；金钱之外，还有名誉；名誉之外，还有地位。甚至说一句话，看一次人，一曲歌词，一处长叹，都有帮助人家，破坏人家之力量的。这是人生的微妙处。微妙处究竟藏有什么，也很值得我们仔细思维！

人类还有一样神秘的东西，就是恋爱。恋爱究竟是什么？真是一则难答的问题。有时我们把它看成一幅画，只挂在壁间欣赏。有时我们把它看成一只球，踢来踢去的大家玩一玩。有时把它当一件轻微的礼物，赠与而不望报。有时把它当一柄利剑，杀人而不染血。史有时因为它的缘故愿将自己比为春蚕，层层自缚，死而不怨。也有时老老实实把自己变为一枝蜡烛，摇曳风前，结果只留下血泪一摊。

人类的爱，真是变幻莫测的。我们从小儿就爱玩具。当我们爱某一件玩具的时候，不仅当时哭闹，甚至梦寐萦回，非到手是不罢休的。可是到手之后，我们就会把它掼在一边，也会把它拆开看个究竟。明天，也许会忘记它，也许会拿它和别人掉另一件东西。这是孩提"爱"的状态，孩提的状态是天真的，天真又是宝贵的。我们到了成年，对于爱的状态，是不是还保留着这一点天真呢？我们对于人的爱和对于玩具的爱是不是有些两样呢？成千成万的小说、戏曲不断地去释明，我们从这些释明爱的小说和戏剧中，究竟得着一个什么样的答案？

人生最大的目的，就是求生。但生者如不能再生，生之意义就不完美了。生之意义原包括生命之持续与生命之延长的。换句话，就是你活了不行，你还得产生子女。但是产生子女，于父母有什么好处呢？我们先哲告诉我们："不孝有三，无后为大。"返观社会上父母，固然有以全孝为目的而生子女的，但是还有一大批，是毫无目的而子女就生出来了。我们有许多因父母无力赡养，掷于道旁，冻馁而死的婴儿。我们更有许多在母腹中就有"欲生不得，欲死不能"的私生子。堕胎固然犯着罪，不堕又比犯罪更痛苦。法律的网，不是那样严密，人世的苦痛，却可以无情的加深。世间没有不疼爱儿子的母亲，但是母亲的力有时候是会穷的。道德的光辉，普照在世界但射不进一颗小小被诱惑的心。法律虽然有着保护私生子的条文，法律的力究竟有多大，一句简单而有深长意义的答案，便可以说明它。法律仍是一个童贞女，而这位童贞女却又被人拿手帕把它的双眼蒙起来了。法律和社会上的人，真是每天在那里玩着捉迷藏的把戏。而社会上待救济的苦难母亲和婴儿又真是太多了。

我们在没有办法的时候，常想一死便可了结一切。但是我们如果仔细一想，凡是一个人，决不肯轻易了结一切的。如果在死者心中以为一切了结，我们为什么有鬼魂含冤抱屈寻仇的传说呢？"死后必为厉鬼"，"二十年后又是一条好汉"，"宝玉你好……"，在不了结的情绪上是一样的，所不同者，只是他们说话的态度。所谓一个是明白的说出来，一个是暗暗地说出来，一个是轻松活泼说出来罢了。人是极富有不了结情绪的动物，滔滔者，天下皆是喜欢算旧账的人。但是社会上却充满了了结的事。这种种了结方法，不外乎强暴，胁迫，利诱和欺诈，但是我们须注意他们全是戴了道德的面具来了结的。我们每天可以听见"不了了之"的话，就反映出社会上充满了不肯就此了结的人。有人以为怕烦是"了结"的根源，这是不对的。说怕烦的人心中是最烦的，怕烦不是"了结"的根源乃是生病的根源，由烦而病，由病而死，不了结的情绪只会加深。

死是人生的归宿，在归宿的时候，心中仍饱含着不了结的情绪，这当然是悲哀的。不过我们如能把它看作是一种普遍的悲哀，这"生"和"死"也不过就是这么一回事了。

"人生也不过就是这么一回事。"

我常常这样想着：

"这一句话就是我们大多数人心里的普遍感觉。"因为有了这种感觉，小说、戏剧才可以尽量的写。倘使每一个人心里都有一个人生定型，那么你照他的定型写，他不要看，不照他的定型写，他是更不要看了。世间也有见了小说、戏剧就会深痛恶绝的人。那他的心里，决不会把人生看着就是这么一回事。他以为人生应该要怎样怎样，不可更易，不可变迁。要严格的做出来，要敬谨地说出来。如此，他乃是小说和戏剧里面的人物，而不是小说戏剧外面的人物了。小说戏剧里的人物，又怎能欣赏小说戏剧呢？

只有小说戏剧外面的人物,才能欣赏的。他们有着广阔的心胸,乐观的态度,忙中可以抽出闲来,闲的当中,他也乐于读小说和看戏。如果他忘记了别的,专喜欢读小说和看戏呢? 那他便由"乐之者"变为"好之者"了。如果再从事写作呢,那他又变为"知之者"了。古人说得好:

"知之者不如好之者,好之者不如乐之者。"

为什么乐之者最好呢? 因为他心里有一句很宝贵的话:

"人生不过就是这么一回事,为什么要拼命的去研究去写呢?"

【阅读提示】

予且这篇文章讲:"人生最大的目的,就是求生。"精神与物质二者不可兼得的时候,人不能不放松对精神的要求,而迁就生的目的。人生往往不能两全。想象永远比现实完美,但不实用。想开了,人生的道德、爱恋、生死都不过就那一回事罢了。文章显然有对上海沦陷时期人——特别是普通人生存异常艰难境况的映照,也有因为如此艰难生存境遇下对人生普遍的思考。思考的结论格调不高,但是考虑到那是一个"世纪末"的时代,读者也当能给以理解和同情。苏青在《关于我——〈续结婚十年〉代序》里说:"假使国家不否认我们在沦陷区的人民也尚有苟延残喘的权利的话,我就是如此苟延残喘下来了,心中并不觉得愧怍。"张爱玲在《烬余录》中谈:"去掉了一切的浮文,剩下的仿佛只有饮食男女这两项。人类的文明努力要想跳出单纯的兽性生活的圈子,几千年来的努力竟是枉费精神么? 事实是如此。"思想倾向都是如此。由于作者所宣扬的人生态度是一种"不得已"的选择,所以文章写得并不轻薄,而是充满沉郁、无奈,令人感慨。

【延伸阅读作品与参考文献】

1.予且:《向曲眉》(小说),见予且《七女书》,上海太平书局 1945 年版。

2.吴晓东:《海派散文的都市语境》,《长江学术》2014 年第 1 期。

3.满建:《民国〈良友〉画报与予且早期散文的"市民趣味"》,《河北工程大学学报》社科版 2015 年第 2 期。

4.徐迺翔、黄万华:《中国抗战时期沦陷区文学史》,福建教育出版社 1995 年版。

【思考与练习】

查找资料,分析海派文学的沉沦意识及其文化成因。

岸①

施济美

我告诉你:世界上的确有一个让你不后退也不朝前的地方,不过那不是一个好地方罢了。你不相信么? 我现在站着的就是,这儿——从温暖的花房,走向仆仆的风尘,多少人走过这一条路,有的倒下,有的朝前,也有的回头……我哩,正是万千个弱者中一个,刚打暖房里迈出一步,也或一步也没有,只站在门槛上张望了一下,就再也没有勇气向前了,那么,回头? 回头必须先低下头,可是为着天性中还有那一份倔强,又不甘心回头,永不甘心! ……于是我就站着不动了。

你说得不错:"你的内心充满了痛苦!"我坦白的招认,可是就连我自己,也不知道这是一种什么痛苦? 我只知道,我站在这儿有不少时候了,清楚的岁月计算不出,但是燕子来复过好几次,杨柳由青而黄,再转青,也曾有过好几次……我看到很多人死去,很多婴儿诞生,很多人转变,很多人离开,……但是我一直站着没有动。是的,我的内心充满了痛苦是为别人惆怅,还是为自己难受? 我也弄不明白。但愿我还站在这儿,像落日留恋着西山,象倦鸟依依于故林,我不忍离开,虽然我很明白这是一块坏地方,比监狱都更坏的地方,因为这才是真的自掘的陷坑。

当初,其实并不久违的以前,我何曾想到有一天,我会到这地方来讨生活? 那不知天高地厚爱说大话的孩子,被师长赞成前途无量,被同学尊作天之骄子的人,会跑到这自掘的陷人坑里来? 我说它是陷人坑,真是不错,起初我在这儿一点也不习惯,我挣扎着想飞,但没有翅膀,我也曾悲观的想到活着没意思,可是慢慢的"进步"之后,就悟到所谓嫌活着没有意思,事实上还是想活得有意思,慢慢的,我一点一点的更"进步"了,今天,我以炉火纯青的镇静,站在这儿,冷眼看人,无动于衷,就是你所谓的"超然",我所谓的"麻木不仁"。

这儿从暖房走向风尘的路,我虽然停着不动了,然而途中的风景也颇为动人。这是一条极狭极窄的路,一面濒临着汪洋的苦海,另一边邻近着有彩色的高墙的乐园,一个不小心,你就有倾斜的危险:不是在乐园的墙上碰壁,就是失足投身在苦海里……你看见没有? 乐园的那座围墙,那么坚实,那么高,像万里长城似的那么长,它的大门又在那儿? 也许乐园根本没有大门的? 那么,想叩乐园的大门的人,只有徒劳而返了,在墙上碰过壁,就越发有翻身落海的危险,那苦海,多少人在飘沉……我想起一个名字了,我管我站的地方叫做"岸",——苦海的边缘。

是的,我将站在这苦海的边缘,这岸上,不久的过去,现在,我盼望将来也是

---

① 该作品发表时署名薛采蘩,原载 1948 年 10 月上海《幸福》第 2 年第 10 期;现选自该期《幸福》。

如此,我已经死心塌地不向风尘仆仆的大道上去试步了。也不想再回一下头,向暖房掷一个腼腆的眼色,乐园的大门即不在可知之处,又何必苦苦追求?我愿意就永远的站在这儿,这岸上,为什么不可以?只要我自己懂得留心,不叫自己投身跳下海,我要在这岸上,这花房的外面,乐园的背后,苦海的边缘,仆仆风尘的途中,筑起几间躲避风雨的小屋,窗前种着茑萝,屋后栽着芭蕉,小屋里有读不完的好书,红泥小火炉,正烧着茶,案头供着鲜花,欢迎所有志同道合的朋友们来,我忘记嘱咐你,记得带一支蜡烛来,白的也好,绿的也好,我要拿它插在我心爱的蜡台上,好在它晦淡的光辉里,背诵李商隐的名句:"何当共剪西窗烛,却话巴山夜雨时"……

一九四八年十月十三日

【阅读提示】

这篇作品有现实与回忆的交闪。回忆中我们看到昔日的作家是勤学上进的好学生,而且很早就显露了难得的写作才华,被老师们称作前程无量。但是后来置身其中的现实又是那样险恶,令美好理想无法实现。是退,还是进?退,无可退,进,就必须有下海的勇气,而下海就必须先牺牲自己心灵的纯洁和人格的完整。无奈之下,作家只好选择进退之间的那条岸线,渴望在那里找到一个生存立身的结合点。这里,与其说表明了作家的软弱,不如说乃作家的价值观使然。笔者在多篇论文中都强调了一个意思:在遍地狼烟、万方多难的年代里,在精神低迷、欲望嚣张的都市漩流中,作家在生命废园里做了"最后"的精神守望,显示海派文学的多元品格,同样是难能可贵的。作品融思辨性、抒情性与形象性于一体,自有一种独特的艺术况味。

【延伸阅读作品与参考文献】

1. 施济美:《黄昏之忆》(散文),见柯灵主编《万象》第 3 年第 3 期(1944 年 9 月 1 日)。

2. 施济美:《花事匆匆》(散文),见顾冷观主编《小说月报》第 44 期(1944 年 9 月 15 日"8、9 月合号")。

3. 左怀建:《不该被遗忘的作家——施济美及其创作》,《文艺理论与批评》2002 年第 6 期。

【思考与练习】

分析这篇作品中作家的文化心态及其价值取向。

第四部分

戏剧

寒暑表①

袁牧之

角色：
　　男子
　　女子

布景：
　　一间小家庭

男子　坐在书桌前写文章。脚上着一双拖鞋，下肢着一条短裤，上身着一件汗衫。

女子　坐在沙发上摇冰其林。蓬头，赤脚，套着一件纱质的旗袍，全身的肉几乎都裸了出来。

男子　嘎——嘘！把笔一丢，用毛巾揩了揩汗，拖了拖鞋起来在屋里转着，嘴一张张地，象一只闷在炭气瓶里想深吸氧气底百灵。这屋子真会使人窒息！说完想脱去汗衫。

女子　对了，脱了吧，干吗常喜欢把汗衫裹得紧紧地，那才会使你窒息呢。这是多么不自由？唉，我们女人还只近来才解放的。

男子　不理，只顾脱，可是头套在汗衫内怎样也脱不出来。

女子　殷勤地：嘎，我来帮帮你吧。

男子　冷淡地：不用！谢谢。脱去汗衫，发现背上尽是破洞，也是自言自语地说：啊！这么破了？这早该把它丢了！回头把它送给了隔壁底车夫吧。到衣橱里去寻找什么。

女子　你要什么？汗衫吗？没有了，就这一件了。

男子　很重地把橱门关上，赤着膊，叉着手，在门边踱着。

女子　干吗？要出门吗？外面更热呢！开了窗，把一只寒暑表拿了进来。你看，刚才拿出去底时候还只九十六度，一回儿升到一百零五度了，屋内跟屋外底空气差着九度呢！说完把寒暑表挂到门边钉上。

---

①作者袁牧之(1909—1978)，浙江宁波人，20世纪30年代著名左翼作家、电影艺术家，其创作在左翼都市文学中又显示鲜明的幽默喜剧色彩。该篇作品原收入作者戏剧集《两个角色演底戏》，上海新月书店1931年1月出版；现选自该戏剧集初版本。

男子　不理她,回到书桌前坐下。

女子　见他不理,也就回到沙发上摇冰其林。喔! 看着这东西打转真头晕! 一阵静默。摇了这许多时候够了吧? 我手酸了!

男子　不理。

女子　又摇了几下,不耐烦了,起来。看这样子差不多了。一面洗杯子,一面怀疑似地向着男子问:今天只放了一个鸡蛋,会不会凝不起来的?

男子　不理。

女子　有些不高兴,可是纳着,放了杯子回头再摇,懒怠地:再摇它几下吧。女子的天性,又熬住不开口。真快,两块钱的鸡蛋不多天就吃完了,回头大肚子阿林来底时候,别忘了,叫他再带两块钱来,他一块钱能买到四十个,而且大……想起什么。喔,不,听说阿林这个人不大老实,下次还是少叫他上门底好,鸡蛋也就上小店里零碎买得了,一块钱便宜四五个鸡蛋真是看得见的,况且这么热的天,一起买了常白白地糟蹋掉,像今天四个鸡蛋倒有三个是臭了的! 向男子,迟疑地:阿林这个人,你知道吗? 他本来好好地在张家做,怎么会出来的? 张老太太到现在还在说呢,他们用了这么多厨子,没有个比得上阿林的,就是他一张嘴坏,时要撒谎!

男子　不理。

女子　又找到了话头。喔,张老太太下个月要做七十岁了,我们送些什么好呢? 张老太太很喜欢着你,常说你好,叫你过去玩去。银盾,花篮,都是废物,老套头,总得想件实用些,新鲜些的东西才好。喔,有了,不,那个好,对了……

男子　你能静默一回儿吗? 唅?

女子　摇,静默一回儿,停。行了! 就半个鸡蛋也凝得起来了,摇了这许多时候。又起来揩杯子。你现在就吃还是怎么样? 盛给你好吗? 停回儿怕要化汤的。

男子　你真一回儿也不能静的吗?

女子　叫你吃东西总不会错吧?

男子　没有工夫吃怎么呢?

女子　哼! 这又不是吃酒席,吃大菜,也用得着许多工夫吗? 咕噜着:真是不小架子,吃也会没有工夫,人家摇倒摇了这许多时候。

男子　你是摇给我吃的吗?

女子　不摇给你吃谁吃的?

男子　这桶买来了一个多月你摇过几次? 上回你自己想吃,就叫我带着太阳去买桶;以后你不想吃了,就把桶塞在床底下,碰也不要碰一碰。

女子　那末今天也是我自己要吃吗?

男子　不;还是我叫你摇的吗?

女子　好,好,我太好了!

男子　老实说,这就是你心虚的见证,你那儿是那么好人? 你想藉此使我……女人也会向男人献起殷勤来,就是她们心虚了的缘故!

女子　笑话! 我做了什么亏心事了?

男子　哼! 那问你自己得了!

女子　柔弱地:问我自己? 我没有什么事情对不住你;只要你自己不对不住人得了。

男子　我什么事对不住你? 你去问问隔壁看:这三天内我有没有出去过?

女子　问他们干吗? 我没有那么多工夫!

男子　嘎,你也没有工夫了? 看吧:写了一个多月写不起底稿子,你走了三天就把它赶完了;可是你一来要想读一遍都读不成!

女子　是的,都是我误了你,我在着你连读一遍都读不成,我一走你就三天赶出了一部稿子来,唔,很好。穿袜子。

男子　干吗? 今天不准再出去!

女子　你凭什么阻止我? 留神:别忘了我们没结过婚!

男子　要是你走了不回来的话,自然我不来管你;现在……

女子　不回来就不回来,我原是过不下这种生活,自从我早上回来到现在,大半天工夫,你没有和我说过一句话。

男子　这就是给你底惩罚! 谁叫你三天不回来的? 一出去就动不动不回来,不回来也不通知一声,也不得我同意,问问你吧,常常倒反弄得我要和你消气散场,还说你过不下这种生活,你过不下去,我难道过得下去吗?

女子　既然大家都过不下去这种生活,那末就……

男子　怎样么?

女子　答不出口,只走过去看寒暑表,拿来打叉开去。啊! 一百零一度,怎么一回儿低了四度了?

男子　跟你说话,别假痴假呆地!

女子　刚才你自己呢?

男子　我? 我从前从没有这种脾气的,都是打你那儿学会了,你常向人装聋子,给人白眼看,所以也叫你自己尝尝这种滋味! 你自己想吧,你从来没有把注意力集中了听过我五分钟以上底谈话的,总是不到三分钟,两分钟就打叉开去了。

女子　你常拿你的小说——不管短篇的,长篇的——打头一页讲起要讲到末一页,唠唠叨叨地,人家怎么耐听?

男子　那末要讲些什么你才爱听? 是不是要说我怎样醉心爱你呀,你是怎样地动人呀?

女子　我也没要你那么样说过。

男子　得！还没要我那么样说过？得了，不多天在那本书上看到了一段情话，把脸烧得红红地，还来怪我从来没有向你说过那样甜蜜的话呢！

女子　你是从来没有向我说过那样甜蜜的话！

男子　这种话本来没有什么说头，银幕上，舞台上，早给说完了，就是我的小说里也写得够了，这种话要在实际人生里也学着说，太像做戏了！况且……拿面镜子给她照。你瞧：头发蓬得像拖粪布样地也不梳梳；脸油得像生煎馒头样地也不搽粉；袜子常像螺丝钉样地转着也不知道拉拉挺；裤脚不是左高右低，便是右高左低，像先施公司两个电梯似的……

女子　得了！我就恨你这点！我真不知道你的小说是怎么写的，连这一点女人的心理都不了解，女人是听不起坏话的，会恼羞成怒的，在必要的时候也得绕个圈子好好地劝戒；况且，我出去底时候也是这副模样的吗？

男子　就说你出去底时候不是这副模样，还有客来底时候也不是这副模样的！

女子　自然，又不出去，又没有客来，自然落得惬意些！

男子　哼！难道我就只配看你这副模样的吗？

女子　慢慢地：嘻！因为你不会恭维人！

男子　是的，我是从来不恭维女人的，这使你失望了，所以你平常就蓬头，油脸，像个女犯人似的；一有客来就搽粉，画眉，像妓女样地打扮起来了，还要像唱梅龙镇，宝蟾送酒样地装出种种工架来，原来就希望那些男人都来恭维你！

女子　是的，怎么样呢？你吃醋吗？

男子　我最不要听！你吃醋吗？你吃醋吗？我从来没有向女人吃过醋，尤其是你，就是要吃听了你这句话会马上吃不下的，你们女人最好个个男人都为你们吃醋，都为你们决斗，都为你们牺牲，哼，我可不是那么个男人，告诉你吧，我不是吃醋，我是看不过了才说的！明明知道我抽屉里没有钱了，却偏留吃饭，叫买点心，假客气，常把我倒弄得很窘；明明是我们刚闹过嘴，却偏要装出我们是多么相爱，情愿等人走了再反过脸来，这简直是做戏；还有明明讨厌那个人，却要向他表示欢迎，情愿等他走后再骂他不知趣的；明明知道我已倦了要睡了，或者还有别的事要做，偏说还早，或是没有什么要紧事，情愿等他走后再骂他不识相的……因此，弄得一班不相干的人都天天跑来，来个不休的！

女子　你为什么也那样殷勤地招待我所讨厌的那些女朋友，弄得她们常常跑来扰我呢？

男子　那……那是因为代你维持你们的友谊，所以才过分招待她们的。

女子　那末我也是因为要代你维持你们的友谊，所以才过分招待他们的。

男子　废话！I am Serious!

女子　谁又在和你玩笑？哼！奇怪吧！胜利地冷笑，又过去看寒暑表。九十六度，又低了五度，和刚才一样了。

男子　我用不到你代我维持友谊，你倒是很需要着，你自己想想看，你交朋友怎样交的？黄小姐比你漂亮了，比你 Social 了，你就妒忌她，不要和她在一起；刘夫人太不漂亮了，太不 Social 了，你就讨厌她，不要和她在一起；包小姐是你最知己的朋友了，那时因为她的漂亮，她的 Social，都和你相等而又差你一级，是不是？可是有两次你也大得罪了她：一次，是你约她到先施公司去买东西去，而她穿了件太不时式的衣服来，你就托病不去了；一次，是你约她到卡尔登去看影戏，而她穿了件太漂亮的衣服来，你就又托病不去了。你这样常装假病，人家是死人会不觉得的吗？我要不帮你维持着，你这种性子早该没有朋友了！

女子　嘎，多谢，都亏了你，没有你我这种性子是早没有朋友了。换了一种语气。哼！反过脸去看看自己吧，你的朋友从前是怎样的，现在又是怎样的？

男子　你以为这是你的功劳？弄得他们天天跑来？弄得我一天到晚没有工夫写文章还是你的功劳吗？

女子　弄得你没有工夫写文章？那你为什么不老实叫他们走呢，你不是说你和你的朋友是没有隔阂的吗？

男子　从前真是一点也没有的；现在都被你乖坏了！这就是你的功劳！你拼命想做好人，我就得处处要做难人，我没有你那么好工夫，讨厌一个人底时候会装头痛，肚痛来逼他走。

女子　好像没有听见他的话。九十五度，又低一度了。

男子　装病，倒真是一种工夫，这种工夫男人是怎么也学不会的，只有女人才是专门的。真不要脸！

女子　你别尽男人男人，女人女人，现在男女平等了，女人怎样？男人怎样？

男子　嘎！浅薄！"男女平等""自由""解放"这些新名词我真听得头痛了！这是十九世纪很出风头的口号，可是现在再唱是老调了。要是那篇剧本或是小说里专替女人解决这些问题的，我就不要看了，或是还要说他声"浅薄"！

女子　是的，世界上底人个个都浅薄的，只除了你；世界上底文章也篇篇都浅薄的，只除了你的。好了，了不得的"男人"，你有教训完了吧？

男子　教训？不敢，我也没有那么好兴致。我是受不了了才说的，我平常总是把一切都耐着耐着，就怕常常闹会给邻居人家笑话，但是今天我再不能忍了，今天应该是时机成熟了……

女子　"时机成熟了？"那末……好！既然时机成熟了，那末就……

男子　就怎么样？

女子　回答的话是有的，只是说不出口。九十三度，又低了两度了。

男子　这也是常使我不耐烦底一件事：说话总不直捷爽快，总把要紧话含在

599

喉咙口不说出来。

女子　既是这样常使你不耐烦……

男子　怎么样？

女子　"怎么样？"九十二度，又低了一度了。

男子　我真不懂，怎么个个女人说话都这样不爽气的？

女子　谁说个个女人都一样？包小姐就是个例外，"她是熟读 logic 的！"

男子　我是曾那么样称许过她，但是那和我刚才说底不直捷爽快是两件事。你就专会这样来搪塞人，吃隔壁醋。你是那样地会吃醋，小气，不了解，简直把我弄得比犯人还不自由了。譬仿上菜馆吃饭吧，要是碰到了个比你漂亮的侍女，你就自馁了，而说我请你吃饭不是诚意的；在街上走路吧，我若偶然把帽子拉一下，就说我是要遮着眼睛看女人；在电车上碰到人挤底时候，我让一让位子，你就会不高兴，有时还拖着我不让我起来，常这样弄得全车底人都来注意，给人家当作笑话；有一次在影戏院里，那真是更可笑的了，我偶然说起 Billie Dove 好看，就几乎引起了一场口角，还连影戏也没有看完就出来了……现在我简直一见女人就避开，一见女人就避开，你似乎还不乐意似地，而我却已半年写不出东西来了，有许多好的情感都被自己压制下去，还有许多好的情感都被你打破了，我现在简直没有一点……

女子　嘎！原来创作家非女人就写不出东西的？女人到底……

男子　自然，创作家没女人是写不出东西的，那真和你们女人三天没有男人抱一抱就要生病一样！

女子　哼！笑话！九十一度。

男子　讲到这层，又是件使人不耐烦的事，每回当人写文章写得出神底时候，就要问日子咾，叫找宽紧带咾，或是手帕换错咾，算账咾，蚊虫香点完了要买咾。记什么电话号码和地址咾……不理你吧，就说不理你了，要生病了；理你吧，就滔滔不绝地讲下去。光讲，倒也罢了，我还可以一个耳朵进，一个耳朵出，自顾自写下去；有时还要更进一步，要人代你剪指甲咾，帮你梳头咾，替你搔痒咾……甚至坐到了你身上来和你瞎缠，弄得你简直地不能做事。那末晚上呢？又是……

女人　得了！常当着客人也说这些话！

男子　难道你也还怕羞吗？你要有上三分廉耻就好了！

女子　我不知廉耻吗？我什么地方不知廉耻？你说，你说，你说！

男子　什么地方不知廉耻？常常整晚不回来，就是不知廉耻！

女子　我不回来做出过什么丑事？

男子　难保没有！

女子　好！什么呢？说呀！说呀！说出来呀！说出来呀！

男子　不响。

女子　更高声:你拿到了我什么证据敢这样子说?

男子　也大声:你前三晚不回来住在那里?

女子　不早和你说过张老太太家里吗?

男子　"张老太太""张老太太"哼! 你以为张老太太真的欢迎你吗? 她在背后骂你不要脸,说你想勾引她们的二少爷呢!

女子　放屁! 你那来的这些话?

男子　自然有人告诉我的。

女子　一定是阿林那张臭嘴,反来覆去地,要是他再上门我不给他两嘴巴……

男子　不用骂,正是他,他前天刚来过,他是特地来告诉我这件事的。

女子　他的嘴里有什么好话,一辈子都是撒谎!

男子　我本来倒真以为他是撒谎的,但是现在知道真了,从你这副慌张的神气里就可以知道是真了!

女子　我这副……?

男子　他前天在北火车站碰见你,看你和张家二少爷一同上沪宁车到南京去的!

女子　他也上那部车的吗?

男子　他上了车怎么还能到这里来?

女子　哼! 那末,他既没有上车跟着我,怎么能说我是到南京呢? 这就可以证明他是专撒谎的了!

男子　对了,这真是武断! 怎么能说你们是一定上南京去呢? 沪宁车过底好地方很多:说不定是上无锡去看惠泉,说不定是上苏州去游太湖,说不定是上镇江去逛金山,焦山……

女子　喔! 我是说假如我真上车的话。

男子　那且别管,我也没有亲眼看见,总之,无论如何,你三个整天不回家来……

女孩　你不是没有不回来过!

男子　我不回来,总是先告诉你,得到你的允许的。

女子　我也是问过你的。

男子　但是你只说一晚的,怎么一住就是三个整天?

女子　人家留住我,不让我回来,叫我怎么呢?

男子　还说人家留你呢! 就算人家留你,你若自己真要回来,人家也能把你绑起来吗? 什么事都不用推到人家身上,什么事都是出于自己本身的。

女子　是出于自己本身的,是我自己不要回来的,怎么呢? 我是不要回来的,我不要回来就因为不要看你这副面目!

  男子 那你就一辈子不要回来好了!

  女子 行!一辈子不回来就一辈子不回来好了!把冰其林桶内底锡罐拿出来向桌上很重地一放,又把装冰底木桶提到了门边;木桶和墙壁一碰,正好把寒暑表震了下来,但是她没有觉察到,只顾回来拿衣服,穿鞋袜,预备走。

  男子 自言自语地:好了!完了!

  女子 完是早就完了的。也不是向着他。

  男子 完是总免不了的,什么事都要完的,更快,更容易地就是……但是为什么别的事都能好好地开场,好好地收场,独有……

  女子 停止她的动作。好好地开场,好好地收场?

  男子 是的,为什么尽见着男的,女的,都一对对地笑着走拢,又偏见着一对对地闹着走开呢?走开自然总免不了的,但是干吗一定要闹呢?有的,简直碰见了招呼也招呼,理也不理,比陌生人还不如;有的,终身变做仇敌,相互在背后破坏,诅咒,毁谤……甚至请死神来替他们结算这笔怨账!这简直变成一回再可怕也没有的事了——每回都是拿喜剧来开场,拿悲剧来收场的!萍,我们的开场是例外的,我们那时大家都失了恋,是同情,是眼泪的结合,是一场悲的开场;但是我们的收场又不脱例呢?我们为什么不能有一个例外的收场,一个喜剧的收场呢?我们不用闹嘴,更不用打架,什么事都好好地,坦白地商量;在我们走开以前,我们还要请一次客,把常常来这儿玩的人都请来一叙,那一定会是一个很特别的宴会:什么人也不曾到过的,也许有人会在这个宴会上感到什么无名的感伤;但是我们不会,我们是想透了的,而且我们以后还是要碰面的,自然,在一个世界上谁都是要碰面的,我们要碰面,要常常碰面,说不定是吃饭,看影戏,或是逛公园,像我们从前常做的一样;我们也不会变做仇敌,我们会像兄妹样地互相帮助,我若袜子破了没有人补底时候,还是要拿上你那儿来,你若有掉不过头底时候,我还是可以脱了大衣上当店给你换钱去,就下雪的冬天也一样……

  女子 你的意思……是说我们要走开了吗?

  男子 这……这不是我的意思……你刚才不是说……

  女子 我没有说什么。我说了什么?

  男子 你不是说既然大家过不下这种生活……既然时机成熟了……

  女子 是的,但是这不是我的意思……平常我三天不回来,你还会不出去荒荡吗?你藏在家里写三天文章,原是想弄些钱可以活动的,我很知道。

  男子 是的,萍,你猜得很对,我也不必抵赖,今天我已经把它脱稿了,写了三个月底稿子今天也会脱稿了,现在我就把它送到×书店去,他们总能再借我三百块钱吧,好吗,萍,我现在就去。

  女子 随便你。

男子　一面说话，一面穿上短衫，袜子，和鞋子来。我现在就去吧，做事总得爽气一些，明天我搬出去住，这里让你一个人住，你几时搬走或是不搬，都随你的便，这里的房钱和经租的家具，在最近期内自然还是由我负责，以后……以后的事，以后再说吧。好。已穿好褂子。我去一会儿就来。

女子　不……不要……多耽搁时候。

男子　自然不会。戴上帽子，拿了稿本，向门走去。

女子　装做强者，不去看他，只顾自己理衣服。

男子　走到门边看见寒暑表掉在冰桶里，就拿起来挂到原处，然后出去。

女子　听见门响转过身去，见他已不在了，很快地走到门边，似乎想要和她说句什么话样的，但又怕露了弱点，于是无聊地又把寒暑表拿了下来。啊！怪！五十二度！到冰点只有二十度了！怎么一回事？怎么冷得这么快？好奇地用手探试屋内的空气。

男子　回了进来，急忙地把褂子，裤衫等都脱得赤光。嘎——嘘！真当不住！那老虎也似的太阳，萍，外面的热度真太高了，我实在当不住了，这事情等我们过了这个暑期，秋凉里再谈吧。

女子　笑着。好的。不瞒你说，刚才你一出去，我心里也感到空洞呢。

男子　唔，我知道。让我吃些冰其林吧，我热死了。

女子　不许你吃！你刚才干吗说我是心虚摇着向你献殷勤的？

男子　笑。我刚才那么样说过吗？我不清楚了。开开桌上那个锡罐的盖。啊！已经都化了汤了！

女子　都化了汤了？不信，走过来看。啊！奇怪！难道这屋子里底空气……

男子　我早说这屋子的空气会使人窒息的。

女子　但是也不至于会这样的不调和。难道这桌子周围底空气这么热，那门边底空气又这么冷吗？用手探试一回桌边的空气，又试探一会门边底空气。我不觉得有什么差别。

男子　怎么？怎么一回事？

女子　刚才你走了以后，那门边的空气降到五十二度呢！

男子　明白。喔！那末现在多少度呢？

女子　看她手里的寒暑表。

男子　你把它握在手心里，那就是你身体的温度，不是屋子的温度了。

女子　九十九度，啊，比原先都加了三度了！今天是怎么一回事，我弄不懂了。

男子　比原先多了三度是不错的，可是你在发烧了，萍，平常人的体温是只有九十八度的，现在你多了一度了。

女子　是的,我是在发烧呢!我头疼得很!

男子　又是头疼吗?

女子　这"又"字加得多难听!你刚才说我们女人尽会装病,真是冤枉的;可是你说我们女人三天没有男人抱一抱就要生病倒是实话。

男子　唔,你这话的意思是说你的病是因为这三天里没有给男人抱过,是不是?

女子　笑。这什么话!

男子　其实,我是什么地方都可以马马虎虎,不问不闻的,只要你有很好的情感让我领略,使我写得出东西。

女子　那末你今天有领略到什么情感吗?

男子　有的,今天这场吵闹就很可以写一篇小说。

女子　那末你把我抱睡着了就写吧,写好了我代你抄,好不好?

男子　好的。可是……我身上都是汗,让我把汗衫再穿上吧。穿汗衫,又看见破洞。唉,我不给隔壁底车夫穿了,虽然它是破了,旧了,可是自己贴身穿惯了的东西,给人总有些舍不得的!

女子　来吧。

男子　你还把寒暑表握着不放干吗?让我替你挂了吧。拿过表来。

女子　慢着,再让我看看几度。

男子　九十九度。

女子　九十九度?和刚才一样?怎么不会再加了?

男子　挂了表,过来抱她。你要再加,只要你害一次病。别忘了这是下午了,是太阳下山底时候了。好,闭上眼睛吧。

——幕——

一九二九,八,三。

【阅读提示】

袁牧之是左翼作家。他前期的剧作受西洋喜剧影响,善于运用日常生活中的琐事表现一个妙趣横生,颇具现代意味的主题,这个剧本就是一个很好的例子。

所选剧本叙述作家与妻子不是婚姻关系,而是同居关系,但是从两人的吵嘴看,二者的关系比一般夫妻亲密得多,也有趣得多。作家渴望妻子常常伴随在自己身边,安静、温婉、可人,以引发自己的创作灵感,可是妻子也有自己的爱好,她常常自作主张,在家里请客,出外做客,约朋友看电影,与女伴比衣饰、容姿等等。作品从妻子外出做客三天未归,因心虚就主动为丈夫摇冰淇淋写起,透视两人的心理活动,深层次地,揭示男女双主体的交流、碰撞。过程中,挂在门边的寒暑表上气温的高低就成为两人一时情感关系好坏的暗喻。作品中,妻子不说两人感情好了坏了,而只说寒暑表上的气温高了低了,以装糊涂表示对两人感情变化的关心,故意利用误会造成作品轻喜剧的风格,在现代戏剧史上独具一格。

【延伸阅读作品与参考文献】

1. 袁牧之:《嘴唇的甜蜜》《一个女人与一条狗》(独幕剧),见《袁牧之文集》,中国电影出版社 1984 年版。

2. 张健:《袁牧之和两个角色的喜剧》,《中国现代文学研究丛刊》1993 年第 4 期。

3. 刘小卉:《丁西林、袁牧之独幕喜剧之比较》,《艺术百家》2000 年第 2 期。

4. 杨新宇:《袁牧之文学创作论》,《文艺争鸣》2010 年第 21 期。

【思考与练习】

分析剧作对于都市男女关系的微妙表达。

马路天使

袁牧之

【阅读提示】

　　原为袁牧之 1937 年导演拍制的电影，后有杨天喜根据电影整理成剧本，原收 1979 年 12 月中国电影出版社出版《五四以来电影剧本选集》上卷，后收入《袁牧之文集》，中国电影出版社 1984 年 4 月初版。

　　作为电影作品，《马路天使》是现代左翼电影的经典之作，作为剧本，作品也有可圈可点之处。剧本叙述上海一群底层人生活极其贫困，命运也很悲惨，但他们生性活跃，性格开朗，遇到困难共同扶持，谱写了一曲愚昧中不乏聪明、辛酸中饱含温暖的人间悲歌。剧本围绕一个下层乐团的小号手小陈与一下层歌女小红之间的感情线展开，写小陈的聪明、诙谐、男性魅力，及小红的单纯、活泼、可爱。房东太太和妓女小云都暗恋着小陈，但小陈只爱小红。小红被流氓顾先成看中，他利用小红的琴师（也是妓院老鸨的相好）对他的巴结，企图合伙将小红欺骗到手。事情被小陈的朋友理发师知晓，理发师赶紧告诉小陈，小陈先是准备打官司，但因付不起诉讼费只好作罢，之后，带领小红逃避到一个新的住处，不想又被琴师跟踪发现。琴师带人来捉拿小红，曾经受过琴师欺侮的小云奋力阻拦，并将一把刀刺向琴师，破坏了琴师和流氓顾先成的阴谋，自己也因反被琴师刺中死去。

　　作品最大的特色在于同是书写都市底层人生，但是并不过分悲悲切切，而是尽量彰显底层人的聪明、智慧、坚强，最根本的意义在于揭示底层人同样有创造生活、享受生活的能力，而且也应该有这样的权利，但事实上，这样的能力被压抑了，这样的权利被剥夺了。作品悲中有喜，悲喜结合，韵味深长，确是现代文学史上不可多得的艺术珍品。

【延伸阅读作品与参考文献】

　　1. 袁牧之：《桃李劫》（电影剧本），见《袁牧之文集》，中国电影出版社 1984 年版。

　　2. 葛飞：《戏剧、革命与都市漩涡——1930 年代左翼剧运、剧人在上海》有关章节，北京大学出版社 2008 年版。

【思考与练习】

　　分析这部剧作的美学格调。

女性史(节选)①

徐　讦

拟未来派。

第一幕

时:悠远悠远的过去。

地:地球上面。

人:壮而有力的男子,窈窈美丽的女性。

女:(骄傲地坐着)……

男:你不信我让你看。(脱去披着的兽皮)这块肌肉可以打死一只老虎让你做衣裳,这根骨头可以打死十只狮子来铺你的床,这只手可以一秒钟捉住三只兔子! 这只手可以一分钟捉住一只小豹,这双脚,你看,可以追马,追山羊,追鹿,无论什么时候都可供给你吃,你穿,你用! 这只手臂,能够在百万个要欺侮你的人群中,使你安睡! 来吧! 同我一同睡去。

女:(撒娇地投入男怀)唔……

——幕——

第二幕

时:尚不太远的过去。

地:同一地球上。

人:肥胖的老头儿,窈窕美丽的女性。

女(骄傲地坐着)……

男:你不信我让你看。(指外面)无论你从哪一面望去,所有所有的田野都是我的田地;所有所有的牛羊都是我的产业;所有所有的人类都是我的奴隶。你爱哪一只羊都可以选给你吃,你恨哪一个人都可以杀给你看。一切的幸福不都在我的怀中么? 来吧! 嫁给我好了!

---

①原四幕,载 1934 年 1 月 16 日《论语》第 33 期,后收入作者剧作集《灯尾集》,上海宇宙风社 1939 年 8月版;现从初版本《灯尾集》选前三幕。

女:(撒娇地投入男怀)唔……

——幕——

第三幕

时:刚刚,刚刚的现在。

地:同一地球上。

人:纤弱美少年,窈窕美丽的女性。

男:你不信我让你看。这全是我父亲留给我的:(开保险箱)这是我的公债票,政府一共欠我四千万;这是我在美国的地产契,这是我在欧洲的地产契,这是我银行的存折,——在各国银行都有我的钱;我在西湖已经为你筑起了媚庄,我在瑞士已经为你买定了行宫,我已经为你筑起四季的别墅,你要怕我弃掉你,我可以把这些别墅给了你,不相信,那还有五十万存款都可以随你支配。爱那些穷光蛋有什么意义?哪一样幸福与快乐可以离开钱?而我,你看,无论到哪一个银行去,我的名字就是钱;好妹妹! 来吧! 爱着我!

女:(撒娇地投入男怀)……

——幕——

一九三三,一,四。

【阅读提示】

徐讦大学时就显示出难得的写作才能,今后在小说、诗歌、戏剧和散文各方面都取得了不菲的成就。

徐讦写这个作品时大学刚毕业。剧本共有四幕,后作者编辑文集时删去了最后一幕,所以我们也做如此处理。剧本是对未来派的模仿。所选三幕大胆的夸张,跳跃的结构,形象的表达,喜剧的风格,揭示女性贯穿历史的一些根本缺点:脆弱,不觉悟,把生命的责任连同权利都交给男人;贪图物质享受等,令人耳目一新。

【延伸阅读作品与参考文献】

1.徐讦:《男婚女嫁》《租押顶卖》《契约》(剧作),见《徐讦文集》第 16 卷,上海三联书店 2008 年版。

2.赵建新:《寂寞的哀愁与冰冷的讽刺——徐讦喜剧艺术论》,《戏剧》(《中央戏剧学院学报》)2010 年第 2 期。

3.盘剑:《学者之剧:徐讦戏剧创作的独特风格》,《中国现代文学研究丛刊》

1993 年第 2 期。

4. 侯杭：《新时期以来徐讦戏剧研究述评》，《高校社科动态》2012 年第 5 期。

【思考与练习】

模仿这个作品撰写一个表现当下都市生活的剧本。

月 亮

徐 讦

【阅读提示】

此剧原为三幕剧,1939 年 1 月上海珠林书店初版,1940 年扩写为五幕,并改名为《月光曲》,1941 年 2 月由上海夜窗书屋出版。后来收入各种文集时仍名为《月亮》。推荐阅读 2008 年 10 月上海三联书店出版的《徐讦文集》第 16 卷中的文本。

为徐讦最著名的一部剧作。叙述上海"孤岛"时期最大的工业资本家李勋位二十多年前,趁着老主人病逝、自己在福建分店做经理的便利,卷走老主人家二十万元巨款到上海,利用自己的聪明才智和大胆过人打出一片天地,创办了当时上海最大的纺纱厂,并且开办了自己的银行。他有一个能干、慈善的太太,有两个善良、优秀的儿子,他过了近二十年幸福的生活。但是日本侵略中国,上海成为孤岛,日本人企图霸占他的工厂,他的厄运来到了。日本三桐银行一面将资金借给他的对手,一面又逼迫他接受它的贷款。借给他的对手,日本人没有提任何附加条件,贷给他,则要求用他的两个设施最好的工厂做抵押。他不愿意,渴望采取手段能使那两个工厂复工,让客户来签单,拿到定金就可暂缓危机,但是很多工厂的工人都罢工,工人代表认为他的工厂开工是对工人意志的挑战,工人决定冲厂,他派警察来保护工厂,劳资矛盾白热化,工人放火烧了他的工厂,日本人更借护厂的名义枪杀罢工工人。结果,领导罢工的大亮、闻道和参加罢工的张裕藻、元儿都死去了。

二十年前,被李勋位欺诈的老主人就是张裕藻和元儿的父亲,他们的母亲偶然发现了这个秘密,来李家控诉李勋位的罪恶,并决定复仇,可是这时的李勋位已经成为穷光蛋,大儿子闻天已经病死,二儿子闻道已经牺牲。张母也受到毁灭性打击。

作品视野开阔,从几个角度表现生活:一是道德角度,抨击李勋位的背信弃义、恩将仇报;二是阶级角度,写工人与资本家的矛盾斗争;三是民族角度,写日本侵略者给中国带来的巨大灾难;四是都市角度,写资本家的贪婪——作品中,儿子们都劝父亲变卖资产到内地去,可他就是丢不下;五是文化角度,写都市背景下诗幻人生的消失和传统文化人性的可贵。剧本在人物形象塑造、情节构置、艺术表现手段各方面均明显受茅盾《子夜》(左翼文学)和曹禺《雷雨》(人道主义、民主主义文学)影响和启发,但既不如《子夜》富有都市传奇的光影和热力,也不如《雷雨》对人类永恒命运的哲理思考及对人间激情的渲染,相对而言,风格比较理性、平实,好在可信度并不差。作品最大的成功在于超越几个方面的利害、情仇纠缠而塑造出一个代表日常、古典文化人性、人格的形象——月亮,使皎洁、温润、柔和的月光不时流闪在人物的思想、情感世界,既渲染了作品的艺术气氛,增加了作品的诗意,也暗示了一种文化审美取向,深化了剧本的表现内涵。

【延伸阅读作品与参考文献】

1.徐訏:《生与死》(四幕剧),见《徐訏文集》第 16 卷,上海三联书店 2008 年版。

2.陈旋波:《时与光——20 世纪中国文学史格局中的徐訏》,百花洲文艺出版社 2004 年版。

3.常青田:《游离于主流边缘的浪漫——徐訏剧作风格论》,《戏剧艺术》2002 年第 6 期。

【思考与练习】

分析剧作中月亮形象的文化意义。

日　出

曹　禺

【阅读提示】

曹禺(1910—1996),原名万家宝,天津人,现代最有成就的剧作家。

《日出》是曹禺第二个剧本,起因是 1935 年 3 月上海著名电影演员阮玲玉自杀。共四幕,1936 年 6 月 1 日始连载于《文季月刊》第 1 卷第 1 至第 4 期,1936 年 11 月上海文化生活出版社初版。推荐阅读 1988 年 12 月中国戏剧出版社出版《曹禺文集》第一卷收入的初刊连载文本,或上海文艺出版社 1984 年出版《中国新文学大系》(1927—1937)十六集·戏剧卷二收入的初刊连载文本。

剧本叙述在某繁华都市有两个鲜明对比的世界,即有余世界与不足世界。有余世界的代表是操纵都市经济命脉的金八,资本家潘月婷,洋奴式高级职员张乔治,富媚顾八奶奶。在作品中,金八始终没露面,但代表着一种可怕的恶魔般的力量;资本家潘月婷开着银行,做着投机生意,包养着交际花陈白露,但是很快被金八挤垮,丢下陈白露逃之夭夭;张乔治一副洋奴嘴脸,口口声声说只爱陈白露,但在陈白露遇到困难时,逃的比谁都快;顾八奶奶穷得只剩下钱了,就一再包养男人享乐。这是一个腐化堕落的社会阶层。不足世界的代表是黄省三、翠喜、小东西。黄省三是潘月婷银行的职员,但是被无辜裁革,生活无着,买老鼠药药死老婆孩子,自己自杀但又没死成,只好流浪在这世上享受难以承受的痛苦;翠喜来自农村,为了生活做了妓女;小东西是个孤儿,因不愿被金八侮辱,不愿意做下层妓院的妓女,上吊自杀。剧本的主题是暴露越是在现代都市,贫富悬殊越大,社会不公平越明显。作品的本意不在于都市审美,但作品还是从一个侧面表现了都市人生的某些本质方面。

剧本中人物塑造最成功的是陈白露和李石清。这两个人物是联结有余世界与不足世界的纽带,反映着两个世界的一些特征,带有复杂性。就陈白露而言,她出身农村书香门第,上过大学,与诗人结过婚,还生过一个女儿,但是她发现生活并不幸福。女儿病死后,她与诗人分手,为了生存,也是不死的虚荣心支配,她做了舞女、交际花,成为有钱男人包养的对象,从此走向堕落的道路。复杂性在于,她并没有彻底沉沦,她心灵中尚有一丝对纯洁生活的回忆和向往,只是在浮华的生活中浸润过久,她已丧失了挣扎的能力。结果,她带着极度的矛盾和痛苦自杀。作者是那样地同情她,但又是那样严厉地批判她。在海派作家笔下可以轻松处理的题材,但是在人道主义和民主主义者作家笔下,竟也可以如此沉重。

可见曹禺所坚持的是精英立场。

　　作品对有余世界只有厌恶和讽刺,对不足世界则更多的同情和理解,但也不乏批判和讽刺,只不过这里的讽刺是更内在的了,一般字面上是不好体会到的了。作者曾经说《雷雨》太像"佳构剧"了,他要改变创作路向,那么《日出》就是作家创作革新的结晶。剧作采用形散神不散的结构方式,对于以后的戏剧创作产生了深远的影响。

【延伸阅读作品与参考文献】

　　1.曹禺:《雷雨》(四幕剧),见《曹禺文集》第 1 卷,中国戏剧出版社 1988年版。

　　2.郭怀玉:《成功的改编:〈日出〉从话剧到电影》,《文艺争鸣》2010 年第22 期。

　　3.江倩:《论〈日出〉对都市文学的贡献》,《福建论坛》人文社科版 2005 年第10 期。

【思考与练习】

　　1.比较这部作品与茅盾《子夜》在塑造资本家形象上的异同。
　　2.分析陈白露毁灭的原因及与都市的关联。

上海屋檐下

夏　衍

【阅读提示】

这是夏衍最负盛名的剧作,共三幕,1937 年春夏创作完成,同年 11 月由上海戏剧时代出版社初版。1980 年 8 月人民文学出版社出版《夏衍选集》时曾稍作修改,1984 年 10 月中国戏剧出版社出版的《夏衍剧作集》和 2005 年 12 月浙江文艺出版社出版的《夏衍全集》中所收都是 1980 年人民文学出版社本。推荐阅读 1984 年 5 月上海文艺出版社出版的《中国新文学大系》(1927—1937)第十六集·戏剧卷二所收的初版本。

这个剧本也是采取散文体式,叙写上海东区一个常见的弄堂房子里,上下两层分住着五户人家:二房东林志成一家,小学教员赵振宇一家,失业大学生黄家楣一家,孤寡老人李陵碑,单身妇女施小宝。施小宝的丈夫是海员,整年不回来,为了生存,施小宝只好与不三不四的男人混在一起。李陵碑老伴死得早,儿子又在"一·二八"战争中当了炮灰,老人悲痛欲绝,现在只有靠捡垃圾维持生活。黄家楣失业后再也没有找到新的工作,老父亲来上海做客,他连一日三餐都开不出,老父亲只好提前回农村。赵振宇作小学教员,一小时只能得到几毛钱的工资。剧本写的最复杂的是林志成、杨彩玉和匡复的关系。林志成与匡复原是同学、朋友,匡复参加革命被捕,判刑十年,妻子杨彩玉带着女儿葆珍四处寻不到工作,不得已情况下接受林志成的帮助和接济,林志成在帮助她们的过程中,对杨彩玉产生了感情,两人同居,现在匡复突然归来,三人都处于尴尬状态。最后,匡复经过反复考虑,决定退出,重新投入革命风雨之中。

作品中,五个人家都是社会的受害者。包括二房东这样的角色也是一个正直、不为社会所容的人物。作品写林志成所在的工厂无限制地延长工人工作时间,工人罢工,厂主要求林志成雇流氓去打压工人,结果林志成只好辞职。

作品的政治意识形态性非常明显,削弱了作品对人性复杂性的洞察和揭示,作品的都市审美价值也受到影响。尽管如此,作品还是在一定程度上表现了都市底层人生的真实,而且始终把握住时代重压这一气氛,以梅雨天气来烘托、渲染,具有一定的艺术感染力,在现代文学史上也算是不可多得的佳作。

【延伸阅读作品与参考文献】

1. 夏衍:《都会的一角》《中秋月》《娼妇》(独幕剧),见《夏衍全集》①戏剧剧本

（上），浙江文艺出版社 2005 年版。

2. 马欣:《梅雨故人屋檐下——记〈上海屋檐下〉》,《上海戏剧》2007 年第 8 期。

3. 孙韵丰:《巨变时代的市井万象:话剧〈上海屋檐下〉》,《上海戏剧》2015 年第 9 期。

4. 田子馥:《恶俗与精神主义——重读〈上海屋檐下〉的一些随想》,《戏剧文学》2000 年第 8 期。

5. 司马长风:《夏衍〈上海屋檐下〉》,见司马长风《中国新文学史》中卷,昭明出版社 1980 年三版。

【思考与练习】
分析剧本对上海下层人生表现的真实性和局限性。

愁城记

夏　衍

【阅读提示】

　　四幕剧,写于 1940 年 12 月,发表于 1941 年 3 月《小剧场》第 6 期,1941 年 5月由上海剧场艺术出版社初版。1984 年 10 月中国戏剧出版社出版的《夏衍剧作集》(第一卷)所收是 1946 年开明书店本,推荐阅读。

　　从都市文学角度看,《愁城记》也许比《上海屋檐下》更典型些。因为它写的人物观照到人性的多个方面,显得内容更为丰富。剧本主要叙述"一二八"抗战时,日本的炸弹炸死了许多中国人,包括剧中主要人物赵福泉的父亲,赵婉的爷爷。赵婉是赵福泉哥哥的女儿,她父母去世得早,现在来到上海赵福泉家里做客、居住、生活。赵福泉利用赵婉夫妇年龄小,修养好,天真善良,就将赵家遗产吞下,然后拿这些钱囤积粮食,做公债生意等,大发国难财。赵福泉有一个同学、朋友何晋芳,知道赵福泉的老底,渴望凭着这点秘密从赵福泉那里得到更多好处。赵福泉也知道他的目的,所以开始与他合作,但是后来生意做大了,就想将他甩掉。公债生意中,何晋芳做空头,赵福泉就做多头,二者战得不可开交。之后,何晋芳自认公债生意失败,主动退出,但是并不甘心,而是找赵婉,怂恿赵婉夫妇与赵福泉打官司,争遗产,其根本目的在于与赵福泉捣乱,并从中谋利。赵婉夫妇也正处于生活走投无路之时,就勉强答应与赵福泉打官司,但是正当这时,世界大战格局发生变化,国际形势骤变,股票价格下跌,赵福泉彻底破产,赵婉的打官司也不了了之。从在上海的这几年生活中,赵婉夫妇对于这种小圈子的资产阶级生活产生了厌倦,决定听从同学李彦云的劝告,到大后方去。

　　剧作叙写了两代上海人的生活状况、价值观念和人生奋斗方向,让人们看到老的自私自利的上海人虽一时强大,但也早已趋向末路,新的上海人虽然尚娇嫩,但是他们有优秀的品质,有正确的人生方向,他们必将找到正确的出路。剧本中,老一代上海人的代表赵福泉的精明强干,赵夫人的虚伪庸俗,何晋芳的老辣无赖,新一代上海人的代表赵婉夫妇的单纯善良,李彦云的热情明理都给人留下深刻印象。甚至那个赵梅芬,原是赵福泉家的女仆,被何晋芳看中,被赵福泉夫妇逼迫嫁给何晋芳做姨太太,她的不羡慕富贵繁华,一心惦记战争期间逃难的父母,其心底的纯洁都给人留下较深刻的印象。

　　剧本的意识形态性不如《上海屋檐下》强,所以显得朴素可信,有一定艺术价值。

【延伸阅读作品与参考文献】

1.夏衍:《心防》(四幕剧),见《夏衍全集》①戏剧剧本(上),浙江文艺出版社
2005 年版。

2.周斌:《融合中的创造:夏衍与中外文化》,复旦大学出版社 2003 年版。

【思考与练习】

分析剧本中赵婉夫妇思想转变的原因及与都市环境的关系。

弄真成假

杨　绛

【阅读提示】

　　1943、1944 年,杨绛连续由上海世界书局出版了著名的"喜剧双璧"《称心如意》和《弄真成假》,并很快搬上舞台获得演出成功。1982 年 12 月作为"喜剧二种"之一收入福建人民出版社出版的"上海抗战期间文学丛书"时在文字上作了个别修改,今后收入《杨绛文集》和《杨绛全集》的都是这个版本。推荐阅读 1990年 12 月上海文艺出版社出版《中国新文学大系》(1937—1949)第十七集·戏剧卷三中的初版重排本。

　　《弄真成假》共五幕。叙述出身下层市民家庭的周大璋看中了在某公司任职员的张燕华,因张燕华认识张燕华的堂妹张婉如,因张婉如是有钱人家的女儿而移情别恋。他利用自己的巧舌如簧,大吹大擂自己出身于书香世家,美国留学,认识上海滩许多著名高官巨贾,前途无量,哄骗得张婉如母女心花盛开,竟至张婉如愿意以身相许。但张婉如的父亲张祥甫是上海滩有名的精明商人,他坚持在上海滩生存发展必须做到"稳"和"快"——"稳",是抛弃幻想,拒绝冲动,经过切实调查,弄清真伪;"快"是一旦真相大白,就要马上出手,把握时机,方能取胜。张祥甫不相信周大璋的吹嘘,坚持要婉如嫁给她外婆家表哥冯光祖,一个货真价实的书香门第后代、美国留学生。冯光祖知道自己不是周大璋的对手,就转而追求地位不如张婉如的张燕华,可张燕华也坚决要嫁周大璋。她是借住在叔叔家的,也听信了周大璋的吹嘘。为了拆散周大璋和张婉如,她就利用张祥甫的意愿,哄骗冯光祖带着张婉如去苏州做亲戚,然后再告诉周大璋冯光祖已经与张婉如订婚。周大璋看其哄骗婉如的计划已经破产,就转而追求张燕华,结果两人私奔。张燕华的计谋得逞,但是周大璋的真实身份也因为周大璋的母亲来张家吵闹而暴露。一切已经明白,张祥甫立马拍电报让哥哥来上海,自己主动出钱给周大璋和张燕华补办结婚典礼和喜宴。等张燕华明白这一切的时候,一切都晚了。

　　剧本讽刺张祥甫为女儿谈婚论嫁如同做生意,说明上海人生的物质化,但他的"稳"和"快"又说明上海滩险象环生与一切骤变。冯光祖每发表自己的看法,都摆出美国分析哲学的架势,势必先总结几条才说话,说明他受美国文化毒害之深,乃纸上谈兵,为人诚实但缺乏应变,相比之下,周大璋很会利用现有条件为自己谋发展机遇和空间,虽招摇撞骗,但也是灵活多变,乃谋生之一计。他成功得到了张燕华,是对女人虚荣心的一大惩罚。剧本最后让周大璋和张燕华共同宣布,将来的上海是他们的,是讽刺嘲弄,但也未必不是对上海屡败屡战精神的赞扬。

李健吾高度评价说,如果说丁西林的剧作是现代幽默风俗喜剧产生和发展的第一道里程碑,那么《弄真成假》将是第二道里程碑。剧本以宽大理解的态度对待她笔下的人物和人生,想象奇特,结构巧妙,手法高明,喜剧效果突出,不愧为现代(都市)文学史上的珍品。

【延伸阅读作品与参考文献】

1. 杨绛:《称心如意》(四幕剧),见《杨绛全集》第 5 卷,人民文学出版社 2004年版。

2. 张爱玲:《太太万岁》(剧作),见《张爱玲作品集·续集》,花城出版社 1997年版。

3. 张健:《幽默行旅与讽刺之门——中国现代喜剧研究》有关章节,中国人民大学出版社 1997 年版。

4. 吉素芬:《论杨绛剧作中的残缺意识及其成因》,《戏剧文学》2008 年第3 期。

5. 刘琴:《喜剧语境中的"味外之旨"——杨绛〈弄真成假〉美学品格新探》,《西南交通大学学报》哲社版 2005 年第 3 期。

【思考与练习】

比较这部剧作与张爱玲剧作《太太万岁》的异同。

夜 店

柯灵、师陀

【阅读提示】

关于柯灵,前面已有所介绍。师陀(1910—1988),原名王长简,笔名芦焚,河南杞县人,现代著名作家,有短篇小说集《谷》《果园城记》,中篇小说《无望村馆主》,长篇小说《结婚》《马兰》等。

《夜店》原为四幕话剧,根据俄国作家高尔基的剧作《底层》改编。前两幕是柯灵撰写,后两幕是师陀撰写,1944 年 9 月 1 日至 1944 年 12 月 1 日,连续在《万象》月刊第 4 年第 3 期至第 6 期刊载,署名"朱梵 师陀"。朱梵是柯灵的一个笔名。1946 年 6 月由上海出版公司初版。1992 年 7 月作为"上海抗战时期文学丛书"之一由海峡文艺出版社出版的《夜店》,2004 年 9 月河南大学出版社出版《师陀全集》第七卷里所收都是话剧剧本。另外,1947 年,柯灵又独立将话剧改编为同名电影剧本,1948 年由黄佐临导演拍摄、放映并引起轰动,可惜剧本文稿在"文革"中遗失。1986 年 3 月中国电影出版社出版《柯灵电影剧本续编》所收,1990 年 12 月上海文艺出版社出版《中国新文学大系》(1937—1949)第十八集·电影卷一中所收,2001 年 7 月文汇出版社出版《柯灵文集》第五卷中所收,都是1985 年由洪声根据影片记录整理出来的剧本。应该说,两种剧本各有千秋,可以对读。

话剧剧本《夜店》与电影剧本《夜店》在取材和表现内容上都是一样的,与袁牧之的《马路天使》和夏衍的《上海屋檐下》同属现代文学史上表现都市底层人生的名作,但又有自己的特点。剧作也是散文体式,与《上海屋檐下》一样,将要表现的人物都安排在一个较固定的场所,与两个剧本一样,都特别表现下层女性的不幸命运,但是《夜店》表现的生活更复杂,人性也更丰富,风格也更沉郁。剧本叙写上海越界筑路地带一个下层客店老板与老板娘之间的矛盾,老板夫妇与住店穷人们之间的矛盾,住店穷人与当时黑暗社会之间的矛盾,在此过程中彰显都市底层人相互关心、共同扶持的可贵精神,显示暗夜人生中一丝人性的温暖和亮光。

闻太师是这个客店的老板,赛珍珠是老板娘,她是被父母卖给闻家的,所以夫妻生活并不幸福。她喜欢住店的小偷杨七,杨七喜欢她妹妹石小妹。闻太师希望石小妹能卖个好价钱,赛珍珠嫉妒她被杨七喜欢,所以全剧中最苦的就是她。她经常遭受闻太师和赛珍珠的毒打,最后上吊而死。围绕着小妹,住店的穷人们表现出关心、友爱、智慧,其中给人印象最深的是机灵能干、侠义豪爽的杨七,稳重善良、有办法的全老头,豪爽善良的馒头张(大嫂),细心善良的妓女林黛玉(当然与近代上海名妓林黛玉不是一人)等。

相比之下,电影剧本《夜店》画面感更强,人物性格刻画更成功,特别是坚持底层路线,注意将人物的神魂与中国民间人物语言结合起来,生活气息极其浓郁,人物语言个性化、口语化,形成一种泼辣、跳荡、阳刚、明显寄寓着一种强烈反抗力量的艺术美的风格。巴金赞电影剧本"牢牢抓住我的心,读改剧本,人物、性格、气氛完完全全是我们自己的了"。郑振铎也"不禁拍案叫绝",说:"这种炉火纯青的活生生、火爆爆的对白,是近十一、二年才出现在舞台上的。"

【延伸阅读作品与参考文献】

1.柯灵:《乱世风光》(电影剧本),见《柯灵文集》第五卷,文汇出版社 2001 年版。

2.张理明:《柯灵在上海沦陷时期的话剧改编》,《中国现代文学研究丛刊》2008 年 5 期。

3.张理明:《剧本改编的艺术奇葩——〈夜店〉:从话剧到电影》,《绍兴文理学院学报》哲社版 2011 年第 1 期。

【思考与练习】

比较这部作品与袁牧之电影剧本《马路天使》的异同。

后　　记

　　到编撰者撰写这篇"后记"的时候,编撰者关心都市文学已经近十七个年头了。之所以会编撰这样一部"读本",是因为到目前为止,国内的中国现代都市文学作品及研究资料的搜求依然困难重重。编撰这样一个"读本",一方面是对自己多年关心和搜求的一次整理,一方面是想对目前的中国现代都市文学阅读和研究有所帮助。当然,因为编撰者水平有限,特别是作品搜求方面存在诸多这样或那样的困难,这个"读本"依然不够全面和精美,但也只有留待以后再完善了。

　　开始编选这部"读本"时,只准备采用目前流行的作品版本,但是在对"读本"所有作品、阅读提示、延伸阅读作品、参考文献、思考与练习各项汇集、排版并逐一校对时发现,作品部分校对所需要依照的文本遇到了不同编选者编选、不同出版社出版的相关作家文集、全集、选集里的文本竟各有不同的现象。为了更多地贴近历史现场,弄清所选作品的真实面貌(原始面貌),编撰者不得不放弃当初偏于讨巧的方法,而开始在参照已有各种文集、全集、选集的基础上,重点查找所选作品的初(刊版)本——或是当初在报刊上发表时的文本,或是最初收入作品集时的文本。以作品的初(刊版)本为编选对象,也正好既可以满足一般高校学生和社会上一般文学爱好者的需要,也可以照顾到高校教师或其他相关研究人员的需求。为此,编撰者一方面利用目前已经出版的相关报刊和相关作品集初版本的影印本(如上海书店影印的民国报刊《创造》《现代》《红黑》《新月》《光明》,广陵书社影印的《万象》,国家图书馆出版社影印的《良友》《"左联"机关刊物四种》和上海书店影印的民国书籍"中国现代文学史参考资料"系列、魏绍昌主编的"海派小说专辑作品"系列、贾植芳主编的"现代都市小说专辑"系列,等等),一方面利用各种条件查访国家图书馆、北京大学图书馆、上海图书馆、南京图书馆、南京师范大学图书馆、浙江图书馆、浙江大学图书馆、浙江工业大学图书馆等的相关原始资料及这些图书馆的电子资源中的原始资料。目前为止,所选作品,除了个别篇什无法查到原始文本外,其他篇什均一一落实。在查找原始文本的过程中,经过对比,还发现了不少目前流行文本的错讹。在查找原始文本的过程中,北京大学图书馆的吴冕老师、浙江工业大学的陈明奇老师、浙江大学的博士生汪妍青同学、南京师范大学的硕士生曹钺同学和复旦大学的硕士生沈哲南同学均给以很多帮助；浙江大学出版社的叶抒老师、王荣鑫编辑、吕倩岚编辑容许编撰者不断地修改"读本"文本，在完善、出版"读本"上颇花费了时间和精力；浙江工业大学教务处将此"读本"列为学校"重点建设教材"，教务处和人文学院均给予出版资助——在这里，笔者一并表示真诚的感谢！

在查找资料方面，"读本"还从孔夫子旧书网购买并参考了唐沅、韩之友、封世辉、舒欣、孙庆升和顾盈丰编《中国现代文学期刊目录汇编》（上、下，天津人民出版社1988年9月版），吴俊、李今、刘晓丽、王彬彬编《中国现代文学期刊目录新编》（上、中、下，上海文艺出版社2010年2月版），贾植芳、俞元桂主编《中国现代文学总书目》（福建教育出版社1993年12月版），陈建功、吴义勤主编《新文学（创作）初版本图典》（上、下，文化艺术出版社2011年11月版），彭林祥《中国新文学广告图志》（上、下，花木兰文化出版社2015年初版）等。在这里，也一并表示真诚的感谢！

"读本"按照小说、诗歌、散文、戏剧四大类编排。每一类基本上按照作品发表或出版的时间先后顺序排列，个别作品也参考写作时间先后顺序排列，另外还有个别篇章为照顾到它与前后篇章的同类性，排列时也可能稍提前或靠后。每篇（部或首）作品后面均附有编者撰写的"阅读提示"，均给读者提供了"延伸阅读作品与参考文献"篇目，均提出了需要进一步"思考与练习"的问题。希望能对读者的阅读起到一定的帮助作用。

最后，请学界前辈、同行和读者多多批评指正！也请我们难以联系上的作品著作权的拥有者拨冗给我们联系，我们当按照相关规定奉送一定的稿酬。

编撰者

2017年9月17日